一上一上一下一下

薛友津 著

中国言实出版社

图书在版编目（CIP）数据

上上下下 / 薛友津著. -- 北京：中国言实出版社，
2016.2（2019.1重印）

ISBN 978-7-5171-1787-2

Ⅰ.①上… Ⅱ.①薛… Ⅲ.①中篇小说—小说集—
中国—当代②短篇小说—小说集—中国—当代 Ⅳ.①I247.7

中国版本图书馆 CIP 数据核字（2016）第 039817 号

出 版 人：王昕朋
责任编辑：宫媛媛
封面设计：水岸风创意文化

出版发行　中国言实出版社
　　地　　址：北京市朝阳区北苑路 180 号加利大厦 5 号楼 105 室
　　邮　　编：100101
　　编辑部：北京市海淀区北太平庄路甲 1 号
　　邮　　编：100088
　　电　　话：64924853（总编室）64924716（发行部）
　　网　　址：www.zgyscbs.cn
　　E-mail：zgyscbs@263.net
经　　销　新华书店
印　　刷　三河市华晨印务有限公司
版　　次　2016 年 5 月第 1 版　2019 年 1 月第 2 次印刷
规　　格　710 毫米×1000 毫米　1/16　29.75 印张
字　　数　470 千字
定　　价　69.00 元　　ISBN 978-7-5171-1787-2

自扯虎皮做大旗

（代序）

大约十多年前，我的小说集《在爱情边缘徘徊》在新华书店签名售书。之后，一位比我出道早的作家，当着众人的面说道："薛友津是个真写小说的作家。"我说："此话怎讲？你不也是写小说的作家吗？"他说："我们是瞎混的！不像你笔耕不辍，每年都有新作问世，而且出手不凡。""彼此彼此。"对于同行的抬举，我报之一笑。随即他又说道："你现在缺少的不是好作品，而是缺少包装，缺少宣传。就你目前的创作水平，假如能在北京召开一次作品研讨会，找一些知名的作家和评论家吹一吹，新闻媒体再宣传宣传，保证你以后名气就起来了。"在首都北京召开作品研讨会，是每一位作家毕生的梦想。多年前，我的一位当官文友，在北京召开一场作品研讨会，吃喝拉撒，花费了二十多万（企业友情赞助），还没有"尽兴"。我一个普通的业余作家，到哪弄这么多款子呢？再说，自己缸里有多少米自己清楚，本人的创作水平还没到在国家级那种场合开作品研讨会的时候。

无独有偶，两年多以前，省作协一位作家现做省某杂志主编的朋友，来徐州出差，看到我发表那么多的作品，很是惊讶，说："友津兄，你每年发表这么多文学作品，且都在全国比较知名的文学杂志上发表，真是不得了。我们省里专业作家每年发表多少作品，我们心中都是有数的。"我说："省专业作家毕竟是专业作家，他们写作是以一当十，而像

1

我们这些名气不大的作家则是以十当一罢了。"他说:"你在徐州这个小地方窝着,真是可惜了,要是在我们南京,或是'北上广',恐怕你早就是大腕了!"这几年随着社会风气的熏陶,受到一点赞扬,难免会想入非非,有时还会有些膨胀,真觉得自己腰有多么粗了!其实,还是那句话,自己缸里有多少米自己清楚,自己的水平自己知道,与那些声名鹊起的大家相比,还是有不少差距的。固然有的作品被国家级文学刊物刊登了或者选载了。

前不久,有部长篇小说在北京一家出版社待出版,分管处理我书稿的那位自称与中国作协有"关系"的编辑,建议我最好找一个知名的评论家给书写个序,言下之意,扯虎皮做大旗。一是能提高作者的知名度,二来,借着名家的影响力图书在市场上也便于销售。"请哪位呢?请你帮我拿个主意。"他胸有成竹,说:"某某吧。"某某在全国评论界名气那是如雷贯耳,我随即打听行情,如果请某某评论家写个序,大概需要多少润笔费呢?他说:"怎么也得八张'红鱼'吧。"我有些疑惑,怎么这么便宜呢?一张"红鱼"是一百块钱,八张才八百块钱,怎么想都不太可能。我说:"八百块钱这个价码是不是有点儿低了?"他一听大笑,说:"老兄,你是真的假的,是八大张,现在一张人民币都是以千为单位的!你真是有点儿'奥特'了!"我自认孤陋寡闻。这还不算回事,令我更加孤陋寡闻的是,我欲请他将书稿寄给那位评论家看一看(不看作品怎么写序呢)。那位编辑却笑了,说:"你老兄又'奥特'了,现在评论家那么忙,哪有时间看你几十万字的大部头作品呢!即便是走马观花地看,时间也不得了啊!这个序得你自己亲自操刀,写好之后,评论家给你修饰一下,签个名就完事了。"我真的被震撼了,哪有这么不负责任的呢?那个序作与不作,还有什么意义呢?这个伯乐不请也罢!

这件事使我想起《战国策》里的一个故事:一卖马者牵马上市,几天无人问津,便去请求伯乐帮忙,要伯乐去他卖马的市场走一遭,到他的马前看一看,再回头把马望一眼。伯乐去了。伯乐刚走便有不少买马者赶过来。这匹过去卖不出去的马,很快以高于同类十倍的价钱成交。卖马与给书作序几乎同出一辙,没有名气或者名气不大的作者请名人为其作品写序，不论出于何种动机，都是可以理解的，即便是为了提高个人和作品的知名度，也属人之常情，无可厚非。但是，客观地讲，由于当前整个社会道德水平之大滑坡，本来属于清洁干净的文坛，也被铜臭所污染。名人作序中所出现的种种问题，先是有的作序者并不看所要作序的书稿，只简单听一下作者介绍，便立即"笔下生花"，用尽一切溢美之词，把作品夸得像"九天仙女"一般，美貌无比。后来，名人觉得此手法过笨，容易引起社会舆论的诟病，便避开书稿不谈，只是东拉西扯讲些诸如和作者怎样认识的闲话，以此套读者的近乎。由于序中有"我"，更容易"生动"、"传神"。再后来，一些名家更精了，嫌自己动手麻烦，且费时过多，又太劳神，便改由被序者自己劳作，就如我遇到的情况一样，然后名家签上大名就可以了。如此这般，不费吹灰之力就完成了作序的流程，且得到了对方送来的银子，真是何乐而不为呢？

20世纪80年代末，我出第一本小说集《小镇女流》时，一位老作家主动给我写序，事后，我只请他到家中喝了一杯薄酒算作还情。出第二部小说集《嘶风》时，我请的是已故著名作家高晓声先生写的序，记得当时因为火车晚点，到了南京高先生肚带营的住处，已是晚饭后，本想请他吃顿饭也没能实现，丢下书稿，就匆匆离开了。一周后，我便收到高先生给我写的序言。当时去南京因为急，又赶上火车晚点，空着两只手，现在回想起来很是有点儿对不住高晓声先生，歉意和感谢的话倒是说了不少。高先生并不在意，而是安慰我道："我乐为年轻作者写稿，我也能从中学到不少东西。"临别还与我说笑，"你别过意不去，我好多年没去徐州了，有机会我去徐州时再叨扰你，不就互不相欠了嘛！"未曾想，高先生在去世前，一直没有机会再去徐州，至今此事成为我一个心结。

为书作序推荐，有很重要的前提，其一是他们的作品确实写得好，二是作序者系出于惜才、爱才之心。其实一部作品，不因名人作序或是写一篇或几篇评论文章，就锦上添花了，也不因作品没有名家作序，或没有所谓的著名评论家写几篇文章吹吹，就无人问津。一部作品的好坏，我觉得要经得住时间的检验，更要经得住读者的检验，那才是好东西，才是可以流传下去的好东西!

最近,我有一本中短篇小说集在中国言实出版社出版,编辑要我为即将出版的新作加个序言。我考虑再三,写下了上面的文字。我觉得请名家作序一个是时间来不及,二来,求人又那么难,不如我就自扯虎皮做大旗吧!

薛友津

2015 年 11 月 19 日于徐州绿地世纪城

目录 CONTENTS

目录 CONTENTS

中 篇

一九六五年的爱情

一

门一响，住在机房的金小雅便醒了，就知道是老马来了。动静虽不大，金小雅却听到了，还是在梦中。方才做的是什么梦呢？金小雅在脑海中回忆着。哦，对了，记得自己穿着一身红衣裳，头上被人蒙着一块红布。膀弯被人挎着，一瞅，是自己的同事钱丽丽。钱丽丽龇牙咧嘴大喊："快，快，拜天地喽，我们还等着吃喜糖呢！"金小雅从红布里望出去，看到对面站着一个穿戴整齐的男人，胸前别一朵大红花，正笑嘻嘻地望着自己呢！我的妈呀，怎么会是所长宋东风呢？宋所长早已结婚了，儿子都会喊妈了，闹什么大会呢！就在惊诧之间，忽听一声响，金小雅硬是从梦中钻了出来。当然，如果没有老马开门闹出动静，也许这个梦还得继续做下去，内容会进展到哪一步呢？金小雅觉得不好说，感觉这梦怪好笑的。

每天一大清早，天还是黑黝黝的，老马准时来到了邮电所，点火生炉子烧开水，等到几瓶开水烧好了，也就该开门营业了。一上班就有开水喝，几个邮递员喜得嘴都笑歪了。他们在外面送报纸、送信件要跑一整天呢！早上将水喝足了，然后再灌一军用水壶带着路上喝，即便是食物跟不上，肚子里也不觉得空得慌。所以，单位里职工都夸所长宋东风做了件大好事。

原来老马是在邮电所门口摆摊子给人家代写书信的。他写书信，明码标价，写一封信，一毛钱，拟一份电报稿，一毛五分钱。有人与他捣蛋，

1

说："老马，你不地道，一封信那么多字，你收一毛钱，怎么拍一封电报，只几个字，为啥比写一封信还要贵的呢？"老马分辩说："这你别抬杠，电报字虽然少，但那是精华。精华你懂吗？"捣蛋的人说："精华能比精子还贵！"老马说："贵不贵？你回家问问你嫂子就知道了！"

街上十天四个集，逢集还有点儿生意，要是闲集，老马基本上是在那里看闲景，眼瞅着太阳升起来，再瞅着太阳落下去。老马也不在乎这点儿收入，家里有个儿子当教师拿工资，有它无它都过年。

所长宋东风这天找到老马，说："马师傅，你长年在外面摆摊风吹雨淋的，夏天脸晒得黢黑，冬天里，手冻得打战捏不住笔，还不如搬到我们营业室里去。平常你还是干你的代写书信，一早起来，你给我们生炉子烧几壶开水，再帮助我们营业室内外打扫打扫卫生。我们也不亏待你，公家一个月补助你十五块钱，你看这样行不行？"老马一想，还挺划算的，他们邮电所送信的邮递员，风里来雨里去的，一个月才三十多元钱工资，他只是烧几壶开水，扫扫地什么的，这钱的确是不少了。十五块钱，要写一百五十封信或者拟一百份电报稿才能挣来呢！相当于他辛苦一个多月的收入。再说了，又不耽误自己的营生，即便是不给钱，帮人家烧几壶开水，扫扫地面算得了什么事情呢！所以，老马就将摊子挪到屋里去了，成了邮电所一个名副其实的临时工。

今早一开门，突然一个东西"嗖"的一下从老马的脚底下蹿了出去，当时吓了他一跳，定睛一看，原来是一只花猫。猫嘴里叼着一只老鼠，有一拃长。那只花猫出了门，没跑几步却停在那里不走了，回过头来瞅着老马。老马觉得奇怪，嘴里"嘘"了一声，又跺了一下脚，那猫依然不动。老马说："你有种，你敢朝我'喵'一声吗？"那猫狡黠眨巴一下蓝眼睛，心说：我才不上你的当呢，我对你一"喵"，我的上等美餐就没有了！你这个老家伙挺狡猾的呢！花猫扭脸跑走了，老马愣在那里半晌才进院做事情。

炉子生着了，老马就见金小雅从机房里出来了，手里端着一只刷牙缸子。老马说："小金姑娘起得这么早，是不是我将你吵醒了？"金小雅说："我每天都是这个时候醒，习惯了。"金小雅站在墙拐角刷着牙，老马说："小金姑娘，刚才我来的时候，看见一只花猫叼着一只老鼠。"金小雅嘴里"呜哝"一声算是答应。老马继续讲："那只老鼠可大了，说着用手比画着，这么长，有一尺多!"金小雅将口中的泡沫吐出来，说："妈呀，这么大？快成精了!"老马说："可不？那老鼠还吃得挺胖的，猫嘴差一点就含不住它了!"金小雅回屋了，老马接了一盆水，走到营业室，将盆里面的水，用手撩着，洒在地面上，然后找来笤帚，轻轻地扫着。这时，钱丽丽进门了，老马说："小钱姑娘，还没有到上班的时间，你今天怎么来得这么早呢？"钱丽丽说："你别说了，我一夜没有睡好觉。"老马问："怎么啦？"钱丽丽说："昨天晚上我听广播，广播里报道河南哪个邮电局，我忘记地名了，说是锁在抽屉里的几千块钱的邮票，一夜之间被老鼠啃得乱七八糟的，全部不能使用了。我一夜没有睡好，心里老是担心我的邮票也被老鼠啃了，所以不放心，抓紧过来看看。"说罢掏出身上的钥匙，开开抽屉，看到邮票完好无损，这才长舒一口气，然后一屁股坐在椅子上，吓死我了! 稍时突然大叫起来，连声喊道："马师傅，马师傅，你快来看哪!"老马闻声跑来。钱丽丽指着桌子上说："你看那是什么东西？"老马捏起桌子上那一堆黑黑的东西，拿到亮处，告诉钱丽丽说："好像是老鼠屎。对了，我早上来的时候，看见一只花猫嘴里叼着一只老鼠，那只老鼠可大了!"说着又比画着，"这么长，有一尺多!"钱丽丽尖叫一声："妈呀，这么大？快成精了!"老马说："可不？那老鼠还吃得挺胖的，猫嘴差一点就含不住它了!"正说着，所长宋东风进门了，老马接着又给宋所长汇报一遍一大早看见猫叼老鼠的事情。宋东风若有所思，半晌说道："马师傅，等逢集，你想着买几只老鼠夹子。若是老鼠将机房的电话线咬断了，那事情就大了!"老马说："我记住了。"

　　水烧开了，去车站接邮包的值班邮递员刚好回来了。脚前脚后，其他几个同行也都进门了。有人拆开邮包，将归属自己几个大队的报纸信件挑拣出来，装进自己的邮袋里，接着给自行车打足气，喝了一缸子白开水，然后再灌上一军用水壶，一个个跨上自行车，铃铛"叮当"响，各奔东西。

　　今儿是个闭集日，邮电所营业室虽然说开门半天了，刚擦过的柜台上已经落满了灰尘，也没有一宗生意上门。宋东风来到机房，这时正是一天最忙的时候，金小雅有条不紊地，左手插上这个插孔拔下那个插头，然后拔下这个插头又插进那个插孔，右手摇把不停地摇着，嘴里不停地"喂喂喂喂，你是哪里，请讲请讲"。她虽然戴着耳机，还是觉察到了身后有人，她回首望一眼，见是宋东风，猛然想起了清晨那个梦，脸上不由人地红了。金小雅将耳机摘下来，眼睛注视着面前这个年轻的转业军人。"有事吗，宋所长？"宋东风说："王庄大队的电话线与高大庄线路有些串线，我带人前去看看。"金小雅莞尔一笑，说："你是所长，你去干什么不必与我说。"宋东风说："中午我不能替你换班吃饭了，你让钱丽丽临时帮你接一下电话吧。"金小雅说："好的。"然后重新戴上耳机，自顾忙去了。宋东风还想说什么，见金小雅嘴手不失闲，只好转身出来了。

邮电所虽然有七八个职工，除了金小雅是县局派下来的，其余都是社办人员，包括他这个所长，所以宋东风只要有什么事，还是习惯地和金小雅打个招呼。其实不单单是这个原因，金小雅业务纯熟，嗓音甜美，普通话说得好，工作认真负责，待人接物更是没得说，在全县公社一级的接线员来讲，不属一也是属二的。所以，自觉或不自觉，宋东风拿金小雅非常重视，也非常尊重她。也不止一次在县邮电局领导那儿夸金小雅的好，并建议能不能将金小雅提拔成副所长。当然，这些话，宋东风从来没有在金小雅面前漏过半点口风。

二

金小雅端着搪瓷碗出门，抬头望一眼天上的太阳，估计午饭时间已经过了，所以她的脚步不由快了起来，大步撵着小步，近似于小跑。碗中的不锈钢汤匙，也随着跳动起来，叮叮当当一路。要是时间不紧的话，金小雅平常走路是四平八稳的，披着的长头发用一条花手绢随便地扎在脑后，不紧不慢地，边看着街景边沐浴着阳光与清风，一天就出来这么一次，她要好好地享受一下外面的世界。

公社食堂离邮电所说远不远，说近不近，要是不赶时间的话，腿不酸气不喘，走走也就到了。今天饭时有些迟了，金小雅就感觉路程怎么那么远，虽然是深秋的天气，她却感觉到身上有些汗津津的了。

刚刚进到公社大院，迎头遇见了公社书记张松年。金小雅性格有点腼腆，平时很少主动招呼人，特别是公社领导。要在以往，张书记身边总有人，她就一低头过去了。偏偏今天大院里前后都没有人，又是走对面，金小雅就知道躲不过去了。只好主动上前招呼："张书记好。"张松年刚刚吃过饭，边走着边用火柴棒剔着牙，啧啧着嘴，说："小金哪，还没有吃啊？"金小雅说："嗯。"张松年说："怎么来得这么晚呢？饭菜都快好凉了。"金小雅抿嘴一笑算作答应，就想侧身过去。张松年好像对于自己刚才说过的话忘却了，既然说饭时过了，你就别啰唆了，让人家抓紧去食堂吃饭哪！可是他却将金小雅喊住了，说："对了小金，我问问你，你的普通话是在哪里学的？"金小雅不好走了，别说是公社的书记问话，即便是一般同志，人家找你说话，你总不能不理人家吧？那样就不礼貌了。况且，金小雅作为邮电所的总机，经常与人家打交道，有的人不认识她，可一摸起电话，一听声音就知道是谁了，所以不论是对谁，金小雅都是非常的热情，用她自己的话来说，这是职业道德。金小雅回答张松年的话，说："我是自学的。""自学的？"张松年有些奇怪，"你怎么自学的？"金小雅眼睛望着食堂，心想：张书记如果看见她的表情，马上会想起来，就会说："哎哟，你还没有吃饭呢？天不早了，快去食堂吃饭吧，等有时间我们再拉呱。"可是张松年今天好像没有什么要紧的事，也忘记了面前饥肠辘辘的金小雅，掏出一支烟来，点燃后又问道："你告诉我，你是怎么自学的？"金小雅无可奈何地说道："我是和广播学的。"张松年对于这个回答十分满意，"真不简单！有时候，我在电话里一听到你的声音，都舍不得放下听筒了！"金小雅说："谢谢张书记的表扬！"张松年说："好好表现，我与你们县局的几位局长都挺熟，等有机会，我帮你反映反映。"金小雅没有回答，也没有说一句感谢的话，她知道她如果再与张书记这么拉下去，食堂恐怕真的要关门了，所以用缄默来软抵抗。张松年没有听到对方的感谢之辞，也没有感觉到突兀，想起什么来，说："小金，交代你一个任务，你每天帮助我了解一下天气情况可以吗？然后打电话告诉我。"金小雅心想：这个张书记真有意思，我是邮电所的接线员，又不是气象站的预报员，我怎么帮助你了解这个事情呢？真有需要，你去找公社的广播站也行，起码说广播站每天都有几次全县的天气预报这个节目。张松年仿佛明白金小雅心里在想什么，继而说道："其实我知道交代你这个工作有点儿不合适，不过……"张松年欲言又止，不合适就不合适吧！猛然想起什么，"哎哟哎哟！"一拍自己的脑门，说："我光顾了说话，忘记了你还没有吃饭呢！快去快去，饭菜都好凉了！"金小雅如释重负，撒腿就向食堂跑去。

食堂里空荡荡的，做饭师傅杜淑华正在收拾桌子，见到金小雅进门，说："你今天怎么来得这么晚呢？"杜淑华是宋所长的老婆，金小雅说："对不起了嫂子，让你久等了。"杜淑华放下手里的活，走到灶前，掀开锅盖，从里面端出一碗米饭与一碗猪肉炖粉条，放在桌子上，说道："我就知道你今天肯定得来晚，宋东风下队了，没人替你接电话，所以我将饭菜早早地放在锅里，里面有热水温着，现在不凉吧？"金小雅一脸感激，"不凉不凉，谢你了，嫂子！"杜淑华说："谢什么呢？又不是外人，再说了，公社无论哪个干部来晚了，我也都一样对待，这是应该的。"说着压低声音，"碗底有两块大瘦肉，我知道你不喜欢吃肥的。"金小雅一双丹凤眼对着杜淑华笑一笑，大口小口吃了起来。杜淑华拿起一块抹布抹桌子去了，边抹边说道："中午你们所里那个钱丽丽和广播站那个侯建设一起来吃饭，吃饭没有说话时间长，我知道她不回去你就不能来吃饭，没人替你啊，我就当真不当假地撵她快回去，撵她好几遍她才走。看样子那个钱丽丽和广播站那个侯建设很能谈得来，他们是不是在搞对象？"金小雅摇摇头说："我不知道。"

吃完饭，金小雅又买了一个馒头，说晚饭就不过来吃了。杜淑华知道金小雅会过日子，再说，总机也离不开人。她经常这样打发自己的晚饭。

广播站就在公社大门口，金小雅都走过去了，又走了回来，她想起了张松年的交代。虽然张书记只是那么一说，她还得认真对待。固然这件事情不是自己分内的事。

中午广播时间已经结束，侯建设正在屋里擦拭着设备，见到金小雅来访，虽然他们彼此熟悉，但因为金小雅很少来广播站玩，所以侯建设感觉很突然。侯建设"呦"了一声，说："哪阵风将你给刮来了？"金小雅也开玩笑说："不是东南风就是西北风。"侯建设欲搬板凳让金小雅坐，金小雅说："你别忙乎了，我就是来与你说句话。"接着便将来意说了。侯建设说："这事好办，我天天将天气预报记下来，我再打电话给你说，要不写在纸上给你送过去也行。"金小雅说："别麻烦你了，你还是打电话吧，反正我除了来食堂吃饭，一天到晚都在总机旁。"侯建设往外送人，想起什么来，说："小金，我也正有一件事情想麻烦你呢？老早就想与你讲，但是一直不好意思张口。"金小雅说："什么事还让你这么不好意思？"侯建设说："我想和你学学普通话。"金小雅说："那有什么难的？其实我也是跟着广播学的，你有这么好的机会，还找我学什么呢！每天多听听广播，遇到哪个字弄不准的，你再找新华字典查一查，不出三月，管保你有很大的收获。"侯建设很高兴，说："我听你的。你要是不嫌烦的话，有空我去邮电所当面请教你行不行？"金小雅说："你和钱丽丽是好朋友，有什么不行的呢！"

三

一个下午，邮电所的营业室里就像是一碗面撒在一口大锅里，清汤寡水的，别说是人，连个鬼影子都没见。闲得人发烦。钱丽丽的眼睛瞅着街心都瞅得又酸又涨，且哈欠连天。老马也是一天没开张，坐在桌子旁除了打盹就是吸旱烟。钱丽丽说："马师傅，原来清闲那么难受！"老马说："你难受什么，到月底公家不少你一个子儿，可我就不一样了，白坐了一天不说，还贴了半包烟丝。"钱丽丽说："你若是不代人写信，旱烟你也省不了！"老马说："这话不假。不过，有事情做，烟就吸不了这么多了，越闲越想吸。"

有人进门，是个老妇女。有顾客上门，钱丽丽眼睛立马有了神采，急忙站起身来，说："大娘，你要办什么业务？"老妇女未曾说话先自叹了一声，然后从口袋里掏出来一封信，说："姑娘你给看看，这封信寄出去十几天了，怎么又给退回来了呢？"钱丽丽接过来一看，说："大娘，你这封信地址写错了。""怎么写错了？我孙女是按照来信的信皮上一字一字对照着写的，怎么会错了呢？"钱丽丽说："不是写错了，是写颠倒了。"老妇女说："怎么就写颠倒了？"钱丽丽说："你把收信的地址写成接信的地方了！"老妇女还是听不明白，说："写颠倒了怎么会回到了咱家里的？"钱丽丽耐着心解释道："大娘，也就是说，你的信因为地址写颠倒了，所以你这封信在地球上转了一圈又原封不动地给退了回来，你明白了吗？"老妇女摇摇头，说："我不明白，我就晓得，我花了八分钱，我寄出去的信结果又给退了回来。"钱丽丽说："这你怨不着邮电所。"老妇女说："那天我就是从你手中买的邮票，信没寄走，我就得来找你。"钱丽丽苦笑。老马说："这位大姐，你这事好办，你再花八分钱邮票，我给你贴一个信封，我还帮你写好，重新再寄，你看好不好？"老妇女说："不好。我已经花过邮票钱了，我为什么再花一次钱呢？"钱丽丽说："不是你的地址写错了吗？那张邮票作废了？"老妇女不依不饶，说："你说作废就作废了？"老马说："这位大姐你听我说，邮票已经盖过邮戳了，盖过邮戳那张邮票就不能用了，你懂吧？""我不懂，反正我花过钱了，我不能再花一次钱，你们邮电所得负责。"钱丽丽说："大娘，你怎么不讲理呢？""我怎么不讲理了，你说给我听听！"钱丽丽说："你花过钱不错，可是你将地址写颠倒了，这张邮票就不能用了，你明白吧？"老妇女往老马的桌子前的板凳上一屁股坐了下去，一副死猪不怕开水烫的样子，"今天你们不给我解决，我就不走了！"

宋东风下队回来了，一进院子，就听到前面争吵声，车子未停稳就急忙过来了，见到钱丽丽，问是怎么一回事。钱丽丽便将事情的原委说了一遍。宋东风从身上掏一毛钱，撕了一张邮票，又拿了一个信封，让老马将信封誊抄了一遍，然后对着老妇女说："大娘，信我帮你重新寄，你放心回家吧。"老妇女瞅了钱丽丽一眼，"哼"了一声，说："你看看人家这位同志，怎么办事的，你也学着点儿！"等老妇女出门，钱丽丽说："宋所长，你花钱买和气，不讲一点儿原则，今后再遇到这种事，我怎么办？"宋东风说："这个大娘没有文化，又与她讲不清什么道理来，你说能怎么办？难道说就因为一张邮票，和她争个你死我活的吗？这样，影响不好且不说，能解决问题吗？不过，这件事情倒提醒了我，虽然信件是由县局分拣的，假如我们的工作能做细致一些，收到信之后，在没盖邮戳之前，注意检查一遍，这种事情就不会发生了。毕竟我们服务的对象是农村、是农民，很多人不识字。如果农村人都有文化，那马师傅就失业了，你说对不对，老马？"老马正将誊好的信封用糨糊封口，连忙应承，说："对对对对，宋所长讲得既在情又在理！"钱丽丽瞥一眼老马，说："马师傅就会顺杆子爬！"老马不由哈哈大笑起来，因为牙齿牺牲了不少，哈喇子都流了出来。

四

快到下班的时间了，这会电话有点儿稀少，这也是一天中总机最清闲的时候。宋东风进到机房的时候，金小雅正在低头看一本什么书。宋东风说："看什么呢，小金？那么全神贯注！"金小雅说："宋所长下队回来了？"说着合上书，金小雅的床铺就在机子旁边，金小雅就顺手将书塞到了枕头下面去了。宋东风本想借机翻一翻金小雅的书，如果好看的话，他想借回家看看，这几天晚上有点儿失眠。见金小雅将书藏起来了，固然金小雅不是故意的，他也不好伸手了。宋东风说："王庄与高大庄两个村子的线被风搅在一起了，所以串线了。"金小雅问："问题解决了吗？"宋东风说："解决了。"金小雅说："今天有好多电话要这两个村子，我都与他们说线路有问题，线路修好了就好了。"宋东风想起什么来，说："正好这会儿电话不多，我替你一会儿，你去食堂吃饭吧。"金小雅说："我中午捎了一个馒头来，就当晚饭了。"宋东风说："这哪行呢？你经常这么凑合，当心肠胃搞坏了。"金小雅说："哪有那么严重呢！"宋东风说："过去我们在部队，通讯班经常出去查线路，吃饭就有点儿不及时，我们全班多数人都得了胃炎，还有胃溃疡。"金小雅说："这么吓人啊！"宋东风说："就这么吓人，所以你一定要注意了，别年纪轻轻的，落下个毛病。"金小雅说："我知道了。"她望一眼窗外，"天不早了，你该下班回家了。"宋东风说："你真不去食堂吃饭了？"金小雅说："不去了，再说，我现在也不怎么饿。一个是午饭吃晚了些，加上中午又吃得饱。"宋东风问："中午食堂吃的什么好菜？"金小雅说："猪肉炖粉条。嫂子特殊照顾我，在我的碗底偷偷埋了几块大瘦肉，所以到现在我的肚子里还是饱饱的。"宋东风开玩笑道："怪不得到现在都不饿，原来是肚子里有了油水了！"

晚上，基本上没有什么电话，社直机关都下班了，谁没事跑到单位打电话呢？除非县里头紧急开什么会，临时打电话通知公社，一般金小雅就坐在机子旁，一边织毛线，一边值班听电话，织累了就看看闲书什么的，该睡的时候，放下手中的毛衣或者书本，和衣往床上一趟就睡了，万一有电话进来，也方便起来。今晚，金小雅感到身上有点儿疲乏，外面大街上的广播还没有结束，困意就上来了，她正想上床睡觉，猛然想起来中午公社张松年书记交代的任务，立即戴上耳机，给广播站的侯建设去电话问问明天的天气情况，要了半天，那边一直没有人接，正迟疑，猛然听得有人敲门。一般晚上，没有人来机房串门，怎么说，邮电所也算是个机要重地，即便是白天，机房里也不是随便出入的。

　　金小雅问："是谁?"一个男人的声音，说："是我。我是广播站的侯建设。"金小雅一边开门一边说："我正在给你挂电话呢?"侯建设一脚门里一脚门外，说："这么晚打扰你，不好意思，要不是刚才放大器出了点儿毛病，我早就来了。"金小雅说："里面坐吧。"房子里只有一张总机坐的椅子，金小雅只好坐到床沿，将椅子让给侯建设。侯建设从口袋里掏出一张纸，交给金小雅，说："这是今晚最新的气象预报。"金小雅说："谢谢你，不过你还得起来一下，我现在就打电话给张书记报告一下天气。"侯建设只好站起身来，就站在金小雅的身后，眼瞅着金小雅打电话。一股香皂的香气直扑侯建设的面门，香气是从金小雅的头发里飘出来的，侯建设不由人地深呼吸了一口，恨不得将好闻的香气全部收入囊中。

　　打完电话，金小雅又坐回到床沿上，侯建设也不客气，又二番坐到总机的椅子上。金小雅说："谢谢你，侯建设。"侯建设说："举手之劳，用不着谢。我还有事求你呢!"说着从身上掏出一个日记本，上面写满了字。他说："小金，耽误你一会儿时间，我念一段话，你给我纠正纠正。"刚刚人家帮了自己忙，金小雅也不好拒绝，就点点头。未念之前，侯建设想起了什么，就抛开正题，说："小金，你知道我学习普通话是为了什么吗?"金小雅淡淡一笑，说："我怎么知道呢? 我又不是你肚子里的蛔虫!"侯建设说："不瞒你说，我准备考我们县广播站的播音员，所以我得认真学，也希望你能帮帮我，将来我真的能考取了，我一定要好好地谢谢你!"金小雅说："你这么说，我的压力就大了。我怕我教不了你，我又不是什么科班出身，普通话也不一定标准，我怕给你教坏了!"侯建设连忙摆手，说："教不坏，教不坏，我要能有你这个水平，考播音员那就不在话下了!"金小雅说："你在公社广播站不是干得好好的吗，为什么要这山看着那山高呢?"侯建设说："我是个社办人员，弄不好哪天就被人开了，要是能考上播音员，那就是正式的国家干部了。再说，我从小起心里就想当个播音员。"金小雅说："原来如此。"侯建设说："我现在开始念了。"金小雅说："好的，你念一遍我听听……"

　　有人敲门。金小雅心说:奇怪了，这么晚了，会是谁呢? 因为屋里坐个男人，她的胆子无形之中就壮，所以也没问是谁就直接去开门。

　　原来是同事钱丽丽。

　　钱丽丽与金小雅打了个招呼，接着问侯建设，说："你怎么跑到这里来了呢？"侯建设说："我来请教小金普通话的。你怎么知道我在这里的？"钱丽丽说："你单位人告诉我的。"侯建设说："你找我有事？"钱丽丽说："就是找你玩的。"侯建设说："我没空，你没看我有事吗？"钱丽丽一眼看到金小雅床上织的半截毛衣，说："金姐，你这毛衣怎么织得这么好看的？尤其是这花纹，真好看。"金小雅说："我就是随便织的。"钱丽丽说："随便织就织得这么好，若是认真织，不知道要好到多少倍呢！"金小雅说："你别夸了，再夸我就飘到云端去了！"钱丽丽说："金姐，赶明你得教教我织毛衣，我可想学了，我很羡慕人家织毛衣。"金小雅说："这有什么值得羡慕的呢？有时间我教你，一学就会。"侯建设看到两个女人拉得这么热乎，也插不上嘴，再说时间也不早了，怕影响金小雅休息，和金小雅说："有时间再来请教吧。"于是他就告辞出来了。钱丽丽紧接着追出来，说："侯建设你等等我啊，我有话和你讲。"侯建设因为钱丽丽打扰没有学成，心中有些不悦，停住步，口气有点儿生硬，说："三更半夜的有什么事？"半晌，钱丽丽说道："你一急我，我却想不起来了！"侯建设没好气地转身走了。

五

　　清早，金小雅起了几次都没有起来，头昏脑涨的，浑身疼，还伴有发烧。昨晚她就觉得身上有点儿不对劲儿，果不其然生病了。

　　上班的时间到了，电话铃声一个劲地响，金小雅硬撑着起来，接了几个电话之后，一头趴在总机台上起不来了。

　　钱丽丽去机房找金小雅什么事情，看到金小雅趴在那儿不动弹，喊了几声也不应声，慌忙去喊所长宋东风。宋东风进来之后，一摸金小雅的脑门滚烫热，就知道是生病了，急忙让钱丽丽将他的自行车推过来，抱起金小雅放在车子的后座上，然后直奔公社医院。钱丽丽跟在车后，说："宋所长，机房怎么办？"宋东风说："你先顶上，等一下我来替换你。"钱丽丽说："有人来寄信怎么办？今天又逢集。"宋东风说："你拿一部分邮票交给马师傅，有人寄信让他替你办。"

　　挂了一瓶盐水，又打了一支退烧针，金小雅才慢慢好受些，一睁开眼睛，看着身边的宋东风，撑着要起来，说："宋所长，我得赶紧回去，机房离不开人。"宋东风说："你现在病成这样，怎么回去工作呢？机房由钱丽丽帮你接电话，等一下我就回去，你安心躺一会儿。再说你回机房，电话一个劲地响，也不能好好休息，还不如在这儿歇着，等病好了再回去。"金小雅想想也是，也就不再坚持了。

宋东风走了之后，金小雅闭上眼睛休息，没曾想睡着了，等她醒来，已到中午了。她想起来倒杯水喝，浑身却没一点儿力气，正在这时，侯建设从门口进来了。金小雅说："你怎么来了？"侯建设说："我上午有点儿空，我去邮电所找你，本想请你给我辅导辅导的，才晓得你生病住院了。"金小雅说："真不凑巧。"侯建设说："今后有的是时间。昨晚还好好的，怎么说病就病了呢？你想喝水吗？我给你倒杯开水吧？"金小雅说："正想喝呢？那就麻烦一下你吧。"侯建设说："互相帮助，说什么麻烦呢！"他将金小雅扶起来，然后倒一杯水送到她的手中。金小雅喝罢水，半躺在床上。刚刚睡了一觉，又喝了一杯水，感觉精神好多了，忽然想起什么来，问侯建设道："你昨晚那个日记本装在身上没有？"侯建设说："装着呢。"金小雅说："趁现在没有事，你念一遍我听听。"侯建设说："你现在身体不舒服，等有时间再说吧。"金小雅说："没事。"侯建设便从身上掏出那个日记本，照着念了起来。等侯建设念罢，金小雅帮他纠正了几个字，又指出哪些字发音不准确。正在这时，钱丽丽端着一只饭盒进门了。钱丽丽说："金姐好些了吗？"金小雅说："好多了。"钱丽丽说："你早晨吓死我了，喊了你几声你都不答应。"金小雅说："现在没事了。"钱丽丽将手中的饭盒放在床头柜上，说："这是我们宋所长让他的老婆在食堂给你做的病号饭，青菜面，还卧了一个鸡蛋，你趁热吃吧。怎么样？我们的宋所长对你挺关心的吧！"金小雅淡然一笑。侯建设在一旁插话，说："你要是生病的话，宋所长也会这么做的。"其实，钱丽丽一进门就看见侯建设了，故意不理他。她觉得侯建设突然关心起了金小雅，她心里有点儿不自在。她瞥一眼侯建设，说："侯建设，你怎么说话的呢？你是不是也巴不得我生病？"侯建设说："你别误会，我是接你的话随口这么一说。"钱丽丽说："你说错话了，罚你请我看一场电影。"她望一眼金小雅，说："金姐，你给作证，别让他要赖！"侯建设说："不就是一场电影吗？我请。等小金的病好了，我们一同进城，不但请你们看电影，我还请你们下馆子吃一顿好的，鸡鱼肉蛋随你们点。"钱丽丽说："这可是你亲口说的，到时若是赖账，看我怎么治你！"侯建设说："你放心，我决不会赖账！"钱丽丽将饭盒打开，让金小雅抓紧吃，不然面条坨了，就不好吃了。金小雅说："侯建设你还没有吃饭吧？"侯建设说："不慌，等一下我再去食堂，现在人多。"金小雅说："你回去吧，广播站事情也蛮多的。"钱丽丽说："我们都走吧，让金姐吃饭，我还得抓紧回去替宋所长，他得吃饭呢。"侯建设还想多待一会儿，钱丽丽一把拉起他的胳膊，说："走走走走，你一个男同志在这儿也不方便。"硬将侯建设拽出了门。

出了医院，见到路上熟人多了，钱丽丽这才松开了侯建设的胳膊。钱丽丽说："侯建设，你真是没有眼色！"侯建设问："我怎么没有眼色的呢？"钱丽丽说："金姐生病了，你还缠着人家学什么普通话，可不就是没有眼色了嘛！"侯建设说："是小金让我念给她听听的，又不是我强求的！"钱丽丽没好气地说："人家让你念，你就念哪！"侯建设有些心烦，心说：你什么都管着我，你是我什么人呢！但这句话他没有说出口。钱丽丽说："你现在怎么想起来学什么普通话的呢？"侯建设不想与钱丽丽啰唆，半晌说："燕雀焉知鸿鹄之志呢！"钱丽丽："你瞧你能的，我知道你比我多喝了几年墨水，你少在我的面前拽文行不行！"侯建设偷笑不语。

到了公社门口，钱丽丽换了一副柔软口气，说："你今晚去我家吃饭吧。"侯建设说："晚上我还有事。"钱丽丽说："有事也得吃饭哪！我让我妈给你擀面条吃。"侯建设说："还是不去了吧。"侯建设也不想将关系搞僵，钱丽丽对他还是不错的，起码说平常挺关心他的，两人也能合得来，就对钱丽丽说："改天再去吧。"

六

初冬的风，被突如其来的西伯利亚寒流一搅和，天气一下进入了寒冬，一早起来，池塘里已经结了一层厚厚的冰，一脚踏上去，纹丝不动。

钱丽丽忙完一阵子之后，趁现在没有顾客，拿着一团毛线和毛衣针，到机房找金小雅教她织围巾。毛线早就买好了，只是一直没有腾出空。现在发现天气说冷就冷了，想抓紧将围巾织好了，送给侯建设围上。天再一变，说不定气温就更加低了。所以钱丽丽计划熬个夜，用最快的速度，将围巾织出来，让侯建设脖子早一天暖和暖和。恰巧金小雅这会儿也清闲，钱丽丽将缠好的毛线放在她的眼前，她一下就明白了。钱丽丽说："金姐，你摸摸，看看这毛线质量怎么样？"金小雅说："行。"钱丽丽说："含百分之七十五的羊毛。"金小雅说："哦。"钱丽丽说："这颜色呢？你觉得怎么样？我当时本想买白色的，又怕不耐涴，所以才买这个灰色的。你觉得这个颜色老气不老气？"金小雅明知故问："你是给谁织的呢？"钱丽丽说："还不是那个侯建设嘛！"金小雅说："还行吧。"想起前段时间在公社食堂杜淑华说的话，就问道："你与侯建设的事情怎么样了？"钱丽丽："什么怎么样了？"金小雅说："还瞒着我呢，你们是不是挑明了？"钱丽丽说："怎么说呢？我们彼此有好感，还没有公开呢！"金小雅说："要不要我给你们撮合撮合？"钱丽丽心想，你自己还没有下家呢，你还是考虑考虑你自己的事情吧，就说道："水到自然成，顺其自然吧。"金小雅一笑，说："你织围巾打算织什么针的呢？"钱丽丽说："我连毛衣针都不会打，我上哪去懂得织什么针的呢？"金小雅起身从床底下拖出她的柳条箱，在里面翻找了半天，找出一本毛衣编织书，然后交到钱丽丽的手里，说："你拿回去参考一下，我先替你起个头。"钱丽丽说："谢你了，金姐。"金小雅说："你这么客气干什么呢？等你们结婚了，想着多送几块喜糖给我吃就行了！"钱丽丽说："那是少不了的！"说罢拿着编织书站起身，"金姐，我先去前头照应一下，等一下我再来找你学织围巾。"

有电话进来了，金小雅忙去接，接通之后，刚拿起织针，所长宋东风哈着手推门进来了，问："金小雅冷不冷？"金小雅说："还行。"宋东风说："织毛衣啊？"金小雅说："不是毛衣，织的是围巾。"宋东风又问："给谁织的？"金小雅说："不是我织的，是钱丽丽织的，她不会织，让我替她起个头。"宋东风坐到床沿上，说："小雅，有件事情和你商量一下。"金小雅说："宋所长，你不要客气，我既不是头又不是尾的，所里有什么工作，你直接安排就是了。"宋东风说："这件事必须与你商量。昨天接到县局的电话，准备给我们所再派一个总机来，也是个女同志，姓刘，叫刘畅。过几天就会来所里报到。因为所里接线员就你一个人，的确是有些力不从心，要不是我和小钱替你，你连一顿热乎饭都吃不了。有时连白加夜，也确实是辛苦你了。这下好了，有两个人，每人半天班，夜班轮流，这样的话，星期天你们也可以正常轮休了。"金小雅说："真是太好了。"宋东风说："这件事我已经反映好长时间了，再不解决，我还得继续反映。"金小雅说："谢谢宋所长关心。"宋东风说："这是我应该做的。"金小雅拿起织针织毛线。宋东风说："还有一件事情，马上到年底了，估计今年我们所能被评上先进，县局让我们再报一名先进分子。我将你的名字报了上去，如果批下来，到时去县里领奖状，你还得准备一份发言稿呢！"金小雅谦虚道："我哪够呢？你还是报其他同志吧。"宋东风说："我们所里，谁也没有你有条件，我也分别在下面征求一下意见，他们都同意。"金小雅说："我觉得我不够，要不然在他们邮递员中选一个吧。我觉得他们比我还辛苦，起早贪黑，风里来雨里去的。"宋东风说："已经决定了，名单也已经报上去了，你就别再推辞了。有句话是怎么说的？谦虚过火了就是骄傲！"宋东风怕金小雅再推让，说："我得下队转转，这两天刮大风，我得下去检查一下线杆线路。"转身欲走，忽又想起什么来，对金小雅言道："我准备将库房腾出一间来，留作你们两个总机的宿舍，机房这张床不动，留值班时休息。"金小雅说："好。"

七

星期天这天，钱丽丽没有像往常那样睡懒觉，一早起来，梳洗打扮一番，连早饭都没顾上吃，拿着昨晚刚刚织好的围巾直奔公社广播站去找侯建设。恰恰侯建设不在，侯建设的同事告诉她，侯建设可能去邮电所了。钱丽丽虽然一肚子不高兴，还是转身向自己单位走去，清早房檐上的冰霜一下全跑到了她那兴冲冲的脸上。

机房的房门是虚掩着的，钱丽丽留了个心眼，站在那里听动静。房子里传来金小雅接电话的声音，并没有侯建设说话声，进还是不进，钱丽丽在门口踌躇半天，最后决定还是进去看一看。她咳嗽一声，然后推开了门。

侯建设果然在里面，就坐在金小雅的床沿上。侯建设见到钱丽丽进门，说："丽丽，你今天不是休息吗？"钱丽丽酸不拉叽地说："休息我就不能来吗？别忘了，这可是我们单位呢！"这时，金小雅正好接通了一个电话，将通话监听的小开关关闭，然后望着钱丽丽，说："你的围巾织好了吗？"钱丽丽没好气地说："织了拆，拆了织，昨夜几乎熬了我一个通宵，你瞧瞧，到现在我的眼睛还是红的呢！"金小雅对侯建设说："你得好好谢谢人家小钱。"他们讲话，侯建设不知所云，等到钱丽丽将那条灰色的围巾从书包里拿出来，围在他脖子上的时候，他还没反应过来。钱丽丽问侯建设："好看不？暖不暖和？"侯建设说："这是给我织的？"钱丽丽说："东西围在你的脖子上，你说是给谁织的！"侯建设有点儿憨了，说："我没有请你织这个啊！"金小雅埋怨侯建设道："这是钱丽丽对你的一番真情实意，难道说你心里还不明白吗？"钱丽丽也被侯建设的话弄得哭笑不得，指着侯建设，说："你就是猪，一头憨猪！"侯建设将脖子上的围巾拿下来，说："我围这个东西不习惯，有点儿扎得慌。"金小雅说："侯建设，你别身在福中不知福，白白辜负了人家钱丽丽的一番苦心！"侯建设心想：我又没让她给我织这个玩意儿，什么苦心不苦心的呢，我不要，我也不领这个人情。就对钱丽丽说："我不习惯围这个，你还是送别人吧，要不然，给你父亲围吧。"钱丽丽真是气不打一处来，要是金小雅不在面前，她也许不会发火，若是在背后，就他们两个人，说什么都不会生这个气，现在实在是磨不开脸，直憋得脸通红，一把夺过侯建设手中的围巾，愤然说道："真是狗咬吕洞宾不识好人心！"然后气呼呼地一摔门走了。

钱丽丽走了之后，金小雅开始埋怨起了侯建设，她说："侯建设，你是真傻假傻？"侯建设说："我不傻。"金小雅说："你不傻，你难道看不出来钱丽丽对你的一份情意吗？"侯建设说："我们彼此只是认识，连个知心的朋友也算不上，我怎么能要她这么贵重的东西呢？"金小雅说："你说实话，你对钱丽丽有好感吗？"侯建设说："好像有一点儿。"金小雅说："那不就得了，人家大姑娘点灯熬油热扑扑地给你织了一条围巾，你一句感谢话没有，还那么刺激人家，哪个姑娘能受得了你的这个态度呢？况且，钱丽丽为了给你织这条围巾，熬了几个晚上呢！我要是你，现在就去找钱丽丽，当面道歉，然后哄哄她就没事了。"侯建设说："等一下我再去，我把你昨天布置给我的作业念一遍给你听听。"金小雅说："你现在快去吧，什么是轻重缓急你不懂吗？"

其实，钱丽丽没有走，一个人正坐在柜台里面泪眼婆娑地生闷气。侯建设来到近旁，半晌说道："小钱，刚才我说话是无心的，你别往心里去，我觉得我们还没有到那种程度，所以，委屈了你一片心意。我现在就给你当面道歉！"钱丽丽说："你知道吗？我不会织毛线，为了你，我专门找金小雅现学，苦累不说了，没有想到，连你一句柔软的话都没有得到。"侯建设说："我知道我错了，你原谅我一次吧！"忽然，钱丽丽从抽屉里摸出一把剪子，扯过围巾就要剪，说："既然你不喜欢，还不如剪了它！"侯建设一把夺过来，将围巾围在自己的脖子上，说："我喜欢，我喜欢，剪了它多可惜啊！"

金小雅从机房里跑出来，看到侯建设，说："侯建设，你没走啊！"侯建设说："有事吗？"金小雅说："刚刚广播站打电话来说，你的父亲生病了，挺重的，这会儿正在公社医院抢救呢，你快去看看吧！"侯建设一听，急得直搓手，没有把话听完，拔腿就跑。

侯建设走了之后，钱丽丽好半天才发现织给侯建设的那条围巾还在自己的手里，心中多多少少有点儿不痛快。原打算，下午约侯建设去城里看一场电影的，都跟本所的邮递员借好自行车了，现在看起来是去不成了，也不知侯建设父亲的病情怎么样，她准备去公社医院看一看，连将这条围巾送给侯建设。走出去不远，猛然想起来侯建设父亲突然生病肯定缺钱，又急忙往家里走，她的工资都在母亲那儿攒着，她得要点钱装在身上，以防侯建设到时用钱掏不出来。毕竟事发紧急。

八

今天的天气真好，无风。阳光十分充足，将院子里灌得满满的，溢得四处皆是。

星期天的电话不是很多，看到今天外面阳光明媚，金小雅将机房的门打开，然后搬张凳子，坐在院子里看书。眼睛虽然盯着书本，耳朵却时刻听着机房里的动静，随时准备着接听电话，所以她看书就是有当无的事情了。最主要的是，她想补充一下阳光。长期在机房里工作，除了中午吃饭那会儿能见见太阳，一般时间无论有没有电话，都得在那儿待着。

宋东风这时出现了。看见金小雅坐在院子里晒太阳，就说道："今天的太阳真是好，不晒一下，实在是可惜了。"

金小雅急忙回屋去搬出来一张凳子，放在宋东风的面前，说："宋所长，你也享受享受大自然的厚爱吧。"

宋东风说："我条件比你优越，我经常下队，与太阳是经常约会的。"

半晌，金小雅说："宋所长不在家休息，星期天怎么过来了？"

宋东风说："你嫂子上班去了，孩子让他爷爷带出去玩了，所以我没有什么事，在街上瞎遛了一会儿，不知道怎么就拐到单位来了。"

其实，宋东风经常星期天来单位，有时替金小雅接接电话，有时在自己的办公室里瞎忙乎。金小雅时常这么问他，他也都是这么回答。

宋东风说："小雅，我替你一会儿，你出去转转吧。"

金小雅说："镇子上就那么一条街，有什么转头？"

宋东风想想也是，逢到星期天，所里就金小雅一个人在上班，又不多给工资，他心中总觉得有点儿对不起金小雅，所以时常这时候过来关照一下。

宋东风舒了个懒身，说："马上就好了，那个小刘，明后天就会来所里报到了。到时候，机房有两个人，你们就可以轮流休息了，若是想回家看看也随便了。"

金小雅说："多少年习惯了，再说回家也没有什么事情。我若是想回家，不是还有你和钱丽丽替我值班吗？"

宋东风想起了什么，说："小雅，晚上下班到我家吃饭吧。早晨你嫂子割了一块肉，准备包水饺吃，馅子我已经剁好了。"

金小雅说："谢谢了，我就在食堂吃就行了，不妨碍你们了。"

妨碍什么呢？宋东风点燃烟，说："你的家又不在本地，作为所长，关心你一下还是应该的嘛。"

金小雅推让道："还是不了。"

宋东风说："你别客气。与你说实话，这是你嫂子让我喊你去家里吃饺子的。说你一个人在农村上班不容易，让我多多关心关心你。就这样定了，等包好了水饺，我来所里替你，或者我给你送来都行。"说罢，站起身走了。

金小雅欲说什么，机房里电话突然响了起来，她急忙回机房接电话去了。电话是公社书记张松年打来的，张书记说："小金你在机房啊？"金小雅心说：我不在机房能接听你的电话吗？金小雅说："张书记有事吗？"张松年说："事情不大。"小金说："张书记你请指示。"张松年哼哈半天，说："这样吧，这件事在电话里讲不清楚，等一下我到邮电所找你当面说吧。"

放下耳机，金小雅愣坐在那里想了许久，她在琢磨张松年找她有什么事情。既然说事情不大，为啥不在电话里说呢？还说电话里讲不清楚，有什么事情讲不清楚的？虽然张松年是公社一把手，可是与邮电所没有多少利害关系。可以这么说，敲锣卖糖各干一行，只要邮电所保持电话通畅，书报信件及时送达，公社什么事情也找不到邮电所头上。再说，就算是有什么公事，也只有找所长宋东风，与她一个接线员有什么瓜葛呢？到底是什么事情呢？金小雅越想越想不明白，刚回到院子里坐下，张松年骑着车子就进了院子。

张松年扎好车子，一屁股坐在凳子上，说："小金这会儿忙不？"

小金说："一般星期天电话少。"

张松年说："我刚下队回来，正好这会儿得闲，忽然想起一件事情，所以就给你打了个电话。"

小金说："张书记，我给你倒一杯白开水吧？"

张松年摆摆手，说："回到办公室我喝过了。"

小金说："张书记，你找我什么事？"

张松年说："小金，你坐下。"

小金就坐下。

张松年点燃一支烟，说："我今天找你有一点私事。"

金小雅松了一口气。

张松年说："我开门见山了！"

金小雅一笑。

张松年说："小金，冒昧问你一句，你现在有没有男朋友？"

金小雅没有料到张松年会问起这个问题，一点儿心理准备也没有。脸上不由红了。半晌说："我年龄还小。"

张松年问："你今年多大了？"

金小雅回答："到年底二十整。"

张松年说："正好。"

金小雅问："什么正好？"

张松年也被自己弄笑了，说："怨我没有说明白，其实我今天是来当媒人的。"

金小雅心中不由"咯噔"一下。

张松年继续说道："我有个侄子，在县粮食局工作，今年刚满二十一，我说的正好，就是指你们俩的年龄正好。我侄子比你大一岁，你们如果有缘分，谈个年把半年的时间，就可以结婚了。"

金小雅说："张书记，我现在没有考虑这件事。"

张松年说："该考虑了，该考虑了！婚姻法规定，女二十男二十二就可以结婚了，何况你们现在的年龄都已经超过了，算晚婚了。"

金小雅说："张书记，谢谢你关心。不过，我现在的确没有这方面的想法，我想晚两年再谈这事。"

张松年说："小金，我那个侄子，长得一表人才，人也是很上进的，在单位是个团员，前不久已经写了入党申请，说句实在话，要是不优秀的话，我也不会来保这个媒。你呢，我也是观察了很长一段时间了，工作积极肯干，对人热情大方，人又长得这么漂亮，我觉得你们要是能成的话，绝对是般配！"

金小雅说："张书记……"

张松年说："小金，你现在先别拒绝我，等到哪天，我把我侄子的照片要来给你看看，保准你满意。"

金小雅说："张书记，我想……"

张松年将手中的烟屁股在脚底碾灭，然后站起身来，说："小金，你先考虑一下。"他抬腕看一眼手表，说："对了，今天是星期天，食堂不是吃两顿饭吗？时间到了，咱们一起去吧？"

金小雅说："你先去吧，我等一下再去吃。"

张松年推起自行车，临走又对金小雅说道："小金，这件事情你一定要认认真真地考虑一下！"

九

傍晚的时候，宋东风手中提着一只提盒，急急慌慌地来到机房，一进门就说："饿坏了吧？饿坏了吧？"

今天轮着宋东风替金小雅接电话，因为晚上说好了请金小雅吃饺子，所以宋东风在家里忙着和面包饺子，就没有来替金小雅的班。要在往常，金小雅早就饿得心里发慌了，因为刚才张松年来提媒，弄得她一个下午心里都有点儿堵得慌，早将饥饿忘却了，看到宋东风从提盒里端出一碗热气腾腾的水饺，金小雅这才感觉到肚子里饥肠辘辘。不过心里还是有点儿不好意思，说："宋所长，你们家好不容易改善一下伙食，你却拿来给我吃了，实在是有点儿不过意！"宋东风说："什么好东西呢，再说这回我也包得多，你就帮助我们家解决一下困难吧！"金小雅用筷子夹一只饺子放在嘴里，由于太饿了，还没有品出味来就下肚了。宋东风问道："香不香？"金小雅说："我咽得太快了，还没有吃出味来。"宋东风说："怨我，我要是早一点包的话，就不会让你这样挨饿了！"金小雅笑说："要是天天都能吃到饺子，我宁愿这样饿着。"宋东风说："你今天使劲吃，这个提盒太小了，只能盛下一碗饺子，放在其他东西里吧，又怕到这儿凉了。"金小雅说："这么一大碗足够我吃的了！"宋东风想起什么，连连拍着自己的脑门，说："哎哟哎哟！"金小雅问："怎么啦？"宋东风说："我来时准备给你盛一碗饺子汤放在军用水壶里带来的，一慌忙竟然给忘了。"金小雅说："不用了，我等一下喝一点儿白开水凑合了。"宋东风说："古语说得好，原汤化原食，吃饺子，一定得喝一碗饺子汤。"金小雅说："不用不用了，真的不用了！"宋东风说："不行，一定得喝！"金小雅一把没拉住，宋东风抽身跑走了。

等到宋东风拎着一军用水壶饺子汤来到邮电所院子里的时候，正好遇见钱丽丽。钱丽丽不知啥时站在院子里，因为机房里的灯光从窗户里照射到外面，天虽然已经早黑了，院子里还是明亮得很。

钱丽丽这么晚来干什么的呢？侯建设的父亲在医院抢救，上午她向家里要钱，当时她娘在家，一听说要钱给不相干的人看病，说什么都不同意。钱丽丽说："怎么是不相干呢，我与侯建设不是正谈着吗？"她娘说："正谈着算什么？又不是一定能成。就算是将来成了，那是将来的事情。攒这点儿钱，还准备留给你作嫁妆钱呢！"侯建设身上一点儿钱，一天基本上是花完了，到现在他的父亲还没有醒过来。钱丽丽在单位的柜子里藏了几十块钱私房钱，她是来取钱的。

宋东风说："小钱，这么晚了，你来干什么的呢？"

钱丽丽说："我来拿一点儿东西。"看到宋东风手中的水壶，不由问道，"大晚上的，你拿个水壶乱跑什么呢？"

宋东风说："今天我们家包水饺，我给小金送一碗来，当时来得匆忙，忘记带饺子汤了，现在我是给小金送饺子汤的。"

钱丽丽大声嚷嚷："又送饺子又送汤的，宋所长对下级真是关心啊！"她是故意说给机房里金小雅听的。

宋东风说："你别说话酸不拉叽的，大门牙都让你给酸倒了。小金的家不是不在这里嘛，你要是想吃饺子，家里还有，你现在就到我家去吃。"

钱丽丽说："我吃过饭了，等下一次吧。如果所长再包饺子，一定提前通知我一声，头一天我就留着肚子等着！"

宋东风说："你这么好吃，上哪去找婆家呢！"

钱丽丽也不想瞒着，说："所长不要你烦心，我已经找好了。"

宋东风问："谁家？"

钱丽丽："就是公社广播站的那个侯建设！"

宋东风说："没有听说嘛，你的保密工作做得不错嘛！"

钱丽丽说："现在告诉你也不晚，你就等着拔份子钱喝喜酒吧！"

宋东风说："那是当然的。我是领导，我还得多拔呢！"

钱丽丽回到营业室，将自己的私房钱找出来掖在身上。当她回到院子里的时候，机房里宋东风与金小雅的说话声，不时从窗子里与灯光一起飘了出来。只是，灯光是实在的，男女的说话声却是时断时续的。钱丽丽想到宋东风对金小雅这么关心，甚至有点儿无微不至，心里不免有点儿妒忌得慌。难道说，就因为金小雅的家不在这里吗？好像又不完全是。就拿今晚的事情来说吧，你宋所长家中弄点儿改样的，黑灯瞎火地大老远送来也就罢了，又专门屁颠屁颠地跑回家取什么饺子汤，这就有点儿不正常了，也超越了同志之间互相关心的那种程度。这不能不让人想得多！水饺也吃了，饺子汤也喝了，这么晚了，宋东风怎么还赖在机房里不走呢？男女之间，又不是恋爱关系，哪有那么多话说呢？又有什么话说呢？过去总觉得，宋所长对于从城里来的金小雅特照顾，也没有深想过，现在一琢磨，钱丽丽就觉得他们的关系有点儿不正常。"自家门前有雪自己扫，少管别人瓦上霜。"这是她娘常挂在嘴边一句话。钱丽丽这时回想起来，觉得她娘这句话哲理非凡。将自己事情管好就行了，管人家那么多闲事干什么呢！

钱丽丽正要走，本来是开着的机房的窗户，这时不知为什么突然"咣当"一声关上了。屋子里的说话声也在此时中断了。一响一静，钱丽丽的脚步被绊住了，她不由人地想探一探屋里两个人的动静，她娘的至理名言让她全丢到爪洼国去了！

机房的窗户不算太高，钱丽丽站在下面，踮着脚还是看不见里面。围墙根有几块散砖，钱丽丽轻手轻脚走过去，将砖搬到窗户下面，人站上去，正好能看见机房的天花板，虽然看不见里面的男女，不过里面的说话声音倒也听得清晰。

女人说："我最崇拜当兵的，穿上军装真神气！"

男人说："有啥神气的？我倒是没有觉得。"

女人说："你在部队上打过枪吗？"

男人说："虽然我们是通讯兵，可是我的枪法在我们通讯营还是不错的。一次实弹打靶，十发子弹重了九十八环。全营第一名。"

女人说："真不简单！"

男人说："也许是瞎猫碰到了死老鼠吧。"

两人大笑。

女人说："今晚没事，你给我讲讲你在部队上的故事吧。"

男人说："讲什么？"

女人说："捡个精彩的讲。"

男人说："1968 年，我们通讯营准备参加珍宝岛自卫反击战，后来又取消了，我当了八年的兵，真正的战斗一次也没有参加，哪有什么精彩的故事呢！"

女人说："你当兵当了八年，不会没有一件让你刻骨铭心的事情吧？"

男人说："你这么一提，还真的让我想起了一件事。我的前任老班长，叫李大锅，在老家谈了一个对象，女方家成分是地主。那时候，现役军人找老婆讲究政审，正巧上级准备提拔李大锅为副排长，所以营长说什么也不同意李大锅找了个出身不好的女人当老婆。李大锅眼看着已经二十八了，好不容易找个老婆，说宁愿自己不提干，也要同意这门亲事，所以当年就要求退伍。心想我离开部队你就管不着我了。营长发下狠话，军队培养一名业务干部不容易，你想退伍不可能，除非我死了！李大锅急眼了，在一天夜里值岗的时候，一枪将营长打死了……"

女人说："后来怎么样？"

男人说："还能怎样，一命抵一命呗！"

女人"唉"了一声。

男人说："悲惨吧？不过悲惨的事还在下面呢！后来我们听说，军事法庭枪毙李大锅那天，他谈的那个对象也在家上吊自尽了！"

窗外的钱丽丽听完这个故事，心里又是激动又是悲伤，心中一酸，脚下不稳，"扑通"一下摔倒了。

男人说："什么声音？"

女人说："可能又是老鼠吧。"

男人说："不可能啊，我已经让老马下老鼠夹子了呀！"

女人笑说："老鼠又不憨，不会躲着夹子走吗！"

男人说："我出去看看。"

后面几句话，钱丽丽没有听到。她摔得并不重，只是时间站久了，腿有点儿站麻了，屁股被摔得有点儿疼，听见机房内响起了脚步声，急慌忙拔腿撒丫子了。

十

中午，金小雅像往常一样端着搪瓷碗向公社食堂走去，她步履轻盈，心中却有点儿慌乱，特别是进了公社大门，神情更加紧张。等到她进到了食堂里，饭桌旁没有看到她怕见到的那个人，心中一块石头落了地。

杜淑华大老远地招呼道："小金，今天来得挺早啊?"金小雅想起前几天吃人家的饺子，说："嫂子，谢你啦！"杜淑华一边给金小雅打饭盛菜，一边说道："谢什么?"金小雅说："上天你们家包饺子还想着我。"杜淑华说："那算得了什么事呢！你的家不在本地，你又没有成家，老宋是你的领导，照顾你是应该的！"突然想起了什么，问道："听说你们所又调来个新总机?"金小雅说:"叫刘畅。"杜淑华说:"这下好了,你以后可以吃个安生饭了。"

金小雅端着饭菜向外面走,她想回所里吃,目的是怕见到那个不想见的人。出了公社大门,脚步不由加快起来。其实她后来想一想,也觉得自己很可笑,俗话说,躲了初一躲不了十五,来公社这条路又不能从此不走了,今天遇不着明天遇不着,你还能永远遇不着吗?

金小雅正低头走路,忽听有人喊她的名字,一下子被喊愣了。等到侯建设走到她的面前时,她这才反应过来。

侯建设说:"小金,吃过午饭了吗?"

金小雅说:"打好了,没吃呢?"

侯建设说:"这几天忙着家事,没来得及去你那里讨教。"

这时,金小雅才看见了侯建设膀弯上别着黑袖箍。

金小雅说:"你父亲不在了?"

侯建设说:"走了。在医院里折腾了几天几夜,钱也花光了,还是没能抢救过来。"

金小雅说:"节哀顺变吧!"

侯建设说:"本来想等吃过饭去你所里找你,没想到在这里遇上了。"

金小雅说:"现在我们所里又来了个总机,我们俩一人半天班,这下有时间了。"

侯建设说:"我找你不是学习的事情。"

金小雅望着一脸倦容的侯建设,说:"那意思是,除了学习普通话,你找我还有啥事?"

侯建设说:"我想请你帮我劝一个人。"

金小雅说:"劝人?劝谁?"

侯建设说:"钱丽丽。"

"钱丽丽怎么啦?你们关系不是很好吗?"金小雅一头雾水。

侯建设说:"钱丽丽生我的气了,而且气得不轻。"

金小雅说:"劝人这方面我不太擅长。"

侯建设说:"我找不出比你更合适的人选,所以无论如何你得帮我这个忙。"

"到底是什么事情呢？"金小雅显得有点儿无奈。

侯建设说："我父亲不是去世了吗？下葬那天，钱丽丽非要与我一样披麻戴孝。你说说，我与她只不过算是一般的朋友，又不是两口子，即便是我们的亲事定下来了，一天不成亲，也不能带这么重的孝。她死活不同意。我们家的亲戚也不答应，硬要她脱下孝服，她一气之下，一脚踢翻了老盆，跑了回来。"

金小雅说："怪不得这几天钱丽丽没来上班嘛！"

"钱丽丽的脾气有些大，我不怕别的，就怕她一时想不开。"侯建设哀叹一声。

金小雅说："这事你让我怎么劝呢？再说，我也不会劝人。你真难为了我了侯建设。"

侯建设双手作揖，说："麻烦你了，小金。你们是同事，又都是女同志，说话还是比我起作用的。"

金小雅说："我试试吧。不过，这件事也不是什么大事，过去就过去了。再说，你们家又没对钱丽丽怎么着了，我想她也不会记恨什么吧？"

侯建设说："一切拜托了！"

看着侯建设远去，金小雅这才感觉到这件事情不一般。他们两人如果是情人关系，应该他们自己去沟通。假如他们是一般的朋友关系，也应该让他们自己去解释清楚，再说他们没吵没闹的，自己出面劝的什么呢？钱丽丽脾气有点儿拐，会不会说她多管闲事呢？的确自己算不得一根葱。金小雅有点儿后悔，说什么不该接这个招。

一阵铃铛响亮，金小雅猛一抬头，公社书记张松年的自行车横在了她的面前。金小雅心里暗暗叫苦，怕遇见怕遇见到底还是遇见了。她心中不由埋怨起了侯建设来，要不是他刚才耽误了时间，怎么能碰见张松年呢！

"你下队了，张书记？"金小雅显得有些尴尬。

张松年扎稳自行车，说："小金，我正准备哪天去你那儿呢！"说着从身上掏出笔记本，在里面找出一张黑白照片，递给金小雅，"这就是我和你说的，我的那个侄子，你看看，长得挺英俊的吧？"

金小雅还是很礼貌地接过了照片。照片是在冬天里照的，雪后的阳光下，男孩子戴着一顶三块瓦咖啡色栽绒棉帽，脖子上围着一条手工织的藏蓝色围巾，脸上一副雄赳赳的样子，一般化的人，是人群中常见的那种大众化的男孩子，与张松年所说的"英俊"相去甚远。

"印象怎么样？"张松年迫不及待地问道。

金小雅有点儿羞赧，笑而不语，然后将照片还给了张松年。

张松年说："这张你留着吧，我那儿还有。"

金小雅说："张书记，你快去食堂吃饭吧，要不然饭菜都要凉了。"

张松年说："你考虑考虑，有什么意见直接告诉我。"

金小雅撒谎道："我该去上班了，再不走就晚了！"

十一

钱丽丽在家中待了三天，她觉得侯建设肯定会到家里来找她，给她赔礼道歉。哪知她的如意算盘打错了，三天过去了，侯建设连鬼影子也没见，白白糟蹋了几天病假。钱丽丽在家憋不住了，只好销假上班。一到单位，金小雅便将侯建设托付的事情和钱丽丽讲了。钱丽丽心中更加来气，心想：本来这事情侯建设不讲谁也不知道，又不是什么光彩的事情，你怎么随随便便和外人说的呢？你这么一说，我不更加没脸面了吗？再说，你和金小雅什么关系？你托她和我说，你为什么自己不当面和我说呢？你还嫌我丢人丢得不够啊！我给你们老侯家披麻戴孝，那是我真心实意。我是拿你当我的亲人才这么做的，你不领情不说，反倒让我在你们大队当众出丑，这些我都能忍。你千不该万不该将这件事情告诉金小雅，还是那句话，她金小雅凭什么找我说这种事，她表面在劝我，其实她心中不知多畅快呢！是谁弄得我里外不是人的？就是你侯建设，我不能与你拉倒了，你必须当面和我说声对不起，再请我进城看一场电影，不，两场！这是最起码的要求，否则的话，我的火就不能消，火消不下去，就会爆发出来，到那时，你就别怪我不顾情面了！

今儿又是闭集，营业室依然没有多少生意，就收寄了两封信。眼看太阳到了东南晌了。

钱丽丽正坐在那儿想心事，猛然看到一脸兴冲冲的侯建设影子在院子里晃悠。今天不是金小雅的班，侯建设三晃两晃竟然晃到了金小雅的宿舍去了。钱丽丽有百分之九十九的把握，侯建设一定是看到自己了。他俩的目光曾经在那一瞬间相遇了。她的感觉不会有错！

让钱丽丽不明白的是，她与侯建设一直关系很好，经常在一起谈心，隔三岔五会到城里看电影逛商店，手也握了，嘴也亲了，身上也摸了，虽然双方没有捅破那层窗户纸，不过钱丽丽认为，他们已经是男女朋友那种关系了。所以才会在侯建设父亲的葬礼上，要求与侯建设一样披麻戴孝，她觉得她就是侯家的媳妇了。

打什么时候起他们变得有些生分了呢？钱丽丽回忆起来了，就是侯建设想与金小雅学普通话那时开始的。工作好好的，学什么鬼普通话呢？那个金小雅好像对侯建设特别热心，也很有耐心。难道说侯建设移情别恋，看上城里出来的金小雅了？哎呀呀，钱丽丽心里一下子凉了半截！但是，钱丽丽很快否定了自己的猜测。论长相，金小雅比自己长得好看，皮肤比自己细，牙齿比自己白，身材也比自己受看，又是城市户口，她怎么会看中什么都不是的一文不值的乡下男孩侯建设呢？不过，意想不到的事情总会发生，金小雅会不会看到自己和侯建设关系好，心生妒忌，有意想拆散他们俩的呢？平常她和金小雅关系还可以，工作上也没有什么隔阂，金小雅不该对自己有什么成见。钱丽丽心中明白，感情这种事情，没有什么可能或不可能，还是不能掉以轻心。她今天，不，就现在，她要当着金小雅面和侯建设问问清楚，他侯建设心里到底是怎么想的？我不能就这样让人家随便宰割！

钱丽丽锁好抽屉，让马师傅看着营业室，气哼哼地向金小雅的宿舍走去，刚到门口，正欲敲门，侯建设却从门里出来了，几乎撞了个满怀。两人都不由一愣。

侯建设说："呦！"

钱丽丽说："呦什么，不认识吗？"

侯建设笑了，说："还生我的气哪？"

钱丽丽一撇嘴，说："谁敢生你的气呢？你现在了不得了呢！"

侯建设赔笑脸，说："我有什么了不得的？"

钱丽丽说："问你自己啊！"

侯建设说："咱们别置气了，哪天我请你看电影。"

钱丽丽说："上次就说请我与金姐看电影的，还说请我们吃一顿好的，到现在也没有兑现，净说瞎话！”

侯建设说：“这回一定。过这几天，我一定请你，还有金小雅。”

一提金小雅，钱丽丽心里的气腾地一下上来了，一噘嘴，扭脸走了。

侯建设说：“你别忙走啊，我正有事找你呢！”

钱丽丽望一眼站在门里面的金小雅，不咸不淡地说道：“找我有事，怎么跑到金姐的宿舍里了呢？”

金小雅说：“侯建设，我说怎么样？这种好事，你得先和丽丽说。你看丽丽噘嘴了吧！还不赶快说声对不起！”

“对不起，对不起！”侯建设跟在钱丽丽的屁股后面慌忙说道。

到了营业室，钱丽丽才问道：“你说的正事是什么事？”

侯建设说：“县广播站开始招播音员了，我准备去参加。”

钱丽丽问：“什么时候？”

侯建设说：“就这几天，具体时间等通知。”

钱丽丽说：“你为什么非要考什么播音员呢？你现在不是干得好好的吗？”

侯建设说：“我现在是社办人员，如果我考取了播音员，我就可以转成国家正式人员了，户口也随之迁到城市了。”

钱丽丽说：“怪不得，你这一段时间与金小雅打得那么火热的嘛！”

侯建设说：“你别阴阳怪气说话，你不希望我好啊！”

侯建设走了之后，钱丽丽坐在那里想了好半天，老马几回和她说什么事情，她都回答得驴唇不对马嘴。

钱丽丽心中一直在想，从这一段时间观察，侯建设对自己不冷不热的，假如真的考到县广播站了，成了国家正式干部，他还会在乎自己吗？他的心不会变吗？从开始，钱丽丽反对侯建设练普通话，就怕侯建设哪天展翅高飞了，看不上她这个普普通通的卖邮票的了！现在看起来，她与侯建设的关系有点儿悬。怎么样才能阻止侯建设不去报考播音员呢？目前也没有好办法。最好就是能盼望侯建设考不取，那样的话，她和侯建设的事情还有希望。万一侯建设考取了，当了陈世美，钱丽丽也不准备活了，买一些老鼠药，与侯建设同归于尽！当然，最后万不得已才会这么做！

十二

　　所长宋东风与金小雅到县局开表彰大会去了，宋东风代表先进集体，金小雅则代表先进个人。偏偏新来的那个总机刘畅的母亲生病住院，请假回家照顾病人去了，按照所长宋东风走前工作安排，钱丽丽只好将邮政业务临时交给马师傅办理，她则去总机房代班。

　　过去，钱丽丽思想比较单纯，特别是评先进这种事情从不计较，谁当她都没意见，无所谓，谁当不是当？再说，不就是领一张纸吗？上面虽然写着"以资鼓励"的字样，钱丽丽知道，那不过是上级领导的戏说，骗人的把戏，有哪次兑现了呢？纯粹是子虚乌有。所以钱丽丽对每年所里"评先进"一点儿都不感兴趣。不过这一次，钱丽丽心中有点儿不舒服，凭什么金小雅当先进？她金小雅先进在哪儿？还不是所长宋东风一人的主意！她心知肚明，宋东风心中一直与金小雅关系不一般，几乎每年先进都是金小雅独揽。最近听说，上面要提金小雅当副所长，这个"谣言"传了有些日子了，钱丽丽多么期盼这个谣言就是个谣言！不知怎么的，她现在就是不希望金小雅好，特别是当他们的领导。固然她心里也明知金小雅工作积极，比自己表现好，又是县局下派的人员，可是心中就是有点儿气不顺！

　　钱丽丽心里不顺畅，难免将情绪带到工作中去。也是奇怪，今天电话特别繁忙，几乎没有喘息的机会，钱丽丽越接越烦，后来干脆不接了，任电话就这样响着。连前面的马师傅都听到了，急忙跑到机房来查看，见到钱丽丽坐在那里无动于衷，不由问道："小钱，你怎么不接电话呢？"钱丽丽说："烦死了，电话真多！"后来，她干脆将来电的铃声设为震动，别人就听不到了，自己也就装没听见。拿起给侯建设织的一半的毛背心，坐在那里织。织着织着，心中来了气，想：侯建设这个死东西，我心里想的全是他，而他对我却是三心二意。她将毛线针丢在一旁，我不给你这个坏蛋织，我闲着不好吗？为什么自找劳累呢！

　　天气虽然打过春了，依然是冻手冻脚。钱丽丽手里抱着个搪瓷缸子，一边暖手，一边喝水打发时间，哪知水喝多了，就得老往厕所跑。马师傅看见了，就问道："小钱，上午在家吃什么东西坏肚子了吗？"钱丽丽一下没有反应过来，说："没有啊！"老马说："那我怎么看见你一会一趟、一会一趟向厕所跑的呢?"钱丽丽说:"我是喝水喝多了!"她反问老马道:"马师傅,你从小是吃河水长大的吗?"老马不知何意,问道:"怎么啦?"钱丽丽说:"要不你怎么管得那么宽的呢!"老马手点着钱丽丽,说:"你这个丫头啊!再拐,恐怕连婆家也说不到了!"

老马的一句闲话,惹得钱丽丽坐在机房里发了半天的呆。

晚上电话几乎很少,钱丽丽就坐在机子旁的灯下织毛衣。有人敲门,钱丽丽心说:这么晚了,还能是侯建设吗?侯建设知道她今天替班。所以,钱丽丽也没问一声就起身去开门了。

果不其然是侯建设。

"你怎么来了?是不是怕我寂寞,专门来陪我值班的?"钱丽丽心里一阵欣喜。

要不怎么说侯建设老实呢,你就顺着人家的话说吧,多好呢!他偏偏不,说:"我来是有事要告诉你的。"

钱丽丽心里依然兴高采烈,端起搪瓷缸子,说:"你喝点白开水吧,天气有点寒冷!"

侯建设说:"我不渴也不冷。"

钱丽丽说:"喝一口撑不死你!"

侯建设只好接过搪瓷缸子,说:"后天我就去县广播站考试了。"

钱丽丽虽然嘴里答应着,心里还是不怎么乐意,说:"这么快啊!"

侯建设说:"我恨不能现在就去考!"

钱丽丽说:"你就是来和我说这个事的?"

侯建设点点头,说:"明天我就去公社秘书那儿开介绍信了。"

钱丽丽半晌说:"哦!"

侯建设在口袋里翻腾,半天摸出几块糖,塞在钱丽丽的手里,说:"你值夜班好犯困,就吃块糖吧!"

钱丽丽心中一阵激动,拿一块糖给侯建设。

侯建设说:"我不吃。"

钱丽丽说:"谁让你吃了,我让你剥给我吃的。"

侯建设将糖纸剥开,将糖块填进钱丽丽的嘴里。

钱丽丽舌尖还没有尝到糖块,心里早已经被甜味给塞满了……

侯建设说："天不早了，我还得回去复习复习，临阵磨枪，不快也光！"

钱丽丽没有听见侯建设说什么，她心中在想：现在是个好时机，机房没有人来，所里更是不会有人来，要是今夜能与侯建设将生米做成熟饭，他即便是考上什么鬼播音员也不怕了。他也绝对逃不出自己的手掌心！

钱丽丽说："侯建设，你今晚就留下来陪我值班吧？"

侯建设说："万万不能，万万不能，我就是没有事，我们也不能在一起，要是传出去了，我们还怎么见人呢！"

钱丽丽说："你想歪了，我是害怕！"

侯建设说："你将门插上，就不觉得怕了。再说，没有贼没有鬼的，你有什么可怕的！"

钱丽丽说："今晚天气真冷！"

侯建设瞅一眼床上的被子，说："我那儿有一床闲褥子，我现在去给你抱来。"

钱丽丽气不打一处来，一把将侯建设推出门外，然后从里面将门插死了。

十三

有电话进来了，钱丽丽心中不高兴，三更半夜的，还有什么火烧眉毛的事情呢！本不想接，一看是公社的电话，忙将插头插上了。

"是小金吗？"

钱丽丽听出来了，是公社书记张松年声音，急忙说："张书记，我不是小金，我是小钱。"

"小金呢？"

钱丽丽说："张书记，小金到县里开会去了。你找她有事？"

"我随便问问。你给我接王庄大队，我有急事！"

钱丽丽不敢怠慢，急忙将电话插头插到王庄大队的插孔里，摇起了摇把。那头接电话的人似乎是早已等候在那里的，没摇几下，那旁就有人接电话了。是个女人的声音。

张书记的电话很长，通话的小灯泡一直在闪，钱丽丽不觉有点儿困乏，随手拿起毛衣针织着等电话结束，哪知这通电话没完没了。钱丽丽有点儿想不明白，天这么晚了，有什么着急的工作谈呢？所以她不时扳着监听的闸刀，听听电话讲完了没有，无意之中听到这么一段对话：

"我想你有时半夜想得抓耳挠腮的。"男人说。

"我也是。"女人说。

"你现在过来吧，我骑着车子去接你。"男人说。

"你不是胡扯吗？我对象在家等我呢？我怎么脱身？再说，你的办公室也不安全，若是被人看见了，你我都完了！"女人说。

"后天是星期天，我们去县招待所可以吗？那儿比较安全。"男人说。

"再说吧。"女人说。

"不要再说了，就这么定了！"男人说。

"我是怕……县招待所也不安全。"女人说。

"安全安全，绝对安全！"男人说。

"你经常去招待所开会，那儿的服务员肯定认得你！"女人说。

"认得我怕什么？他们又不认识你，他们还以为你是我老婆呢！"男人说。

"去！"女人说。

钱丽丽被这段话着实吓了一跳，我的妈呀，堂堂的一个公社书记，怎么会做出这种事情来呢？这事要是传了出去，他们说得对，他们都完了。既然知道这种事情的后果，他们为什么还要铤而走险呢？

腐化堕落这种错误不是一般错误，往小里说，是生活作风的事，往大里讲，是党性原则的大事，弄不好，书记当不成，就连党员也保不住，落个双开。有多少干部都在女人面前跌了跤，这个张书记怎么还敢冒这个险呢？平常见他一本正经的，原来是这种人，真令人不齿！

天这么晚了，一般不会有电话来了。钱丽丽洗洗手脸又烫烫脚，这才铺床睡觉。上了床却一点儿困意也没有了，满脑子里老想着刚才男女的谈话。后来又想到了她与侯建设的事情。她现在心里真是矛盾死了，你说她一点儿不想让侯建设去考试也不是真心话，侯建设好了，出人头地了，也是她巴求不得的事。可是，侯建设一旦成功了，他还能与自己好吗？谁也说不准！既然说不准，就不能让他去考试，怎么才能不让侯建设去县里参加考试呢？突然她想到了一个主意，这个主意虽然有点儿损，可是眼下也顾不得了！只要公社书记张松年出面干预，侯建设就开不来介绍信，没有公社介绍信，侯建设就不能参加考试。而让张松年能听信自己的撒手锏，就是今夜电话里的内容。仔细一想，钱丽丽又觉得不妥当，总机的保密规则里有一条，不允许偷听机主的谈话，即便是无意之中听到了不合适的内容，也不允许四处散布，否则将受到行政处分。况且这个电话还是一个有身份的公社书记电话。若是那个张松年否认的话，死活不承认你又怎么办呢？到那时不光工作不保，弄不好还有可能被处理。无论成功与否，眼下也只有死马当活马医了。想到此，钱丽丽披衣坐起来，要通了张松年的电话。

张松年一听电话响，有两个猜测，要么是县里临时有什么紧急任务电话，要么是刚才王庄大队那个相好的电话，万万没有想到是钱丽丽的要挟电话。要知道他慌忙起来接电话，只披了一件棉袄，下身还光着两条腿呢！

"你……你这个小钱，真是胆大包天！"连气加冷，张松年牙齿直打哆嗦。

钱丽丽戏谑道："我还没有你的胆子大呢，张书记！"

张松年十分恼怒："你知道你这么做的后果吗？"

钱丽丽说："我清楚。"

张松年说："难道说你不想要工作了？"

钱丽丽说："我们是拴在一条绳子上的蚂蚱，你要是开除我，你也知道这个后果！"

张松年咬牙切齿道："你偷听上级的谈话，还要挟领导，你真反动！"

钱丽丽说："反动这顶帽子，我还不够资格戴。我再与你说一遍，我不是偷听，我是不小心听到了的，我也没有要挟你，你若是不答应就算了。"说罢挂断了电话。

钱丽丽这时才有点儿害怕了，越想越觉得害怕，躺在被窝里，浑身不住地打战，她不知道怎么收这个场。她真有点儿恨自己，为什么偷听人家的电话呢？偷听也就罢了，鬼使神差，怎么会做出这种既缺德又罪恶的事情来呢！

有电话进来了。钱丽丽知道那是张松年的座机。是福不是祸，是祸躲不过，她摸起了听筒。

张松年说："明天我会交代秘书，按照你的要求做。"

钱丽丽说："你今晚与王庄大队通电话的事情我一点儿不知情。"

张松年说："我们相互保密，算是君子约定。"

钱丽丽说："行！我答应你，只要你说话算话，我保证，什么事情都烂在我的肚子里！"

十 四

这年初夏，所长宋东风的老婆杜淑华骑车子去城里赶庙会，半道上出了车祸，人没送到医院就没了，所幸的是坐在后座上的儿子，被甩出去落到了河滩上，爬起来身上就是蹭破了几块皮，啥事没有。

两年之后，已是老姑娘的副所长金小雅与宋东风结了婚。邮电所丈夫是所长，老婆是副所长，这工作不好搞。后来宋东风就调到了另一公社当所长，不久受到提拔，当了县邮电局的副局长。

宋东风调走不久，主持一段时间工作的金小雅转正当了所长，副所长由钱丽丽担任。金小雅虽然结婚比钱丽丽晚，当年就生下一个女儿。钱丽丽结婚多少年没有孩子，两人之前说好了的，无论金小雅生男还是生女，钱丽丽都要认孩子当干妈。说来也巧，没多久，钱丽丽忽然怀上了，一生下来，惊着了一家人，是一对双儿，还是龙凤胎。如今钱丽丽的男人侯建设已是公社广播站的站长了，就因为女人不能生孩子，两人一直是疙疙瘩瘩的，现在好了，钱丽丽在男人面前扬眉吐气了！

在喝一对双双满月酒那天晚上，一高兴，钱丽丽便将压在心底多少年的话对男人吐了出来。侯建设一听愣住了，半晌无语。接着跑了出去……

三天之后，侯建设才从外面回了家。钱丽丽一把抱住男人，声嘶力竭哭喊道："建设，我错了，我错了，我是怕你考上了播音员会变心，所以才做出了这种错事，请你看在两个孩子的份上原谅我吧！"侯建设两眼含泪，说："我要是不原谅你，我就不回来了，再说我也舍不得我们可爱的一双儿女啊！不过，我打算等有机会，还是去报考播音员，这是我一生的梦想，因为我太热爱这项事业了！"钱丽丽知道，侯建设虽然整天忙着站里的工作，一有空还偷偷练习普通话，她说："建设，你一定行的，我相信你！"

（原载《创作与评论》2016 年第 7 期）

军校风云

序

大黑驴狠劲地蹿了几蹿，终于驮着赵蔼如跃上了淮河大堤。

这时，天已放亮，晨曦将八百米河面染得多姿多彩。早露的舌尖把大黑驴的鬃毛舔得油光发亮，也把赵蔼如头上那顶咖啡色的礼帽和那件老海蓝的直贡尼大褂浸得潮漉漉的。

初秋的早晨，虽不太冷，但对赶夜路的赵蔼如来讲，倒也觉得凉气逼人。他下了驴，望了眼东边那轮鲜艳的朝阳，不由人地激灵地打了个寒战。他懒得到黑驴屁股上的皮箱里去拿棉袍子。太阳出来了便好了。他暗想。

河面上没有船只，浑浑的河水一浪赶着一浪向东奔流而下。几只鱼鹰从半空俯冲下来，啄了几口浑水，在河面上盘旋一阵，便顺流而去。

赵蔼如卸下大黑驴身上的皮箱，把缰绳放在驴背上，轻轻地在驴屁股上拍两下，大黑驴便打着响鼻，溜达着，去啃堤边残存的草根。赵蔼如长吁一口气，望一眼静悄悄的河面和寂寞的天空，又扭身瞧瞧空荡荡的田野，心中不免被孤独笼罩。那根迷惘的神经使得他上不着天下不沾地而且无可奈何！他就这样在河堤上来来回回地也不知走了多少趟，脚上那双轻巧的浅口布鞋也渐渐地沉重起来。

人世间有许许多多捉摸不透而且叫人始料不及的事。他的出走，促使他过早地踏上了人生的漫长之路，也促使他过早地离开了他那个早就一天不想呆的已经开始衰败的还梦想着有朝一日挂上"千顷牌"的破碎的家。

记得光绪三十年那年他五岁，也是个初秋的早晨。那天天气十分好，日子也吉利，那是他大哥进秀才受贺之日，也是他们赵家有始以来最辉煌、最有脸面的一天。他大哥头戴红缨帽，身穿八团袍罩，前有两面红牌开道，后随喇叭鼓乐队，一时鞭炮炸响，锣鼓喧天，好不热闹。他喜欢大哥那顶十分好看的红缨帽，便上前抢，被母亲喝住，他便躺在地上撒泼。母亲劝他道，你要想戴红缨帽，就要发奋读书。他铭记了母亲的话，立志用功读书。

可他天生讨厌那些令人头痛的八股文，背诵那些哼哼歪歪的东西，便觉困得慌。

秀才大哥动手打了他，很重，乃至几天手都握不住筷子。偏袒他的祖母却让他的大哥跪在祖宗牌位前一天一夜不准起身。从此他读书便是三天打鱼两天晒网。又从溺爱他的祖母那儿学得了一手带宝、打麻将、推牌九的本事，七八岁时便能上桌子与大人对阵，在同龄人中堪称小赌王。

两年后，祖母和母亲相继去世，他失去了祖母的宠爱，也失去母亲的严厉管束。他成了一匹脱缰的野马。接替母亲执掌家中政权的，便是他的秀才大哥。四书五经的恢宏，在大哥的教鞭下黯然失色，而祖母的"遗产"使他成了赌场上一名年轻的老手。日子久了，他又觉得赌博也是百无聊赖，便想有朝一日要是能出门闯天下，两手空空去闯，那将是多么有意思，又是多么刺激。要走就得无牵无挂地走，于是，他一头扎进赌场，故意去输，钱输光了，就当地赌，当地来不及，便押地契，今儿岗地二十亩，明日湖地五十亩，后天河滩地一百亩，直赌得天昏地暗、日月无光。终于有一天，他名下的二百顷地全部改弦更张了。

无地无财一身轻，正当他准备收拾收拾出门闯天下的时候，他的那位秀才大哥却给他这个败家子找了一个门当户对的女人。那个女的长得什么样他不知道，只晓得那家也是绅士人家，女的叫满月，从小闻名于方圆百里……现在家里怎么样了呢？但赵蔼如心如磐石。如今既然迈出了第一步，就不能顾那么多了，更不能打退堂鼓。他早已作了决定，他一不做工，二不经商，他准备报考黄埔军校，追随孙中山，不混出个人样子来，没脸回他的赵家冲，他要叫他的那位秀才大哥看看，他赵蔼如不是熊包！

不知不觉，太阳已弹出老高，暖暖地照耀着，令人心潮澎湃。赵蔼如真想躺在河堤上睡一会儿，然而不能，他怕家中有人追来，那时便走不脱了。他不由又一次搜寻河面，还是没有船的踪影。当下便决定，走旱路去清江口，然后改水路去镇江。他唤回了大黑驴，将皮箱装上，然后纵身上了大黑驴，猛击一下它的屁股。大黑驴便腾起四蹄，顺河堤向东南方向跑下去。这时，一股长长的灰雾在河堤上弥漫开来。

清江码头荒凉得很，沿河岸自然形成一条街，挤满了茶馆、客栈、大车店、饭店。码头上无风，四平八稳的运河水像一面镜子，将蔚蓝色的天空搬了进去，更增添了姿色。一只只客货船静静地泊在码头湾里，那一根根直刺天穹的桅杆，无疑给出远门的人带来一种踏实的希望。

赵蔼如牵着大黑驴，在大车店喂足了草料饮足了水，然后将缰绳拴在了驴背上，对大黑驴说："回家吧，照原路走，别下路。"大黑驴仿佛善通人意，"咴咴"地点着头，然后上了大路。走出几十步开外，又突然停住，回头望着它的主人，意思是问赵蔼如，还有什么话捎回去没有。赵蔼如扬了扬手，大黑驴抬蹄一声嘶鸣，然后掉转头，撒开四蹄，飞奔而去。

夕阳的余晖几乎散尽，黄昏街来凉凉的风。码头上卖粽子的敲梆子声，馄饨挑子的吆喝声，以及大饼油条包子辣汤的叫卖声此起彼伏，随即，那像是一盏盏鬼火似的马灯便悬了起来……

一

船到镇江之后，赵蔼如又坐了招商船去了上海。在那儿他找到了他的一位在大学教书的表叔陈延年，当他把来意说明，表叔当即出去托人，最后给在广州的一个叫高语罕的人写了一封介绍信。

坐火车到了广州，赵蔼如按照信封上的地址，很顺利地找到了镜湖旅馆。镜湖旅馆在一条偏僻的小街上，三层小楼装点得很典雅。

和赵蔼如同屋住着的是一个二十四五岁、戴着一副白边近视眼镜的黑灿灿的青年。一交谈才知那人是安徽宿州人，名字叫周元照。隔壁还住着两个女生，长得丰满一些的是山东高密的姑娘，名字叫朱廷秀，一口南方口音的、长得细皮嫩肉的叫齐淑贞，也都是来报考黄埔军校的。赵蔼如真是喜出望外，心里顿时安稳了许多。华灯初上的时候，有人来通知他们几个上楼。在三楼靠东头的一间昏暗的房子里，里边已经坐了二十来个人，大家都不讲话，见他们进来，也没多少感情交流。他们找了处空位子坐下来，见前面坐着一个穿长衫留着八字胡的中年人。那人便是赵蔼如要找的高语罕。

不一会儿，高语罕熄掉手中的烟，又去把窗帘拉好，然后说：

"你们都是来自五湖四海，有志赴穗报考黄埔军校、为报效国家的热血青年，你们说说，你们为什么要报考黄埔军校？"

"为革命！"朱廷秀站起身说。

"为什么要革命？"高语罕示意叫朱廷秀坐下。

众人都不作声。

"因为贫富阶级不平等！"赵蔼如说。

高语罕微微一笑，问："你叫什么名字？"

"赵蔼如。"

"哪儿人？"

"安徽泗州。"

"你说说，什么叫贫富阶级？"

"富者田连阡陌，贫者无地立锥。"赵蔼如想一想说。

高语罕严肃地扫一眼在座的人："你们晓不晓得政治的危险性？"

"不怕！"大家异口同声。

"你们报考黄埔军校，有思想，有抱负，这是好事情，但你们如果考取黄埔军校，首先要多学习政治，尤其要认清谁是革命的领袖……三民主义是不彻底的，要彻底革命，必须走共产党的共产主义道路。你们一旦进入军校，要参加共产党，那样才不至于迷失方向……"

第二天，赵蔼如和周元照一起参加了黄埔军校的考试，考试结果，二人均被录取，被录取的还有那天见面的朱廷秀与齐淑贞两个女生，他们同时被编进第六期入伍生第一团第四营第十八连。

十八连的驻地在燕塘，燕塘在广州东郊，离城十多里地。北倚白云山，南望黄埔岛，左边是广博公路，右边是广九铁路，被称为穗东一大屏障。营房内地势平坦开阔，房屋百余间，一律为苏式平房，练兵场的草坪很大，方圆有几百亩，此时的野草还是青青的，被温暖的阳光一照，更加生机盎然。

晚饭后，赵蔼如与周元照一起到草坪上散步。残阳已经被广州城吞噬了，黄昏的空气格外纯净，微风送来阵阵花草香味，滋润着人的肺腑，不由地叫你想多吸几口。

"元照兄，你家中还有什么人？"赵蔼如拉着周元照坐在草坪上，望着影影绰绰的白云山。

"家中有妻子，还有一个五岁的女儿。你呢，蔼如兄？"

赵蔼如就把他家中的一切全部讲给周元照听。

"我们还有一点同命相怜呢！"周元照惨然一笑。

"怎么你……"

"不瞒蔼如兄，我也是逃婚出来的！"

"你也是逃婚出来的？"

"是的。"周元照长叹一声，"我原先在一个有钱的地主家教书，他们家的掌上明珠看上了我，老地主死逼着我休掉前妻与他的女儿成亲，我不答应，他们便花钱买通官府，说我强奸他女儿，派人来抓我。被逼无奈，只好逃了出来。如今，家中妻儿老小还不知我的下落呢。"周元照摘下眼镜，掏出手绢擦拭。

天完全黑了下来，不知什么时候，上穹已繁星闪烁。一列火车呼啸着从远处驶来，不多会儿，夜又恢复了宁静。

"我本想教书育人，为国家培养人才，以此推动国力，使我们国家早日强大起来，不受列强侵略。可我已没有教书的资格。那时，即使官府不来抓我，我也待不住了，你想，有谁肯把孩子交给一个心术不正且道德败坏的老师呢！"周元照愈说愈激动，嗓子里一阵呜咽。

"事已至此，就别想那么多了。"赵蔼如劝道。

"我早已不想这些了，我在想，我们从此脱离了旧的烦恼，奔上新的生活，以后的道路不知会怎样？"

"走着看吧。"赵蔼如说。

周元照仰脸望一眼星空，不禁脱口诵道：

　　放下毛锥作远游，

　　不堪回首话从头。

　　浮沉世事知何限，

　　免于财乐作马牛。

赵蔼如拍手叫好，也忍不住诵道：

　　往者不追来可谏，

　　东隅既失西能收，

　　而今重谛人生愿，

　　断却情愫了却愁。

二人诵罢，都不知不觉泪挂满腮。

二

　　一早起床号响时，赵蔼如还在做着稀里糊涂的梦。尽管昨晚思想上有准备，还不免被号声吓了一大跳，等他反应过来，同屋已有人下床跑了出去。

　　"蔼如，快一点！"周元照隔着铺伸过头来喊。

　　昨晚熄灯号响过之后，赵蔼如一点也没耽搁便上床睡觉。平常他没有睡早觉的习惯，很久很久总也睡不着，老胡思乱想，急得他一身汗。后来不知啥时候睡了过去，偏偏又做起了什么鬼梦。屋里的人几乎走光了，赵蔼如便不敢怠慢，急忙开始穿衣服。平常穿惯了长衫马褂，乍穿这身短打的灰军衣，怎么也不习惯。固然他昨晚睡觉之前穿来脱去训练好几遍，此时还是不能得心应手。等他穿戴整齐扎好武装带，却找不到鞋。床底下还是瞎黑，他将整个身子钻进去，还是看不甚清楚，他只好在床底下瞎摸，就像在河里摸鱼。可任他怎么摸，就是不见鞋，他不敢耽误时间了，开始打绑腿，然后在枪架上找着他的枪，急忙向操场跑去。

　　四处弥漫着沉重的厚雾，几步开外便分不清东南西北。当赵蔼如在队伍里找到了他的位置，值星排长已点完名。

　　值星排长李继岳是黄埔四期生，二十八九岁，中等个子，黑红的脸上一双威严的大眼上下滚动；他一只手按在腰间那扎得紧绷绷的宽皮带上，在队伍前来回走动。两条打得宽窄均匀的绑腿，透出一股咄咄逼人的气势。

"赵蔼如！"李继岳走着，突然大吼一声。

"到。"赵蔼如一步跨出列，双脚并拢，打了个敬礼。

"记得连长昨天是怎么说的吗？"

"记得。"

"背一遍。"

"入伍生团，乃新兵教练也，一切行动要听取号声而行动，务求迅速、整齐、正确、分秒必争……"

"你是咋回事？"

"报告排长，我的鞋子没、没了。"

"混蛋！"李继岳按皮带的那只手腾出来往半空一挥。

"是，排长。"赵蔼如不由人地打了个冷战，裆里挤出几滴小便。

"回房找鞋，找不到别来上操！"

"是，排长。"赵蔼如又打了个敬礼，提着枪转身向寝室跑。

"立正！"李继岳在后面喊，嗓音洪亮，底气足得仿佛要爆裂。令赵蔼如浑身不由一阵紧张。

回到房里，赵蔼如床前床后，包括床下还是找不到他的鞋，忽然看见他的邻床章玉楠那儿躺着一双鞋，便拿过来套在脚上，二番向操场跑。老远立住：

"报告。"

"怎么你的鞋没给老鼠叼走？"李继岳鼻子"哼"了一声，酸不叽叽地问。

"报告排长，我脚上穿的鞋不是我的。这鞋大，我没有这么大的脚。"

队伍里有人低头窃笑。

"笑什么！"李继岳朝队伍里吼了一声。"那么你说说你脚上穿的是谁的鞋？"

"报告排长，我说不清。可能是，是我的邻床章玉楠的。"

"放你狗日的屁，你赖个什么嘛！"大个子四川兵章玉楠翻一眼赵蔼如。

"混蛋！"李继岳一跺脚，"章玉楠出列！"

章玉楠不情愿地走出队伍。

"骂人掌嘴二十。"

章玉楠瞅一眼雾蒙蒙的天，然后抬手轻描淡写地打自个的脸。

"用劲！"李继岳又喊。

章玉楠麻木地望着自个踏着鞋的脚，堵着气，抡圆巴掌，一下一下扇着自个的脸，声响很大却不脆，像屁刺似的。

"立正！"李继岳扯着嗓音。

全体精神为之一振。

"稍息。"李继岳喊罢又在队伍前走起来，"从今天开始，你们就是军人了，所以对你们要求严，以后不论上操、上课、吃饭、起床、就寝，都要听号声而行动。要迅速整齐，正确肃静，要分秒必争。军人嘛，要有军人的样子，以后再有人拖拖拉拉、松松垮垮、纪律不整、出言不逊，休怪我李某人罚他！听见了吗？"

"听见了。"队伍里异口同声。

"大一点声。"

"听见了！"

三

一连几天训练，开头还可以，渐渐赵蔼如便吃不消了。他从心底佩服排里齐淑贞、朱廷秀那两个女兵，人家虽说是女流之辈，然而精神却旺盛得很，自己感觉很惭愧，便咬着牙支撑着。

一天三操，全体新兵要围着操场跑二十圈。然后还要练瞄准、正步走、匍匐前进、投弹等项训练。赵蔼如在家从未有这么激烈运动过，固然之前不止一次告诫自己要挺得住，可他的两条腿不管你的牙咬得如何结实，他该肿还得肿。肿肿消消，消消肿肿，赵蔼如的情绪也随着他的两条腿而变化着。他想，人家的腿也是肉，我赵蔼如的腿也是肉，为啥别人都没事而自己却这么不争气呢？他的心里恨自己，骂自己，然而一上训练场，他的腿便不由人地疼了起来。特别是晚上躺在床上，疼得他真想大哼一场，可他不敢哼，只好干憋着。前夜，疼得他实在受不过，"哎哟哎哟"了多半夜，他的邻床章玉楠第二天便向排长打了小报告。排长没有找他谈话，可上操的时候，排长的两只大眼睛直向他的腿上瞄，瞄得他心惊肉跳的。晚上腿再疼也不敢哼一声了，有时实在疼得受不过，便用被子蒙住头，咬着唇不哼出声，唇咬破了，他就舔着腥咸的液体往嗓子里咽。当夜深人静全屋人都进入梦乡时，他这才敢在肚里"哎哟"，然后将头从被子里探出来，望着窗外那灰蒙蒙的天，不由人地在心里"爹呀娘呀"地哀叹，这样才仿佛感觉好受一些，疼也仿佛减轻了许多，带着咸咸的泪水舒舒服服地睡了过去，一觉睡到起床号响起。

军校的早饭是热粥，天天早晨如此，不知为什么，但谁也不敢问。加上排长规定上操或者上课不准上厕所，所以谁也不敢多喝，六成饱便放下碗筷。章玉楠个子高大，饭量也就大，三四碗下肚还不愿丢碗，背后大家都喊他大肚汉。

早饭后，全排人到操场上练瞄准，不一会工夫，章玉楠便撑不住了，爬起来向排长报告要上厕所。"不行！"李继岳把大眼一瞪，口气斩钉截铁。章玉楠顿时矮了下去，又趴倒练瞄准。任他两只小眼如何眯缝，可就是找不着枪的准星。渐渐地，他的气也不顺畅了，嗓门里呼噜呼噜地响，不多时，他的脑门上便沁出了鲜亮的细细的汗珠。突然，他猛地爬起身，不顾排长李继岳呵斥，弓着腰，发疯似的朝厕所方向飞跑。没进厕所的门，内裤便透了。松快回来之后，李继岳不叫章玉楠练瞄准，罚他远远地站在那儿看别人练。看，也不能心情舒畅地看，而是两腿弯曲，两手举过肩，就像一种神秘拳中那种骑马蹲裆式，那表情又滑稽又好笑。

午饭之后，章玉楠拱在被窝里换内裤，还怨天尤人地骂早晨热粥太稀，又骂俄国老盖的厕所台子太高，要不然他也不会出这个洋相。屋里人听着便笑，他急了眼，连连说：

"笑什么嘛，笑什么嘛，俺说的是干焦老实话子嘛。"骂完，用眼狠狠地瞪着肖雄和王小天。

王小天人小胆子也小，不敢惹章玉楠，把头一低不敢再笑。黑大个肖雄却不让章玉楠，虎着脸说：

"又不是我一个笑的，你发什么狠！"

"就属你嗓门粗！"章玉楠放低嗓音。

"又不是唱小生的，时刻想着捏扁嗓子说话，想听细的，去戏院哪！"

章玉楠不吭声了，扯过被子往头上一蒙。

"真骚！"肖雄嗅着鼻子说，然后朝门口走去。这时屋里又笑了起来。

四

入伍新生，每天除了三操和各门军事训练，还要上文化课和政治课。不知怎的，全排人都喜欢这两门课，一是可以系统地学点儿文化，了解一下国内外形势，二是可以充分地休息疲惫的身体，再者大家还有一个心照不宣的秘密，就是能好好地、痛痛快快地看一眼排里那两个女生。平常训练，排长两眼盯得紧紧的，谁也不敢斜视。自由活动时间，排长又规定不许和女生交头接耳，不许和女生一同散步，不许到女生宿舍串门。这几条纪律一公布，谁也不敢胡来？都把春心收了，单等着上文化课和政治课，好好地让精神松弛松弛。

齐淑贞性格内向，说话同她走路一样稳重。朱廷秀比起齐淑贞不同，红高粱养育了她的性格和肤色，她爱说爱笑，嗓门也大也粗，大老远就能听到她的说笑声。每逢上政治课或文化课，恰巧二人又坐在前排，成了众目睽睽的"靶子"。

上政治课的教官叫萧楚女，大家一听这个名字，精神便抖擞起来。入军校这么多天来，除了只能饱眼福的齐淑贞和朱廷秀两个之外，其余一个女性也见不到。上课之前，大家凑在一起，猜着这个萧教官一准是个有知识、有教养的，温文尔雅的、年轻貌美的少妇或小姐。当上课铃声一响，一个个都夹着书本急急慌慌往教室钻，然后正襟危坐，不约而同都将目光投向门口。等那位萧教官进教室的时候，弄得全排几十人一个个瞠目结舌，他们所梦想的那位有知识、有教养的，温文尔雅的、年轻貌美的少妇或小姐，却原来是一位身材魁梧风度翩翩的男子汉大丈夫。众人你一眼我一眼，盯着前面的讲台傻看，开始他们的头脑中还大量挥发出一些滑稽可笑的关于萧楚女的声谈笑貌，渐渐地都被萧教官那口若悬河的演讲给吸引住了，以至于萧教官讲了半个多时辰，大家都忘了记笔记。

萧楚女曾在安徽省立第四师范学校任过教，他的文章，笔锋犀利，被誉为"字夹风雷，声成金石"。对此赵蔼如和周元照早有耳闻，今天一见，二人都非常激动，他们相视一笑，还不时用目光交谈萧教官的演讲观点。

"从现在起，对外，我们要打倒帝国主义，实行民族独立；对内，要打倒封建军阀，实行国内统一……"

教室里爆发出阵阵热烈的掌声。

下课铃响了，大家按秩序往外走。

"讲得太好了！"周元照向走到跟前的赵蔼如说，一脸兴奋。

"可惜就是时间太短了些。"赵蔼如也显得很激动，不时用手去摸自个潮红的脸。

"今天的太阳真好？"王小天从后面赶上来，做了个扩胸动作。

周元照一笑，一语双关："今天的与往日不同，给人感觉不一样。"说罢，两眼凝视着天空。

"是不一样。"赵蔼如也说道。

"不一样？天天都是这个熊样子！"章玉楠望着远处闪进宿舍的齐淑贞和朱挺秀，伸了个懒腰，又说，"没意思透了！"

五

沉甸甸的太阳终于跌落在广州城的那一边，而后孕育出一个漂漂亮亮的黄昏。晚霞抹红了窗前那棵已不知多少岁数的老芭蕉树，使它平摊了一份美丽而娇柔的秋色。令人遐想的房屋放射出苟延残喘的气息，不规律的树影映在叠得棱角分明的被子上，使人产生一种虚无缥缈而又琢磨不透的遐想。

赵蔼如坐在床前那张靠窗的桌子前，木呆呆地望着窗外的景致发愣。

"蔼如，你没去打篮球？"周元照拿着一本《新青年》杂志，趴在赵蔼如的肩上。

"我不想打。"赵蔼如轻描淡写地说。

"那咱们一起出外走走吧。"

"我不去了，我想给家中写封信。出来几月了，家中还不知我一点消息呢。"

"我陪你出去。"王小天走过来，拉着周元照的胳膊。

"咱们走。"周元照朝赵蔼如一笑，临走拉亮了他头顶的灯。

赵蔼如铺开信纸，思绪万千，笔在手中握了半天却写不出一个字来。他不知对他的那位秀才大哥该说些什么好，信该怎样写，从哪儿写起？他离家这么多日子，家中却不知怎样，更不会想到他会在几千里之外的这个地方，做一名光宗耀祖的黄埔军官。这几日，不知什么原因，令他时常想起家中的人和事，以及一些亲邻朋友和那些不相干的人。连做梦都是这些杂七杂八的事。活灵活现的，一觉醒来，泪把枕头打得湿漉漉的。他想起他的几十间老屋和门前标志着绅士家庭才有的长长的马槽和那排很大很大的、很排场的牲口棚，还有他赵冲的灰色的天和深黄色的土地。又突然想起那个叫满月的小脚女人，如今她怎么样了。他一走了之，却不知他的秀才大哥怎样跺脚搓掌收拾这个难堪的局面。那个叫满月的女人还会守空房等他归去吗？也许一转脸回了娘家，也许恼得喝盐卤跳淮河或是把脖子挂在房梁上也不一定！如果那样，真是苦了他的秀才大哥。这会儿，赵蔼如真有点儿可怜他的秀才大哥来。他只觉得心里汪着一腔酸水，颤抖的笔刚刚写下"吾兄膝下敬禀者"几个字，眼泪便扑簌簌地滚落下来……

"蔼如，见着李排长没有？"周元照和王小天突然闯进门来，神情十分紧张。

"没有。"赵蔼如一愣，然后将脸扭向一边，迅速用袖口擦了擦眼。

"也没见章玉楠、刘大虎他们？"周元照又问。

"出了什么事？"赵蔼如听出他俩的神情和口气与往日不同。

周元照喘过一口气："我和小天在营房门口散步，看见章玉楠和刘大虎在一个酒馆里喝酒，我们劝他，他俩不理，后来我们就走了。回来的时候，见他俩已喝得东倒西歪，正和酒馆的老板娘吵呢，章玉楠还拿酒馆的东西往地上猛摔，我怕他俩会闹出事来，所以回来找排长。"

"别啰唆了，快报告排长吧！"王小天慌慌张张拉着周元照就向外走。

外面寂静得令人窒息，夜的大幕早已合上。天空没有月亮，也没有星星，四处一团漆黑。

六

操场东北角的弹药库旁边有几间老房子，以前这儿是冲凉房（澡堂），现在成了临时禁闭室。房顶小瓦的缝隙中疯长了许多野草，每当正午，傻乎乎的太阳撒欢的时候，那些草丛中间或者有一株红的或白的黄的小花高高地随风飘摇。

章玉楠站在窗前，从板缝中望着窗外的操场犯傻。操场上新兵正列队操练，映入他眼帘的只是那些兵们的屁股和大腿部分。他看着一条条精神的腿和一只只戴着丝光白手套的手，二者上下谐调地舞动，舞得他心中酸溜溜地颤。他想望一眼蓝天，望一眼那些稀奇古怪的云，然而却不能如愿。几缕阳光射在他麻木的脸上，使他昏昏沉沉的脑袋更加沉重。

今年二十四岁的章玉楠，父亲是成都一家大竹器店的老板。从他懂事起，父亲便教他唱生意经，着实指望这个独生子能继承他的事业，哪知他志不在此，倒喜欢弄枪弄棒，十四五岁便跑遍名山大川，四处访师拜友，结交武林人士。前些时，他听说黄埔军校招人，便给家中去了封信，谎称他要正儿八经踏踏实实学做生意，要他父亲寄些钱给他。他父亲接了信，嘴都喜歪了，忙给他寄了二百块大洋，并说，只要他走正道，花再多的钱也不惜。章玉楠拿着这二百块大洋，急忙赶到广州，然后用钱打通关节，才得已进入军校。二百块大洋所剩无几。那晚恰巧酒瘾上来了，又听说排长上连里去了，便约了刘大虎偷偷去外头喝酒，哪知酒壮英雄胆，才做出那种违反纪律的事情……

沉闷闷的军乐声有条不紊地响起来，接着便是洋鼓"咚咚咚咚"一阵有节奏地紧捶。

"我×他妈的周元照，我×他妈的王小天！"刘大虎歪坐在地铺上，歇斯底里地捶打着被子，眼里射出狠毒的光芒。

"骂管啥子用嘛，君子报仇十年不晚！"章玉楠阴阴地朝刘大虎瞟了一眼。

今天是章玉楠、刘大虎被关禁令的第二天，也是他们最最耻辱的一天。

昨天吃晚饭的时候，听门外值岗的程成说，广东省主席、黄埔军校副校长李济深要陪着蒋介石来十八连视察。起初他俩不信，以为程成骗他们的，哪知那晚全排操练到多半夜，他们才相信这一事实，忙托程成给排长报告，明天这个隆重的日子能叫他俩参加，以后加倍罚也行。回答是"不行"。二人好悔好恨，什么都骂遍了，直骂到浑身没有四两劲。他们就这样黑灯瞎火地睁着眼睛到起床号响起。早饭后，当一辆辆黑色的小汽车从大门爬进来的时候，章玉楠真有点控制不住自己的感情了。要知道，他还没有见过蒋介石一面呢，况且还有那个威震广东的李济深，这个千载难逢的好时机就这么白白地跑掉了，被他稀里糊涂的几碗酒给泡汤了，如今后悔也迟了，也许，飞黄腾达的前程就此报销了！他眼里噙满分不清是什么内容的泪，望着地铺上睡得跟死猪似的刘大虎，气真不打一处来，上前就是两脚。

"你就晓得睡嘛子睡，猪！"

"你踢我做什么！"刘大虎揉着腿，又慌忙去擦嘴角欲滴的口涎。

章玉楠没理刘大虎，眼对着窗户上的木板缝向外张望。

"立正，稍息。立正，稍息。"操场上传来排长李继岳像拧麻花似的口令声。

"眼不见为净，看见他们那神气的熊样子枉不叫人生气！"刘大虎大大咧咧地说。

"李继岳也不是嘛好东西！"章玉楠咬着牙说。

"关李继岳屁事，等有机会，我先枪毙周元照那个小子，然后再枪毙王小天那个小子！"刘大虎用手当盒子炮比画着，然后朝墙角吐一口浓痰。

"你可不能胡乱来子嘛。"章玉楠也回到地铺上坐下，用手指指头，"要讲究点嘛谋略，光靠拼拼杀杀的算不得嘛子好军人，对不，刘老弟？"

刘大虎不作声，鼻腔里呼呼出粗气。稍时问道：

"哎，玉楠兄，你说说蒋校长是个啥样子？"

"我咋晓得子嘛，我又没见过他！"章玉楠没好腔。说罢，翻眼瞅着房梁。

"听说蒋校长是个秃子？"刘大虎压低嗓门。

"秃子怕什么子嘛！只要有本事，照样坐天下喽，照样能娶如花似玉的大美人作压寨夫人！"章玉楠朝门口望一眼，又说，"你晓得不？蒋校长的夫人宋美龄那可是天下属一属二的大美人呢。说不定，今天蒋校长来视察，她也跟来了呢！"

"我×我×我×！"刘大虎给自己一拳，"咱俩算是倒他妈八辈子霉了！"

章玉楠长长叹一口气，想说什么又没说，双手抱头躺在被上，闭上眼不吭气。

"哎！"刘大虎翻身坐起来，"玉楠兄，你说说，宋美龄有没有咱排里齐淑贞、朱廷秀她们两个漂亮？"

"扯淡！齐淑贞、朱廷秀算嘛子东西，给人家宋美龄系裤腰带还嫌她们手粗呢！"

"不过，齐淑贞、朱廷秀两个还是蛮惹人疼的！"刘大虎精神有些振奋。

"嘛叫惹人疼？"

"就是招人爱喽。哎，你说你喜欢哪一个？说实在的！"

"论脸蛋子嘛，齐淑贞俏些，可她胸脯太平喽，没嘛兴趣。朱廷秀倒是刺激一些。"

"朱廷秀屁股肥嘟嘟的，那膘少不了二指厚，就像老娘的腔！"

"你咋瞅得嘛子仔细？"

"你也不是一样，你咋知道人家齐淑贞的胸脯平？说不定人家里边有束胸呢！"

"嗨，你狗日的嘛想得那么仔细喽！"

"大哥别讲二哥，脸上麻子一般多！"

章玉楠"扑哧"一声笑了。

刘大虎也旁若无人地扯开嗓门，刚笑半截，就被章玉楠的手势给挡了回去。

"注意外头，别叫哨兵听见，汇报给排长，再多关我们几天！"

刘大虎咬着腮："他妈的，我不怕！"

远远地，传来阵阵"刷刷刷刷"的脚步声。

"记住今天这个日子，这个耻辱的日子！"章玉楠说。

"对，记住！"刘大虎一拳砸在床铺上。

"立正，稍息，向右看齐……"外头又传来排长李继岳那一听就打战的嗓门。

军乐再次响起，接着洋鼓有节奏地敲了起来。

不知过多久，只听汽车一辆接一辆发动了引擎，接着便是一阵轰鸣，将窗户上的木板震得沙沙作响。

晚饭后，周元照和王小天来看章玉楠他俩，刚推开禁闭室的门，还没说话，刘大虎便将手中的饭碗朝门口扣了过来：

"滚，滚，滚你妈远远的，你们别来，猫哭老鼠，假慈悲！"

王小天不等刘大虎再说什么，掉头便往回走。周元照也没滋没味地跟着走，身后传来章玉楠那夜猫叫春似的冷笑。

<h2 align="center">七</h2>

今天实弹打靶。

清晨有雾，缥缈且厚重，把偌大的操场包裹得严严实实。

当排头兵刘大虎站好位置后，那队形便一字儿摆开，瞬间便列好了队。今日与往日不同，一个个精神充足，胸脯鼓得满满的，掩藏着一股威武之气。就连排长李继岳也格外来劲，嗓子如同喝了一碗香油鸡蛋茶，润滑得十分滋润，喊起口令来，透亮丝丝的，像早春的萝卜那般脆。

昨天下午晚操过后，当排长李继岳宣布今天实弹打靶的消息，全排上下都激动得跟什么似的，每人的脸上都洋溢着是骡子是马拉出来遛遛那种跃跃欲试的神情。几个月来的那些苦和累，马上就要见分晓了，能不欢欣鼓舞和雀跃么！一激动，那觉便不好睡，你咳嗽他翻身，床铺也捣蛋，"咯吱咯吱"地响个不停。尿也多，来来回回踢踢踏踏的脚步声，一夜几乎没断。"妈的，家后拉轱辘，改场（常）！"人人心里都在骂，骂得兴高采烈。

雾把兵们一颗颗心吊了起来，悬得扑通扑通地乱跳。排长宣布原地待命，那队伍无声无息散开，翘首望着东边天，手不自然地抓紧冰凉的枪柄。但希望还是灌满每个人的胸膛，悄悄地期待着那动情的喷薄欲出的一轮红日突然出现在操场的上空。

终于，那颗不太耀眼的太阳终于慢腾腾地溜了出来，雾恋恋不舍地且战且退，最后消逝在营房外的旷野。蓝天不碧，却也叫人心旷神怡。排长李继岳"进入掩体"一声令下，战士们便一下涌进昨日固定好的位置，匆匆将子弹压进枪膛，心跳便突然地加快，仿佛揣着几只活蹦乱跳的待哺的雄兔。

赵蔼如心惊肉跳地趴在那儿，端着枪，两眼紧盯前方靶心那圆圆的一圈，不多会儿，他便觉得眼睛有点迷糊了。他腾出一只手，用袖管揉揉眼，心中暗暗说：不要慌，不要慌。可那颗不听命令的心却接二连三地蹦跶。立马，他的气也不畅了，像鸡毛不多的风箱杆扯着粗气。他偷眼瞅瞅右边的周元照和左边的王小天，见人家都沉着得很，暗骂自己软蛋，但还是控制不住自己奔腾的情绪，枪在手中不住地颤抖，还老想着小便。他便将下身紧紧地压在被雾打湿了的地面。为了松弛自己的神经，他有意不去瞅靶子，仰头望着不太晴朗的天空和远处那座含而不露的白云山……

"预备——"李继岳扯着长音。

赵蔼如忙将目光收回来，单眼吊钱望着准星。他不知怎的突然想起家中那个瘸子木匠余大栓，当他刨好一根料子，他也是这样的神情，满足地欣赏手中的活，那架势就像在欣赏一件价值连城十分了得的国宝，美得他直流口水，连烟袋杆也咬不牢。

"放！"排长大声喊道。

赵蔼如收住心，慌忙扣动扳机，随着清脆的一声，他觉得他的脑袋里"嗡"的一声变成了一片沙漠。随即，不听招呼的小便旁若无人地溢了出来。他顾不得许多，急忙拉动枪栓，退出子弹壳，重新压上子弹，瞄准靶心，然后扣动扳机。他不晓得他是怎样打完排长发的五十发子弹的，待他站稳在被枪声震得抖动的大地上，只觉得天旋地转，浑身酸软得连一丁点儿的力气也没有了。

八

当报靶员宣布成绩时，全排人大气都不敢出，生怕听走了耳。

出乎人的意料，章玉楠拿了第一名，打了四百六十五环，第二名是朱廷秀，打了四百五十四环，周元照居三，打了四百四十八环。排长李继岳在政教室为前三名披红挂花。之后，不知谁提议叫朱廷秀表演个节目，朱廷秀倒挺大方，泼辣的脸上艳阳高照，她为大家唱一首家乡的小调"火红的高粱"：

> 高粱熟了，高粱熟了，
>
> 家家磨刀，家家磨刀，
>
> 八百里天地一片火爆。
>
> 高粱熟了，高粱熟了，
>
> 家家磨刀，家家磨刀，
>
> 男女老幼齐弯腰。

......

有人哭了，是赵蔼如。他只打一百二十环，全排倒属第一。

许多人跑过来劝。

"别劝，让他哭个够，要不下次再打靶剃个光头也挡不住！"排长李继岳酸不叽叽站起身，"哼"了一声，然后走出了教室。

赵蔼如哭得更动人了，鼻子眼泪满脸。

"哭个啥子呦，不就是一朵纸花子嘛，也值得你撕心割胆去哭！"章玉楠不可一世地晃着脑袋。

"别神气，今回瞎猫碰着死老鼠，还不知咋的巧的呢！"肖雄望着洋洋得意的章玉楠，满脸不服。

"你逞啥子强，不才打二百来环嘛，俺睡大觉让你练半年，怕也不中！"章玉楠瞥一眼肖雄。

"你别门缝瞧人，把人给看扁了！"朱廷秀说，接着又来劝赵蔼如。

大个子章玉楠，不知咋回事，一见朱廷秀，马上矮了下去，笑也不是，哭也不是，抹抹丢丢地溜走了。

第二天，全排人举行投弹比赛，章玉楠又甩了七十多米，破了前几期黄埔纪录。团长郭大荣专程来排里为他祝贺，还奖励他十块大洋。激动得章玉楠嘴唇一个劲地抖，多半天没说出一句完整的感激之辞。

晚饭过后，朱廷秀和齐淑贞在操场上散步，章玉楠走过来，正儿八经地对朱廷秀说：

"小朱同志，俺有句话想和你说。"

"想说你就说呗，又没人堵你的嘴！"朱廷秀望着章玉楠那严肃的表情，心里怪想笑。

"俺想，俺想单独和你谈谈。"

"你们谈吧，我回宿舍。"齐淑贞知趣地转身走了。

黄昏格外静。一只叫不出名的鸟在操场上空盘旋。深秋的风吹着困乏的天空，忽明忽暗。

"别走得太远了，有什么你快说吧。"朱廷秀停住脚步。

章玉楠心不在焉地望着远处，远方有什么，他一样也未看清楚。他不停地挠着头，仿佛头发里生了虱子。

"你咋不说呀!"朱廷秀有点急了。

"其实也没嘛大事。"章玉楠好不容易挤出个笑脸来, "俺想请你给俺提提意见。"

"有啥意见好提?"朱廷秀笑了,笑得满脸绯红。

"就是说、说、说俺这个人咋个样子嘛!"

"咋个样子嘛……"朱廷秀学着章玉楠的腔调, "一个鼻子两只眼,没瞧出哪块地方不好嘛!"

天上黑影了,羊城已华灯初上,染亮西半个天。一列火车轰隆隆从远处驶来,操场上一阵颤动。

"廷秀。"章玉楠的嗓子好像有什么东西堵住似的, "俺是说……喜不喜欢俺!"说着,他伸出颤抖的手想去摸朱廷秀的手。

"你要做什么?"朱廷秀使劲甩开章玉楠的手。

"俺夜里时常做梦,梦见和你……"章玉楠突然伸开双臂,猛地揽住朱廷秀,接着伸嘴去寻找朱廷秀的嘴唇。

朱廷秀想喊张不开嘴,想打又伸不开拳,她灵机一动,狠命地按章玉楠嘴咬了一口。

章玉楠浑身疼得直哆嗦,不由自主松开了手,一声没"哎哟"出来,扭脸便跑。

"做你的大头梦去吧!"朱廷秀张大嘴往脚底狠劲地吐了一口。

九

广州的冬天过得特别快,没下一场雪,也没觉得西北风怎么上鼻子上脸,春天便及早巴早地来了。一场情意绵绵的细雨,使得家家户户的晒台上、门前、路两旁的花圃开出许多招人眼的花来,五颜六色,一簇簇,一片片,整个广州城香喷喷袭人。

一九二七年四月十五日这天拂晓,好端端的天空突然飘起雪花来,那雪愈飘愈大,愈扬愈猛,只可惜没沾着地便化了,工夫不大,地上房上便湿漉漉的了。

这是广州多年来少有的春雪,梦一般不由人地使人们想起几天前上海那一场大屠杀,弄得本来就阴冷的心头又添了一层寒。

"时间过了!"赵蔼如望着扑打在窗玻璃上的雪花,不由掖掖肩头的被角。

"奇怪呀,天都这么亮了,怎么没听吹起床号呢?"周元照披衣坐起来。

"管他呢,他不吹,咱们才落睡个痛快!"刘大虎将身子往被窝里一钻,"好冷哟!"

"兴许号兵睡昏了头吧!"王小天自言自语地望着房顶。

"不对,即使号兵睡过了卯,李排长也该来喊呀!"周元照疑疑惑惑地下了床。

"管那么多熊事作啥子嘛,好不容易摊这么一回赏愿,咋呼个啥子嘛!"章玉楠骂骂咧咧翻了个身,把头缩进被窝,嘴里咕哝半晌,然后弄出一个很响亮的屁,"睡,不睡白不睡!"

一声尖厉的哨声划破了寂静的早晨,随即外头便响起一阵杂乱的脚步声。

"快起来!"肖雄拍拍隔壁上床的程成,然后急忙穿衣服。

屋里的人没人招呼,全都坐起来紧张地穿着衣服,有几个先起的,早已从枪架上摸过枪,窜出了门。这时只听房外有人喊:

"都到操场上集合,快!"

雪花还在不紧不慢地飘着。

队伍很快集合好,愣了半天,大家这才发现,营房大门口和操场四周以及远处的弹药库全都站满了荷枪实弹的士兵。喊口令的也不是排长李继岳,而是武装整齐的威风凛凛的团长郭大荣。

大家正在疑惑,忽听郭大荣宣布:

"所有的人,将枪支交到这边来。"

队伍里有些骚动。

"快点,不服从命令,军法从事!"郭大荣声嘶力竭地喊,手臂在半空中一劈。

章玉楠第一个出列,将手中的枪放到指定的地方。接着,每个人都交了手中的枪,然后又按顺序列好队。

"现在我宣布——"郭大荣把个"布"字拖得有扁担长,"接上级命令,共产党图谋不轨,大有吞并我党之势,中央为先发制人,进行全面清党，务必一网打尽，不留后患……总理所定的'三大政策'，是为当时的需要，现在情况变了，这个政策不适应了。政策嘛是临时性的，是可以变的，不像政纲那样固定不可以随便变动。根据省主席、黄埔军校副校长李济深手谕，对黄埔内的共产党进行全面清理……一排排长李继岳已被逮捕。"郭大荣咳嗽了一声，用舌头舔舔唇边的白沫，抬眼扫队伍一眼，然后从上衣口袋里掏出花名册，念了几个人的名字，随即上来几个士兵，恶狠狠地将念到名字的几人用绳子绑了，然后推上营房门口等在那里的汽车。

"你们当中谁是共产党，要主动交代，争取宽大！"郭大荣倒背着手在队伍前来回走几趟，又说，"对那些隐瞒不报的，要检举揭发，有功者奖。全体人员，从现在起，不准随便出营房大门，不准结伙串联，不准惹是生非，凡不从者，格杀勿论！"

雪渐停，从黄埔岛方向漫上来一层层黑云，将阴死阳活的天空染得更加沉重。

"你，出列。"郭大荣一指章玉楠。

章玉楠只觉得脑门"轰"的一下蒙了，一股凉气顺脊梁骨向上爬。心暗想："我章玉楠这下完了！"但转念一想，"我非团非党的，有什么可怕的？"虽想得这么透彻，但他的腰还是直不起来，并拢的双腿活活撒撒地一个劲地颤。

"你叫什么名字？"

"章玉楠。"

"对，我知道你的名字，打靶打得好，投弹投得远……是不是孙文学会的？"

"报、报告嘛子团长，俺可没参加共产党！"

郭大荣一咧嘴笑了："我问你是不是孙文学会的！"

"报告嘛子团长，俺说不大清楚。"

"从现在起，由你临时负责排里的一切事情，要努力干。"

章玉楠虽不相信自己的耳朵，但从郭大荣脸上那种表情看得出来，他的耳朵没出毛病。不由己双脚并拢，响亮回答："是！"

"要查出谁是共产党或者谁与共产党有关系！要深挖！"

"是！"

"发现异常情况，直接向我报告。"

"是!"章玉楠重新来了个立正,又说,"是!"

十

几天来,章玉楠虽然费了一番苦心,但还没有查到谁是暗藏的共产党或和共产党有关系的人,急得他吃不下饭,睡不好觉。不说别人,就连他本人也不满意自己的工作水平,他整日苦思冥想,怎么能使上司满意,又能体现自己的才能来,现如今他倒恨自己小时候不用功读书,以至于遇到这么好的机会,也没法施展。他走坐吃睡都在想计策,连上厕所也在想。

这天夜里,还真叫他想出来了,这个计谋连他也不由暗暗称好,简直好得不能再好。他欣喜若狂地摇醒身边的刘大虎,两个人溜到厕所里,章玉楠说出了自己的计划。

"你放宽心干,我刘大虎支持你!"刘大虎把胸脯拍得"啪啪"的。

"反正这时候是俺嘛说了算,趁此机会报俺那几天禁闭之仇!"章玉楠把牙一咬。

"说得对。"刘大虎握紧双拳,"第一个先把周元照那个小子抓起来,还有……"

章玉楠一把捂住刘大虎的嘴,说:"别走漏消息,一个一个来,还有那一巴掌之恨!"

早饭过后,全排又集中到政教室开互查会。大家还是和往日一样,任章玉楠怎么发动,下面就是大眼瞪小眼默不作声。不同的是,面对面互查会一开始,门口便来了四个披挂整齐的特务连士兵,这给会场多少增加一些严肃的气氛,也给每个人的心头罩上了一层阴影。

冷了半天场,刘大虎突然站起来说:

"我检举揭发。"

"你检举谁?说。"章玉楠若无其事地问。

"周元照是共产党!"

"你血口喷人!"周元照腾地一下站起来。

"高语罕介绍过来的都是共产党,你是他介绍来的,这没有假吧!"刘大虎捧一把鼻涕,又说,"还有,你曾经偷偷摸摸向大共产党萧教官,不,萧楚女借共产党的小册子看,你当我不晓得呀!后来你又把那本书借给了朱廷秀，叫什么、什么《新青年》！"

"你简直是条疯狗！"朱廷秀脸气得煞白，嘴唇不住地哆嗦。

"这事我可以作证！"章玉楠不慌不忙地说。

霎时，门外四个士兵一下涌进门，将周元照和朱廷秀推到了讲台前边。

"你们还有啥子话讲？"章玉楠阴沉沉地望着周元照和朱廷秀。

周元照说："你公报私仇，我不会怕你，总有讲理的地方！"

"你呢，朱小姐？"章玉楠翻着一双小眼。

朱廷秀一声冷笑，说："章玉楠，你这出戏导得不错呀！"

章玉楠望一眼窗外的天，半天没吱声，然后将嘴一噘，那四个士兵便将周元照和朱廷秀带了出去。

"朱廷秀不是共产党，她是冤枉的！"齐淑贞不顾一切欲向外追，被几个男生挡了回去。

"包庇共产党，罪加一等！"章玉楠冷冷地在将台前踱着方步，眼里露出一股得意之色。

从那之后，排里的气氛更加紧张，人人的心都悬了起来，胆小的，走路都不敢抬眼皮。

有时，两三个人不注意碰到一起，马上散开，生怕落个串联之罪。

王小天自从那天眼瞅着周元照和朱廷秀被抓，一连许多天都是恍恍惚惚的。他明知，这是章玉楠串通刘大虎搞的报复，下一步说不定该轮到他的头上。那次章玉楠和刘大虎被关禁闭，虽说他不是故意向排长打的小报告，可事实上是他和周元照把排长找去的，才使章玉楠和刘大虎被关禁闭。他恨自己那天为什么碰到了这桩事，又恨自己为什么听信周元照的话回来去搬排长，又后悔不该脑子一时发热来报考这个黄埔军校。如今周元照已经被抓走了，说不定今天或者明天就轮到他了，只要章玉楠、刘大虎一高兴，嘴一歪，他就得去坐牢或者被砍头！哎呀……他一个人躺在床上，蒙住头在想心思，在寻求逃脱这一灾难的途径。然而，他却没有一点办法，只好听天由命了。但他又不甘心，只好苦苦地想呀想呀！可怎么也想不出一个万全之策，只有他离家前父亲给他的那只祖传的怀表在胸口滴答滴答敲着他那颗七上八下的心……突然他眼前一亮，猛地掀开被子，连鞋也没顾上穿，光着脚就向外跑。

这会儿，章玉楠正在他的临时办公室里想主意。上次逮走了周元照和朱廷秀，又得到团长郭大荣一番夸奖，并勉励他再立新功。当时，他真有点飘飘欲仙了，就如他已经坐上了排长宝座似的。回来之后，弄一瓶酒，他与刘大虎关在屋里喝了个昏天黑地。现在他盘算着下一步该拿谁开刀，王小天突然闯进门，吓了他俩一跳。

"玉楠兄，玉楠兄……"由于走得急，王小天有点儿上气不接下气。

"嘛事情？"章玉楠表现出十分关切的样子，又搬板凳又倒茶。

"那次我、我对不住你，叫你和刘大虎吃了不少苦头。你大人有大量，可别记在心上。"

章玉楠微微一笑："那算啥子事嘛，俺早就忘记个×了！"

"你真的不记恨我？"

"这是啥子话嘛！"

"如果是真的，"王小天从口袋里掏出怀表，"就收下这个，我知道你喜欢它。"

"你这是干啥子意思嘛！"章玉楠装出不乐意的样子，连连推着王小天的手，"俺说你这是干啥子嘛！"

"你要是不收下这个，就说明你还记着这事！"王小天可怜巴巴地望着章玉楠，又说，"你如今管理全排工作，也需要这个。"

章玉楠表现出十分为难的样子，说："要不俺暂时替你保管着。"

"对对对对。"王小天激动得直搓手。

第二天互查会上，正当大家都在呆呆地想心思的时候，只见章玉楠站起来，从怀中掏出王小天送给他的那只怀表，说：

"各位，这是嘛子王小天昨晚偷偷塞给俺的，叫俺不要检举他，你没想想，一只怀表就能蒙住俺的眼么？大家说说看！"

王小天一听，顿时傻了，没说出一句话，便瘫坐在椅子里……

十一

一排真真假假出了这么多共产党，大家都是把攥着心过日子。章玉楠和刘大虎更加肆无忌惮，整天两只眼瞅瞅这个瞥瞥那个，得意得很。特别在会场，两人一唱一和，弄得一个排人人心惶惶。这次清党，他俩真称得上是如鱼得水，想怎么晃翅就怎么晃翅，想怎么摆尾就怎么摆尾，没人敢把他们怎么样。就因他俩清党有功，团长郭大荣还奖励他们每人一双翻毛皮鞋，二人更加得意忘形，说话拖长腔，走路朝天望，翻毛皮鞋踏得满营房听响。

一天早饭后，章玉楠和刘大虎临时去团部开会。临走，章玉楠安排全体人员坐在教室里反省，等他们一走，谁还有什么省好反，一个个如释重负长吁一口气，脸舒眉展去户外呼吸新鲜空气。

太阳终于从沉重的云层里爬出来，这是几天来少有的好天气。

赵蔼如活动一下臂膀，从胸中吐出一股闷气，马上觉得心中的天空一片晴朗。阴沉了这么多天，他这个江北佬对于南方经常出现的这种阴霾天气还不太适应。不像他的赵冲，该阴就痛痛快快地下一场，该晴便满天找不到一块云彩。特别经历了这场政治风波，使他的心头长期处于一种阴森森的感觉。周元照、朱廷秀、王小天相继被逮走，赵蔼如总觉得下一个章玉楠要进攻的对象很可能就是他。因为刚来军校那天，他曾经和章玉楠有过一次误会，固然那次责任不在他，但他深知章玉楠这个人的心小得没有针尖大，他能放过自己吗？这几夜他常常做噩梦，梦见自己被五花大绑绑走了，又梦见周元照他们几个被砍了脑袋，到处是血……他好几次从梦中惊醒，痴呆呆地坐在床上发愣，不敢入眠。他想过，有机会一定逃出这个是非之地，可军校壁垒森严，他走得脱么？再说，即使逃了出去，他身无分文，叫他往哪里去呢！他曾经幻想如果要是能立生双翅，那可就好了！可那毕竟是不现实的。

"妈的，你们怎么一句话都不说呀，我都快给闷死了！"肖雄站起身，一脚踹翻了凳子。

"有啥好说的，反正是肉落砧板！"赵蔼如望着蓝汪汪的天。

"我不怕章玉楠那个小子，他如果找我的茬，我就和他拼命！"肖雄把手掰得"叭叭"响。

"说得对，我们不能这样坐以待毙，任人宰割！"一向少言寡语的齐淑贞满脸愤怒，"我们要为朱廷秀他们三个报仇！"

"那你说怎么办？"程成望着远处叹一口气。

"我们为什么不以其人之道还治其人之身呢！章玉楠和刘大虎只不过两个人，而我们四十几个人呢，还怕斗不过他俩？"

赵蔼如他们怎么也没料到齐淑贞这个文静的姑娘竟能说出这一番道理来，顿时觉得浑身热血沸腾。

"可他俩有郭团长支持呀！"程成说。

"我们为什么不能取得团长支持？事在人为。他俩任凭嘴一张，说谁是共产党谁就是共产党，想逮谁便逮捕谁，如果我们大家伙联合起来的话，共同一心，不怕斗不过他们！"齐淑贞激动得双颊绯红，细眉下那双善良的眼睛里此时射出一团愤怒的火焰。

"你仔细说说，我们怎么个斗法？"赵蔼如问。

齐淑贞胸有成竹，说："我们联名写信给郭团长，就说章玉楠和刘大虎曾经劝我们不要参加孙文主义学会，叫我们参加共产党，还经常散布共产党言论……不怕郭大荣不信！"

"如果郭团长不相信呢？"赵蔼如还觉得不踏实。

"我们就写信给李济深，写信给蒋介石！"齐淑贞一挥拳头。

要是李济深和老蒋都不采纳我们的意见，那我们就苦了！程成哭丧着脸说。

"妈的，怕什么，大不了一死！"肖雄低吼。

"真是那样我们也不怕，只要我们一口咬定，他们就奈何不了我们。俗话讲，法不责众嘛！"齐淑贞满怀希望地说。

"别啰唆了，齐淑贞你快写，我第一个签名！"肖雄有点急不可待了。

赵蔼如进教室找来笔砚和纸，肖雄从屋里搬一张桌子出来，将纸铺好，程成砚墨，齐淑贞提笔在手，想了想，便低头写了起来。

写完之后，齐淑贞把笔一摔，将中指伸进嘴里，狠命地一咬，在纸上签上"齐淑贞"三个血字。

肖雄和赵蔼如也都咬破指头签了名。程成也想学着英雄的那种壮举，咬几次指头，都耐不住疼，最后还是用毛笔签了名。

最后，全排除了几个胆小怕事的没签之外，签名者一共三十八人。

赵蔼如从来没有今天这么激动和舒畅，他从心底佩服这个表面文静而内心坚韧的齐淑贞，他望着齐淑贞远去的背影，仰天长叹，说：

"苍天啊，保佑我们成功吧，也保佑周元照他们平安无事吧。真能如愿，哪怕折我十年阳寿也中！"

十 二

毛毛细雨一下就是几天，白云山始终在云雾中晃来晃去。抬头望天，远近灰灰一片，偶尔有一两声火车的汽笛声撞入耳膜，心头惊惊的，振奋不起精神。

今天的互查会还是由章玉楠主持的。大约十点钟左右，团长郭大荣带着几个全副武装的士兵突然闯进门来，一句话没说，便叫人把章玉楠和刘大虎绑了，章玉楠和刘大虎仿佛意识到了什么，连喊冤枉。

"狗娘养的！"郭大荣上前给章玉楠左右两巴掌，"装得怪象哩，老子差一点上了你俩的当！"

"团长，俺实在是啥子、啥子冤枉啊！"章玉楠跪在地上苦苦哀求。

"你他妈冤枉？证据确凿，你还想抵赖！"

"郭团长，我们真的不是共产党，求你……"刘大虎直直地跪在地上。

郭大荣上去一脚，把刘大虎踢得一趔趄，说："再装鬼，我枪毙你个狗娘养的！"说着拍拍腰间的手枪，"带走！"

天陡晴。清清爽爽的太阳从云层中一钻出来，便灿烂辉煌。当团长郭大荣宣布休息十分钟时，大家蜂拥而出，对着风花雪月的晴空，张开大口，狠命地吸着新鲜空气，放纵着喜悦的心情。

绑走了章玉楠和刘大虎，铲除了一大患，可全排上下并不敢为他们的胜利而欢呼。不知为何，团长郭大荣亲自坐镇一排，也许认为一排大有"潜力"可挖吧。所以，大家刚刚松懈下来的心，不免又提了起来。

之后，郭大荣轮番找人谈话。

这天下午，赵蔼如被传了去。

郭问："你是不是共产党？"

赵答："我不是。"

郭又问："你说你不是共产党有何证据？"

赵又答："我没有证据，但我不是共产党。"

郭大荣倒背着手在屋中遛着，突然说："你们安徽的学生大多是陈延年介绍过来的，你即便不是共产党，但你经常和共产党人接近，能清白得了？"稍时又说道："据说，你与周元照是同乡，是吗？"

"是的。"赵蔼如点点头。

"那你一定知道谁是共产党喽?"

"我实在不晓得谁是。"

郭大荣跷着腿,稳坐钓鱼台地抽着烟斗,突然他一拍脸前的桌子,说: "放屁,不老实讲,老子把你也抓起来!"

"报告团长,学生确实不知谁是共产党,我要是有半点瞎话,任凭团长处置!"

"我要对你进行审查。"郭大荣将烟斗在桌拐磕得"咚咚"作响。

赵蔼如被关进原先关章玉楠和刘大虎的那间房子,有人送吃喝,一张纸一支笔,不准随便出门,也不准别人探视。

两天一过,赵蔼如便发起毛来。那天,郭大荣当面问他是不是共产党,他理直气壮地回答了他,但这种事说大则大说小则小,如果没有人咬他,也许没几天就可以被放出去。可周元照也不是共产党呀,也不是被逮走了吗?如有人背后在团长面前给他赵蔼如添几句谗言,等待他的便是监牢。

前几天,他听说章玉楠和刘大虎被押解去了大石头监狱,他不由心头一悸。章玉楠和刘大虎虽是可悲,可他俩并不是共产党呀,这样做是不是有点太过分了。不知周元照、朱廷秀、王小天他们三个情形如何,他深深地为他们的命运担心。可又不知自己的命运会怎样?他心里很清楚,他,包括军校一些同学并不明白共产地和国民党之间的利害关系,只知道来报考黄埔军校,为的是报效祖国,就像萧教官讲的: "为革命要不怕抛头颅洒热血……成天讲革命,更不知热血洒往何处,就无缘无故地被人家革掉了命,到头来,还不知谁革谁的命!"他刚进军校不几天,就有个孙文主义学会的学生来找他,问他是参加共产党还是参加国民党。他问是自愿还是命令呢。那人说,当然是自愿。既然是自愿的,就容我好好想想。幸亏他当时没表态,不然的话,也许现在情形更坏。他后悔不该来报考这个黄埔军校,要不然他断不会受这种洋罪!如果自己真是共产党,逮就逮了杀就杀了,也不冤枉,可他进黄埔以来,只在政治课上,听萧教官讲过几堂苏联十月革命什么的,从那天才知道共产党这个名词,他也不晓得谁是共产党谁是国民党,前些时候才知道李排长和萧教官是共产党,可他们跑的跑了,抓的抓了,还在这些学生中间查个什么劲呢!我赵蔼如不是共产党,也不知其他哪个是共产党，即使被送上了断头台，也不能丧天良把共产党的帽子随随便便扣在别人头上，要是那样，他赵蔼如还有点人性吗！当然对于章玉楠、刘大虎这两个害群之马，另当别论。

赵蔼如整天独自一人在屋里苦苦思索着，也想不出来什么头绪，没事便倒在铺上睡大觉。好在这几天，除了一日三餐能见到门岗的人影，其他时间根本没人来管他，落个清闲自在。没事，便瞅瞅墙上已经发黄的报纸上的内容，倒也开开心心，连睡觉也睡得十分踏实。

一大早，已消失几月的起床号又响了起来，赵蔼如精神为之一振，他迅速穿好衣服，心扑通扑通地老是跳个不停，他猜不透，军校里又发生了什么变故，是福是祸。

他心中又重新点燃一线希望。他在等待着，期望着，盼着一种振奋人心的消息，或者与他有关的好消息。

开早饭的时候，门岗捎来一封信，那是乡下他的那个秀才大哥写来的。他顾不得吃饭，忙撕开那封盼之又盼地走了一个来月的信。他稳了稳一颗激动的心，然后这才看信：

> 蔼如吾弟：
>
> 汝离家一载有余，不知生死，思念之切，寝食难安。春暖花开时，余常去淮河堤岸觅汝，沮丧而归。寒冬腊月，常记汝的冷暖，火炉也暖不热愚兄之心也。汝频繁挥尽田宅，叹汝辜负了父母的教诲，余之过也。汝如今有了报效国家的时机，切莫坐失良机，要把握好自己……汝虽从戎，四书五经还应早晚实习之，谨记。再之，想问题要思之再三，做事情要慎之再慎，常思过，常自勉，切不可妄为。要做出一番轰轰烈烈的事业来，成为国之栋梁，荣宗耀祖，此乃赵门之大幸也……汝妻满月女很凄苦，常常对天叹息，对烛拭泪，知汝音信，笑跃脸颊，汝可予家书一封，安其心，慰其身，适时可来家探视之，以消远念。
>
> 愚兄亲笔，民国十六年十月十日

赵蔼如读完信，不由潸然泪下。他轻轻推开窗户，望着窗外那一方天地，想着眼下自己的处境，不觉黯然神伤。他真想蒙头大哭一场……就在这时，门突然开了，只听见有人喊：

"赵蔼如，团长叫你去。"

赵蔼如猛地一下僵住了，顿时感到脸上的泪水是那样的凉。

十三

赵蔼如战战兢兢地推开了团长郭大荣办公室的门，郭大荣正和一个陌生的白脸青年在说话，见赵蔼如进来，郭大荣指着那个白脸青年对赵蔼如说：

"这是你们的新排长郑中保，黄埔四期生。"

赵蔼如急忙敬礼。

郑中保起身搬了张凳子给赵蔼如。

"赵蔼如，从现在起你搬回排里去，回去收拾一下。"郭大荣话语平常，平常得如同一杯白开水。

"多谢团长。"赵蔼如站起身。

"还有，以后要要求上进，早日加入组织，为党国效力。在郑排长的教导下，苦练本领，成为我党一名合格的军人。"

"是，学生明白！"赵蔼如将胸脯一挺，打了个很标准的敬手礼。

阳光坦然地在赵蔼如脚下照耀，他觉得他长这么大还从来没有仔细欣赏过这么耐看的秋天的景色。他不知悲不知喜地呆呆地仰头望着变化多端的天穹，长叹一声，泪便涌上眼眶。绵绵秋风轻轻地抚摸着他木木的脸，不多时便将凉凉的泪扇了出来。

七八个同学从远处跑过来，见到赵蔼如，不容分说，架起他的胳膊就往宿舍跑。

宿舍里，全排的同学都在，等赵蔼如适应了屋内的光线，突然一个熟悉的身影映入了他的眼帘：

"元照兄！"赵蔼如抢前几步，一把抱住了周元照的肩膀。然后又猛地推开周元照，揉揉自己的眼，"我没看错吧？"

"不错，是我。蔼如！"周元照整整衣襟，脸上露出疲惫的一笑。

"元照兄……"赵蔼如只觉得嗓子里有口痰堵着，半天才又说，"你瘦多了！"

"你也瘦了。"周元照感慨万千。

"你是什么时候回来的?"

"比你早到半个钟点。"

"你知道我的事?"

"刚才听其他学兄讲了。本来想去接你，他们说留给你一个惊喜，所以就……"

"哎呀，赵蔼如，你眼里只有你的元照兄，也不问问人家朱廷秀小姐啦！"齐淑贞把笑眯眯的朱廷秀推到赵蔼如面前。

赵蔼如这才如梦方醒，上前握着朱廷秀的手："朱廷秀，欢迎你平安归来！"

"谢谢。"泼辣的朱廷秀这会儿却变得腼腆起来。

"是老天保佑！"程成一指上天。

"我们暗地不知祷告多少回了，终于感动了上苍！"肖雄双手合十。

"有机会，我们得好好地祭拜一下老天。"赵蔼如说。

"赞成，赞成！"大家齐举手。

"怎么没见王小天?"赵蔼如转脸问周元照。

"王小天受不了这种打击，在一次提审过后，上吊自杀了。"周元照将目光移向窗外。

"都是章玉楠、刘大虎这两个狗杂种害的，他逃脱不了老天的报应！"肖雄咬着牙说，将手指掰得"咯嘣咯嘣"地响。

"元照兄，这回没有事了吧?"赵蔼如转移了话题。

"有事还能让我回来见各位学兄吗? 给我和朱廷秀的结论是，'查无实据'，所以放了我们。那些明摆着是共产党的以及受牵连的，或被严重怀疑的，除杀了之外，全部转到大石头监狱。"

屋里的气氛显得低沉，大家又说了一会儿闲话，都低头不语了。

肖雄提议道："周学兄，朱廷秀小姐，还有赵学兄都平安回来了，咱们不能干坐着，应该好好地庆贺庆贺！"

"对，应该好好地庆贺庆贺！"众人齐声附和。

"只可惜没有酒!"程成摊着两手。

"我们以茶代酒。"齐淑贞说。

"酒来我准备。"新排长郑中保不知什么时候来到了门口。"不过,只能喝甜酒。"

大家随即喊道:"甜酒万岁,新排长万岁!"

十四

一声尖厉的枪声划破寂静的燕塘。这是一九二七年十二月十一日午夜。

周元照第一个从床上坐起来,他弄不清这声枪响是哨兵的枪走了火还是他做的噩梦。

接着又响起几声杂乱的枪声。他这才迅速穿衣,边穿边喊:"大家快起来,有情况!"

也没人敢开灯,全屋的人都在摸索着穿衣找枪,然后慌张向门外跑。

这时,排长郑中保提着盒子枪已到房门口,他低声命令道:"情况不明,不要慌,把子弹压上。"

今夜这时候站岗的是程成,不一会儿,只见他气喘吁吁提着枪向这边跑来。

"什么地方打枪?"郑中保低声问。

"报、报、报告排长。"程成紧张得有些口吃,"好多人都、都、都有枪,把营房大门给占了,好像是正规部队!"

"上头有什么命令没有?"

"连部已请示了团部,还没有消息。"

郑中保向营房大门看了看,然后说:"跟我来。"

大家都学排长郑中保的样子,猫着腰,朝大门口靠近。

这时,只听营房大门口枪声传来,趁着亮光,见许多武装整齐的士兵端着枪向大门里涌。

郑中保喊一声:"卧倒!"随即他手中的盒子枪响了。"封死大门,打!"他大声喊。

虽说经历了几回实弹演习,但真正的战斗还没经过一仗。

赵蔼如找了块地势刚刚卧倒,还没顺好枪,只听他身下肖雄恶狠狠地骂："是哪个狗日的瞎了狗眼?"

赵蔼如就地一滚,顺好枪,拉动枪栓,压上子弹,刚想扣动扳机,可他勾扳机的中指就是使不上劲,两条腿不住地颤抖,上下牙也随着打战,仿佛是三九天光着屁股跳进冰窟窿里一般。他咬住嘴唇,然后将全身的力气都使在扣扳机的手指上,不知是他的枪响,还是他身旁肖雄的枪响,他感觉两耳被震得什么也听不见了,心口窝仿佛有几只打铁大锤在抡。

从淡淡的天色中,他看见另一旁沉着放枪的齐淑贞和朱廷秀,不由血往脑门涌,暗骂自己熊包。

枪声紧了,不知是谁中了枪,郑中保令人将受伤者送下去,又命令程成去团部报告,然后带领大家撤到房顶。

全排的人刚刚上了房顶,只听营房大门口有人在铁皮筒里喊话:

"黄埔弟兄们,我们是国民革命军第四教导团,奉命来这儿借点武器弹药,并不想和你们打,更不想伤害你们的性命……我们在张太雷、叶挺和叶剑英等领导下,举行武装起义,建立广州苏维埃政府。黄埔弟兄们,请你们支持我们的革命行动……"

接着,又换另一个人喊话:

"黄埔同学们,我是黄埔军校特务营营长吴展,我希望你们能认清形势,参加这一革命行动……四·一二,蒋介石在上海屠杀了许许多多共产党员和爱国志士,四·一五,李济深又在广州和蒋介石一唱一和,比着杀害共产党人,我们黄埔军校中不是也有许多共产党人和同学被逮捕被杀害吗?……只有两党团结一致,才能打倒帝国主义,才能实现民族独立,凡是分裂国共两党的人都是我们的敌人!同学们,请参加我们的战斗吧,参加起义军的队伍,打倒蒋介石,打倒李济深,打倒反动军阀,建立新中国……"

"让他们搬运吧。"郑中保命令道:"下房。"

大家稀里哗啦下了房,集中到营房里。

"我去门口和他们谈判,你们在这里待命。"郑中保说完,把枪插进怀里,消失在拂晓之中。

这时,程成气喘吁吁闯进了门。

"上头有什么命令?"众人围上去问。

程成缓过一口气:"团长命令,拼死抵抗,他马上带人来增援。排长呢?"

"排长去门口了。"齐淑贞回答。

"那不太危险了吗?"

"去交涉事情,放心吧。"朱廷秀边擦枪边说。

"他妈的,蒋介石和李济深两人合穿一条裤子,都不是个好玩意,我们不如索性和起义军一块干算了。"肖雄愤愤地说。

"我同意!"朱廷秀将枪举过了头。

"我也同意!"齐淑贞也把枪举起来。

大家都把目光集中到周元照身上。周元照望着眼前这一双双信任的目光,沉思半晌,然后说道:

"与其在这一滩死水里苟且偷生,还不如去迎接红色的黎明!"

"对,迎接红色的黎明!"赵蔼如振臂高呼。

周元照又说:"人各有志,愿意参加起义军的就去,不愿意参加的,我们也不勉强。"

突然,营房大门口枪声大作,大家正在疑惑,只见团长郭大荣气势汹汹地闯了进来,说:"一排一排一排,妈了巴子,一个个都死光了吗?"

"团长,我们还活着。"程成半开玩笑地站了起来。

"你们郑排长呢?"

没人作声。

"我问你们的郑排长呢?"郭大荣从腰间拔出手枪,"怎么,他阵亡了?"

"……"

"你们他妈的怎么全都哑巴了!"郭大荣声嘶力竭地骂道,然后气急败坏地用手一指赵蔼如,"我命令你,带领全排人去保护弹药库,其他各连都已向营房大门口运动,起义军不会坚持多久,你们千万千万要给我守住弹药库……执行命令!"

外头枪声更猛了,间或还有手榴弹的爆炸声。

"你们怎么不动?想违抗我的命令吗?"郭大荣面对脸前那一双双愤怒的眼睛,有些胆怯。但他没忘记自己的身份,朝天放了两枪,"你们想造反吗?"

"郭团长,这个军校我们不准备再上了!"赵蔼如上前一步说。

"混蛋，我枪毙了你！"郭大荣气得浑身直抖，朝赵蔼如抬起了枪口。正在这时，周元照一个箭步上前，用身体挡住了赵蔼如。

只听两声枪响，周元照一声没喊出来，便躺倒在赵蔼如的怀里。

肖雄、朱廷秀、齐淑贞等人一个个的眼睛都红了，一步一步向郭大荣逼去。

郭大荣感到情况不妙，转身便向门外跑。

赵蔼如提枪追至门口，端平枪，瞄准了郭大荣的后心窝，而后扣动了扳机。随着一声清脆的枪响，只见郭大荣朝前晃了几晃，又向后晃了几晃，一头扑倒在地……

"同学们！"赵蔼如睁着猩红的眼睛，说："我们参加起义的队伍吧！"

朱廷秀将手中的枪举过头顶，说："对，参加起义的队伍！"

其余的同学也都齐声附和着喊："参加起义的队伍！"

说着，大家欢呼雀跃着，向营房大门口跑去……

此时，天光大亮，初升的太阳将冬天染得一片灿烂；微风中，香气袭人，广州城，醉了。一同醉了的还有那支年轻的新生的革命队伍……

（原载《佛山文艺》1998 年第 9 期）

上上下下

中午，市里农村工作会议一散，蒋天柱就想在午饭前赶回镇里，还没走到汽车跟前，市委组织部副部长童绍康从后面过来喊住他，说："蒋书记，不吃了午饭再走？"蒋天柱说："镇里一大摊的事情。"童绍康一笑。蒋天柱掏出香烟。童绍康连连摆手，说："不吸不吸，一上午嘴都吸苦了。"蒋天柱收起烟，说："我也不吸了。"接着问童少康，"最近又进'货'了吗？"童绍康装着傻，说："进啥货？"蒋天柱说："我晓得你的，款子你是不敢碰的，酒烟你还是经常'研究研究'的！"童绍康说："本人一直是堂堂正正做官，清清白白做人。我不是你！"蒋天柱说："彼此彼此。咱们是老同学，谁还不知道谁？你少在我面前立牌坊！"童绍康哈地一笑，稍时说："我那有两盒武夷山的大红袍，若是要，现在我就过去拿。"蒋天柱说："这可是皇上喝的茶啊！给我留着，改天过去。"突然又想起什么，说："童部长。"童绍康说："别穷吊倒，副部长，括号，主持工作。"蒋天柱说："你主持工作已经快一年了吧？"童绍康说："还差二十多天。"蒋天柱说："放心吧，一把部长的位子迟早是你的，我估计最迟到年底。"童绍康不经意一笑，说："这件事我没过多去想。我是干组织工作的，服从组织安排这是我首先要做到的。"蒋天柱心说：鬼才信呢！"嘿嘿"一笑说道："老童啊，俗话讲，不跑不送，原地不动，这事你比我看得清楚，有机会的话，还是活动活动为好。虽然你整天与一把手在一起，关键的时候，说不定他还真的就想不起来你！"童绍康心说：萝卜还要屎来浇！这一年来，为磨正的事，光给一把手邹书记又送字画，又送古董，花了不下十万块钱，可是，就如一块青砖掉到湖水里，连点儿涟漪都没有，我找谁讲理去！蒋天柱见童绍康不说话，问道："童部长，我讲的对不对？"童绍康回过神来，微微一笑说："人家讲的，不在一把的位子上，也许还是件好事情呢！"蒋天柱说："这话不对，当初我当镇长的时候，说话就不一样，不当家不行，要干就要干一把手，要不然那有啥劲！再说，你若磨正的话就进常委了，就是市委领导了，可不是提半级的事情了。"童绍康心里说：你当我不想啊！然而脸上却是那种处变不惊的表情，坦然一叹："顺其自然吧。"到了车子跟前，蒋天柱忽然想起一件事，在包里摸索了半天，找出一张戏票，塞在童绍康手里，说道："市豫剧团的蓝小凤是我的表妹，她们团今晚演出什么新编的历史剧，偏要我去听戏，我哪有那个闲情逸致呢！正好你去吧。"童绍康说："我是喜欢听戏不错，特别是豫剧，不过晚上有没有空，现在还不能定。"蒋天柱说："我打听过了，市委邹书记与刘市长今晚就去省里开会，所以说你今晚是自由身。"见童绍康还要推辞，蒋天柱又说道："我这表妹不但嗓音好，人也长得十分漂亮，你不去可不要后悔哦？"童绍康说："有漂亮的女人，你还能舍得送给我啊！"蒋天柱说："这话对，不过这是我的表妹，正经的表亲。"童绍康问："你的表妹叫啥名字？豫剧团的演员我大都认得。"蒋天柱说："我的这个表妹是市豫剧团刚刚从外地挖过来的，叫蓝小凤。不过你在人家面前可要斯文一点儿，别动手动脚的。"童绍康用力拍一下蒋天柱的腰眼，说："你当我与你是一样的人啊！"蒋天柱哈哈大笑，说："我走了。"接着打开车门上去了。随后又摇下车窗叮嘱道："哎，我说老童，看完戏，别忘了请人家美女吃夜宵啊！"

二

汽车刚到镇政府门口，蒋天柱一出车门，正好遇见镇长吴庆典下村回来。吴庆典说："蒋书记，正好有一件事向你汇报。听说农业部要在我们这个地区搞国家农业综合开发示范园。你哪天去市里打听打听，如果真有此事，那每年的补贴可不少呢！"蒋天柱说："我们镇里搞农业综合开发示范园那是有相当的基础条件的，假如真有这事的话，我估计市里不会不考虑我们的。不过，我会盯紧这件事的，你也别放松了。"吴庆典说："我知道了。"

吃罢午饭，蒋天柱饭碗一推就上了街。蒋天柱有个习惯，不喜欢在办公室里闲呆。其实，在乡镇只要你不关门，你一刻都不能清闲，各种各样的人会缠得你连尿泡尿的空都不给你留。

刚走到传达室门口，正巧遇见分管计划生育的副镇长郝朝胜骑着电动车过来。蒋天柱说："干啥呢?"郝朝胜说："我刚从村里回来，正搞计划生育双月查呢。"蒋天柱说："和我出去转转。"郝朝胜便将车子推到一边，叫看门老李头给看着，随蒋天柱走了。

罗集镇地处落马湖，又是两省三县的交界，平常的人流量还是很大的。今天虽是闭集，街上的人还是不少。

蒋天柱掏出一包软中华，抽出叼上一支。郝朝胜急忙从身上掏出打火机给蒋天柱的香烟点燃。蒋天柱随手给他丢去一支香烟，说："你也吸一支吧。"郝朝胜接过烟，说："蒋书记，我人是你培养的，我的烟也是你培养的。"蒋天柱骂道："你这话混蛋，啥意思? 想叫我每月给你发吸烟钱?"郝朝胜笑，说："我不是这个意思，起先我真没有烟瘾，你当镇长的时候，我经常与你一起下队查计划生育，你一吸烟就给我一支，日子长了，我就学会了。"蒋天柱说："不过，你这个副镇长，要不是我的话，你现在还只是个股级。"郝朝胜点点头说："那是。"蒋天柱继而说："要知道，当时提你的时候，我是顶了很大的压力的!"郝朝胜点点头说："那是。我心中明白得很，没有你蒋书记，就没有我郝朝胜的今天。"

说着话，两人不觉走到酒厂门口，忽然看见有两人在路边打架，像两头牛顶在一处。一个长着络腮胡子的中年男人将一个矮他一头的老汉逼到墙根，用锨把死死地抵住他的咽喉，弄得那个老汉左右不能动弹，一双长满黑斑的手紧紧抓住对方的锨柄。两人就这么僵持着。

"松手!"蒋天柱大喝一声。长着络腮胡子的中年人叫陈三，看见是党委书记来了，这才收了锨把。蒋天柱认识陈三，问是咋回事情。陈三说："他买我的酒糟，趁我不注意又偷偷铲了两锨，所以我就……"蒋天柱又问那老汉："你是哪里人?"老汉说："家住在湖西。"蒋天柱问："为啥动的手？"老汉说："我买他一百斤酒糟，一过秤少了一二十斤，我来找他讲理，他不但不承认，还动手打人。"蒋天柱叫郝朝胜将老汉装酒糟的麻袋放在磅秤上过一过。结果磅秤上显示整整一百斤。陈三说："怎么样蒋书记？一斤都不少，这老狗日就是来无理取闹的。"蒋天柱又叫郝朝胜去酒厂推出公家磅秤，放上一称，结果只有八十三斤。蒋天柱说："陈三，你还有啥话讲？"陈三有些软了，吞吞吐吐地说："可能是我看走眼了，我补足他不就完了嘛！"蒋天柱说："你想得倒美，你欺负人家老汉是外县人，短斤少两不说，还动手打人，太恶劣了！"停停又说："凡是给我们罗集镇老百姓脸上抹黑的人，我蒋天柱绝不会放过。"说着，蒋天柱自己动手用锨将酒糟麻袋添够斤数，又吩咐陈三将酒糟钱退给那个老汉。陈三自知理亏，也知道蒋天柱的厉害，乖乖地将钱款如数给了老汉。老汉不收，说："这哪能呢？我这不是白占人家的便宜吗！"蒋天柱说："这是对坑人者的处罚！"

送走了老汉，蒋天柱叫郝朝胜给派出所牛所长打电话，叫他跑步来这里。

不一会儿，派出所的牛所长与一名民警跑步来到了近前，气喘吁吁地说："蒋书记，啥事情？"蒋天柱便将刚才发生的事情讲了一遍，然后一指马路边的电线杆子说："牛所长，现在我命令你，将陈三拷起来。"若是拷别人，牛所长眼睛决不会眨一下的，但陈三是他的老丈人，他怎么能执行这个命令呢？牛所长趴在蒋天柱的耳边，说："蒋书记，罚也罚了，看在我的面子上，饶他这一回吧。"蒋天柱心说：陈三就因为依仗你狗日的势力，才敢在街上横行霸道。我要是就这么算了，老百姓不骂我姓蒋的护窝子嘛！蒋天柱从天边收回目光，对牛所长道："你今天要是大义灭亲的话，我啥话不讲。假如你不听命令的话，对不起，我就请你换个地方吃饭。"

一向威风凛凛的牛所长，平时虽然有些惧怕蒋天柱，但逼到这个茬口上了，他也不得不顾及自己的面子了。再说，派出所是直属市局管的，镇党委只不过是监管，而且人事权不在镇里，你蒋天柱有啥权力叫我换地方吃饭！所以牛所长说话就有点儿硬，说："蒋书记，我老丈人虽然短斤少两，不够拷的罪，所以你的命令我不能执行！"蒋天柱冷笑道："我就知道你不会这么做的，因为你没有这个胆量。那好吧，从现在开始，你就不是罗集镇派出所所长了，现在你就回市局报到去吧！"牛所长有些满不在乎，心说：走就走，我看你姓蒋的如何收场！

牛所长走后，蒋天柱问同来的那个民警，说："你姓什么？"那个民警说："姓谭，谭嗣同的谭。""叫什么？"蒋天柱又问。"叫谭军。"那个民警回答。蒋天柱说："谭军，你如果服从命令，现在就抵牛所长的窝，以后你就是罗集镇派出所的所长了。"谭军说："我服从。"蒋天柱说："你身上戴铐子没有？"小谭说："带了。"蒋天柱说："谭所长，我现在命令你，将那个陈三给我铐在那根电线杆子上，啥时候放，等候我的指令。"谭军双脚并拢，说："是！"然后掏出铐子，走到陈三的面前，压低声音，说："三爷，怨不得我了，谁叫你今日撞到蒋天柱的枪口上了呢！"

三

从街上回来，蒋天柱在办公室的走廊上遇见妇联主任李大梅。蒋天柱说："大梅，晚饭后到我的办公室里来一趟，我有事情找你。"李大梅知道蒋天柱是想男女之间的事，脸上有点儿不自然，小声说道："蒋书记，我身上来了，不方便。"蒋天柱问道："又到日子了吗？"李大梅说："不知怎的提前了七八天，真烦人！"蒋天柱一脸坏笑，说："那你好好养伤吧。"李大梅面颊上挂着两块红晕，一低头偷笑着走了。走两步又转回身，问蒋天柱道："你有衣服要洗吗？"蒋天柱说："没有。"李大梅"哦"了一声走了。蒋天柱说："身上不方便不要沾凉水，免得落下病根。"李大梅回首动情地应了一声。

前几天沟北村有两户丢了十几只羊，至今也未破案。吃过晚饭，没有啥事情，蒋天柱喊上郝朝胜以及谭军，三人三挂自行车，去沟北村巡视。为了不惊动人，去时，也没和村里打招呼，三人就猫在路口的树影里，一直蹲到了九十点钟，也没有任何动静。三人又原路回来了。

刚到办公室，电话就响了起来，是市公安局局长邱长安打来的。邱长安说："老蒋，三更半夜又跑到哪个女人床上去了，给你打了十几个电话都没有人接。"蒋天柱知道邱长安是来兴师问罪的，本不想将下村的事情往外编，正好这件事与下午那件事有牵扯，就将晚上去沟北村蹲守的事情讲了一遍。邱长安问："有没有线索？"蒋天柱说："目前还没有。"邱长安说："这件事当地派出所怎么没有向上面汇报的呢？"蒋天柱趁机说道：

"你那个牛所长在我们镇里不作为不说，对坏人坏事还袒护，你说这样的所长还能要吗？"邱长安笑了，说："老蒋你消消气，我就为这个事情给你打电话的。明天我准备亲自带着牛所长上门给你赔罪，并叫他写出书面检查。"蒋天柱说："老邱，这个姓牛的我不要了，我也不要他来赔罪，更不要他来检什么查。"邱长安说："小牛是有点儿毛病，不过，批评批评、教育教育还是可以用的。"蒋天柱说："你即便说得天花乱坠，这个人我也是不要了，明天我也没有空接待你，对不起了！"邱长安沉思了半晌，稍时说道："这样吧，党委研究一下，不然重新派个人去。"蒋天柱说："不必了，我已经安排所里那个小谭临时主持工作，当然我任命不作数，等哪天还得你们局里下个红头文件。"邱长安有些为难，说："老兄，这事弄得我不太好办哪！"蒋天柱说："好办不好办你都得办，你如果对我老蒋有意见，你可以去市委邹书记那儿告我的状。"邱长安无语，半晌说："挂了。"

放下电话，蒋天柱不但不生气，反而笑了。点燃一支烟，坐在那里想事情。

不一会儿，手机响了起来，蒋天柱不看号码也知道是蓝小凤打来的，因为她为蓝小凤的手机设置的是"洪湖水浪打浪"的音乐。

蒋天柱问："童部长去听戏了吗？"蓝小凤说："来了。"蒋天柱说："散戏他请你吃夜宵了吗？"蓝小凤说："请了，在蓝色海岸海鲜城。"蒋天柱说："这个童绍康，这次还怪出血的呢！"稍停又问："他对你怎么样？"蓝小凤说："啥怎么样？"蒋天柱说："童绍康没对你动手动脚的吗！"蓝小凤刺咩一笑，说："谁都像你似的，头一回见面就抱人家。"蒋天柱哈哈大笑。蓝小凤说："不过，姓童的眼神倒有些色迷迷的，还约我到他的办公室去玩呢！"蒋天柱有些醋意，说："恐怕一玩就玩床上去了吧！"蓝小凤说："你们男人真坏！"接着又加上一句，"有了权力的男人更加坏！"

洗漱完毕，蒋天柱刚想休息，猛然想起陈三事情来，心说：毁了，急忙给谭军打电话。蒋天柱问："那个陈三放了吗？"谭军说："没有您的指示，我哪敢放人呢？"蒋天柱哭笑不得，但也怨不得人家谭军，是你亲口说的，没有你的指令不能随便放人的，谁敢太岁头上动土呢！蒋天柱吩咐谭军，说："抓紧时间去把陈三放下来。"谭军说："是。"蒋天柱又说："从商店买两瓶我们酒厂出的'醉八仙'，拿那种十多块钱一瓶的。陈三是一个酒鬼，喝了酒，可能啥怨气都没了。"谭军说："我明白。"

这么一折腾，蒋天柱困意皆无，睡不着就想女人的事情。不由人地就想起了计生办会计柳云英。蒋天柱一看手表已经是十一点多钟了。柳云英虽说成了家，男人不在身边，出来进去方便。蒋天柱给郝朝胜打手机，叫他去约柳云英出来。郝朝胜已经睡倒了，一边穿衣服一边向外走，说："我这就去办。"蒋天柱在电话中叮嘱道："就说我明天出差急等着用钱。"郝朝胜说："你放心吧，我知道该怎么说。"

不一会儿，柳云英披头散发来了，看样子也是睡倒了。取钱能需多大空，所以两人一进门就直奔主题，三下五除二便解决了战斗。临走，柳云英突然想起了一件事情，说："蒋书记，我至今还不是正式的，我转正的事办得咋样了？"蒋天柱说："你放宽心吧，这事我一直未忘，想着呢！"柳云英说："你得抓点儿紧哪，蒋书记。"蒋天柱伸手又在柳云英的鼓蓬蓬的胸脯上抚弄了一把。见柳云英还想说什么，蒋天柱急忙说道："天不早了，我也累了，有啥事情，改天再说吧。"

四

蓝小凤来到组织部的楼下，才给童绍康打电话。童绍康这时正在团市委开会，他手机打的是震动，有电话进来了，他瞟一眼是生号，就没理睬。接着手机又响，童绍康还是没有理会。电话不响了，稍时来了一条消息：童部长是开会呢，还是在哪个女人的床上睡回笼觉呢！落款的是蓝小凤。童绍康一看这一条信息，不由得心旌摇曳起来。他急忙离座去了洗手间，将电话回了过去。童绍康说："对不起，我不知道是你的电话。"蓝小凤说："童部长是一个大忙人，不过再忙，也得接电话啊！"童绍康说："实在是对不起！你现在在哪里？"蓝小凤说："就在你单位的楼下。"童绍康想了想，说："你就在那等我，我这就过去。"童绍康与主持会议的团市委书记打个耳语，说："邹书记找我有急事，我得回去一趟。"接着，又给同去的干部科吕科长打了声招呼，急急忙忙离开了会场。

走在路上，童绍康心中一直在琢磨，想："这个蓝小凤今天来找我是来玩的，还是有啥事情呢？"上次听完戏之后，童绍康对蓝小凤的确有些好感，人长得不错，剧团的人又会打扮，那感觉就更好了。不过，蓝小凤的戏不是多么出色，表演还可以，唱腔略显欠缺了一点，童绍康心想，蒋天柱说蓝小凤是剧团作为"角儿"挖过来的，恐怕是有点儿言过其实了！

团市委与组织部只不过是前后院，童绍康脑海里一脑子蓝小凤，一抬头，蓝小凤就站在了他的面前。

童绍康快步上前一把抓住蓝小凤的手握着，说："稀客稀客，有事情吗？"蓝小凤说："没事，就是来看看你。"童绍康说："上楼上楼。"

到了办公室，童绍康忙着泡茶，蓝小凤说："童部长，我不渴。"童绍康说："要不给你冲一杯咖啡吧？真正的巴西货。"蓝小凤笑着说："那玩意儿咱中国人喝不惯！你别忙乎了，童部长，咱们坐下说会儿话。"童绍康忽然想起了什么，从柜子里拿出一盒糖，打开盖，说："吃块糖吧。"蓝小凤说："我又不是小孩！"童绍康说："你在我面前就是个小孩。你今年多大了？"蓝小凤说："二十六岁。"童绍康说："只比我女儿大两岁。"蓝小凤说："那我得称呼你长辈喽！"童绍康连忙说："不成不成，我们是同志，是平辈。"蓝小凤从沙发上站起来，这儿摸摸那儿看看，接着转到里屋，说："童部长，你们当干部的真好啊，办公室里还安了一张铺，想睡觉倒是挺方便的。"童绍康说："那哪是方便哪，那是为平常加班晚了或是值班准备的，比如节日值班啊，防洪值班什么的。"蓝小凤说："说到底，就是给你们干部提供金屋藏娇的机会的！"童绍康听出来蓝小凤话中带有挑逗成分，故意说道："我也是想啊，只可惜无娇可藏！"蓝小凤说："童部长说笑了，凭你组织部部长的身份，要多少女人没有呢？"童绍康说："真的没有。"蓝小凤说："我怎么样，你童大部长若不嫌弃的话，我愿做你的情人，你敢不敢？"童绍康一下语塞了。都说唱戏的演员很随便，没料想，这个蓝小凤这么开放，弄得童绍康始料不及。他本想即便今后想与蓝小凤有点儿情况的话，总得有个过程吧，起码得联络联络感情，在一起卿卿我我一段时间，这下可好了，连一片云彩都没有，暴风雨说来就来了。吓傻了吧！蓝小凤狡黠一笑，说："童部长，我是与你开个玩笑，我清楚你们男人的心理。女人在你们男人面前，若是遮遮掩掩，你们说女人假，装腔作势；若是投怀送抱，你们又说女人风骚。其实装腔作势也好，风骚也罢，男女在一起，不就是图个感情吗？当然喽，我知道你童部长是个比较正派的人，胆子也小……"童绍康说："小凤，你别激我！"说罢出了办公室，探头左右张望了一下，而后进门将门锁从里面销死，一把将蓝小凤抱起来，就往里屋走。蓝小凤似乎想挣扎一下，放低声音说道："童部长，大白天的，又在办公室里，你真的敢做啊！"童绍康也不讲话，将蓝小凤放在床上，就去剥女人的衣服。今天蓝小凤穿的是连衣长裙，就一只带子系着，所以，三下五除二，童绍康便将蓝小凤脱得赤条条的了。童绍康深知在办公室里，不宜久战，顾不上脱裤子，也来不及欣赏女人的玉体，狂风扫落叶，几分钟的工夫就将蓝小凤给摆平了。

办完了事，童绍康重新坐到办公桌前，看着蓝小凤对着镜子将头发整理好，这才将房门轻轻打开，站在门口点燃一支烟，见没有啥动静，这才二番坐到办公桌前，望着蓝小凤傻笑。蓝小凤说："童部长，你的胆子真够大的！"童绍康说："你刚才不是说我的胆子小吗？"蓝小凤笑道："我现在才知道，啥叫色胆包天！"童绍康说："男人为天，女人为地，应该是色胆包地！"

中午童绍康要留蓝小凤吃饭，蓝小凤说："别了，以后有的是机会。"童绍康从不送客人下楼，特别是女人，今天是破例。两人并肩走在楼梯上，蓝小凤说："童部长，其实今天来是有件事情要与你说。"童绍康说："有啥事情？你说。"蓝小凤说："事情也不大，就是，我想当团长。"童绍康心说："天上哪有掉馅饼的，女人舍身肯定是有求的。不过，剧团团长是个股级干部，是他权利范围之内的事情。"他沉思了半晌，说："这事情我来办，不过，你来剧团时间不久，第一步只能考虑副团长吧。"蓝小凤点头道："也行。"

蓝小凤走后，童绍康回到办公室，泡了一杯茶，刚欲喝，猛然想起来，刚才与蓝小凤发生关系，忘记戴避孕套了，急忙用手机给蓝小凤发了一条信息：小凤，刚才过于匆忙，忘记采取措施了，希望你抓紧去药店买几片长效避孕药吃，务必务必。不多时蓝小凤将信息回过来了：童部长，你不要紧张，真要是怀上了，给你生个白胖小子，你恐怕是鼻子都喜歪了呢！童绍康看了这条信息，两眼一下傻了，心中暗想，这个女人不简单哪！愈想愈后怕，现在是非常时期，若是闹出啥绯闻来，他的磨正问题不但不能解决，恐怕连饭碗也要不保。他现在真有些后悔，当时不该那么冲动，他平常虽不是那种见了女人坐怀不乱的人，也不像今天这么没有点儿身份啊！

眼下也只有抓紧帮蓝小凤解决副团长的问题，那样的话，即便有啥事情也许会好办一点。想到此，他急忙摸起手机，拨通了文化局局长邵广洋的电话……

五

这天晚上，李大梅与蒋天柱在屋里缠绵了多半天。临走，李大梅又回身抱着蒋天柱的后腰说道："蒋书记，有件事情想与你说。"蒋天柱说："还是你对象的事情？"李大梅说："嗯。"蒋天柱说："上个月我专门去市税务局找了钱秃子（局长），还特地请了他一场，他已答应，就最近考虑你对象磨正的事情。你要知道，乡镇税务所副所长有好多，都想当正职，也不是件容易的事情。"李大梅说："这我知道。""不过，"蒋天柱二番将李大梅抱在怀里，说，"咱先说好了，等你对象当了正所长，就不能在我这罗集干了，得将他调得远远的，不然碍我们的事。"李大梅说："随你的便。"蒋天柱说："我明天再给钱秃子打个电话，催催他。"李大梅又想起什么，说："蒋书记，我有个表妹，叫雪花，家就住在前湖村，她对象是村里会计，叫冯玉法，是个官迷，一心就想当村支书。我那个表妹也找我好几趟了，她也知道咱俩的关系，我不好拒绝她。"蒋天柱说："你那个表妹长得漂不漂亮？"李大梅说："比我长得俊，又小我几岁。"蒋天柱半开玩笑说："那行，叫你的表妹与我睡一觉，她对象当书记问题就好说了。"李大梅说："真的？"蒋天柱说："我何时在你面前说过假话。"李大梅："我替我表妹先谢谢你了。"蒋天柱说："大梅，我真的与你表妹睡觉，你不吃醋吗？"李大梅说："本来蒋书记又不止我一个女人，我吃醋能吃得过来吗？再说，只要蒋书记有时想着我，我就知足了。"蒋天柱被李大梅这番话给感动了，说："大梅，你知道我喜欢你啥吗？我就喜欢你这一点。"李大梅也有点儿动情，一双眼里藏着泪光。蒋天柱说："明天就去前湖村，中午就在你的表妹家吃饭。你也一块去。"李大梅欢喜得了不得，说："我这就去打电话通知雪花。"

李大梅前脚出去，蒋天柱的手机就响了起来，是蓝小凤打来的。蒋天柱说："三更半夜的，是不是想我了？"蓝小凤说："你们男人嘴里整天就没有一句正经话！"蒋天柱说："正经话白天都说完了，所以晚上都是闲撇子的话！"蓝小凤"嘿嘿"笑。蒋天柱说："看样子心情不错，是不是与童绍康有啥进展了？"蓝小凤说："你猜。"蒋天柱说："不用猜，你肯定是失身了。"蓝小凤轻叹一声。蒋天柱说："你想想，童绍康是啥样人，我能不了解！"蓝小凤说："你别说人家，你也不是啥好东西！"蒋天柱"哈哈"一笑，稍时又问道："你的事童绍康咋说的？"蓝小凤说："他答应我先当副团长。"蒋天柱说："副的也行，先干着再说。有副才有正，你想从政的话，就得一步步来。不过，你只要盯紧了童绍康，下一步就好办了。估计用不了不久，他就会成为组织部一把手，一磨正他就厉害了，只要童绍康成了市委常委，今后你的前程还会孬了吗！"蓝小凤说："得谢谢你这个大媒人哪！"蒋天柱说："咋谢法？"蓝小凤说："我的身体从头到脚早就给你反复检查好几遍了，你还想怎样？"蒋天柱说："现在真有些想你了。"蓝小凤冷笑，说："你身边还能少了女人？说不定哪个女人刚从你的被窝里钻出来呢！"蒋天柱哈哈大笑，说："知我者，蓝小凤也！"蓝小凤说："你是个十分好色的男人，这一点我是再清楚不过的了！"蒋天柱说："对了，我还没有问你，童绍康那个家伙功夫咋样？"蓝小凤说："你自己打电话问问童绍康吧！"说罢挂线了。放下手机，蒋天柱还自顾在那笑，眼泪都快笑出来了。

六

蒋天柱在罗集镇已经干了十几年了，从副镇长干到书记，几乎没有在村里吃过饭，今天能在前湖村吃饭。村支书唐亮与会计冯玉法以及村里大小干部一大早就忙开了，安排人去集上割肉，又安排人去湖里打鱼，连湖里鱼儿都给村干部争面子，争先恐后向网里钻，除了鲢鱼、鲹鱼、鲑鱼之外，还打上来一只三斤多重的大老鳖，喜得唐亮和冯玉法两眼都笑细了。冯玉法笑，他心中有数，蒋书记是为着他的事情来的。支书唐亮却不知情，若是知道蒋书记今天来是想叫他下台的，即便是捅他的胳肢窝，怕他也笑不出来了呢。

上午，蒋天柱带着副镇长郝朝胜和妇女主任李大梅，转了几个村，看看水稻的长势情况，到中午的时候，几人才来到前湖村。中饭就在冯玉法家办的，他们几个进门的时候，八个冷盘已经上桌子了。唐亮请示蒋天柱说："蒋书记先喝着吧，热菜马上就好。"蒋天柱说："不忙不忙。"李大梅的表妹雪花听见来人，从锅屋出来迎客人，说："蒋书记来啦？"蒋天柱估计面前这个女人就是雪花。见她人长得很有韵味，三十露头的样子，肤色很白，身材匀称，胸脯实而不虚，一笑两眼十分撩人。李大梅介绍说："蒋书记，这是我的表妹，叫雪花。"蒋天柱对雪花点点头，说："今天中午给你们家添麻烦了。"冯玉法挤过来说："麻烦什么呢，蒋书记能来咱们家作客，那是我们的荣幸，我们家顿时蓬荜生辉！"蒋天柱没理会冯玉法的话，说："雪花，你做菜呢？我给你烧火吧。"支书唐亮忙阻止，说："蒋书记，哪能叫你进锅屋呢，烟熏火燎的。"蒋天柱说："过去我上河工的时候，曾做过几个月的饭，烧火我还是挺在行的！"冯玉法说："难得蒋书记有雅兴，就叫他烧吧。"然后招呼大家去堂屋吸烟喝茶。郝朝胜心领神会，附和冯玉法道，说："对对对，我们都去堂屋说话，早上吃得饱，现在还没觉得饿呢！"

蒋天柱盘腿坐在灶前，边往灶里续草边与雪花拉呱。蒋天柱说："雪花，锅里做的啥呢？"雪花说："炖的鱼。"其实，蒋天柱早闻见鱼香了，只不过是没话找话说罢了。蒋天柱嗅嗅鼻子，说："你的手艺不错。"雪花抿嘴一笑，说："蒋书记，乡下缺油少盐的，不知合不合你的口味。"蒋天柱说："只要是你做的，我都喜欢。"雪花又是抿嘴一笑。蒋天柱说："平常你干什么？"雪花说："以往为闺女时，一直在外面打工，成了家就在家干农活。"蒋天柱问："几个孩子了？"雪花脸一红，说："还没要呢！"蒋天柱说："咋回事？"雪花说："结婚前流一个，现在想要却怀不上了！"蒋天柱向门口张望一眼，然后说道："是不是冯会计那个家伙不好使？"雪花的脸更加红了，说："蒋书记！"蒋天柱"嘿嘿"一笑，说道："不说了，不说了！"雪花说："蒋书记，我表姐与你说了吧？"蒋天柱装憨，说："你表姐与我说了很多事，不知是哪一件？"雪花说："俺家那一口子，做梦都想当支书，蒋书记你得给帮帮忙啊！"蒋天柱说："这事我知道，等有机会我一定想着。"雪花说："事成之后，我一定好好酬谢你。"蒋天柱说："怎么个酬谢法？"雪花不说话，半晌说："你想怎样就怎样！"蒋天柱说："那我也不能欺负你，假如你男人知道了，还不剥了我啊！"雪花说："不能不能。"蒋天柱问："怎么不能？"雪花有些不好意思。蒋天柱说："我是开玩笑的，我蒋天柱看中的女人，哪个敢龇牙！"雪花说："不是这个意思，就是他叫我这样做的。"稍时叹一声，说："蒋书记，就因为我不能生，他就要与我离婚，后来他说，如果我能叫他当上村支书，他就不和我离。所以我才去找的表姐。"蒋天柱说："这个狗日的冯玉法！"

热菜好了，酒也早已斟满了。蒋天柱一声令下，说："开席。"众人一起将酒杯端起来，齐说："敬蒋书记。"蒋天柱说："干。"大家伙就都一饮而尽，包括桌上两个女人。

酒喝到二八盅的时候，蒋天柱忽然想起什么，问支书唐亮，说："你们村里好像没有妇女主任吧？"唐亮说："是治保主任兼的，他今天上县了。他女人又大肚子了，三胎。"蒋天柱说："哪有男的干妇女主任的，我看雪花有这个能力，就叫雪花干妇女主任怎么样？"唐亮说："蒋书记安排了，我们照办。明天我们开个支部会，研究一下。"蒋天柱说："今天你们支部人来得也差不离了，就算开过会了。从今天开始，雪花就算上任了，工资也从今天算起。"唐亮说："就按蒋书记的指示办。"蒋天柱对李大梅说："明天叫你表妹去镇里和你学学，有些不懂的地方你教教她。"李大梅说："我知道了。"

临走的时候，李大梅将雪花拉到一边去，说："雪花你真有本事，不放一枪一炮，就将蒋书记给俘虏了！"雪花说："还不是表姐你的面子大啊！"李大梅说："明天你打扮得漂亮一点儿！"雪花说："嗯。"

出门以后，蒋天柱突然想到湖中村转一转，不知岛四周的防水墙砌得咋样了，他想去看看。支书唐亮急忙派船亲自护送蒋书记一行上岛。冯玉法要跟着一起去，唐亮说："你在家守着吧，说不定蒋书记晚上还回来吃饭呢！也许夜晚在前湖留宿也说不定。"唐亮话中有话，冯玉法心中明白，老婆被提拔，唐支书心里憋屈着呢！不由心中冷笑，想："等我当上了支书，到那时你狗日的唐亮那才嫉妒呢！"

七

今天是星期天，镇里没大事，蒋天柱突然想回家看看。他已经记不清上一次是啥时回的家。一想到家里床上躺个只能张嘴吃饭不能动弹的女人，心里就烦得起烟。当初就因为要与老婆离婚，一气之下女人就病倒了，落了个半身不遂，天天只有老娘伺候着。所以离婚的事只能无限期拖下去。再说老娘也不会同意他们离婚，她对儿子说："除非我死了或者你女人死了，否则的话，想当陈世美你想也别想。"蒋天柱之所以没坚持离婚，为的是娘。娘二十多岁就守寡，将他抚养成人不容易，所以蒋天柱在母亲面前，从来都不敢有大言语。

回老家蒋天柱从来都是骑着自行车来回。一方面他自己不喜欢张扬，二来老娘也不允许他开车回家。即便有时有急事回去，也是将车子停在村口，步行回家。

老家离罗集镇只有二十多里路，蒋天柱骑着自行车一个多小时就到了。

母亲正在当院晾衣服，其实不是什么衣服，都是女人身底换下来的垫布，每天母亲都要洗上一盆。垫布啥颜色都有，随风飘着，像一面面彩旗。蒋天柱看到母亲晾东西那种吃力的动作以及满头灰白的发丝，心中不由一阵酸楚。

"娘，我回来了。"蒋天柱扎稳车子，"我来晾吧。"

母亲的目光在儿子的身上停留了一会儿，又继续晾东西，说："不要沾手了。"稍时问道，"刚刚到吗?"

蒋天柱答应了一声。

"娘，近来身体好吗?"

"托你的福，还能不好?"

蒋天柱看到地上的洗衣盆说："娘，不是有洗衣机吗？你怎么又用手搓了。"

"我用不惯。洗这点东西，还不够费事的呢!"停停又说，"再说用洗衣机又费水又费洗衣粉，还不如手搓得干净。"

蒋天柱从车篮子里拿出来一塑料袋东西，里边装着几包点心和水果，然后将东西提到堂屋去。

"娘，地里有活吗?"蒋天柱边向外走边问。

母亲说："棒子早该掰了，别人家都掰差不多了。"

蒋天柱埋怨道："当初就不该种，你们娘儿俩能吃多少呢!"

母亲言道："总不能叫地荒着吧？不怕邻居百舍骂啊!"

蒋天柱不言语了，拉起平板车就上外走。边走，脑海里不由浮现过去的场景：春天里，僵硬的村路上，母亲弓着身拉着平板车，车上坐着围着被子的他的女人，他们去地里点玉米。母亲将板车停放在地头，车把一头用板凳撑着，试试平稳了，这才去点玉米。点个来回，母亲总要回到车旁与媳妇说上几句话，或者啥话也不说，对着媳妇笑一笑，这才去干活。二亩地的玉米，别人家两个人一个刨一个点，也许大半天就完事了，而母亲却要两天才能完工。中午饭是在地头吃的，车上带着馍与开水，母亲先喂媳妇吃饱，然后才自己吃，母亲吃饭非常快，转眼之间，两个馍就被消灭掉了。看到母亲种地这么艰难，一些好心的邻居要过来帮忙，母亲死活不让，就像叫她拒绝去城里享清福一样态度坚决。母亲就是这种倔强的女人。这也是蒋天柱对母亲敬重的原因。蒋天柱那天正好回家，看到这个场面，心里不由人地想哭。回镇里之后，他常常想，当初假如不与女人提出离婚，也许女人不会生病，假如女人没有病，母亲就不会这么劳累了，是自己害了母亲。所以，每次回家，蒋天柱都会尽一切力量多干点儿活，用此来弥补良心上的亏欠。

到了地头，蒋天柱先将身上衣服脱了，然后一头钻进了玉米地。蒋天柱从小啥活都会干，啥活也难不倒他，等到太阳歪了，二亩地的玉米已经掰得差不多了。

母亲送饭来了，提了一罐绿豆稀饭，还炒了一盘他最爱吃的辣椒疙瘩。蒋天柱也渴了，也饿了，将馍馍以及饭菜一扫而光。等他吃罢了，剩余的玉米也叫母亲掰光了。蒋天柱将玉米棒子装上车，他在前面拉车，母亲在后面推，不一会就到家了。卸了玉米，趁天好，蒋天柱本想将玉米晒好再走的，哪知镇办公室肖秘书打来电话，说是市里通知各乡镇党委书记晚上到市委会议室开紧急会。

蒋天柱正准备走，母亲说："你不去看你媳妇一眼？"蒋天柱只好硬着头皮进到女人的房间。女人的脸很苍白，靠在床头上，手里拿着一张照片正在那里端详。蒋天柱一看，是过去他们一家四口的照片。前排是母亲与现在上大学的儿子小辉，后面站着的是他们夫妻俩。女人看到蒋天柱有些激动，口齿更加不清晰，说："你回来啦？"蒋天柱点点头。女人说："平常很忙啊？"蒋天柱说："嗯。"女人说："你的胃不好，少喝点儿酒。"蒋天柱说："平时你自己多多注意自己吧。"女人说："只是苦了妈！我活着真是遭罪呢!"蒋天柱说:"你别想那么多了,妈替我照顾你也是应该的。"女人抬起那只能活动的左手揉眼睛。蒋天柱想起儿子,就又说:"小辉学习很好,生活也不错,你不要惦记。"说罢就出去了。一出门,就听女人在后面哭了起来,那声音像夜间野猫叫春那样凄惨。随即,蒋天柱身上不由起了一层的鸡皮疙瘩。

八

这天一大早,蒋天柱接到蓝小凤电话,说是晚上她请客,叫蒋天柱作陪。蒋天柱说:"你的事情办得咋样了?"蓝小凤说:"昨天文化局的邵局长刚找我谈过话,已明确为副团长,随后文件就下。"蒋天柱说:"我就说嘛,这美人计无论哪个朝代都好使!"蓝小凤正经道:"你嘴上留点儿口德行不行,别胡说八道,传出去,我这个团长咋当?"蒋天柱说:"先说说你怎么感谢我吧。"蓝小凤说:"又来了,今晚上不是请你吃饭嘛!"蒋天柱说:"吃饭算什么,你愿意,我天天请你吃。"蓝小凤说:"那我不成了猪了,还怎么登台?"蒋天柱说:"有空陪我一晚。"蓝小凤说:"你不怕童绍康吃醋?"蒋天柱说:"他敢吃老子的醋,你也太高抬他了!"蓝小凤说:"找时间吧。"蒋天柱说:"今晚在哪里请?"蓝小凤说:"你不问我倒忘了,地点在蓝色海岸海鲜城。""都有谁?"蒋天柱问。蓝小凤说:"你说能有谁?"蒋天柱说:"童绍康?"蓝小凤说:"不错,还有文化局的邵局长。"蒋天柱又问:"还有谁?"蓝小凤说:"听童部长说,还有人事局的黄局长。"蒋天柱说:"黄瞎子?"蓝小凤说:"瞎子还能当局长?"蒋天柱笑着说:"黄瞎子眼睛高度近视,我们背后都这么叫他。"蓝小凤说:"你们这些人……"蒋天柱说:"不与你叨叨了,马上还有个会。"蓝小凤说:"晚上你早一些到啊,还指望你撑场面呢!"蒋天柱说:"放心吧,不是六点钟吗?我一准到。"刚欲挂电话,蒋天柱突然想起什么,说:"小凤,我建议晚上的酒席还是换个地方吧。"蓝小凤说:"为啥?"蒋天柱说:"蓝色海岸太显眼了,况且我们去的人又都是有头有脸的,我是无所谓,我怕是对你影响不好。"蓝小凤说:"你说去哪里吃?"蒋天柱说:"到逍遥居吧,那儿僻静,菜味道也不错,他们几个都喜欢去那儿,我与那儿的老板也熟。还有,今晚上以你的名义请客,我来买单。"蓝小凤说:"地点都通知过了，还好改吗？"蒋天柱说："没有问题，你别操心了，等一下我会给他们打电话的。"蓝小凤对着话筒"啧"地亲了一口，说："谢谢了。"蒋天柱说："你将怀解开，让我摸一下。"蓝小凤说："滚你的蛋，即便是有摄像镜头，你也只能是饱饱眼福罢了！"蒋天柱哈哈大笑，然后挂断电话。

蒋天柱开完会本想下村转转的，散了会一看时间已经快十一点了，就想吃了中午饭再出去。离午饭还有一段时间，蒋天柱一个人便上了大街。刚走到鱼市口，见一背着鱼篓的老汉边走边自顾抹眼泪儿。人不上心不落泪，蒋天柱就有些疑惑。几步走上前去，说："大爷，我见你偷偷掉泪，是不是有啥伤心的事？"那位老汉认得蒋天柱，说："蒋书记，你给评评理。"蒋天柱说："啥事情你说。"老汉说："我辛辛苦苦一夜，打了一篓的鱼，鱼市不叫卖。"蒋天柱问："怎的不叫卖？"老汉说："鱼市叫刘四承包了，别的地方税务所又不叫卖，家里老伴卧床不能动，我急等着回去，没有办法，我只有将鱼兑给刘四。刘四是鱼市一霸，他将我的鱼称也不称，就倒进他的鱼堆里了，只给我十块钱完事，我那一篓的鱼，怎么也值三十几块钱哪！"蒋天柱说："你没去找税务所？"老汉说："找也没有用，税务所都叫刘四给买倒了！"蒋天柱沉思了半晌，说："大爷你明天还来卖鱼吗？"老汉说："家中有病人，不打鱼咋弄钱买药呢？"蒋天柱从身上掏出一百块钱，说："大爷这钱你先拿去买药。"老汉死活不要，说："蒋书记，我怎能要你的钱呢！"蒋天柱说："你拿着先应应急，明天一早我在鱼市等你。"

在镇政府门口，蒋天柱正巧遇见李大梅的男人张树林。估计张树林可能是来找他女人李大梅的，老远见到蒋天柱就想躲开，因为媳妇与书记有一腿，他一见蒋天柱脸就红。蒋天柱说："树林，你干啥去？"张树林说："蒋书记，我没啥事。"蒋天柱说："省得我打电话了，你回头告诉你们的郑所长，叫他明天一早哪也别去，在镇政府门口等我，有事。"张树林说："知道了，我这就去通知他。"蒋天柱边向食堂走，边给郝朝胜与派出所的谭军打手机，叫他俩明天一早也在镇政府门口等候。

吃完午饭，蒋天柱又给童绍康去了电话，说晚饭换地点的事情。童绍康说："还是你老兄考虑得周全，的确蓝色海岸人太杂了。"蒋天柱说："童部长，我得替小凤感谢你啊，事情办得这么漂亮！"童绍康说："你的吩咐我能不照办吗?"蒋天柱心想:假如蓝小凤不以身相许,你狗东西会这么下老本吗?蒋天柱不想将这层窗户纸捅破,就装憨,说:"小凤的戏不错吧?"童绍康说:"不是不错,而是很不错,所以文化局党委非常重视,这不,小蓝的副团长一报上去立马就批了。"蒋天柱说:"老同学,这主要还是你的功劳啊!放心吧,小蓝不会忘恩的,她一定会报答你的!"童绍康哼哼哈哈地笑着,说:"不用不用,你我之间,还客气什么呢!"蒋天柱说:"不与你多聊了,我还得下村。另外,晚上换地方的事,邵广洋与黄瞎子你打电话通知他们一声。"童绍康说:"我这就给他们打电话。"

<h2 align="center">九</h2>

逍遥居的女老板车红原先也在文化系统工作,在电影院卖票,后来自己承包电影院,有了些资本,这几年电影院生意不好,现在又投资餐饮业。人很活溜,长得也有几分姿色,再加上在电影院认识不少人,所以逍遥居开得非常红火。听说今晚上市里几个有脸面的人来吃饭,车红早早就在饭店门口候着了。

蒋天柱六点整准时到了逍遥居门口,车红一见,急忙迎上前去,说:"蒋书记,谢谢你的关照。"蒋天柱问:"他们都来了吗?"车红说:"童部长与邵局长先一步来了,还有一个女的。"蒋天柱边向店里走边又问:"人事局的黄瞎子还没来?"车红一笑说:"可能快了吧,听童部长说,黄局长正开会,马上就到。"蒋天柱说:"这个黄瞎子啥时也没先来过,开啥熊会?摆谱呢!"车红在前面指引,两人说着话进了包间。蒋天柱与童绍康、邵广洋,还有蓝小凤一一握了手,车红说:"你们几个领导先坐着喝茶,我去门口等黄局长。"蒋天柱说:"人还没个影,等个屁!"车红笑着出去了,蒋天柱坐下来,便掏出手机给黄瞎子打电话。许是真的开会,黄瞎子接电话的声音很低。蒋天柱说:"演戏呢?"黄瞎子说:"真的开会,马上就到老兄。"蒋天柱说:"你别马上,具体说个时间,你一马上就没有准头了!"黄瞎子说:"十五分钟,最多二十分钟。"蒋天柱说:"就等你二十分钟,晚一分钟罚你一杯酒。"挂了电话,童绍康说:"老黄真的有会,大市的人事局来人了。"蓝小凤问:"啥大市?"童绍康说:"我们是一个县级市,所谓大市,就是我们的上级市,为了好区分,所以称上级市为大市。"蒋天柱掏出烟来，给童绍康与邵广洋一人丢去一支，点燃之后，蒋天柱说："邵局长，蓝小凤当上了团长，得好好谢谢你啊！"邵广洋说："小凤戏唱得不错，表现又很突出，再加上童部长推荐，那我还有啥话讲呢！"童绍康说："老邵，你还不知道吧？小凤是蒋书记的表妹呢。""哎哟哟，我真的不知！"邵广洋有些丈二和尚。蒋天柱说："我的表妹在你的手底下干，今后还请你多多关照。"邵广洋说："蒋书记你这话见外了，你的表妹就是我的表妹，往后有啥事只管讲，只要能办到的，一定办。"

两支烟工夫，黄瞎子满头大汗进门了，后面跟着车红。蒋天柱一看手表，还不到二十分钟。黄瞎子问蒋天柱，说："怎么样，没超过时间吧？"蒋天柱说："不这样说，你早着呢！你没听人家说嘛，不怕市委邹书记说工程上马，就怕人事局黄瞎子说酒场马上！"一番话引得在座的一阵哈哈大笑。

瞅个说话的空当，车红问道："各位领导今天喝啥酒？"蒋天柱说："今天我表妹请大席，喝点儿好的，拿两瓶'梦之蓝'来。"车红欲走，又想起什么，然后趴在蒋天柱的耳旁，小声说："蒋书记，小姐啥时上？"蒋天柱说："等喝到二八盅时再说。"车红说："我晓得了。"

不一会儿凉菜上来了，酒也打开斟上了，蓝小凤为了保护嗓子，要喝干红。蒋天柱说："今天你是主角，先喝几杯白的再说吧。"蓝小凤无话可说，只好端起白酒杯。童绍康说："蓝小姐，你是主，你说几句吧？"蓝小凤站起身，说："我是一个演员，只会唱戏，说话我最怯场，这样吧，我的事承蒙各位帮助，以后还希望几位老哥哥关照，我先干一杯为敬。"说着将满满一杯酒干了。几个男人相互碰杯，都喝了个杯底朝天。

酒过三巡，相互又都敬了一圈，两瓶酒下去一多半了。大家一致意见，说会儿话歇歇再喝。蒋天柱将黄瞎子拉到一边，说："瞎子，今天巧了，我正准备过几天去局里找你呢。"黄瞎子说："有事？"蒋天柱说："我想找你给我弄个事业指标，我们计生办的一位同志已经干了好几年了，也有能力，工作也不错。"黄瞎子说："别说那些没用的，啥意思？"蒋天柱说："啥意思？弄个编制转正。"黄瞎子说："现如今啥鞭（编）不缺就缺的是人鞭（编）！"蒋天柱说："谁缺你也不能缺，你一缺就不是人了！"黄瞎子说："老蒋，你拐着弯骂我？"蒋天柱说："我哪有那么大的胆呢！"黄瞎子正经道："现在不比往天了，除了党委推荐，还要考试。"蒋天柱说："若要考试我还要找你啊！"黄瞎子说："你介绍的这个不会又是个女的吧？"蒋天柱说："女的咋啦？"黄瞎子奸笑，说："蒋老兄，若是男的话你不会舍脸来求我的。"蒋天柱说："此话不假。"黄瞎子说："我给你办，你也得支持我一下。"蒋天柱说："又是交换？"黄瞎子说："你聪明。我的一个亲戚，没有工作，在你镇里随便哪个单位空挂一下，过俩月连同你说的这一个一起报给我，只要你党委有个意见，余下的事我来办。"

又喝了一会儿，蒋天柱躲酒去了洗手间，在门口见到了老板车红。车红说："蒋书记，想唱歌？"蒋天柱说："我只会唱'泉水叮咚响'。"车红见蒋天柱走路有点儿不稳当，急忙上前扶着，说："蒋书记，你慢点儿。"其实，蒋天柱是装的，一把抱着车红，说："好久没抱抱了。"车红说："人现在不是在你怀里嘛！"蒋天柱的双手在车红的胸前摸了一把，说："奶子比过去好像小了。"车红说："都老太婆了，还能永远那么大啊！"蒋天柱"嘿嘿"笑着，说："我得去尿尿了。"说罢，松了车红，进厕所了。一边尿着一边高声唱道："泉水叮咚，泉水叮咚，泉水叮咚响……"

等蒋天柱一曲唱罢出来后，在厕所外头一直等着的车红说："蒋书记，小姐现在过去吧？"蒋天柱一挥手，说："上。"车红说："要几个？"蒋天柱说："一人一个，我说的是男人！"车红说："好的。"车红欲走，蒋天柱又吩咐说："再拿两瓶酒来，今天高兴，不喝完谁也不能走！"

车红刚走，税务局的局长钱秃子从另一个包间出来，可能也是出来躲酒的，正好与蒋天柱撞了个对面。蒋天柱说："钱秃子，你也在这里啊？"钱秃子说："蒋书记，是陪外商还是上头来人？"蒋天柱说："喝闲酒。你呢？"钱秃子说："大市税务局来了个副局长。你那边都有谁？"蒋天柱不想说出童绍康他们，一是怕串桌，二来也怕瞎传，就撒谎道："一帮小兄弟，你都不熟。"钱秃子说："那我就不过去了。"蒋天柱说："两便。"猛然想起什么，说："钱秃子，我托你办的事呢？"钱秃子说："是不是你们罗集所那个叫张树林的？"蒋天柱说："就是。"钱秃子说："已经研究过了，过几天就下文。"稍时又说道："我正要征求你的意见呢，安排在罗集，还是换个乡镇？"蒋天柱说："换个所吧，两口子在一个地方，工作起来不方便。"钱秃子说："就按蒋书记说的办。不过，你得请一场。"蒋天柱说："那是当然的了。过几天还安排在这逍遥居行不行？"钱秃子说："我等你的电话。"

蒋天柱出门之后，童绍康将蓝小凤扯一边去，问她说："你没有事吧？"蓝小凤装糊涂，说："啥事情？"童绍康说："这月你身上来了吗？"蓝小凤最看不起童绍康这种色胆比天大，狗胆比针尖小的男人，其实她根本没事，故意逗童绍康，说："都过十几天了，身上不知怎的还没有来！"童绍康急了，说："那天你吃药了吗？"蓝小凤说："忘了吃。"童绍康更加急了，说："你这么大的事情怎么能忘了呢！"蓝小凤"扑哧"一笑，说："童部长，你放宽心吧，天下太平，没事儿！"童绍康掏出手绢拭着额头，说："你这个小坏蛋，吓死我了！"

正说着话，门外呼啦啦进来几个妖艳的女孩。每人自己动手加凳子，往男人身边塞。蓝小凤才知道逍遥居生意红火的原因。怪不得这些男人都喜欢来这儿嘛，原来是来喝花酒的。脸上就有些不悦，不过人家都是给她架势的，她也不好发作。再说，桌上几个男人，哪个是她蓝小凤能得罪起的呢！好在这几个女孩虽然年龄上比她有优势，不过，长相却比她差了一个档次，这叫蓝小凤心里又平衡了许多。

几个男人有小姐在身边怂恿，又有肢体碰撞，那酒就喝大了，不一刻工夫，几个都喝趴下了。

十

蒋天柱迷迷糊糊被司机拉上了车，又迷迷糊糊睡了一觉，进到办公兼卧室的屋里，他的神志还是有些清醒的，还记得躺到床上时，脚上的皮鞋是司机帮他脱下的。他清楚地记得，先脱的是右脚，然后是左脚，以后他就不知道了。

一觉醒来，窗外已经麻麻亮了。蒋天柱一看手表，六点整。蒋天柱觉得生物钟这玩意很神奇，每天无论睡多晚，都是六点钟准醒，几乎是一分不差。他忽然想起去鱼市场的事，急忙翻身下床，一提水瓶是空的，用凉水擦了一把脸，茶杯里可能是昨晚司机泡的茶，他拧开盖，一气喝光，然后穿上衣服，慌慌忙忙向外走。

副镇长郝朝胜、派出所副所长（市局下文主持工作）谭军，还有税务所的郑所长早已在镇政府门口等候。他们都知蒋天柱的脾气，来晚了怕挨训，所以都不敢怠慢。蒋天柱前面走着，他们三个后面跟着，因为郑所长是张树林捎的话，不知啥事情，就紧走几步问蒋天柱，说："蒋书记，我们这是去哪里？"蒋天柱没说话，郝朝胜没好气地说道："别问那么多，跟着走就是了。"

罗集镇靠着落马湖，鱼市的生意一直非常红火，外地来贩鱼的车辆停了多半条街。

蒋天柱几个人就蹲在刘四鱼摊对面的树底下，吸着烟在那观察动静。刘四的鱼摊很大，占着好几个摊位。鱼摊前早已围满了人。郝朝胜是本街人，了解刘四的底，边吸烟边向蒋天柱介绍刘四的情况，说："这个刘四，只卖鱼不逮鱼，这几年发了，家里盖了两座三层楼，还买了一辆跃进货车与一辆五菱面包车，占着有钱，去年又生了第三胎，罚他十万，他的眼皮都没有眨一下，就把将钱交到计生办去了。他还放出话，明年他还要生，不生个儿子决不罢休。"蒋天柱问郑所长，说："鱼市为啥承包给刘四？"郑所长说："鱼市很乱，不太好管理，一些渔民来卖鱼，根本不交税，没有办法。刘四出头，愿意承包鱼市，省去税务所不少心。"蒋天柱说："你省了不少心，可苦了老百姓。这个刘四仗势，不允许别的卖鱼的进入市场，硬逼着别人兑给他，还克扣斤两，蛮横压价，这些你都知不知道？"郑所长说："情况不是太清楚。"蒋天柱将手中的烟头在地面拧死，说："你是一所之长，那你清楚什么？"郑所长低头不语。蒋天柱又说："我告诉你，刘四之所以这样跋扈，与你们的税务所有很大关系？"郑所长有些惶恐，说："蒋书记你批评得对，不过，罗集税务所人手少，的确管不过来，实在困难。"蒋天柱说："你有困难，我也有困难，但是我换人不难！我告诉你，今天我给你提个醒，从明天开始，鱼市要彻底整顿，还要取消承包，税该征得征，但是要少征，渔民千辛万苦打点鱼来卖，这税那税的容易吗？"郑所长深知蒋天柱厉害，又联想起前段时间派出所闹的那一出，连连点头，说："蒋书记我一定照办，明天就整顿市场。"蒋天柱又重新点燃一支烟，然后问郝朝胜，说："哪一个是刘四？"郝朝胜用手一指，说："就是那个小个子。"蒋天柱一看，见刘四，三十七八岁的样子，个子不高，人瘦巴得像猴，一脸络腮胡子，并不像他想象中的渔霸的形象。刘四腰里系着一件皮围裙，嘴唇上始终叼着一支香烟，想起来吸一口，忙起来就这么叼着。来卖鱼的人和买鱼的人都是挂着一张笑脸，讨好刘四的表情。时不时，有的卖鱼的还给刘四敬烟，刘四横得很，好牌子的，接过来夹在耳朵上；孬香烟，他根本不接，要不接过来就丢在鱼摊旁，就像丢一根草棒那样随便。

昨日那个老汉来了，蒋天柱急忙带着人过去了，离鱼摊老远站着。

老汉将满满一篓鱼放在刘四的面前，说："刘老板，你称称这篓鱼。"刘四也不答话，提起那篓鱼往鱼摊里一倒，接着从手中一叠钱中抽出一张十元的票子，塞到老汉的手里。老汉说："刘老板，多给几块吧，我那一篓鱼将近二十斤哪！"刘四乜斜一眼老汉，说："给你十块就不错了，我是看你的年纪大。不然的话……"蒋天柱几步走到鱼摊前，说："刘四，不然的话咋样？他若不是年纪大，你给几块？"刘四见是蒋天柱，笑着说："蒋书记有事吗？"蒋天柱说："没有事能来鱼市找你吗！"刘四感觉有点儿不对劲，说："蒋书记有啥事，你说。"蒋天柱说："刚刚这个老汉一篓鱼有多重？"刘四不敢隐瞒，说："有十几斤重吧。"蒋天柱说："十几斤重你怎么只给人家十块钱？"刘四感觉没有错，他觉着今天要出事。精明的刘四，抬手使劲扇自己一巴掌，说："我忙昏了头，应该给人家五十块钱，我却抽一张十块的了。"对老汉说："老爷子，对不起了。"说着，将老汉的手中十块钱拿回去，换一张五十的给他。蒋天柱说："今天你是抽错了，你说你忙昏了头，那昨天呢？"刘四装糊涂，说："蒋书记，昨天怎么啦？"蒋天柱问老汉，说："昨天你是不是也是卖一篓鱼，刘四也是给你十块钱？"老汉说："不假。"刘四反应特快，接着又从手中抽出一张五十元的票子，说："我这人有时糊涂，昨天我也给补上，这下行了吧！"蒋天柱说："老大爷，今天我给你做主，你不要害怕，你回忆回忆，最近这样的情况有几次？"老汉仗着有党委书记撑腰，就大着胆子说："十次只多不少。"蒋天柱对刘四说："既然这个老大爷讲了，一次五十，十次就是五百，你现在再掏五百块钱出来。"刘四不干了，心疼钱是一方面，另外，刘四也是一个要面子的人，平常哪吃过这个亏呢！刘四说："蒋书记，你不能只听这个老头一面之词，他说十次就十次，过会有个人说二十次我就给他一千块钱，我刘四不成冤大头了吗！"蒋天柱说："你给不给？"刘四说："这钱我不能给！"郑所长上前偷偷向刘四使个眼色，说："刘四，你还是听蒋书记的话，把钱给人家吧！"刘四一见郑所长，误认为是姓郑的捣的鬼，更加来气，说："你姓郑的熊东西算哪根葱，你给我站远一点儿。"郑所长苦笑一下，退后面去了。蒋天柱说："谭所长，你将刘四给铐起来，送派出所关他三天。"谭军从身后掏出铐子，说："刘四你罪有应得。"刘四说："姓蒋的，我没有犯法，你凭什么拷我？"蒋天柱说："你欺行霸市，扰乱市场秩序，坑骗百姓，三条罪状，一条罪关一天，已经便宜你了，你要是不服，那就一条罪关两天！"刘四傻眼了，说："我服我服！"老老实实将双手伸进铐子里面。然后，蒋天柱又吩咐郝朝胜与郑所长，说："你们两人也别闲着，将这摊鱼一块钱一斤贱卖，将所卖的钱还给这位大爷。"

两人急忙拿秤的拿秤，除鱼的除鱼。蒋天柱人还未走，郝朝胜就吆喝开了，说："鱼贱卖了，每斤一块钱！快来买啊！过这个村就没有那个店了啊！"

十一

昨夜童绍康做了个梦，他梦见自己进到一处偌大的桃花源，林中桃花盛开，香气袭人。看林子的是一个白胡子老头，头戴一顶官帽，就像戏中七品芝麻官戴的那种。老头问童少康，说："你的组织部副部长做几年了？"童绍康说："好几年了。"老头说："你想不想磨正？"童绍康说："做梦都想。"老头说："你想做官得舍得出血啊？"童绍康说："投啦，去年我给邹书记送了一幅字，今年我又给他搞了一幅画，两样加起来，价值五六万哪！"老头笑道："书与画都是你讹人家的，算不得心诚。"童绍康说："老人家请你指点江山。"老头一将胡须说道："你最近是不是得到一个宝贝？"童绍康说："没有啊！"老头说："你再仔细想一想。"童绍康攥着双拳使了很大劲回忆，也没有想起来，说："老人家，我的确是想不起来了。"老头说："我提示你一下，剧团里面那个唱豫剧的演员……那就是你的贵人！"童绍康恍然大悟。本想再请老头指点指点迷津，不知怎的突然一下醒了。一看表，才凌晨三点多钟。醒了就不想睡了，他穿衣下床到书房里点燃一支烟，坐在沙发里想梦中的事情。

这年头，为磨正的事情他的确费了不少心思，市委邹书记那儿他没少跑，不过都是公事，而自己的事却是一次没有提起。两年中，除了给邹书记送了他喜欢的字画以外，平常逢年过节，他也没空过手。邹书记家在南方城市，今年春节，他专门开车去书记家拜年，又花去一两万。可是半年多过去了，他的事情还是没有一点儿动静。他是组织部一个主持工作的副部长，他怎么好张口提自己的事情呢！邹书记却倒好，就像啥事情没有发生一样，关于他的磨正的事情只字不提。童绍康这才理解那些想得到提拔的乡镇干部"跑官"的难处。

梦中提及的剧团演员不就是蓝小凤吗？难道说蓝小凤真的是她的贵人吗？不过，邹书记不喜欢听豫剧啊！童绍康猛然醒悟，邹书记不喜欢豫剧，不见得不喜欢女人哪！况且邹书记的家属不在这里，凭蓝小凤的长相与本事，要想拿下邹书记那是易如反掌的事情。哎呀呀，我怎么没有想到这一点的呢！往往好多金钱不能解决的事情，女人一出马就能马到成功。

等不得天亮，童绍康就给蓝小凤打电话，他知道蓝小凤手机是二十四小时不关的。

蓝小凤仗着与童绍康的亲密关系，说话也就不分轻重，说："童部长，你是神经病啊，半夜三更打鬼电话。"童绍康说："有件很重要的事情要与你说。"蓝小凤一惊，认为童少康的老婆知道了他们之间的事情。不由问道："被你老婆发现了？"童绍康云里雾中，说："发现什么？"蓝小凤说："那你说的是啥事情？"童绍康说："驴唇不对马嘴！"蓝小凤这才知道自己想错了，又问道："你说的是啥事情？"童绍康说："你想不想接触邹书记？"蓝小凤说："你说的是市委邹书记？"童绍康说："不错。"蓝小凤的脑子反应多快啊！她说："啥意思，你想利用我？"童绍康暗暗佩服蓝小凤的城府，心说：这个女人真是厉害啊！但他不想叫这个女人看破自己的内心。童绍康说："我的意思，你若是能与邹书记搭上火，以后咱们有啥事情就好办了。"蓝小凤说："童绍康，你真卑鄙，你怎不叫你老婆去与邹书记搭火呢？你是不是想叫我去勾引邹书记，然后为你的磨正铺路搭桥？"童绍康说："小凤，你的脑子想歪了，以后你就知道我的用意了。比如说，你现在是副团长，想不想当团长？再比如，你将来想从政的话，想没想过当文化局的副局长、局长？"蓝小凤说："有这个可能？"童绍康说："只要有邹当后台，有我给你撑着小腰，什么团长、副局长、局长之类的，你可放开胆子去想!"蓝小凤说:"那样的话,我可以考虑。"童绍康说:"你会唱戏,会不会唱歌?"蓝小凤说:"有一副好嗓子,啥歌都能唱。比如,"青藏高原"、"天路"都是我最拿手的。"童绍康有些兴奋,说:"那太好了,邹书记就喜欢听歌,我知道他今晚没有安排,上午我就联系歌厅,等联系好了,下午我派车去接你,晚上一起吃饭。"

十 二

下午,蒋天柱接到人事局熊瞎子的电话。

熊瞎子说:"老蒋,抓紧将你上次说的你们镇里计生办的那个人报上来,就这两天研究。"蒋天柱说:"这么急吗?"熊瞎子说:"不急不行,过了这个月,再进人必须得考试,所以得抓紧。"蒋天柱说:"你不说有个亲戚想一起报的吗?"熊瞎子说:"我是与你闹着玩的。"蒋天柱说:"你这个熊瞎子!事成之后,好好摆一桌请你。"熊瞎子说:"你欠我的多啦!"蒋天柱哈哈大笑,说:"熊瞎子你放宽心,有空我慢慢请!"

放下电话,蒋天柱连忙打电话给郝朝胜,叫他通知柳云英填表,今晚必须将表送到市人事局去。

安排完事情之后,蒋天柱重新泡了一杯茶,刚刚喝了几口,猛然想起李大梅对象张树林的事情,便给市税务局局长钱秃子去电话。钱秃子一听是蒋天柱,就说:"哎呀,蒋书记,我正想给你打电话呢!"蒋天柱说:"钱秃子,我知你好嘴,你别给我绕弯子,事情办好了吗?"钱秃子说:"你老兄安排的事情我敢不办吗?关于张树林提为正所长的事情,党组已经研究过了,准备调他到塔山镇任所长。"蒋天柱说:"真的?"钱秃子说:"老兄,这事能说瞎话吗!"蒋天柱说:"哪天叫张树林给你送个红包去?"钱秃子说:"不用了,你叫我多干两年吧!"蒋天柱说:"要不叫他给你弄几只野生老鳖,咱们落马湖这个东西不缺。"钱秃子说:"行了老兄,这事办得有些不及时,你能原谅我就行了!不过,张树林工作能力有些差,所以在党组会上我是顶了很大的压力的。"蒋天柱说:"这个我清楚。不多说了,那就有情后补吧。"

放下电话,蒋天柱急忙给李大梅打手机。李大梅接电话说:"下村了,现在正在回来的路上。"继而问道:"蒋书记有事情吗?"蒋天柱说："等你回来再说吧。"

李大梅一进镇政府，放下自行车，连自己的办公室也未进，直接去了蒋天柱的屋里。一进门就喊口渴，端起蒋天柱的杯子，"咕嘟咕嘟"喝了好几口。蒋天柱拎起水瓶，将茶杯续满水，这才问道："下村了？"李大梅说："前湖村有个'计划外'，我表妹没经过这事，就喊我去了。""怎么样？工作做下来了吗？"蒋天柱问。"做通了，人已经先一步去了计划生育服务站。"蒋天柱点燃一支烟又问道："雪花近来还好吗？"李大梅下意识一撇嘴，说："我就知道你会问这话。"蒋天柱说："不是你的表妹嘛！"李大梅说："雪花很好，还叫我问候你呢！"蒋天柱说："有空的话，常去前湖转转，帮帮你表妹。"李大梅有些醋意，说："你疼她比我还狠呢！"蒋天柱笑着说："都一样，都一样。"李大梅说："你找我有事吗？"蒋天柱说："对了，你男人的事情办好了。""真的呀！"李大梅兴奋地一把抓住蒋天柱的手。"调到哪个镇？"蒋天柱说："塔山镇。"又说，"远是远点儿，以后有机会慢慢再往城边调吧，你将来不是想在城里买房子吗？"李大梅说："是这么打算的。"又说，"调远一点儿也好，省得两人天天在一起磨牙！"蒋天柱说："调张树林去塔山是税务局的意思。"李大梅说："蒋书记，我知道树林工作能力不行，要不是你出面，他这一辈子也别想磨正。当初，要不是你帮忙，他能当副所长吗？"蒋天柱说："今后你要对树林好一点儿，我与你的事情，他能这么大度已经不容易了。"李大梅叹口气说："他这人就是太老实，若不是怕影响不好，我早与他离了！"蒋天柱说："树林就因为老实，我们才能在一起，假如换个人，恐怕就没有这么容易。"李大梅点点头，说："那倒是。"蒋天柱说："今天身上方便吗？""过去五六天了。"李大梅说着站起身，"我去办公室洗洗。"

办完事，李大梅才对蒋天柱说："我表妹雪花来了，现在在服务站，要不叫她晚上来陪你说说话？"蒋天柱暗暗佩服李大梅这方面的精明。心说：我现在已是空心大萝卜了，叫人家来不是活受罪嘛！就与李大梅说："别了，晚上我还有一个材料要写，你就好好照顾你表妹吧。"李大梅要走，蒋天柱又想起什么，说："晚上如果太晚的话，你叫郝朝胜派辆车送送雪花。"李大梅说："知道了。"又说，"不然的话，若是太晚就叫她住我们家。"

正说着话，有人敲门，声音很轻。门已经被蒋天柱事后开开了，所以他大声喊道："进来。"半晌却不见人。蒋天柱有些奇怪，拉开房门，探身一看，门外站着张树林。

张树林怎么来了？一般没啥要紧事，他是不来镇政府的。只因为刚刚接到市局的电话，叫他后天去塔山镇报到。他一激动，想将这个好消息早一点告诉老婆。他刚走到政府大门口，正好看见李大梅去蒋天柱的办公室，所以他就没进去，便在大门口转悠着。等了许久，也不见女人出来，他就想回家去，刚欲走，恰巧镇长吴庆典出门，说："树林来找大梅啊？"张树林本不想说实话，一时又想不出啥理由来，就点头说："是。"吴庆典说："我刚才看见大梅到蒋书记的办公室去了，可能是汇报什么工作的。"若是精明的话，你张树林就顺人家的话说，那好吧，事情不急，等会再来。要不怎么说张树林老实呢！老实得有点儿木讷，他真个去了蒋天柱的办公室。然而站在门口多半天，却是不敢敲门。哪知镇长吴庆典却站在大门口不走了，表面看他是在等人，其实他是在等着看笑话。他知道李大梅与蒋天柱有"人事"往来。

到了蒋天柱门口，张树林没了主意了，背后有镇长吴庆典的眼睛，想不敲门也不行了，所以张树林只好抬手去敲门，声音很弱，弱得能听见自己的心跳。

李大梅一见张树林，气不打一处来，说："你来干什么的？"张树林刚欲说，一眼瞅见蒋天柱，却又改口了，说："我来叫你回家吃饭的。"李大梅更加来气，说："不白不夜的，吃的哪门子饭！"张树林嗓子眼被口痰堵住，半晌说道："小孩闹着要找你。"李大梅说："孩子又不吃奶，找我干什么！"张树林哑巴了。蒋天柱出来打圆场，说："大梅抓紧回家看看吧，想必真有事。"为了不使张树林怀疑，又说道："晚上别忘了去服务站看看那个流产妇女的情况。"李大梅说："哎。"

十三

大冬（冬至）这天，正好是星期天，蒋天柱推着自行车去市场买了两条大鲤鱼，又买了一只老鳖，准备送回家去。这地方兴过大冬节气。

在鱼市，正好遇见刘四。

刘四有些诧异，说："蒋书记，你怎么亲自来买鱼？"蒋天柱说："我怎么不能来买鱼！"刘四说："蒋书记，你误会了，我的意思是你的家不在这儿，你不可能替食堂买的吧？"蒋天柱不想与刘四多啰唆，说："你说错了，我今天就是给食堂买的。"刘四看着蒋天柱手中的老鳖问道："这老鳖多少钱一斤？"蒋天柱说："啥意思？"刘四讨好地说："买贵的话，我去找他们算账！"蒋天柱说："我是镇党委书记，人家怎么会坑我呢？不像你坑蒙拐骗！"刘四脸红着说："蒋书记，现在我已经改好了。"蒋天柱说："这就对了。做生意，自古道，老不欺少不哄。靠诚实赚钱，搞信用致富，才是正道。"刘四说："蒋书记教育的是。"

到了家禽市场，蒋天柱又买了两只母鸡，连鱼一起一并交给食堂师傅杀了。他了解母亲，一辈子节省惯了，这些东西买回去，鱼还好说，那两只母鸡说不定她就留着生蛋了。

前段时间，蒋天柱在城里托人给媳妇买了一只轮椅，正好这次一块捎去。汽车开到村口，蒋天柱叫司机停住，将轮椅扛在肩上，一手拎着鸡和鱼，走着回家。司机要替书记扛轮椅，蒋天柱没让，说："你在车里歇着吧，尽忠尽孝是我个人的事。"司机知道书记的脾气，也只好由他去。

从家里出来之后，司机问道："去哪儿？"蒋天柱一想说："进城。"接着，蒋天柱给蓝小凤打手机，想约她中午一起吃饭。哪知蓝小凤外出演出了。蒋天柱又给童绍康打电话。童绍康说："我正要找你呢？"蒋天柱说："找我有事？"童绍康说："你答应给我的树桩子呢？"蒋天柱说："哎哟，这一段时间给忙忘了。"童绍康说："你是叫女人给缠忘了吧！"蒋天柱说："今天是大冬，没地方去，中午你安排一桌。"童绍康说："还去逍遥居？"蒋天柱说："行。"童绍康说："喊哪些人？"蒋天柱："叫上人事局的黄瞎子，再叫上税务局的钱秃子，这两人我欠他们的情，其余的你看着招呼就行。"童绍康说："你啥时到？"蒋天柱一看手表，说："半个钟头左右。"

到了城里，蒋天柱叫司机直接去花木市场。看了几个银杏桩子，价格都在一两万。蒋天柱嫌贵，没有舍得。看了一个榆树盆景，造型还不错，蒋天柱一问价钱，卖家说："五千。"蒋天柱说："便宜一点儿？"卖家一瞧蒋天柱的穿戴，又开个轿车，不用问，不是当官就是大款，就不肯抹价。

蒋天柱说："我是闲逛，你要是两千块钱能卖我就捎着，不然的话就算。"说着，装着要走的样子。卖家说："你抹的也太多了，你是我今天第一桩生意，我说个实诚价，三千八怎样？"蒋天柱说："不怎么样，你留着看着玩吧。"说着，上了汽车。卖家追过来，说："你能不能再加一点儿？"蒋天柱说："一分也不多添。"卖家一咬牙说："卖给你。"又说，"王八蛋哄你，我就是两千进的货。"

司机将盆景抱上车，蒋天柱数钱给卖家，边数边问："有没有发票？"卖家说："我们哪有那玩意儿！"蒋天柱说："打个白条也行。"卖家说："我一没笔二没纸，咋着写？"蒋天柱说："算了算了，回去想办法吧。"

车到组织部的楼下，童绍康拎包正准备出门。一看蒋天柱的司机抱个盆景，说："蒋老兄，我是说着玩的，你还当真啊！"蒋天柱说："早该送来，别嫌孬。"童绍康围着盆景瞅了一圈，说："不对啊，蒋兄，这哪是银杏啊？分明是榆树嘛！"蒋天柱说："你凑合着看吧，今天花木市没有银杏桩子。"童绍康问："这盆多少钱？"蒋天柱说："你猜猜。"童绍康说："我不懂，怎么也得千儿八百的吧？"蒋天柱说："那价钱只能买个盆。"童绍康说："能要多少？"蒋天柱伸出四根指头，又伸出个八字。童绍康唬一跳，说："乖乖隆地咚，这么贵啊！"蒋天柱说："太便宜我能送得出手吗？"童绍康连声道谢，继而说道："中饭人已经通知到了，时间也已经差不多了，我们去吧。"蒋天柱："你坐我的车？"童绍康说："我开车去，下午还有个会。"

蒋天柱的车子刚刚离开市委大院，手机突然一下响了起来。一瞧号码，是镇里办公室的。蒋天柱问道："啥事情？"办公室的肖秘书说："蒋书记，田武村失火了。"蒋天柱一听就急了，问："是咋回事？"肖秘书说："可能是做饭引起的火灾。"蒋天柱说："严不严重？"肖秘书说："具体情况还不清楚，吴镇长已经带人去了，临走吴镇长叫我给你打电话汇报一声。"蒋天柱说："你现在就通知在家的机关干部，有汽车坐汽车，汽车坐不下就骑自行车，立即赶往田武村救火，另外通知派出所，派人前去调查。我现在就赶回去。"

看见蒋天柱汽车掉头了，跟在后面的童绍康糊涂了，打电话给蒋天柱，说："你弄啥呢？没喝就醉啦！你的车往哪儿开啊？"蒋天柱说："我得立即回镇。"童绍康问："咋回事？"蒋天柱说："镇里出事了。"童绍康说："你弄的啥熊事，菜我也安排好了，人我也替你通知到了，你却溜了，你不是半吊子嘛！"蒋天柱急等着打电话给镇长吴庆典问火灾的情况，便把电话挂了。

十四

蒋天柱的汽车赶到田武村时，整个村庄还是浓烟滚滚。

田武村比较贫穷，村里草房子居多。着火的地方正是民房密集区。蒋天柱到了着火地点，镇长吴庆典正在指挥村民提水扑火，见蒋天柱到来，吴庆典急忙给蒋天柱汇报情况。

"蒋书记，火太大了，偏巧今天风又大，所以救火效果甚微。"蒋天柱问："大概有多少间民房着火？"吴庆典说："目前估计有四五十间。涉及近二十户。"蒋天柱问："什么原因起的火？"吴庆典说："暂时还搞不清楚，初步估计是做饭引起的。"蒋天柱问："与镇医院联系了吗？"吴庆典说："目前有三个轻伤，只有一个老头的头被房梁砸了一下，伤势较重，已经派人送医院去了。"蒋天柱叫副镇长郝朝胜给镇医院打电话，通知医院尽快派辆救护车立即到田武村来，以防不测。郝朝胜答应一声，掏出手机去一旁打电话了。蒋天柱对吴庆典说："去看看。"说罢脱掉外衣，与吴庆典一起，快步向火势猛烈的地方走去。

这段时间雨水少，天气干燥，大火借着风势，愈烧愈猛。靠村民提水救火那是杯水车薪。火势还在向着连边的草房蔓延。

"这样救法不行！"蒋天柱对吴庆典说。吴庆典说："要不打电话向县消防队求救。"蒋天柱白一眼吴庆典，说："等到消防队来，恐怕一个村都烧光了！"

蒋天柱问身边村里的李支书，说："你们村有没有大拖拉机？"李支书问："干啥用？"蒋天柱说："目前看起来，靠扑火是不行了，只有将没着火的房子拉倒断了火源，才能解决问题。"李支书恍然大悟，说："我们村里有辆私人挖掘机，前天刚刚大修回家，我去调来。"蒋天柱一听大喜，说："太好了，抓紧去，愈快愈好！"

不一会儿，李支书回来了，哭丧着脸与蒋天柱汇报，说："蒋书记，人家不愿意。"蒋天柱说："为啥？"李支书说："人家要钱。"蒋天柱说："等事后还能少得了他的钱嘛！"李支书说："他说先交钱他才肯来推房子。"

挖掘机的户主姓田，外号叫田楞子，四十露头，人长得与他的挖掘机一样牛高马大。蒋天柱说："这挖掘机是你的？"田楞子一只脚踏在车轱辘上，说："是。"蒋天柱说："刚才我听李支书说，借你的机子用一下你不答应？"田楞子说："还是那句话，不给钱别想叫我出车。"蒋天柱说："你要多少钱？"田楞子说："起码五百。"蒋天柱说："行，你先去拉房子，事后去镇政府找我要。"田楞子说："那不行，现钱！"蒋天柱说："一个庄住着，你能见死不救吗？"田楞子说："关我屁事！再说我机子又不是共产党的！"蒋天柱说："你还有没有人性？还有没有同情心？"田楞子说："我不是人，所以也没有人心！你看着办吧，反正不给钱别想用我的机子！"蒋天柱将眼一瞪，说："这是非常时期，今天政府就得征用你的机子，而且一分钱也不给！"

蒋天柱过去开过两年拖拉机，对挖掘机也懂个七七八八，说着一个箭步跳上挖掘机，将机子发动着了。

田楞子没想到蒋天柱来这一招，想爬上机子去拽蒋天柱，蒋天柱说："你再阻拦，我就叫派出所将你抓起来，罪名我都给你定好了，叫见死不救罪！"说罢右脚猛地一踩油门，挖掘机"轰"的一声蹿了出去。田楞子气得直跺脚，正欲追上去。李支书一把将他拽住，说："田楞子，我劝你还是算了吧，别找不自在！"田楞子一甩胳膊，骂道："滚你妈的蛋！"将李支书甩出好几步远。

火势下风口的几户人家听说书记要推他们的房子，说什么也不愿意。他们心中抱着一种侥幸，万一大火烧不到这儿呢？那不是白推了嘛！再说房子没了，到哪里去住呢？蒋天柱说："过后政府给你们盖新的，盖瓦房！"群众还是不答应，有几个妇女，站在家门口伸出手臂拦着不让机子进去。蒋天柱瞅一眼火头，时间容不得与她们解释了，吩咐镇长吴庆典带领派出所的民警将那几个妇女拉开，然后加大油门，挖掘机像一头受了惊的大叫驴，吼了一声，冲向了房子……

房子推倒了七八间，火头这才被截住。救火的人这才长长出了一口气。

灰头土脸的蒋天柱，从驾驶舱跳下来，边拍着身上的灰土，边往还在冒着黑烟的民房走去。刚刚走到门口，就听失火这户人家一个妇女嚷嚷道："我的锅屋（厨房）里还有煤气罐没有拿出来呢！"蒋天柱一听，立即叫身边的群众往后退。郝朝胜说："蒋书记，你不能进去，太危险了！"蒋天柱说："要是不弄出来，万一煤气罐爆炸就麻烦了！"郝朝胜说："要去我去！"蒋天柱开玩笑道，说："你命比我命值钱，你还有两个孩子呢！"刚刚赶过来气喘吁吁的李大梅说："蒋书记，你千万不能进去！"蒋天柱说："没有事，我命大。你们都往后退，再往后退，再往后退！"然后自己一人弓着腰，慢慢地向锅屋逼近，逼近……

"砰——"一声巨响，一股热浪掀起几人高的灰尘，将蒋天柱一下子吞进去了……

十五

一睁开眼全是白石灰墙，蒋天柱就知道自己躺在医院里。

室外的天是晴朗的，阳光从玻璃窗照进来，晃得蒋天柱眼睛有点儿定不住神。床的四周站满了人，大家见蒋天柱醒了都非常兴奋。

吴庆典说："蒋书记，你终于醒了！"郝朝胜说："蒋书记，饿不饿？"李大梅两眼有点儿红，怕被别人看出啥来，强颜欢笑，说："蒋书记，当时吓死我们了！"肖秘书说："蒋书记真是万幸，片子出来了，骨头没有问题，就是左脸擦破了。"蒋天柱这才觉着左边脸有点儿东西。他不知回答谁的话好，就说："我心中有数，我的命大，皮也厚，所以摔不着我。"一句话说得在场的人都笑了。蒋天柱扫一眼众人说道："你们别都在这里矗着，各人忙各人的去。吴镇长留一下。"

等人都出去了，蒋天柱说："情况怎么样？"吴庆典说："蒋书记，失火的房子与推倒的房子共有二十七家，现在都安排在村委会住着。"蒋天柱说："损失大不大？"吴庆典说："具体还没有统计出来，田武村的李支书正在调查。"蒋天柱说："你现在抓紧想办法，将老百姓的房子盖起来，天说冷就冷，等上冻了就不好办了。"吴庆典问："蒋书记，盖瓦房？"蒋天柱说："那当然，承诺的话就一定要兑现。"吴庆典面有难色，说："蒋书记，这二十多家不算锅屋共损失有近六十间房子，如果全建砖瓦的话，数目可不小。"蒋天柱沉思了半晌，说："先发动机关干部捐款，包括税务、工商、土地部门，看看财政所还有多少钱，不行的话，由镇政府出面，到砖瓦厂先赊，等有了钱再还。"吴庆典说："现在也只有这样了。"稍时又问道："蒋书记，你看每个干部捐多少合适？"蒋天柱想了想，说："多捐不限，每个干部最少一千。"吴庆典说："我去办了。"蒋天柱又想起什么，说："你回田武村的时候，想着带五百块钱给那个田楞子，别叫他小瞧了我们镇政府。"吴庆典答应一声出门去了。

吴庆典前脚刚走，李大梅就进了门，刚才有人在这儿，忍了又忍，眼泪才没有掉下来。这会儿人都走了，李大梅便控制不住自己的感情，眼泪顺双颊扑簌簌往下滴。蒋天柱笑着说："我不是好好的嘛，哭什么呢！快将眼泪抹去，给人见了，不知道的，还认为你是我的媳妇呢！"李大梅"扑哧"一声笑了，说："就是的又怎么样！"

正说着话，计生办的柳云英端着一只炖锅进来了，放下手中的东西一屁股坐在病床边，一点儿也不顾及面前李大梅，一把抓住蒋天柱的手说："怎么样？没事情吧？"蒋天柱说："如果有事情的话，我们恐怕在殡仪馆见面了！"李大梅看着两人的亲热劲，心中有些醋意，说："蒋书记，你先歇着，等有空，我再来看你。"蒋天柱想起什么，说："大梅，你手中有没有钱？"李大梅说："多少？"蒋天柱说："三千。"李大梅说："是捐款的吧？"蒋天柱说："对，等下月发工资我再还你。"李大梅瞥一眼柳云英，故意说道："你和我还客气什么呢！"说罢，走了出去。

等李大梅走了，柳云英又说道："昨天去市里开会了，今早一回来才知道，我一听说就蒙了。"蒋天柱说："我不会死的，你欠我的人情没还呢！"稍时又问道："你的手续都办好了吧？"柳云英说："办好了，这得好好谢谢你！""咋着谢？"柳云英说："反正我是你的人，你想怎么都成。"蒋天柱压低声音说："我现在就想办你！"柳云英当了真，说："你的身体能行吗？"蒋天柱哈哈大笑，说："哄你玩的！我真的是不要命了！"说罢"哎哟"了一声。柳云英急忙问："怎么了？"蒋天柱说："不碍事，腰可能扭着了。"柳云英说："我扶你起来坐一会儿，我刚刚炖了一只老鳖，我给你盛一碗。"蒋天柱说："我又不是有病，补的什么劲。要是补上火了，受罪的可是你哦！"柳云英笑着说："为了你，再受罪也心甘！"

柳云英端着老鳖汤，正一勺勺喂着蒋天柱，病房的门一下被推开了，进来的是雪花，手里也端了只炖锅，人未曾进门就喊道："蒋书记，蒋书记。"一见柳云英在屋里，说："柳会计也在这儿啊！"

十六

上午，常务副市长张恒进来罗集镇检查小麦生长情况，一见蒋天柱就问："你的伤怎么样了？"蒋天柱说："你看我像负伤的样子吗？我只不过是做了一次免费的飞机。"张恒进说："真的一点事都没有？"蒋天柱说："就是脸上擦破点儿皮，早好了。"张恒进说："当时一听说此事，我们都很紧张！"蒋天柱开玩笑道："你可能认为我蒋天柱这次牺牲了呢！"张恒进说："你真要是牺牲了，全国又得掀起学习蒋天柱同志事迹的热潮了！"蒋天柱说："真要是那么轰轰烈烈，这辈子也值了！"张恒进说："那才不呢，若是你真的牺牲了的话，我党又少了一个与时俱进的、忠诚的革命干部！不过，如果那样的话，市毛巾厂又得加班了！"蒋天柱说："我捐躯有毛巾厂啥事情？"张恒进说："哭你啊！每人还不得发几条毛巾？"蒋天柱哈哈大笑。站在一旁的吴庆典说："张市长真幽默！"蒋天柱说："是冷幽默（mei）！"

开了一阵玩笑，接下来蒋天柱与镇长吴庆典陪着副市长张恒进到几个重点村看了看，中午在食堂安排了一桌。原说吃个便饭，因为市里有规定，中午机关干部不准许饮酒。菜都端上来了，蒋天柱叫郝朝胜去仓库拿瓶白酒。张恒进比较谨慎，传说有可能接任快要到点的刘市长位置，说："老蒋，中午有禁酒令，就免了吧。"蒋天柱说："你好不容易来一回，不弄点酒不是那回事。"张恒进与大家笑着说："看着没，蒋书记在批评我呢，看来以后罗集我还得多跑跑。"镇长吴庆典也劝道："张市长，难得来一回，喝点吧。"张恒进说："罗集经济情况比较好，又有蒋书记在这里，所以我来得比较少，今后一定多来，不过这酒今天就别喝了吧！"蒋天柱与张恒进一起在一个镇呆过，当初，蒋天柱任副镇长的时候，张恒进才是财政助理，所以说话就比较随便。蒋天柱说："张市长，罗集的酒里有药啊？你放心，有事情我去邹书记那儿检讨。"张恒进只好客随主便。

吃完了饭，蒋天柱送张恒进上车的时候，张恒进趴在蒋天柱的耳边说：

"昨天大市市委来了个副书记，组织部来了一名副部长，召集常委开了个会，精神就是童绍康磨正的事。"蒋天柱说："老童早该解决了。"张恒进说："就是就是。"继而说道，"小道消息，我们市要增添一名常委，你老兄条件够，有机会你找邹书记拉拉呱，毕竟他是大市的常委，如果大市里面有关系的话，你最好也活动活动。"蒋天柱说："谢谢张市长的关心，不过我心中明白，我恐怕没这个希望，所以我也从来没考虑这件事。"张恒进说："不考虑那是你的不对，该考虑就得考虑。乡镇党委书记之中属你的资格最老，你得争取。我呢，有机会的话，一定会替你说话的。"蒋天柱说："先谢谢了。"张恒进说："将来我如果能磨正的话，还指望你老兄支持呢！"蒋天柱说："那是一定的。"突然想起一件事，说："张市长，农业综合开发示范园办得咋样了？"张恒进说："估计我们市先期能落实五十万亩。"蒋天柱说："这事我已经与邹书记汇报过了，到时你得替我们罗集争取争取。"张恒进说："罗集靠湖，土质又好，估计没问题。放心吧，等研究的时候，我一定为罗集说话。"蒋天柱说："先谢谢了！"

送走了张恒进，蒋天柱回到自己的办公室，一连吸了几支烟，心中说不出来一种啥滋味。特别是童绍康磨正的事，他感到有点儿不自在，要是从同学与朋友的角度说，他应该替他高兴，不过若是从水平来讲，他蒋天柱有点儿不服气。当然这里面还有个机遇的问题，就像张恒进，若不是先前的常务副市长出事，他也不能上得这么快。前几年，自己已经做书记了，他张恒进才是一个小镇的镇长，如今人家不是爬在你的头上了吗？这都是命啊！

蒋天柱摸起手机，拨通了童绍康的电话。

蒋天柱说："童部长，祝贺你啊！"童绍康嗯嗯啊啊回答着，好像是在开会。蒋天柱心中骂道：狗日的东西，刚磨正就打起了官腔。童绍康说："你稍等，我出去接。"蒋天柱不管那些，说："熊东西，给我摆谱啊！"童绍康也不答话。稍时才说："你说，蒋书记，部里开个办公会，我出来了。"蒋天柱没啥说的，言道："听说你磨正了，就想给你祝贺祝贺。"童绍康说："谢谢，谢谢。"蒋天柱说："从现在起，你就是我的领导了，我得好好地巴结巴结你，也希望你给我表现的机会，今晚上我在逍遥居摆一桌怎么样？"童绍康想想，说："老兄，今晚上不行，今晚市委常委定好了给我庆祝。"蒋天柱说："那就明天晚上吧。"童绍康说："明晚也不行，十几个大局的局长早安排好了，在大世界海鲜城。"蒋天柱说："你不就是一个熊部长嘛，你要是当了市委书记，一年三百六十五天恐怕都安排不上了呢!"童绍康笑着说："不然明晚你也一起过来吧。反正都是你的老熟人。"蒋天柱没好气地说："你当我是要饭的啊!"童绍康："不然改天吧，咱们的关系表不表示都是一样的。"蒋天柱说："那好吧，我再约你。"

打电话打了一肚子气，蒋天柱点燃了一支烟，正想上街排泄排泄闷气，这时有人敲门，进来的是雪花。

雪花脸上抹得雪白，一身的雪花膏味。蒋天柱一见雪花到来，心情一下晴朗了许多。

蒋天柱拉着女人的手坐到沙发上，问道："刚来吗?"雪花说："刚到不久。"蒋天柱问："吃了没有?"雪花说："表姐带我去你们的食堂吃的。"蒋天柱说："我怎么没有看见你?"雪花抿嘴一笑，说："你哪能看见我们这些农村妇女!"稍时说道，"听表姐说市里来人了?"蒋天柱说："走了，是张市长。"

蒋天柱起身泡了杯茶，放在女人的面前，说："家里都好吧?"雪花说："都好。"蒋天柱问："麦子长得咋样?"雪花说："好。"蒋天柱说："前湖村靠湖，浇田方便。"雪花说："嗯哪。"略顿，蒋天柱问："工作干得怎么样?"雪花说："才刚接手不久，还不怎么熟悉。"蒋天柱说："不懂的地方就来问你表姐。"雪花说："嗯哪。"蒋天柱说："你今天来，是不是问你的男人的事?"雪花低头不语。蒋天柱说："他现在对你怎么样?"雪花说："比过去是好多了，他一门心思想着当村支书呢!"蒋天柱说："前湖的唐支书年龄不到，工作干得也不错，若是平白无故地将他拿下去，恐惹闲话。再说，刚提拔你当村里妇女主任，再提你的男人当支书，也不太妥当，所以我考虑，再过半个来月，后塘村的支书就到点了，我准备安排你男人去后塘，这样比较合适。"雪花说："谢谢蒋书记。"蒋天柱说："李大梅呢?"雪花说："在她自己的办公室里。"蒋天柱"嗯"了一声。雪花说："蒋书记，听表姐说，你家属的身体一直不好?"蒋天柱苦笑一声，叹了口气。雪花站起身，走到门旁将门反锁，然后二番坐到蒋天柱的近旁，未曾说话脸颊先就红了，说："蒋书记，我能理解没有女人的男人的苦处，我不是那种放荡的女人，我也知道你与我表姐的关系，更晓得你身边不缺女人，今后我也不乞求你什么，只希望你需要我的时候，就给我打电话。"一番话说得蒋天柱心里十分激动，一把将女人揽在怀里。雪花说："蒋书记，第一眼我就看你这人对人有感情。"蒋天柱说："从哪里能看出来？"雪花说："你的眼睛里。"蒋天柱说："雪花我心里有点想了。"雪花说："现在上床吗？"蒋天柱说："不行，白天说有人就有人。"雪花说："就在沙发上吧。"蒋天柱说："好。"急忙去褪女人的裤子……

恰在这时，门被敲响了。三重两轻，这是李大梅传的信号。意思是有人来了，而且来的人是个重要人物。

蒋天柱急忙将门打开，李大梅就站在门口。

李大梅说："市委邹书记来了。"蒋天柱不由一愣，说："怎么没接到电话通知。"李大梅说："听办公室肖秘书讲，邹书记是从别的镇顺道拐过来的。"蒋天柱说："人现在在哪里？"李大梅说："可能要二十分钟才能到。"蒋天柱长出一口气。

十七

春节长假一过，市里接连开了几个会，蒋天柱几乎天天往市里跑。然后镇里又接连开了几天会，贯彻市里会议精神。每年都是老一套，所以蒋天柱正月里整个人一直泡在会海里。

镇里工作上刚刚告一段落，这天，蒋天柱不想下村了，想喘口气歇歇心，一人关在办公室里看看这一段时间存下来的报纸与杂志。一杯茶刚刚泡好，还没来得及喝，老家来电话了。蒋天柱心说不好，因为年三十回家的时候，媳妇身体就不太好，所以蒋天柱才勉强在家住一晚。是不是媳妇的病重了呢？蒋天柱没有往好处想。因为家中没有大事，一般是不会来电话的。叫蒋天柱没有想到的是，电话是媳妇打来的，蒋天柱不由一惊。媳妇说话不清晰，但是蒋天柱还是听清楚了，媳妇说老娘病倒了。

蒋天柱急忙叫上司机，加足油门往老家赶。一进家门，老娘已经歪倒在堂屋里，额头上不知怎的碰出了血。蒋天柱将老娘揽在怀里，连连叫了几声娘。老娘慢慢睁开了眼，见是儿子，说："没有事，刚才头只是晕了一下，过去我就有晕的毛病，歇一会儿就好了。"蒋天柱说："不行，得去医院查查。"老娘说："不用不用。"死活不愿意去。蒋天柱知道娘是不放心媳妇，就说："娘，我去喊婶子过来帮忙。"说着出门去了。本家婶子住得不远，不多会儿就来了，娘这才同意去医院。蒋天柱与司机将老娘架上汽车，急忙向市医院开。

到了医院一检查，患的是高血压；高压180，低压将近120。蒋天柱急忙去办住院手续。等娘打上吊针，又喊来外科医生，将娘的额头包扎好，不一会儿，娘就睡着了。蒋天柱这才松一口气。

蒋天柱忽然想上厕所，喊过一个小护士，请她帮忙照看一下。那个小护士熟悉蒋天柱，说："蒋书记，你去忙吧。"蒋天柱说："谢谢。"不由瞅了小护士一眼，他觉得小护士两只眼睛很好看。

从厕所出来，迎头碰见蓝小凤，蒋天柱说："真巧，你怎么在这里？"蓝小凤说："你能来这里，我就不能来这里吗！"蒋天柱不想将母亲生病的事告诉蓝小凤，说："好久没见了，现在有没有空，去对面咖啡馆坐坐，我渴死了。"蓝小凤点头说："好吧。"

到了咖啡馆，蒋天柱为蓝小凤要了杯咖啡，自己要了杯西湖龙井，两人坐在那里边喝边说话。蒋天柱见蓝小凤脸色不太好，就问道："是不是生病了？"蓝小凤说："没有病谁来医院？"反问道，"你去医院干啥的？"蒋天柱还没有回答，蓝小凤就抢盘子说道："我猜到了，一定是带哪个女人来流产的？"蒋天柱说："不是的，除了你，现在我身边没有任何女人了！"蓝小凤一撇嘴，说："骗鬼去！"蒋天柱一本正经，说："真的！"蓝小凤说："我猜到了，一定是女人办多了，前列腺出了问题。"蒋天柱就笑，说："蓝小凤你真会操！"又说道，"我的前列腺比小青年还健康，不信找个地方你试试！"蓝小凤偷笑，说："你还是找别的女人试去吧，本人受伤了。""怎么了？"蒋天柱问。蓝小凤低声说："我刚刚做了个手术。"蒋天柱问道："是不是子宫肌瘤？"蓝小凤说："你懂得真多！"蒋天柱说："女人那个活弄多了，就会得这种毛病。"蓝小凤说："放屁。"半晌说道，"刚流了一个。"蒋天柱有些好奇，说："谁的？是不是童绍康的？"蓝小凤一刺鼻子，说："他不够那个格！"蒋天柱来了兴趣，说："那是谁下的窝子？"蓝小凤说："让你猜一百回恐怕你也猜不着！"蒋天柱说："肯定不是一般人！"蓝小凤说："我早上还没有吃东西呢。"蒋天柱立马喊来服务员，吩咐上几盘店里顶尖的点心。不一会儿点心上来了，蒋天柱问蓝小凤，说："要不要再来一杯咖啡？"蓝小凤对服务员说："给我来一杯红茶吧。红茶是养胃的。"

　　就刚才那个话题，蒋天柱对蓝小凤说："你与我说实话，到底是谁的？"蓝小凤说："说出来吓你一跳。"蒋天柱开玩笑道："不会是哪个明星的吧！"蓝小凤说："那些明星我不喜欢，一身的毛病。"蒋天柱说："你闷死我了！"蓝小凤说："蒋书记，你我关系不一般，说实在的，你与童绍康人品也不同，你是我最信任的人，即便你不问我，我哪天也会告诉你的。"蒋天柱说："我晓得。"蓝小凤轻叹一声，说："刚流掉的是你一把的。"蒋天柱吓了一跳，说："真的假的？"蓝小凤说："这事能胡扯吗？"蒋天柱说："是谁与你们牵的线？"蓝小凤说："还能有谁，童绍康呗！"蒋天柱说："怪不得嘛，我说童绍康怎么一下进了常委了呢！"蓝小凤说："没有我，他这辈子恐怕也难磨正。"蒋天柱说："这话不错，如果能磨正的话早磨了，还拖到今天！"蓝小凤说："这倒是。"蒋天柱说："你为邹书记受了这么大罪，他没允你什么吧！"蓝小凤说："我又不是傻子，他不答应我点儿事，我能轻易来医院？"蒋天柱说："下一步你也磨正？"蓝小凤说："你小看我了，干那个破团长有啥意思？天天操不尽的心，再说，现在这个团长对我不错，人家干得好好的，平白无故将人家撸下来，对不起人！"蒋天柱说："那你想怎么办？"蓝小凤说："到文化局干副局长。"蒋天柱虽然是个有城府的人，还不免吃了一惊，若是换别人，他也许不会相信，不过，有了邹书记这条粗腿抱着，别说是副局长，即便是局长，也不是没有可能！蓝小凤喜上眉梢，说："你祝贺我吧，这事用不了多久的。"略停说道，"邹说，最迟两三个月。"蒋天柱说："等你明确了，我一定给你庆祝。"忽然想起什么，说："小凤，你如今得势了，有件事你得帮帮我。"蓝小凤说："你讲。"蒋天柱说："前些时，听张市长讲，市委要增加一名常委，有机会的话，在邹的面前你给我使使劲。"蓝小凤说："那是当然的了。"蒋天柱无意看了眼手表，想起医院的母亲，说："哎呀，快十二点了啊！对不起小凤，我还有点儿急事要办，改天我请你吃饭。"走几步又叮嘱道，"注意休息，注意生冷，千万别累着了！"蓝小凤嘟囔道："啥熊事？忙得像鸡媲蛋似的！"

十八

蒋天柱急慌火燎地回到医院，病床上已经没了人。他又找到那个小护士询问，小护士说："蒋书记你可来了！"咽一口唾液又说道："老人水挂完之后，说要上厕所，我又陪她到厕所门口，当时有人喊打针，我就去忙了，等我再回来，老人就不见了，我找你又找不着，急死我了！"蒋天柱说："大概有多长时间了？"小护士说："最多四十分钟。"蒋天柱看看手表，叫上司机，说："抓紧去汽车站！"

蒋天柱的小车刚到汽车站门口，正好有一辆去老家的客车驶出站门。蒋天柱下车叫客车停下来，客车司机以为蒋天柱是上车的，连连摆着手，说："门口不准停车。"这时，蒋天柱望见了坐在车窗前的母亲。母亲也看见了他，说："你忙你的，我回去了。"蒋天柱随汽车跑动着，说："娘，你下来，等治好了病再回家。"母亲说："我已经好了，真的好了，你媳妇一人在家我不放心。"蒋天柱还想说什么的，客车一加油门，他追不上了。蒋天柱本想开车上去拦截客车，可是他知道母亲的脾气，即便追上去，母亲也不会下车随他回医院的。

蒋天柱二番回到医院，给母亲开了一些药，又办了出院手续，随后开车准备回老家给娘送药。小车刚刚驶出市区，手机响了，是常务副市长张恒进打来的。张恒进问："你现在在哪里？"蒋天柱瞎编说："在镇里。"张恒进说："你现在就到市委来，有急事。"蒋天柱问："啥事情？"张恒进说："农业综合开发示范园批下来了，我们市里分到了三十万亩，市委研究，给你们罗集镇十万亩。"蒋天柱说："原来不说是五十万亩吗？"张恒进说："你管它三十万亩还是五十万亩呢，反正有你们镇不就行了！"蒋天柱说："对对，对对。"

蒋天柱叫司机去老家给母亲送药，回头打了一辆车，直奔市委。

在市委门口，蒋天柱遇见了正要出门的童绍康。两人寒暄几句，蒋天柱明显感觉到童绍康比过去有点儿生分了，心中骂道：你狗日的才磨正几天哪，在我面前端啥臭架子！若不是蓝小凤，你能进常委吗？再说，蓝小凤还是我给你介绍的，你不感谢我，反倒在我面前趾高气扬的，你牛的啥×！蒋天柱就想点点童绍康。

蒋天柱掏出烟来，给童绍康送去一支，童绍康说："不吸不吸，我急等着开会。"蒋天柱摁亮打火机，说："我知道常委忙，再忙不能连吸烟的空都没有吧？"童绍康只好将烟接过来，笑着让蒋天柱点烟，吸了一口，说："老同学，我真得走了。"蒋天柱说："你别忙，是蓝小凤叫我给你带句话的。"童绍康一愣神，说："我好久没见她了。"蒋天柱说："今天我在医院遇见了蓝小凤。"童绍康说："她病了？"蒋天柱说："是啊，所以说你有空的话，去看看她。"童绍康心说：我去看她，邹书记若是知道了，不揭了我的皮啊！嘴里说："有空去，有空去。"蒋天柱说道："我听说，你这次进常委，蓝小凤可是出了力的呀！"童绍康脸上有些挂不住，说："瞎说瞎说，她一个剧团的副团长，她能给我出啥力？不行不行，我得走了。"说罢，丢下手中半截香烟，一头钻进了轿车。

蒋天柱站在那里发笑，看着童绍康的汽车走远了，这才转身去了张恒进的办公室。

张恒进早将茶泡好了，一见蒋天柱说："怎这么快啊？"蒋天柱说："我是坐飞机来的。"张恒进说："罗集镇若是能通飞机的话，那真是改天换地了！不过这也不好说，社会发展这么快，也许将来有一天真的能通了呢。三十年前，谁能想到今天农村有这么大的变化呢。"蒋天柱说："对对。"又说，"你刚才打电话的时候，我就在市里。"张恒进问道："来办事？"蒋天柱说："有点儿私事。"张恒进说："中午怎么没过来吃饭？"蒋天柱这才想起，自己到现在还没有吃午饭呢！肚里真有些饿了，说："不瞒你说，忙到现在还没有吃呢！"张恒进说："那哪行？右边不远有家饭馆，味道还不错。"蒋天柱说："不用，说完话再吃吧。"张恒进说："不然叫我的秘书去给你炒两个菜端来。"蒋天柱说："在镇里习惯了，有时下村回来晚了，或是赶不上饭食那是常有的事。"张恒进说："那咱就长话短说，说完你再去吃。"略顿又说："你先喝杯茶，今天有点儿冷。"蒋天柱说："我先得去尿泡尿，憋死我了！"

从厕所回来，张恒进重新给蒋天柱换了一杯热茶，然后坐下来说道："农业综合开发示范园的事情，市里决定，先在你们镇找一个村搞试点，然后再全面铺开。不过，市里要求，在搞农业综合开发示范园的同时，将这个村的新农村建设一块搞起来。不过，这样一来，你们压力不小，难度也很大。"蒋天柱说："市里这次能支持多少？"张恒进说："农业综合开发示范园，国家能补助一些，建设新农村的钱就要靠你们自己了。"蒋天柱说："恐怕不行。镇里财力很紧，前段时间，田武村失火，损失很大，镇里都花空了。"张恒进说："你先在经济实力比较好的村建设，如果有困难的话，我再给你们想想办法。"蒋天柱说："行。"张恒进又给蒋天柱的茶杯续上水，说："老蒋，其实，今天叫你来还有一件事情。就是上次我与你讲的，关于市委增加常委的事情。"蒋天柱问道："有啥情况吗？"张恒进说："常委会已经初步定了几个人，你知道的，这样的好事竞争一定很激烈，我的意思，你自己先活动活动，最好主动去找邹书记谈谈。"蒋天柱说："不知邹书记今天在不在家。"张恒进说："在，我建议，你现在就过去，先入为主，这是很重要的。"蒋天柱说："先谢谢张市长。"张恒进说："咱俩不要客套。到时，常委会投票，你放心，我这一票一定投给你。不过，最关键的还是邹书记，他不点头，谁也别想进常委。"蒋天柱说："我懂了。"

在去邹书记的办公室前，蒋天柱偷偷在一边给蓝小凤去了个电话，把现在的情况简单地讲了一下，叫她想办法从中斡旋。蓝小凤说："你先去找邹谈，晚上我会亲自去找邹说这个事。"蒋天柱说："小凤，事成之后我一定重重谢你！"蓝小凤一笑，说："蒋表哥，不是你，我怎么能有今天呢？我不是那种忘恩负义之人！"蒋天柱说："妹子，其实我对你也没多大帮助。"

十九

镇党委决定，农业综合开发示范园的点定在湖东村，湖东村不光经济条件好，土质在罗集来讲，也是数一数二的。又靠近湖，灌溉也方便。湖东村的农民也比较富裕，如果建设新农村的话，经济基础条件不错，建设起来估计不是很困难。

阳春三月，镇里一连在湖东村开了几个会，一是动员农民建蔬菜大棚的事，二是新农村建设开工的事，所以这段时间，蒋天柱老往湖东村跑。这期间，蒋天柱倒是见了雪花几次面，只不过没有顾上说句话。蒋天柱本想抽时间去到雪花家看看，又觉得不合适，一是人家男人不在家，二来工作确实太忙，抽不出身来。还有，他走哪里，村支书唐亮都跟着，也没有机会。

这天上午，蒋天柱带着郝朝胜，在湖东村村委会研究关于怎样引导农民种什么蔬菜的问题，会开得有些晚了，散了会已经是中午一点多了，按照正常情况，蒋天柱会赶回镇里吃饭。村支书唐亮说："蒋书记，时间都这么晚了，就在村里吃吧？我已经叫雪花回家准备去了。"蒋天柱看看手表，心说："我怎么觉得雪花会开半截就跑了呢，原来是回家做饭去了。"蒋天柱对于支书唐亮的安排非常满意，但表面上还得做做样子，说："镇里食堂还留着饭呢。"唐亮说："那就留着晚上吃吧。"蒋天柱对郝朝胜说："你打个电话给办公室，叫食堂大师傅不要等了。"郝朝胜说："我这就打。"

其实，村支书唐亮早有准备，昨天就安排人到湖里打鱼去了，雪花又将家里一只打野小公鸡杀了，所以菜肴很丰盛。等蒋天柱一行人到了那儿，菜早已摆上了餐桌。正好大家都有些饿了，那喷香的菜味就更加诱人了。雪花本不想上桌的，一桌人都不同意，郝朝胜硬拽着她坐在了蒋天柱的身旁。支书唐亮从家里提了两瓶存放了二十多年的出口洋河，一打开，整间屋里立即灌满了酒香。蒋天柱说："唐支书，今儿叫你破费了。"唐亮斟满一杯酒，端起来，说："蒋书记，你为我们湖东村的老百姓谋幸福，这点酒算什么！"蒋天柱说："这话有些过，只有毛主席他老人家才能称得上谋幸福，我们这些芝麻粒大的官，怎好受用这句话的呢？我们只是为老百姓做点儿实事。"唐亮说："不论咋说，蒋书记为咱们罗集特别是我们湖东村那真是操碎了心。"在座的几个村委立即附和道："那是那是。"蒋天柱说："此言差矣，只不过是尽心尽职尽责罢了。"唐亮说："一个意思。我敬蒋书记一杯。"说罢，一饮而尽。蒋天柱也端起酒杯，招呼大家说："咱们都喝，然后也干了杯中酒。"吃了一口菜，又对唐亮说道，"湖东村是我们罗集一面旗帜，唐支书，农业综合开发示范园，还有新农村建设，你一定给我搞好了喽！"唐亮说："蒋书记，你对我们湖东村这么重视，我唐亮若是做得达不到镇里要求的话，明年你就撤了我！"蒋天柱端起酒杯，说："这可是你说的啊？来，为唐支书的决心，咱们大家共同干一杯。"

吃罢了饭,唐亮与几个村干部推说还要下湖转转,都走了。郝朝胜推脱酒有点儿上头,说去湖边溜达一会儿就回来,也借机出了门。蒋天柱明知大家是给他与雪花留个空说话。蒋天柱心想:反正在这里也不能干什么事,只不过说说话而已,所以也就没有过多地去想。

雪花对蒋天柱说:"你要是累的话,就到床上躺一会儿吧。"蒋天柱说:"不可以,你男人在的话,我照敢去上床,今天他不在家,我不能这么做。冯玉法的支书干得怎么样?"雪花说:"听说还行。"蒋天柱点点头。雪花说:"你心里要是想的话,我们就快一点儿。"蒋天柱手摸着雪花的胸脯,说:"改天到我的办公室吧,这样急慌火燎的,不过瘾!"雪花淡淡一笑,将头歪在蒋天柱的怀里。蒋天柱说:"雪花,我发现你最近有点儿胖了?"雪花说:"是的吗?"而后不由用手抚摸一下自己的脸颊。蒋天柱说:"是不是姓冯的那家伙最近不敢欺负你了?"其实蒋天柱的意思是雪花的男人不打骂她了,心情好了,所以心宽体胖。雪花理解错了,想到男女之间那上头去了,就说道:"过去我们也很少在一起,他那个东西硬不起来。"蒋天柱哈哈大笑,说:"怪不得嘛,原来这家伙是个太监,那你过去怎么能怀孕的呢?"雪花说:"那是和第一个对象有的。"蒋天柱骂道:"冯玉法这个狗日的,这些年来,真是委屈你了!"一句话将雪花说得两眼泪汪汪的……

雪花不是委屈得哭的,她是心里有事情。

有个把月身上没来了,过去这也是常有的事。几天前,她带村里育龄妇女去镇医院检查身体,之后自己也就顺势检查一下,这一查不要紧,查出事情来了,医生说她怀孕了。当时一听说吓她一跳!她是一千个想不到,一万个也想不到。她怕镇医院查得不仔细,不放心,又偷偷去市医院检查一次,结果还是怀孕了。当时雪花真是又喜又悲。喜的是,她能生养了,这对一个女人来讲,是一生的荣耀。悲的是,这个孩子明显是蒋天柱的,这怎么办呢?告诉蒋天柱吧,肯定不行,自己丢人不说了,蒋天柱是一个镇的书记,若是事情闹出来,不是影响人家的前途吗?要是和自己的男人讲实话,他能愿意要这个孩子吗?对于蒋天柱,她是从心里敬佩,可是人家能要她吗?她想也不敢想。这可怎么办呢?她几次去镇政府,想去找蒋天柱说说话,人都到门口了,又没有进去。她不知怎么说,要是蒋天柱叫她去打胎怎么办呢？你想想，没有名没有分的，人家能让这个孩子生下来吗？所以雪花这几天难为死了，不过，她已打定主意了，无论自己的男人还是蒋天柱，也无论他们两个怎么想，她都要将这个孩子生下来。

"你怎么了？"蒋天柱见雪花伤心，关切地问道。雪花说："没啥事。"蒋天柱觉着不对劲，还想问什么的，这时手机响了。

电话是副市长张恒进打来的。

张恒进说："老蒋，你在哪里呢？"蒋天柱说："我在村里。"张恒进说："告诉你一条好消息，你的常委已经解决了。"蒋天柱心里虽说有了思想准备，还是不由吃了一惊，说："真的吗？"张恒进说："这种事还能开玩笑吗？"蒋天柱说："这得谢谢你。"张恒进说："不要谢我，这不是我的功劳，一是你的成绩与贡献，二是这次市委邹书记为你说了不少好话。"蒋天柱说："明白了。"张恒进说："明天上午邹书记可能找你个别谈话，你心中有数。"蒋天柱说："我知道了。""还有，"张恒进说，"明晚上四套班子摆酒为你庆祝，在潇湘大酒店。"

刚挂了电话，童绍康的电话进来了。童绍康说："你又与哪个娘们穷扯淡呢，电话一直打不进去！"蒋天柱就知童绍康是来摆功邀好的，他本不想将张恒进来电话的事情告诉他，一想想，我不叫你狗日的卖人情，所以就故意说："刚才是张市长来的电话，你打电话问问张市长，问他啥时变的性！"童绍康说："我是与你老兄开玩笑的。"接着话锋一转，说："蒋老兄，得祝贺你啊！"蒋天柱有意装出无所谓的样子，说："你讲的是我进常委的事情？"童绍康说："这不值得祝贺吗？"蒋天柱说："顺其自然，我从来没有想这么多。组织上提拔我，是给我肩上压担子，相反我倒有了压力。你想想，一二十个乡镇，就我一个党委书记进常委，你说说我能没有压力嘛！"童绍康说："行了行了，你别得便宜卖乖了，要知道，为了你进常委，在邹书记的面前，我可没少给添好话。"蒋天柱心说：怎么样，邀功来了吧！嘴上说："咱们不是老同学吗，打碎骨头连着筋呢！"童绍康说："怎么谢我？"蒋天柱说："哪天我给你弄只落马湖的母老鳖！"童绍康说："滚你的蛋！"又说，"明天四套班子为你庆祝，到时再与你算账！"

雪花见蒋天柱挂了电话，说："你有事情，你忙去吧。"蒋天柱说："还真有事情。"又说，"我提拔了。"雪花一愣，说："你要调走？"蒋天柱说："还在罗集干,只是职务上提了半级。"雪花说："提不提的我不关心,只要你不调走就行!"

正说着话,郝朝胜进门了。蒋天柱说："朝胜,你现在就打电话给办公室,叫他们通知食堂,今晚办几桌酒席,高档一点的。"郝朝胜问:"外面来人了?"蒋天柱说:"是我个人请客,另外通知在家的镇干部全部参加,就说是我蒋天柱请他们吃饭。"郝朝胜不知咋回事,说:"蒋书记,是啥高兴的事?"蒋天柱说:"等晚上你就知道了!"

两人说着话向外走。郝朝胜拿出手机给办公室打电话,安排晚上酒宴的事情。蒋天柱趁这个空闲给蓝小凤发去一条信息:小凤,我的常委已解决,想必你已知晓,谢谢你,需要啥,你说。不一会儿,信息进来了:不必谢,举手之劳。不过,给我送一样东西还是应该的,要啥东西,我一时还没有想好。不过,如果叫你嫁给我,你不会拒绝吧?哈哈哈哈!

二十

今年夏季雨水大,上级部门已经通知镇里好几次了,叫做好一切防洪准备。落马湖既是蓄水湖,又是山东沂蒙山泄洪的水道,所以地势很重要。不过落马湖近百年来还没有遇上过大水。湖上的湖中村也从没有被淹过。但是蒋天柱还是做好一切防洪准备,除了加固湖中村的防水墙之外,还对湖周围的村庄备了几车草袋子,防患于未然,做好一切防范措施。市里专门为此开了两次由水利部门参加的协调会,新任代市长张恒进也多次来罗集检查,查看湖中村的防洪墙情况,又对湖周围的村庄的防洪措施作了部署。

六月上旬,下了一场持续三天两夜的大雨,固然落马湖的湖水已经接近水位线,雨一停,水位又基本恢复到原来的水位线。不过,蒋天柱还是分外当心,镇里所有干部,白天上班,夜里都分别到湖中村以及湖周围的村值班,随时做好准备,应对水患。

月末的一天,突降暴雨,一直下了五天五夜,还没有停的意思。湖中村的水位已经吃紧,这时,全国各地也都在下雨。蒋天柱心中暗想:老天再这样下的话,如果沂蒙山向下泄洪,下游的吴山闸再不开闸放水,湖中村就很有可能被淹。除了人畜安全的问题,其损失也不会小,所以这几天,蒋天柱带着郝朝胜吃住在湖中村，眼睛熬红了，人也消瘦了一圈。郝朝胜说："蒋书记，今天你先回镇睡个整觉，我在这里盯着，有啥事我打电话给你。"蒋天柱说："睡不睡觉不要紧，这几天我的胃疼得厉害，我得回镇里找几片药吃吃。"郝朝胜马上派船送蒋天柱回镇，等船到了前湖村岸边，蒋天柱突然接到山东沂蒙山泄洪的消息，他也不敢回镇了，派人替他去镇里取药，人就在湖边观察水情。

泄洪水说到就到，不到一小时的工夫，洪水就到了，水势来得异常凶猛。每过十分钟，蒋天柱就与郝朝胜通一次电话，询问湖中村的水位情况。

水位已经过了水位线……

大水已经到了防水墙一半……

大水已经接近了防水墙……

对于郝朝胜的电话，蒋天柱心急如焚。他立即给市防洪总指挥张恒进打电话，请示能不能请求水利部门将吴山闸开闸放水。张恒进说："我们现在正在与上级水利部门联系，吴山闸开闸放水，得水利部有关部门批准。"蒋天柱在电话中发火，说："再不开闸放水，我的湖中村就要完了，财产损失不要紧，上面还有几千口人的性命呢！"张恒进说："老蒋，我不比你还急？你的湖中村不是我的湖中村吗？"蒋天柱没话说了。望着翻滚的湖水，突然想起来，吴山闸的闸长是他的表兄，公的行不通，看看私的能不能解决。他立即叫来司机，开车直奔吴山闸。

闸长见是蒋天柱，就知道干啥来了，说："老表，你别叫我作难，这个家我当不了，无论是开闸还是关闸，都是按上边的指令办事。"蒋天柱说："表哥，湖中村几千口人性命呢！你不管不救，难道不怕老天爷打雷劈了你！"闸长说："你就是现在劈了我，我也不能开闸。"蒋天柱说："还有没有别的办法？"闸长说："除非你将我绑起来，你自己去开闸。"蒋天柱说："那好，就按你说的办。"说罢，一拳将闸长表兄打倒，找根绳子三下五除二将其捆个结实。闸长说："老表，你想清楚了，你的这个罪可不轻啊！"蒋天柱说："只要水能下去，只要湖中村的几千口人安全，就是撤了我的职，判我两年也值！"蒋天柱问："表兄，闸门怎么开？"闸长教他怎么打开电门，末了还警告他，说："老表，你可要想清楚了。"蒋天柱说："我早就想清楚了，万一我坐牢，你别忘了经常给我家送点儿生活费去。"闸长苦笑，说："表弟，你图个啥呢！"蒋天柱不理会，正欲去按电门开闸放水，这时手机响了。

电话是张恒进打来的，显然他已经知道蒋天柱去吴山闸的举动。张恒进说："老蒋，你千万不要胡来！"蒋天柱说："我知道我在做什么？"张恒进说："既然你知道，你就不能不考虑后果。"蒋天柱说："我考虑过了，大不了撤我的职，最多再判我几年。"张恒进说："不值，再说你知道吗？下游有外县几个乡镇四五万人的性命呢，孰轻孰重，你掂量掂量。"蒋天柱说："那怎么办？"张恒进说："上面通知，得等下游的几个乡镇人全部撤出了，吴山闸才能开闸放水。"蒋天柱说："到那时，怕是前湖村就没有了！"张恒进说："老蒋，你抓紧回来，我现在就在湖边，目前只有一个办法，将湖中村的群众全部撤下岛来。"蒋天柱说："那牲畜、财产怎么办？"张恒进说："我的蒋老兄啊，现在还能顾得上那个吗？"蒋天柱说："你叫吴镇长将镇里干部全部调到岛上去。"张恒进说："镇里干部能来都来了，现在吴镇长已经带一部分人上岛了。"

蒋天柱关了手机立即上了汽车往回赶，车子驶出老远了，这才想起来，忘记将老表松开了，眼下也顾不得了。

大雨倾盆，汽车的雨刮器已经不起作用了，蒋天柱嫌车子慢，叫司机快点儿开。司机说，油门已经踩到底了。蒋天柱骂道："这狗日的雨！"

车到湖边，代市长张恒进与前湖村支书唐亮以及李大梅、雪花都在那里。蒋天柱一下车就问张恒进，说："情况怎么样了？"张恒进说："岛上没有信号，手机也联系不上，湖中村村委会也没有人接电话，吴镇长他们上去已经有一个多小时了，按道理也该有船回来了，不知什么原因，到现在还没有人影。"蒋天柱对唐亮说："抓紧搞一条船，我上去看看。"唐亮说："村里一共凑了十几条船都上去了。"蒋天柱有些急眼了，说："卸块门板，我也得上岛。"张恒进说："那太危险了。"李大梅说："太危险，平常不下雨，没有风浪还行。"张恒进说："说不定，一会儿吴镇长就会有消息。"蒋天柱说："一分钟我也不能再等了！"唐亮说："村委会上次建房时剩下一捆竹竿，扎个竹排，也许比门板保险。"蒋天柱说："快去找人扎。"唐亮转身走了。

蒋天柱这时一眼看见站在旁边的雪花，说："你也来了？"雪花说：

"嗯。"蒋天柱猛然瞧见雪花的肚子出怀了，才明白她怀孕了，不由问道："有了？"雪花说："嗯哪。"蒋天柱问："几个月了？"雪花说："快四个月了。"蒋天柱说："怀得好，这回我看姓冯那狗日的还敢欺负你不！"雪花笑。蒋天柱说："你在这里也帮不上忙，早点儿回家歇着吧。"雪花点点头说："嗯。"蒋天柱说："下雨路滑，走道小心点儿。"雪花说："嗯。"蒋天柱对站在一旁的李大梅，说："不然你送你表妹回家吧。"李大梅说："知道了。"又不放心这儿，说："等等再走。"这时，雪花想对蒋天柱说，肚里的孩子已经查出是男孩的话，见蒋天柱扭脸去与张恒进说话了，便没有说出口。

不一会，简易竹排运来了，村里会使船的都派上去了，唐亮说："蒋书记，我还是小时学过使船，不过这竹排我却未曾撑过。"蒋天柱一步跳上竹排，说："老唐，你大胆撑，淹死了我，不找你抵命。"

竹排离岸老远了，李大梅这才想起来，说："糟了。"张恒进说："怎么回事？"李大梅说："蒋书记不会水。"张恒进有些生气，说："你怎不早说的呢！"雪花也抱怨李大梅，说："表姐，你真是粗心，这么大的事，你怎么想不到的呢！"张恒进双手当作话筒，对着湖面喊道："老蒋，你不会水，快点儿回来吧！"

雨声，风浪声淹没了张恒进的喊叫……

时间不久，吴镇长带领的二十多只船抵岸，船还未靠稳，张恒进就急忙上前问道："见蒋书记了没有？"吴庆典说："没看见。"张恒进说："他是撑着竹排上岛的。"吴庆典说："糟了，湖面上风浪太大了，竹排怎么能行呢！"这时，船上的群众已经下完了，张恒进说："老吴，你抓紧带两只船回去，找找老蒋。"吴庆典说："好。"接着跳上船，划船走了。

一顿饭的工夫，湖里突然爬上来一个人，岸边的人认为是岛上落水的群众，几个人慌忙将他拖上岸来，一看却原来是唐亮。张恒进上前急忙问道："蒋书记呢？"一见张恒进，唐亮"哇"地吐出一口水，说："张市长，竹排还没有到一半的路就被浪打散了，蒋书记他……"张恒进急眼了，骂道："你他妈的，怎么扎的竹排？蒋书记若有个好歹，我就枪毙你这个王八蛋！"

尾声

第二天下午，吴山闸开闸放水，接着落马湖的大水就下去了。蒋天柱的尸体是在水下去之后才打捞上来的。

事后，市里在为蒋天柱定性的时候，却犯了难。罗集镇有人给市委写了封人民来信，说蒋天柱生前生活作风糜烂，不能被评为烈士。负责这项工作的是市委组织部部长童绍康，童绍康做不了主，只好请示市委邹书记。邹书记也为难，若是将蒋天柱评为烈士吧，怕老百姓有意见；若是将蒋天柱定为因公牺牲吧，又恐怕令广大干部寒心。左右为难，就问童绍康的意见。童绍康说："老蒋生前生活作风的确有点儿不太检点，如果定为烈士的话，恐怕有点儿不服众。不过，老蒋既是罗集镇的党委书记，又是市委常委，这次又是为救群众而牺牲的，定为因公牺牲比较合适。这样，上下也都好交代。"最后，邹书记采纳了童绍康的意见，上报上级组织部门批准。

（原载《鸭绿江》2011 年第 1 期）

爱情天空

扫帚不到，灰尘照例不会自己跑掉。
——摘自伟大领袖毛泽东语录

一

任航行与赵红心是在一次学习"毛著"积极分子报告会上认识的。赵红心是演讲者，任航行是聆听者。

当时任航行是与团支部书记许宝迎一起去参加报告会的，许宝迎是任航行的徒弟，任航行比许宝迎大不到两岁，可这并不影响他们师徒关系的存在。俗话讲，师徒如父子，所以任航行在许宝迎的面前总是以一个长者的身份自居，以至于二人坐得那么近，许宝迎的气息都喷到师傅的面颊上了，而任航行却一点儿感觉都没有。任航行本想到会上打个照面就偷偷溜出去与连小波、顺子到黄河边垂钓的，鱼竿都已经绑在自行车上面了。任航行最怕开会听报告，一开会听报告人就迷糊，他盘算着等会议开始后，最多再耽搁三五分钟就走人。哪知一见到赵红心，任航行钓鱼的欲望就被赵红心的美丽给瓦解了。

任航行的双眼一眨不眨始终盯着台上。台上共有两个人，一男一女，男的他一眼没看，女的他一眼没落下。后来知道那女的叫赵红心，在环卫处工作。那个赵红心长得真是太好看了，是任航行见过的女人之中最最漂亮的一个！脸若石灰墙那般洁白，人似台前那盆杜鹃花般灿烂。任航行真为赵红心惋惜，这样一个漂亮的女人怎么舍得叫她去扫马路的呢？真是有点儿太残忍了！起码说有点儿委屈了她。如果安排在我们红旗机械厂还差不多，最好是给我当徒弟，果真如此，哪怕叫我当厂门口那根旗杆都愿意！

台上那个男的歪着屁股目不转睛地望着赵红心，任航行看着心里酸溜溜地妒忌，心说：你老盯着人家女孩子的脸瞅个什么劲儿呢？你也不年轻了吧！估计老婆孩子都有了吧？你还想怎么着？说轻了，白浪费你的精神，朝重里说，说你眼睛流氓也不为过！任航行又发现一个问题，赵红心讲到激动的时候，常常与那个男的进行感情交流，却不向台下的他进行感情交流。任航行本打算溜号，坐在最后面的旮旯里，他为没有坐在前面的位置而后悔不迭。好不容易逮住了赵红心的目光，然而那目光却像滑泥鳅似的溜掉了。令任航行心情暗淡着且快乐不起来。

赵红心的演讲十分成功，台下不时爆发出阵阵掌声。任航行满脑子糨糊，连一句也没入耳，只记住赵红心最后两句激动人心的口号："我要用手中的扫帚，扫出一片红彤彤的天地，扫出一条金灿灿的光明大道来！"

报告会结束后，在"大海航行靠舵手"歌声中，任航行充满着无产阶级感情，唱得是那样斗志昂扬，那样意气风发，那样坚定有力，喉咙发挥到极致。他想赵红心一定会听到他的歌声的，因为他看到赵红心的目光从他的身上扫了过去。他本麻木的肢体像是被一缕阳光照耀着，心中被一种叫作激情的东西感动着，久久挥之不去。当徒弟许宝迎猛然抓住他的手的时候，他非但没有反对，而且心甘情愿地任她抓着，脸上洋溢着幸福的微笑，他的感觉是赵红心在抓他的手。

二

几天来，任航行被一种莫名其妙的幸福亢奋着，同时又被那种莫名其妙的幸福困扰着。心中本来纯洁的地方突然一下有个人站在那里，又是个令他魂牵梦绕的女人，叫他怎么能清静得了呢？任航行是个有事不知如何表达又不知向谁表达的男人，像这种幸福的事他就更不知怎么好了。一门心思，只有将这种快乐埋藏在心底，独自在那里欣赏，独自在那里陶醉，嘴里像是始终含着一块冰糖疙瘩，将他的五脏六腑都甜透了，有滋有味地向外溢着。所以，任航行近来的状态空前的好，干起活来，特别卖力，嘴里美滋滋地反复唱着："老三篇不但战士要学，干部也要学，老三篇，学起来容易，真正做到就不是那么容易了……"

最了解任航行的，当属他的徒弟许宝迎。许宝迎看到师傅心里汪着香油，多多少少也知晓一点儿信息。那天一出会场，任航行就问他："你看这个赵红心怎么样？"许宝迎就实话实说："怪能干的，也怪会说的。"任航行说："我不是问的这个，我是说你觉得她长得漂不漂亮？"许宝迎说："怪漂亮的。"继而问任航行，"师傅你看上她啦？"此时任航行就巴望着有人能望穿他的心，他觉得他的幸福必须与人一起分享。任航行点点头。半晌叹一声，说："人家的条件那么好，怎么会看上咱们呢！"许宝迎说："那也不一定。""理由？"任航行多么希望有人给他一个充分的理由啊！许宝迎说："喜欢一个人，或是被人喜欢，还要啥理由呢？"许宝迎心说：就如我喜欢你一样，还要什么理由呢！

任航行在许宝迎的心中早已根深蒂固，可任航行连一点儿也没觉察出来。任航行脑子里根本没这根弦，看不到许宝迎对他的爱慕，看不到许宝迎对他的关心。任航行把许宝迎对他的照顾看成是一种很正常的事情，比如将菜里的肉挑给爱吃的师傅，比如给师傅洗手套洗工作服，比如给师傅打毛衣。这些事情在任航行看来，是天经地义的事情，也是很自然的事情，所以，任航行从来没往深处想，也想不起来往深处想。只苦了许宝迎剃头挑子一头热，在那里单相思。许宝迎又是那种比较内向的女孩子，没有勇气向任航行表白，也不好意思找别人介绍，彼此那么熟，又那么近，又觉得是那么陌生，又相隔那么遥远……

这天快下班的时候，任航行对许宝迎说："你晚走一会儿，我有话和你说。"许宝迎一听这话，心里激动了老半天。等人走得差不多了，任航行从工具箱中拿出一包的东西，对许宝迎说："送给你的。"许宝迎心里激动得"怦怦"直跳说："什么东西？"任航行说："日记本。"许宝迎怕人看见，急忙将纸包塞进手提包里。她只觉得心就要从嗓子里蹦出来了！没敢停留，急急忙忙离开了车间。许宝迎边走边琢磨，心说："不年不节的，师傅平白无故送我东西干什么呢？这里面一定有文章。一定是那一层意思。"许宝迎多么希望这一层意思就是她所期盼的那一层意思啊！

出厂门的时候，好朋友徐娟在后面叫许宝迎，约她去逛商场，说商场来了一批花的确良布。许宝迎说："不去，我没券。"徐娟说："我有。"许宝迎说："我家中有事！"说罢，就急匆匆地走了。弄得徐娟一头雾水。徐娟说："谁巴结你啊！忙得跟谈对象似的！"

回到家，许宝迎饭没吃就想着去打开师傅给她的那个纸包。好吃的东西，要等到实在抗不住馋再吃那才有味道，喜悦的事情要等到心情平静下来再慢慢享受，那才会更加开心。可是，这会儿许宝迎有点儿等不及了。但她还是忍住了。

姐夫沈跃进刚给姐姐洗好澡，抱着她从洗澡间里出来，一股香皂味，浸入许宝迎的心肺，许宝迎觉得心中舒畅死了。"宝迎下班了？"姐夫沈跃进打了声招呼，将姐姐放在椅子上，拿来拐杖递到她手里。姐说："小妹，你的脸上怎么这样红的呢？"许宝迎说："是的吗？"紧接着进了自己的房里，将手中的东西放好，站在镜子前呆愣了半晌。只听姐夫沈跃进在外间屋说道："宝迎，饭要等一会儿才能好，我已给你兑好了洗澡水，你洗完澡再吃饭吧。"许宝迎答应着出门，说："谢谢姐夫。"

洗澡桶是沈跃进用废旧洋铁皮自个卷的，钉在洗澡间里一人高的墙壁上。洗澡时，将热水冷水兑好，从一只皮管上接下来一个莲蓬头，洗澡挺方便的。在那时，这也算是很奢侈的生活了。在建筑站拉板车的姐夫沈跃进虽是农村人，可他心地善良，家务事没有他不会做的：蒸馒头、擀面条、踩缝纫机、织毛衣样样在行。姐姐宝凤从小得了小儿麻痹症，走路不稳，不能工作，一切全靠姐夫沈跃进。姐夫是个老好人，又勤快又知体贴人，对许宝迎就像自己亲生的妹妹。许宝迎也没拿沈跃进当外人，拿他就和自己的亲哥哥差不多。想着沈跃进的好，许宝迎不由人地就想起了师傅任航行，假如真的与师傅结成婚，师傅能像姐夫对自己一半好就心满意足了！

吃完饭，许宝迎躺在床上听了一阵子收音机，也不知听的是什么，心早被师傅那个纸包儿给勾引跑了！她慢动作解开纸包，果然是一个红塑料皮的日记本。第六感觉，里面一准有封信，果不其然真的有一封信。当时许宝迎真的有点儿心花怒放了，不用看，她已经猜到了信中的内容，但她还是用她那颤抖的双手打开了信：

"小许，你虽然是我的徒弟，可我从来都拿你当我的妹妹看，现如今哥哥有个困难，想求你给我帮帮忙，你要是不帮助我，就没有人帮我了……

我喜欢那个赵红心，非常非常地喜欢。可我又不知怎么办，我想女人与女人之间是比较好说话的，你能帮我找找那个赵红心吗？成与不成，我都得感谢你，我给你买件的确良褂子好吗……看后将信烧掉。千万千万！"

　　要说许宝迎人生最悲哀的，莫过于看到这封信了。许宝迎一下被这封信给打倒了！这封信真是太残酷了，不但将一个青春期的女孩的神给伤了，还将一颗热烈的、澎湃的、挚爱的心给撕碎了。泪水顺着双颊无声滴落，许宝迎陷入一种极端的痛苦之中。她真想大哭一场，却又不敢哭出声，没有哪种办法能叫她痛快淋漓地将心痛洗去。许宝迎把枕巾咬在嘴里，便咬住了痛苦，泪腺随即打开了闸门，"哗哗"地向外流淌。泪流干了，心也平静了，思想也通畅了，许宝迎豁然开朗，不为师傅，不为自己，她也必须去见见那个叫赵红心的女人。那为的是谁呢？许宝迎又糊涂了……

　　赵红心的工作单位很好找，就在小广场附近。这个城市提起小广场没人不晓得，叛徒特务走资派、"地富反坏右"经常在那儿操练，还有被执行枪决的人统统在那儿亮相，作人生最后的告别。赵红心很少到单位去，除了一三五上午学习。那天恰巧是星期四，所以许宝迎扑了个空。许宝迎问道："怎样才能找到她？"传达室老头举着一双警惕的小眼睛，将许宝迎重新审视一番，问道："你找她有事吗？"许宝迎心说："没事找她干什么？"就点点头，然后从身上掏出介绍信。老头不慌不忙戴上只有一条腿儿另一条腿儿捆绑着线绳的老花镜，将介绍信看了一遍，半晌说了句模棱两可的话："这会儿她也许在哪条马路上扫地呢。""能在哪条马路上呢？"许宝迎耐着性子问。老头说了几条马路，许宝迎就走了。老头在她身后说："若是马路上没有她，你去她家里看一看，她家住在向阳街19号。"

　　许宝迎找了几条马路，没有遇见人，正想去赵红心家看看，猛然有辆垃圾车从那边过来了，拉车的正是她要找的那个人。许宝迎一眼就认出了她。

　　赵红心今天打扮得像个男孩子，头戴长沿工作帽，身穿一身洗得发白的工作服，脖子上围着一条白色毛巾，胸前别着挺大的毛主席像章，是毛主席站在天安门城楼上接见红卫兵的那枚。许宝迎走上前去，她说："我可找到你了！"赵红心不认识面前这个女孩子，态度就有些冷淡。许宝迎忙解释，说："你不认识我，我听过你的报告，就是在大会堂那天。"赵红心这才换上友好的面容，说："找我有事吗？"许宝迎从身上掏出那封介绍信，说："我们厂想请你去做报告，给我们团员青年上一课。"赵红心未表态。许宝迎又说："那天我听了你的报告，挺激动人的，所以我就和我们厂的徐工宣汇报了，徐工宣特别支持。"赵红心将介绍信还给她，说："到哪儿做报告，不是我说了算的，要县革委会批准，然后通知我们所里，所里再通知我，是这样的程序。"许宝迎想想也对，也别难为人家，凡事都是有规章制度的。她说："我到县革委会找谁呢？"赵红心说："你去找……而后去县革委会找潘主任，他同意了我才好去。"许宝迎握着赵红心的手，说："再见。"她感到赵红心的手一点儿也不柔软。

与赵红心分手后，许宝迎一点儿也没耽搁，直接去了县革委会。通过两三道手续，她才见到那个潘主任。其实他们认识，上次那场报告会就是他主持的。

潘主任笑吟吟地接待了许宝迎，还给她倒了一杯放了茶叶的茶水，然后低头去看介绍信。介绍信只有几行字，可潘主任翻来覆去看了好几遍。潘主任眼睛在信件上，其实脑子早开小差了。昨夜他做了个梦，梦见一个女人想与他谈对象，面前这个许宝迎就和梦中的那个女人长得几乎一模一样，真是奇了怪了，哪有这么巧的事情呢！难道说与这个女人有缘，上帝有意撮合他们的？呸、呸，哪来的上帝呢！我们共产党员不信这个，可能是一种巧合罢了。许宝迎一杯茶都喝干了。潘主任起身给许宝迎的杯子里续上水，又回到办公桌前看介绍信，半晌慢条斯理地说："小许同志……你们厂里的心情我是理解的，团员青年这种迫切要求也是令我十分感动的。不过，我们县革委会要全盘考虑这件事情。一个，我们要考虑赵红心同志繁重的工作，二来，厂矿企业一般是不安排的。"许宝迎一听急了，她说："潘主任，你一定要考虑一下我们的要求，团员青年希望赵红心同志能去我们厂做报告都盼了许久了呢！你一定得支持！"许宝迎又说："我找了好几条马路才将赵红心找到。"她说："你批准就行，你就批准了吧！"接下来，许宝迎又讲了许多充分的理由来说服潘主任。连许宝迎自己也觉得奇怪，平常见了徐工宣说话都脸红，今天见到潘主任这样的大官，胆子反倒大了起来，说话也不打怵了！

潘主任仿佛被许宝迎的真情打动了，说："好吧，今天就看在你小许的面子上，破例一次。"我与赵红心的单位联系一下，最近就派赵红心去你们厂。"说着，走过来，对许宝迎伸出了手。潘主任的手真大，许宝迎的手在他的手心里是那样的苍白无力。许宝迎感觉，仿佛有一道电波通过手臂传到了她的身体，心中有一股暖流流淌……

临出门的时候，潘主任突然问道："小许同志，你的家庭是什么成分？"许宝迎不知道潘主任问家庭出身干啥，就回答说："是贫农。"潘主任说："好好好好。"潘主任又问了问红旗机械厂里的事，最后叮嘱许宝迎，说："有空常来玩。"当时许宝迎真想有空过来。冷不防，腮帮子被潘主任捏住了。许宝迎的脸一下臊红了。从没有人这样对她无理过，特别是陌生的男人。心中难免生恶，可觉得欠人家的情，又是领导，才不至于发作。许宝迎借故推开潘主任的手，小跑着走了。

事情办成了，按理说许宝迎应该高兴才对，可她却一点儿也高兴不起来。她觉得那个潘主任太不稳重了，有失当领导的身份，怎么能那样的呢？对人家女孩子动手动脚的，既不尊重别人，也不尊重自己，这样不正经的人怎么配作领导的呢？许宝迎心中感到很委屈，一想到为的是师傅，这种委屈又不算什么了。心情渐渐地开朗了许多，刚才那种不愉快早已跑到九霄云外去了！可她又突然矛盾起来，赵红心这次去厂里做报告，万一真的看上了师傅，那该怎么办呢？你这不是拱手将自己喜欢的男人往别的女孩子怀里推吗？你是憨是傻哩！许宝迎心中不由好一阵怅惘。

三

下班钟声响了，连小波早已将工作服换好了，就等着下班，钟声还没落音，他就第一个窜出了车间。顺子说："小波你急着去谈对象啊，跑得这么快？等我一下。"连小波与顺子是铁哥们，平时两人一同来去，形影不离，连上厕所两人都一块进出。连小波的父亲是叛徒走资派，顺子是"五种人"的子女，父亲是诗人，五七年写了一篇"反诗"被打成了右派，然后被下放到新疆农场劳动改造去了，至今未回，现在顺子几乎记不清他父亲的模样了。连小波与顺子是臭味相投，厂里的无产阶级都这么说他俩。连小波瞅瞅没人注意，趴在顺子耳根说："晚上我想约徐娟出来，不然你先走吧。"顺子说："那好吧，你这个家伙啊——重色轻友！"连小波给他一拳说："滚你的蛋，明天我请你吃炒肉片！"顺子说："行行行，你快走吧。"

连小波到了任航行的车间，任航行正在那儿归拢车好的零部件。连小波说："任航行你真积极，还干哪！"任航行说："就好了。"然后又问："你找我有事？"连小波四下张望，他说："我找许宝迎。"任航行就明白了，连小波是来叫许宝迎替他约徐娟的。徐娟与许宝迎是好姐妹，连小波和徐娟正谈着对象，可徐娟的父母死活不同意。徐娟的父亲又是厂里工宣队长，将女儿看得铁紧，平常连小波轻易不敢去找徐娟，虽说彼此都在一个厂里。即使有时走对面，两个人都不敢对视，不然的话，叫徐工宣发现了，又得给连小波小鞋穿。

"你的宝贝徒弟呢？"连小波问。任航行故意骗他，说："宝迎今儿个家中有点儿事，早走了一会。"

连小波的情绪一下子没了，脸上随即罩上一片乌云。

任航行擦擦油手，从口袋里掏出两支烟，丢出一支给连小波，二人点上，站在那儿吸着。连小波突然说："我先走了。"任航行"嘿嘿"一笑。连小波就知被任航行耍了，这时他恰好看见许宝迎从那边过来了。连小波说："任航行你这个家伙，你等着，等有空我再收拾你！""上天你说钓鱼的，末了连你的鬼影都没见到，还没罚你呢！"然后趴在任航行的耳根说："你和你徒弟的事别觉得我不知道，到时候别怪我给你扒豁子！"任航行正色道："你别瞎说，这种玩笑不能乱开，我们啥事情没有！我无所谓，人家宝迎还是个大姑娘哩！"连小波说："啥事情没有你急什么呢！"

"你俩说啥呢？那么亲热！"许宝迎笑着打量着他俩。

任航行说："没说啥，小波是来找你的。"

连小波说："小许，我想请你……"

许宝迎说："小波，你又是来叫我替你约徐娟的吧？"

连小波不好意思地点点头。

许宝迎装腔作势，故意说："我害怕徐工宣哪天知道了，他还不扒了我的皮啊！"

连小波央求道："小许，你再帮我约一次吧，今后我一定重重地感谢你！"许宝迎撇撇嘴，说："光嘴上说得好听，拿点儿实际行动出来我看看。"

"你说要啥吧?"连小波大声说,"我给你扯块'的确良'吧,要白色还要什么颜色的?不过得等我找到券。"

许宝迎"喊"了一声,说:"你这不是嘴上抹石灰,白说嘛!"她见连小波脸上难为得像苦大仇深的样子,忙说:"行了行了,我帮你约徐娟。还是晚上八点,老地方,不见不散?"

连小波连连点头称谢,激动得砍头抓心,连和任航行的招呼都忘了打,就急忙跑了出去。

在车棚里推出自行车,连小波腿一抬上了车子,嘴里不由吹起了口哨。他猛一抬头,发现徐娟的父亲徐工宣不知啥时候早在那里等他了。他连忙下了车子,上前主动打招呼,说:"徐叔,你还没走啊?"徐工宣说:"今天怎么落单了?"连小波明白徐工宣指的是他和顺子。连小波说:"我有点儿事,所以晚走了一会。"徐工宣上下打量着连小波,眼里分明有着不相信的内容,说:"下班了,还有啥事?"他当然不相信像连小波这种孩子,会主动去加班干活的!连小波正欲走,徐工宣又将他叫住了,徐工宣说:"连小波,我与你说过多少次了,今后你不要再纠缠我的女儿,否则的话,休怪我对你不客气!"连小波说:"我没有。"徐工宣说:"连小波,我郑重地告诉你,徐娟不会和你好的,我们工人阶级的子女,决不会和你这样的家庭结亲的。我再一次地警告你,你如果再约我们家徐娟出去,逮不着便罢,如果叫我逮住,我非打断你的狗腿不行!"

连小波走出去十几步开外,还听见徐工宣在后面喊叫:"你听见了吗?连小波!你这个狗崽子!"连小波有些愤怒,但想到晚上又能见到他日思夜想的徐娟,心中那种不快又被即将来临的兴奋给冲散了。他看了眼手表,然后上了自行车,将车子蹬得飞快。

四

当任航行听到赵红心要来厂里做报告的消息,心里整个儿乐开了花。正好车间里这时没有人,任航行举起了双手振臂高呼:"敬祝伟大的领袖、伟大的统帅、伟大的舵手毛主席,万寿无疆!万寿无疆!"许宝迎说:"八字还没有一撇哩,你看你高兴的,就像是赵红心已经答应嫁给你似的!"任航行说："我一定要珍惜这个机会，我一定要抓住这个机会！哎，宝迎，你说到那天我穿什么衣服呢？"许宝迎说："咱们是工人阶级，当然要穿朴素一点儿的啦！就穿你平时穿的那套工作服就行。今晚你就换下来，我给你洗干净。"任航行说："好，用大运河肥皂洗，那肥皂好闻。"许宝迎一撇嘴，说："人家赵红心是来做报告的，不是专门来闻你身上的味的！"任航行"呵呵"一笑，说："我不是想给她留个好印象的嘛！"许宝迎说："依我说，这几天，你好好将毛主席的语录多背几条，人家赵红心是学习'毛著'积极分子，你得差不离才行啊！等赵红心来做报告那天，你上台背几段语录，门当户对，你们不又近一层了吗？"任航行激动得鼓起掌来，说："宝迎，你真是我的好徒弟，叫我怎么报答你呢？"许宝迎说："说什么报答呢？只要你心里知道我对你好就行了！"任航行说："我怎么不知道的呢？""我早就知道了！""哎呀，你真是我的好妹妹，我要是有你这样的妹妹就好了！"一句话将许宝迎的泪给说下来了。任航行说："哎哎，你这是怎么啦？"许宝迎说："我这是为你高兴的。"任航行说："真是谢谢你了。"许宝迎想起什么，说："师傅，晚上回家少睡一会儿，别忘了背语录。"任航行点点头，说："嗯哪。"

为了不耽误生产，赵红心的报告会在星期天举行。全厂内外红旗招展，人心沸腾，团员青年来了，工人们来了，还有许多家属，将小礼堂挤得满满的。报告会由徐工宣亲自主持，许宝迎认识赵红心，又是团支部书记，也上了主席台。会前，许宝迎与徐工宣汇报过了，让任航行在会上背语录，一是交流，二是活跃一下报告会的学习气氛。徐工宣一点儿也没考虑就同意了。所以，任航行就有了在赵红心面前表现的机会。

任航行对主席台深鞠一躬，又对台下深鞠一躬，然后开始背诵：

政策和策略是党的生命，各级领导同志务必充分注意。

领导我们事业的核心力量是中国共产党，指导我们思想的理论基础是马克思列宁主义。

四海翻腾云水怒，五洲震荡风雷激！

春风杨柳万千条，六亿神州尽舜尧！

下定决心，不怕牺牲，排除万难，去争取胜利！

凡是敌人反对的，我们就拥护；凡是敌人拥护的，我们就反对。

……

任航行是高中毕业，背这种东西是不难的，一口气背了十几首，还要背，叫徐工宣劝住了，徐工宣怕冲淡主题。

报告会结束后，赵红心十分兴奋，主动要求唱一首歌，歌名叫《毛主席的书我最爱读》。问台下有没有与她合唱的？任航行反应敏捷，一个箭步冲上台，与赵红心唱了起来：

毛主席的书，我最爱读，
千遍（那个）万遍（呦）下功夫，
深刻的道理，我细心领会，
只觉得心里头热乎乎。
哎——
好像那旱地里下了一场及时雨啊，
小苗儿挂满了露水珠啊，
毛主席的语录滋养了我呀，
我干起那革命劲头儿足！
……

报告会结束后，许宝迎代表徐工宣送一送赵红心，到了厂门外，赵红心叫许宝迎不要送了。赵红心说："小许，我问你个事。"许宝迎说："你问。"她已经猜到了赵红心的心。赵红心说："刚才与我同台唱歌的，就是先前背语录的那个青年人叫什么？"许宝迎就怕她问这话，她高低还是问的这个！许宝迎说："他姓任，任务的任，叫任航行，大海航行靠舵手的那个航行。"赵红心说："噢。"许宝迎又说："他是我的师傅。"赵红心有些惊奇，说："是吗？"

五

就因为赵红心这句话，任航行激动得一宿没合眼。一大早他就跑到许宝迎的家，要小许帮他分析分析。任航行说："宝迎，你说赵红心是不是对我有一种好感呢？"许宝迎说："有这种可能。""这种可能性有多大呢？"许宝迎说："我观察不出来。""下一步我该怎么办呢？"许宝迎没好气地说："师傅，我又没谈过恋爱，我咋知怎么办呢？""那倒也是！"任航行叹一声，突然灵机一动，说："宝迎，假如你是赵红心，你希望我怎么办呢？"许宝迎心中说："我倒想是那个赵红心呢！可惜我不是她！你不如给她写封求爱信试试吧。"任航行心中那只迷航的小船，猛然找准了方向，连声说："谢谢。"爬起来就跑，弄得许宝迎一脸傻傻的。

任航行去商店买来信封信纸，单等中午一下班，瞅个没人的地方便写起了情书。任航行是个感情丰富的人，愈写愈激动，信没书完，早已是泪眼蒙蒙，涕泗横流了！许宝迎没有等到他吃饭，就先吃了，怕饭菜凉了，用布包起来，放在热气管子上。任航行写好了信，上班的时间也到了，他只好空着肚子干活，不但不觉得饿，相反劲头儿还挺足的。许宝迎附在他耳旁说："爱情的力量真大啊！"机器声太吵，任航行将车床关了，说："宝迎，你说什么？"许宝迎又不好意思说了，她说："你的肚子不饿吗？"任航行就笑，说："不饿！"

下班后，任航行嬉皮笑脸央求许宝迎帮他将信送给赵红心。她心中十二分地不愿意，可手却不由自主接了。等任航行转身走了，自己又后悔不已，骂自己，你说你这是干的啥事情哩！

许宝迎有赵红心的地址，不费事就找到了她的家。赵红心正在家看书，见到许宝迎，有些愕然，说："你怎么来了？"又说，"你怎么知道我家的？"许宝迎笑笑算作回答。她将信交给赵红心。赵红心说："什么？"她说："你看看就知道了。"又说："你等我走了再拆。"赵红心笑笑，说："什么东西还这么神秘？"说着往外送她。许宝迎有心观察起赵红心来。赵红心长得白皙，肤细，像是一条没被污染过的河流那么洁净；身材匀称，五官端庄，是女人见了都不由惊叹的那种女人。难怪师傅一见为之倾倒！可我在他面前两三年了，难道就没看出一点儿好来吗？难道我就没有一点儿值得他看的地方吗？许宝迎心中不由生出一丝酸楚来！赵红心也没在意她的表情，说："你不坐坐啦？"她说："不了。"头也不回地走了。

一连许多天，任航行也没有接到赵红心的回信，心情一落千丈，歌曲也不唱了，连说话也很少说。许宝迎明知是怎么回事，也不好问，也不便劝。只好表面上也装出很同情的样子，在任航行面前绕来绕去地长吁短叹，可她心中别提有多高兴了，时刻沐浴在欢畅的幸福里。她心中那颗太阳从云彩里出来了，始终照耀着她，叫她怎么能不快乐呢？她多么希望赵红心看不上她的师傅啊！赵红心那么漂亮，人尖子一个，又是个红人，条件又好。她不是诋毁师傅，相比较，无论从哪方面来讲，师傅与赵红心是有点儿不太般配。所以，许宝迎抱定主意，等师傅撞了南墙死了心，不然的话，他心中老想着那个赵红心，她想怎么着都不行。不过，许宝迎是个实心的人，大凡这种人就会死心眼，她心中明明喜欢任航行，非但不主动，相反还替人家牵线搭桥，这不是与自己过不去吗？现在她只有在心里祈祷，上天保佑，千万别叫那个赵红心有信来！

不早不晚，信就在这个时候来了，就在任航行与许宝迎都觉得不可能来的时候来了。

那天早上一上班，传达室的章老头就喊许宝迎拿信。信没贴邮票，是谁从门缝里丢进来的。章老头如是说。许宝迎拆开信，里面还有一封封好的信，是给任航行的。信很轻，许宝迎拿在手中，却感到有千百斤重。

信很短，简简单单几句话：……你的小资产阶级的情调太浓了，你的无产阶级感情哪里去了？你要多多学习毛主席的著作，斗私批修，彻底肃清"封资修"的流毒……无产阶级文化大革命万岁！战无不胜的毛泽东思想万岁！

信虽不长，不但没有爱的宣言，且平淡得就像一杯白开水，字里行间还有一点儿批评的味道，可任航行还是蛮激动的。这说明她看了他的信，不光看了，而且还认真地看了，要不怎么能说出这么一番大道理来呢？任航行找个没人的地方，将信看了一遍又一遍，然后喊许宝迎来看。许宝迎说："这是你的私信我不看，看人家的信是犯法的！"任航行说："是我叫你看的，又不是你私自看的，犯的哪门子法哩？再说，你是个媒人呢，谁不看，你都得看！"

许宝迎就看了。许宝迎心说：是你叫我看的，你可别到处宣传我！当然她知道这种事情谁也不会轻易四处广播的。

看了那封信，许宝迎并没有天要塌下来的那种感觉，相反觉得阳光真实地照在了她的心上。一丝暖意从心口窝的深处，一阵一阵往外散发出来……

六

赵红心给任航行写了那封信，当时感觉是闹着玩的，也没太怎么想，这是她第一次给男孩子写信。过后忽然觉得，哟，是该考虑个人的事情了呢！一晃都二十三岁了，像她这么大的，起码也是一两个孩子的妈妈了。不过，她自个倒没觉得这么大了，还觉得像是十七八似的。赵红心第一回有了这种心事，手中的扫帚就不那么轻松了，脚底下这一千多米的小马路，往日她一口气就扫到头了，还不觉得累，今儿个身上却有了轻微的汗潮，手臂也有点儿酸乎乎的。

这时候有人叫她，是所里的小孙。小孙通知她，说："是潘主任来电话，叫她立即去县革委会，有急事。"赵红心知道，县革委会无论啥事都是急事，估计又是做报告的事。小孙说："你去吧，我来扫。"赵红心说："孙姐，又烦劳你了。"小孙说："你也是公事，别客气。"赵红心就笑。小孙又说："等你高升了，别忘了我就行。"赵红心说："孙姐，瞎扯什么呢！"小孙说："你这么积极，又是县革委会的红人，跑不了的！"

赵红心骑着小孙的自行车，急急忙忙赶到县革委会，潘主任早已等在那里，连茶水都给泡好了。赵红心来熟了，也不客气，一口气将茶喝光了，自己提过茶瓶加满水，一屁股坐在潘主任对面的椅子上，说："潘主任，明天去哪儿做报告？"潘主任笑而不语。赵红心说："怎么了潘主任？嘴里像是含块水果糖似的！"潘主任说："小赵，有个好消息要告诉你。"赵红心没当回事，说："啥？"又端起茶杯喝水。潘主任说："你猜一猜。"赵红心说："我猜不出。"潘主任说："不让你猜了。"然而却又不说，一对小眼盯着赵红心的脸看。赵红心的目光与潘主任的目光遇了，一下搁浅了。赵红心突然觉得，潘领导那双眼睛里藏着一种令人心中发悬的东西。赵红心说："潘主任，你这么望着我干什么？"摸下自个脸，"我脸上有脏气吗？"潘主任忍不住笑了，他说："小赵，恭喜你了。"赵红心摸不着头脑，说："喜从何来？"潘主任说："经过县革委会集体讨论，决定提你当候补委员，也就是说，从今天开始，你的身份就变了，成为国家干部了。"赵红心说："这怎么可能呢？"潘主任说："这不就可能了嘛！"赵红心说：

"我恐怕我干不了。"潘主任说："慢慢锻炼锻炼吧，谁也不是一生下来就会当干部的！"说着从抽屉里拿出一张表交给赵红心，叫她现在就填。赵红心还是缩手缩脚的，她说："潘主任，我当干部了，还叫我扫马路不？"潘主任说："那当然不能再扫了。你想想，你现在是个县级领导干部了呢！哪能去扫马路呢？成何体统？"赵红心说："毛主席教导我们说：'我们都是为人民服务的……'假如当干部就不能扫马路了，那不是脱离群众了吗！若是这样的话，我不要当这个候补委员了，还是让我去扫马路吧。"潘主任有些为难，考虑了一下说："不然这样吧。马路你可以去扫，但不是你的主要工作，今后县革委会啥时开会，你都不能耽误。"赵红心说："没问题，心里高兴得了不得。谢谢你，潘主任。"潘说："哪里哪里。"

又坐了一会儿，赵红心站起来要回去，说："小孙还替我扫马路呢！不知扫完了没有，我去看看。"潘主任往外送赵，欲说什么又止。赵红心说："潘主任还有啥事吗？"潘主任说："赵委员，今后我就叫你赵委员了。"赵红心说："还是叫我小赵吧，委员长委员短的，我听了心里别扭。"潘主任说："委员是个职务，这样工作起来方便些。"赵红心微微一笑说："你喊啥都行。"正是夏初的天气，花园里一片生机勃勃，花团锦簇，暗香四溢。潘主任说："赵委员，我有件事想求你给帮个忙。"赵红心说："潘主任，有啥事你只管说。"潘主任略停，不好意思地晃了晃脑袋，说："是件私事，按理说，我不该麻烦你的，不过我实在想不出其他合适的人来。"赵红心说："潘主任，你急死我了！"潘说："小赵，我老婆出身不好，我已经与她离婚好几年了，光顾革命工作，将自己的事给耽搁了，现在我突然想起来，我该再成个家了。"赵红心是个多精的人哪，说："潘主任，是不是让我给你保媒？"潘主任点点头！赵红心说："这人我认识？"潘说："那当然啦！"赵红心说："谁？"潘说："就是上次你叫她来找我的红旗机械厂的小许，你不是跟她挺熟的吗？"赵红心说："你是说那个许宝迎啊，我和她说熟也熟，说不熟也不熟，不过这件事我可以找她试试。"潘说："那就谢谢啦！"赵说："潘主任你这条大鲤鱼，看起来我有希望吃了？"潘敞怀大笑，说："我当然希望能这样啦！"

七

　　许宝迎下班回到家，姐夫沈跃进已经将饭菜预备好了。沈跃进说："宝迎，你是先吃饭，还是先洗澡？"许宝迎说："还是先吃饭吧。"沈跃进说："那也好，我去叫你姐出来吃饭。"许宝迎说："姐夫，今天开工资了，说着从身上掏出一沓钱来，交到沈跃进手中。"沈跃进说："我的工资够家里花销的，你的钱你攒起来吧，留将来结婚用。"许宝迎脸一红说："我结婚早着哪，你拿着吧。"沈跃进说："那我帮你存银行吧。"许宝迎说："随你的便。"许宝迎拿碗盛饭，沈跃进将妻子宝凤抱到饭桌前，一家三口刚欲吃饭，突然来了个人，是赵红心。

　　许宝迎没想到赵红心会上她家来找她，她心里想：肯定是为她的师傅任航行的事来的，所以心里有些不悦，又不好露在脸上，就客气地让她一起吃饭。赵红心说："她已经吃过了。"许宝迎也不好意思把人家晾在那，说："我也不怎么饿，到我屋里说话吧。"赵红心还想客气，许宝迎说："我真的不怎么饿。"其实许宝迎有她的鬼主意，心说：我不吃饭，你赵红心就不会坐长久的。依许宝迎的心思，一刻都不想留赵红心。

　　两人坐在床沿上，赵红心本来就不拐弯，见许宝迎不吃饭陪她说话，便开门见山地说："小许，今年多大啦？"许宝迎想不出赵红心怎么想起来问这个，就说："干吗？想给我介绍对象？"赵红心说："你猜中了。"许宝迎说："是谁？"赵红心说："你别问是谁，你现在愿不愿意谈？"许宝迎弄不清赵红心究竟为她提的谁，一时语塞。赵红心说："你还没吃饭，我也不绕弯子了，就是县革委会的潘主任，你见过的……你别惊奇，潘主任虽然年纪大些，可也不显老，条件那是没说的，根正苗红，又是县革委会的副主任，才三十几岁，年轻有为。当然咱不图他这个，官再大，也都是为人民服务……毛主席他老人家教育我们说：'我们都是来自五湖四海，为了一个共同的革命目标走到一起来了。'我理解这'共同的革命目标'就是缘分！你考虑考虑，想好给我回个话。"

　　许宝迎不知赵红心何时走的，她叫赵红心说的这个事情给弄傻了，她是一点儿思想准备也没有，怎么可能哪？她怎么可能嫁给那个她一点儿也不喜欢的人呢？想起那天她去县革委会被那个姓潘的捏一下脸，现在想起

137

来还觉得恶心，她拿来毛巾，照着镜子，对着脸上姓潘的捏的那块地方擦呀擦，直将脸擦红了，擦疼了，她才停手。她想：那个赵红心怎么想起来的呢？你说那个姓潘的怎么怎么好，你也不小了，你怎么不嫁给他的呢？真笑死人了，她本来对赵红心还有一些好印象的，现在全没了，相反对她还有一种怨气，甚至有些恨意！

许宝迎心中很烦，也不想吃饭了，姐夫沈跃进要去热饭，她说："我想洗澡。"沈跃进说："我去给你兑水，刚给你姐洗好，炉上的水刚好开了。"洗澡间里有水气味，还残存着香皂味道，许宝迎关好门，一件一件地脱着衣服，望着自己的身体，默默地在心里想：姓潘的你做梦去吧，你别想得到我，我死也不会嫁给你的，别说你是个小小的县革委会副主任，即便是国家副主席，我也不稀罕！

"水温怎么样？"姐夫沈跃进在门外问道。

许宝迎说："正正好。"

姐夫沈跃进说："小心别烫着！"

许宝迎说："我知道啦！"

许宝迎在心中赞叹：姐夫这人真好！

八

今天轮到赵红心夜班，所长找到赵红心，说："赵委员，你如今是县领导了，白天你参加劳动也就是了，晚班你千万别再干了。"所长是个女人，姓齐，干一辈子清洁工，人挺好的，就是不识字，大家都喊她齐姨。赵红心说："齐姨，不劳动是可耻的，劳动最光荣，再说我算啥领导呢！"齐所长说："赵委员。"赵红心说："齐姨，你还是叫我小赵吧。"齐所长咧嘴一笑，露出两排黑牙。齐所长打十六岁就开始吸烟，到现在早已经出师了，每天没有两包烟过不去，一般男人吸不过她，所以将满嘴的白牙给糟蹋了。"赵委员……你说我这嘴，好，齐姨就叫你小赵。小赵啊！你现在身份不同了，齐姨怕你累着，也担心你的安全，黑更半夜的，若是遇见了坏人，你叫齐姨怎么向县革委会交代呢？"赵红心说："现在革命形势，不是小好，是大好，坏人是不会轻举妄动的，你放心吧，齐姨。"

赵红心吃完饭，新学了段毛主席语录，又写了几页纸心得体会，刚准备躺一会儿，好起来上班，忽听房外一阵汽车喇叭声，那时候县城几乎没几辆车，她一猜准是潘主任的车。赵红心开门出去，真是他的车。潘主任笑眯眯地靠在吉普车上，见了赵红心，便将身子摆正了，两人见面握了握手。潘说："赵委员，昨天我与你说的那件事情你办是没办？""办了。"赵红心说，"你潘主任安排的事情我敢怠慢吗？"潘说："哪里哪里。怎么样？"赵红心不敢开玩笑，说："和许宝迎谈了，是昨天晚上，许宝迎没表态。一个女孩子，总得顾及点儿面子吧！再说一辈子大事，你一提人家就答应，那也太草率了吧！"潘主任说："对对对。"潘说："我出来办事，路过这里随便问问的，不急不急，我走了。"赵红心说："潘主任不进去坐坐啦？"潘说："不了，改天吧。"说罢，上了吉普车。

赵红心二番躺下，却一点困意也没有了。她想着潘主任和许宝迎的事，想着想着不由人地就想到了自己。想到自己，难免就想起那个叫任航行的男青年，她对他没有多少好感，也没有多少恶感，不过细想起来，他不太适合她，尤其是现在她已经当了县革委会的候补委员，各方面的情况都起了变化。她不是瞧不起工人阶级，实在是她们不在同一起跑线上。上次她一时兴起给了那个任航行写了那封信，不知他看了做何感想，仔细一想，又觉得那封信有点儿过于严厉，的确有些不应该。谈对象不是学"毛著"，她不该那么严肃对待人家的，通过这次政治面貌（指她当上了县革委会的候补委员）的变化，她更加坚定了信心，她的前途一片光明，她要认真学习，努力改造自己的世界观，现在绝对不能考虑自己个人的私事，要把学习和工作放在第一位。为了不影响自己的学习和工作，赵红心决定现在就给姓任的写封信，叫他死了这个心。说写就写，铺好了纸，提笔写道："……任航行同志，我与你那个事情是根本不可能的事情，因为党不允许我现在考虑这件事，革命事业也不允许我现在这么做。别为了我耽误了你的青春，你今后别再给我写信，否则，我就将信转到你们厂里去……希望你今后刻苦学习，发愤图强，做一个对祖国对人民有用的人，做一个忠于毛主席的人……握手，此致，革命敬礼！"

赵红心将信折好，装进信封，贴上邮票，在上班的路上，将信投进了绿色的邮筒里。这时她才长舒一口气，心情也格外地舒畅，扫起路来，也格外地有劲、卖力。

九

城南有个地方叫七里沟，没有沟（也许那儿曾经有过沟吧），却有一片小树林，全是"窜天杨"，棵棵都有碗口粗细，树高且密，枝繁叶茂，树顶几乎交叉在了一起，特别在这秋天，走在林子里，别提有多么凉爽了。

这儿就是连小波与徐娟经常约会的地方。

今日厂里休息，一大早，连小波就骑车来到小树林等徐娟。看林的老头姓林，林老头无儿无女，在树林的出口处搭了一间茅庵棚避身。连小波哪次来，都给林老头带一包"大铁桥"香烟。林老头抽旱烟，对纸烟不感兴趣，但还是收下了连小波那包"大铁桥"，因为连小波不抽烟。

眼看太阳已到东南晌了，徐娟还没有出现，连小波心中便有些急，他生怕徐娟有事或被她父亲看管严而出不来。林老头递了张矮凳叫连小波坐下等。连小波哪坐得住呢！隔几分钟便到路口望一次，连去了七八趟，都没有徐娟的踪影。连小波真的有点儿失望了，他估计今天徐娟一定不来了，眼看着就要吃中午饭呢！连小波就站在那儿在心里数数，他想，如果数到一千徐娟再不来的话，他就不等了，然而他数了一千又一千，徐娟还是没有来！连小波有点儿绝望了。

往往有些事情就在绝望中产生转机，就在连小波准备回城的时候，徐娟突然出现了。连小波欣喜若狂般地迎上去，没等徐娟将车子停稳，就一把将她抱住了。

徐娟说："等急了吧？"稍时又说："我实在抽不开身，我爸不叫我出门。后来厂里来人找他，他走了我才出的门。哪知，走在半路上，车链子又坏了，我是走着来的。哎呀！我的手上都是油呢！"

再一看连小波的白褂子后面，印着几个黑黑的手指印。

连小波说："不碍事，回去一把水洗洗就行了，只要你能来，哪怕这件褂子不要了我也愿意！"

连小波去林老头那儿端来一盆水，叫徐娟将手洗干净，然后与徐娟手拉手向树林深处走去。

林子里的鸟鸣不绝于耳，对于连小波和徐娟两个不速之客，它们好像并没有受到干扰和惊吓，相反更加肆无忌惮，在树间穿梭飞翔，叽叽喳喳。

徐娟感叹地说："假如我们是对鸟有多好啊！"

连小波宽慰道："鸟也和人一样，你能保准鸟类没有像你爹那样的鸟？"

徐娟说："我怎么听你像是骂我爸的！"

连小波说："再怎么说，他也是你的父亲，又是我未来的岳父大人呢！我哪敢哪！"

徐娟说："唉，不知你爸哪天能解放了，你爸一天不解放，我爸就不会同意我和你谈对象的！"

连小波说："政治这东西忽天忽地，忽上忽下，谁能说得清呢！也许我爸永远都起不来了！"

徐娟说："那样就糟了，我晓得我爸的脾气。他那样极'左'，他会轻易吐口答应我们的事情的吗！"

连小波说："那我们怎么办呢？我们总不能无休无止地等下去吧？"

徐娟说："眼下这种情况也只有这么办了，别的还有什么好办法呢！"

"你真的喜欢我吗？"连小波停下脚步问。

"我不喜欢你，我干吗和你到这儿来呢！"徐娟感到有些委屈。

"你别生气，我不是这个意思。"连小波继续往前走。

徐娟说："假如你真的喜欢我，不如我们跑了吧！"

"跑？往哪儿跑！"徐娟感到很突然。

连小波说："听说新疆那地方地多人少，好混。"

徐娟说："我才不去那地方呢，人生地不熟的，连话都听不懂，再说我也离不开我爸我妈啊！"

连小波叹了一口气，说："算了，我知道你离不开家！"

徐娟说："我们别这么悲观好不好？也许你爸爸不久就能解放了呢！到那时候不是什么问题也没有了吗！"

那当然好了，可是万一……连小波昂头望天。有一片树叶刚好落在了他的脸上，他连忙打掉了。他说："树叶打头非忧即愁！晦气，晦气！"

徐娟说道："秋天树叶掉落是自然现象，落你头上，这是巧合，别迷信这个！"

走了一会儿，眼看又到林老头的茅庵棚附近。

连小波说："徐娟……"

徐娟说："干什么?"

连小波说："我们都谈两年了，我还没亲过你呢，今天叫我亲一下中吗?"

徐娟的脸随即红了，生气地说："连小波，你的人不错，怎么思想这么肮脏啊!难道谈对象就得非要干这个?我不理你了!"说着转身欲走。

连小波忙拉住她，说："算了算了，你不同意就算，干吗生气呢!我又没强迫你!"

这时，连小波就听见附近有匆匆的脚步声，一抬头，见是看林子的林老头。

没等他问话，就听林老头喊道："小波，快跑，有人来抓你了!"

连小波还没反应过来，他心想这个树林很僻静，怎会有人知道呢?有人来抓我，会是谁呢?凭什么抓我?正迟疑间，只见一伙人迎面而来，领头的就是徐娟的父亲徐工宣。

连小波拉着徐娟就向后跑，哪知后面也有人堵着。连小波觉得谈对象又不犯法，所以就不跑了，他想看看他们能怎么着他!

徐工宣走过来，将徐娟硬拉到身后，从屁股后掏出一根绳子往地上一丢，然后对随他来的人吩咐道："将这个叛徒走资派的狗崽子给我绑了。"

随来的都是红旗机械厂的民兵，认得连小波，有两个还和连小波关系不错，所以都不好意思下手。

徐工宣吼道："你他妈的一个个还愣着干啥?再不听我的命令，你们就是不革命，不革命就是反革命，你们知不知道这个利害关系!"

谁想当这个反革命哪!大家七手八脚将连小波绑了个结实。

连小波说："徐叔，我犯了哪一条，你绑我?"

徐工宣上来给连小波一记耳光，说："咬牙切齿地说，你他妈的勾引我女儿，你说你犯不犯法?"

连小波说："我和徐娟是正儿八经谈对象。"

徐工宣又给连小波一记耳光，说："你撒泡尿照照你的熊样，你配我们家的徐娟吗?你这个叛徒走资派的狗崽子，看我打死你。"说着又扬起手。

徐娟一把抱着徐工宣的胳膊，然后跪在了地上，说："爸，我求你了，你别再打他了，今后我不再和他在一起了！"

徐工宣又叫人将连小波吊到树上，然后留下一句话，说："今天看在女儿的份上，饶了你，今后你再敢找我们家徐娟，我一定打断你的狗腿，叫你成残废人。我说到做到！又警告身边的林老头，不到天黑不准放他下来，如果不按我说的做，明天我就带人来游你的街！"说罢，带人走了。

十

许宝迎今天本来上的是中班，临时通知她有政治任务，立即去厂里。许宝迎心里胡乱猜疑，会是什么政治任务呢？离厂里还有一段路的时候，只见彩旗迎风招展，插有二里地去，厂里的喇叭早已唱起了歌——敬爱的毛主席，我们心中的红太阳，我们有多少知心的话儿要给您讲，我们有多少热情的歌儿要给您唱。千万颗红心向着共产党，千万张笑脸迎着红太阳，敬祝您老人家万寿无疆……院墙墙壁上贴满了红色标语，其中一张标语的内容引起了许宝迎的警觉："热烈欢迎县革委会的领导莅临我厂指导抓革命促生产工作"。许宝迎心中不由琢磨起来，来的别是那个姓潘的主任吧？

师傅任航行鼓打得不错，正领着一帮人在那儿操练锣鼓。徐工宣手中托着几盘炮，正指挥工人悬挂灯笼。许宝迎就问："徐工宣，什么政治任务？"徐工宣没听清楚许宝迎的问话，说："快进去吧，换好工作服，县领导快要来了。"许宝迎将师傅任航行拉到一边去，说："师傅，县革委会来的哪位领导？"任航行说："你认识的，就是那位潘主任。"

许宝迎的心情一下一落千丈，师傅任航行还想与她交代一下车间里的活，见徒弟一脸不是一脸的走了，就没叫住她。他心里也奇怪，这个宝迎今天是咋的了？刚才还是阳光灿烂的，怎么突然一下变天了呢？

许宝迎换好工作服，然后动手擦车床，愈擦愈没精神。每天她擦机器的时候，边擦嘴里边哼着歌，今儿非但不哼歌，脸上还挂着冰霜，所以同车间的姊妹就看出来了，问："你哪儿不舒服？"宝迎说："没有。"又问："家里有啥事情吗？"宝迎又说："没有。"像许宝迎这个年龄属于特别敏感的年龄，大家心里也都有数，知道许宝迎与她师傅任航行的关系非同一般，就喊着问："任师傅呢？怎么任师傅没来哩！"有人说："在厂门口敲锣鼓家伙呢！"许宝迎心中明白，她们这是喊给她听的，她不理会，低头只顾擦，擦了一遍又一遍，若不是广播喇叭通知全厂工人到大礼堂去集合，她还要擦呢！

　　许宝迎与一帮小姊妹向大礼堂走去，她想：一定是那个姓潘的快要来了。她实在是不想见到他，而她又不能不见他，他坐在台子上，总不能一直低着脑袋吧！怎么办呢？怎么办呢？许宝迎猛然想到一个主意，她"哎哟"一声突然蹲下身子。同行的小姊妹问："怎么啦？"她说："我肚子疼。刚刚还是好好的，怎么说疼就疼了呢？""不然去厂医务室瞧瞧吧。"她说："不行，疼得很，我得去医院。"同行说："找个人陪你去吧？"她说："不了，我自己能行，你们替我向徐工宣带个假吧。"

　　许宝迎没有从前门走，她虾着腰鬼鬼祟祟地向后门走去，她怕万一碰上那个姓潘的。她边走嘴上边哼哼，装得还挺像的。出了门，她才将腰直起来，想起刚才的样子，觉得好笑，就笑了，心中十分得意，这时就听到厂里锣鼓喧天，鞭炮齐鸣，广播喇叭里响起了不绝于耳的歌声。不用猜，准是那个姓潘的进门了，她不由加快了脚步。

十一

　　离厂老远，许宝迎这才发现坏了，身上还穿着工作服哩，想再回厂换衣服又怕被人撞见，也只好就这么着了。可是她穿着工作服又能到哪里去呢？本来想去逛商店的看来不可能了，哪有穿着工作服逛商店的！那时候不兴这一套。回家也不行，若是姐姐问起来，上班时间你怎么回来了？叫她怎么回答呢！这个时候往哪儿去呢，这下可难坏了许宝迎。

　　红旗机械厂地处城郊，许宝迎不能回厂，又不能进城，只好漫无目标地向郊区走去。远处是麦田，前两天刚下了一场雨，麦苗在白灿灿的日照下，泛着绿光，小风一过，闪过一道绿波。许宝迎本就喜欢绿色，脚步轻盈地跨进麦田，蹲下身，用手抚摸着绿油的麦苗，心中荡起一种欣欣向荣的景象。

　　一个肩挎着旱烟袋的老汉走过来，许久看着许宝迎。许宝迎心里只顾欣赏着美景，却没发现那个老人。老汉说："喂，你是干啥的？"许宝迎的确被吓了一下，回过神来，答道："我是随便转转的。""随便转转？"老汉提高了警惕，说："全国人民都在抓革命促生产，你却在这儿'随便转转'？你是哪个厂的？"许宝迎说："我就是前面红旗机械厂的。"说着，指指胸前的工作服上的字。老汉可能不识字，但他相信了许宝迎的话。老汉说："我看你像个工人。"半晌又问："你怎么没上班的呢？"许宝迎不可能照实说，就编了一个谎，说："我上夜班。"老汉欲走，却又停下了脚步，上下打量着许宝迎。稍后，老汉拿下肩上的烟袋，摁了一袋烟，点燃，自顾吸着。许宝迎这才注意到老人的烟袋：黄铜的烟锅，很大；棕色的烟杆，挺长；白玉烟嘴，无瑕；淡青色的烟荷包，殷实。好一杆旱烟袋啊！许宝迎见老汉盯住自己脸看，怪不好意思的，说："大爷，我脸上有油污吗？"老汉四处望望，然后神秘地向许宝迎说道："大姐你近来要注意啊！"许宝迎问："注意啥啊？"老汉说："从你面相看，你近期有灾哩！""有灾？"许宝迎觉得好笑，说："好好的，我怎么会有灾呢？"老汉不言语了，老汉将旱烟袋放在鞋底上磕磕，将其挎在肩上，转而一笑，说："大姐，这是迷信，我也是随便一说，你千万别信，注意一下就行了。"老汉走了，许宝迎却站在那里呆了。她满心的愉快一下子被破坏掉了。

十二

很晚，许宝迎才回到家，令她没有想到的是，家中空无一人。往常这个时候，姐夫沈跃进早将饭菜做好，就等着她下班一起吃了，可今天这种情况是从来没有的。许宝迎心想：若是姐夫沈跃进加班或是有事，姐姐总会在家的呀！姐姐行动不方便，很少出门，每天做点简单家务活，比如洗菜、淘米、蒸饭，还有缝缝补补、浆浆洗洗力所能及的事情，即便有啥特殊的事情要出去的话，总该留个字条啥的，可许宝迎找遍里外间，却啥也没有发现。再说这个时候也没有不在家的理由呀！联想到上午那个老汉的话，许宝迎开始胡思乱想起来，家中真的会有灾吗？会发生什么灾呢？灾气总是不好的，还能真叫那个老汉说中了吗？许宝迎平常是不相信迷信的，可经那个老汉一说，她一个下午心里都是失魂落魄的，加之回家后，姐姐和姐夫没有踪影，更增添了她的猜测，难道家里真的会发生什么事？许宝迎坐卧不宁，像只无头的苍蝇在外间屋转圈子。突然想起来，姐姐与姐夫可能有急事出去了，两人忘了或没来得及留条子，因为姐夫不识几个字，也许是给邻居张大妈留口信了也说不定。于是，许宝迎便去敲张大妈的房门。张大妈听许宝迎一说，也觉得奇怪，说："你姐很少出去的啊！再说，她真的有急事出去的话，总要给我说一声的呀，我一下午都没出门呢！即便她有啥事总该和我讲一下的，没理由的嘛！"

许宝迎这下真的有些急眼了，又没地方打听去，也只好等，看情况再说了。她便动手做饭，家中有蒸好的馒头，她熬了一锅的稀饭，又炒了一盘素菜，这一切做好以后，就坐在外间屋等。这时天已经黑透了，许宝迎连电灯都忘了拉亮。

不知过了多久，猛听见一阵自行车响，许宝迎听出是姐夫沈跃进的自行车声，忙跑出去，果然是姐夫。许宝迎劈头就问："姐姐呢？"沈跃进说："你姐发烧三十九度，我下班回来，急忙送她去医院了，走得太匆忙，也没给你留个条子，怕你急，所以我回来给你说一声。"许宝迎说："吓死我了，我生怕出啥事情，姐姐现在咋样了？"沈跃进说："打了两瓶水，高烧已经退了，在那观察观察，没啥事就可以回家了。你还没吃饭吧？我去给你做。"许宝迎说："饭菜已经做好了，先去医院看看姐姐再回来吃吧。"沈跃进说："别了，估计你姐也没啥大事，你先吃着吧，我这就去接你姐。"许宝迎下午在外面弄了一身汗，见姐没事也就放心了，说："姐夫，我洗个澡，等你们回来一起吃饭。"沈跃进说："我去给你将水兑好。"当初铁皮水桶置放得有些高，许宝迎如果往桶里加水，得踩着凳子才行。每次洗澡都是沈跃进先将水兑好，她才去洗，因为沈跃进个子高。所以沈跃进要替宝迎兑水，她也没反对。

沈跃进走了，许宝迎拿了换洗衣服，进了洗澡间，将衣服脱了，自我欣赏一番自己，洗澡前她有这个习惯。看着自己玉一般地肌肤，美丽的曲线，抚摸着自己凸与凹的部位，心中充满一种自豪与优越感，她用手试了一下水龙头的水温，感觉正好，心中感激姐夫的心细，接着开始洗澡。

洗着洗着，许宝迎感觉身上有些凉意，她不由抬头望了一下门，这一望不要紧，吓得她魂飞魄散。门不知何时开了，有一个人就站在那里，定睛一看，不是别人，正是她的姐夫。"水热不热？正不正好？"沈跃进轻描淡写地问。许宝迎不知怎样回答，也想不起来怎样回答。"你出去！你出去!"许宝迎歇斯底里一般地喊叫。"宝迎,你是咋的啦?"沈跃进还是那样坦然地说话。许宝迎这才想起来自己光着身子,急忙扯过衣服,将身体护住,愤怒地吼着:"滚哪!滚哪!你这个流氓!"

打死许宝迎,她也不会想到老实憨厚的姐夫竟是这样的人。自从沈跃进进门,许宝迎拿他就像自己的亲哥哥看,无论哪方面,也都不怎么避讳他。没想到他竟能做出这种不要脸的事情。她不止一次地怨自己,洗澡时为啥不将门插死的呢?平常,她洗澡时从来不插门的。她的确没拿沈跃进当外人,有时早晨沈跃进叫她起来吃饭,都是直接到她床前喊。她睡得死,所以她的房门从来不插。假如今天洗澡的时候将门从里面插上的话,那么就不会发生现在的事情。她真的好恨自己,为啥这样粗心的呢?她想等她姐姐回来,一定不能轻饶那个人面兽心的家伙!

十三

任航行在充满美好希望的心情下接到赵红心的那封信,在拆开信的一刹那,感觉是久枯的禾苗得到了及时雨。哪承想是封绝交信,心中那片湛蓝的天空突然暗淡了,犹如一颗滚烫的心掉进了冰水里,他觉得世界末日来临了,有时他真这么想,还不如地球来个大爆炸哩!地球果真毁灭了,那真叫世界大同了,什么穷富,什么好坏,什么爱情,什么仇恨,统统地死亡了,当然包括他和赵红心,以及所有人的生命……

机器轰鸣,在不停地转动。外面的天空依然是阳光灿烂,车间的房顶照样是那么岿然不动,任航行又回到现实中。他也明知刚才只不过是他的一种假想罢了,事实上,他也不想这么年轻就去见马克思,他还有好多好日子没过呢,他还有好多理想没有完成呢!目前任航行的理想就是能与赵红心谈对象,可这个理想破灭了,到现在他才明白,原来一个人没有了理想是这样的痛苦啊!他想找一个人诉说自己心中的苦痛,想来想去,只有徒弟许宝迎是他的倾诉对象,可她今天突然请了病假,好端端的怎么会生病呢?在他印象中,自许宝迎到了红旗机械厂,还没请过一次病假。如果许宝迎在跟前,起码任航行的心情还不至于这么悲观,什么事情一经许宝迎开导和分析,也许就没事了。说不定她会亲自去找那个赵红心谈一谈,问个清楚明白,也说不定那个赵红心有意拿拿架子,试探试探他任航行的心诚不诚！假如这样，那真是最好不过了。可如果赵红心真的不想与自己相好，那又该怎么办呢？任航行心中那扇刚刚有点儿缝隙的小窗户又关闭了。他虽然是工人阶级，可怎么与赵红心相比呢？赵红心长得那么漂亮，又是县里学"毛著"的典型，如今又是县革委会的候补委员了，无论从哪方面讲，他任航行都不是人家的价钱，赵红心看不上自己也是有道理的！那该怎么办呢？任航行不知如何是好，如果他知道该怎么办，他就不那样唉声叹气的了，也就不那么沮丧了！

连小波和顺子没事好和任航行往一起凑，两人这时手中的活儿干完了，搂头抱腰过来找任航行闲拉呱。连小波见任航行一脸的愁容，就说："任哥，是丢钱了，还是夜间跑马了，脸色那么难看。"顺子说："任哥害的是相思病，你没看他徒弟小许请病假了嘛！"任航行心中烦，所以口气也就不善，说："你俩都给我上一边去，我心里有火，别惹我！"连小波和顺子都不由"咦"了一声，两人一挤眼，然后各扯一只胳膊，将任航行拽到蓄水池跟前，二人喊号子说一二，然后将任航行的头摁到水中。连小波说："你不是心里有火吗？给你去去火！"憋了好一会儿，才放他昂起头。任航行也不反抗，抖抖头上的水，啥话不讲，挣脱二人的手，自顾自地走了。连小波和顺子都不由愣了，见任航行眼里还噙着泪，更加莫名其妙了。两人觉得玩笑开大了，不然任航行不会一声不吭的。连小波平时是个小气鬼，今天也大方起来，从身上掏出一盒烟，抽出一支硬给任航行点上，自己和顺子也都点燃烟。连小波说："任哥，你别生气，咱俩与你闹着玩的。"顺子说："任哥，你是不是受了谁的欺负？你告诉我们，你晓得咱俩的性格的，天不怕地不怕，就怕没人打架，你说说是谁？"任航行说："你们都别烦了好不好？啥都没有，你们就让我静一静。"连小波说："那不行，你今天不说出来是啥事，咱俩就不走！"顺子说："对，不走，咱仨是兄弟，有福大家享，有难大家担，你不说出个子丑寅卯来，不放你走！"任航行无奈，只好将实情叙说了一遍。二人听了，都不由笑了。顺子说："我当啥事呢，敢情是这个事啊！"连小波说："任哥，不就是上次来咱厂做报告的那个小丫头吗？"任航行说："正是。"连小波说："任哥，这个熊事交给兄弟了，不是兄弟夸海口，我保证叫你俩成。"任航行说："你有啥办法？"连小波说："天机不可泄漏。"任航行说："你不说明白，我不放心。"连小波便趴到任航行的耳边嘀咕了一番。任航行有些怀疑，说："这样能行吗？"连小波说："你就按我说的办，保准那个丫头对你另眼相看，到时候你就等好吧！"顺子说："啥主意？"连小波说："等下再告诉你。"连小波对任航行说："到时候事情办成了，你得给我和顺子各买一包'大前门'。"任航行说："那没问题，我就是担心，假如这事穿帮了……"连小波说："我听了这么多古书，这点事小菜一碟，你就按我说的办吧，保证出不了问题！"

十四

许宝迎关上门昏昏沉沉睡了一整天，到傍晚才起来。姐姐宝凤正坐在外间屋等她，宝凤说："起了，小妹……我敲了你几次房门。"宝迎说："姐，你身体好些了吗？"宝凤说："烧退了，也就没事了。"姐姐是无辜的，宝迎不能跟姐姐生气。宝迎说："我去洗把脸。"宝迎边洗脸边在想：这件事怎么与姐姐说呢？虽然是自己的亲姐姐，她觉得这么丢人的事，实在是不好启齿。按昨晚气头上，她真想立马就离开这个家，永远不见那个披着人皮的沈跃进！可是那现实吗？只要姐姐不与沈跃进离婚，她就不可能不见到他。可眼下这种状况，姐姐会与沈跃进离婚吗？这之前，沈跃进可以说是个很不错的男人，对姐姐好，对这个家也负责任，可他们一旦离了婚，姐姐行动不便，她又不能那么全身心地照顾姐姐，那又怎么办呢？她真希望姐姐能立即与那个沈跃进离婚，可她又怕姐姐离婚！像姐姐这个样子，再去找谁呢？许宝迎心里就这么矛盾着，现在连与姐姐诉说昨晚所发生事的心情和勇气也没有了！

宝迎到了外间屋，她感觉姐姐的目光好像在她身上，她不敢正视姐姐的眼睛。她想，她如果将昨晚发生的事情告诉姐姐，姐姐会多么伤心啊！那时候，她该怎么办呢？还是劝姐姐与沈跃进离婚，还是自己搬离这个家？这两种做法无疑对姐姐都是一个沉重的打击。假如姐姐一时想不开……唉，那真是后悔也来不及了！

"小妹，你一天没吃饭了，你姐夫也没回来，我给你做了一碗汤，我这就给你热热去。"沈跃进一天没回来？这种情况过去是没有的，再忙再累，沈跃进都会回家，即便是遇到加班。他也会先回家给姐做好饭再走。宝迎说："姐，我不饿，我想和你说说话。"宝凤像是早有准备，说："那好吧。是昨晚的事吗？"宝凤随即问道。这下宝迎倒被问倒了，她不知该说还是不该说。很显然，姐已经晓得昨晚所发生的一切。

"昨晚上，你姐夫确实做得不对。"宝凤终于说，"不过呢，他说他当时的确是忙晕了，他担心我在医院里，又担心你烫着，所以一慌忙就……"

"真的是忙晕了？真的一慌忙……"宝迎有些愤怒了！

宝凤说："小妹，你知道你姐夫平常是很关心你的，当然也关心我和这个家。他起早贪黑，忙里忙外，省吃俭用，为的啥？还不都是为的这个家！即便你姐夫一时糊涂做错了事，你也要原谅他，一是为我，一是为你自己。""为我自己？"宝迎有点茫然。宝凤说："小妹，我说为我，这话很明白，我是个残疾人，不能做只会吃，一切都是靠你姐夫。可以这样说，没有你姐夫，我一天也活不下去。为你自己，怎么说呢，你想啊，如果这件事传出去了，你怎么做人？今后又怎么找婆家？所以说小妹，为了姐姐，为了你自己，你就原谅你姐夫这一回吧，我给你跪下了！"说罢，丢下手中拐杖，直直地跪在宝迎的面前……"

宝迎急忙上前将宝凤搀起来，说："姐姐，姐姐啊！"姊妹俩抱头痛哭起来。

好不容易宝迎将姐姐劝睡下了，回到自己屋里，宝迎忍不住趴在床头痛哭起来。她一肚子委屈，没地方诉说不说，相反发生这一切倒像是自己的过错，她不知今后自己该怎么办，怎么面对沈跃进和这个家。她想：如果找好对象，嫁出去也就算了，永远不见他们就省心了，也就没有烦恼了，可一时半会儿去哪抓一个呢！又不是买青菜萝卜，这下可叫宝迎难住了。她想到了师傅，可他心中有其他的女人，和她一点儿也没有那方面的意思。因为自己一门心思在师傅身上，所以她的周围还没有一个合适的人，平时有的男孩子想追求她，都被她推三阻四地回掉了。唉，她多么想立马找个男人嫁出去啊！即便是明天，她都嫌晚！她一刻也不想在这个家里呆。

有人敲门，宝迎估计是沈跃进回来了，急忙起身将灯拉灭了。听到拐杖捣地的声音，她知道姐姐起来开门了。一把拉过被子，将头蒙了起来，她现在连他声音都不愿听到，她真是怨恨死他了！

来人不是沈跃进，宝迎虽然蒙着脑袋，但她的耳朵却由不得她，她听到两个女人说话的声音。一个是她姐姐，那一个是谁呢？正在宝迎集中思想去辨别另一个女人声音时，只听到姐姐在她的房门口喊道："宝迎，赵大姐来了。"宝迎一时没弄清哪个赵大姐，拉亮了灯，那个人就进来了，是赵红心。

"听说你病了？"赵红心关切地问。

宝迎只好装出病态来，说："没有事，有点儿感冒。"

赵红心又说了一些工作方面的事，又问了问宝迎厂里的一些情况，略顿说道："上次潘主任去红旗机械厂视察工作，他说他没有见到你。"许宝迎说："不错，那天我也生病了，是肚子疼。"赵红心话题一转，说："小许同志，上次我与你说的那件事情，你考虑得怎么样了？"许宝迎猛然想起来了，这个赵红心是为那个潘主任的事情来的，她联想到家中发生的这个事，心中一酸，险些掉下泪来……她终于心一横，说："我愿意！"

十五

上半夜下了一场小雨，正撵上赵红心上夜班，一般人就不出工了，赵红心则不同，她是积极分子嘛，她不但出工，而且早出工。她带了手电筒，穿上雨衣，扛着扫帚，拉着平板车，刚过夜间 12 点，她就出来打扫了。

路面湿漉漉的，灰尘被雨水冲走了，只有一些被风刮落的树叶残片。赵红心就喜欢在这样的天气里干活，没有灰尘，空气又新鲜，扫起地来，感觉特别轻松愉快。不多时，她所管的那条马路已经扫一大半了。

这时，下夜班的人都陆陆续续过来了，有认得赵红心的，不时与她打着招呼。还有几个女工，因为知道赵红心是县革委会候补委员，就将厂里的抓革命促生产的进展情况以及阶级斗争新动向向她汇报。赵红心停下手中活，掏出日记本，拧亮手电，将女工们反映的这些情况记下来。还有的女工反映郊区道路的路灯不亮。工人，特别是女工很不安全，希望赵红心能向上面反映反映，别让坏人趁机作乱。赵红心对此问题很重视，她说："我明天就去有关部门联系，叫他们马不停蹄地干，保证明天夜里路灯就亮。"

扫完了马路，赵红心一身裤褂已经湿透了。她脱掉雨衣，又将沿路扫的垃圾装进车里，刚欲下班回所，猛然想起刚才工人反映的路灯问题，就想亲自去看一看，便又掉转车头，向通往郊区的那条路走去。

由于没有路灯，一条路黑咕隆咚的，有的路还坑坑洼洼的，很不好走。赵红心准备明天一早就发动全所的同志，将路垫平整；又在心里将电线杆数了一遍，记了个数，准备明天交给路灯管理部门。

赵红心拉着车子往回走的时候，雨又开始下了，她不穿雨衣，索性叫雨淋去，反正衣服也都汗湿了。天黑路又不好走，四处又是那么寂静，赵红心不怕鬼，也不信神，也不怕阶级敌人。不过，在这种天气里，她心里多多少少有点儿紧张，她便放开喉咙唱歌壮胆，唱那首气势恢宏的"东方红"：

> 东方红，
>
> 太阳升，
>
> 中国出了个毛泽东。
>
> 他为人民谋幸福，
>
> 呼儿嗨哟！
>
> 他是人民的大救星……

唱着唱着，赵红心突然停住了。她发现有两辆自行车在她一左一右慢慢地骑着。她走快，自行车就骑快。她走慢，自行车就骑慢。赵红心想：难道今天遇见坏人了吗？但她还有点儿不太相信，在祖国一片形势大好的局面下，还会出现阶级斗争的新动向？她就想问一问，也是想壮壮自己的胆。她问："你们是那个厂的？刚下夜班吗？"见他们不回答，赵红心将车子停住了，那两个骑车人也下了自行车。她这才看清楚，那两个人都是蒙着面的。她知道事情不好了，便大声喊叫："抓坏人哪！抓坏人哪！抓……"嘴却被人家用东西堵住了。

路旁是玉米地，玉米已开花结穗了。赵红心被人挟持着往玉米地深处走去。赵红心听到玉米秆被踏得发出呻吟的声音。

赵红心没被吓住，她想：这两个坏人的胆子实在是太大了。她明知自己挣扎也是徒劳，但她还是拼命地挣扎。嘴被堵住不能咬，她就脚踢手抓，用尽全身力气反抗。这一刻，她还在想，刚才那几声喊叫，会不会有人听见呢？一想在这僻静的路上，又是漆黑的雨夜，会有谁打此路过呢？赵红心开始绝望了……就在这时，赵红心猛然看见从路上下来一个黑影，到了近前，三拳两脚，便将那两个黑影打倒。赵红心那颗绷紧的心一下子松了下来，然后就啥也不知道了……

<h2 style="text-align:center">十六</h2>

那夜，赵红心只是受到了惊吓，并没有遭到歹徒的伤害，所以到了医院里她就醒过来了。当她看到陪在她身边的是任航行时，反而觉得奇怪，她问："你怎么来了？"医院的女护士嘴快，说："赵委员，就是这个同志将你送来的。"赵红心还是半信半疑，又问："那么晚了，你怎么在那儿的呢？"任航行说："那条路是我们上下班的必经之地，我刚好上的是夜班，快下班的时候，车床又出点儿毛病，我将它修好了才走，所以下班晚了……真是巧了，早一点晚一点，都赶不上救你。"赵红心脸上出现了笑容，说："谢谢你了。若不是你及时赶到，后果不堪设想。"任航行说："没想到是你，后来看到路旁的垃圾车才注意到原来是你。""噢，对了。"赵红心突然想起什么，"我那辆垃圾车现在在哪里？"任航行说："你放心吧，车子我已经送你们所里了。"赵红心说："太感谢你了。"任航行说："你可别这么说，谁遇上都不会不管的。"赵红心问："那两个坏人抓到了吗？"任航行说："当时光顾着救你了，叫他们溜掉了。"正说着话，齐所长带领所里一帮女人提着罐头一轰隆进来了，问这问那，叽叽喳喳地将病床围了个水泄不通。任航行被挤一边去了，远远地望着赵红心，心中窃窃自喜。

环卫所的人前脚刚走，县革委会的潘主任带着军管会的同志来了。潘主任坐在床前问了一下赵红心当时的情况，告诉赵红心说："军管会的杨主任很重视这个案件，叫我彻查这件事！"他让赵红心细致地谈一谈。对于昨晚发生的事情，赵红心已经烂熟于心，叙述得很详细，最后还将英雄任航行介绍给来人。潘认得任航行，说："原来是你啊，我代表县革委会对你表示衷心感谢！"任航行受宠若惊，他说："这是我们工人阶级应该做的！"潘主任说："好好好好！"潘主任对赵红心说："今后你千万要小心了，这起案件的发生，说明阶级敌人并没有死心！现在你的地位变了，我建议你不能再上夜班了，如果你一定要上的话，我已和军管会的同志说了，叫他们派两名战士保护你。"赵红心笑了，她说："潘主任，谢谢组织上的关心，以后我多加注意就行了。我上班，再有两个当兵的跟在我身后，那我要不要干活了？群众看了以后，会怎样议论？再说，那样影响也不好。"潘说："我考虑考虑再说吧。"接着，他又安排随来的军管会的同志，叫他们将任航行带到别的房间，将案子分析一下。等他们出去以后，潘这才又问："你估计会是什么人干的呢？"赵红心摇摇头。潘说："我已经布置下去了，那条路附近的几个厂子都要进行排查！"赵红心说："潘主任，我看不要兴师动众的了，一方面影响不好，二来我也没受到什么伤害。"潘说："那不行！"赵红心猛然想起了什么，她说："那条路整个路灯都坏了，共计需要 129 只灯泡，请潘主任与有关部门联系一下，抓紧将灯泡换上。不是因为我这件事，主要是群众反应很大。"潘掏出随身的日记本，一一记上。然后说："我回去就督促有关部门办这事。"

县革委会的新闻报道组的几个同志听说此事，立即赶到医院，潘主任给他们让个地方采访。赵红心便又将案件的过程叙述了一遍。之前，她首先念了一条毛主席语录，她说："毛主席他老人家教导我们说：'一切反动派都是纸老虎，你不打，它就不倒，你若打，它就倒……'"

十七

上午，潘主任从下面一个单位作完形势报告，回到县革委会，已近中午了。车子停稳以后，他准备直接去食堂用餐，这时通讯员小李跑过来，说："潘主任，你的办公室有个女同志等你一上午了。"潘问："是谁？"小李说："问她，她不说。""你问她有啥事情吗？""她说等你回来再说。"潘主任边向办公室走去，心中边琢磨着，会是谁呢？他回头又问小李，说："那个女的年龄有多大？"小李说："二十露头吧。"潘主任向后挥挥手，那意思叫小李走。随即潘主任又将小李喊住，说："告诉食堂，炒两个菜，打两份米饭送到我办公室来。"小李说："现在吗？"潘主任想了想，说："稍等一会儿吧。"

进了门，潘主任不由愣了一下，他有点不相信自己的眼睛，他万万没想到，令他朝思暮想的许宝迎竟然会到他的办公室来找他。他有一种预感，许宝迎准是为他们两人的事情来的，而且是好消息。

潘主任"哈哈"一笑说："小许同志，你怎么来了？"

许宝迎正在闷头想事情，被潘主任那干部式的官腔惊了一下，慌忙站了起来。

潘主任说："坐坐坐坐。"然后拿茶杯倒水。

许宝迎说："潘主任，你别倒水，我说句话就走。"

潘主任说："忙什么呢！上午我去做报告了，不知你来，等好久了吧？"

略顿，潘主任问道："你来找我有什么事情吗？"

许宝迎本来有一肚子话想说，这会儿反倒不知说什么了，甚至于对自己盲目地来县革委会有点儿后悔。

潘主任见许宝迎不讲话，更加证明了自己的想法。他知道她心里有点儿紧张，便换一种方式问道："你今天上的啥班？"

今天本该上白班，可许宝迎请了病假。她说："我今天休息。"她也不明白为什么与姓潘的撒这个谎。

天气有些热，潘主任拿来折扇，自顾扇了起来。随后，又将椅子向许宝迎跟前挪了挪，边给自己扇，又给许宝迎扇。

许宝迎脸被扇红了，不好意思地将身子撤开了，说："潘主任，我不热！"

这时，通讯员小李端着托盘进来了，托盘里放着一荤一素两盘菜，两碗米饭，还有一碗鸡蛋汤。潘主任将饭菜放在许宝迎面前的茶几上，说："到中午了，就在这吃吧，没啥好菜。"

许宝迎说："我不饿，我说了话就走。"

小李说："潘主任，如果还需要什么，你叫我一声。"

潘说："好好好好。"潘拿双筷子递给许宝迎，说："咱们边吃边说，好吗？"

许宝迎接了筷子，又放在茶几上。她说："潘主任，你和小赵说的那个事……"

见许宝迎欲说又止，潘主任那颗心又悬了起来，上不着天，下不着地，气也就喘不匀了。

许宝迎说："我考略清楚了，我同意！"

我的天，就这么简单哪！一点儿周折和悬念都没有，她就这么轻而易举地答应了？潘主任只觉得浑身被一种五彩云霞沐浴着，想不快乐都不行！

潘主任点燃一支香烟，优哉游哉地吐着烟圈儿。

许宝迎站起来，对潘主任说："这件事我不想拖，尽早办，愈快愈好！"说着，噙在眼里的泪水突然一下子倾泻出来了。她连招呼都没有和潘主任打，便一个人跑了出去。

老半天潘主任还在想：小许怎么啦？这事应该高兴才是啊！她怎么哭了呢？是激动所至，还是另有隐情呢！不管怎么说，娶到这么年轻的，又是这么标致的女孩子，可以说是他潘某人的福分！

倏忽一下，潘主任感觉自己突然间年轻了许多。一想到自己马上就要做新郎官了，不免心花怒放，勒不住心猿意马，浑身激动得乱颤！他知道自己在想女人了，那是雄性激素在他的身体内部产生了特殊效应的结果。

十八

连小波这几天心情糟糕透了，父母亲接到街道通知，全家下放到"五七"农场劳动改造，随去的还有他未成年的弟弟。问题不在这里，父母亲下放后，他必须搬出旧县委宿舍，也就是说父母走了之后，他连小波就没有安身之处了。想了许久，连小波也没想出辙来，有的亲戚朋友家里房子宽敞，自从父亲被打倒之后，这些亲戚朋友也都疏远了，躲都来不及哩，谁还会借房子给他住呢？顺子倒是叫他去他家与他挤以挤。连小波说："算了。"连小波想顺子家住得也是紧巴巴的，他下面还有两个小妹妹，也不太方便。任航行家倒是有间空房子，任航行也邀请连小波去他那儿住，但连小波考虑来考虑去还是谢绝了，任航行在厂里比较红，他不想给他惹麻烦。连小波猛然想到厂里不是有集体宿舍吗？他想去找徐工宣请示一下，固然他实在不愿意去求那个讨厌他的未来的老丈人，可是实在是没有别的办法。

徐工宣这时正在办公室看红头文件，见连小波进门，他睬也没睬，继续看他的文件。连小波只好公事公办。连小波说："徐工宣……"连小波便将来意说明了。徐工宣半响抬起头来，从花镜后面盯着连小波看，许久才吐出两个字："不成！"连小波说："为啥不成？"徐工宣合起来文件，说："我说不成就不成！"连小波说："有个理由吧？"徐工宣吧唧了一下嘴，说："理由现成的，你是个叛徒走资派的子女，工人阶级的宿舍怎么会给你住的呢？"连小波分辩道："我父亲是叛徒走资派，可我是工人阶级啊!"一句话将徐工宣堵住了。徐工宣没大有文化,新中国成立后只上了几个月的扫盲班,讲话也没有多少水平,憋了半晌,猛然说道:"老子英雄儿英雄,老子混蛋儿混蛋!"连小波说:"再怎么混蛋,总得给个地方住啊,再说我也是红旗机械厂的一分子啊!"徐工宣攒足劲一笑,说:"小子,忘记告诉你了,你也别为房子操心了。今儿一早,厂里接到上山下乡办公室的通知,通知你和你的那个叛徒走资派的父亲一起下放,今儿起你就不用上班了!"

连小波心中清楚得很,一定是徐工宣当中使了坏,当时通知他们全家下放的名额上根本就没有他。因为党有政策,凡是参加工作的子女,原则上不下放。徐工宣为了不叫他与他女儿徐娟好,可算是煞费苦心啊!

"不是有政策吗?为什么叫我下放?"连小波质问道。

徐工宣"哈哈"一笑,说:"连小波啊连小波,说你不成熟吧,你也许不承认,政策是死的,人确是活的啊!再说了,文件上怎么讲的?原则上不下放,若是不原则呢,啊?哈哈哈哈!"

连小波啥都明白了,扭脸就走。

徐工宣说:"慢走,还有,你给你那个猪朋狗友的顺子带个话,叫他也不要来上班了,他也被下放了!""是我的原因?"连小波义愤填膺。徐工宣笑一笑,说:"这回你很聪明!"连小波欲走,徐工宣又喊住他。徐工宣说:"我再郑重地警告你,从现在开始,你别再来勾引我的女儿!否则的话,我就对你不客气了!当然喽,你这一下放,想见徐娟也难了!"连小波动情地说:"爱情是不分远近的,只要她心中有我,我心中有她,我们就是最幸福的!"徐工宣气得抱起办公桌的一只花盆向连小波投去,说:"我叫你狗日的幸福!"

花盆在连小波身后碎了,连小波望着徐工宣苦笑一下,低下身拾起地上那支花——火红的玫瑰,在鼻子下闻一闻,而后扬长而去。

十九

一九六八年的第一场雪来得有些早,且突然。寒冷横扫残秋,人们在毫无思想准备的情形之中,被拨拉进了哈气成冰的冬天。

今天是潘主任的大喜日子。

潘主任在腊月的某一天清晨把自己收拾得十二分精神，他头戴一顶九成新的军帽，上身涤卡中山装，胸前别着一枚"毛主席去延安"的夜光像章；下身是有一道杠的军裤，脚上穿的是驼色翻毛皮鞋。

雪不太厚，下巴泛青的潘主任走在上面感觉格外轻柔；院子里的冬青和花枝受到早雪的款待，格外碧绿和舒展。潘主任心里盈满了喜悦，脸上流淌着幸福，不时抬腕看表，嘴里不由自主地朗诵起毛主席的诗词《沁园春·雪》：

"北国风光，千里冰封，万里雪飘。望长城内外，惟余莽莽；大河上下，顿失滔滔……俱往矣，数风流人物，还看今朝！"

潘主任余兴未尽，通讯员小李从大门口跑了过来，喊潘主任，说："汽车来了。"潘疾走几步，这时扎着红彩球的吉普车就驶进了大门。车上坐着新娘许宝迎，还有伴娘赵红心以及伴郎任航行。

移风易俗，喜事新办，潘许二人的婚礼不搞仪式，不办喜酒，回潘主任的老家转一圈，当作是旅游结婚。

潘主任的老家在潘楼，离县城五十多里。雪路不好走，直到快中午了，车子才进了庄子。这时太阳猛然一下冒了出来，忽地一下洒在了身着红装的、一脚门里一脚门外的新娘子许宝迎的身上。潘主任又禁不住诗兴大发，脱口而出："须晴日，看红装素裹，分外妖娆。江山如此多娇，引无数英雄竞折腰……"

村道两旁插满了无数面彩旗，在雪花儿映照下，更加鲜艳夺目。来迎接潘主任一行的是村里的大队长潘金贵。

欢迎锣鼓响了起来，潘主任扬着胳膊，向来欢迎他的人挥手致意，说："乡亲们，辛苦了！"

潘金贵摇着小红旗，说："欢迎欢迎，欢迎潘主任荣归故里。"潘金贵读过几年私塾，讲起话来文绉绉的。

潘主任说："金贵叔，你还是叫我解放吧，我还得称呼你老一辈呢！"

潘金贵说："那可使不得！一日为官，终身荣耀，你是我们潘家的骄傲，也是我们潘楼的荣幸，怎敢直呼其名呢！"

潘主任站在雪中，喜气洋洋地将许宝迎、赵红心和任航行指引给了他的远亲近邻。

拄着拐杖的潘老太早已是白发苍苍，小脚已将门前的村路量了许多趟，她在翘首等待儿子和新娶的媳妇。

潘主任见到母亲早丢了身份，匍匐在地，说："娘，不孝儿解放回来了，我还给您老人家带回来个媳妇。"说着，将许宝迎拉到面前，说："小许叫娘。"

许宝迎从小父母早亡，对"娘"这个字早已陌生，她刚才虽然被潘的举止感动过，但一下子却很难适应这个久违了的"娘"字，她几经努力，还是徒劳，只是从她的口形上看出她是叫那个字了。

老太太解围说："罢了罢了，以后有的是时间叫呢！"

潘主任请娘上座，给娘敬了茶，又给娘装了一袋烟，亲自点上，说："娘，小许年纪小，这些事不会做，您老多担待一些吧。"

老太太似乎很理解儿子，说："娘懂。"目光却在许宝迎身上，脸上荡起满意的笑容。"老太太说："解放啊，小许姑娘这么好，你可别辜负了人家！"

潘解放说："娘，你这次放心吧，儿子再也不会惹您老人家不高兴了！"老太太说："嗯哪。"

潘老太守了一辈子寡，和丈夫成亲后，第二天丈夫就被日本鬼子抓去做劳工，从此再也没有回来。所以，按照当地的习俗，潘解放属寡妇儿，又是独子，头两夜都不能与许宝迎圆房，而得去老太太的房中休息。潘解放给老太太打水洗了脚，找出修脚工具，将她脚上的老皮修去，又陪着老太太说了些关于许宝迎的事情。等他想起来去"新房"看看许宝迎，推了几下房门，却没有推动，他问道："小许睡着了吗？"又问："小许睡着了吗？"其实，许宝迎根本没睡，她正坐在床沿想心事。她在想：师傅任航行这会儿干什么了呢？他可知道此时此刻有个女人在想着他呢？她叹了一声，又叹了一声，泪水便不由人地下来了，滴在了她胸前的红裤子上。

二十

潘家两间西屋是生产队里新给盖的，红砖蓝瓦房。任航行和赵红心各住一间。此时两人都没有睡着。赵红心是新换地方不适应，任航行是有心事。两间房子只隔一道墙，墙只垒到房梁的地方，所以哪边有点儿动静对方都听得十分清楚。

自从上次任航行"英雄救美",赵红心对任航行的态度来了个 180 度的大转弯。她的确对任航行有了新的认识,而且她有时真的在考虑她与任航行的恋爱关系问题,特别是看到潘许二人闪电式的结合,她也有了想结婚的念头。只觉得条件还没有完全成熟,所以事情就这么悬着了。不过,这期间,她倒是主动约任航行去看了一场电影,是朝鲜的《卖花姑娘》,本来她想借此机会与任航行联络一下感情的,说些悄悄话什么的,哪知被"卖花姑娘"那悲惨的遭遇给惹悲伤了。从头到尾,啥也没有做,啥也没有说。

赵红心说:"睡着了吗?"

任航行说:"没有。你呢?"

赵红心一笑,说:"我要是睡着了,还能和你说话吗?"

任航行想自己蠢得好笑,就笑了。

赵红心说:"我们认识不短时间了,你看我身上有啥缺点,你给我指出来。"

任航行想也没想,说:"没有。"

赵红心说:"那是你不讲老实话。"

任航行说:"真的没有。"

赵红心说:"我假如有缺点,你不给我指出来,等将来变大了,就会犯错误!就像身上长个疮,如果不及时治疗,就会变成毒瘤!"

任航行有些急了,说:"我说的是真心话!"

赵红心说:"毛主席教导我们说:'如果我们有缺点,就不怕别人批评指出,只要你说得对,我们就改正。'"

任航行说:"我服了你了,好吧,我就给你提一条!"

赵红心说:"我虚心听着哪!"

任航行说:"你这个人啊没有缺点,其实就是缺点。你想啊,金无足赤,人岂能无过呢?"

赵红心说:"我发现你还是很有思想的,说具体一点儿!"

任航行本来也就是顺嘴说说的,真要具体说他还真的说不出来。

任航行开玩笑地说:"你这么漂亮就是缺点。假如你脸上长几个麻子就好了!"

赵红心说："你真会吹捧人。哎呀！我的妈呀……"

任航行连忙问："怎么了赵红心？发生什么事了？"

赵红心说："这屋里有老鼠！"

任航行说："我不怕老鼠，我去给你逮！"

赵红心说："那——我还是到你屋里去吧。"

赵红心到了任航行屋里，任航行要将床让给她，说："我看着你睡，你放心，我决不会欺负你的。"赵红心说："我相信你。"

结果任航行一夜没睡，赵红心一夜没睡着。天快明的时候，赵红心从包里掏出语录本，说："小任，咱们学习学习吧？"任航行说："学就学，反正睡不着！学什么？"

赵红心翻开其中一段念道："一个人能力有大小，但只要有这点精神，就是一个高尚的人，一个纯粹的人，一个有道德的人，一个脱离低级趣味的人，一个有益于人民的人……"

二十一

次日雪停了。赵红心因为上午要去一个单位做报告，潘主任就安排司机送赵红心回城，任航行也要跟车回去，许宝迎说："你们都走了，留下我一个人多孤单啊！"赵红心说："小任，你是小许的师傅，不然你留下陪她吧。"潘主任也说："就是，小任，你留下吧，我事先已给你们厂里打了招呼，替你们请了三天的假，你忙什么回去呢！"

任航行只好留下了。

一大早，大队长潘金贵来找潘主任汇报，说是准备在姓潘的至亲中办几桌喜酒，庆贺一下。潘主任说："千万不能，我是县革委会主任，不能带头搞铺张浪费，回去我不好交代。"潘金贵说："大喜事总不能就这样闷不拉叽的吧？"潘主任考虑了一下，说："不然这样吧，你去准备一下，我们潘姓今天集体吃一顿忆苦饭，这适合当前形势，大家聚一聚。我从城里带来几包喜糖，当众散一散，忆苦思甜，既不铺张，又达到贺喜的目的，这不两全其美吗？"

晚上，潘主任在自家置办一桌酒席，将大小队干部请来，一是感谢，二来也是觉得结婚没有酒，总觉得不是那么回事！所以小范围办了一桌。

席间潘主任酒量不行，加之喝得猛了些，在喜酒不醉人的劝说中，潘主任直喝得酩酊大醉、不省人事，被抬进了老太太的房中。

没有了赵红心，新房子更显得格外冷，虽然刚才喝了一点儿酒，可任航行还是不好入眠，尽管昨晚一夜未睡。

在潘家大院里，此时没睡的还有一个人，那就是新娘子许宝迎。

许宝迎面对孤灯独守着空房，心中被后悔填满，到现在她不得不承认她一赌气所换来的代价。虽然潘解放无论从人品到地位都算是很不错的，特别是看到潘解放对母亲的那种孝顺，曾经打动过许宝迎的心。因为她知道，一个男人如果有孝心的话，这个男人就是可以依靠和信任的男人！但是，许宝迎对潘解放就是产生不了感情，她的情感一直连在她的师傅任航行的身上。昨晚，若不是赵红心的原因，她就去找任航行了，她要将埋藏在心里的所有思念和爱恋，统统地向他打开闸门。固然她明白她自己此时已木已成舟，即便任航行再怎么对她已经晚了，她还是想这么做，否则的话，她活着也不坦然。

许宝迎端着一杯茶水来敲任航行的房门。任航行应该想到却没有想到来敲他房门的会是许宝迎。

"怎么是你呀？"

"不是我会是谁？你也许想的会是那个赵红心吧？可惜她已经走了。"

"你怎么还没睡？"

"你也不没睡么？"

"这房子真冷！"他跺跺脚。

"你身上冷，而我却冷在心里！"

他不明白她的话，只有"嘿嘿"干笑着。

她将茶杯递给他，说："你喝点水暖暖吧。"

他这时感觉有点口渴，便一口气将杯子喝空了。

"你与赵红心进展得怎么样了？"

"还行。"

"你们多么幸福啊！"

"怎么你们……不幸福吗？"

她凄然一笑，稍时说道："师傅你知不知道有个姑娘一直在暗恋着你？"

"有人暗恋我？谁呀？我认识吗？"

"那人远在天边，近在眼前……"

"你……我一直都拿你当徒弟和小妹妹看的！"

"你说说看，我长得哪点儿不如赵红心？"

"不是因为这个，我的确……我真的没有这个想法！"

"我谁也不怨，要怨就怨我们这辈子没有缘分！"

"你和潘主任也不是你自己愿意的吗？"

她哀叹一声，然后像是自言自语地说道："人得认命，不认命也不行！"

许久她才又说："师傅，我想求你一件事情。"

"你说，只要我能做到的。"

"我的身子是干净的，我求你今夜和我……我死也甘心了！"

"不、不、不行！宝迎，你不能看不起你自己！"

"师傅，算我求你了！"

"不、不行，绝对不行？假如我那么做，我既对不起潘主任，更对不起你！"

她冷笑一声，突然从腰间掏出一把剪刀出来，说："师傅，今夜你若不答应我的话，我就死给你看！"

"宝迎，宝迎，算我求你了，你千万不能做傻事啊？"

"就这一次，你答应不答应？我是认真的，我说到做到！"

"宝迎，你为什么这样作践自己呢？我怎么能做出这种伤天害理的事情呢！"

泪水顺着双颊在许宝迎脸上恣肆着，她绝望地说道："师傅其实我早应该知道，我配不上你，可我又是那么爱你，我真的不知道羞耻啊！"说着举起手中的剪刀……

"宝迎，你别这样，我答应你还不行吗？"

五更天的时候，潘主任酒醒了，其实他是被一泡尿憋醒的。房子里有现成的解手家什，他还是披衣去了外头。他心中燃烧着一团火，他想将那团火找个地方发泄一下。目标当然是他新娶的女人许宝迎。

外面被残雪映照着，亮得很。潘主任被冷风刺了一下，打了个冷战，急走几步到墙旮旯儿撒尿，正撒得欢畅的时候，猛然发现从西屋走出一个人，他的尿线随即断了，他怕尿声惊动来人。定睛一看，两眼一下搁浅了，那人不是别人，正是他的女人许宝迎。

二十二

天还没有亮透，徐娟就在这时候从家里偷跑出来。马路上几乎看不到人，偶尔有晨练的人经过，目不转睛地望着徐娟，瞅得徐娟直发毛。她心中有鬼，瞧谁都像是她父亲派来抓她的。

就在两天前的晚上，父亲不顾她的反对，也不管她的感受，硬叫去见军管会杨主任的儿子。若是别的地方，她死也不会去的，反正父亲总不至于绑着她去见面吧！毕竟父亲老谋深算，她深知女儿的秉性，将杨主任的儿子叫到自家来，打酒买菜，好一通款待，这样徐娟想不见也得见了。

一个晚上，徐娟忙里忙外，固然父母亲都不要她做任何事情，只叫她陪杨主任的儿子说话，徐娟哪坐得住呢？硬去找活干，干啥都低着头，以至于杨主任的儿子长得啥模样她都没有看清楚。印象之中，那人高高的身材，一身洗得发白的军装，说话南腔北调，会侃，张嘴闭嘴都是小道消息，侃得徐娟的父母一脸的羡慕。当场便定下来，三天后，也就是今天，杨主任要宴请徐娟一家去他家作客。

事情逼着徐娟逃跑。

徐娟在冬天的一个早晨，漫无目标地在马路上行走。她没地方可去，亲戚家不能去，明显他们会充当父亲的"卖国贼"。徐娟没啥朋友，唯一可以信得过的便是许宝迎，人家新近结婚，不方便打扰人家。另一方面她的男人又是县革委会的主任，谁能保准他不和那个支左的军管会杨主任是一个鼻孔出气呢！

徐娟想到连小波，现在唯一能容她藏身的也只有那儿。

"五七"干校不通公共汽车，离县城将近五六十里地。徐娟不敢回家骑自行车，只好步行前去。徐娟从未走过这么远的路，等她到了"五七"干校，已经是中午一点多钟，整整走了六个小时。

连小波做梦也想不到徐娟会到"五七"干校来找他，他上午才给徐娟写了一封信，没承想徐娟从天而降，激动得他在光天化日之下，抱着徐娟连转了几个圆圈儿。

吃晚饭,徐娟便将家中发生的一切,原原本本地告诉了连小波。连小波一听也傻眼了。徐娟叫他想主意,他抓耳挠腮半天,也没想出任何办法。

连小波无可奈何地说:"我们还是离开这个鬼地方吧!"

徐娟说:"除此之外没有别的办法了吗?"

连小波摇头。

"我们结婚吧。"徐娟说。

"结婚?"连小波吃了一惊,仔细一想,觉得徐娟此话在理。假如他们结了婚,即便徐娟的父母找来,生米已经做成熟饭,他们再想怎么干涉也干涉不了了!好主意!好主意!连小波像个孩子似的跳了起来。

连小波当即将这个想法告诉了父母,然而他们并不赞成。特别是他的父亲,坚决反对,理由有三条:一是在"五七"干校没有条件办这种事;二是他还没有解放,今后还不知怎样;第三,徐家欲和现如今的军管会杨主任家结亲,如果这么做了,那不是明显与杨主任对抗吗?后果可想而知。

前两条好解决,这种情形结婚还要什么条件呢!有张床就行了。至于连小波父亲的"解放"问题,与儿子结婚不搭嘎,他解放也好,不解放也罢,他与徐娟结婚,与家庭没有牵扯。关键是第三条,如果与徐娟真的结了婚,徐工宣和那个杨主任绝不会善罢甘休的。连小波已想好了,假如他真和徐娟结婚,就登报声明,与父亲脱离关系,那样的话,父亲就不会受到牵连了!

即便这样,父亲还是不同意,没有理由,就是不同意,最后见儿子泪眼滂沱,一咬牙说:"你们真愿意在一起的话,那就远走高飞吧!"

堆土为炉,插草为香,在旷野里,连小波与徐娟跪倒,对天磕了一个头,对地磕了一个头,对双方父母住的方向磕了一个头,然后爬起来走了,走得义无反顾。

二十三

从潘楼回来之后,赵红心与任航行的关系有了突飞猛进的发展。与过去相比,赵红心好像换了个人似的,频繁约任航行出来,二人在一起谈学习体会,谈理想信念,谈工作贡献,有时也谈婚姻家庭。不知不觉,两人已悄悄准备各自结婚的物品。时间不久,二人就领了结婚证,婚礼定在了春节举行，一来不影响工作，二来也是想在革命化春节中举行革命化的婚礼！既有特殊的纪念意义，又使赵红心这个名人不受到政治的影响。

环卫处分给赵红心两间平房，赵红心只要一间，她说："两人过日子要这么大的房子干什么？那一间房子还可以安排另外一户人家呢！"齐所长说："赵委员，你以后还要添小孩子，到那时就感到紧巴了。"赵红心说："即便是三口人，也住得开。"

任航行买来一些石灰，将房子的墙壁粉刷了一遍，又找来些旧报纸糊了个顶棚，很像样的一间房子。

婚期临近，二人去商场购买了一张床，这是结婚的必需品；又买了一张桌子，供学习之用，这也是不可缺少的；其余的一切，该省就省了。革命化的婚礼嘛，就得体现"俭朴"二字。不然的话，还叫啥革命化婚礼呢！

二人躺在了新买的床上。

赵红心说："哎，结婚后，你不能拖我的后腿，得支持我的工作。"

任航行说："那还用说，全力支持！"

赵红心说："哎，我们得相互学习，共同进步。"

任航行说："你想咋学就咋学！你想咋进步就咋进步！"

赵红心说："哎？你得答应我，我们现在不能要孩子！"

任航行说："这个啊！"

赵红心说："哎！你必须得答应，不然我就不与你结婚！"

任航行说："好好好好，我答应！不过，你也得答应我一件事。"

赵红心说："啥事情？"

任航行说："今天太晚了，我们就在这儿睡吧。"

赵红心一翻身坐起来，说："一天不结婚，我们就不能住在一起。万一明天被人家看见了，丢不丢人哪！"

任航行说："我们已经领了结婚证，就是合法的夫妻了。"

赵红心说："那也不行。"

任航行说："红心，我今天真是太想了……"

赵红心说："还有几天，你就不能忍一忍吗？"

任航行说："求你了老婆，答应我这一次吧！"

赵红心有些迟疑，说："万一怀孕了怎么办？"

任航行说："我有办法……"

赵红心用怀疑的目光打量着任航行，说："你好像蛮有经验的嘛！你是不是和别的女孩子有过这事？"

任航行说："绝对没有，假如我哄你，就叫我被雷劈死！"

任航行欲去解赵红心的衣服扣子，赵红心说："将灯关了。"

任航行起身拉灭了灯，两人摸黑匆匆忙忙办了人生中最快乐的那件事……

"真疼。"赵红心事后说，"火辣辣的！"

任航行想起与许宝迎那夜，随口说道："也许以后就不疼了。"

赵红心说："你是怎么晓得的？"

任航行说："我猜的。"

赵红心猛然想起了一件事，说："任航行，我们也算是有缘分的，若不是那次你救了我，也许我们就不会有今天的结果。"

任航行就笑。

赵红心说："你奸笑什么？"

任航行说："反正我们现在是夫妻了，再瞒你也没啥意思了。"他就将救她那晚上的内情如实地讲了出来。

没等任航行讲完，赵红心已气得两眼往外喷火。她说："任航行，你真低级趣味！"

任航行拉着欲走的赵红心，说："红心，你别生气，听我慢慢给你解释啊！"

赵红心说："有啥好解释的？我真后悔相信了你这个卑鄙的小人！"

任航行说："红心……"

赵红心一甩手，说："哼！"转身离开了新房。

二十四

从农村回来的当天晚上，许宝迎与潘解放因为一些琐事大吵了一架，吵得非常厉害。这场架本不该吵，不知怎的两人就吵了起来，起因就是许宝迎嘴里提到了任航行。

潘解放替她数着哪！潘解放说："你一晚上已经提了四五遍任航行了，

你与他到底是什么关系？"许宝迎说："师徒关系。"又反问道，"你猜是什么关系？"潘解放冷笑，说："什么关系你心里不清楚吗？"许宝迎说："我不清楚，所以才问你！"潘解放说："咱今晚不提这个话题了。"他想缓和一下气氛，一是新婚燕尔就吵架，被邻居听见笑话，二来他还想夜里与老婆干一场轰轰烈烈的事情呢！如果这样吵下去的话，做那事还有什么情趣呢！即便女人答应的话。为这件事情，潘解放已经盼了三天两夜了，他必须作出让步，不然的话，今夜那件事情又该泡汤了。他身体内的荷尔蒙已经到达了顶点，再不释放的话，兴许会出啥问题。

"天不早了，咱们休息吧。"潘解放换上一种和蔼口气。连他自己都觉得感情变化得有点儿太快了，以至于双方都感到不太好接受。

潘解放看着许宝迎身体没有表示，自己去将被子铺好，又倒了一杯茶端到许宝迎的面前，说："宝迎，咱们别生气了，好不好？"

许宝迎坐在那儿，没有动。

"嘿嘿嘿嘿！"潘解放干笑着，说："宝迎，刚才是我的错，我不该小心眼。你比我小好多岁，我该让着你的，好好好好，我向你赔不是，这样总该行了吧！"

许宝迎还是没有动。

潘解放放下手中的茶杯，双手温柔地来扳许宝迎的双肩，说："宝迎，我错了，我真的错了，我再一次向你检讨！"

许宝迎仍旧不言语。

潘解放说："路走错了可以回来，话说错了就不好更改了，我保证今后，不、永远，再不说这样的话。好了，我的心肝宝贝，咱们休息吧！"说着上前欲抱许宝迎。

许宝迎用手一挡，说："你睡吧，我不困！"

潘解放说："都快半夜了，哪有不困的道理呢！再说我们明天还都要上班呢？"

"潘主任。"许宝迎说，"我假如与任航行真的有关系，你会怎样？"

潘解放"哈哈"一笑，说："别说笑话了，我已经向你道过歉了，今后咱不提这个事了，好不好？"

许宝迎说："我实话对你讲，我就是和任航行有关系！"

潘解放嬉皮笑脸地说："有关系我也认了，我不怕戴绿帽子！"说着来解许宝迎的袄扣子。

许宝迎打开潘的手，说："别碰我！"

潘解放恼了。他已经忍受好久了，他实在忍受不住了，他说："许宝迎，你是我的老婆，我为什么不能碰你？我不但碰你，还要日你呢！"说着扑上来，去撕许宝迎的衣服。

许宝迎也不示弱，与潘解放撕打起来。毕竟是女同志，她哪里是身强力壮、浑身充满荷尔蒙男人的对手呢，不到一会儿，她就筋疲力尽了，衣服全叫潘解放给剥光了。

潘解放点燃一支烟，狞笑着观赏着蹲在那里冻得瑟瑟发抖的许宝迎。

"我和你说，许宝迎，我的忍耐是有限度的，我姓潘的也是一个堂堂的县革委会主任，我会怕了你！你若是老老实实地与我过日子呢，咱好说，否则的话，休怪我不客气！"

"我和你说，许宝迎。"潘解放吐出一串烟圈儿，"实话对你讲，我潘某人也是见过世面的人，你能猜出我这几年玩了多少女人吗？说出来恐怕你不相信，大概有一个排了吧，还都是大闺女呢！哈哈哈哈……"

许宝迎悲哀地望着窗外黑漆漆的夜，说："潘解放，咱们离婚吧！"

"笑话！"潘解放吐掉嘴上的烟屁股，咆哮着，"真是个天大的笑话！结婚不到三天，我还不知女人的×是啥样的，你就要离婚。"接着冲上来，捡起地上许宝迎的内裤及胸罩，摸过剪刀，边剪边说："我叫你离！我叫你离……"

二十五

赵红心发现自己这月身上没来，急忙去医院做了检查，果然应验了她的猜测，她那个气呀！差点没把任航行生吃了！一连许多天都不理任航行。任航行赔着笑脸说："反正咱们快要结婚了，这样才好呢，不是双喜临门嘛！"赵红心说："你真不要脸，还双喜临门呢！你就不怕众人戳脊梁骨？我要出去工作，有时还要出去做报告，挺着个大肚子，你还叫我怎么有脸见人呢！任航行，你是拿我的政治生命开玩笑，你懂吗？我算是看透你了，你真自私，太自私了！"任航行无话可说，谁叫自己图一时痛快的呢！话说回来，男女在一起，不图痛快，在一起还有什么意思呢！

赵红心谁也没告诉，自己去医院做了流产手术。一天也没歇，照常上班，照常出去做报告。等任航行知道此事，早已是过去的新闻了。任航行又急又气，本想不久就当爸爸的美好愿望成了泡影。不过，任航行安慰自己道，留得青山在，不怕没柴烧，等他们结婚后，想生个孩子还不是一件容易的事情吗？事实证明任航行的想法错了。

婚后，赵红心比过去更加忙了，经常去县革委会参加各种会议，又要经常出去做报告，本来她的工作任务就比一般人多，最近新开了一条马路，她又主动将清扫的任务承担下来。赵红心给自己提出一个口号：地球转一圈，她要转三圈。所以，任航行要见新婚的妻子都很困难。早晨天瞎黑就出门，晚上三更半夜才回来。一回到家，连手脸都没顾上洗，坐在椅子上就睡着了。任航行又心疼又生气，打来水，给老婆洗脸洗脚，没说三句话，老婆早躺在床上呼呼睡着了，本来任航行计划好晚上做那件事的，这还怎么做呢？只有望人兴叹！

比起其他女人，赵红心对于性生活要求几乎是零。工作学习忙起来，她没空想，即便哪一天晚上早回来了或者有了"闲工夫"，她也想不起来。再说，赵红心烦性生活的一个主要原因，她夜里一做那种事，第二天干活就没有气力，做报告也没有精神，所以她极力反对过"夫妻生活"，一提这事就烦得鼻子眼睛滴醋！任航行则相反，对做爱特别地迫切，恨不能天天都干这事，所以任航行在这件事情上一直处于劣势。任航行从开始的暗示到后来明目张胆地要求，若是碰到赵红心哪天心情好，照顾一下任航行这株久旱的禾苗，任航行都能恣死！但赵红心办事前有个要求，一定要带工具，不然她不办。有了上次的教训，她在这方面再也不相信任航行的"鬼话"了。就这样，她还不放心，事毕还要服上一粒避孕药，然后打来一盆温水，反复清洗下身，做到"三保险"，以免惹来麻烦。

这样一来，任航行便像热锅上的蚂蚁，长期受到性压抑，愈压抑愈想，愈想就愈压抑。有时他无意就想到了与许宝迎的那一夜，那真是他有生以来最最幸福的一次，他置身于急风暴雨里，享受着世外桃源般的欢乐，他的身体都快要被发疯一样的许宝迎给融化了……每每想到这里，任航行便控制不住自己。由于没有"靶子"，只好自娱自乐，发泄自己的情欲。

即便这样，赵红心对任航行还是不太满意，她经常批评丈夫，你的脑子里为什么天天都想那些不干净的东西呢，你为什么不多想想学习和工作呢！你这样下去是很危险的，你懂吗？

任航行心里很不舒服，他说："赵红心，我已经快成太监了，你还要我怎样呢？照你这么说，两口子每天二十四小时，一年三百六十五天都满脑子工作学习、学习工作，那还叫人吗？人为什么结婚呢？不如都出去当和尚、当尼姑好了！"

两口子经常为此类事情吵，三天一小吵，五天一大吵，这种事情又不能到外面说去，两人就关起门来在屋里辩论，越辩论越生分，越生分就越没有感情，两人性生活本来就少得可怜，这样一来就基本上断绝了。两人要就不说话，要说话就吵，内容还是那件不能出门说的事情。后来赵红心干脆搬回娘家去住，一住许多天。任航行无可奈何，一个人独守空房，时间长了，心就软了，主动去接赵红心回来。赵红心不回，他就去她工作的地方，甚至去她做报告的会场去"缠她"，赵红心顾及影响，只好又搬回来住。

突然发生一件事情，令他俩的关系又紧张起来。顺子被逮捕了，罪名是绑架县革委会领导赵红心，属现行反革命！连小波在逃。这事不用问，肯定是赵红心出卖的。任航行质问赵红心为什么这么做。赵红心说："这是他们罪有应得！"任航行说："他们是我的兄弟，你这样做，我以后怎么见他们？"赵红心说："你别咬牙切齿，既然他们犯了法，就要受到惩处，你为他们鸣不平，你也就是反革命！"任航行给女人一个响亮的耳光，说："赵红心，你这个卖国贼！"

二十六

那天，许宝迎休息，一人在家。潘解放去地区开啥会去了，说是两三天后才能回来。许宝迎难得落个清净。这一段时间，两口子虽然也经常闹气，但许宝迎明显占了上风，两人订了口头协议，只要许宝迎不提离婚，潘解放就不"侵犯"她，而且潘解放已搬到另一间房子单住。

难得有今天的好心情，许宝迎将房子收拾干净，又用湿毛巾将家具擦了一遍，刚坐下来休息一会儿，就听见有人敲门。她家的门经常有人敲，都是来找潘解放的，所以她没好气地对门喊道："潘主任不在家。"门还在响，许宝迎心里就有些来气，猛地一下将门打开，口无遮拦地说："你们耳朵聋了吗？告诉你潘主任不在家，怎么还敲啊！"一看来人，她不由愣住了，门外站着的是她姐姐许宝凤。

"姐！"宝迎一下扑了过去，抱住宝凤，说："姐，我想死你了呀！"说着，泪便扑簌簌地下来了……

许宝迎怎么也没想到姐姐会摸到她这儿来，结婚这么久了，她多次想回家看看，一想到姐夫沈跃进，又打退堂鼓了，她实在是不想见到那个人。

"姐，你是怎么来的？"坐了半天，宝迎才想起来问。

宝凤说："是你姐夫送我来的。"稍时又说，"我知道你心中还记恨他，姐还是那句话，他对我还算不错，今后，姐还得依靠他，所以姐一直希望你原谅他！"

宝迎没言语，半晌抬起头来，看见姐那种泪洗的、乞求的目光，心早就软了，不由对姐点了点头。

宝凤真是高兴得不得了，连说："好妹妹，好妹妹，姐谢谢你，谢谢你了！"

姊妹俩又说了一阵子闲话，宝凤想起了什么。从带来的包里拿出一床大红喜字的绸缎被面和一对丝面的、上面绣着两个鸳鸯的枕头套。宝凤说："你结婚，姐也没能给你陪嫁妆，我与你姐夫商量好了，等你以后有了孩子，一定加倍补上。"

一句话说得宝迎心中酸溜溜的，心想：姐也不容易，姐夫除了那件事情之外，还是一个好姐夫。这一刻，她心中真的原谅他了！

"对了，忘记告诉你了，如今你姐夫也不拉板车了，当上了他们单位的造反派头头了，不过和你家的那位可不是一派的。"宝迎说："还是做出力活心里踏实，造反能造出粮食来吗？"

宝凤说："我也是这样劝你姐夫的，可他不听。"猛然话锋一转，"他对你可好？"

"挺好的。"宝迎极短地一笑。

"那就好。"宝凤说，"两口子过日子，要相互关心，互敬互爱，那样才能将日子过好。"

宝迎点点头，说："嗯哪。"

宝凤要走，宝迎说："他今天又不在家，我踹点儿肉馅，咱们今天中午包饺子吃吧。"

宝凤说："不了，哪天你回去，咱们姐妹俩再说话吧，你姐夫还在外面等着呢！"

这时，宝迎真的感到有些内疚，说："姐，你来了连杯茶都没喝呢！"

宝凤说："你家我认的了，我有空会常来陪你说话的。"

宝迎欲说什么，只觉得胸口有股东西往上泛，急忙捂着嘴向水池跑，到那里干呕了几口，啥也没吐出来。

宝凤问："是不是有喜了？"

一句话问得宝迎不由打了个很长时间的愣神。

半夜时分，潘解放突然间回来了，一回来就四处窥探。

宝迎说："你怎么回来了？你不说得两三天才散会的吗？"

潘解放阴阴一笑，说："怎么，我突然回来你紧张了！"

宝迎说："这是你的家，你想啥时候回来就啥时候回来，我紧的哪门子张呢！"

潘解放猛然发现了什么，说："今天我们家来人啦？"

宝迎说："来人了。"

"谁？"

"我姐！"

宝迎用力将房门关上，然后从里销死，拉灭灯，然而她却一点儿困意也没有。躺在床上，一声声喟然长叹。

二十七

这几天，外面小道消息传得哄哄的，说是支左部队可能要调防。潘解放对于这条传闻肯定是听到的，为此他专门去找军管会的杨主任落实。杨主任只告诉他这是军事秘密，但他同时也说，作为他本人，到现在还没有得到这方面的一点儿消息。不过呢，军令如山，谁也违抗不了，你还是有个思想准备为好，免得……下半句杨主任没有说，但潘解放还是从中悟出了什么。

上午，革委会召开全体成员大会，专门研究这个问题。这不是个小事情，现在支左的这支部队，是支持他这一派的。如果部队换防的话，新来的支左部队还能不能支持他们，谁也不敢断言。万一不支持他们的话，对方那一派上了台，他们就要交出权力，权力没有了，什么也就没有了。他们的一切也就随风刮走了！过去就有传闻，说现在的支左部队"有错误"，曾被勒令修正过，后来因为上头干预，局势才又这样平静下来，如果这一次真的被"修正"，一切后果可想而知。

最后大家一致建议，派人出去打听消息。一拨人去分部地区，一拨人去总部。事不宜迟，马上就动身。无论这个传言是真是假，都必须弄个水落石出，有备无患，即便真的有啥变化，也好及早采取必要的措施。

散会之后，潘解放将赵红心留了下来，说："我和你说件事。"赵红心说："我正好有事情向你汇报呢！"到了潘的办公室，赵红心没坐稳就急忙说道："潘主任，任航行反动。"潘说："他怎么反动了？"赵红心说："不知何故，他将毛主席他老人家的画像给撕坏了，为了怕我发现，毁灭罪证，又用火点燃焚烧，其用心何其毒也！还有，前一段时间，他背毛主席语录时，故意歪曲伟大领袖毛主席的话，就是那一段——凡是敌人反对的，我们就拥护，凡是敌人拥护的我们就反对，他背成什么了？他说，凡是敌人反对的我们就'那个'，凡是敌人拥护的，我们就'那个'！你听明白了吗，潘主任？我不能学出口，那是反革命的话！"

潘解放高兴得差点跳起来了。他一直计划着想整任航行，他知道自己与老婆关系不好，纯粹是任航行的事。特别在老家的那天夜里，许宝迎半夜从他屋里出来，能有啥好事情？不是那个事还能是哪个事！后来他打听到，本来许宝迎之前就和任航行关系不一般，件件事说明，他们两人"在一起"不是一天两天的事情了！潘解放早就想捏个错将任航行办了，办一个小工人还不容易嘛！简直就像捏只臭虫那么简单！可碍于他的妻子赵红心的面子不好下手，没想到赵红心自己反将男人给告了，真是太好了，这不是该栽的嘛！

潘解放欣喜若狂，但表面上还装出难为的样子，说："赵委员，你可要考虑清楚啊，任航行毕竟是你的丈夫呢！"赵红心说："无论他是谁，哪怕他是我的爹娘，只要他反对我们伟大领袖毛主席，我就要坚决和他斗争到底!"潘主任说:"好好好好,现在我就去请示杨主任,先叫军管会派人去将那个任航行逮起来再说,别让他给跑了!"

一忧一喜两件事情促使很少沾酒的潘解放喝了许多酒。酒精的作用,将他那微胖的身躯烧得有些站立不稳。他双脚踏进家门时,已到了晚间九十点钟,他还是有点儿摇摇晃晃。

许宝迎虽然不想问潘解放的事,但看他喝醉了,不问吧,又于心不忍。她扶潘解放到屋里的床上躺下来,给他脱去鞋子,又给他泡了一杯浓茶水。

"喝这么多干什么呢?你又不会喝酒!"许宝迎说。

潘解放虽然头晕晕乎乎的,可心里还是清楚。自从结婚,许宝迎还没有这样温柔地伺候过他,他心里力马舒畅了许多。他说:"我心中高兴啊!"

"又升官啦?"许宝迎讥讽地说。

"比那还要振奋!不过,你听了不一定高兴。"

"什么事?"

"我告诉你吧,你的那个相好的任航行即将被逮捕了!你相信吧?"

"因为什么事?"

"什么事?现行反革命!"

许宝迎估计是潘解放因为他们之间的关系有意陷害任航行的,就气愤地说:"我和任航行没有任何关系,你这么故意整人家缺不缺德啊!"

潘解放说:"这你看错了我,不是我要整他的,是他的妻子抓他的现行!"

"你说是赵红心告的他?"

"不信你明天去问问吧!"

二十八

支左部队真的调防了。新来的支左部队支持了另一派。沈跃进当上了县革委会主任。

不久,潘解放和赵红心被抓了起来,罪名是他们参加了反革命集团,二人还是"5·16"骨干分子。

被关押半年之久的任航行被放了出来,当然是许宝迎通过她姐夫沈跃进的关系。人虽然"自由"了，但行动上还是得受到管制，在原来的红旗机械厂劳动改造——打扫卫生，包括厂里的男女厕所。

顺子也被放了出来，但顺子没有回厂，据说是去新疆找连小波了。

这天，许宝迎和任航行在车间门口碰了面。

"你一切还好吗？"任航行问。

"还好。你呢？师傅。"

"你今后就叫我的名字吧。"

"你曾经教过我，还是喊师傅方便一些。"

"你现在身体不方便了，干活时要多多注意才行。"

"我知道了。"

"孩子什么时候出生？"

"还要一两个月吧。"

"我能去你家坐坐吗？"

"还是别了吧。"

"我们……还有机会吗？"

"不知道……对了，师傅，等孩子出生了，你帮起个名字吧。"

"来人了！"他急忙走开了。

望着他那过早佝偻的背影，她哀叹一声，眼中不由湿润了……

（原载《鸭绿江》2012 年第 7 期）

大 学 梦

一

如果不是买到了那张托了几个人的特快车票，吴明真不知他是否还有勇气去参加江南大学作家班考试。两天前，当吴明接到省作协给他寄来的那张报考通知书时，他高兴得险些一闭眼晕死过去。这是他梦寐以求的理想，怎能不使他欢欣鼓舞呢？三年毕业之后可以拿到本科文凭的这种诱惑，对于一个曾经发表十多篇文学作品而又在省级刊物获过奖的刚踏上文坛不久的小科员来说，不能说不是一种机遇。而他又不得不重新认识一下自己，他能考上吗？他能通过那几门文化课吗？他心中没有底，一点点底也没有。对于一个只有初中文化的他来说，真是太难太难了！前几年，刚时兴自学考试，他曾抱着雄心壮志跃跃欲试，把参考题答案像贴大字报似的贴满了床边几面墙，每日里像着了魔一样，一睁开眼就看参考题答案闭着眼背。背困了合眼再睡，睡醒了再背。结果四门考下来，得分是 39、42、56、59。他灰心过，丧气过，揪着头顶那不太丰盛的头发煽自个的脸。然而他不得不面对现实。他不是上大学那块料！如今他已娶了妻生了子，叫他和孩子一样背着书包去上大学真是太难堪了！可这一次是决定他一生命运的机会，如能在大学深造几年，认认真真地系统地读一些书，他想今后他会写出更好的作品来的。他有这个把握！

去，还是不去？两天来，吴明不止一次问自己。

昨天去图书馆，碰到了大学教授叶老，当叶老听说这件事后，连连拍着吴明的肩膀说："去，一定去！你会成功的，你一定能够成功！"

"你怎么料定我会成功呢？"吴明不解地望着叶教授，"你是给我打气的吧！"

"不是打气，过去我读过你的作品，今天我是从你的眼神里，断定你会成功的。"叶教授走几步又转回身说，"三年之后，你将不再是吴（无）明（名）喽！"

叶教授笑哈哈地拄着拐杖走了。那只拐杖敲着柏油马路地面"嗒嗒"地响，敲得吴明死灰的心里燃起了一丝火花。

"你说我是去还是不去？"晚上回到家吴明问妻子。

妻子身材娇小，既贤惠又能干，家中洗衣服，买菜做饭，带孩子里里外外全指望她。这几年吴明的作品发表，可以说，功劳一半是她的。

"你想去就去，不想去就不去，别长吁短叹的！"妻子说。

吴明苦笑一下，欲言又止。

本来，吴明对于去或不去考试，的确很难拿定主意。去考，怕没把握，不去考，又怕错过机会。最重要的是，他怕考不取，叫局里的同事捂着半边嘴笑掉了牙事小，他更怕一些人抱着膀子那种居高临下的眼神。那次自学考试四门不及格，弄得他在人面前半年多都抬不起头来。

"你去试试也好，考取了就上，考不取就算是见见世面。"过一会儿妻子劝他。

吴明不想再为去与不去而伤透脑筋了，听妻子这么一说，心中顿时激动起来："对，去闯闯也好，到底看看自己的坛子里有多少米！"

这一决定走，吴明思想上没了包袱，浑身马上感到一阵轻松，他急忙爬起身，去书柜里翻书。

"爸爸要去哪儿呢？"女儿佳佳从床上爬起身。

"爸爸要去考试。"妻子说。

"怎么爸爸这么大了还考试？"

"你爸爸从小不好好上学呗，是个留级生！"妻子说着自己先笑了起来。

"爸爸是个留级生呀，羞羞羞羞……"佳佳在床上拍着手跳。

看着女儿那天真的样子，吴明想笑却笑不出来，心中不知哪来那么多的酸水，汪满了一肚子。他烦躁地拧开了电视。

现在正是晚间新闻，电视屏幕上正播报哪个国家的飞机失事的消息。紧接着又报道，某国家一列客车与停在站台上的一列火车相撞，造成……唉，到处出事！吴明突然想到，他今夜坐的这趟特快可别出事，要不明天电视台准报道，某某某次特快因……造成火车出轨……

吴明自己也不知他为什么这么想，愈想愈觉得心酸。眼里不知不觉汪了两眶泪。

他在屋里屋外来回走动，想抱抱熟睡的女儿，又怕惹醒她。没办法，他又跟前跟后看着妻子为他收拾洗漱用品及衣物。他从未有像今天这么眷恋着这个温暖的家，就好像这次出发再也回不来似的。

"离开车还有几个小时，你躺一会儿吧，说不定车上人多，要站到天亮呢！"妻子说着帮他重新铺好床铺。

吴明默默地躺在床上，由不得自己，闭着眼还去想那些令他心烦的事。他想他到了省城住哪儿呢？他没去过省城，也不知那儿住宿好不好住，价钱贵不贵。大学在市内还是在郊区？乘几路车？特别是考试那天可别一下坐反了方向，那样就糟了。还有，考试那天要多带几只笔，防备哪只笔不下水，或者写字时失手把笔掉在地上，正好碰着了笔尖，到时也不至于抓瞎。还有，千万记住把笔罐足了墨水，还有……这么牵肠挂肚地想来想去，吴明倒觉得去掉了不少心思，不知不觉睡着了，还做了一个香甜的梦。他梦见他被江南大学录取了，报纸电台都报道了他上学的消息。一些亲戚朋友、同事领导都来向他祝贺。他高兴死了，激动得手舞足蹈，跳起了忠字舞……妻子喊他起来时，脸上还挂着笑靥。一变成实实在在的他，吴明心头又感到一丝惆怅。人说梦是反的，如果梦是反的话……

公交车早停了，妻子骑着自行车送他去车站。

出门前，妻子说这几天有寒流，硬逼着他把一冬的衣服全穿上了。他坐在车子后边，感觉浑身热烘烘的。他抬头望一眼天，天阴沉沉的，怕是要温雪吧。吴明心中暗想：老天爷，千万别下雪，要不考试……管他妈的，考什么样是什么样！这么一想，吴明的心里反倒坦然起来，闭着眼，安心地去思考那些他认为能考到的东西。

二

吴明好不容易爬上了晚点两个多小时的 112 次特快列车。车上人特别多，已经把车挤得水泄不通。从车门到靠近门的第一个窗子前的几步路，吴明觉得好像和爬泰山差不多。也不知挨了多少白眼珠子挖，也不知挨了多少南腔北调人的斥责和谩骂，吴明总算是从人家的胳肢窝下连推加挤将满是臭汗的身子塞进人缝中。他感觉到他站的这个位置还算松快一些，再说他没有力量再往里挤了。他把包放在两腿之间，从人家的胳膊底下扶着座位的靠背站稳脚跟。

对面的椅子上，左边是两人座，坐着一男一女，女人趴在男人大腿上，男人一只手甜甜地搂着女人的腰，另一只手死死地抓着座位的靠背，半个屁股可怜巴巴地悬着。右边是三人坐，一个六七岁的小女孩平躺在座位上，她的妈妈（大概是吧）——一个长得肥肉膘子似的浑身衣服紧绷绷的戴着一副黑边眼镜的三十岁左右的女人，抱着膀稳若泰山靠在座位的后背上。吴明试图朝那个肥肉膘子的女人跟前移移，目的是想那个女人一旦有了恻隐之心施舍给他哪怕是只能放下半个屁股尖的地方。他刚把一只脚抬起，还没找到下脚的地方，再想回到他那个原先放脚的位置已经晚了，那块地盘已经被别人的脚给占领了。他总不能一只脚站到省城吧，他试图把那只悬着的多余的脚往下伸，还没落到实处，就招来一顿屠夫似的吼叫："眼睛长头顶上去啦！瞎着眼往人家脚上踩！"声音是从座位底下传出来的。吴明忙低下身，脸上堆满笑，说："对不起，对不起。"那个"屠夫"的脚缩进座位里面去了，吴明趁机把他的那只脚放正，坦然地立稳脚跟。

列车开动了，车厢里的嘈杂声渐渐低了下来。吴明从书包里掏出一本杂志，捧在手上看。

看了没几行，吴明就觉着眼睛不对劲，常常看走了行。车厢里的灯光太暗，加上那些倒开水的上厕所的"游击队"使他前后左右不停地翻转身子，像油锅里一根油条似的。再加上车厢里的臭袜子味烂脚丫味还有那种说不出来的酸臭的味逼得人喘不过气来，直辣人的眼。

吴明掏出一支烟，好不容易点燃。他感觉，连烟里都充满臭脚丫子味！他抬头望了眼车窗户，车窗户的两层玻璃都落了下来。外头是个黑洞洞的夜。隐隐传来铁轨有节奏的沉闷的声响。

吴明感到胸中憋闷得难受，车厢里的氧气明显不够用。为了分散注意力，他心中尽量去想那些令人心旷神怡的景致：清清的湖水，黛绿色的山峦，二月柳芽上的雾，三月桃花瓣上的露珠；一股股清风，一弯弯小径，一片片竹叶，一瓣瓣荷花，一只只燕子，一块块麦田，粉红色的苹果，亮黄亮黄的酥梨，还有龙眼葡萄，红沙瓤西瓜，柳叶下红得发紫的一筐樱桃……吴明顿时感到口中有股酸水在流动，眼前到处是莺歌燕舞、春意盎然。将那些酸臭之气赶得无影无踪。吴明心中好笑，他想，这也许就是阿Q精神胜利法的妙用所在吧！

又翻开手中那本杂志。就在这时，吴明猛地觉得左脚一阵发麻，他想提起脚来揉，又怕那块地盘被人抢占了去，想低下身去搓搓，后背又被别人的身子抵住，弯不下去。他只好尽量把身子的重量放到右腿上，以减轻左腿的承受力。也就在这时，右边座位上那个肥肉膘子的女人也许是受不住瞌睡的侵袭，终于把那紧绷绷的身躯倒向了她的女儿一边，脚头空出一丁点的地方。吴明顾不了许多，以他的灵敏劲，急忙挤出肉的夹皮墙，迅速将屁股歪在那块一丁点儿的地方，迅速将浑身的酸劲发泄在这一眨眼的幸福之中。真舒服死了！这种舒服是他从来没有享受过的，要比那次去外地领奖睡那一夜席梦思还要舒服得多！他把眼睛闭上，真担心自己会舒服得晕倒。

右边座位上的那个男人醒来了，他长长地伸个懒腰，然后两只手快速地搓着眼睑，手指上的那只金戒和一只红玛瑙箍子在吴明的脸前上下翻动。搓罢，那个男人摸过台子上的一瓶可口可乐对嘴咕嘟几口，又从身上掏出一盒中华牌香烟，顺手丢给吴明一支。

"不吸不吸！"吴明嘴里客气，却不知怎的竟一下将那支烟稳稳接住，脸上不自然地一红。

"出门在外不要客气！"那个男人摁亮了打火机，把火送到吴明的脸前。

吴明不好意思地急忙将烟含在嘴上，点着烟之后，连连说："谢谢，谢谢！"

"出差？"那个男人点上烟问。

"嗯，出差。"吴明急忙回答。

"公事私事?"

"半公半私。"

那个男人咧嘴一笑: "在哪儿得意?"

"××市文化局。"

"科长局长?"

"不不不不,是个办事员。"

"是个耍笔杆儿的?"

"也算是吧?"

平常,吴明最恨别人说他是耍笔杆儿的,要不是在这种场合,他才懒得和这种人说话!他吸了人家几块钱一支的烟,吸人家的嘴短,他不好说什么。再说,火车上大多数人耐不住寂寞,扯扯闲话解闷儿,路才不觉得长。

"一眼就看出你是个耍笔杆儿的,走坐抱着个书啃。"

吴明无可奈何地咧嘴一笑。

"要是有麻将摸摸就好了,哪怕是车价加两倍也行。"那个男人自顾自吐着烟圈。半晌又说道: "可惜咱们没那福分,听说专列上不但有麻将、纸牌什么的,还有漂亮的女人陪着跳舞呢!"

"开水没了!"车厢前头有人喊起来。

"操他奶奶,车厢里这么热,又断水,真他妈的要血命了!"一个东北口音的男人拿着空缸子,骂骂咧咧地东倒西歪朝车厢里头挤。

吵闹声把吴明身旁那个肥肉膘子的女人吵醒了,她"啊"了一声坐起身,愣愣地瞅着车厢里左右的人,然后用脚去座位下勾鞋。

吴明以为那个女人要出去方便,便很礼貌地站起身给她让路。

那个女人站起身,两只胳膊抱在胸前做了个三百六十度的转体动作,又打了几个哈哈,却又躺倒座位上去。这回却是把头转到了吴明坐着的这头。

即使座位上有空,吴明也不能再坐下去了。人家头在那儿,你一个大男人总不能用热屁股去蹭一个年轻的女人的脸吧!骂不死你才怪呢!

"旅客同志们,现在供应冰镇汽水,两块钱一瓶。"歪戴着白帽子,穿着黑不拉叽的白褂子的列车服务员推着手推车大着嗓门走过来, "醒醒醒醒，让让让让，哎——冰镇汽水，两块钱一瓶，透心凉！"

"车下不才一块钱一瓶的么？"不知谁小声咕哝了一句。

那个服务员把眼一瞪："一块钱一瓶？大碗茶还一块钱一碗哩！谁喝谁痛快，不喝别败坏！冰镇的冷饮，哎——两块钱一瓶。"

那个男人从口袋里掏出一沓大票子，抽出一张二十的，甩在手推车上："来十瓶。"

"喝！"那个男的随手递给吴明一瓶。

吴明实在不敢再接受人家的恩惠，急忙把冷饮放在台子上："谢谢，谢谢！"

"别客气嘛！出门在外……"

"不是客气，我的胃不好，怕凉！"

吴明又翻开那本杂志，可他心却不知跑哪儿去了。脚底不牢，他哪看得进去呢！

三

吴明从省城回来的第二天，早晨一上班，顶头遇见副局长宋仁义。两人打了声招呼，吴明刚想拐进自己的办公室，宋仁义却喊住他。

"有什么事吗，宋局长？"

"没什么。"宋仁义笑眯眯地拍了下吴明的肩，"老吴，这几天我咋没见你？"

"我家中有点事。"

"怪不得嘛！"宋局长又笑眯眯地拍了下吴明的肩，走了。

吴明和宋仁义是高中时的同学。高中毕业后，两人同时被下放，又是下放到一个生产队里劳动。劳动之余，吴明喜欢写小说，宋仁义则喜欢写诗，两人经常在一起切磋写作上的技巧，也是各自作品的第一读者。后来，宋仁义被推荐上了工农兵大学，毕业后分配到市文化局办公室工作，不久赶上文凭吃香年月，两年之间就提了办公室副主任、主任职务。主任宝座还没暖热，又被提拔当了副局长。如今他是要风得风，要雨得雨。吴明没有宋仁义的运气，更谈不上什么风什么雨，他是和大部分知青一起大轰隆招工进城的。时隔不久，因在本市的报纸副刊上发了一篇小说，又获了奖，借着这个小小的知名度，被文化局要了去。

自从宋仁义当上了副局长之后，吴明再不好意思和宋副局长平起平坐称兄道弟了。开始，宋仁义对于吴明叫他的官名，脸红好一阵子，他把吴明拉到一边："你还叫我宋仁义吧，不然就叫我老宋也行。谁跟谁呢，局长长局长短的，喊得人浑身麻沙沙的！"吴明也觉得别扭，就说："好，我还叫你仁义吧。"两人像多年未见的朋友似的，还相互握了握手。一段时间，吴明见宋副局长都是直呼其名，后来，他见局机关的人上上下下见到宋仁义都是局长长局长短的，而且把那个"副"字给省略掉了，他一口一个仁义，又觉得不对劲，局里的人会不会说他有意和宋副局长套近乎呢！所以，他又改口喊宋仁义宋局长，当时他见宋仁义脸非但没红，而且官腔打得十足，也就放心地这么称呼下去。

吴明这次去省城考试，走之前他曾和科里的徐科长打了招呼，也没隐瞒他这次去省城的目的。徐科长也是五十七八的人了，人老实正派，却不明不白地戴了二十年右派分子的帽子，刚提科长不久，吴明还是他入党的介绍人呢！一听说吴明要去考大学，徐科长连连拍手说："这是好事，这是好事嘛！你走你的，如有人问起来，我自会给你圆场的，你放心地去考吧，祝你好运！"

现在吴明心中很矛盾，他是怕人家知道他去考大学，又盼着人家知道他去考大学。如果是考取了，他的考学之事被人晓得了没啥了不起，要是考不取呢，叫人家笑话不说，他的脸往哪儿搁！这次考试，固然他的自我感觉还可以，但这次考试高手如林，况且又是面对全国招生的，光在校大学生参加考试就有几十个，还不包括那些有名气的编辑记者、诗人作家。有几个作家还是出过国讲过学的呢！特别这次考试，学校还要求需要有大专学历才能参加考试。

报完名之后，那个报名的老师温和地对吴明说："考试还有两天时间，你抓紧找个地方住下来复习复习。俗话说，临阵磨枪，不快也光！"

还有半个多月就到艺术节了，全局上下都在忙乎。科里的人都下去了，吴明的任务是接待北京等地来参加首届艺术节的十佳歌手。他把桌子上走这几天堆积下了的信件归拢归拢，拿着书包正准备出门，突然，艺术科管艺术档案的陶莉旋转着从门口刮进来，一股淡淡的脂粉清香直扑吴明的面门。

"作家，你这几天死哪儿去了？"陶莉一屁股坐在吴明对面的椅子里。

"哪儿也没去呀！"吴明只好放下书包，也坐了下来。

"哪儿也没去？哄憨子去，瞒得了别人还瞒得了我！"

"谁瞒你呢，难道你是我肚里的蛔虫？"

"怎么样，这次北京之行，和××、×××、×××联系上了吗？"

"我哪辈子上的北京？"吴明心里说。对着陶莉这种人，她说什么就是什么，你要是和她啰唆起来，管保你半天离不开座位。

"联系上了。"吴明就坡下驴。

"我说嘛！就凭你那张小白脸还联系不上？不过……"陶莉卖了个关子，然后薄嘴唇一撇，一双丹凤眼诡秘地一眨，"不说了……"留下了美好的酸不溜溜的六个圆点。

骚货！吴明心中暗骂。

"说正事。"陶莉把手中的纸和笔放在桌子上，"高书记的孙子满月，你凑不凑份子，要凑，每人二百元。"

高书记去年下半年退居二线。吴明记得他刚来文化局上班的时候，一天，高书记找到他，要吴明给他写一份讲话稿。高书记说眼睛不太好，要吴明把字写得大一些，重要的地方要在字的下面画上横线提醒他注意。作完报告之后，高书记找到吴明把他臭骂了一顿。原来，报告中重要的地方，吴明不但按照高书记的要求用红笔打上了横线，而且在句子的后面加上了括号，括号里又加上了各类语气词。这一下坏了，坏就坏在高书记念讲话稿从来都是照本宣科地一字不漏地照着念。听报告的人掌声雷动，有的人不但拍红了手掌，而且还流下了"激动"的泪水。开始，高书记还自以为他的报告很精彩的呢，等他弄清是怎么回事之后，他不熊吴明熊谁？从那，高书记再也不找吴明写讲话稿了。

"你怎么不讲话呀，又在想什么鬼点子！"陶莉等得不耐烦了。

吴明从口袋里掏出两张百元大钞，甩在陶莉面前："不就是二百块钱嘛，全当是……"

"全当是什么？"

吴明夹起书包，和陶莉做了个鬼脸，手指在胸前点了六下，然后将陶莉推出了门，说："走吧，我的姑奶奶！"

四

艺术节的演出场地定在体育场，全市人民心目中的全国十佳歌手已经确立，这十多名歌手都是全国红极一时的影坛歌坛的老秀和新秀。上午文化局的头头陪着市委市政府的领导们已到这些歌手下榻的宏达宾馆接见了他们。吴明这会儿正忙得不可开交，他除了负责歌手们的吃住演出旅游的安排，上传下达调节各个环节的关系，还要负责十名歌手五场演出的票务。下午，他去局里拿一件东西，刚出门，传达室老陈塞给他几封信，他连信皮也没来得及看一眼就塞进书包里。夜里他很晚才回到家，刚躺下，突然想起书包里的信，才急忙找出来，其中一封有着江南大学中文系红字落款的牛皮信封跃入他的眼帘。吴明心中猛地一跳，把那封拿在手里久久地看着。又来来回回把信封上的每个字（包括他的姓名）看了不知多少遍。他想，也许，这就是决定他一生前途命运的一封信呀！吴明为了让他的那颗扑腾扑腾的心平静下来，稳定一下情绪，他有意先拆开另外的几封信阅读，然后找出一把剪刀，把江南大学那封信对着灯光看了一下，才轻轻地小心翼翼地剪开了信封。当他看到信的头一行标着"江南大学中文系作家班入学通知书"几个大字时，吴明差一点把持不住自己，就好像站在陡壁悬崖向下探着头的那种感觉。接着，他又翻来倒去地把第一行字看了几遍，确认眼睛没有什么毛病的时候，他这才推醒身边熟睡的妻子。

"醒醒，醒醒，我被录取了，我被录取了！"吴明的喊声都岔了腔，抓住妻子的肩一个劲地摇着。

"三更半夜的，什么事不会明天白天说吗？"妻子惺忪着双眼，将身子欠起来，"我正做着梦呢！"

"你看你看。"吴明把信递到妻子的面前，趴在妻子的肩头，用手指着信念道："江南大学中文系作家班入学通知书。"然后抬眼瞅瞅妻子的脸，继而念道："吴明同学报考我系作家班，经文化考试和作品审查，已达到录取标准，望接到通知后，于某年某月某日到江南大学中文系报到。并请在报到的前一周内，将×万×千×百元（含三年住宿费、培养费）汇入×××银行分理处，然后凭汇款收据和入学通知书来校办理入学手续

186

……"

"我没想到……"妻子哽咽着说。

"我也没想到……"吴明也说。

"这回好了,你可以安心地做你的文章了!"

"我以为这辈子进不了大学的门了,真没想到,三十多岁的人还能去读书……哎,你别伤心嘛!"吴明用手去抚摸妻子含泪的眼睛。

"我这是为你高兴!"妻子将身子倒在吴明的怀里,"只是你这一走……"

"是的,这一走就是三年,家中一切,教育孩子……苦你一人了!"

"这没有啥,这是做妻子的本分。再说,只要你有出息,做妻子的脸上不是也有光吗?想这些,苦也就不觉得苦了。只是舍不得你走!"

"我也是!三年一千零九十五天,得一天一天地数。唉,人生有多少个三年呢!"

"别想那么多了。不过你去上学,千万不要太赶了,晚上要是写东西,提前买点糕点放那儿,冲一杯牛奶喝,熬夜是熬心血的。唉,要不是你喜欢写作,我真不愿意你去爬格子。"

吴明一手抓住妻子的手,一手揽紧她的腰,脸抵着妻子的脸,说:"我会记住的!"

"还有,冷暖自己要当心,不比在家里,有人照顾你。你的胃不好,宁暖些别冻着。平常少喝浓茶,浓茶伤胃。还有生活上不要对自己苛刻,想吃什么就买点儿什么吃,钱不够我给你寄。"

"我会记住的。"

"还有,到那上学要安心,别胡思乱想。反正每年还有寒暑假……千万不要想其他的女人……报纸杂志上例子不少,人的地位高了,接触的人多了,就有女人勾。要注意少和那些女同学来往,就不会出事。"

"你看我这个丑样子,能有女人勾我吗?"吴明龇牙咧嘴"嘿嘿"地笑出了声。

"我给你说正经的,你别当耳旁风!"妻子说着挣开吴明的手,将身子扭一旁去。

"记住,一定记住,绝不当耳旁风!"吴明做个鬼脸,然后俯下身,一本正经地说,"你也要记住我的话哟,在家要老老实实的,不准和任何男人说话，更不准和陌生的男人嘻打哈笑的，一笑准坏事！"

"要是不放心的话，那你就别去上学，在家守着我！"

"我逗你的……"吴明趴在妻子的身上，不住地亲着她的脸。

楼下，不知谁家的音乐钟响了起来，接着敲了三下。

"不早了，睡吧。"妻子说。

"我想……"吴明压在妻子的身上。

"轻点，别吵醒孩子！"

"爸爸，我要尿尿。"佳佳突然喊。

吴明慌忙滑下床来，说："来了来了！"

五

吴明敲开副局长宋仁义的门，已是晚上十点多钟。

这几天吴明的心里老在琢磨，他考取大学作家班的事，怎么开口和局党委说。怎么说，和谁先说，这里面有很大的学问。

如果吴明把这事光和一把手陈局长说的话，当然无可非议，那么分管你部门的刘副局长知道了的话，嘴中不讲心里会说，你怎么越级汇报情况的呢！你眼里还有我这个副局长吗？那么好了，你既然和一把手说的，这事我不过问了，同意不同意都别找我！如果你先和分管的刘副局长说，当然更是无可非议。那么，一把手陈局长会不会想，这么大的事，为什么不先向我汇报的呢？你吴明眼里既然没我这个一把手，我不表态，看谁敢点头？如果先去找他那个同窗加战友的副局长宋仁义，当然这更是没有话说的，一来他和宋有这层关系，二来宋又是主管业务的副局长，不先和他说，他会有一大堆怪话在等着你，说不定到时他屁股一拍一推六二五，连同窗加战友的情分也不看的。所以，这几日，吴明揣摩来揣摩去，找谁先说一直没下决心。加上文化局上上下下这几天都在忙着艺术节的事，找头头就更难了。丑媳妇总要见公婆的，时间不等人，离报名的日子不多了。吴明最后决定，先去找找宋仁义，即使有什么事，他相信宋仁义该瞒的瞒该盖的盖，会替他使劲的。即使不念同窗之情，就凭他吴明和他在乡下一锅抹勺子、一个被窝睡觉、跌打滚爬好几年，他不至于不卖个人情吧？再说这个人情又是顺水人情，不花他宋仁义一个子儿！

　　深更半夜来访，宋仁义不但一点没介意，相反显得很兴奋，热乎得像是暖气片似的拉着吴明的胳膊往客厅里走，嘴里也十二分殷勤，说："快进快进，哎哟，什么风把你给吹来了？我的印象，自从搬了这个家，你还没来过一次呢！快坐快坐，哎哟，你瞧这沙发上乱的！"说着急忙把沙发上书、报纸、红头文件之类的东西，归拢在一起，抱到其他房间去了。

　　宋仁义这么热情，吴明的尴尬劲和担心都是多余的了。这一刻，他真把自己看成是宋仁义的同窗好友、一锅抹勺子、一个被窝睡过觉的老战友似的，大大方方地坐在一弹多高的沙发里，目光浏览着墙上的字画。不一会，宋仁义就笑眯眯地进来了，吴明忙掏出香烟递一支给他。

　　"不抽你那个烂牌子！"宋仁义瞥一眼吴明手中的烟盒子，从茶几上摸出一包当地产的名牌香烟，抽一支给吴明。说过话之后，宋仁义猛然觉得刚才那句话是不是说得有点不太妥当，忙改口说道："到我家你为客，哪能吸你的烟呢！"说着，自己也抽出一支烟含在嘴上，点上火，转身从冰箱中取出一个很粗的瓶子来，"来杯咖啡吧，真正的美国货，雀巢牌的，醒醒脑提提神。"

　　吴明有点受宠若惊："麻烦了！"

　　"不麻烦，不麻烦！"宋仁义给吴明和自己各冲了一杯咖啡，然后坐下来，跷着二郎腿，微笑着望着吴明，说："老同学，你是无事不登三宝殿，深夜来访，肯定有什么重要的事要说，我猜得对不对？"

　　"宋局长，是、是这样……"吴明心中开始很平静，真正说到了正题，又有点儿紧张起来。

　　"今天在家里，你别喊我局长行不行，喊得我都快坐不住了！你还是叫我仁义吧，听起来既舒坦又亲切。"

　　"好。"吴明吸一口烟，"有件事不得不这个时候向你汇报。"

　　"你再客气，我就赶你走了！"宋仁义假装生气的样子。

　　"好，好。"吴明想想也对，过分客气相反更加不好说话，就直来直往地说："仁义，我考取了江南大学作家班了。"说着从口袋中掏出入学通知书交给宋仁义。

　　继而吴明又说道："考试之前，因走得急，也没向局党委汇报，只和科里徐科长打了个招呼……这是一辈子的前途问题，你得帮帮老同学的忙！"

宋仁义将那张入学通知书拿在手中仔仔细细地看了好几遍，突然觉得浑身不自在起来，喉咙里好像有块鸡骨头卡住了似的想咽又咽不下，想吐又吐不出。他的那张没有表情的脸上愣愣的，大气也不敢喘，脑子里嗡嗡地一阵鸣响。他想起了说书人常说的"万丈高楼一脚蹬空，扬子江心断缆崩舟"的那句话来，用这句话来形容他此时此刻的心境是再确切不过了。

这个家伙！宋仁义心里不知怎么冒出这个词。他认为，这个家伙四个字这会儿安在吴明头上很合适。这个家伙，竟不吱不吭考上了国家名牌大学，这个家伙还了得，三年出来，他宋仁义不论从哪方面绝没法和这个家伙相比试。虽说他也是有大专学历的，那只是个软本本的——工农兵大学生，还只限本省内使用。他之所以被提了文化局的副局长，占的是天时地利。几年之后，这个家伙一旦回了文化局，那真是如虎添翼啊，而且他的文学作品也会随着他的知名度而水涨船高。他不能放这个东西走，他不能拿自己的车别自己的马腿！

宋仁义镇静一下神情，马上觉得嗓子舒服一些了。抬眼见吴明正望着他的脸，显得有些慌乱，只一会儿，就露出真诚的微笑来。

"好，好，好！"宋仁义连连拍着手，然后把入学通知书折好交给吴明，又问，"什么时候考的试？"

"上个月。"

"上几年？"

"三年。"

"什么待遇？"

"发本科文凭。"

"不错不错！你去深造几年，将来你老兄前途无量哟！不过……"宋仁义又抽出一支烟递给吴明，"不过，这个事有点麻烦。过去党委有过意见，机关人员今后不准脱产上学……今天你既然找到我，我知道你的目的，你和我之间的关系就不必说了，真人面前不说假话，我表明一下态度：一、我同意你去上学。二、党委会上我尽力说服陈局长和分管你们科的刘副局长。三、关于学费问题，我会尽一切力量帮你争取。"稍时又道："如果单位同意你去上学的话，学费问题，我想局党委会考虑的。不行的话，我们同学之间凑一凑，也要支持你去上学。"宋仁义站了起来。

这是送客的表示，吴明也只好站起了身。

"给你添麻烦了！"吴明说。

"别这么客气，谁叫咱们是老同学的呢！"宋仁义亲亲热热地拉着吴明的手，"这个忙我不帮，谁帮？"

宋仁义腆着将军肚，一直把吴明送到了楼下。临走，又趴在吴明的耳朵上说："我再给你出个点子，你去找找高书记，他和刘副局长关系不错，刘听他的……记住，别在刘的面前说我知道了这件事。另外，去高家里手别空着，老头子这个人……你懂我的意思吗？"

"我懂我懂！"吴明紧紧抓住宋仁义的手握个不停，"谢谢，谢谢老同学的指点！"

宋仁义眯着眼笑了，用劲拍了下吴明的肩膀："你老兄是心有灵犀一点通嘛！哈哈……"

六

> 天上有个太阳，
>
> 水中有个月亮，
>
> 我不知道我不知道我不知道，
>
> 哪个更圆，哪个更亮，哎嗨哎嗨嗨呀……

刘欢一首《心中的太阳》唱毕，全场一片欢呼。刘欢到台前谢了三次幕，掌声非但没有减弱，相反更加激烈，弄得女报幕员还没扭到台中央，又被雷鸣般的掌声赶了下去。

吴明在场外被本市剧团的几个演员截住，抓住他，不容分说在他身上翻票，就差里面的裤头没摸了，其余的口袋一个不剩被翻得里朝外。

吴明好不容易脱了身，钻进场子里刚找了个座位坐下，猛抬头看见刘副局长在主席台上向他招手。他急忙弓着身子走了过去。

"那个事我听老书记讲了。"

"是吗？"吴明知道刘副局长所说的那个事是指他考学的事。

接着，刘副局长满面春风地给吴明上了一支"软中华"，又忙着掏出气体打火机帮吴明点燃了烟。在吸烟史上，刘副局长一向是肥水不流外人田，更别说是对下级递烟点火有失身份的事。

"谢谢谢谢！"对于刘副局长的反常，吴明感到心里一阵滚热，嘴里不停地致谢，却想不出别的话来说。

前天晚上，吴明按着宋仁义的授意，专程拜访了刚刚退居二线的高书记。高书记出人意料地很热情地接见了他，还板着脸批评他不该带礼物。

那次吴明去高书记家喝他的孙子的满月酒，高书记当时就对吴明的看法变了，还专门过来和吴明说了五六分钟贴心暖肠子的话。在酒桌上，高书记还把吴明刚调到文化局时给他写的报告，叫他出了一次大洋相的故事当作笑话讲给在座的人听，喜得许多人都笑得前仰后合地捂着肚子喊疼，连高书记本人也笑得连声咳嗽起来。

吴明这次上门，来意还没完全彻底讲完，高书记就拍着胸脯打包票，说："你回去等着好消息吧！刘（指刘副局长）是我一手提拔的，我叫他去撵狗他不敢追鸡。我现在虽然是无职无权，可这点老面子他们还得给，一些地方他们离开我还不行！"

"你小子行！"刘副局长欠着屁股像长辈似的拍着吴明的肩，"去上，我支持。再说这个机会难得，若不上，太对不起自己了。至于学费问题，你放心好了！"

"谢谢，谢谢刘局长！"吴明还想客气几句的，见刘副局长的目光已转到了舞台上，忙躬腰退了回来。

音乐又响起来了，是李双江的《我爱五指山，我爱万泉河》……

七

在两个副局长面前捅破了这层纸，吴明感到心中踏实多了。艺术节一结束，他就去找局长兼党委副书记（正书记空缺）陈友善这个决定他一生前途命运的关键性人物。

陈友善原是市委组织部组织科的科长、部委委员，享受副处级的待遇。担任文化局局长刚好两年。文化局是个清水衙门，当时派谁去，谁都不愿意去。陈友善找到部长，自告奋勇要求到最艰苦的地方去锻炼锻炼。并在部长面前立下军令状，两年内一定改变文化部门的落后面貌。陈友善一到任，确实大刀阔斧地干了一阵子：剧团搞改革，剧场电影公司搞承包，艺术馆、文化馆、博物馆、展览馆搞人才流动，既按资排辈，又搞多劳多得，末了，他打的气还不够下面的人给他拔气门芯的，结果一场"艺术革命"就这样流产了。如今隔三岔五还有人去他家"闹革命"，用陈友善的话来说，文化部门饭好吃，事难做！

陈友善的家住在市委机关宿舍里，吴明找到了陈局长的家，在门上的门铃上很礼貌地按了一长一短两下。

过了不大一会儿，吴明听到屋里有拖鞋走动的声响，接着有人拨开门的猫眼往外偷窥。吴明脸上顿时火辣辣的难受。他下意识地拉了下褂角，将胸脯挺了挺。

吴明想象出猫眼里的那只眼睛一定是蓝色的三角眼！因为猫眼的玻璃是蓝色的，而人的眼睛对准猫眼的最佳角度最多是眼球的三分之二，所以说那只眼睛又是三角形的。人要是一只眼睛是黑色的，一只眼睛是蓝色的，一只眼睛是圆形的，一只眼睛是三角形的，那才真正有看头！吴明为自己的想象发笑。

门开了。确切地说，门只开了半边。门边露出一张女人的脸。

"你找谁？"那个女人问。

"我找陈局长。"吴明赶快回答，生怕那个女人的身子一眨眼睛滑了进去。

"你是哪个单位的？"愣一会儿，那个女人又问道。

"文化局的。"

"文化局的？"

那个女人又上下打量了吴明一番，然后闪进门里，可着嗓门叫："老陈，有人找！"呱嗒呱嗒的拖鞋声逐渐消失了。

门既没拉开也没关死，吴明拿不定主意是进还是不进。最后，他还是疑疑迟迟地推开了门。

这时正好陈友善从屋迈着四方步子出来。陈局长块头很大，两撇儿又粗又黑的眉毛下一对眼睛却小得出奇。说话声底气很足，有时做报告不要麦克风，会议室后排都听得清清楚楚。

"是小吴，有什么事吗？"陈友善大大咧咧地问。

来找你当然是有事，没事来你这儿做什么？吴明被堵在走廊里，进也不是退也不是，只好硬着头皮说："有件事想和您汇报一下。"

也许陈局长看到吴明脸上尴尬的表情，也许陈局长突然想起吴明有篇什么作品获奖的事，也许陈局长又突然想起吴明将来别把他的形象写进某一篇小说里此人得罪不得，所以，一向深谋远虑的陈局长脸上马上换成弥勒佛似的笑容：

"什么了不得的急事啊！好，里边说吧。"

陈友善这才带头引路。

落座之后，吴明从口袋里掏出当地名牌香烟，抽出一支递给陈局长。

陈局长接过烟，放在眼上下意识瞅瞅烟牌子，在手指间拧了几拧，然后放在沙发旁的茶几上。两只手在沙发扶手上有节奏地弹着。

吴明记得陈局长是吸烟的，烟瘾还不小。不知这会儿是不想吸呢，还是嫌烟孬？陈局长不吸吴明也不好吸，把抽出给自己的那支烟又装回烟盒里。插了半天却插不进去，弄得他满脑门子的汗。

"什么事？说吧。"陈局长又换上了公事公办的面孔。

本来，吴明心里还在想，到时怎么和陈说，先怎么说后怎么说，哪些方面可以直截了当地说，哪些方面应该婉转一点地说，哪些方面应该看看陈的态度再说，见陈局长那种急不可待的样子，吴明干脆来个开门见山！

陈友善听完之后，脸部表情并没有像吴明想象的那种变化。他舒了个懒身，屁股在皮沙发里"咪咪"地磨了几圈，手指在沙发的扶手上忽紧忽慢地弹着。老半天才问：

"考试的事那两位局长都知道不知道？"

吴明原来想不把宋刘两位局长知道他考学的事告诉陈的，话到嘴边，吴明又改变了主意，说："宋局长和刘局长也是刚刚才知道的。"吴明见陈局长低头不语，又说，"考试之前没有和各位领导打招呼，主要怕领导们不同意我去考学，所以……我有错误，我应该向局党委作深刻的检查！"

"两位局长都是什么态度？"陈局长没理会吴明的表白。

吴明感到这个问题不好回答，假如说宋刘两位局长已经同意他吴明去上学了，这不是明明逼人家陈局长表态的吗？假如说那两位局长没有态度或者说态度含糊，那么陈局长只要随便找个借口编套理由就可以顺顺当当不费吹灰之力打发他吴明走人了！

"两位局长都说这事得你陈局长点头才行。"吴明终于找出了这么自认为得体的一句话。

陈局长"嗯"了一声，表示对吴明的话还比较满意。稍时又说道："光我点头不中，这事得党委会上研究一下！"

陈友善刚一听到吴明考取大学的事，确实吃惊不小，但他的脸上却是平平静静的，这是他多年在政治舞台上锻炼出来的，实际陈局长心里一直在考虑，他考虑的不是吴明上不上学的问题，而是吴明上或不上会给局里带来什么影响和后果的问题。他现在不得不考虑这个问题。刚调来时，他也曾轰轰烈烈地想干一番事业，结果如何？下面有意见？上头不落好。有的人当面向他示威要怎么怎么的，有人竟然带着老婆、孩子去他家里闹，你下班他上班，碰饭坐倒就吃，遇茶端起来便喝，就那还不算完，南北告状，弄得他里外不是人！陈友善渐渐学乖了，他不会再去干那些傻事了！他还指望改革会给他带来多大的好处吗？他还指望将来参加市长选举吗？不不不，他没那个野心！即使有，人都给得罪完了，谁还举手选举他呢？笑话笑话！所以，陈友善如今是事事小心，处处注意，得罪人的事他不干。就是干，也要党委的人一起干，他不想踩别人的背，也不想给人当垫背的！

"你是知道的。"陈友善从身上掏出一支"软中华"，点上火吸了一口才又说道："今后局机关一般情况提倡自学成材，原则上不再同意脱产上学。你想，如果张三出去上学，李四也出去上学，工作都由谁来做？况且局里想上学的这批人还不少，如果同意你去上学，别人说了，他吴明为什么能去上学，我为啥就不能！再说，你上学的专业也不对口，文化局不需要什么写小说的……不过，这种机会真是太宝贵了，你如果不能去上学，连我都替你可惜！所以，这是个矛盾，同意你去上学，局里很为难，不同意你去上学，实在又有点不近人情。从我个人来讲，当然……"陈友善站起来，好像是考虑什么重大问题似的两眼往上翻着，沉思了半晌，才又说，"等党委研究研究再定吧。"

八

和陈局长谈完话之后，吴明仿佛是卸下了千斤担子那般轻松。固然陈局长没有明确表态是同意他去上学还是不同意他去上学，但起码一点可以肯定，陈局长说要研究研究这是真心实意的话。这么大的事不研究研究，哪一个头能做得了主呢。这几天，吴明一般不出办公室的门，他怕万一哪个上级找他谈事情，他不在，让领导们不高兴。甚至有时在走廊上碰到陈、宋、刘三位局长副局长，吴明好像是做错了什么事似的，把目光躲得远远的。他怕别人看出来，他眼巴巴地瞅着头儿是想探听上学的事。因为全局上上下下都晓得他考上了大学。吴明想，党委假如研究完了之后，是会明确给他个答复的。他要安心地等，不要叫人看出他有急躁情绪。许多事往往就是因为过于急躁才办坏了的。渐渐地，吴明发觉三位局长碰到他时，目光并没有注意他。在他们的眼里，他好像变成了隐形人。吴明奇怪了，一感到奇怪，心里就不安了，心里一不安，脸上也就表露出来。他努力克制自己，有事无事故意在局长办公室门前溜达。有时三位局长中哪一个出门，他随时准备迎上去问问情况的，而他们却有意无意和别的人扯一些天气、衣着、物价等不相干的话题。吴明根本插不上嘴，也不容他插嘴。那天陈局长和别人闲聊还是眉飞色舞，一见吴明的面脸上马上严肃得滴水不漏。宋副局长老远瞅着吴明的影子却改道而行，就好像他吴明是艾滋患者似的！刘副局长更不用说，像一条滑泥鳅，见了他一转眼就不知去向了。

吴明这才感到问题的严重性。他想去找党委秘书小黄打听一下情况。局里召开党委会，小黄一定是要参加的。他与小黄哥们关系不错，有时小黄会把局里一些秘闻透露给他，让他"一闻"为快。

一天临下班之前，吴明偷偷把小黄拽到一边问道："我的事党委是怎么研究的？"

小黄支支吾吾、东张西望半天，最后神神秘秘说道："这种事你得去问几位局长，你懂我的意思了吧？"

一股恶气窜上吴明脑门，他把手一甩："我不懂！"丢下小黄自个儿走了。走出几步，才感觉这种口气对待小黄有点委屈了人家。小黄不过是小小的党委秘书，他有什么权力把党委研究的情况透露出来呢？何况连几位局长都对他吴明敬而远之。吴明回头想对小黄道一声歉的，见小黄已经闪进自己办公室了，心里不由一阵惆怅。"我为什么不能名正言顺地去找几个局长当面问问清楚呢？又不是什么见不得人的事！我怕什么呢！"吴明心下这么想。这么一想，他心中又平稳多了，想来想去，他还是决定先找找他的老同学宋副局长打听打听内情，再作打算。

这天下班，吴明从窗户看见宋仁义上了接送他的汽车，急忙追了过去："宋局长，我和你说个事。"

宋仁义当时脸上一愣，马上镇静下来，从车里探出脑袋，笑着说："我有件急事等着办，有什么事改天再说，行不行？"

"就耽搁您大驾一分钟，总不会影响你这位大局长办事吧！"

"老兄，你别这么刻薄好不好？好好好好，什么事说吧，简短一点！"宋仁义苦笑着说。

"我上学的事，党委是怎么研究的？"

"哎哟哟哟！"宋仁义用手连连拍打着脑门，"看我这熊记性，怎么把这事给忘了呢！"半晌又说道："哎，不对啊，上学的事你不说陈刘两位局长都晓得了吗？怎么我忘了，他二位在党委会怎么也只字未提的呢？怪事。这样吧，党委明天还要开会，我一定在会上提出来，一定！就这么说了，我走了。"宋仁义边说边将脑袋缩进了车子。吴明还想说什么，见汽车已经启动了，只好作罢。

第二天下午下班之后，吴明又在宋仁义住的楼下截住了他。没等吴明张口，宋仁义便主动打招呼，然后面有难色地说：

"党委意见不统一！"停停又说，"别急，慢慢来。我再给你争取争取！"

晚上，吴明又各自找了陈局长和刘局长，他俩的口径和宋仁义一致，都说"党委意见不统一，也都答应给争取争取"。这就怪了，三个党委成员都说意见不统一，到底是谁的意见不统一？三人都表示给争取争取，到底是谁争取谁呢？吴明琢磨了半天，也没琢磨透。

又过了两天，吴明又去找了宋仁义。这次宋仁义倒是放出了明白话：

"党委的意见不同意你去……党委确实有难处，我争取几次都不行，你看……我在想，如果你提出停薪留职去上学的话，我想局党委会考虑你的意见的……"

"我没这么想过，也不可能这么想！我又不是个体户，又不是去下海经商，停的哪门子薪，留的哪门子职！我去上学是不是还要我每月上缴局里多少多少钱啊！"

　　"你别这么激动嘛！"宋仁义把话说得软软的，"我也是为老同学考虑。这学万一不能上的话，确实令人惋惜！我想，假如你主动向局党委提出停薪留职去上学，我想党委会同意的。将来如有人攀比你去上学的话，党委也好说话！当然，主意还得你自己拿。假如你同意的话，党委由我去说。经费上有困难的话，我替你想办法。谁叫我们是老同学的呢！"

　　"谢了！"吴明重重地说。然后掉头就走。他怕他在宋仁义面前控制不住感情，更怕不听话的眼泪让他丢掉男人的颜面。

　　此时已是早春二月的天气，黄河岸边的垂柳已经轻轻地撩人眼帘。树旁的石桌子一圈围了许多给人看手相的人。吴明挤了进去，二话没说，把手往石桌面上一摊，对那个看手相的白胡子老头说："给我看看，看我是什么命！"

九

　　吴明是被叶教授拽着耳朵从人群里拽出来的。

　　"你怎么变得这么庸俗？地地道道的小市民！"叶教授丢开手，累得大口大口喘着粗气。

　　"你看我不像个小市民吗，叶老？"吴明反问。不时用手揉搓那只被薅红了的耳朵。

　　"是不是在体验生活？"

　　"也许是吧！"

　　"你上学的事怎么样了？"叶教授在石凳子上坐下。

　　"这不正在算命嘛！"

　　"我没工夫和你扯淡。说，到底怎么样了！"

　　"局里不同意！"

　　"不同意？"

　　"不同意。他们说局里想上学的人很多，又强调说与我的专业不对口……"

　　"想上不等于就能上！"叶教授打断吴明的话，手中的拐杖不住地敲着水泥地，"什么叫专业对口？这是为国家培养人才他们懂不懂？彻头彻尾的官僚主义、本位主义！"

　　"局里一位头头暗地和我透露，如果真要上，可以停薪留职去上。"

"这不是明摆着不让上嘛！不给学费不给工资叫人家怎么上？就算是能借到学费，将来怎么还？就凭你那点儿微薄的工资嘛！再说，没有工资，叫人家饿着肚皮去上学吗？再有，老婆孩子谁来养活？难道就因为去上大学就不要老婆孩子了吗？劳改犯还得给饭吃呢，何况去读书呢！"略顿又说道，"他们凭什么不给人家工资？工资是国家给的，他们有什么权力卡掉！"叶教授越说越气，脸涨得通红。满头白发像把盖满雪的草垛子在西北风中不住地颤抖。

"走！"叶教授猛地站起身。

"上哪儿？"吴明急忙上前扶着站立不稳的叶教授。

叶教授一把推开吴明的手，说："上市政府！"

"叶老，你身体不好，别……"吴明劝道。

"我身体怎么啦？好得很！我带你去找市长说理，你要是怕，我自个儿去！"

吴明深知叶教授的脾气，劝也是枉然，只好默默地跟在老头的后面。

一路上，叶教授像是跟谁生了大气似的，一句话也不说，只顾自个儿蹶横地在前头走，连拐杖都不柱，走得飞快。

到了市政府，接待叶教授和吴明的是分管文化系统田副市长的一位秘书。

"我叫张云海。"

那位秘书一见叶教授，马上自报家门。

"叶老，您认不得我了？您带过我文艺理论课呢！"

张秘书满脸的惊喜神情，边让座边刷杯泡茶拿烟。

叶教授说："你不要忙乎，你既然是我的学生，就烦你和田市长通报一下，告诉他，离休教授叶仲山要见他，请他赏个脸！"

"哟，田副市长去省里开会去了。"张秘书感觉对不住恩师的样子，嘴里连连说："真不凑巧，真不凑巧！"

"要几天回来？"叶教授问。

"一个星期的会，今早刚走。"稍停张秘书又说，"什么事情？能不能先告诉我，等田市长回来，我向他汇报，您看行不行？"

叶教授想了想，说："不了，等田市长回来当面谈吧。"

“那好，那好。”

张秘书毕恭毕敬地把叶教授和吴明送下了楼，又坚持非要送到市政府大门口。

“离开学还有多少日子？”走了一段路，叶教授停下来问吴明。

“整整还有半个月。”

“你个人的态度如何？”

“局里不同意，恐怕只有办停薪留职。”

“这是什么混账逻辑。”叶教授怒不可遏，稍时又问道：“什么时候交学费？”

“通知要求开学一周前将学费寄出。”

叶教授默默地向前走去，稍时又停下说：“学费问题我来帮你想办法，你做好上学的准备。工资问题，等市长回来我去找他。记住，再困难，这学也得上，即使是摔锅卖铁也得上，要有这个决心。”

“我有这个决心！”吴明说。

“这就对了！”叶教授握着吴明的手，还想说什么的又没说，拄着拐杖走了。

刚开春不久，傍晚天还有点凉。吴明望着叶教授那瘦小的身影融进了被残阳渗透了的公交车候车站的人流里，眼窝里不觉有股暖流往外蠕动着。

十

说是这么说，吴明总不能叫叶老为他上学筹借学费。即使摔锅卖铁，也不能让叶老为他操心。当然锅不能摔，因为废铁值不了几个钱。再说，人活着总要吃饭，没有锅咋吃饭！

吴明也曾想过，和别人先借钱上学，等以后有了钱再还人家。可他绞尽脑汁也想不出一个亲戚朋友是腰缠万贯的，一般家庭，谁有几万元闲钱借给他呢？况且，即使有人或者也有这个力量借钱给他去上学，他何时才能还人家？又指望什么还人家？听说上学期间功课很紧，就算他吴明点灯熬油爬格子出来几千字抑或万把字的作品，稿费又有几何？他不能指望这个，也从来没指望过这个。如果想挣钱的话，他不如倒腾两篮鸡蛋几篓鳝鱼什么的，保证比这爬格子挣钱要多得多，而且挣得也容易。当然这还是小倒。要是大倒的话，比如彩电、冰箱、摄像机、水泥、钢铁、化肥、农药，等等，什么紧张倒腾什么，什么来钱倒腾什么，三年不要，他吴明起码是个百万富翁。比如，哪哪受灾，哪哪学校校舍坍塌，哪哪人得了肾功能衰竭、恶性肿瘤什么的，他会毫不犹豫地捐个三万五万的。可他如今连万儿八千也拿不出！吴明并不认为自己可悲，他觉得只有这样才会促使他进取心更强，生活得更充实。假如他们这样的家庭要什么有什么，想吃什么吃什么，要住大房子给你一座小洋楼，要汽车给你一辆"宝马"！那样活着还有什么意义？倒不如，想吃烧鸡的时候，在摊子面前徘徊半天，才一狠心买了一只，回家一家人客客气气你推我让谁也不愿先动筷，老婆孩子挤在一间十几平方的屋里热热乎乎地舒舒服服地过日子。当然不是说，他吴明不想吃好穿好住好，但这些条件要靠真正的劳动去换取。

一分钱能难倒英雄汉，更何况这么多的钱呢！吴明生平第一次犯起难来。他想到家中的财产，唯一能变卖的是那台获奖得来的二十一寸东芝牌彩电和那台攒了好多年才买来的一百六十立升香雪牌电冰箱，这是他们最值钱的东西，其余的没什么值钱毛了。家具破破烂烂，一台老掉牙红灯牌收录机只能收不能录，一台十二寸台扇光转不摇头，这些东西送都送不出去，别说卖了！再么还有两柜子书。书是吴明的命，即使是饿死，他也舍不得卖的。想来想去，只有彩电冰箱可以变卖一部分钱。

晚上睡觉时，吴明把想法和妻子说了。

妻子不但满口应承，而且还劝道："只要你能上学，这有什么呢？将来有钱再置嘛！式样质量也许比现在还好呢！"

多么贤惠善良的妻子啊！吴明抱着妻子许久，说："谢谢你，谢谢你！"

"谁跟谁呢！"妻子微微一笑，却笑出了两眼泪花，在灯光里一闪一闪的。她急忙背过脸去，说："你快松手，勒得我好疼呢！"

买东西难，卖东西更难。吴明跑了两三天家电市场才体会到。

吴明不想惊动他的那几个有点门路的同学和朋友，一则怕难为情，二来如果他们晓得了他吴明的难处，不用煽动，他们都会把身上掏得一个子儿不剩！要是那样，他的心就更加不安了。

一天，吴明又到家电商场去，碰见一个中年男人望着柜台里的要票的彩电摇着头，他忙上前搭讪：

"师傅，你要买彩电吗？"

"你有吗？"那个中年男人反问。

"我有一台二十一寸东芝牌的，已看了几个月。我按平价给你，再低一点也行。"

"你为什么要卖？"中年男人疑疑惑惑望着吴明。

"我急等钱用。"

"不会是机子有毛病吧？"

也难怪那个中年男人这么说，如今彩电价高还要票，哪有这么好的事？

"要不信，你可以当场试看。再说我有门牌号码，有名有姓的，不好你再给我送回来。"

吴明将那个半信半疑的中年男人领到了家，打开电视机让他看。

"效果是不错。"中年男人看后说："不过，我得找个内行的人来瞧瞧，几千块钱的东西……是不是？"

"那当然。"吴明赶紧说。

"冰箱卖不卖？"中年男人听见墙拐角的冰箱响了起来，就随便问一句。

"卖！"吴明心中一阵酸楚。

"好，明天我带个人来，当场验货，当场交钱怎么样？"

"随你的便。"吴明说。接着送中年男人出门。

第二天，吴明在家等了一整天，也没见那个中年男人来。又过了两天还是鬼影没见。离汇款的日子没有几天了，吴明心里很是着急，不能再等那个中年男人了，又往家电商场去找买主。

倒是碰到几个想买彩电、冰箱的主儿，一听吴明的情况，头摇得跟拨浪鼓似的，不搭茬。吴明愈说可以便宜一点人家愈跑得快，就好像哪辈子被人骗怕了似的！

两天过去了，又是两天过去了。

这天下午，吴明心灰意冷地从家电商场往家走，刚到家门口，一眼瞅见前几日的那个中年男人和一个青年男人早已等在那里。

"实在对不起，家中有点急事，所以来晚了，对不起，对不起！"中年男人忙站起身说。

吴明惊喜万分，这几日的烦恼已跑得无影无踪，他二话没说，急忙把两人朝家里让。

跟中年男人来的那个男青年看样子很内行，看了半天电视，耳朵趴在冰箱上听了半响，然后又把电视盒盖与冰箱的后盖打开，摸摸这，戳戳那，又仔仔细细地瞅了半天，才一拍手说："不错，真货！"

吴明帮着那两个人装好彩电冰箱，用绳子捆好，刚想抬走，这时妻子带着女儿突然闯进门。佳佳见陌生人又抬彩电，又抬冰箱，不知家中发生了什么事，愣了愣，然后急忙拉住捆绳，跳着脚哭喊道："这是我爸爸写东西辛辛苦苦得来的彩电，冰箱是妈妈省吃俭用买来的，我不让你们抬走，我不让你们抬走！你们是大坏蛋，你们是大灰狼……"

"佳佳乖，过几天，爸爸给你买台最大的彩电好不好？"吴明哄着女儿。

"我不我不，我就要爸爸得来的彩电，爸爸坏，爸爸也是大灰狼！我要冰箱做冰激凌吃嘛……"

妻子连拽加哄抱开佳佳，然后跑下楼去。

吴明再也控制不住自己的感情，心中像是喝了半斤老醋，酸得直起疙瘩。他只觉得两眼发涩，止不住的眼泪扑簌簌地顺脸颊滚落下来。

吴明稍微镇静下来，突然想起了什么，急忙用毛巾擦干了眼泪，拿着钱慌忙向邮电局跑去。

十一

吴明拿着钱赶到邮电局门口，恰巧邮电局拉响了下班铃。无论吴明怎么和那个长得很漂亮的女营业员商量，那位女营业员就是不点头，最后斩钉截铁地吐出八个大字："今天下班，明天再来！"

吴明想汇款已经晚了两天，看着女营业员低头忙着收拾台子，就把自己的情况简单地说给她听，想得到她的同情，通融一下把钱汇出去。女营业员却把眼睛睁得圆圆的，说："你婆婆妈妈啰唆个啥！"吴明还想说些好话，那个女营业员却把头一甩，说："神经病！"然后"咣当"一声关上了窗子。

吴明懒懒地回到家，见佳佳正在妻子怀中闹着要看彩电。吴明接过女儿，还没曾说话，脸上却被佳佳狠狠地掐了一把。

"我不要爸爸，爸爸最坏，比大灰狼还坏，把彩电送给了人，把妈妈辛辛苦苦挣钱买的冰箱也送给了人，爸爸是个大坏蛋！"佳佳在吴明怀中脚蹬手抓地哭喊着。

妻子哄了半天也没用，再劝，佳佳就用小手指将耳朵堵上了。她叹一阵子气，起身洗手做饭去了。

也许是佳佳看见妈妈走了的缘故，也许是哭累了的缘故，不多一会儿，就温存地趴进吴明的怀中。

"佳佳乖，佳佳最喜欢听爸爸讲故事了，对不对？"吴明抱着女儿在房中间转了一圈。

"我不听，我不听，我讨厌爸爸讲故事！"佳佳在吴明怀里呜咽着。

"佳佳说的不是实话。"

"佳佳说的就是实话！"

"好好，是实话！爸爸今天给你讲个新故事，好不好？"

"我不听，我不听！"佳佳说着把眼睛闭上，又把耳朵堵了起来。

"好好，佳佳不听，我将给隔壁的毛毛听总行吧？"

"我不要爸爸讲故事给毛毛听，毛毛最坏，昨天不和我一起过家家！"

"好好，爸爸这个新故事还是先讲给佳佳听，因为佳佳最乖。"

佳佳似乎同意了，把头埋在吴明的怀中不吭声了，手指抚摸着吴明胸前的扣子。

此时，吴明心中乱得很，实在想不起新鲜的东西，就讲了一个老掉牙的故事，说："从前有座山，山上有座庙，庙里有个老和尚……"

不知什么时候，佳佳已经在吴明的怀中睡着了。吴明轻轻地把女儿放在床上，然后盖上被子。

这时，妻子已把饭菜摆上了桌子，夫妻俩端着碗，谁也不想吃。

有人敲门，是叶教授。

"你们住的地方好难找！"叶教授气喘吁吁提着一捆书进门，"这都是一些杂七杂八的书，也许你上学用得上。"

吴明慌忙接过书，搀着叶教授坐下，又忙去泡茶。

"你不要忙乎，我刚在家喝了两碗绿豆稀饭呢！"叶教授点燃一支烟，抬头看见桌子上的饭菜问道："你们还没吃？"

"吃了吃了，叶老。"妻子忙说。

叶教授端着吴明送过来的茶喝了两口，然后从提包里掏出一沓钱放在桌子上，对吴明说："这是我们老两口这几年积攒的，虽不多，凑一凑。放在家里也用不着。"

"不不不不。"吴明连连推着叶教授的手，"学费已经筹齐了，谢谢叶老！"吴明把钱还给叶老。

"筹齐了？"叶教授问。

"筹齐了。"

"筹齐了，这钱就留作你吃饭的钱。"

"叶老，你老的心意我领了，这钱请你带回去，将来如果需要，我再向您张口。"

吴明浑身猛然感觉有股暖流注入，说话时的腔调都激动得有点儿打战了。

"你怎么这么客气，就算我借给你还不行吗？你以后有钱再还我，好不好？"

"叶老，真的不用了……"吴明眼睛里潮湿了。

叶教授见吴明两人还要推辞就说道："你不知道，这些钱放在家里，还不够我那几个孩子回来剥削的呢，还不如放在你这里保险！"他爽朗一笑，却笑得咳了起来。

妻子端起茶杯，说："叶老，你喝口水压压。"

叶教授喝了一口水，然后站起身来，把那沓钱放在桌子上，便告辞了。

吴明不好再说什么了，这是老人一颗滚烫的心，他怎么能忍心拒绝呢？

吴明和妻子把叶教授送到楼下的马路上，叶教授执意不让再送，两人只好站在马路边目送着老人远去。

此时华灯初上，叶教授那满头白发在灯光的映照下，泛着金灿灿的光辉。

十二

汇钱之后的第三天，吴明在家和妻子正在准备被包行囊，突然接到江南大学发来的一封快件。信的内容如下：

吴明同志，经过进一步对你的作品和文化成绩进行复核，报请校领导审定，你不符合我校入学要求，特此告知。希望今后继续报考我系作家班。

……

吴明生怕看错了信，等他确实认为这信是写给他的时候，又把信封上的收件人看了又看，这才把信交给了妻子。然后抱着头，将身子歪在被包上，强忍着泪水。

"你要哭就哭出来吧，别憋在心里！"妻子看完来信，蹲在丈夫身旁，用手理着吴明的头发。

"我要找他们算账，问一问到底是怎么一回事，他们为啥要作弄我啊！"吴明像头发疯的狮子，在屋里东闯西撞。

妻子也止不住落了泪，她将脸紧紧地贴在丈夫的泪脸上，紧紧地，紧紧地。

当晚，吴明就坐火车上了省城，他要向校方问问清楚。等他赶到江南大学门口，已是凌晨四点多钟。天还没亮，吴明只好坐在校门口的石狮子上等。

早晨，还是冻皮冻肉般的冷，然而吴明心中却有一团火在燃烧，烧得他坐立不安。

"新鲜猪肉馄饨，喝一碗暖和暖和哟！"学校对面的马路旁卖馄饨的小老板不住地向吴明这边喊叫。吴明这才想起来，从昨晚到现在还没吃一口东西呢，顿时感到腹中一阵饥饿，忙走到馄饨担子旁要了一碗。没喝两口，吴明只觉得口里发苦，肚内难受，他只好把碗放下，付了钱，又到石狮子上坐下。

学校还没有开学，一直到太阳多高，学校大门旁的小门才开。

吴明和看门的老头协商了半天，才让他进去。

此时，校园空落落的。柏油小马路两旁的法国梧桐已鼓出嫩芽，路尽头处一幢六层教学楼前那颗修剪得十分好看的迎客松在朝阳映衬下，泛出青灿灿的光芒。不知怎的，上次吴明来考试的时候，看什么什么新鲜，这次却恰恰相反，看什么什么烦心，全没了上次来时的那种感觉。

一直等到九点多钟，中文系的值班老师才来，碰巧就是上次报名的那位老师。

"你是为你上学的事情吧?"那个老师一眼认出了吴明。

"到底是怎么回事呢?录取通知接到之后,我费了好大的劲筹借了学费,钱也已经汇出了,昨天下午却突然收到贵校又一份通知说我没被录取,这不是拿人耍着玩么!"

"你听我说。"那个老师搬一把椅子给吴明,又倒了一杯白开水放在吴明的面前,"对不起,没有茶叶。情况是这样的,学校第一次录取通知确实是根据你的文化考试的成绩和作品成就符合我们招生条件而发的,因为全国只招收四十名,要来上学的同学很多,但因为学费问题,估计一些同学考取并不能来上学,所以,学校就内控了几名替补生,凡是没按期寄出学费的,校方立即发出第二次通知,就是你收到的没被录取的通知书。请你体谅校方的难处,如果有的同学不能来上学,而名额又空着,岂不可惜?所以校方才这么决定的。你从大老远专为这事跑来,我很同情你,所以才对你实话实说。

"谢谢你。"吴明似乎有些明白了,然后问道:"那么说现在一点办法也没有了?"

"是的,你的名额已经被替补生占去了,所以……不过,明年底,学校还要招生的,欢迎你再来考,也希望你再次被录取,成为我校的一名学生……也希望你别把今天我们的谈话讲出去。"

"我会的。"吴明站起身。

那位老师把吴明送到门口,紧紧握住吴明的手,说:"再会,再会!"又说,"真诚地希望下次招生还能看到你!"

"谢谢。"

吴明刚走不远,又见那位老师追出来喊道:"你汇来的钱我昨天已帮你退了回去。"

"再一次谢谢你!"吴明向那位老师扬扬手,本想给人家一个大度的表情,然而他却怎么也挤不出一丝笑容来。

出了校门,吴明就好像洗了一次热水澡那般轻松痛快。他没有去挤公共汽车,也不想去挤,一个人漫不经心地没目的地在街上走着。

快两点的时候,吴明估摸饭店吃饭的高峰已经过去,随便走进一家酒店，要了四个菜，又买了一瓶酒在那儿喝。一直喝到服务员几次来催他结账，因为人家早过了下班的时间。

吴明东倒西歪地在街上行走，但他心里还是很明白的。走着走着，他突然发觉有个老头在盯他的梢。他走那个老头也走，他停那个老头也停。他走到长江公路桥的桥头堡跟前站住向江面上看船，那个老头也在不远的地方站住也低头看船。吴明突然萌发一个怪念头，我如果从这儿跳下去的话，你也跟着我跳么！

一列客车从铁路桥上轰隆隆驶过，将吴明的心都震碎了……

吴明偷眼瞅一下那个老头，那个老头也正在偷眼瞅着他呢！他是猜疑我想寻短见的吧？不然他盯着我做什么呢？我身上的钱又不多又没露相，他老跟着到底是为了什么？

为了证实自己的猜测，吴明慢慢地顺公路向桥坡下走去，极力把步子走稳。

那个老头又跟了吴明一段路，见他向公交车站走去，才回转身走了。

"谢谢你好心的大爷，愿老天爷保佑你长生不老！"吴明心中暗暗祷告着，又信步走到桥头堡跟前站着向远处瞭望。浑浑的江水和江面上来往的轮船帆船把心乱如麻的吴明带入一个梦幻般的世界。他的那颗惆怅的心也随着梦幻般的世界去了……

夕阳西下，远处，一轮圆圆的红红的太阳，将江水染得一片灿烂。吴明抬头望着西边的天，猛然看见半空中悬挂着一轮圆圆的闪闪的月亮，晃晃悠悠落入了江中，心中不由一阵惊叹，太阳与月亮同处一天这种景观他还是头一次发现，也许过去他没有雅兴留意。他不由想起了刘欢那首《心中的太阳》的歌：

> 天上有个太阳，水中有个月亮，我不知道我不知道我不知道，
> 哪个更圆，哪个更亮，哎嗨哎嗨呀……

（原载《大风》2005 年第 3 期）

短　篇

1963 年的皮鞋

上篇

那天，收工回来的胜学突然想起来要去上海看望好多年未曾见面的妹妹胜华。正是黄昏的时候，孤独的院子里升起来一种令人怅惘的色彩，恰巧头顶上有群雁阵盘旋而过，左一声又一声的鸣叫令胜学有点儿心烦意乱。胜学走过院子，进到屋里，步履是那么急匆匆，光线暗淡并没有影响胜学的动作，他敏捷地从床下拖出一只黑釉小口坛子，将手伸进去，这是他攒了许久才攒下来的一坛鸭蛋，准备带到上海去。平常无论怎么嘴馋，他都舍不得偷嘴。当他触到那些包着红泥的鸭蛋时，心中想象着与妹妹胜华见面时的场景，浑身不由激动起来。

胜学的屋后闲着一处汪塘，平常无人问津，塘中无鱼，所以生产队里也不在意，胜学瞒着别人的耳目，偷偷养了两只鸭子。当初，卖鸭子的人告诉他两只鸭仔都是母鸭，可是长大之后才发现，两只鸭子却有一只是公的，这大大影响了胜学去上海看望妹妹的行程。过年的时候，胜学本想杀了那只公鸭，一半腌起来，留给远在千里之外的上海的妹妹，剩下一半自己过个非革命化的春节。后来，有个女人告诉他，一只鸭子太寂寞了，会影响那只母鸭的产蛋。说这话的那个女人叫彩云，是他的发小。如果不是解放，胜学与彩云两人可能会睡在一张床上。小时，胜学家日子比较好过，彩云的爹娘便将女儿许给了胜学当媳妇。自从胜学家划成了富农成分，胜学与彩云的缘分就化为灰烬了。即便是没有别人插一杠子，胜学也不愿意叫彩云与他一起吃苦。如今，固然彩云成了别人的老婆，但是彩云的话胜学还是非常愿意听的，即便是生产队长绍武的话也没有彩云的话管用。

彩云的一句话，保住了那只公鸭的鸭命。可是那只公鸭并不领主人的恩情，长期勾搭那只母鸭，再加上鸭子生活清苦，主人的牙缝里没有多余的粮食施舍，汪塘里又清汤寡水，使得母鸭心有余而力不足，所以产蛋就不是那么积极，时下时不下，总是不尽人意。有人给胜学出个主意，说是鸭子吃了小虫子，不但产蛋多而且蛋黄旺盛。说这话的还是那个女人彩云。

白天上工，胜学绝不敢带着母鸭出门，别说他这样成分不好的人，即便是贫下中农的家庭，也不敢搞资本主义！晚上收工后，胜学顾不得吃饭，将那只母鸭揣在怀里，偷偷出去，然后将它放在大田里，任凭它信马由缰地大啃"社会主义墙脚"。之后，那只母鸭没有辜负主人的心血，产蛋从不间断，有几次一高兴一天还产过两只蛋呢，这令胜学手舞足蹈好半天。

还是父母去世的时候，妹妹胜华回来过两次，屈指算来，已有三四个年头。胜学很早就想去上海看望妹妹了，可是一直没有机会。那是胜学说给外人听的。胜学所说的机会就是东西，千里迢迢地跑了去，两手空空总不是那么回事，况且，妹妹胜华又不是自己亲妹妹，胜学就更不好空着手去了。

看妹妹的东西是有了，可是去上海的盘缠怎么办呢？胜学不止一次找人打听过，去上海，又是旱路又是水路的，单趟下来，没有二三十元钱下不来。胜学心里多次喊娘，这么多钱叫他去哪里找呢？若是喊娘能喊来钱，人人都不上工不干活了，站在自家屋山头，扯着脖子喊就是了，那共产主义还不很快就实现了啊！

胜学曾经动过将妹妹胜华留下那只翡翠镯子拿去当了当盘缠的念头。当初，胜学的父亲去上海做生意回家时，在车站捡到被人遗弃只有个把月大女婴，一直很想要个女孩的父亲兴奋得了不得，认为这是上苍施舍给他的，但是父亲思量了半天还是将孩子放下了。当时兵荒马乱的，又添一张嘴，做生意失败的父亲的确不敢贸然行动。当父亲一步一回头地上了火车，也许那女婴感到逼近的危险，突然奋力哭嚷起来，这一声撕心裂肺的哭喊，将父亲的心给撕碎了，他毫不迟疑跑了回去，抱起那个女婴上了已经徐徐启动的火车。回到家之后才发现，女婴包被里的那只值钱翡翠镯子。

父亲与母亲本不想将妹妹胜华的身世示人，怎奈二十年后，胜华的亲生母亲拿着另一只翡翠镯子前来认亲。一向明大义的父亲像二十年前一样，毫不迟疑地送胜华及她的亲生母亲上了火车。固然他心中有很多的不舍。

胜华走了，留下那只令人念想的翡翠镯子。那是妹妹胜华留给哥哥娶亲的东西。胜学将自己分析了许多遍，像他这种出身不好的家庭，想说一门亲事，可以说比老母鸡孵出小鸭来还要困难！所以胜学最后作出决定，哪怕是有天大的困难，也不能打这只翡翠镯子的主意。他想，总有一天要将这只翡翠镯子物归原主。这也是父亲临终前的遗愿。

靠工分吃饭的胜学被去上海二十多元钱盘缠给难住了，他想不起来主意，也没有主意可想，脑袋瓜子想疼了，仍然是一筹莫展。老话说，一分钱能难倒英雄汉。胜学不是英雄，难倒他的也决不是一分钱，而是令当时许多人都无法解决的塌天一般的难事！

人到了没注意的时候，精神猛然一下放松了，精神一放松，主意反倒送上门来了。胜学一下想起来，自己有一双腿，又没有残疾，为啥不能走着去上海呢？凭着自己年轻，一天平均下来，百八十里地绝没有问题。这样的话，最迟半个月的时间就可到达上海了。胜华好不高兴，立即动手准备干粮，然后去和队长绍武请假。眼下正是农闲的时候，麦子收了，秋天的东西也种完了，他想队长绍武不会阻拦他的。

队长绍武那晚喝了酒，心情出奇地好，胜学出门的时候，绍武还借给他一只军用水壶，这令胜学激动不已。这还不算，令胜学想不到的是，队长绍武还慷慨地叫女人彩云送自己出门，这在过去是没有的。当时胜学真有点儿要热泪盈眶了。就在这时，彩云捏住了他的手，胜学险些晕倒，傻了半晌，当彩云转身进到灯影里的时候，胜学这才反应过来，在他的手心里多了一块钱毛票，也许是攥得久了，那张毛票都有些潮了。回到家中，胜学将那张带着女人体香的一块钱毛票看了许久，又亲吻了许多口，最后将它压到枕头下面。那夜，胜学睡得很香甜，还做了一个梦，梦中有许多女人出现过，唯独没有彩云。醒来，胜学感到很奇怪，想了许久也没想透彻。

在去上海路上，当胜学想到女人彩云的时候，还念着队长绍武的好，不过胜学认为绍武亏欠他的，要不是解放，就凭绍武那个吃了上顿没有下顿、整年见不到一滴油星穷家破院，能娶到像怒放的花一样的彩云吗？一只破军壶与一朵怒放的花样的女人相比，天地般的差别呢，你狗日的绍武捡了个大便宜呢！

十三天之后，胜学出现在大上海街头的时候，廉价的行程换来的是两脚的血泡。可不一会儿，胜学满身的疲惫就被上海的繁华与热闹景象给洗刷净了。

妹妹胜华比胜学想象的还要瘦，真有点儿弱不禁风了。看妹妹那身的穿着打扮，胜学就明白妹妹的日子过得并不好。她在里弄一家小厂上班，每月的收入还不够生活的。前两年找了一个男人，不到半年就得病死了，身边有一个男孩，才一岁半，瘦得浑身是皮，眼睛大得能塞下一只核桃，见到馒头就抢，动作十分敏捷，生怕别人与他争食，只几口，便将那块馒头吞进肚内，噎得直翻白眼。这令当舅舅的胜学很心酸，也就晓得妹妹胜华一直说回去，却一直没回去的原因了。

那次妹妹胜华的亲生母亲去乡下寻亲，听父亲说，胜华的亲生母亲原来是在一个有钱的丝绸商家做佣人，因为与主人私通，后来生下私生女，因为主人家不喜欢女孩所以被赶了出来。一个女人带着孩子无法找生计，被逼无奈，才将女儿丢弃。胜学始终没有问起妹妹亲生母亲的情况，妹妹没有提，他也不便问。本想在上海过一段时间的，看到妹妹家中这么艰难，胜学决定第二天就回去。妹妹也没苦苦挽留，客气一下就作罢了。不过妹妹还是给哥哥设法买了一张火车与轮船的通票，固然胜学很心疼，可是他的两只脚更疼，也就顾不得那些了。

临走，妹妹胜华送两样东西给哥哥，是两双皮鞋，一双男式的是黑色的，一双女式的是红色的，都是旧的。

胜华说："哥，上海虽大，我却买不起好东西送给你，这两双皮鞋，都是穿剩下的，别嫌弃。那双男式的，是你妹夫留下来的，他穿得很少，还嫌新些。那双红皮鞋是我穿的，有些旧了，我知道乡下不时兴穿这种东西，这鞋就留你与未来的嫂子结婚时穿吧。"

胜学自嘲一笑，说道："妹妹，你哥现在这个样子，还会有哪个姑娘嫁给俺呢！这鞋你留着穿吧。"

胜华说："哥，缘分很难说，说不定你回去就有人给你提媒了呢。"

胜学说："真有那么一天，哥一定来上海接你回去喝喜酒。"

胜华苦笑道："哥，眼前我家的状况你也看到了，假如哥有了婚姻，我不一定有力量回去。这两双旧皮鞋，也算是当妹妹的一点心意吧。你就别推让了！"

看到妹妹胜华眼中闪动着凄楚的泪光，胜学也只好接受了。趁着妹妹转身收拾东西，胜学将随身带来的那只用手绢包着的翡翠镯子，塞到了妹妹床边的枕头下面，又从身上掏出彩云送的那张一路上没有舍得花的一块钱毛票塞到外甥的衣服口袋里。

中 篇

长这么大，胜学还是头一回坐火车，头一回坐轮船，汽车虽说坐过，也就那么一两次，所以几乎没有出过远门的胜学可以说是个见了大世面的主了。胜学心想，别说是生产队长绍武，即便是大队长何矮子也没听说出过这么远的门，更没有听说他俩坐过火车、轮船之类这种新奇的玩意儿。可就是时间太短了，还没过足瘾就到了他住的那个县城。

胜学眼里装满了一大牛车新鲜，还没有回到家，心中早就计划好了，等见到了彩云，一定要好好地和她说一说自己这次去上海所看到的一切。还有，将妹妹胜华送的那双红皮鞋拿给她。他琢磨着，彩云见了那双红皮鞋，一定是新鲜死了，一定是激动死了，你想想，十里八村的，见过哪个女人穿过皮鞋的呢，好像是连听说也没听说过呢，彩云还不高兴坏了！一准会这样的。

胜学是天傍黑到的家，天空正落着小雨，雨虽不大，胜学是从县城走着回来的，二三十里地，身上也湿得差不多了。回到家，胜学换了身干净的衣服，肚里饥肠辘辘的，也不打算生火了，就想去队长绍武家蹭一顿饭，不是白蹭，这不给彩云送皮鞋去的吗？再说一双皮鞋值多少钱呢，大米干饭白吃上十天半月的恐怕也要不了呢！

队长家早已点上了灯，是煤油罩子灯，玻璃罩子肯定是彩云刚刚擦过的，亮得耀眼，离老远就望得见屋当门的人影儿。

队长一家正在吃晚饭，其实就两人，队长绍武与老婆彩云。他们成家好几年了，男的女的没有一个。队长绍武正在喝着小酒，酒盅如牛眼，一口一个，啧咂作响。女人彩云正专心致志地喝稀饭，碗很大，遮去她半张脸。听见脚步响，女人彩云这才放下手中碗。胜学这才发现，彩云喝的是麦仁稀饭，挺稠。

彩云是背对着门吃饭的，队长绍武是面朝着门喝的酒，所以队长绍武先望见来人。

队长绍武说："狗日的回来啦?"夹一粒花生米进口，边嚼边又说道："还怪快的呢!"

胜学说："吃饭啦?"

"看你狗日的嘴巴干焦，还没吃吧?"队长绍武拎着酒瓶，停在半空。

"刚刚到。"胜学嗫嚅着。

"在这吃吧。"队长绍武讲道，然后吩咐女人盛饭。无意间发现胜学手中的东西，不由问道："什么宝贝，捂得那样严实?"

刚才看见雨下大了，胜学怕皮鞋让雨淋了，随手找了块破布包上。再说，他也怕左邻右舍看见了说三道四。

"我从上海给你们捎了样东西。"胜学故意将话音拖得那么缓，手中的破布也随着口中的节奏明显地被拖延时间地掀开，因为彩云去锅屋盛饭还没有回来。他在等着彩云到了之后，再将那双红皮鞋亮出来。

不一会儿，彩云端着饭碗进来了，刚好胜学手中包皮鞋的破布也展开了。队长绍武与女人彩云见到胜学手中的皮鞋，都不免吃了一惊。

"这是啥啊?"彩云放下碗，手都没有顾上擦就去接胜学手中的东西。

"皮鞋。"胜学说。"这是我妹妹让我捎给你的。"

"是皮鞋，笨的，连皮鞋也认不出!"队长绍武瞥一眼女人，"没吃过猪肉，也没见过猪走!"

彩云想去接胜学手中的皮鞋，手又突然停住了，眼睛瞅着男人。

队长绍武大咧咧地说道："这是胜华送给你的，接着呗。"略顿又说，"即便是胜学送的又咋了? 难道就因为一双皮鞋你就与他私奔了不成!"

彩云被男人这句玩笑话给说红了脸，接皮鞋的手不由人地晃了一下，险些松了手。

胜学脸上也有些挂不住，装作没听见，一屁股坐到饭桌前："打早到现在还没有进一口食呢，饿死我了！"说着端起饭碗就喝，哪知喝急了，让一口饭给呛住了，喷了对面队长绍武一脸。

队长绍武也不真生气，用袖口揾着脸，笑骂道："你狗日的是饿死鬼托生的啊！"

胜学有些不好意思："先前淋了雨，可能是冻着了。"

队长绍武不在意富农分子胜学，却在意那双鞋，今天尤其大方，像变戏法似的摸出一只酒盅，嗞嗞斟满，小心推到胜学的面前，说："喝一盅吧，别着凉了狗日的！"

胜学抿了一口酒，看着彩云试着皮鞋，勾着头说道："路上我用手揸过了，码子合适，你与胜华的脚差不多大小。"

"正合适。"彩云说着将皮鞋脱下来，看着屋外，"天像是不下了。"

队长绍武说："怎么？想回娘家谝谝！"

彩云一笑，也不答话，去里屋找出一件旧褂子，将鞋包了，匆匆地离开了家门。

队长绍武平举着酒盅，红扑扑的脸颊泛着油光，说："胜学，谢谢你家胜华了！"

胜学说："哎呀，谢啥谢，一双旧皮鞋嘛！"稍时又说道，"虽是旧鞋，可胜华穿鞋节省着呢！"

接着胜学的话，队长绍武又说："人是新的好，鞋是旧的穿。"那意思是说，无论啥鞋，踩出来的鞋好穿。

胜学不像队长绍武，平常几乎不饮酒，想饮也没得饮，今天一整天没有吃东西，几盅酒下肚，早已是晕晕乎乎的了，身体随着屋子飘飘地旋转起来。

队长绍武虽然经常习练酒水，今晚明显有些超常发挥，说话就有些把不住门了。看着面前的胜学，猛然想起一句话，这句话憋在他心中好几年了，今天趁着酒兴，不由问道："胜学你狗日的今天与我说句实话，想当年，你对彩云到底有没有下手？"

胜学虽然有了醉意，心中还是明白的，不过，说话不像平常那样，嘴边总挂着队长："绍武，你知道的，小时太小，不懂得干那事，长大了还没想起来就被你狗日的给得手了。"

"真的没有?"

"真的没有,狗日的才说瞎话!"

"你敢赌咒发誓?"

"我敢。要是……"胜学突然停住话,端起酒中一饮而尽,然后膀子一扬,"等等!"

队长绍武心中有些发毛:"等什么?"

胜学说:"就那么一次算不算?"

队长绍武刺棱一下站起身来,惊天动地地咳嗽了一声,一口浓痰从胜学的头顶飞过,落到门外的地面。

平常胜学惧怕队长绍武不单是他的权势,队长绍武高出他一个脑袋,且膀宽腰圆,就凭这一点,胜学也不敢轻视大他三岁的情敌。

"说!你狗日将彩云怎么了?"队长绍武一双眼睛睁得牛蛋一般。

胜学支吾着,说:"就那么一次,有天夜晚,在我家的屋后,我摸了彩云。"

"摸哪儿了?"

"胸。"

队长绍武咬着牙花子:"摸着什么了?"

"就两块肉疙瘩,很小。"

"叫你狗日的很小……我揍死你这个没有改造好的富农!"队长绍武伸出拳头,对着胜学的面门就是一下。

本来胜学是可以躲开的,然而他却没有闪,因为他觉得该挨这一拳,谁叫自己将这个秘密说出来的呢?他只觉得眼前金花四溅,急忙用手去摸,摸得满手一片通红……

胜学歪歪扭扭向外走去。

队长绍武在身后骂道:"狗日的,你这个没有改造好的富农,我警告你,这件事就烂在你的肚里吧,若是走了半点儿风声,我不是吓唬你,秋天你狗日的别想分到一粒粮食!"

队长绍武很少对胜学动手,不过胜学心中清楚,队长绍武对他比对其他的成分不好的人照顾多了,还不是因为彩云的关系!不过,胜学刚才没有说实话,其实在彩云与队长绍武拜天地的前夜,彩云已经将身子给他了。幸亏刚才撒了谎,不然的话,他自己吃点亏没啥,那彩云往后的日子可就难过了！

下篇

谁也没有料到，包括队长绍武在内也没有想到。胜学给彩云的那双红皮鞋会产生那么大的深远的社会影响，全大队犹如听到第一颗原子弹爆炸般新鲜，不，比那还要震撼。因为老百姓不关心类似像原子弹这样的国家大事，原子弹离他们太遥远了。那玩意儿不如皮鞋实际，也没有皮鞋来得直接。一个大队十几个庄的青年男女都到队长绍武家看稀罕。除了本村人，一般人不知道彩云的名字，一个妇道人家，即便知道也想不起来记住。但是队长绍武名气响，一队之长，虽然不是多大的官，即便是没有谋过面，也都晓得。人说最近队长绍武家的门前都不长草了，的确不是浮夸的！这下彩云露脸了，每来一批人，彩云就将皮鞋套在脚上让人家参观。有时忙起来，连饭都没工夫做。开始彩云还觉新鲜，渐渐就烦了。你说说，这算是什么事情呢！后来干脆躲回娘家去。本来彩云的保密工作做得还是蛮细致的，那晚到娘家转了一圈之后，与娘家每一个人都作了交代，特别是她的弟媳，平常嘴就快，所以叮嘱她千万不要将这个事情说出去。哪知还是没有保住秘密。然而，对于这件事，队长绍武还是挺高兴的，有天出工休息时，趁人不注意，还塞给胜学一包大铁桥牌香烟，弄得胜学激动了老半天。

这天上午，生产队里组织社员清理排水沟淤泥，刚干不久，队长绍武就将胜学喊一边去。

"你去大队部一趟。"队长绍武说。

胜学一惊，说："啥事情？"

队长绍武说："何大队长找你。"

"找我？"胜学更加惶恐，心说：何矮子找我干什么？我又没乱说乱动！

队长绍武说："你狗日的还愣着干什么？去大队是公事，照给你记公分。"

胜学一路没往好地方想，将自己最近的言行在脑子里过滤了一遍又一遍。

何矮子与他不是一个村，人却很熟。小的时候，大忙时节何矮子的父亲经常给胜学家帮工，所以何矮子的父亲与胜学的父亲也称兄道弟许多年。

每次来帮工，何矮子的父亲总会将何矮子带到胜学家玩耍。

一进门，何矮子正坐在枣红色的圈椅里拿着火柴杆掏耳朵。胜学认得，那只圈椅是他家的东西，四九年土改，随着土地改弦更张，圈椅也投靠了新的主人。

"你找我，大队长？"胜学腰弯着，眼睛望着地面。无意中，他瞧见了何矮子脚面子上方那卷了两道的裤腿脚。令胜学想不明白的是，每人每年只有一丈六的布票，这么紧张，为啥何矮子将裤腿做得这么长呢？三十好几的人了，还指望个子能"蹿一蹿"吗？笑话！

何矮子眼睛眯着搬过来一条长凳，说："胜学老弟来啦？啊，坐，坐。"

胜学不敢坐，又躬身问道："大队长，你找我？"

何矮子掏出一包烟，丢一支给胜学，说："站着干什么，啊？吸着烟说话。"

"不吸不吸。"胜学说。然后上前将手中的纸烟送还给何矮子，又退回到原地，躬身站着。

"我不是记得你吸烟的吗，啊？"何矮子自己点燃一支烟自顾自吸着。

"戒了，大队长。"胜学小心地说。

何矮子说："哎呀，你别一口一个大队长的好不好，啊！"

胜学哈着腰，说："是，大队长。"

看来何矮子也不想与昔日这个一起长大的伙伴多啰唆，打开天窗直截了当地问道："老弟呀，我听说你此次去上海带回来一双女式红皮鞋啊？"

胜学长出一口气，说："报告大队长，是我妹妹穿旧的鞋子，小时她与彩云很投缘，所以让我捎回来给她。"

"你妹妹胜华还好吧？"

"谢谢你挂念，还好。"

"你妹妹胜华没给你买点儿什么来啊？"

胜学脑子里一片混沌，他不知自己该怎样说。讲实话吧，他知道何矮子这个狗日的贪心德行，不讲实话吧，将来他万一晓得了，还不找个理由给自己小鞋穿那！

"我妹妹也给了我一双皮鞋，是我妹夫穿剩下的。"胜学思前想后还是讲了实话。

何矮子"嘿嘿"一笑，说："我就说嘛，你大老远去了，你妹妹总不能让你空着手回来吧?"

胜学摸不清何矮子说这话的目的，不由又抬头望一眼何矮子，想从对方的表情中寻找答案。

何矮子接上一支烟，慢吞吞地说道："你打算怎么处理这双皮鞋呢?"

胜学纳闷了，心说："我为什么要处理呢?"

何矮子好像掌握了胜学的内心活动，说："老弟，说句老实话，你一个平头老百姓，这双皮鞋你能穿得出来吗?"略顿又说道："皮鞋只有穿在干部的脚上那才叫皮鞋，若是人是鬼都穿着皮鞋乱溜，那还叫皮鞋吗……"

胜学这才明白何矮子今天找他来的目的。

"我本想送给你穿的，又怕你不肯要。"胜学一说谎话就脸红，这时他脸上便飘着一片片红云，"大队长，你若不嫌弃的话……"

"老弟啊，我能白穿你的皮鞋吗? 啊!"

也许胜学生怕何矮子再提什么要求，连忙说道："大队长，今晚我就将那双皮鞋送到你家里去。"

"那好，啊，我今晚反正哪儿都不去，专门在家候着你。啊。"

胜学虽说心里不悦，脸上还是装出一副挺高兴的样子，说："大队长，没别的事，我回去干活了。"

何矮子放下架子，破天荒将胜华送到门外，说："老弟，你的好我会记住的。啊。今后你要好好表现，努力改造啊。适当的时候，争取把你头上那顶富农的帽子给摘了也不是没有可能的! 啊!"

何矮子站在胜学的面前，十分窘迫，矮去了多半个脑袋。此时，胜学忽然发现自己的身材很伟岸。

从上海回来之后许多天，胜学一直想找个机会与彩云拉拉上海的事情。比如上海的高楼大厦，上海的黄浦江，上海的外滩，上海的女人，上海的黄头发蓝眼睛外国人……太多太多了，三天三夜也说不完。白天要出工，没时间说，夜晚胜学倒是去了队长绍武家两次，不是彩云回娘家就是她出去溜门子。遇不上。这天晚上，胜学早早吃了饭，洗了澡，换了一身干净的衣服，准备去队长绍武家溜门子。远远的，胜学就望见队长绍武家的烟卤冒着烟，心中猜想，这回彩云一准在家，他知道，在家里队长绍武是个油瓶倒了都不扶的角儿，别说是生火做饭了。刚到门口，只见彩云提着个玻璃瓶子正向外走。胜学想喊又没有喊，他想彩云大概去给男人打酒，或是罩子灯的煤油没了，或是去打酱油醋都有可能，正忙呢，先去她家等着吧。到了门口，胜学早已闻到了香气，除了酒香，其中还有肉的味道，好久没有见到肉星了，胜学的嗅觉对这种东西散发出来的味道特别灵敏。

胜学在院门口留住步，突然想等一下再进去。一是人家吃好东西你不方便去，让你吃还是不让你吃呢？二来在那里闲坐，就怕管不住自己的欲望，若是不小心将哈喇子流出来了，你说丢人不丢人呢？胜学正待要回身，就听屋内说道：

"大队长，你喝啊！"这是队长绍武的声音。

胜学猜出来了，这是队长绍武与大队长何矮子一起喝酒。

"不忙不忙，啊，等你女人打酒回来再喝也不迟。啊。"大概何矮子喝得不少，说话的语速不像平常讲话那么连贯。

队长绍武说："大队长，我的大队副的事情你得放在心上啊！"

何矮子说："就看你表现了！啊！"

天黑下来了，屋里点起了罩子灯，光线射出去好几步远。

队长绍武说："大队长，几个生产队长中，我的表现还不好吗？"

何矮子说："我说的是你今晚的表现。啊。"

队长绍武说："我今晚喝不少啊！"

何矮子说："我说的不是酒。啊。"

队长绍武"哈哈"干笑着。

何矮子说："你两口子怎么这么沉得住气呢？啊？你看看，到如今我弟妹的肚子还是瘪瘪的啊？我早就想帮帮你的忙了。啊！"

队长绍武半晌说道："你帮你帮，只要你弟媳愿意。"

何矮子"嘿嘿"一笑，说："我是真的想帮你……我一连四个儿子，啊，难道你还不信任我的能耐？啊？不是吹，枪法好得很，枪枪是十环。说不定啊，来年你就能抱上个大头儿子呢！啊！"

队长绍武不语，好久才又说道："大队长，大队副的事情……"

何矮子说："那事情你请放心啊，你出去遛遛，等一会儿啊，我要与彩云做深入细致的思想工作呢！啊！"

队长绍武说："我去梁瞎子家看推牌九，好久没去看了。"

听见脚步声，胜学估计是队长绍武出来了。梁瞎子住村东，他急忙躲到门西的黑影里。

胜学等到队长绍武走远了，这才想起来去找彩云。估计彩云去代销点了，胜学绕过队长绍武家的大门，直奔代销点。

一边走着，胜学嘴里一边有节奏地骂何矮子："狗日的何矮子，骗了我一皮双鞋，又来骗彩云！狗日的何矮子，骗了我一双皮鞋，又来骗彩云！狗日的何矮子……"

没走多远，迎头碰着彩云嘴里哼着歌走过来。

胜学喊："彩云彩云。"

彩云一愣，说："冤鬼，吓我一跳呢。"

胜学说："你千万别回家。"

彩云说："怎么啦？家里出鬼啦!"

胜学说："比出鬼还厉害！"

彩云说："胜学，你别吓我，你知道我的胆子小，大白天我都不敢到乱葬岗去呢!"半晌又问道："到底是怎么啦？"

胜学想说明白，又怕说不明白，说："彩云，听我一句话，跟我回家去。"

彩云不想与胜学多说什么，从前差一点成了胜学的媳妇，再加上过去与胜学曾经有过那么一次夜欢，现在男女又在这黑灯瞎火的夜晚，她怕叫邻居撞见了，乱嚼舌头根子，所以就想抓紧离开。

"胜学哥，你别拦着我，绍武与大队长他们还等着我打酒回去呢!"

胜学说："你别提那个绍武，更别提那个何矮子……"

彩云有些诧异了："胜学哥，你今儿是怎么啦？"

胜学显得有些急躁，说："总之，你现在不能回家！"

彩云更加奇怪了，一分钟也不想在这地方多待，她一把推开胜学的手，大步小步向家中跑去。

胜学在后面气得直跺脚说："彩云彩云，彩云彩云……"

结尾

社教运动不声不响地来了，别说是富农分子胜学，就是刚刚上任的公社副主任何矮子，以及新提不久的大队副绍武都没有一点儿思想准备。运动一开始，胜学就被大队的民兵给看起来了，好多天不准回家。罪名是拉拢腐蚀革命干部，并将他送给何矮子那双黑皮鞋在大队部展览示人。

彩云那双红皮鞋至今也没有人见她上过脚。社教期间，彩云生了个孩子，是女孩。起名叫社教。出生没几天，何副主任就认社教做了干闺女。吃满月酒那天，干爹送了一只银锁给他的干女儿，听说很值钱。

胜学很少去彩云家串门，也没有空。自从出了皮鞋事件，生产队里怕他再有什么阶级斗争新动向，对他进行严加看管，安排他早晚清扫村里道路，当然这种劳动是没有报酬的。不但这样，胜学平常出工，生产队里只按整劳力的一半给他记工分，作为对他所犯错误的处罚。

（原载《小说月报原创版》2012 年第 4 期）

河水那个流

一

乡政府上午上班时间是八点钟，乡长胡一品七点半就到办公室了。这是他多年的习惯，尤其是党委书记去省党校学习这半年里，他每天早晨更是早早地来到单位。泡一杯茶，点燃一支烟，一个人坐在办公桌前将今天的工作捋捋，好在机关干部早点名时布置下去。党政工作一肩挑，胡一品觉得有些力不从心。

一支烟刚刚吸了一半，乡长胡一品想喝一口茶润润喉咙，伸手去拿茶杯，却一下拿空了，不小心将茶杯给碰倒了，一把没逮住，茶杯叽里咕噜就滚到地上去了。茶杯碎了不心疼，那是一只废物利用的罐头瓶，胡一品心疼的是那杯刚刚沏好的西湖龙井。那听茶叶还是朱县长送给他的，据说很贵，快顶上他一个月的工资了。所以，胡一品平常舍不得喝，早晚泡一杯，都喝到没色了，还不想倒掉。没想到好好的一杯茶，没有尝一口就浪费了，对于精打细算的胡一品来说，觉得实在是可惜了。

屋外天阴，愈来愈厚实。这时乡长胡一品隐隐约约听到了雷声。不一会儿，雷近了，闪也随之到了眼前，不经意间，瓢泼大雨就下来了。本来计划上午点名之后去溶洞村里看看那儿的水泥路修得怎么样了的，看来一时半会儿是去不成了，这雨不紧不慢地像老妈妈的裹脚布，啥时有个头呢！再说，溶洞村全是山路，一下雨，道路又滑，即便是等雨住了，也去不了了。

又点燃了一支烟，乡长胡一品抬腕瞅一眼手表，离点名还有将近20分钟时间，觉得口渴，找来一只过去不知谁用过的一次性纸杯，倒点儿开水涮涮，然后将地上的茶叶捡起来，再用清水过滤一遍，重新加上开水，心想喝了这杯茶再去会议室点名不迟。

"胡乡长，胡乡长……"外头有人叫胡一品，声音被雨声揪了一把，所以听得很模糊。

胡一品一听声音就知是秘书小余，连忙走到门口，伸出半个脑袋。

秘书小余的办公室与乡长的办公室只隔一个门，那边小余也是探出半个脑袋。

"什么……事情？"乡长胡一品不小心被风呛了一口，又补了一句，说："什么事情？"

小余说："出大事情了！"说罢顶着雨跑进胡一品的办公室。

乡长胡一品最烦小余遇事瞎虚，平常也没少批评他，就说："别虚别虚，沉住气慢慢说，天塌不下来！"

一急，秘书小余却有些结巴了，说道："渡、渡口……"

乡长胡一品有些着急地问道："渡口怎么了？"

小余缓过一口气，说话也利索了，说："刚才听人说，渡口有条船翻了！"

乡长胡一品急得想骂秘书小余的娘，现在已经顾不上骂了，一把推开小余，一头拱进雨里，接着向渡口方向跑去。

小余也跟着冲出门去，忽然想起什么，又跑回办公室，找出一把雨伞，也没有顾上撑开，追赶乡长胡一品去了。

楚阳乡，三面环山，山叫楚山；一面临河，河称楚河，河宽二百来米，没有桥。政府自打新中国成立后就说要造桥，却一直没有造起来。不是不想造，实在是钱不凑手。有人计算过，造一座像样的桥，楚阳乡的一万多老百姓要五十年不吃不喝才行。

从乡政府到渡口，有二三里路，乡长胡一品觉得今天这条路是那么的遥远，一边跑一边骂着天气。雨还在拼命地下，并没有因为胡一品咒骂而停歇，相反越下越大。

深秋的天，雨水像是喝了冰一样，冰凉冰凉的。不一会儿，胡一品衣服全湿透了，里面流汗，外头雨浇，一热一冷，弄得他连连打了几个喷嚏。猛然听得身后有动静，回头一看见是秘书小余，想起什么来，说道："你赶快回乡里去，招呼机关所有的同志立即赶到渡口救人。"

小余呼哧呼哧地喘着，说："好。"刚欲转身，想起手中的雨伞，"胡乡长，给你伞。"

乡长胡一品连连摆手，说："我浑身上下没一处干地方，还要你那熊伞干什么？你赶快回去叫人吧。"继而又说道："传我的话，再到乡医院喊几个医生过来，以妨不测。"

小余答应一声跑走了。

码头上已经聚集了许多人，一些群众见乡长来了，纷纷让开一条道。

胡一品问众人道："有几人落水？"

有人回答："七八个吧。"

胡一品说："到底是七个还是八个？"

有人说："七个。"

有人说："八个。"

"救上来几个了？"胡一品又问。

"六个。整整六个。"有人说。

胡一品想起什么，说："撑船的人呢？"

有人一指河里："又下去救人了。"

这时从远处哭喊着跑过来一个妇女，见着乡长胡一品老远就跪倒，说："乡长，快想想办法救救我的闺女吧，她才十岁啊！"

胡一品说："大嫂，你别急，我会水，我一定会将你的女儿救上来的。"说罢，撒腿向下游跑去。

楚河上游连着楚江，春冬季，那河水哗啦哗啦地流着，温柔得像大闺女。一到夏秋季雨水多的时候，那河水心情就变了，波涛汹涌就如猛兽一般，几乎每年雨季都有翻船死人的事情发生。

胡一品在楚河边长大，对救落水者有经验，他边向下游跑，眼睛边在河面上搜寻。猛然发现河里面有两个人头冒出水面，他连身上的衣服都未顾上脱，一下跃入河中……

　　救上岸的是一位老者，被救者就是那个撑船的人。显然那个撑船的已经累得筋疲力尽了，当他爬上岸的时候，躺在那里已经不能动弹了。

　　这时机关的干部与乡医院的医生都先后来到了，胡一品吩咐医务人员抓紧救人，自己又二次跳进河里，他要去寻找那个落水的小女孩。在河里胡一品还在想，这次落水的肯定是八人而不是七个。

　　胡一品没有实现自己的诺言，他并没有将那个小女孩救上岸。第二天，那个落水的小女孩的尸体被捞上来的时候，在医院挂盐水的乡长胡一品一听说，愣了半天没有一句话。

　　回到家中，老婆司宝萍见他的脸色不好，以为出了什么事情，就问："是不是工作不顺心？"

　　胡一品呆坐在沙发上，一言不发。

　　司宝萍倒了一杯开水放在男人面前的茶几上，小心翼翼地问道："到底怎么了？"

　　胡一品一把抓住自己的头发，歇斯底里喊道："那个小女孩死了……我这个乡长有罪啊，我对不起她的母亲啊，我答应她一定会救上来的，我白活啊！"说着说着，突然失声痛哭起来，那声音像是倒了一堵墙。

　　以后几天里，乡长胡一品一直处在深深的自责之中。他想，假如那天不下雨，假如自己早到一会儿，再假如河上有了桥……可这一切已经没有假如了，一个小生命就这样没有了，一朵还刚刚含苞的花骨朵就这样过早地衰败了。他这个一乡之长有着不可推卸的责任。过去每年，渡口也都有翻船死人的事情，可哪一次都没有这次对他的打击这么大，这么深刻，这么刻骨铭心！

二

　　上午，乡长胡一品与武装部长老宋去县里开了一个征兵工作动员会，回到乡里，已经十点多钟了。刚进办公室，秘书小余就跟了进来。

　　小余说："邹镇长下村去了，有件事情让我向你汇报。"

　　胡一品有些口渴，眼睛在办公桌上搜寻他上天喝过的那只一次性纸杯子，不知怎么没有了，估计是办公室的小夏打扫卫生时打扫走了。昨晚老婆又给他找了一个罐头瓶，一早忙着上县开会，忘记装进书包里了。

"什么事情？"胡一品舔舔干裂的嘴唇。

"邹镇长说，马上要到中秋节了，机关里已经有好几个月没开工资了。邹镇长说你关系多，能不能请你想想办法，到哪儿化点儿缘。如果化多了就将前几个月的工资给补了，假如化少了就开当月的工资，实在不行，每个干部节前能有几百块钱凑合着也行，总得将节对付过去。"

"还有事情吗？"胡一品脸上有些不悦。

小余知道胡乡长一听钱的事情就心烦，但有事也不能不说。

"食堂告急，王大厨和我说，食堂的米面只够吃两天的了，街上几家粮店都不愿意再赊账了。菜还好说，素菜政府大院后面有自己的菜园，荤菜全吃王大厨从家中捎的鸡，据说，他家的鸡场快要被政府的食堂给吃倒闭了。干部们连天都是吃鸡，大家开玩笑说，解大便都是一股鸡屎味！"

小余出去了，胡一品坐在那里想了半天，也没有想到借钱的目标。银行是没有指望，一些亲戚、朋友、同学等社会关系，也都用得山穷水尽，实在是不能再张口了。

突然胡一品想起了一个人，他的小学同学聂小海。这人与他联系不多，小时调皮捣蛋，长大了不正干，后来靠卖假酒发的家，如今在县里一家房地产公司当老板。聂小海喜欢喝酒，头一回去人那里，又是去借钱的，总不能空着手吧。胡一品就想提几瓶酒过去，也好说话。可乡财政所一分钱也掏不出来了，怎么办？胡一品想到自己家里，有一天，他无意间看到老婆的提包里有一张一千元的存折。

还没有到饭时，男人突然回家，老婆司宝萍感觉有些不适应，说："今儿个是怎么啦？我的菜还没有炒呢！"胡一品说："我是来家拿茶杯的。"老婆说："我已经将茶给你泡上了。"胡一品真是渴了，端起罐头瓶，一口气喝得精光。老婆嗔怪道："县里停水了吗？"胡一品只想办正事，不理会老婆的话，伸出手去，说："给我点儿钱。"老婆以为男人要钱买烟，就去提包里拿钱。边掏钱边唠叨："你看你这个乡长当的，连烟钱都得向老婆伸手！"胡一品知道老婆理解错了，说："你将那张存折给我。"老婆不由一愣，说："你要存折干什么？"胡一品说："我有急用。"老婆紧紧抓住提包口，说："不行，这一千块钱是我从牙缝里挤出来的，准备留着给儿子明年上中学用的，你别打这笔钱主意。"胡一品笑了，说："明年还早着呢，等我开工资还你。"老婆说："你每回从家里拿钱都这么说，你还过几回？"胡一品厚着脸皮去抢老婆手中的提包，司宝萍知道不给也不行，也只好顺当当地松了手，一双眼睛却不由人地红了……

与聂小海见面是在楚河边名叫顺和的酒店里。胡一品听别的同学讲聂小海平常喝的都是好酒，不是茅台就是五粮液。胡一品一般不喝酒，所以也不懂酒，遇到场合，最多也就是二三两的酒量。对于酒他真是有点儿孤陋寡闻，本想去见聂小海准备提四瓶五粮液的，一问价格，他带的钱只够买一瓶的，没有办法，他只好听从女服务员的建议，花了720块钱买了四瓶与五粮液同胞的五粮春酒。在去酒店的路上，胡一品边走边想，五粮液与五粮春，只差他妈的一个字，最多五粮液是大妈生的，五粮春是二娘养的呗，能相差到哪里去？

从太阳还没落山一直等到华灯初上，聂小海才露面。

乡长胡一品握着聂小海那只肥大的手，讨好地说道："老同学，你真忙啊！"

聂小海大大咧咧地说："我是瞎忙，不像你们政府官员，每天忙的都是正事！"

胡一品将酒提到聂小海的面前，说："老同学，不成敬意，一点小意思。"

聂小海边端详着酒边问身边的女秘书："五粮春？这酒你喝过吗？"

女秘书摇摇头。

女服务员走进来，说："聂总，现在上凉菜吗？"

聂小海说："上。"又说，"去厨房将梁大头给我叫来。"

不一会儿，梁大头来了，说："聂总，您有何吩咐？"

聂小海一指胡一品，说："这是我的老同学，也是我的父母官，楚阳乡的胡乡长。今晚的菜你要亲自掌勺。"

梁大头朝胡一品点头致意，说："没问题。"

聂小海见梁大头要走，用嘴一指，说："这几瓶五粮春你拿去喝吧，这可是我们胡乡长送给你的呀！"

梁大头对着胡一品连说几声谢谢，然后下去忙去了。

菜上齐了，虽然只有三个人，菜却是摆得满满的一桌子。

女服务员问聂小海喝什么酒？

聂小海有些不高兴，说："我几乎每周都来你们这儿吃饭，我喝什么酒难道你不晓得吗？"说着提高嗓门，"五粮液啊！"

酒过了三巡，聂小海就向女秘书讲他自己的过去：小时怎么调皮捣蛋，怎么下河扎猛子偷看女孩子洗澡，怎么将盲人领到粪坑里，等等。每讲一段，还得问问胡一品，说："是这样的吧，老胡？"那意思，他干的那些无恶不作的事情，胡一品每次都参加了一样。

又喝了几杯，胡一品感觉有点儿头晕，就知道喝得差不多了，再喝就多了，况且正事还没有谈呢！

瞅个空当，乡长胡一品便将来意说了。

聂小海一听，不由哈哈大笑起来，半晌说道："老胡，你不是开玩笑吧！"

胡一品说："目前乡里真的是遇到了困难，乡干部已经几个月没有开工资了。"

聂小海说："哎呀，没有想到，堂堂一个乡的乡长，竟然张口向我这个个体户借钱，真是不可思议啊！"

胡一品说："希望你能看在老同学的份上，帮帮我的忙。帮我们渡过难关。不过，一旦有了钱，我们乡里一定第一个归还给你，连本加息。"

"你要借多少？"

"20万可以吗？"

沉思了半晌，聂小海才又说道："老胡，你也知道我这人好酒，这样吧，你今晚陪我喝个痛快，我就借你的钱，而且不要你们一分钱的利息。从现在开始，你陪我喝一杯酒，我借你一万，你陪我喝十杯。我就借你十万。怎么样？"

胡一品知道自己的酒量，为了能让全乡的干部有钱过中秋，也只好拼了。

他怕聂小海不认账，每喝一杯，便在纸上划了一道杠，以作明证。最后共计喝了多少杯，胡一品已经没精神数了，喝倒了，直到被救护车送到了医院抢救，也没有清醒。等他第二天早晨醒来，发现那张纸条还攥在自己的手中，一数，整整15道杠。

回到乡里，他立即给聂小海去了电话，说："聂总，我昨晚一共喝了15杯酒，你还认不认这个账？"

聂小海说："老同学，就凭你这种精神，我要是出尔反尔，我还是人吗？你让我重新认识了你，也让我重新认识了一个共产党的干部。所以，你喝了15杯酒，我给你30万，不是借，而是白送。"稍时又说道："一早我就已经让会计将款打到你们乡政府的账上了，你安排人去查一查吧。"

胡一品将信将疑，急忙叫秘书小余通知财政所的人去银行查查这笔款子。

不一会儿，小余回来了，高兴得跟什么似的，说："胡乡长，账上的确有钱了，是30万，一点也不假！"

胡一品吩咐小余道："通知全体干部，下午发工资。"

三

这天早上，天还没有亮透，朱县长将电话打到胡一品家里，叫他立即到县里去，说是有好事情。"什么好事情？"乡长胡一品心中一喜问："是不是楚山溶洞的招商有眉目了？"朱县长说："算你脑子好使！我的车子去渡口接你，要快。"胡一品撂下电话，直奔乡政府，边小跑边掏出手机给秘书小余打电话。小余恰巧值夜班，乡长胡一品吩咐小余带上溶洞招商的各种资料，马上去县里。

此时，乡长胡一品真是太兴奋了，比当初当技术员时强奸邮电所女话务员司宝萍的感觉还要好！楚山溶洞开发已经八年了，八年来，乡里又集资又贷款，首期投入已经二三百万，可离景点开放还差十万八千里。乡机关干部的工资发不出来，群众的集资款也没钱兑现，银行的贷款三天两头堵门追账，弄得他整日提心吊胆的，怕电话响，怕人找。有时要账的上门了，他只好将自个反锁在办公室里，憋屎憋尿憋喷嚏，连口痰都不敢吐，你说这乡长当的！如果溶洞真的能够招来商引来资，以旅游业带动楚阳经济发展就指日可待了，而他也该对溶洞的"八年抗战"有个交代了。

胡一品心中真是无比激动啊！比当年听到那个叫司宝萍的话务员不去法院告他反而心甘情愿地做他的老婆那个消息时还要激动万分！

从乡政府到渡口这段路全是下山台阶，胡一品肚子大，走得又有些急，两只被女人称为乳房的地方被颤悠得有些生疼，他像怀孕的妇女，双手按住疼痛的那个部位，回首望一眼落得老远的秘书小余，说："小余哎，你肚里难道是怀了孩子还是咋的？走得那么慢！"小余心说："你当乡长的，说走掸掸屁股就走了，我还得找资料，办公室的一摊子还要安排一下，你们领导哪知拎包人的苦处呢！"可小余脸上表现出来的却是永远谦恭的笑，他气喘吁吁地追上来，说："胡乡长，你真行啊，你瞧我瘦得跟麻秆似的，紧赶慢赶就是撵不上你，真是出了奇了！"

去县城必经楚河渡口。乡长胡一品没有专车（有车乡里也没地方开去，全是山路），可有专船，他和小余还没到渡口，船已在那儿等候了。艄公老陈是个四十几岁的黑脸汉子，老远就招呼，胡乡长上县啊？说着急忙过来迎胡一品，扶着他上了船，坐到船头的竹椅上，二番又准备去接秘书小余。小余说："陈师傅，你别过来，我自个儿能上。"说着一抬腿跳上了船。陈师傅指篙正要撑开船，只见一个扎着两只小辫子的女孩子招着手沿着河岸往这边奔跑过来。

女孩子喊道："等一等，等一等……"

小余说："这是乡政府的船，你要过河去那边渡口吧。"

这时女孩子已到了船边，上气不接下气地说道："那边船刚开，我上县有点儿急事，请领导行行好，搭我过去吧！"

小余拿眼瞅瞅胡一品。胡一品说："看我干什么？叫她上吧，船空也是浪费。"

小余很年轻，还没找好对象，有个水灵灵的妹子同船过渡，心中自然高兴。他二番跳上岸，接过女孩子身后的背包，又挽着女孩子的手上了船，然后安排她在胡一品身边的椅子上坐下来，介绍说："这是我们乡里的胡乡长。"

胡一品问："山里的？"

女孩子答："嗯。"

胡一品问："去县城？"

女孩子答："嗯。"

胡一品问："哪个村的？"

女孩子答："嗯。"

胡一品问："去县城干什么？"

女孩子答："嗯。"

小余说："你怎么老是嗯嗯的！"

女孩子就笑，满脸绯红。

浆快船急，不一会儿船就抵了对岸，朱县长的奥迪车早已等在那里。

一行人上了岸，女孩子挨个道了谢，然后背起包准备离去。

乡长胡一品说："你不是去县城吗？我们车子空，又正好顺路，捎你一段。"女孩子说："我去那边等公共汽车也挺方便的。"

小余一心想挽留女孩子，就开玩笑说道："船费都省了，还费车票钱干啥呢？车上多坐你一个，轮子还是转那么些圈，赶快上来吧。"

上了汽车，女孩子显得没有先前那样拘谨了，大大方方地坐在胡一品身边，看着车内的一切，显得很好奇。

胡一品说："头一回坐这种车吧？"

女孩子认真地点点头。

胡一品说："去县城走亲戚吗？"

女孩子说："我在县里读书。"

胡一品说："噢，在哪所中学？"

女孩子说："县一中。"

胡一品说："噢，那可是我们县最好的中学，我们乡里有十六个孩子在那儿读书哩。"

女孩子没想到作为一乡之长，竟然连几个孩子在县城读书都这么清楚，感觉有点儿吃惊。

胡一品叹一口气，半晌说道："这么多年来，我们乡至今没有一所中学，我这个当乡长的有愧啊！"

小余从前座回过头来说："胡乡长，这怎能怨得了你呢？咱们乡里别说没这个能力，即便有这个条件，有老师愿意来吗？山里穷，交通又不方便，一句话，没有吸引力，谁来？"

胡一品说："等我们的旅游业发展起来就好了！到那时，我们要建一所一流的高级中学，愿来这儿教书的老师我开双倍工资，重金之下必有勇夫嘛，我不信没人愿意来！"

"你多长时间回家一次？"稍时，胡一品问。

女孩子说："一星期。"

胡一品说："噢，回家背饼子？"

女孩子说："背饼子。这种东西放久了不行，比石头还难咬！"

胡一品说："噢，来回都坐汽车吗？"

女孩子说："那得多少钱啊！"

胡一品说："这儿离县城三十多里路，你都是走着来回的？"

女孩子说："我们十几个同学都是这样，习惯了，就是过渡口太耽误时间了，等不巧一趟有时要等几个小时。"

胡一品不言语了，一路上再也没有说过一句话。

车到县城，胡一品下车亲自帮女孩子背上包，顺手将准备好的一张五十元的票子偷偷塞进女孩子身后的包里。

女孩子刚欲走，忽又转回身，问胡一品道："胡乡长，你说我们楚河大桥何时能建啊？"

胡一品一时语塞。建楚河大桥是楚阳人几十年来的一个梦想，也是山里人向山外人靠拢的一个标志，可就这二百多米宽的楚河却将他们给阻隔了。楚阳的老百姓没见过汽车的不少，没见过火车的更是数不胜数，至于其他代表现代化的东西，那就更是闻所未闻了。

胡一品说："建楚河大桥……快了，等我们的溶洞顺利开发，我们的大桥也就要建了。我这次进城就是谈溶洞开发这个项目的。"

女孩子说："山里的老人和孩子们一直盼望着早日建楚河大桥呢，一回去他们就问我建桥的事，其实我只是个学生，哪晓得这些事情呢！"

胡一品说："你回去告诉他们，大桥不久就会建的，几代人的梦想就要实现了！"

说完这句话，胡一品总觉得有些底气不足，溶洞开发到目前还不能说就一定能够成功，若溶洞招不来商引不来资，哪来那么多的钱去造大桥呢？他这样说，不知是不是对女孩子是一种欺骗呢？心中不由一阵怅然。

车子向县政府方向驶去。胡一品是那种容易激动的男人，望着那个女孩子远去的背影，眼里禁不住有些潮湿了。

四

外商是澳大利亚人，有个中文的名字，叫熊斯特，不但能看懂中文，还能说一口流利的中国话。朱县长特地从省城请来一个女翻译，结果也没能派上用场。熊斯特看罢了楚山溶洞的资料及照片，连连点头说好，并约定第二天就去楚阳乡实地考察。

来前，固然乡长胡一品也为今天有外商来洽谈溶洞的开发而激动一阵子，不过他也没抱多大的希望。因为这八年来，来谈判的外商不下几十家，之前也都说怎么怎么好，也都表态愿意投资，结果是热闹了一阵子，后来又这原因那情况的偃旗息鼓了。这个澳国佬熊斯特与众不同，当场就与胡一品签下了意向合同，这令胡一品大感意外，也令胡一品欣喜地看到了楚阳往后的曙光。

在回来的路上，秘书小余看到乡长胡一品一脸的兴奋，也禁不住有些得意忘形。

小余说："胡乡长，这次如能洽谈成功的话，你真是功德无量啊！"

胡一品摆着手，说："怎么能这样讲呢？资源是国家的，是楚阳人民的，我只不过是代表人民的利益罢了，怎么说也不是我个人的成绩，今后，这种话少讲！"

小余有些尴尬，干笑着说："对对，不讲不讲！"稍倾又转移话题，"胡乡长，我们楚山的溶洞比张家界、比杭州瑶琳的溶洞都要大，可以说是天下第一溶洞，等我们开发出来了，我们这儿真敢与他们比比呢！"

五

在楚阳乡，经过两天多的实地考察，熊斯特兴奋异常，每看一处都"OK，OK"地竖着大拇指，最后完全同意中方提出的开发方案和要求。按合同规定，中方出资源，澳方出资金，景点建成后，收入五五分成，一切设施及投资，待五十年后归中方所有。先期投入一亿美元，用于景点开发、修路，以及建造宾馆、酒店、停车场等设施。

在靠河岸边唯一一家像样的小酒馆里，胡一品代表中方，熊斯特代表澳方，双方在热烈的气氛里在合同书上签了字，然后鼓掌、碰杯、雀跃、欢呼……鲜红的葡萄酒将在场的每个人的脸颊都映红了！

"八年抗战"终于结束了，胡一品的身心也得到了彻底的解脱。晚上，胡一品心潮澎湃地回到家，一把抱着女人司宝萍的脸又是亲又是啃，弄得女人不知所措地满脸惶恐。女人说："老胡，你这是发什么神经呢！"胡一品说："老婆，合同签了，合同签了呢！"半晌司宝萍才明白过来怎么一回事，说："那也不值得你这样疯狂啊！"胡一品说："今天我就是要再疯狂一回，像二十年前那样，再强奸你一次！"说着上去撕扯女人的衣裳。司宝萍没有反抗，也不想反抗，她像冬天的一棵衰草，软绵绵地倒在男人的怀里，顿时，二人皆是泪流满面……

楚山溶洞开发合同签订的消息不胫而走。要开发楚山溶洞，势必得建楚河大桥，所以许多家银行主动找上门来，要求贷款给楚阳乡作建桥之用。按照合同，建大桥属楚阳本地的事，即便建四车道的大桥，也需五六百万资金。楚阳乡一个子儿也没有，银行不怕，有近十个亿人民币的投资项目，还担心这区区的几百万吗？如果没有这个旅游项目，别说是几百万，即便是几万，银行也不会轻易放给你的呀！况且楚阳乡又是个穷得叮当响的山区小乡。

中午，乡长胡一品从楚河边察看建桥地点回来，刚欲进大门，传达室老刘便将一个厚厚的信封交给了他，说是刚才一个小女孩送来的。胡一品打开信封一看，全是钱。里面除了一张五十元的票子外，全部是零零碎碎的一块两块的，还有角分的。一数共计二百一十元钱。钱中夹着一张纸条，上面写道："尊敬的胡乡长，那天你捎我进城，回到学校，我才发现包里的五十块钱，我估计一定是您给的。我不能收您的钱，固然我很需要钱，随信退还，谢谢您的好意。现在我们虽苦点，可是我们又是幸福的……听说乡里要在楚河上建大桥，我们十六个山里的孩子激动得一夜没有睡着，我们每人凑了十元钱，托你转交给乡政府，让我们表达对穷困的家乡一份心意吧。"落款是十六位县一中孩子的名字。

多么纯朴的山里孩子啊！胡一品只觉得鼻子有些酸，险些掉下泪来。他急忙喊来秘书小余，吩咐他将这十几个孩子的名字写在红纸上，贴在乡政府大门口。胡一品说："小余，这是我们收到的第一笔捐款，他代表着我们楚阳穷苦孩子的一片情啊！"

有了钱就好办事，从大桥的设计、工程招标到建造，都有人替你操心，替你拿主意，过去那些趾高气扬的企业家、银行家们这时都成了晚辈，虾着腰讨好你，奉承你，一时间，胡一品被人前呼后拥着，感觉自己比朱县长还要神气！

转眼之间，河里面五座桥墩竖起来了，那五座桥墩仿佛是五颗定海神针，将楚阳人的心给定住了。山里的人听说要在楚河上建大桥，将山里的东西翻山越岭挑到集镇上卖掉，而后买来鞭炮不分白昼在乡政府大门口燃放。

这天下午，胡一品正在河对岸指挥桥板铺设，一个中年妇女悄悄地来到他的面前。胡一品觉得此人有点儿面熟，却一时想不起来了。

乡长胡一品问："你是？"

中年妇女说："我就是前段时间在渡口翻船中死去的那个小女孩的母亲。胡乡长，你记不起来了？"

胡一品恍然大悟，连忙说："记得记得，你找我？"

中年妇女说："听说乡里建桥，我们老百姓都高兴坏了。我们知道政府也有困难，要不困难，这桥不能拖到今天才建。我们山里人也不能做什么贡献，我将家中一头猪卖了，可惜太少了，只有二百来块钱。"说着从口袋里掏出一沓钱来，交到胡一品的手中，说："就权当我们家的一点心意吧。"

胡一品心头一阵激动，一时不知说什么好，半晌说道："大嫂，你家过得并不富裕，这只猪是你们一家的柴米油盐。你的心意我们政府领了，这钱还是拿回去吧。"

中年妇女说："不行不行……看在我死去的女儿的份上，你就收下吧。"生怕乡长胡一品再推辞，急匆匆地离开了工地，头也不回。

望着那个中年妇女的背影，胡一品不由得热泪盈眶，半晌"唉"了一声，心说："如果这桥早一点儿建好的话，那个母亲就不会失去她心爱的女儿了！"

刚转过脸来，秘书小余突然跑过来，说："胡乡长，朱县长打电话来，叫你立即去县里，说是有急事。"

胡一品说："这个节骨眼上我怎么能走得开呢？"

小余瞅瞅没人注意，吞吞吐吐地说道："胡乡长，听朱县长说大桥不建了！"

胡一品若不是看着手上一手灰，真想上去给小余两个嘴巴子。

"不建了？你说什么混账话？"

小余说："胡乡长，你还是当面问问朱县长吧。"抬头一看，说道："朱县长的车子已经来了。"

到了朱县长的办公室，没等胡一品坐下来发问，朱县长就直截了当地摊了牌，说道："情况是这样的，老胡你听了先别激动啊！上午接到熊斯特一个长途电话，叫我们立即停止建桥，改建轮渡。"

胡一品一脸狐疑问："为什么？"

朱县长倒一杯茶水给胡一品，然后才又说道："是啊，为什么？我告诉他，大桥已经开始铺桥板了，怎么能停止呢？熊斯特意思是说，如果我们在楚河上建了桥，来旅游的人方便了，开着车子去看溶洞，以后他们完全有空余的时间到别的地方用餐、休息，因为山里的饭菜、住宿条件吸引不了他们，这样的话，就是说我们将生意拱手让给了别人。"

朱县长点燃一支烟，继续说道："你再想啊，老胡，如果建轮渡的话，情形就大不一样，过河一来一回的，再怎么也得一两个钟头吧。他们看完景点，不吃也得吃了，不休息也不行了。你说这个建议值不值得我们考虑？"

胡一品正色道："朱县长，眼看大桥就要建好了，现在半途而废，这个损失谁来负责？"

朱县长说："老胡你别急嘛，听我把话说完。熊斯特说了，关于建桥的损失澳方全部负责赔偿。"

胡一品说："那也不行，山里的老百姓几十年盼啊盼啊！一直盼望着楚河上建一座大桥，现在好不容易要建起来了，又说不建了，我怎么向楚阳的老百姓交代呢？"

朱县长说："上午县委常委会已作出决定，炸桥墩建轮渡，你立即回去，重新考虑轮渡的设计方案。"略顿又说道："老百姓的工作我帮你去做。"

胡一品说："我不服从，哪怕组织上撤我的职！我们不能因为这一点点利益而伤害楚阳广大人民的利益，伤害楚阳广大人民的心！"

朱县长严肃地说："胡一品同志，你怎么就想不透彻呢，就因为考虑到楚阳广大人民的利益、永远的利益，组织上才这么考虑的，你为什么这样固执的呢？"稍稍平静以后又说道："再者说了，眼下能为楚山的溶洞招来商引来资，你就是人民的功臣，相反，如果因为你一意孤行，将招商引资的事给掘了，那么你就是千古的罪人……孰是孰非，孰轻孰重，你回去自个儿心中好好地掂量掂量吧！"

那晚，乡长胡一品没坐朱县长的"奥迪"回楚阳乡，他是走着回去的。

到了渡口，天已经完全暗了下来，艄公老陈的船头已经亮起了马灯。

老陈有些纳闷，边摘锚边说道："乡长我多嘴，今儿个县里怎么没开车送你？"

胡一品说："我不坐那烂车，硌我的腚！"

老陈想不明白，汽车的座椅都是沙发，怎会硌腚呢？除非是座椅坏了。

今晚无风，楚河水温顺如羔羊，哗啦哗啦地流淌着，乡长胡一品的心境却与之相反，思前想后，一肚子惊涛骇浪。

撑船的老陈见乡长不说话，觉得有些寂寞，就想找点儿话说。

"胡乡长，要不多久，我和我的船就要下岗了。"老陈的话里没有悲伤，而是一种兴高采烈。

胡一品心中五味杂陈，半晌"唉"一声："是啊！"

"今后，这儿再不会有事情发生了。"老陈指的是翻船死人的事情。

胡一品说老陈："假如这桥不建了，你会怎样？"

老陈一愣，手中的篙险些脱了手，半晌哈哈笑了，说："胡乡长，你真会开玩笑，桥都建到一半了，怎么会不建呢？"

胡一品说："我说的是假如！"

老陈笑道："没有假如，除非是地震或是地球爆炸！"

到了岸边，老陈执意要挑着马灯送胡乡长，被胡一品谢绝了。

胡一品走出去老远了，老陈还在后面举着马灯给他照亮。

胡一品向后挥挥手："回吧，老陈。"

老陈在身后说："胡乡长，我们楚阳的老百姓永远忘不了你的大恩！"

胡一品明白，老陈说的是建桥的事，心中不由一阵激动，一阵怅然。

早冬的寒意已经绑在夜晚的身上，胡一品浑身却是热浪滚滚。

走在坚硬的台阶上，胡一品的眼前一直浮现出那个扎着两只小辫子、代表十六个捐款中学生的女孩子，还有那个失去女儿为建桥卖猪的中年妇女的面容。他边走边在思考一些问题，建桥与否，功臣与罪人，眼前利益与永远利益……他感到自己的思绪的确有点儿混乱了。不过，有一点胡一品是清醒的，那就是大桥的建设一刻也不能停，尽快合拢。他想，县里领导总不至于亲自去放炸药毁桥吧。至于他个人，他根本就没有过多的考虑，只要楚河大桥能够建成，他宁肯做那个"千古罪人"！想到此，胡一品反而坦然了，步子也沉稳了。走着走着，他不由加快了速度，他想早一些到家，将自己的想法与老婆说一说……

（原载《鸭绿江》2011 年第 12 期）

女人是条鱼

一

大铁门在身后闭死的时候，张九年险些被"咣当"之声吓得闪了腰。他告诉自己，莫停留。昨晚上同屋的狱友几次嘱咐他：出了门一直走，千万别转脸！他做到了。像是被人撵着，张九年脚步抄得是那么的迅疾。这个关了自己十年零三个月的地方，给他留下了沉重的回忆。他一刻也不想多待。

秋日的阳光抚摸了他那呆滞的目光，又慰藉了一下他那十分兴奋的身体。此时他真的体会到了大墙外的天空竟然那么和颜悦色，连风儿也比里面温存多了，那么细致入微，那么沁人肺腑。极目远望，泪水不由一下子涌上眼眶。酸了许久的精神自由了，与自由一起回门的还有他的身体，以及他的心灵。四下无人，他使劲掐一下自己麻木的腮，哎哟，疼。是真的，是他妈的真的！从那天管教告诉他马上放他出来的消息之后，他就不相信自己的耳朵，似乎听觉是不是也被劳教了！

来到宽阔的大道上，张九年猛然想起，这是到哪里去呢？按理讲，他应该回到他的老家苏北东南乡张大庄去。可他哪还有家呢？家对他来讲，是一个可想而不可求的奢望。从严格意义上来讲，他已经没有家了。家是被自己给毁掉的。当时，要不是一时冲动，稍微地忍一忍，或者说，冷静一点儿，怎么会是这样的结果呢！不过，作为一个男人，摊上这事很少能忍得住，除非你是缺心眼。反正事情已经发生了，绿帽子已经扔给你了，你戴与不戴都是一样的。当时，他并没有想怎么样，更没有想到会杀他。因为他没有力量与人家抗衡。所以他也想息事宁人，他也想退一步海阔天空，都是那个莫恭俭狗日的逼的。仗着自己是村主任，仗着他的老丈人是副乡长。虽然那个副乡长当时已经光荣地退居二线。瘦死的骆驼比马大，在当地依然还是威风凛凛。

张九年记忆退回到十多年之前的那个冬天。尘封已久的往事跃上心头。

那是个温雪的傍晚，他在远离家乡一千多里路的省城工地上刚端起饭碗，这时手机响了，是他女人穗的电话。穗没有说话就是一个劲地哭。张九年就知事情不好，一再追问，穗还是哭，最后只说一句话："你快回来吧！"

在火车上，张九年将能想到的事情想得心中起了茧子，还是闹不清穗到底出了啥事情？其实，张九年第一感觉就猜到了不会是什么光彩的事情。他硬是不向那方面去想。他想掩耳盗铃，他真的希望不要发生那样的事情。直觉告诉他，肯定是这种不好的事情，要不女人为啥不在电话里说清楚呢？

穗是个过日子的人，很少打电话来，怕浪费钱。没有要紧的事情，一般不会给他打电话。那天也是在傍晚，因为穗知道那时候是工地该吃晚饭的时间，女人心细，怕在工作时间男人接电话不安全。穗在电话里显得很兴奋，说是村里要提拔她当妇女主任。男人说："怎么会呢？你一不识字，二没有背景，村里怎么会看上你的呢？"穗说："我也是这么想的。"男人说："那个秀英不是干得好好的吗？"穗说："秀英随她男人去外地打工了。"男人想了想，说："还是别趟那个浑水吧？妇女主任也不好干，天天不是动员妇女少生孩子，就是结扎流引产那些熊事！"穗说："倒也是。"然后就把电话给挂了。那晚张九年想了多半夜，又觉得自己有点儿自私，其实他不想叫女人当干部，是怕她接触人多了，会胡思乱想。特别是那个村主任莫恭俭，一肚子的坏水，最喜欢玩女人，虽说这两年结婚之后老实多了，张九年还是有点儿不放心，就怕穗被人家占了便宜。因为穗长得有点儿不像农村的女人，城里人讲，叫作有点儿姿色。结婚头几年，他都没有出过远门打工，就在县城里干些杂活，自己有辆摩托车，早出晚归。一直到儿子出生，他这才到省城做活。现在穗的眼角已经有了鱼尾纹，他不该再对她不放心了。当夜，他就给穗去了电话，说不然还是干吧。穗许久没言语，半晌说："这是你同意的！"张九年说："不过，你干是干，你得注意莫恭俭那个坏东西。"穗说："人家已经改好了。"张九年说："狗改不了吃屎！"穗就笑，之后说："我知道了。"

站在汽车站售票窗口排队，张九年还是拿不定主意，到底回不回他那个已经模糊的家乡。之前，监狱的管教曾经征求过他的意见，问他出去之后想干什么？他在监狱里学的是钳工，现在在社会上很吃香，监狱方面可以给他在这个城市里联系工作单位，要是他愿意的话。他没有接受人家的好意。他说："我得回家去。"当时他就想回去看一眼寄养在丈母娘家的儿子，他已经很久没有见到他了。自从他蹲牢，儿子只来过一回，心中还是很不情愿，连眉眼几乎都没有看清。在他幼小的心灵中，他认为是父亲毁灭了这个家的罪魁祸首，不但害死了母亲，还毁了他的前程，固然儿子当时只有八九岁。不过，让张九年回去最大的理由，也是最重要的理由，他想到穗的坟上看一看，和她说说话，送点儿纸钱。这么多年来，穗在那边一定过得很清苦。

一路上，张九年的眼睛一直盯着窗外，他没有看风景，脑海中始终在想自己这次回家乡所要面临的尴尬局面。他不是衣锦还乡，他是劳改释放犯，一个没有尊严，除了力气，啥也没有，啥也不是的穷光蛋！

村外有条河，叫不老河。就是这条不老河，夺去了穗的性命。张九年恨死了这条河，这么多年来，他在心中诅咒了无数遍。他知道这条不老河没有罪过，那夜，是穗自己走下去的，于河没有任何关系。但是张九年还是对河有着深深的仇恨。

过去过河是摆渡，现在有了桥。张九年在桥上接连吸了几支烟。临走，他本想向河里吐口痰的，痰在口中储存了许久又咽了下去。他怕痰污染了河中穗的魂灵。

二

村子比过去光鲜多了，路也脱胎换骨变成了水泥路，许多人家的房子都建了二层。他没走的时候，他家的房子虽是三间带廊檐的瓦房，在当时也还是顶拔尖的，现在肯定是落伍了。不过，这已经不重要了，他还准备在这儿揳万年桩吗？他想，如果离开这个令他伤心的地方，他还准备将穗的骨灰也一并带走，彻底与这个生养他的地方一刀两断、一了百了，不再有一丝一毫的联系。

一条小黄狗追着他狂吠，招来许多同伴，跟在身后追着他的脚跟。他不由感叹，连畜生都对他生分了。也许不是，过去认识他的狗们，或许是它们的前辈，怎么会认识他呢？毕竟是十多年过去了。

院子比自己想象的还要破败，目极之处一切都褪了色，显得是那么沧桑与凄凉；岁月的侵蚀是那么的不留情面，不放过一草一木，连空气也都变得老气横秋、苟延残喘。门上的铁锁锈迹斑斑，他不知钥匙在哪儿，他根本不记得当时走的时候，还会顾上将不值一钱的房门、也许一辈子不再见面的房门上一把锁。他找来一块半截砖头，只一下便将锈锁砸落。用力推开吱呀呀的铁门，一股生人的霉味扑面而来，他虽然有了准备，还是被那种变质的味道呛了一下，险些晕倒。

既熟悉又陌生，房子里被密密的蜘蛛网捆绑住，没有喘息之空，阳光从屋山上的窗洞里溜进来，雾昭昭的，像没娘的孩子。张九年在当门站了许久，不知道是该拾掇拾掇，还是就这么保留这幅场景，因为自己也不清楚下一步该怎么处理自己的一切。

身后有响动，张九年不由转过身去。院门口站着一个年轻人。那人说："叔，你回来啦？"张九年被叫得一愣怔，说："你是谁，我有些眼拙。"那人说："我是你侄子铳子。"张九年拍着脑袋，说："哎哟，是铳子，一晃眼都这么大啦！""我都二十五了呢，叔。"铳子掏出烟来。张九年心说：这一晃眼就是十年挂零。可不是吗？当时他被抓走的时候，清楚地记得，铳子眼睛里噙满泪水随着吉普车奔跑着。这个场景一直在他的脑海里保存了许久。固然铳子不是他亲侄子，那时候爷儿俩在一起感觉很投缘。"你知道我今天回来？"张九年接过铳子递过来的烟，没顾上点燃便问。铳子说："几天前村里就接到乡里的电话了。""村里？乡里？你现在干什么？"张九年疑惑地望着铳子。铳子一笑，说："叔，前几年我从部队复员，群众推选我当村支书，本想去外头打工的，现在只好被赶鸭子上架了！"张九年兴奋得有点儿发疯，说："你当了村支书？你当了村支书？真是太好了！我、我这就打扫房子！"铳子说："我去叫几个人手帮忙。"张九年说："不用不用。我一会儿就收拾好了。"忽然想起什么，"那个那个什么。"铳子说："什么？"张九年说："那个莫恭俭的老丈人怎么样了？"铳子说："你问的是玉婷婶子的父亲？"张九年咬牙切齿，说："就是那个老混蛋！"铳子说："听说几年前就死了，那时我还在部队上。"张九年唉叹一声，像裂了口的柿子。铳子说："叔，你怎么啦？"张九年嗓子里发黏，说："我是被冤枉的，当时，那个狗日的莫恭俭故意往我的锹头上撞的，也许他认为我在他的脑袋来之前，会迅速将铁锹拿开，我就是迟疑了一点儿，反应慢了一点儿……最后他们愣判我是误杀。虽然捡回了一条命，但被冤了十年，十年铁窗啊！我曾无数次向政府反映过，一直没能讨个说法！这回好了，你当了村支书了，我的冤仇有地方申了！"铳子说："叔，罪你也受了，莫恭俭与他的岳父也已经过世了，我看这事就算了吧。俗话说，冤家宜解不宜结，况且事情已经过去了这么多年了，都长白毛了呢！你说我说得对不对？叔。"张九年说："我本是这么打算的，现在不这么想了，那个莫恭俭的老婆毕玉婷不还在吗？我不能与她拉倒！你的婶子没了，都是莫恭俭那狗日的害的！"张九年哽咽起来。

晚上，铳子说要给他接风洗尘去晦气，张九年一口回绝了，一不是班师回朝，二不是胜利归来，他是一个人不像人鬼不像鬼的人，固然铳子如今是政府的人了，多多少少给他扳回些许的面子，真如果像人似的站在广众面前，他还真有点儿打怵。再说，现在除了一个人的躯体，他已没有卖弄的本钱。

在收拾床铺的时候，张九年发现粗席底下压了许多张报纸，有好几斤重。令他惊奇的是，报纸上用墨汁画了许多条鱼。他搞不明白，穗画鱼作甚。他在家从不整理床铺，所以他不清楚这些鱼是穗生前何时画的？他为啥画鱼呢？有什么意图呢？想吃鱼？还是想当鱼？前者好像不是。家中生活还是可以的，想吃条鱼在当时家中的经济条件还是完全可以满足的。那么，是不是在她跳河之前画的？好像也说不通，因为从出事到她寻死，只不过十多天时间，她不可能在那么短时间内画出那么多张报纸的鱼，况且当时他也在家里。

秋天的黄昏来得有点儿缓慢，陪着张九年将屋里拾掇清楚。之后，张九年去了离家不远的小商店。看商店的是一个年轻妇女，他只顾低头选东西，无意间，见那个年轻妇女偷眼瞅他，心中不由一悸，急忙拿了两刀火纸，又买了一瓶酒，贼似的逃了出来。

穗的坟茔就在村外的斜土坡旁，没有几步路，张九年走起来却感到是那么的遥远与不轻松。

记得穗去世之前，他们有过一次争吵，那是他们结婚以来第一次，也是唯一的一次。也是在电话中，穗匆匆忙忙说了句问候的话，然后直奔主题。她说："莫恭俭要我入党，你看咋办？"他说："入那个干什么？不给工资不发粮食的。"穗说："不然入吧，当干部不入党不好。"他说："怎么不好？"她说："腰杆不硬邦。"他说："要那么硬邦干什么？"她说："别说那些闲篇话，浪费电话费。"他说："我听说，入了之后，每年还要交什么税。"她说："不是税，是党费。连这都不懂！莫恭俭说党费不多，是按工资比例交的……"她的话还没有说完，就被他给打断了。他说："我给你数着呢，穗，这一会儿你已经提莫恭俭三次了！"她明显感觉男人不悦，心中也有些不高兴，说："我提莫恭俭怕什么呢，人家也是关心我的进步不是？""他关心你？恐怕那狗日的是黄鼠狼给鸡拜年没安好心吧！"她说："平白无故地你骂人家干什么呢！"他的声音不知不觉高了起来，说："我就骂他个狗日的，怎么啦？怎么啦？你为啥要护着他，是不是你和他有一腿？你说！"她的嗓门也大了，说："你这人越来越不讲道理了！"他说："我就是不讲道理，怎么着？你觉得你当妇女主任咋了？你妇女主任只能管妇女，管不着我们大老爷们！"她猛地将电话挂了，再也没有打过来。他也是一肚子气，也没有打过去。半夜想打又没打，他觉得自己没有错。

三

远远望去，穗的坟周围已经有了新的邻居，这令张九年多少有点儿慰藉。起码说，穗在那边不孤单了。他在附近转了一圈，也不知都是哪家的坟，坟前都没有立碑，所以不清楚地下埋的是何人。他想，等一下也给他们烧一些纸钱，希望他们能够照顾照顾他的女人。当初，没让穗进张家老林，是因为张家的坟地与莫家的坟地相隔太近，他不想让莫恭俭那个狗日的再对自己的女人有什么非分之想，固然他们都已做鬼，那也不行！

穗的坟比一般的坟略大，张九年猜想每年一定是儿子来添的，岳父岳母年纪大了，是干不动了。要不就是侄子铳子给添的坟，没有旁人。

猛然，张九年发现了坟前有一堆纸灰，心中不由一惊，他捏着纸灰，感觉烧的日子并不长，明显有新鲜的痕迹。这是谁烧的纸钱呢？不年不节的，即便是儿子也不会来上坟的。那么是谁呢？他想回去一定问问铳子，也许他能知道端倪。

张九年将火纸拿出来，一张一张揭开，然后从身上掏出剪刀，动手剪起纸钱来……

那天半夜赶到家，穗正坐在屋当门等他。穗说："你回来啦？"男人说："家里到底发生了什么事？我心里急得都要起烟了！"穗说："我们连夜走吧，我和你一起出去打工。"男人这才发现，床铺上已经打好了几个包袱。男人有些急，说："到底出了什么事情呢？总不能你说走就走，我总得问个清楚明白吧！"穗脸上很平静，平静地像一汪湖水，说："你啥也别问，问了我也不会说，等我们走了之后，我会一五一十地告诉你，不论你原谅不原谅我！"男人一听，立即火冒三丈，也似乎明白了什么，说："你、你、你告诉我，是不是莫恭俭那个狗日的欺负你了？"穗不语。男人转脸出了门，在院子里摸起一把铁锹，恶狠狠地说道："我去找莫恭俭那个狗日的算账！"穗追到屋外，说："你不要瞎来，等我以后告诉你实情！"一听这句话，男人更加坚信自己的判断，说："我今夜不杀了那个莫恭俭，我就不是人！"女人跺着脚，说："你千万千万别去！"男人说："绿帽子已经给我戴上了，我不去还是个人嘛"！穗哭道："你若是去，就别想再见到我了！"这是女人留给他最后一句话。

张九年抓一把纸钱，前后左右四个方向点燃四堆，口中说道："穗承蒙各位邻居照顾，以后每年逢年过节，我都会来给你们送钱的。"然后，再次走到穗的坟前，点燃纸钱，用嘴咬开酒瓶盖，在坟前溜了一圈，声泪俱下道："穗，我回来啦，我回来啦！你在那边过得好吗？"他本有一肚子话想说的，现在却一句也说不出来了。泪流满面，泣不成声。

夜风将张九年晃醒了？他才觉得身上寒了。秋虫在歌唱，张九年一点儿也不懂得欣赏高雅音乐。惺忪着眼，想想自己在啥地方。当他回忆过来的时候，爽当去了，他那个冰冷的家还不如这地方好睡。竟然再次进入梦乡。

日头重新扫描坟地的时候，张九年才幡然坐了起来。好久没有睡得这么实在了，仿佛睡了许多年。

有人向斜土坡这地方走来，眼睛不小心被秋露灼了一下，张九年竟然认不出来人是男是女。他现在不想见任何人，急忙紧走几步，闪到旁边一棵大柳树后面，他想等那个人走过去他再出来。

脚步声渐渐近了，张九年凭感觉猜想来人一定是个女人，走路的声音踢里趿拉的，像是没气的车轱辘压过地面。

那女人停在穗的坟前不走了，张九年听到了膝盖落地的声响。他好生奇怪，这个女人（他认定就是个女人）来这儿干什么呢？本想探头看看又怕被人认出来。

就听那个女人说："妹子，你男人回来了，再也不要我给你送纸钱了……姐姐没有其他的要求，只希望你能显显灵，给你男人张九年托个梦吧……"

张九年知道穗的坟前这个女人不是别人，就是仇人莫恭俭的老婆毕玉婷。不由暗骂道："给我托不托梦碍你啥事情？你不是咸吃萝卜淡操心嘛！"

人走了好远了，张九年才走出来，他望着远处那个背影，不觉有些诧异，走去的就是那个曾经年轻貌美、他曾经暗暗追求好多年没有追上的毕玉婷吗？现在清楚记得，当年，只要白天不留神瞅一眼她的胸脯，夜里准得梦遗跑马。

十年的风霜不光打倒了我张九年，也打倒了曾经风光一时那个叫毕玉婷的女人！老天真是不偏不向、公平合理啊！想到此，张九年不由开怀大笑，直笑得眼睛里溢满了泪水。

四

张九年没有回家，直接去集上买了一些糕点与水果，走着去岳父家。想想马上就能见到儿子了，心中那些不快早已跑得无影无踪。对于儿子，张九年的确没有太多的印象。儿子小时候，他常年外出打工，一年不见几回面，所以儿子与他不亲。儿子长得像他母亲，张九年就想着穗的面容，再想象儿子的样子。一路上，张九年就是想着儿子如今的个子、长相，见着他是什么表情，会不会不喊他。儿子大了，肯定也懂事多了，不会对他这个劳改犯的父亲鄙视的，像那次去监狱里看他那样不理不睬的。

心急腿疾，太阳东南晌的时候，张九年已经到了岳父家的村头。一晃那么多年过去了，房子变迁了，路也已经陌生了，突然间想不起来岳父家住哪儿了。向路边一户人家打听，竟然得到一个不好的消息，岳父岳母一年前已经先后去世，他的儿子也到外面打工去了，具体地方不知。他向人家打听岳父岳母坟茔，然后买了火纸，到两位老人的坟头烧了一把纸，磕了几个头，人就如同醉了一般，丢下手中的糕点与水果，跌跌撞撞顺原路回去了。十几里路，他竟然走到天瞎黑，还差一点儿迷了路。

铳子在家门口迎接他，说："叔，你到哪里去啦？我找了你一整天。"张九年没有说实话，回答说是去外面转转了。看到门口好多口袋的东西，就问："这是什么？"铳子说："这是你家每年地里收的粮食，村里一直替你保管着。怕霉了，每年都将陈粮换成新的，这只是其中的一部分，剩余的还都堆在村部。"张九年激动得嘴唇直打哆嗦，说："铳子，叔真是太谢谢你了！"铳子说："不要谢我，也不是我一个人的功劳，这个做法是上一届村委定下来的，我不过是按照人家做法效仿罢了。再说，总不能将地撂荒吧！"

张九年开开门，与铳子一起，将粮食搬进去。铳子说："你侄媳妇已经做好了饭，让我来请你过去。"张九年说："我还是不过去了吧，见着了尴尬。"铳子说："丑媳妇总要见公婆，村里人你准备都不见？"铳子拉起张九年的胳膊，说："走吧走吧，侄子还有好多想法要与你商量呢！"

侄媳妇的热情打消了张九年的顾虑，与铳子连干了几杯酒，脸上的愁容一扫而光。忽然想起什么，问侄子，说："刚才你说的什么想法的？"铳子说："叔，我先问问你，你准备还出去吗？"略顿，张九年说："本来要走的，你当支书了，我就不想走了。"铳子说："我有个战友在县工程机械厂当副厂长，这几年，他们这个厂效益非常好。我想，你在监狱里学了一身技术，这次你回来了，我们村里准备组织一部分小青年，由你带领到县工程机械厂学习，然后回来办厂。县工程机械厂给我们提供材料，我们负责给他们加工机械零部件。一是增加村里收入，二来也省得村里青年人出去打工，不能照顾家庭不说，挣些钱也都扔在路上了。你说行不行？"张九年说："这是好事，不过，像我这种人行吗？"铳子说："你刑满释放，与其他人一样，不但行，而且可以当干部。"张九年连连摆手，说："我们张家祖坟没冒那个烟！你婶子要不是当那个妇女主任，她怎么会死，我又怎么会蹲大狱？"说着，眼泪扑簌簌地滚落下来。

半年学习回来，天气已经开春了。工厂暂时设在村委会，村干部挪自家里办公，厂长由张九年担任。张九年对着铳子手摆得像蒲扇，说："我说过了，你让叔干啥都行，就是别让我当干部。"铳子说："厂长不算干部，我这个村干部是中国最小的官，你归我领导，充其量是个带头人。"张九年说："那行。"当铳子将工厂花名册交给张九年的时候，张九年一看就待在那里了。他说："铳子，你是耍你叔还是往你叔眼里揉沙子呢？"铳子就明白了，说："叔，是不是因为毕玉婷当保管员的事情？这是村委会上定的。"张九年说："若让那个坏女人进厂，我就不当这个厂长！"说罢抬腿走了。一支烟工夫，张九年又回来了，对铳子说："让那个臭女人干吧。"铳子正犯难呢，一把抱住张九年，说："谢你了，叔。"张九年说："不过，你得答应我一个条件。保管员平常闲着没事，有活我就得安排她。"铳子说："行，这没问题。你是厂长嘛！"

五

到了月底，县工程机械厂来送料，顺便将加工好的零件捎回去。一大早，张九年就安排毕玉婷将保管室的成箱零件搬到大门外，等车来了好装。村委会门脸窄，汽车开不进来。有人看到毕玉婷搬箱子很吃力，就给厂长建议，等车子来，大家一起动手再搬不迟。一只箱子最少有五六十斤呢。张九年将眼一瞪，说："你是想可怜她吗？可以啊，但你们手中的活必须下班前赶出来，否则的话，今天的工资没了不说，月底还要扣你的奖金。"提建议的人不言语了，谁想找不自在呢？

太阳东南晌的时候，张九年正在指导一个车工干活，看大门的老王急急慌慌跑进车间，拉着张九年的袖子，比画着说道："张厂长大事不好了！"老头也许年纪大了，说话有些跑风。张九年连猜加看口型，才弄清楚，那个老头是在说外面好像发生了什么事情。车间噪音大，张九年不想费口舌，就直接和老头出来了。一眼就看见了倒在那里不省人事的毕玉婷，心中不免有点儿紧张，固然他心中是多么希望眼前这个女人能够早一点儿从他面前消失。他回到车间，叫来两个工人，找来一辆平板车，让他们将毕玉婷送到村卫生室去。

到了卫生室，毕玉婷自己醒过来了，村医给她听一听心口背后，告诉她没有事，刚才晕倒，估计是中了暑，叫她回家熬点绿豆汤喝一喝就好了。腿上破了一点皮，还好没有伤着骨头。

两个工人回来将情况给张九年汇报，说："那个毕大姐一回来又去搬箱子了，劝也劝不住。"张九年听后，一脸冷笑。

其实，毕玉婷也不想来这个厂子里上班，是铳子好说歹说，她才答应的。铳子说："一个村子住着，低头不见抬头见的，冤冤相报何时了呢？再说冤家宜解不宜结，况且，你们两家死的死，坐牢的坐牢，也都分别受到了惩处，还是以和为贵吧！死人活不过来，活人还得活下去，你们总得面对以后的日子吧？"从内心讲，毕玉婷并不想与张九年再有什么瓜葛，更不想和他再发生一些什么是非恩怨，只希望能井水不犯河水，各人过各人的日子，甚至于她多么希望，张九年出狱后最好能不再回这个村子来，可是他回来了，大摇大摆地回来了。不过，毕玉婷之所以能答应铳子来厂子里上班，有她自己的目的与打算。她想，无论那个张九年怎么糟践她，甚至迫害她，她都不怕。她就是想，将过去真实的情况告诉张九年，她死去的男人在这件事情上不能负全部责任的。固然她的男人在村子里口碑并不好，特别是在男女生活作风上。

这一天，是张九年自出狱一来最为快乐的一天，下班后，他专门骑了几里路的车子到集市上买来一条鱼，做好之后，带到穗的坟地。女人最喜欢吃鱼，而且吃鱼很有本事，又快又干净，从未被鱼刺卡住过。活着的时候，只要是家里做鱼，张九年都是让给穗吃，他说自己不爱吃鱼，就喜欢吃鱼头，所以每次吃鱼，穗吃完鱼身子，鱼头全归张九年。

张九年打开酒瓶，喝一口酒，夹一块鱼肉丢在地上，然后和穗说话。张九年在人前很少喊女人的小名，只有在想干那事的时候才叫女人的小名，有时女人在高潮的时候也叫张九年叫她穗。张九年说："穗，你吃鱼，这鱼是我特地给你做的，你尝尝有没有盐味。穗，今天你不知道我有多么高兴啊，那个女人，就是狗日的莫恭俭的那个女人，如今栽在我的手底下……这是天意啊！这是老天爷在帮我啊，让我有机会报复那个臭女人！你知道，当时那个女人二目紧闭，就像死人一般，我的心里如同三伏天吃了一块井水冰过的凉西瓜那般痛快。你放心，我不会轻易让她死的，我要让她受罪！穗，你吃鱼啊。有朝一日，你如果能见到莫恭俭，告诉他一声，让他知道他女人现在过的是生不如死的日子。这就是报应！哦，对了，那个狗日的莫恭俭，他活着是个风流人，死了也是个风流鬼。你还是离他远远的吧！我暂时又不能去你那里保护你，你自己只有多多注意了！还有，你的父母我想你已经见着了，他们活着我没有好好地孝敬他们，希望你多多替我尽尽孝吧……"

今夜没有月亮，星星却十二分耀眼。张九年深一脚浅一脚往回走，不知不觉地却来到了自己家的田地里。玉米转眼蹿有小腿高了，黍颖也硬朗了，已经能经得起夜风的吹打。许多年没有摆弄它们了，张九年猛然升起一股对庄稼的眷恋来。他用手抚摸着玉米的叶片，眼里竟然生出些许潮来。隔壁就是莫家的地，地中央趴着一座坟，固然张九年好久没有来过这里，直觉告诉他，那座坟就是莫恭俭的坟。身不由己，他忽然想亲眼看一看十年未见面的仇人。酒精在他的身体里潜伏，步子就有些散乱。

莫恭俭的坟有些荒凉，就像好久没人添土一样。虽然他没有后，那也不至于这样啊，还有他老婆毕玉婷呢！清明的时候，她不会不添一锹土吧！张九年心中一声冷笑，说："莫恭俭啊，你狗日的不是能吗？你起来与我斗啊！当时你没有料到我会真的对你下手吧？你低估了我，我早就想收拾你了，只是没有合适的机会。这个机会是你给我提供的。你如果不欺负穗，你不会这么早就结束你的狗命的。我告诉你句实话，自从你那次给我发那条短信，我杀你的心就有了，而且很强烈！你真是该死，你给我发那条不是人发的短信就注定你这狗日的没命了！"张九年现在还历历在目，就是在穗给他打电话要入党的那天夜晚，他接到莫恭俭发来的一条短信，内容是：我很喜欢你的女人，她也很喜欢我，不如咱们换媳妇怎么样？你过去不是曾经暗恋过毕玉婷吗？现在将她还给你，反正女人身上什么零件也没少。同意的话就给我回短信。顺便告诉你，穗不会寂寞，我会照顾好她的，你不必担心！呵呵呵呵！他看到这条信息之后，就想连夜赶回家找那个莫恭俭算账，可是工地上赶工期，工头没有准他的假。要是能请下来假的话，姓莫那个东西的周年一定会提前几个月。

张九年站在莫恭俭的坟头上连连跺了好几脚，口中骂道："我×你祖宗，我×你八代，莫恭俭！你在地下有知，你的老婆，我会很好地照顾她的……"

六

白天上班时间，毕玉婷一般不去车间走动，要去的话，也是在下班之后。等工人们走了之后，她会拿着簸箕与笤帚去车间里清扫铁沫子。厂里没有人安排她去干这活，这是她自愿干的。

这是夏天的一个下午，毕玉婷突然出现在车间里。一些青年人因为天气热，车间里没有制冷的设备，图凉快，只穿一条三角裤头在干活，固然毕玉婷是个老娘们，有的年岁小的工人都可以喊她声妈了，但他们还是被惊了一家伙，慌忙去找衣服，来不及的就将身体躲在了机器的后面。一个姓董的工人，刚来不久，正搬一块圆铁上机子，他的短裤有些短，不小心裆中的那个东西就会跑出来，所以一见毕玉婷进来，手也忙脚也乱，一不小心那块圆铁就失手滚落了下来，三滚两滚就滚在了毕玉婷的脚面上，毕玉婷"哎哟"一声就被砸倒了，直疼得五官都挪位了。反应快的几个工人立即找来三轮车，将毕玉婷架上去，往村医务室方向跑。到了那里，村医检查了一下，说恐怕是伤着了骨头，催他们赶紧上乡医院。几个工人一下傻了，他们还都穿着短裤呢！派一个人骑车回去拿衣服，其余一人骑着三轮车，几人在一旁推着，直奔乡里。

毕玉婷去车间干什么呢？她是去找张九年的。那天，看门的老王回家有点儿事，临时让毕玉婷替他瞅一眼大门。这时门口来了一个小青年，要找张九年。毕玉婷一看这个小青年长得有点儿像张九年，就多看了几眼，问："你是张厂长什么人？"小青年就说："我是他的儿子。"毕玉婷说："你进去找吧。"小青年说："阿姨，你帮我进去叫一声吧，我认不得他。"要是别人会觉得好笑，天底下，哪有儿子不认得爹的！毕玉婷一听就明白了，只好去车间喊张九年。所以三轮车刚出了村子，毕玉婷就忽然想起来了这件事，一定叫一个人回去告诉张九年。他们都说："张厂长儿子还不会进去找啊！哪还能等到现在。"毕玉婷仍旧坚持，说："你们如果不回去一个人说一声，我就不去乡医院看脚。"他们一商量，只好派一个工人回去。

那个工人半道上遇见了张九年。

毕玉婷脚被砸伤，当时张九年就在车间里。他衣服也穿得不多，见毕玉婷被砸着了脚，本来不想出来，这下就更有理由不出来了。后来不知是谁告诉他，说是门口有个男孩子找他，他估计是儿子，没顾上穿好衣服就向门口跑。等他出了大门，哪还有人影子呢？急忙骑着自行车回家，也没有见到人，然后就骑着车子到处找。当那个工人遇见他，告诉毕玉婷带的话。张九年一听，肠子都气青了。他猜想，一定是那个臭女人在孩子的面前说了些什么，不然的话，儿子大老远来找他，怎么会没有见到人就走了呢？张九年咬着牙花子，说："这个骚货！"那个工人有些纳闷，因为跟前没有别的人，就问："张厂长，你骂谁呢？"张九年正在气头上，说："骂你呢！"那个工人笑了，说："我听你刚才骂的好像是什么骚货？我又不是女的！"张九年也被惹笑了，说："你是个二一子（不男不女）！"

年底，乡里要召开总结表彰大会，对那些工作突出的村支书以及有贡献的企业家进行表彰与奖励。张九年这个厂全年创纯利润一百五十多万元，在全乡名列第一。乡政府拿出十万元人民币奖励张九年这个带头人。当铳子将这个消息告诉张九年的时候，张九年却"咩啦"一声哭了，半晌揉着眼睛说道："谢谢政府，谢谢政府！"铳子说："你首先得感谢你自己。"张九年说："铳子，会我就不参加了吧。"铳子说："那哪行呢，乡里还安排你上台发言呢！"张九年说："我是个劳改释放人员，怎么有脸上台发什么言呢！"铳子劝道："叔，你错了，过去你有罪，被判了刑，现在你刑满释放了，你现在不但与其他人没有什么区别了，而且你还是我们乡里的有功之臣呢！"张九年说："我去开会可以，你能不能别让我上台讲话？"铳子说："你别害怕，讲话稿我已经给你写好了。"张九年说："你知道的，叔过去念过几年书不错，现如今又都还给老师了。"铳子说："那你就现场发挥随便说几句也行。"张九年说："那样我更紧张！"铳子只好说："到时再说吧。"

那天上午，张九年和铳子一起去乡里参加表彰会，披红挂花坐在了第一排。临到张九年上台发言，张九年一下傻了，因为之前，铳子曾答应他不上台子讲话，他才同意来参加这个会的。

张九年未曾上台腿脚已经开始抖了。铳子抓住张九年的手腕，说："叔，你别紧张。"张九年说："我不紧张，没啥紧张的。"铳子说："你记住我的话，第一，你上去少讲过去的事，多讲现在的事，就是讲你怎么办厂创业的事情。第二，讲一讲下一步怎么将工厂这块蛋糕做大做强！"张九年说："我们厂子怎么会做蛋糕呢！"铳子晓得张九年理解错了，也顾不得说其他的话了，说："叔，你上去自由发挥吧。"张九年一脸苦水，说："铳子，我被你坑死了！"

张九年站在台子中央对台下深鞠一躬，下面一片掌声，将张九年的记忆一下给卡着了，顿时脑子一片空白。他却想不起来说什么了，铳子交代他的话，他却一句也想不起来了，结巴了半天，终于说道："我、我过去曾经是个杀人犯，被判了十二年徒刑。我是被冤枉的，要不政府怎么会给予了我宽大？给我留了一条命！古语说得好，欠债还钱杀人偿命。可我没有被枪毙，可见我是被冤枉的！"张九年的目光终于遇见了台下铳子那期盼已久的目光，猛然醒悟过来，继而说道："我一个劳改释放人员，今天能站在这里，都是政府的宽大，我十分感谢政府，感谢政府啊！还有，我昨晚就想好了，我要将政府奖励给我的那十万块钱捐出去，捐给教育事业，捐给那些想上学而没有钱上学的孩子们……"

台上台下一片掌声。

晚上，村委会在饭店设宴给张九年庆功，除了全体村干部，全厂的工人也都参加晚宴。本来，铳子想让张九年讲几句话的，又怕他像上午在乡里似的，讲那些不该讲的话，所以就不让他发言了。铳子代表村支部，简单传达了乡里表彰大会的精神，并把张九年将十万元奖金捐给教育事业的壮举当众宣布，招来在座一片赞美声。从那阵阵掌声中，从那一片羡慕的目光中，张九年读懂了一切。受人尊重固然久违了，张九年还是觉得心清气爽，激动不已，幸福得险些落下泪来。

敬酒的时候，张九年谁都敬了，连看门的老王头都没抹，唯独抹了毕玉婷。铳子将张九年拉到一旁去，说："叔，这是你的不对，俗话讲，宁抹一村不能抹一家，你这又何必呢？"张九年说："她上次被砸骨折，歇了好些日子，工资没有扣她一分，已经够对得起她了！今天要不是你讲情，这顿饭根本没有她的座位！"铳子说："她是工厂一分子，你没有理由不让她参加。至于你敬不敬酒，这是你的权力，我不能勉强你。但是叔，我还是希望你能大度一点儿。过去的事就过去吧。"铳子生拉硬拽，将张九年推到毕玉婷的跟前，说："玉婷婶子，九年叔专门来给你敬酒了！"

厂子成立一年多了，天天在一起，张九年却一次正眼也没给毕玉婷送过去。今天，张九年才正式望了一眼过去他曾经无数次感叹的女人，一下却呆住了，过去那个美貌的女人如今变成这样一副尊容：身体佝偻着，眼皮松弛，脸色暗淡无光，牙齿好像也不健全，左腮明显凹了进去。毕玉婷没敢去接张九年的目光，所以她也不清楚张九年所思所想。更没有想到，张九年能来给自己敬酒。她急忙站立起来，因为有些急，竟将板凳碰倒了。她说："谢谢张厂长，恭喜你！"张九年心说："恭喜我什么？恭喜我出狱？还是恭喜我成功？"他一口饮干杯中酒，下意识看一眼女人扁平的胸脯，心中好一阵纳闷。如果没有记错的话，眼前这个女人最为迷人的就是胸前那对奶子了，既丰硕又有灵性，早先惹得多少男人眼馋哪！现在是怎么了？人变得没有看头了，怎么会连奶子也会变了呢？当初那么大的东西，怎么一下子消失了呢！他趴在女人的耳边，本想说一句恶毒的话，或是糟践她的话。可是话到嘴边又停住了，半晌说道："你真可怜！"女人不经意一笑，说："张厂长你说什么？这儿太嘈杂了。"其实她已经听清楚张九年的话，只是诧异面前这个和自己有着不共戴天的仇恨、已开始腾达的男人没有说出她想象的那句话！起码他该说："我想杀了你，或者说，你已经不值得我对你下手了！"

七

鞭炮没开始响几天，转眼就到了年跟前。

大年三十这天傍晚，张九年买了火纸去到穗的坟上烧纸，想在坟地与女人一起过个团圆年。他除了给穗做了一条鱼，还做了一些她平素喜爱吃的菜，又专门到集上买了些水果糕点之类的东西。酒当然是必须带的。

出了村子，张九年正往前走，猛抬头，见前面走着一个人，很像毕玉婷那个臭女人。他猜想这个女人一定也是上坟给他男人烧纸去了，不然的话，这会儿大家都在自家喝酒过年呢，没有事，谁出来呢！

虽然他们奔的不是一个方向，张九年还是不想与这个女人打照面，就点燃一支烟，蹲在那里吸。想等那个女人走得远一点儿，他再走。

黄昏虽然光线短缺，毕玉婷那有些佝偻的身影还是朦胧能看得见。张九年的余光里，他发现那个女人没有向自家的坟地走，而是与自己走的是同一个方向。他忽然想起来，刚回来在坟地见到那个女人的场景，急忙丢掉烟头，赶了过去。他绕过女人的视线，还是躲在坟地附近的那棵柳树的背后，欲看看那个女人究竟想干什么。

没出张九年所料，毕玉婷走到穗的坟前停了下来，而后将手中的包袱打开，将里面的剪好的纸钱拿出来，擦着火柴点燃。

火光映红了半边天，也映红了女人的身影，像一幅剪纸。

如上次一样，毕玉婷在穗的坟前磕了三个头，口中念叨："穗，马上要过年了，姐姐知道现在有人给你送钱了，可我还是忍不住给你送一点儿。姐姐没有其他的要求，只希望你能显显灵，给你男人张九年托个梦吧……"

天突然间就黑透了，那个黑影子随火光一起消失，张九年往远处看了好一会儿，竟然没有一点儿蛛丝马迹。他突然这样想，刚才发生的一切，是自己的错觉，还是实实在在的呢？往溜地一看，坟前真的有一堆纸灰，用手一摸，还有温度。张九年好生奇怪，这个女人为啥给穗烧纸呢？是良心发现，替她男人赎罪？还是故意做给自己看的呢？或者说另有隐情呢！要不然，她怎么老是说，让穗显显灵，让穗给我托个梦。这是啥意思呢？

张九年点燃自己带来的纸钱，望着穗的坟说道："穗，那个毕玉婷让你给我托个梦是啥意思呢？你就显显灵给我说说吧！"张九年回忆，出狱这一年多来，还真的没有梦见过穗，一次都没有。

开了春，村里准备盖厂房，将厂子挪出去。现在工厂规模大了，原先村委会的房子已经不适应目前的发展。张九年一边顾着生产，一边又要顾着厂房建设，虽然有铳子帮忙，还是忙得手脚不闲着。

毕玉婷日渐消瘦，大风来了都可能被吹倒。铳子劝她有空去县医院查查，可她只是笑笑没当回事。后来，铳子去县里办事，硬将她带到医院检查，结果被查出是肺癌晚期，当时人就被留在医院里。

突然有一天，毕玉婷从医院里跑了回来，找到铳子，要铳子帮他办一件事。铳子说："只要我能办到的就一定办。"她说，我临死就想见张九年一面。铳子知道他叔的脾气，肯定不会来的，不过还想试一试。他不想让一个将死的人留下什么遗憾。

张九年不但不来，还高兴得哈哈大笑，这是报应，这就是报应啊！老天真是有眼哪！

铳子说："叔，鸟之将死，其鸣也哀；人之将死，其言也善。你去听人家说些什么，也是积德，你说是不是？"

张九年终于去了毕玉婷的家，躺在床上的毕玉婷已经成了一具骷髅。他心肠本来很硬的，见到毕玉婷，心里不免也生出一丝怜悯来。想想自己过去一些做法，感觉有点残忍，是她的男人害了自己的女人，与他的老婆有何相干呢！

屋里人全出去了，屋子里剩下两个怀揣仇恨的人。

毕玉婷努力弄出一丝笑容，使出全身的力气，说："穗到底有没有给你托梦？"

张九年摇摇头。

女人说："穗真狠心！"

张九年说："你有啥话，你就说。"

女人说："我本不想说，可我又不想将真相带到棺材里，那样的话对谁都不公平，固然我们家已经没有人再与你们张家结怨。"她缓过一口气，"当初穗与莫恭俭相好，是我在你家捉奸在床。穗后来偷偷与我说，是她勾引莫恭俭的。"

张九年说："你放屁！"

女人说："我就要死了，我不会说瞎话。"穗与我说："她一人在家，真是太寂寞了。我当时太恨她了，就拿着莫恭俭的手机偷偷给你发了那条短信，目的就是想你能处置处置你老婆。穗还告诉我，她并不想当什么妇女主任，她当时就想接触莫恭俭，就是想得到我的男人。"

张九年暴跳如雷，说："你这个臭女人，临死还说假话害人，你、你永远永远都不会得到超生的！"

毕玉婷是跳河死的，很多天以后才被人发现。跳河前，她在自己的身体上绑了块石头，尸体漂浮上来时，人的模样已经完全变得认不出来了。

有人看见，某一天晚上，张九年拿着一摞报纸在穗的坟前烧了，当时火光冲天，映红了半边天空。

以后，每天晚上下班之后，只要没重要的事情，张九年经常会到不老河边走走，或在桥上站站，吸着烟望着河水发呆。水里有很多鱼，活蹦乱跳地在那里游来游去，有时候，还会有鱼跳出水面，扑通扑通地闹出很大的动静来。

（原载《中国铁路文艺》2013 年第 5 期）

花开四季

　　每天上午，吴天民几乎是第一个到单位，不是他思想多么积极，他是不想在家里没事瞎兜圈子。自从儿子去外地上大学，他就成了上班先进分子。他从兜里掏出钥匙，正欲开门，就看见下属沙玫瑰也到了自己的门口。他们的办公室紧挨着。沙玫瑰说："吴主任来啦。"吴天民点头一笑，说："玫瑰，今天来得这么早啊？"沙玫瑰本想说句什么的，见走廊那头上班的人流过来了，就直接开开门进屋了。吴天民便将钥匙插进门孔里，哪知，钥匙没动，房门却自动开开了，他不由"咦"了一声。明明记得昨天下班是锁好门的，怎么会这样子呢！难道说是自己疏忽大意了，还是夜半进了非法入侵者？他站在那里一动不动，假如有贼入室，首先要保护好现场最为重要。在机关工作近二十年了，这点常识还是有的。吴天民站在那里，大气也不敢喘，生怕那个贼就藏在角落某个地方，其实他怕自己的脚印破坏了现场，影响了今后的破案工作。

　　吴天民的目光在房间里搜寻了好久，将室内的物件一一过目了一遍，并没有发现被翻过的痕迹，这才放松了警惕，脚步移到办公桌前，用嘴在桌面上吹吹，有没有灰尘，他都要吹一遍，是一种习惯，多少年养成的。

　　进办公室放下包第一件事就是去锅炉房打开水，吴天民喝不惯办公室里的纯净水，即便在家里也不喝，都是烧水喝。刚开始他是喝什么矿泉水、纯净水的，后来听专家讲那些水里面一些矿物质还有什么营养都被破坏掉了，再说纯净水、矿泉水泡茶不香，茶叶也泡不开。吴天民摸过水瓶刚欲出门，猛然间想起他攒的私房钱，毕竟昨夜房门是没有上锁的。不论是忘记锁的还是被小偷光顾过的，公家的东西少不少与他无关，这私房钱可不能丢了，那是他攒了多半年的心血。有时请请漂亮女人吃饭，洗洗荤澡，孝敬孝敬乡下的父母亲大人，还都指望这个呢！抽屉上了暗锁的，也没有撬别的痕迹，吴天民心中还是放不下，打开锁，将私房钱找出来，数了一遍，确认没有被动过，锁好锁，这才拎起水瓶出门。

吴天民拎着水瓶向锅炉房走去，一路上不时与熟人点头打着招呼，觉得像是监狱里的放风时间，感觉心情很是放松。平常一进办公室，他就一直待在那里，上网看看新闻，瞅瞅美女图片，浏览浏览股市，假如网上有牌友，再斗几盘地主，不到吃午饭时间不出门。为了节省时间，有时连卫生间都懒得去，憋着一泡尿，连同出门吃饭一同解决。

迎面走来一个女人，老远地就朝着他笑。女人说："吴主任在瞅地面上有没有人家丢钱的吗？"吴天民走路习惯低着头，不知道的还认为他是想工作的呢！女人是政府印刷厂的厂长，姓田。吴天民不单与她很早就认识，接触也很多。他们编辑室编的《决策参考》杂志，就是在她的印刷厂印的。吴天民开玩笑说："昨儿个，也就在这个时候，我去打开水，见到一个票夹子，里面没有钱，只有一张女人照片！"小田说："你真有艳福！"吴天民说："那个照片好像有点儿像你！"小田说："我从来不照相片，除非是办身份证。"吴天民正经起来，问道："一大早慌慌的，干吗去呢？"小田说："黄秘书长要印个材料。"吴天民心说："那个黄秘是个有名的道德败坏，拿材料还要你厂长亲自去啊！肯定不是什么好事。"小田欲走。吴天民说："哦，对了，这一期的杂志基本定稿了，一两天就给你发过去。"小田说："好。"

小田走好远了，吴天民还站在那里瞎琢磨。为什么呢？吴天民突然想起一件事情，听人说，这个小田与组织部的沈部长关系非同一般，他的副科已经好几年没有动了，能不能请这个小田找沈部长说一说呢，哪怕是破费一点儿也行啊！本来他想现在就向小田讲这个事情的，觉得有点儿唐突，所以站在那里发愣。他与小田虽然没有太深的交情，毕竟认识久了。当初他们认识的时候，小田只是印刷厂的一个打字员，吴天民经常去印刷厂校对材料，一来二去的就熟悉了。况且小田长得又是那么出众，整个机关大院里的女人，比小田漂亮的几乎没有几个。当时吴天民也曾打过小田的主意，肩也拍了，手也摸了，不过摸得不实在，刚一接触女人的皮肤就被人家柔软地打掉了，而且还加了一句话，说："老吴，在机关里这样不好。"吴天民当时并不老，心想在人家眼里俨然老了，还弄那些熊事干什么呢！何况自己当时只是一个科员。论哪方面资本都不行。算熊吧！一晃眼，人家小田已经是正科了，自己还是个副科，真他妈的憋屈，要是自己是个女人，现在起码应该是个副处级了。当然，光是个女人还不行，还得长得漂亮，还得会来事。就像沙玫瑰那样的女人也不行！本来就没有什么风韵，如今是徐娘半老了，更加谈不上什么韵不韵的了！

到了茶炉房门口，正好遇见一把手邓主任拎着水瓶从里面出来。吴天民说："邓主任打开水啊？"邓主任答应一声。"哦，对了老吴，上面新分来一个人，我想安排到你的编辑室去，上午就来报到。"吴新民问："男的女的？"邓主任说："是个女孩。""学什么的？""听说读的是经管专业。"吴新民又多问了一句，说："什么背景？"邓主任说："什么什么背景？"吴新民问这个话是有道理的。他们这个经济研究中心，虽说是个全额拨款的事业单位，现在进个人也不是那么容易了。去年他就介绍一个人，条件很不错，是个名牌大学研究生，学的是新闻专业，按理说到编辑室工作那是大材小用。可是上头说经研中心编制满了，所以没能进来。突然想到这事，吴天民就又问邓，说："现在单位有编制了？"邓主任说："人家是带编制来的。"吴天民又说："这说明新来这个女孩还是有背景的！"邓主任有些不悦，早晨在家为了一些琐事和老婆吵了几句，正在气头上，没好气地说："有没有背景你去问人事局好了！"说罢转身走了，憋得吴天民直咽唾液。

吴天民泡好了茶，打开电脑，没有像往常那样浏览美女图片，点燃一支烟坐在那里，还为刚才邓主任那句话生闷气。突然想，来个女孩，办公桌怎么放呢？按理说，放在隔壁最合适。不过隔壁那间房本来就小，再摆放一张桌子，连人都转不开。自己屋里倒是有空，办公桌是现成的，那张桌子是原来史主任坐的，史退了，桌子还留在那里，是给正职留的。这几年他一直在主持工作。吴天民摸起电话，想问问邓主任新来的人怎么坐。本来这事不须与一把手商量，他故意这么问的。邓主任说："就与你一个办公室吧，另外那一间房子实在太挤了。"吴天民正欲放下电话，邓又说："老吴，刚才那句话别往心里去啊！我心里也是不敞亮啊！你看看，我在这个副处的位子上已经干了整整七年了，就快要到了八年抗战了！你去查一查，整个机关里像我这样的还有没有？"吴天民说："邓主任，你认识的人多，不会去上面活动活动啊！"邓没好气地说："我认识谁啊！现如今没有背景，你就得在那熬着。"说着叹一口气，"眼看再过两年我就二线了。"吴天民想到自己的处境，受了感染，也不由"哎"了一声，然后放下电话。渐渐地，吴天民心中突然高兴起来，假如让那个女孩子与自己同处一室，说明上面不打算派个正职过来，也就是说，他磨正的希望还是有的。

有人敲门，吴天民一听就知是沙玫瑰，说："进来。"

沙玫瑰坐在吴天民旁边的沙发里，脸上不像往天似的那么舒展。吴天民就问："怎么啦？又是谁得罪你啦？"沙玫瑰说："是你！"吴天民笑了，说："这就奇了怪了，我什么时候惹得你？"沙玫瑰噘着嘴，说："就刚才上班的时候。"吴天民想了想，说："奇了怪了，早上我没有说什么啊？"沙玫瑰说："你没说吗？我说你来啦，你说我今天怎么来得这么早，是不是？"吴天民说："不错。""什么不错？"沙玫瑰说，"别人听这句话，还不认为我从来都是来晚的呢，就是今天来得早一些罢了。来晚的不是我，是孙倩！"吴天民恍然大悟，说："玫瑰，你真是多想了，哦，你没到更年期吧？"沙玫瑰说："去！"吴天民说："还有，你不要太怪，你与孙倩一个办公室，你是老大姐，啥事你得大度一点儿。再说，孙倩不是怀孕了嘛！"沙玫瑰没好气地说："谁没有怀过孕？"吴天民正儿八经道："我就没有怀过孕？"沙玫瑰鼓不住哈哈大笑起来，半晌说道："真气人，天天早走不说，早晨卫生都是我一个人搞。"吴天民说："就那点儿活，能累着你？"沙玫瑰说："我就是看不惯她那娇滴滴的样子！有什么了不起的，不就是才怀三个月吗，有什么可娇的？"吴天民说："哎呀！"沙玫瑰说："还不是觉得她的男人给副市长看电话吗？若是给市长跟班拎包还不知拽得怎么样了呢！"吴天民说："玫瑰，越说越多了啊！"

沙玫瑰今天穿了一条牛仔短裤，大腿露在外面更多了一些。吴天民一屁股挤到沙发上，手不住地拍着女人的大腿。沙玫瑰人虽说长得一般了些，如今又是到了豆腐渣的年龄，身材还是蛮好的，特别是她的两条大腿，又匀称又结实。一般男人会忍不住多看几眼，也不属于流氓范围。她的皮肤本来就白，加上大腿在冬天有裤子裹着，越发白了，像白菜帮子那般白。平常，沙玫瑰到吴天民屋里闲坐，两人坐在沙发上，有时激动起来，吴天民忍不住就势拍拍沙玫瑰的大腿，就像大人拍拍孩子的小肚皮，领导拍拍下属的肩膀。沙玫瑰也不拒绝，又没有实质性的进展，又没有超过上下级、同事之间的界限，拍拍大腿又何妨？最起码，在沙玫瑰心中是这么想的。再说，吴天民已经不止一次地提起过，只要他吴天民磨正，他一定在领导面前保举她当副主任。多年媳妇也该熬成婆了。沙玫瑰将吴天民的手拿一边去，说："别拍了，再拍就肿了！"吴天民说："对不起，我一直以为是沙发扶手呢！"沙玫瑰说："你家沙发扶手这么软乎！"吴天民"嘿嘿"一笑。沙玫瑰站起身，伸了个懒腰，说："我得去干正事去了。"吴天民说："于市长那篇稿子抓紧编，这一期该付印了。"又想起什么，"哦，对了，咱们编辑室新分来一名女大学生。"沙玫瑰走到门口又折回来，轻声问："关系户？"吴天民点点头，说："估计是。"沙玫瑰说："咱问这些有些多余，只要她能写能编就行。这不，再过几个月，那个孙倩还指望她给你干活！"

回到办公桌坐下来，吴天民抬腕看一眼手表，股市已经开盘了，晃晃鼠标，正准备上网看看今天是怎么开盘的。他买了两只房地产股，被深深套牢，原来满身是肉，现在已经全部是骨头了，惨不忍睹。

门被推开了，邓主任领着一个女孩子进门。吴天民急忙站起身来。邓主任介绍说："老吴，这就是新来的大学生，姓花，花儿的花，叫四季，就是春夏秋冬四季那个四季。"又指着吴天民，"小花同志，这是编辑室的吴主任，今后你要多多向吴主任学习，他可是我们机关里有名的笔杆子。"小花一脸灿烂的表情，大方地握着吴天民的手，说："吴主任，初来乍到，还请多多指教。"吴天民说："互相学习。"目光趁机在花四季的脸上徘徊，心中不由感叹，这个女孩子怎么长得这么好看的呢，比印刷厂那个小田还受看。一想到今后一屋办公，单是精神愉悦，想必自己也会年轻多了。邓主任说："老吴，你带着小花，去小沙、孙倩那间办公室转转，相互认识一下。"吴天民说："好。"然后头前引路，边走边介绍编辑室里的人员以及基本情况。

　　重新回到办公室，花四季放下手中的皮包，便开始收拾自己桌子，又帮着吴天民收拾桌子，然后拿起拖把拖地，一连拖了好几遍。吴天民平常很少拖地，猛然一拖，屋子里顿时显得亮堂多了。花四季不知从哪里找来一根竹竿，将墙拐角一处蜘蛛网给收拾了。那张蜘蛛网已经陪伴了吴天民好几个月了，有时思想闷了，吴天民常常望着那个蜘蛛想心思。脸盆里已经结了一层水垢，吴天民平常也不大用，当然也就想不起来打理。花四季找来一团钢丝，将水垢除干净，又接了半盆水在里面。吴天民也没有办公，一直坐在沙发上看着花四季干活，不停地说着夸奖的话。眼看到了中午，吴天民对花四季说道："你刚来，也没有饭票，不如中午科里请客，给你接风洗尘。"花四季一笑，说："吴主任，今天第一天上班，我得回家去和爸妈汇报一下，哪天我请你们各位好吗？"话语软软的，弄得吴天民一肚子欢欣。

　　早晨上班花四季来得比较早，等人家都来了，她已将室内的卫生搞完了，接着又去拖走廊的地。吴天民就偷偷地告诉她，说："走廊上的卫生是机关花钱专门请人搞的，你不必费那个力气。有些事情，出了力并不讨好就是这个道理。你想想，你将走廊的卫生做完了，人家就没有事情做了，不就下岗了吗？"花四季点头说："我懂了，吴主任。"不过，只要是有时间，每天她还会去拖走廊的地面，只不过比过去来得更早了些罢了。

　　花四季来了之后，吴天民感觉身上活力四射起来，不斗地主了，也很少关心股市了，就连过去再忙也得上网看美女图片的习惯也改了。跟前看着个活美女，他还去费那个神干什么呢！

　　一个多月之后，花四季写了一篇本市经济发展的对策与分析的研究文章，请吴天民给指导指导。吴天民一看，心中不由暗暗吃惊，这篇文章不但将本市经济发展停滞不前的原因分析得十分透彻、明晰，还将其对策建议谈得准确到位，其深度令人折服。文章在《决策参考》上发表之后，市委书记、市长，都做了批示。这天，邓主任将吴天民叫到办公室去，问这篇稿子是不是在他指导下完成的。吴天民淡淡一笑，说这篇稿子的确是花四季独立完成的，他只不过在一些地方帮助修改修改。

　　没事的时候，吴天民会主动和花四季聊天，主动关心花四季的政治生活，以及个人生活，让花四季早一些写入党申请书，并主动要当她入党介绍人。花四季说："刚参加工作时间不长，等条件成熟了我再写。"那天吴天民突然问花四季有没有男朋友，花四季一笑，没直接回答，却反问道："吴主任是不是想给我介绍一个？"吴天民一下被问愣了，支吾道："我就是关心你，像你这么好的条件一定要看准了，别慌忙找。即便找，也要等到了解了再谈。现在社会上太乱了，有些青年人不自重，没谈几天就在一起同居了，有的还怀孕了，最后因为志向、爱好、性格、脾气，以及家庭等原因又分手了。"他还列举了许多实例，意思是让花四季处理这方面事情要慎重，等到事情出了，后悔就晚了，等等。

那天下午，吴天民去印刷厂交稿子，时间有些晚了，正好遇着厂长小田。小田说："吴主任今晚就别走了，正好有个业务单位来人了，晚上在一起坐坐。"吴天民一般不喜欢在外面应酬，因为一顿饭还得说那么的话，有时遇到有权力的人，自己官小卑微，为了排座位弄得自己很是狼狈，不如回家抓紧吃完饭，还能斗几盘地主。但想起磨正的事情，便想与小田联络联络感情，还想打听一下她与组织部的沈部长到底熟不熟，能不能说上话，所以就应承下来。小田说："晚上人不多，不然叫上你们单位的邓主任好吗？"吴天民心想，邓主任来了，哪还显得自己呢！再说邓一来，有些话就不方便与小田说了。就说："邓主任忙得很，几乎每天都有应酬。"小田说："要不让你们编辑室的三位美女一起过来吧？"吴天民说："孙倩怀孕了，这种场合一准不会参加。刚来不久的小花去外地出差了，只有沙玫瑰我打电话试一试，看她能不能出来。"说着不怀好意地一笑，"她老公是只醋坛子。"小田说："沙姐都多大了啊，还受管制。这女人到底哪天才能翻身呢？"吴天民一挤眼，说："你不就翻身了嘛！"小田无声一笑。接着，吴天民掏出手机给沙玫瑰打电话。沙玫瑰还真有意思，说去可以，能不能添人添双筷，让她老公老陈一起过去。吴天民说："你拉倒吧，又不是我请客，这是一。二呢，人家出门应酬，都是男人带女人，你倒好，女人带男人，不怕人家笑话嘛！"沙玫瑰说："那老陈晚上怎么吃呢？"吴天民生气地说："你家老陈是三岁小孩子啊！过去你儿子在跟前，你晚上说出来不方便。现在你儿子去外地上大学了，你还不能脱身，你到底还有没有自由了？"沙玫瑰说："行，我今晚就给自己自由一回。不过，若是老陈问起来，你就说是单位集体活动。"吴天民说："沙玫瑰，你真可怜！"然后挂断电话。

吃饭的时候，吴天民是挨着小田做的，酒喝到差不多的时候，吴天民就将自己的想法说了出来。小田说："吴主任，我真的与沈部长不熟，过去只是与他吃过一次饭，连认识也算不上的。"吴天民说："那就算了。"小田问道："你找沈部长到底有什么事情呢？"吴天民说："其实也没什么大事。"

吴天民是懂得一点养生的，平时即便是遇到酒场，也能控制自己的度。正常他有七八两的酒量，一般的情况下，他只喝道六七分的样子，也就不再喝了。客人再热情，他也就是端着酒杯做做样子罢了。今晚有美女小田在身旁陪着，时不时地，他借机与人碰酒的时候，胳膊肘在小田高高的胸前发生点儿触碰，加之小田又会劝酒，所以这酒吴天民就有点儿控制不住了，走路的时候都有些摇摇晃晃，有点儿大舌头，说话也没有之前那么流畅。

酒场结束，田厂长派车送吴天民与沙玫瑰回家。坐在车上，吴天民想到小田已经混上专车和司机接送了，心中不免有些感叹，拍着沙玫瑰的大腿一个劲地唉声叹气。

离家还有一站多路，沙玫瑰就让司机停车。她与吴天民同住一座楼，万一叫她家老陈看到了，今夜又别想太平了。前不久，两口子吃完晚饭出去散步，半路上一个面熟的人与她打招呼，她就礼貌地与人家寒暄几句。晚上回到家，她家老陈立即追问："刚才那个男人是谁？你们是怎么认识的？是什么时候认识的？"沙玫瑰还真的回忆了，就是回忆不起来。你想想，在政府部门工作，千把号人不说，来办事的人多了去了，你不熟悉人，人家熟悉你，还不知是哪百年的事，这怎么会想得起来呢！为此两口子吵了多半夜。离家门口不远了，沙玫瑰松开吴天民的胳膊，说："老吴，就此别过吧。我先走，你愣愣再回去，免得俺家老陈那个死东西胡闹！"吴天民心领神会，做个再见的手势。沙玫瑰没走出去几步远，吴天民又将她喊了回来。沙玫瑰问："有事吗？老吴。"吴天民说："玫瑰，相处这么些年来，我们的关系一直不错吧？"沙玫瑰说："不错。"吴天民说："其实我对你一直想做一件事。""什么事情？""那就是和你轰轰烈烈地办一次！"沙玫瑰抬手打一下吴天民的手，说："去，喝多了！我走了，你自己小心哪！"

　　下午一上班，吴天民去政府办找份文件，在电梯口遇着了小田，相互打完了招呼，正准备离开，小田说："吴主任，你知道吧，那个弹钢琴的叫什么朗朗的，过几天就要来我们这儿演出了，你听说了没有？"吴天民说："我孤陋寡闻。"小田说："听说门票几天前就卖光了，还死贵。据说前排票都卖到八百多块钱一张呢！"吴天民说："我是个乐盲，他挣不到我的钱。你喜欢钢琴？""我女儿喜欢。"吴天民说："你的路子广，还能弄不到票？"小田说："那也不一定，这次音乐会，市里一张票也没留。"

　　之后，对于小田的话，吴天民也没有往心里去。那天午饭后，吴天民看到坐在对面的花四季捂着耳机听音乐，突然想起朗朗的音乐会来，想请花四季一起去开开洋荤。当时他也有顾虑，花四季能与自己一起去吗？不试怎么知道呢？成功是留给有准备的人的。他赞成这句话。恰巧音乐厅的经理是他的高中同学，估计找他没有问题。趁花四季去洗手间的空当，吴天民给那位老同学拨通了电话。老同学说："你怎么不早说呢！之前给人留了两张甲类票，昨天下午才刚刚拿走。"吴天民说："还有没有办法啦？"老同学说："除非是买高价票。"吴天民说："只要能搞到，管他高不高价！"老同学最后还又确认一次，说："高价甲类票已经炒到了一千块一张，你买是不买？"吴天民一咬腮帮子，说："买！"

　　这天周末上午，等到吴天民上班，像往常一样，花四季已经将卫生搞完了，而且水瓶也给打满水了。花四季说："吴主任，我看玻璃上灰尘太多了，你帮我扶一下板凳，我上去擦一擦。"吴天民说："不用了吧，天气这么热。"花四季说："玻璃实在是太脏了，都看不清外面了。"说着搬来两只方凳。吴天民说："不然我上去吧。"花四季说："不行，你年纪大了，上下不方便。"吴天民心中突然"咯噔"一下，说："是吗？在小花的眼中，我已经老了吗？已经不年轻了吗？"花四季说："吴主任你扶好，我上去了。"花四季在上面擦玻璃，吴天民就与花四季说闲话。吴天民说："小花，你来也不短时间了，到如今我还不知你多大了呢？"花四季说："刚过完二十四岁的生日。"吴天民说："你们家姊妹几个？"花四季说："就我自己。"吴天民说："你爸妈应该有五十多了吧？"花四季说："是的。"吴天民说："按照你爸妈的年龄，至少应该生两个才对呀！"花四季笑着说："就我一个不就没有人与我争宠了嘛！"吴天民猛然想起什么，就问："你爸爸在哪里工作？"花四季说："我爸是个工人，我妈也是个工人，都已经退了。"吴天民点点头，说："哦。"

花四季今天穿一条白底碎花裙子，吴天民不留神地就望见了花四季光溜溜的白腿。他急忙将目光移开了，眼睛转向窗外。有一只红嘴白爪子的小鸟在外面的花树上跳来跳去，甚是可爱。他看了一会儿，又想起花四季的身体，将目光收了回来。玻璃的顶端一块地方积了许多灰，花四季需踮起脚尖才能够到擦那个地方。一使劲，板凳不由晃动了一下，将心猿意马的吴天民吓了一跳，急忙抓紧了板凳腿，说："小心小心，实在够不到的地方就算了。"花四季说："要擦就擦干净。"吴天民出自内心地说："小花，说句实在的话，你真优秀，等你入了党，要不了多久你就会被提拔的。我可以这么对你讲吧，你就这么干下去，将来我这个位子就是你的！不行我去上面找人替你说说话。"花四季淡淡一笑，说："现在工作这么难找，我很珍惜这份工作。"吴天民说："这是你爸妈教育得好啊！"花四季说："这下彻底干净了。"吴天民说："你下来小心点儿。"花四季先伸下来一条腿，吴天民急忙抓住她的小腿，想帮助她的脚找到下面那张板凳。哪知花四季生来怕痒，身上敏感的部位容不得别人碰，一不留神身体倒了下来，幸好摔在了沙发上，有惊无险。

等到收拾完了，坐到办公桌前，吴天民猛然想起那两张音乐票来，从抽屉找出来，对花四季说道："小花，问你件事情，你喜不喜欢音乐？"花四季说："非常喜欢，小时曾梦想当个音乐家。"吴天民拿出票来，说："听说朗朗要来我们市开办音乐会，我的高中同学在那儿当经理，送了我两张票，座位不错，是前排，到时一起去好吗？"花四季说："谢谢吴主任，我已经搞到票了，你与你家阿姨一起去吧，这票太紧张了，我也是托了人才搞到的。"吴天民有些尴尬，打了个哈哈，说："没事没事，不用谢。以后想听音乐会，就给我讲一声，我给我的老同学打个电话就可以了，方便得很。"

这天早上，吴天民家中有点事来晚了，一到单位，见许多人都站在走廊上窃窃私语。正好沙玫瑰也在人群中，吴天民就将她叫到自己的办公室里，打听单位出了什么事情？沙玫瑰说："你想哪去了，是邓主任的正处公示了，原地不动，兼发改委副主任。"吴天民心中不由"咯噔"一下，半晌叹一口气，接着出去了。吴天民来到邓主任屋里，老远地伸出手来，说："邓主任，祝贺你啊！"满面红光的邓主任，急忙掏出了一包软中华香烟，连声道："谢谢谢谢！"叹一口气，"虽说是晚了一点儿，总算是解决了。假如组织上再不考虑我，再过年把，就该回家抱孙子了！"吴天民说："你这是双喜临门哪，说什么也得办几桌啊，起码说我们中层干部小范围的贺一贺啊！"邓主任说："那是必须的！"又坐了一会儿，吴天民说："邓主任，有件事情……"邓主任示意吴天民将办公室的房门带上。吴天民照办了，又回身坐下。邓主任说："老吴，我知道你要说什么。你的正科问题，我一直想着的，你我都有亲身体会，比如你，副科位子上也有四年多了吧？我呢，都快八年了！我能不理解你的心情吗？说句违反组织原则的话，你的正科我已经给你报过两次了，不知什么原因，上面就是压着不批，也不说什么原因！我的意思，你要是有关系的话，最好能找找人。最好是组织部的人。"吴天民说："邓主任，你是知道的，要是上面有人的话，我还能等到今天吗？"邓主任沉思了半晌，然后说道："你不是与印刷厂的小田挺熟的嘛？"吴天民说："也不是多么熟，工作上接触多一些罢了。"邓主任说："我不管你熟还是不熟，你最好去找一找她，我实话告诉你，肯定管用。"

从邓主任屋里出来，吴天民还在想那两张音乐票的事情，正愁着不知怎么处理才好。让老婆去吧，这么贵的票，实在是有些舍不得，再说老婆对音乐更是一窍不通，白白糟蹋了两张票。后来想到时喊上沙玫瑰去听，又怕万一她男人知道了，弄出什么乱子来。实在不行，就将票卖了。说不定还能挣个百八十的。这下不用了，送给小田得了。

吴天民回到办公室，找出那两张音乐票，直奔印刷厂。小田正准备坐车出去，一条腿刚刚放进去，见吴天民过来，又急忙抽出身体，说："吴主任，是来找我吗？"吴天民说："不找你找鬼啊！"小田走几步站到树荫下，说："到这边说吧，太阳太晒了。"吴天民掏出票来，说："那天你不是说，想陪你女儿去听朗朗音乐会的吗？我给你搞了两张。"小田有些激动，声音都有点儿夸张，说："哎哟，你是怎么搞到的？我女儿天天缠着我弄票弄票，我都给气死了！"吴天民说："这下别气了。我的老同学是那儿的经理，以后需要的话，给我说一声。"小田说："谢谢谢谢。"然后打开提包，要付钱。吴天民说："要什么钱呢，这是老同学送我的，他也没有收我的钱，我接了你的钱的话，不是从中牟利吗！"小田说："这多不好意思呢，不然你拿一张听听吧？我女儿有一张就行了。"吴天民说："我不和你讲了嘛，我是个乐盲！"小田说："过几天我请你。"吴天民摆摆手，转身欲走，小田又将他喊住了，趴在他的耳边，说："你不是想找沈部长办事情的吗？"吴天民点点头。小田说："其实你面前就有现成的人。"吴天民一愣，说："谁？"小田说："就是你们科室的花四季啊。"吴天民还是没有听懂，说："沈部长姓沈，花四季怎么……"小田一笑，说："花四季随她妈的姓，她是沈部长女儿。你要理解，花四季不想让你们知道她和沈部长的关系，她想凭自己的能力努力干一番事业。"吴天民又问："那邓主任知不知道花四季是沈部长的女儿呢？"小田反问："你说呢？"

小田的汽车驶出了大门，已经拐弯了，吴天民这才收回目光。

此时已到了夏天，花圃依旧徜徉在春天里，各色各样的花仍然是姹紫嫣红，争奇斗艳。吴天民平常闷在办公室里，即便偶尔路过花圃也没那个雅兴，更不懂得欣赏什么花草美景，今儿乍一看，却有了一种意外的收获。看着看着，心中猛然想起花四季那个女孩来，身上顿时生出些许不可名状的激动来。

（原载《翠苑》2013 年第 3 期）

龙 船 巷

这是个普普通通的早晨，老边像往常一样，一直睡到自然醒。醒来之后，并不忙着起身，他习惯赖一会儿床。又不上班，又不晨练，起那么早干什么呢？这时候他就会想一件事情，想想昨天的生意上有没有哪地方少给人家的钱了，或是谁家给他打电话他一时忘了没有登门去收东西。特别是这个小区的居民。

起来之后，老边含一口昨晚上的剩茶，在嘴里咕嘟咕嘟几下，然后拽来湿毛巾，将眼睛上眼屎擦擦，接着蹬着三轮车，去收购站将昨天傍晚收来的废品卖了，顺道在路边的小吃摊上将肚子糊弄饱了，这才开始一天的工作。

老边承包自己住的那个小区废旧物品的回收工作。一些居民有时打电话或是到老边住的那个地下室喊："边师傅，收破烂了。"老边听了之后心中就有些不痛快。按理说，生意上门，老边应该高兴才对，为什么要对人家冷脸子呢？说到底，老边是不喜欢人家称他是收破烂的。平常他走街串巷自己都吆喝："废品拿来卖——收废品喽——"对于这些不懂得尊敬人（老边自己这么认为）的人，老边一般会拿架子，表面上还是客客气气的，嘴上却说："现在没空。"人家就问："啥时候有空？"他模棱两可地回答道："再说吧。"

这么说，老边不怕丢生意吗？丢不了，上面说了，这个小区收废品是他个人与物业承包下来的，每月一百五十块钱承包费，一天上交五块，也就是说，每天他等于要白收十斤报纸，二十斤纸箱子，外加十五只塑料瓶子才够抵上这个本钱。不过，老边情愿拿这个"冤枉钱"，无论啥时候，外面收废品的，都不能到这个小区来溜达，大门口有保安把着呢，即便是在门口"吆喝"一声都不行！一见有人在门口吆喝收破烂，保安就撵。保安咋这么为老边上心的呢？隔三岔五的，老边自会在门卫那儿放一包廉价的香烟，这当然是保安勤恳工作的动力。

老边是个怪人，他收废品，但从不捡拾废品，哪怕是东西就在眼皮底下，他也从不躬身屈膝。他的理由是，有许多人生活不好，或是下了岗的人，靠捡些废品补贴家用。你如果将他们的财路给堵死了，让他们如何生存呢？

小区有个开宝马车的男青年，家中经常有许多纸箱子、废报纸或是乱七八糟的东西需要处理，他就打个电话让老边来将这些东西拿走。起初，老边认为是人家卖废品的，就提杆秤上门收去了，哪知人家根本不是卖而是送。这下老边不愿意了，他说我是收废品的，不是捡废品的。男青年笑了，说："你这个老头真有意思，不论是收还是捡，你将这些垃圾给我弄走了就行！"老边的怪脾气又犯了，他说："我又不是扒垃圾的，你找错人了！"说罢拎着秤头也不回地走了，弄得那个男青年一头雾水愣站在那里苦笑。

老边住的这个小区，方圆不是很大，只有十几座楼房，除了四座小高层外，其余的都是六层的普通楼房，共计二百来户人家。不做生意不做买卖的，家里有多少破烂呢？老边收废品就有些吃不饱肚子，只有到外面去觅食。

离小区不远是个棚户区，实际老边真正的工作区域是在这儿。老边勤恳，做生意很厚道，少不欺老不哄是一方面，他还有一个令人赞美的地方，就是收东西不挑，啥都收。不管是书本杂志、报纸、纸箱子、碎铁烂铜、酒瓶玻璃，还是废电脑、破旧家电、旧家具、旧沙发什么的，就连破被子、烂被套之类的东西，他也是照收不误。用他的话说，能卖则卖，不能卖的，权当替人家送垃圾厂去又有啥？日子久了，棚户区不少居民对老边特期待，家中有一些破烂都攒在那儿，别人来不卖，非等老边来了好卖给他。

老边收东西与别人不同。过去收东西一般都是扯着喉咙喊，现在科技进步了，一些人收破烂，就在三轮车上绑个喇叭，叽里呱啦的，几里之外就听见了。不然手中拎一只电动喇叭，街巷里猛地一开电门，吱吱啦啦地吓人一大跳。若是怀里抱个吃奶的孩子的妇女，气得非得翻你几下白眼不可。老家老户的，顶不喜欢这玩意儿。遇到上夜班在家里困觉的，难免说几句不中听的话。当然是在自家里说的，外人是听不见的。老边走街串巷收东西，手里敲的是梆子，不知道的，还认为是卖粽子的来了呢！那梆子脆生生的，走一段路敲那么几下，嘴里吆喝声舒展绵软。老边年轻时学过几天大鼓，用的是丹田气，声音既儒雅又深邃。一些有东西卖的人家，听见梆子响，早已跑至大门口等着。所以老边的生意好得很，不一会儿，一三轮车就装满了。

棚户区南面有一条巷子，巷子不深，也就是三五十户人家。巷子口单门独户住着一个女人，三十二三岁的样子，长相一般化，老边不认识人家，女人却认得他。女人不经常卖废品，所以老边对于女人没有过多的印象。

上午，老边骑着三轮车路过女人的大门口，女人正站在那里刷牙。当时老边还在心里猜疑，这么晚才梳洗，不是赌徒就是卖相的。听见梆子响，女人抬起头来，往远处吐去最后一口水，喊边师傅留步。

老边说："大姐有废品卖？"说着，从三轮车上拿下腿来。

女人说："我想请你帮个忙。"

老边将手中的秤又二番放回车子上，眼睛望着女人，那意思是问，帮什么忙？

女人径直进了自己院子，老边只好在后面跟着。不过，老边有些警惕，边走边给自己壮胆，大声喊道："收废品哎！"

老边这么喊是有他心计的。

前些时，就在本市的一个小区里，有个卖西瓜的瓜农就遇见一件腌臜事。一个娘们买了一蛇皮口袋西瓜，上楼搬不动，就让卖西瓜的中年男人帮着送上楼。卖西瓜的也没当回事，人家买这么多西瓜，等于是帮衬你的生意，送送瓜也没什么，不就是出点力气吗？农村人别的没有，就是有力气。况且，娘们说是出门忘记带钱包了，看到西瓜这么好，所以就多买了些。瓜农更得要送了，二话不说，扛着一口袋西瓜就随那个娘们上了楼。

哪知，进门之后，那个娘们鬼喊狼叫起来，非说那个男人进门之后对她动手动脚的想占她便宜。结果不但瓜钱没有拿到，要不是跑得快，险些被人家送进了派出所。后来听讲，那个娘们人品不怎么样，经常干这种见不得人的事。

女人住的是两间小平房，门口搭了一间小锅屋，女人想将门口的一口盛水的砂缸搬到屋里去。"快过中秋了呢！"她和老边说。

老边随口说道："天气说凉就凉了。"

女人说："哎。"

老边说："你们棚户区真不容易，天天担水吃！"

女人叹一口气，说："挑一担水，泼出去两桶！"

老边说："那不怎么着！"

女人走到缸边，说："边师傅，请你老帮我架一下，我一人弄不动。"

老边其实不老，农村人嘛，长得有些老相。他才刚刚过了四十没几天，都是被人家给喊老了。老边又不好与人家争辩，说自己年轻又有啥意思，又不想在城里找一个？像他这样在城里穷混的，有口热饭吃就满足了，他还想怎么着啊，还想再找个女人暖脚吗？他做梦都没有这个可笑的奢望！老边还算是身强力壮，身上的力气还是使不完的。他往手掌心吐了口唾沫，对女人说："你站远点儿，这玩意儿两个人架着不好走路，我一人搬就行了。"老边说这话，也是有目的的，他怕落了那个瓜农的下场。

女人说："边师傅，你一人能行？"

老边笑笑，一使劲便将砂缸搬进门去了。

女人从桶里舀了半瓢水放进脸盆里，招呼老边洗手。

老边说："不洗不洗，我还得干活。"

女人说："谢谢你了，边师傅。"

老边说："小事一桩，不谢不谢！"

女人猛然想起了什么，让师傅等等。说罢进了屋，不多时拎出来几只小纸箱子，还有一小捆报纸。

老边说："我去外头拿秤。"

女人说："这一点东西称什么呢？送给你了。你帮了我个大忙！"

老边说："那不行，桥归桥，路归路，这是两码事。"

女人不愿意，拎着东西想送到门口的三轮车上。

老边仍然坚持道："你若是送我，我就不要了。"说着一把夺过女人手中的东西，将纸箱子麻利地拆开，连同报纸捆在了一处，边捆边说道："纸箱子与书本子一个价，我就放在一起称了。"

女人抿嘴含笑，自知拗不过老边。

称好了秤，老边嘴里就算好了账，接着将零钱交到了女人的手中，然后拎起东西出了院子。

女人跟着出来。

老边就说："听说你们这儿不久就要拆迁了呢？"

女人说："都嚷嚷好几年了，也有人来量过好几回了，就是不见动静！"

老边说："早晚得拆。这棚户区就好比城市身上的疤痢，不除不行。虽说是慢了一点儿，还是有盼头的！不像我，没有一点儿指望。"

女人问："你住在哪儿？"

老边说："就在你们前面的那个小区。"稍时又说，"不过我租的是人家的地下室住的。我是外来户，家不在这里。"

女人问："你还准备回去吗？"

老边掏出香烟点燃，说："我倒是想不打算回去了，老婆走了几年了，儿子在外地读书。毕业后，也许就留在那儿工作了，我还回那个乡下干什么呢！"

女人说："对，在城里买一套房子，再找个伴，你又不老！"

老边摸摸自己的胡楂子，说："将来要是能有一套自己的房子就好了，哪怕是小一点儿也行。那样的话，睡着也就笑醒了！"半晌苦笑一声，"没这个指望了，我不过是瞎想想罢了！"

午饭过后这段时间，是老边最为松快的时候。在家的人，多是吃饭或是休息。你跑人门口大呼小叫地喊着收废品，多没有眼色呢，也惹人家烦。所以老边这时候就跑到门卫那儿下象棋。看门的共有三个班，白班、中班、大夜班，六个保安一班两个人，都是老边手把手教的学生，虽说是一个个都出师了，却没有一个能与老边下平手的。猫教老虎本事，啥都教了，唯独没教老虎爬树！老边常和几个保安说这事，他们都说老边狡猾。这天午后，老边正与一个保安下着棋，突然打门口进来一个女人，两个保安的目光都落在棋盘上，老边眼睛正闲着没事，就望见了那个女人。

老边就代替保安行使职权，问道："大姐你找谁?"

女人像是发现了新大陆，说："哎哟，这不是边师傅吗?"

老边这才看清来人，就是那天请他搬缸的住在棚户区的那个女人。老边不知道人家的姓，更不晓得人家的名，尴尬地打着哈哈，半晌问道："你来小区找人?"

女人说："我就是来找你的。"

老边脸上立马没了表情。

女人这才说正题，举起手中两盒东西，对老边说道："马上就是十五了，正好路过这里，顺便给你捎来两盒月饼，一盒是五仁的，一盒是椒盐的，也是朋友送的。"

老边接过月饼，一时不知说什么好，激动得连句感谢话都忘记了说。还是一个保安提醒他，说："边师傅，你怎么不谢谢人家的呢?"

老边这才回过神来，连声致谢，又将女人送出去老远。

等老边送人回来，两个保安挤眉弄眼，一齐向老边发起攻击，说："老边，看你平时老实巴交的，三脚踹不出个屁来，没想到你还在外面金屋藏娇呢! 说，啥时候吃你的喜糖?"老边将棋盘一掀，说："吃个×!"别看老边是乡下人，一般不说粗话，今天当着两个保安说了这么一句，心里却觉得很是受用。

一场小雪过后不几天的一个上午，老边蹬着三轮车去棚户区收废品，看到许多人家开始搬家，方才知道棚户区这次真的要拆了。一些人见到老边来了，急忙过来拉着老边的三轮车到他们家去收东西。老边知道要忙一阵了，本来接近年关，这是他们收废品的旺季，这地方一拆迁，年前怕是没有空闲了。

"别忙别忙。"老边对那些老主顾说，"少安毋躁，我到那边办点儿事情就来。"说罢骑着车子赶到张晓媛的院门口。张晓媛就是几个月前请他搬缸的、后来送他两盒月饼的那个女人。来而无往非礼也，这不马上要过年了嘛，老边昨晚去了趟超市，买了几样东西，一袋山东大枣，一袋宁夏的枸杞子，还有一袋福建的桂圆，想想才三样，又买了一袋五颜六色的糖。

一是谢谢人家二斤月饼的情，二来也是想看看她何时搬家，有没有废品卖，要搬到哪里去，要不要帮忙什么的。哪知院门上一把铁锁却将老边给拦住了。他只好悻悻地蹬着车子回来了。

一直忙到了大年三十，等到老边收拾清楚了，小区里已经响起了此起彼伏的鞭炮声，五彩缤纷的礼花不时将天空映照一片灿烂辉煌。老边吸着烟，仰着脖子站在楼前，不花钱欣赏了好一阵子，直到人家都回家吃年夜饭去了，他这才忽然想起来自己也该过年了。

老边提前买了几个熟菜，拎着一瓶白酒去了小区的门卫那儿过年。正好两个值夜班的保安从家里带了两包速冻水饺，三个人坐在煤球炉前，边看电视，边喝着酒。两个保安有任务在身，不敢正式喝，只能象征性地将酒杯在唇上小心地抿抿。末了，一瓶白酒几乎都跑到老边的肚子里去了。新年的钟声还没有敲响，老边就歪在炉子旁睡着了。

年初一不做生意，这一天是老边一年之中最为清闲的日子。老边早就想好了，要好好地利用好这一天时间。虽然来这个城市也有七八年了，还没有认认真真地溜溜。这个城市对于他来讲，一切还都是陌生的。

天还没亮，老边就被鞭炮声给催起来了。估计大年初一街上没有早点卖，下一包方便面吃了，将就将就哄哄肚子不哭。

出了小区，老边却不知往何处去，想了半天也没有想出一个地方，只好漫无边际地在大街上溜达。

此时街上很少有行人，昨个晚上熬年夜，大多数的人还都在睡梦之中呢。肚子里有饭，又有一天时间供自己打发，老边走起路来，精神抖擞得很。

路过一条小巷子，路牌上面有字：龙船巷。老边不由眼睛一亮，对于龙船巷，老边虽说头一回到这地方，不过印象极深。前些时，电视台宣传老街巷，搞旅游开发，其中一期节目讲的就是龙船巷。龙船巷，顾名思义，据说这儿过去住的都是扎龙扎旱船的手艺人，很出名，清末民初那会儿最为轰动。他们扎的龙和旱船远销河南、山东、安徽一带。巷子里的老辈手艺人不但扎龙扎旱船是一把好手，且舞龙玩旱船也是名声在外。相传乾隆的时候，龙船巷的舞龙队与旱船队都闹到了紫禁城，皇宫里专门传圣旨让他们进去耍，十多天后才出宫。当时逗得乾隆龙爷兴致大发，一高兴给他们写了块巷名的匾额，封赏那就不用说了。

老边向巷子里面走，他想瞅瞅乾隆爷书写的那块匾如今放在哪儿。突然，一扇门脸猛地一下开了，从里面匆匆走出一个男人，因为走得急，又没看路，险些与老边撞了个满怀。老边下意识望那人一眼，也没有留下什么印象，只是想，一年忙到头的，这大初一的，又是大清早的，有什么事情这么忙的呢！

就在老边打愣神的工夫，门里旁又走出一个女人，手中端着个塑料盆，头也不抬，将盆中的水泼了出来，正好泼了老边一身。

老边心想，这家人是怎么回事，怎么都不长眼睛的呢！闻闻身上，有些香皂味。就想说说那个女人几句，说："你想想，大初一的，无端被人莫名其妙地泼了一身脏水，多不吉利啊！"

"对不起，对不起！"女人嘴里连声道歉。

老边抖着衣服上的水，怨声道："你出门泼水怎么不看一眼的呢？"

女人说："大哥，你随我回家里一下，我给你擦擦。"

老边见女人这么客气，也就准备算了，说："没事没事。"

女人愕然一下说："哎——是你啊，边师傅！"

老边这才看清面前女人的相貌，惊叫一声："张晓媛，怎么这么巧的，没想到在这里遇上你。"半晌问道："你住在这里？"说着不由抬头往门玻璃上看了一眼，上面书写八个大字：捏肩揉腿，保健按摩。

张晓媛让老边进屋坐，老边一点儿也没有客气就随人家进了屋。

落座之后，老边随口说道："你那儿拆了？"

张晓媛说："没想到拆得这么快。"

"原拆原建？"

张晓媛点点头。

老边想起了什么，说："现在你就住在这儿？"

张晓媛说："是租的，然后用手一指，你看看，你那次替我搬的那口水缸还在院子里放着呢！"

老边说："搬新房子用不着了。"

张晓媛说："还没有舍得丢呢！"

老边说："你终于熬出头来了，时间不长就可以住上新房子了！"

张晓媛叹一口气，说："没房子愁，有了房子也愁，房子装潢要不少钱呢!"

老边指着门玻璃上的字,说:"你不是有手艺吗?"

"这算什么手艺呢!"张晓媛捂嘴一笑。

老边认真地说:"听说按摩收入不少呢!"

"本来我只是给客人做做足疗。"张晓媛叹一声,"不过人家做足疗都是年轻漂亮的女孩子,像我这样人老珠黄的,哪还有什么主顾呢?后来……我也是被生活所逼,你说说,有哪个女人不懂得珍惜自己名声的呢!"

"你还有你男人呢!你男人是干什么工作的?"

"我男人几年前就得癌症死了。"

老边有些疑惑,说:"刚刚出去的?"

"那是我的客人。"

老边"哦"了一声,说:"我明白了。"

张晓媛又叹一声,说:"现在正经按摩的还有几个人?"

老边说:"我明白了。"

张晓媛惨然一笑,说:"边师傅,现在干啥都不容易,不怕你笑话,像我似的,陪吃陪住陪上床,两只奶子拽多长!一年到头的,去掉吃喝,落不下几个钱!"

老边联想自己,叹道:"你说得不错,都不容易,就说我,走大街,穿小巷,苦了一年,所剩无几,连两平方米面积的房子也买不到!"

张晓媛脸色有些暗淡,望着自己的脚面。

老边掏出一支烟,却没有点燃,就这么捏在手指里。目光望着外面的阳光,半晌说道:"天不早了,我该走了。"

张晓媛说:"大年初一的,你还出去收东西?"

老边摇摇头,说:"我今天给自己放一天假。"

张晓媛说:"边师傅,明天,我就改行了,我准备在这里开个早点铺……你躺到床上,我给你按按吧,权当你是我最后一个客户。"

老边急慌忙站起身来,连说:"不不不不,我还有事,真的还有事!"说罢,逃跑似的奔了出来。

老边不是不相信那个女人,他是怕到时控制不住自己。毕竟老婆走了许多年了,对于女人,他不是不想,他是不敢想。过去,他曾经有过想去那种场合满足一下自己欲望的念头，走到了门口又掉头回来了。儿子还没有成家，自己还想买一小套房子养老，让他怎么敢有这种奢望呢？

走出去老远，老边猛回头，看见张晓媛还站在门口望着他。他突然想起来忘记问问了，乾隆皇帝当年写的龙船巷那块牌子还在不在，若有的话，如今摆放在哪里了呢？现在也不好再回去了，只有等到她将来上新房子的时候再说吧！

一阵鞭炮"噼噼啪啪"响起来，又有一家人开始吃饺子了。

有家的人真好！老边心想。

（原载《青春》2013 年第 5 期）

走失的云朵

一

女人离家出走缘于阿凤那只草绿色军用书包。

之后有人说，假如小林不从部队探亲回家，假如小林不送那只草绿色军用书包给阿凤，又假如，小林送给阿凤是军褂或是军裤，也许阿凤的女人不会丢下两个孩子跑了。有人说，不是这么回事，那只草绿色军用书包只是阿凤、女人的一个借口罢了，就好比，阿凤是一碗清水，女人是一碗清水上飘着的一滴油花儿，清水与油花儿永远不能相溶，水满了，油花自然会溢出碗外。女人离开阿凤是迟早的事情，要不是两个有残疾的闺女拖着，女人还能等到如今才走啊！

阿凤的堂哥小林在部队表现不错，刚刚提了营长，趁着"五一"回家探亲，当晚就摆下一桌酒席，除了宴请了村干部，也将阿凤叫过去陪客。小林与阿凤是堂兄弟，一起光屁股长大，小时候一天到晚形影不离，感情也很好。阿凤觉得自己现在混得不如人，有些难为情，没脸面见小林，所以不想前去赴宴。再者，当初阿凤与小林一起去乡里验的兵，结果小林如愿以偿，他却被刷了下来。原因有两个：一是身体原因，他是个平脚板，部队要行军打仗，平脚板是不能适合作战的；二是政治原因，带兵的说，阿凤思想觉悟不高。之前，带兵的曾与阿凤谈心，问他为啥要参军？他实话实说，当兵能吃饱肚子。这种素质怎么能进到革命大熔炉呢？鉴于这两条，阿凤这个兵没有当成，对他来讲是个不小的打击。看到小林衣锦还乡，阿凤就有些生不如人的感觉，所以他不想参加小林的宴请。小林登门来请，阿凤不能拒人家的面子，何况他没有理由也不可能找出理由拒堂哥于千里之外。走在路上，阿凤还在想，如果当初他参了军，即便当不上营长，连长还是有可能的，现在光宗耀祖地回到村里，那是多么的风光啊！

晚宴散了之后，小林将阿凤留了下来，说是两兄弟拉拉呱。阿凤暗想愈拉愈会感觉惭愧，就找个理由想回去。小林便进屋去拉出一只旅行箱子，里面装着这几年在部队上节省下来的一套军褂、军裤，还有一只军用书包，让阿凤随便挑一样。阿凤想了许久，最后选中了那只军用书包。当时堂哥小林还劝他，说："挑件军褂穿吧？"阿凤毅然摇了摇头，苦笑着说："我喜欢书包，将来有机会出去打工的话，装个东西方便。"

月光似水，春风微醉，阿凤出门的时候，遇着了本村的混混刘大筐。一脸酒气的刘大筐看着阿凤手中的军用书包，一把抢过来，说："阿凤哥啊，你小林堂哥当了营长了，怎么就送你一只书包啊？这也太小气了吧！"阿凤说："军褂、军裤随便我要，我不稀罕，唯独看中这只书包了，碍你什么了？"刘大筐平常游手好闲，专干偷鸡摸狗拔蒜苗的丑事，也不出去挣钱，就在庄里瞎混，快三十岁了，至今还没有老婆，却与村里许多女人有染。村里男人都外出了，成年不回家，憋不住的女人就被刘大筐给俘虏了，有的女人还心甘情愿地倒贴给他钱花，所以，别看刘大筐不怎么的，天天有酒喝，抽的都是干部烟。阿凤对于这种人一直是敬而远之，平常也不多啰嗦。阿凤一把夺回书包，匆匆地走了。刘大筐指着阿凤的后背哈哈大笑，说："快点儿回家吧，好好地看紧你的女人，别让别的男人给办了。"

在村里，阿凤无论哪个方面都与其他人家没法比，唯独女人云朵是他的骄傲，女人之中，云朵那就是村里一朵花。这些年来，他不出去找钱，一方面是家中两个拖累的女儿，另一方面，也是因为女人的缘故。他不放心云朵，所以这几年一直没有出远门，农闲的时候，也只是在附近县城做点儿零工。早上出门，无论多晚，也要赶回家。刘大筐一句话挠到了阿凤的痛处，他不由加快了脚步。

云朵刚刚伺候孩子睡下，正一人坐在院里愣着，见男人回来，就顺口问一句，说："堂哥给你捎什么来了？"阿凤将手中的书包举给女人看。云朵叹一口气，说："你堂哥都当了营长了，你瞧瞧你，到如今还是个小老百姓。你怎么混的！"阿风说："人比人气死人，有的人活到八九十岁，甚至一百多岁，有的人只活到四五十岁，还有的人没结婚，还有的人只活到几岁就没了，这怎么好比呢！"云朵对于男人的这种比喻显得有些不高兴，起身进屋去了。阿风喝了酒，精神有点儿亢奋，随女人到了床边，边脱衣服边说道："堂哥还带来军褂、军裤，让我挑一件，我没要。"云朵说："咋的了？"阿风说："书包不是挺好的吗？出门装个东西啥的。"云朵没好气地说："你有啥东西装？你的脑子有病还是咋的，拿件褂子或是条裤子，还能当件衣服，你却挑个书包回来，你说说，你到哪里去需要背个书包？再说就凭你这个穷酸样，有啥好东西非要装在书包里？跟你这样没本事的男人算是倒八辈子霉了！"平时遇到女人唠叨，阿风是不回嘴的，今晚阿风肚里装了酒，酒将嘴巴控制了，他说："你说褂子裤子书包就说褂子裤子书包，怎么扯到有本事没本事上头去了呢！"云朵将凉屁股转给了男人，接着又起身拉灭了灯。

二

云朵失踪是在两天之后。

那天早上，阿风在田里给麦苗上化肥，等回到家里，两个女儿脸没洗头没梳，正坐在屋里喊爹叫娘。阿风见状就问："你妈妈呢？"两个孩子已经哭成泪人，只顾摇头，连话也说不出来了。阿风将孩子安顿好，掀开锅盖，里面空空的，啥也没有。阿风心说坏了，急忙去父母家寻，扑了空，又在村里找了一圈，还是没有。就预感到要出事情了！他让父母亲回自己家照看两个孩子，然后骑着自行车去了云朵的娘家，结果又是没见人影。岳父安慰女婿，也许是云朵去集上买菜或者临时有什么事绊住了，你不必大惊小怪的。阿风听信了岳父的话，没有回家，直接去了集镇，寻找了半天，还是没有一点儿消息。接下来，又去云朵的亲戚家、要好的姐妹家找了一遍，都说没有来。云朵就像是突然人间蒸发了一样；就像是夜间起了一阵旋风，被风刮跑了，连一点痕迹都没有留下来。阿风后悔今天不该起得那么早，要是晚一点儿下地，也许云朵不会离开家的，起码她离开村子有人会看到或者留下什么蛛丝马迹。

　　自从那晚书包风波之后，云朵再没有与阿风说过话。云朵是个独生女，平时有点儿小性子，加之自己的长相出众，对于一切事情都有点儿傲慢，特别对于男人阿风。过去两人闹口角，冷战那是家常便饭，有时三五天，有时七八天，最多一次两人不说话竟然达到一个月零十多天。前晚拌嘴之后，云朵与孩子有说有笑，对猪对鸡还有狗说话也是和风细雨，就是不搭理阿风。阿风习惯了，也没往心里去。即便是现在，阿风还是觉得云朵不会抛下自己与两个孩子的。没有征兆，也没有理由，她哪能说走就走了呢！

　　与云朵一起消失的还有刘大筐，村里就传起了闲话。起初阿风没有在意这个传言，云朵是个正经女人，平常根本与刘大筐这种人不怎么接触，连说话也稀少。传多了，阿风忽然想起一件事情，就是在前天的傍晚，他从地里回来，快到家的时候，远远望见，云朵正在家门口与一个男人说着话，当时西边的太阳正巧刺着他的眼，那个男人是背对着他的，就没有看清楚到底是谁。等他到了近前，看着那个男人的背影感觉像是刘大筐，本想问问云朵刚才与谁说话，正是冷战当口，他想自己问也是白问，依云朵的脾气，她是不会说的。所以他没敢问。不过，到现在，阿风还是不能相信云朵会与刘大筐在一起。刘大筐是什么人哪，她怎么可能与他在一起呢？鱼找鱼，虾找虾，乌龟找王八。他俩本不是一路的人！固然老婆这段时间怨气大了些。阿风明白，云朵也是被两个孩子缠够了，经常在他面前说谁谁这些年在外头挣多少多少钱了，又是谁谁家里盖了两层小楼了，又是谁谁家里买了小汽车了，要不是两个孩子拖累，自家恐怕也是怎么怎么好过了。说说也就是快快嘴，她能离得开吗？几个月前倒是提过几回，让阿风出去打工，别都耗在家里。阿风说："我走了你能带好两个孩子吗？还有几亩地，还有猪狗，还有鸡什么的，我不放心！"云朵说："你不放心，你在家，我出去。"阿风说："那我就更加不放心了！"云朵半晌没有话。阿风就怕云朵不说话，说："云朵你说话啊！"云朵嘴唇紧闭着，拿只筷子恐怕也很难撬得开。憋了好久，却将眼泪给憋出来了，泪泪地流，将胸前的褂子都浸湿了。这么一回忆，阿风认为，云朵离家出走是有征兆的，理由也是充分的。不过，这却让他有了一点稍稍的安心，起码说，云朵是平安的。平安是福，也许过不了几天，云朵想孩子了，或者说因为那天晚上书包的事情消气了，自己又回来了。最有可能的，云朵总会打个电话回来。

不过，真要是像村里传言那样，云朵有可能是与刘大筐一起走的，若是这样的话，事情就麻烦了。刘大筐的为人他是清楚的，刘大筐那张嘴能将死人说活，还有哄得女人开心的本事，这让阿风十分担心。不过，阿风始终抱着一种希望，云朵不是与刘大筐一起走的，他们双双消失，只不过是一种巧合罢了。

阿风决定去城里找找云朵。他认为没有出过远门的老婆不会走得太远。往好处想，也许是她一时气恼，跑出去散散心也是有可能的。因为云朵走时只带走几件换身衣服，家中还有几百块现金她一分也没有动。仅凭这一点，起码说云朵心中还有这个家。大清早，阿风将两个孩子交给父母亲，带了几个馒头，没有坐汽车，一路走着去县城，一个是省钱，另一方面，他想沿途也许会能打听到云朵的下落也未知。

出村口的时候，阿风遇着了宝山。宝山与阿风是同学，两人平常关系一直不错。宝山虽然当了村支书，对于阿风还是很照顾的，时常帮助阿风家解决一些困难。那晚，小林请客，宝山也到场了，宝山也知道阿风的老婆出走的事情。宝山就问阿风云朵有消息吗？阿风摇摇头。宝山说："嫂子也许是心里不痛快，出门散散心极有可能，我估计，要不了几天，自动会回来的。你想想，如果她想走的话，还能等到今天哪！"阿风说："是这话。"宝山问："你这是去哪里呢？"阿风说："我想去县城找一找，云朵身上一个钱也没带就走了。这几天她怎么吃的呢，又是怎么住的呢？"宝山说："这说明，她不会走远，你去县城找找也许真的能遇得上。"阿风说："我就怕！"宝山说："你怕什么？"阿风说："我就怕是刘大筐将云朵给拐走了呢！"宝山若有所思，说："你不说我倒给忘了，这几天，我还真的没有见着刘大筐这个家伙。"阿风说："那天云朵离开家，刘大筐也在同一天不见了，我想事情不能这么凑巧，所以我始终觉得云朵这次离家出走，一定与那个刘大筐有关系。"宝山说："没有根据，不能妄下定论。"他点燃一支烟，半晌想起什么，说："你去县城带一张嫂子的照片没有？"阿风说："带了。"宝山交代阿风，说："印一些寻人启事，在城里各个角落张贴张贴，也许有人能提供什么线索也说不定。"说罢，又让阿风去他家里骑他的电动车进城，既快又节省时间，阿风也就不客气，随宝山回家拿车去了。想想同学宝山，又比比堂哥小林，不怨云朵瞧不起他，骂自己是个窝囊废，自己如今啥也不是，心里陡然一阵酸楚。

三

花花绿绿的县城在阿风看来一点儿也不美丽。一到那里，他只顾自己的事情，也没心思观察城市的风景。首先他印了几百张寻人启事，大街小巷，小区门口，树木电线杆，墙壁宣传橱窗，都是阿风的选择对象。张贴完毕，然后手里攥着女人的照片，逢人就打听，并将云朵的年龄、长相、离家的时间、身上穿着什么颜色衣服等一系列情况告诉人家，并保证，若有人提供重要信息一定重谢的承诺。一时间，云朵的形象在县城家喻户晓，成了新闻人物。这还不算，县城每个小旅馆，每家小饭店，阿风像是过筛子似的过了好几遍，他想如果云朵是与刘大筐在一起的话，他们一定不会住那种高档的旅馆，也不会下那种高级的饭店。云朵没带一分钱，那个刘大筐也不会有多少钱带，他们不会去那种花钱如流水的地方。这时候，阿风真的希望云朵是和刘大筐在一起，他是担心女人若是不与刘大筐在一起的话，这几天她是怎么过来的呢？可他们若是在一起的话，他们会住在一起吗？凭刘大筐那种德行，他能放过到嘴的这块肥肉吗？这下，阿风的心里倒像是被什么东西扎了一下，又酸又疼，又说不出口。

五六天过去了，云朵与刘大筐的踪影皆无，连一点儿信息也没有。阿风决定先回家去。这几天天气晴好，西南风一个劲地吹，在城市里已经闻到飘过来的麦香。是该收割了，再不割怕是要掉穗头了，这是一年的基本口粮，一点儿也马虎不得。父母亲已经老了，干农活也只是有那个心没那个力了。对于找云朵的事情，也只好暂时放一放，等麦子上场，等玉米、豆子种下去，他才能腾出空来出去找。车子到村头的时候，阿风头脑里突然跳出一种美好的向往来，说不定云朵这时候已经回到家里了呢？心中不由闪过一丝惊喜！

推开家门，寂寞随即扑面而来，阿风的奢望变成残酷的现实，没有云朵，也没有希望，只有冷清在包围他。狗闻到了他的气味，摇着尾巴跑过来，猩红的舌头舔着他的脚面。鸡或许听见他的脚步声，一个个也都探头探脑地围拢过来，盯着他的脸色，大概都想探听一下女主人的下落。那头二百来斤的白猪，在圈里大声哼哼着，见没有人理会，猛然嚎一声，意思是说："我饿了，我饿了，再不给我饭吃，我就彻底绝食了！"阿风意识到什么，谁亏都不能亏了那头猪，到了八月半，还等着磅它呢！过了麦口，如果云朵不回来，阿风计划还得出门去找，下一次也许要走得远一点儿，全指望这头猪做盘缠呢，只是到时急需用钱，也许等不到八月半猪就得送走了。想到这，阿风急忙去烧猪食，等将猪喂饱了，又开始磨镰刀，下午就准备开镰割麦，时间不等人，趁天好。

下了一大碗白水面条，想放点儿盐进去，盐罐却空了。阿风没滋没味吃完了饭，提着镰刀就下地了。等他到了自己的麦田，发现他家的五亩麦子已经被人割了一多半，原来是支书宝山带领几个村干部在替他收麦呢。激动与感恩几乎同时在阿风身上发力，泪水随即在他眼中作怪，变成山泉，不停地向外喷涌。

到了傍晚，田里的麦子全都倒个了，要是阿风一人割，即便是起早贪黑，没有三天恐怕是割不完。宝山及几个村干部又将麦子装车，帮阿风运到家里，这时候，天已经完全黑了下来。阿风不让几个村干部走，准备去代销店买一瓶酒，再买一些熟菜，答谢他们。宝山说："你目前内外交困，要谢就等找到嫂子时一起谢吧。"临走，宝山将阿风拉至一旁，偷偷告诉他一件事情，说："听人家讲，离我们这儿五十多里的一个地方，有个姓朱的算命先生算得特别准，当地一些人家丢猪丢羊都能找回来，何况是人呢！"所以让阿风过几天去算一算。阿风说："我明天就去。"宝山便将地址写给阿风。继而说道："我是个党员，不该信迷信。有当无吧！"

第二天要出门，阿风就没有还宝山电动车，五十多里路，不多时就骑到了。一进那个村子，阿风一提来算命的，就有人将他领到那个算命的朱先生家里。虽然是麦口，朱先生家里比农田还忙，远远地排了一个长队。阿风看到这么多人算命，心想肯定算得很准，不然的话，不能这么多人相信，所以又惊又喜。刚刚站稳，就有人上来收钱。阿风明白，现在干什么也不能白干，就问多少钱？来人说："算牲口走失的，两条腿的五十，四条腿的一百。问平安的四百，祈福的八百，破灾的一千。寻风水的两千。"阿风说："我女人离家出走。"来人抢过话头，说："算出走方向的三百，问生死的五百。"阿风虽有思想准备，还是被吓了一跳。妈妈啊，两项加在一起要八百块钱，这也太黑了！他只是在心里说，不敢露在脸上。来时将家里的整钱都带在了身上，只有五百块钱，这怎么办呢？就问那人，说："我只带五百块钱，两项都想问问，不知可不可以？"那人说："心诚则灵，你明白我的意思吧？"阿凤当然明白人家的意思，没有办法，又折回头回家借钱。别人那里他没有脸张口，只有找村支书宝山。宝山不巧又去乡里开会去了，他又追到乡里。哪知宝山身上又没带那么的钱，又向一个熟悉的乡干部转借才凑够了钱。来回一折腾，却不料半路上电动车没电了，阿凤只好推着电动车跑，等他二番到了朱先生那里，浑身湿得像是刚从水塘里捞上来似的，浑身没处干地方。

须发皆白的朱先生问了云朵的生辰八字，以及出走的时间，然后闭着二目，掐着手指，在口中念念有词，半晌说道："大风刮走了云朵……你的女人现在千里之外的东南方向，很平安。"阿凤对于这个结果很是满意，不过八百块钱只问出这么一两句话，觉得有点儿亏得慌，就问："朱先生，这人什么时候能回来呢？"朱先生说："不是我道业不深，实在是天机不可泄露。"反问阿凤，说："你是不是觉得我一句话就收你这么多钱有点儿不划算？或者说我在糊弄你？"阿凤说："不不不不。"朱先生说："看在你二次回家筹钱一片诚心，我就再多送你一条信息，你女人那天走的时候是天将蒙蒙亮，天空有雾，走时，她上身穿的是咖啡色外套，里面是墨绿色毛衣，下身穿的是藏蓝色裤子，脚上穿的是黑色皮鞋，鞋上有只莲花的图案。她是空身走的，也就是说，她走时身上没带一分钱。我说的可对？"要说阿凤先前还有什么怀疑的话，现在是佩服得五体投地，连说："神了神了！"朱先生说："这钱你花得不冤吧？"阿凤说："不冤不冤！"朱先生爽朗一笑。阿凤本想再问一句，云朵是自己单身一人走的还是有人陪伴，话到嘴边又停住了，一是怕朱先生说自己贪心不足，二来也怕问出是后一个结果的话，自己反倒接受不了。好在女人现在是平安的，还有什么比这更好的消息！

四

地里该种的种下去了，阿凤将新麦卖了几口袋当作路费，决定准备几天之后就走。这一次出远门，不是十天半月，他要将家中安排一下。一对双双两个女儿都是小儿麻痹症，不能走路，这一辈子注定依靠拐杖过日子了，父母亲长时间肯定是带不了，阿风便将小女儿留给自己父母身边，将大女儿送到岳父母那儿。岳父母对于女儿不负责任离家出走，也非常生气，也觉得欠着女婿的债，准备了一千块钱，让阿风带上。岳父母也就云朵一个女儿，也是靠种地过日子，生活也是紧紧巴巴，加上两位老人身体也不是太好，所以阿风死活不要，说是钱已经准备齐了，这次出门找云朵，是边打工边寻找，所以不需要那么多钱。再说大丫头在这里，也需要花钱。岳父母就没有坚持，叮嘱女婿一旦有云朵的消息就打电话回来。阿风说一定。

按照算命先生的推算，阿风想想自家的位置，东南方向的千里之外不就是广州吗？这几年，去广州打工的人不少，全乡有七八十个人，光他这个村就有五六个人在广州做事。阿风将本村出去的几个人的地址都记在本子上，也许到了那里能用得上。就在阿风准备买车票去广州的这天早上，从县里开会回来的支书宝山带来一个好消息，说是有人在郑州火车站看见过刘大筐。这个消息打乱了阿风的出行计划。郑州是正西方向，也没有千里，是算命先生算错了？还是云朵真的没有与刘大筐在一起？假如算命先生没有算错的话，假如他们真的是在一起的话，或许是他们从广州去了郑州？刘大筐在郑州火车站出现，对于阿风来讲，无疑是一条好信息，无论消息是真是假，他都要一探究竟。

郑州之大令阿风措手不及，要在这么大的城市去找一个人或者是两个人无疑是大海捞针。惶恐的阿风走在大街上，将眼睛瞪得溜圆，将一个个从他面前走过的人一一仔细过目，半个多月下来，不但没有看见刘大筐和云朵的人影，连一个像他们的人也没有遇见到，由于眼睛用多了上火，肿得像两个红核桃。每天只顾找人，也没有找到事情做，带来的钱所剩无几，阿风准备打道回府，等眼睛养好了再作打算。

正当阿风去火车站打车票时，在车站门口遇到一中年男人，拦着他，诉说自己路费被人偷了，没有盘缠回家，意思让阿风帮助他，给他一些钱。阿风看那人穿着不像是乞讨之人，便动了恻隐之心，人在外，谁都会遇到困难，帮一下也就过去了，便从身上掏出十元钱给那个人，不料顺手将云朵的照片给带出来了，掉在了地上。中年男人连忙低身捡起照片送给阿风。阿风说："谢谢了。"中年男人说："我还没有好好谢谢你呢。"阿风不好意思一笑，说："只是太少了。"中年男人说："你来此地是？"阿风说："我的老婆走失了，我是来找人的。"中年男人说："你将照片给我看看。"阿风就将照片给了他。中年男人端详了半天，突然"哎呀"一声，说："我前两天好像见过这个人！"阿风一惊，说："在哪里？"中年男人说："在一个小旅馆里，讲话口音也与你口音一样。""女人身边可有个男人？""有吧。""那男人是不是长着个大扁脸？""好像是。""长得胖乎乎的？""是有点胖。""个子与我差不多？""好像差不多。"阿风喜出望外，说："能不能请你带我去一趟看看？"中年男人说："这不难，我这就领你去。不过兄弟——"中年男人面露难色，"我不是贪心，刚才你已经帮过我了，我不该再张口，我回家的路费还差一些。你能不能？"阿风说："你还差多少？"中年男人说："你再给我一百块就差不多了。"阿风伸手去口袋里摸钱当口，突然心里有点儿警觉，出门在外得多长个心眼，这个人不会是个骗子吧？不由多看一眼那个中年男人，见他慈眉善目，穿着体面，不像是个骗子，再说自己又不像个有钱之人，人家骗我干什么呢！然后将一张百元票子交给了对方。中年男人装好了钱对阿风说："那个旅馆离这儿两站多路，不值当坐车，咱们走着去吧。反正咱们都没什么行李。"阿风说："好。"

风稀云清，太阳高照，盛夏的郑州像是在人们的头顶卡了口热鏊子。不多时，两人脸上早已是汗水涟涟。

阿风见人心切，走几步就止不住问道："还有多远？"中年男人说："不远，就在前面。"路过一个小超市，中年男人说："今天真是热得很，我去买两只冰棒解解暑吧。"阿风怎么好让人家破费呢，说："我身上有零钱，就争着进了超市。"等阿风买了冰棒回来，刚才中年男人站着的那个地方已经换了人，现在站着一个二十多岁的大姑娘。阿风一下傻眼了，知道自己上当了，不由长叹一声。手中两只冰棒瞬间变成了两只烧红了的铁饼，烫得他手掌起烟。他愤怒地将手中东西摔在了地上，随即一摊殷红的水在柏油路面上蔓延开来……

五

夜雨如注，一早即歇。阳光一觉醒来，便一脸灿烂，光彩照人。

阿风就是在这个时候进的家门。牲畜们见到久违的主人，却没有欢呼雀跃，相反一个个都是无精打采的样子。狗别说吠了，连尾巴都懒得摇一下；鸡更是消极透顶，鸦雀无声，见人眼皮也不抬；圈里那头白猪，精神萎靡，蜷缩在那里，听到阿风的脚步声，似乎想激动一下，却因腹中羞涩，站了几次都没有站起来，猛然摔倒在地。阿风知道这一段时间，真是委屈了它们。虽说早早晚晚有父母亲过来照料它们吃喝，但毕竟不能像自己在家那么及时。他抓了几把玉米丢给了鸡群，又生火煮了一锅猪食，给狗分一瓢，然后全部端给了猪。当时他就决定，在出去之前，一定将猪磅了，除了留几只下蛋的鸡，其余的也必须处理掉，不然的话，他出去不放心。

在火车上，阿风饥一顿饱一顿的，也没有正儿八经地吃一顿饭，喂罢了牲畜，自己下了一把挂面，连汤加水吃了下去，顿时身上有了力气。他去父母那儿看了一眼孩子，然后去田里转了转。昨夜一场雨，种下的玉米与豆子他想应该发芽了。果不其然，一地碧绿，耀眼喜人。说来也许有人不相信，禾苗经过雨水的滋润，一夜都能蹿出拃把高的个子。

在回家的路上，阿风遇见了邻居大婶，问起云朵的消息，阿风摇摇头。邻居大婶跟着长吁短叹一阵，继而给阿风一个建议，说："离这百十里地的苏北东南乡有个来龙湾，那儿有个关公庙，香火挺旺的，不如你去烧把香，许许愿，也许云朵不久就能回家了。头上三尺有神灵，哪怕是能保佑云朵一切平安也是好的。"阿风说："我去。"邻居大婶叮嘱阿风，说："一定要步行着去，这样才能证明你虔诚。只有虔诚，才能灵验。"

阿风半夜就起身，到了天瞎黑，才走到来龙湾。因为赶路，脚上起了几个血泡。为了省钱，阿风没有去旅馆住，晚上就躺在庙门口的廊檐下。反正是夏天，也冻不着。第二天庙门打开时，阿风第一个进门，在辽远的晨钟声中点燃了第一炷香。

关公庙里除了关羽关云长，下首还有个塑像，也是山西运城人，名字叫胡戈。野史记载，胡戈字伯奇，与关羽自幼一起长大，据说关羽的武功还是胡戈教的。两人在一起习武，亲如兄弟，后来胡戈将妹妹胡定金（一说胡金定）许配给了关云长。再后来，关羽随刘邦打天下，围襄樊，擒于禁，立下汗马功劳。忽一日，在刘备用人之际，关羽就将胡戈推荐给了刘备，被封为骠骑将军，在关羽马前效力。传说关羽带兵攻打樊城，正在阵前叫骂，被曹仁派兵乱箭齐发，第一支毒箭被胡戈挡了，第二只毒箭才射中了关羽。胡戈命丧樊城，之后关羽亲自护送胡戈的灵柩回山西运城，并在坟前为其守孝七七四十九天。

阿风先后给武圣关羽与胡戈上了香，然后跪在关公像前，双手合十，口中念道："我女人云朵离家出走已经多日，我知道她是一时糊涂，受了别人的迷惑，其实她是爱这个家的，也是疼孩子的。这么些年来，她的确是受了很大的委屈，饮食不得饱，衣服不常新，跟着我受了不少罪。假如不是孩子们的拖累，不是生活所逼，她断然不会丢下我和孩子的！也怪我没有能耐，让她陪着我吃了不少苦，这次一定是受坏人的蒙骗，才使得她移情别恋。我的忠义神武灵佑仁勇威显关圣大帝啊，请您显显灵，告诉她早点回家吧……请您举起你的青龙偃月刀，斩断他们的孽缘；放开您的赤兔马，将云朵追回来吧。假如能如愿，我一定专程来庙里祭拜您……"然后又跪到胡戈的塑像前，照着刚才的话，如此这般地祷告了一遍。没想到，祷告祷告就迷糊过去了，一下摔倒在地，然而他却一点儿也没觉得疼痛，他的身体像一片树叶，轻飘飘地落下去，又轻飘飘地立起来，就像是有人揽着他的腰一样。阿风暗想，一定是两个神仙保佑他的，否则的话，不会这么平安无事。

六

忙完了秋作物，阿风这次准备要远行了。他将家中一切安顿好，委托支书宝山早晚照看一下，又将自己的棉衣也打包带上，短时间他是想不回来了，如果没有云朵的消息的话。一来一去，既浪费钱，又浪费时间，况且他有可能要在广州与郑州两地跑。这一次，他是铁了心，没有云朵的消息，他轻易不会回家。为了表示此次的决心，他已将大门用砖头堵上，也是为了防贼防盗。虽说家中没有什么值钱的东西，小偷不管那些，若是去别人家偷累了，到你空房子里歇歇脚，你又能怎样！为了防止在他走之后云朵突然间回家来，阿风还专门买了一部手机，让宝山一旦有消息马上给他打电话。

在离开家的那天是个有雾的清晨，出门回首，阿风望着在秋风中破败的家，想起云朵在家的时候那种欢乐与幸福，不由有些黯然神伤。

两天一夜的火车，将阿风送到了一个陌生的地方。下车之后，他直接去找工作，他的想法是既能挣到钱（起码能养活自己），还得有空余的时间去找云朵，所以对于工作他是有所挑剔的。也是老天有眼（阿风认为是关圣人保佑的），第二天他就找到了一份比较满意的工作——在一个玩具厂当保安。他是顶替人家的缺空，原先那个保安回家结婚去了。保安的工作很适合阿风，干二十四小时歇二十四小时，工资一月两千多，还管吃（仅限于上班时间）管住，真是顺风顺水，令阿风高兴坏了！第一个月发工资，阿风买了两瓶白酒，请几个同事到附近的小馆子吃了一顿家常菜，一是庆祝自己的运气，二来也是想今后遇到什么事情，希望同事们能给予力所能及的帮助。因为除了工作之外，他还有一个重要的事情——寻找云朵。

两个多月以来，除了上班时间，阿风一下班，就在城市的大街小巷以及厂矿企业寻找云朵的下落，每一个地方都不放过，只要是有人打工的地方他都会去打听，并将云朵的照片拿给人家看，可是就是没有一点儿有关云朵的消息。

阿风便将一切希望寄托在他的那部新买的手机上，他幻想，云朵在外面待烦了，或者想念孩子了，突然一下回家了，宝山一定会在第一时间给他打电话的。然而，他的手机仿佛是个哑巴，整天闷不吭声。固然他的手机电池每天都是充得满满的。除了隔一段时间他会给宝山打个电话问问家中的情况，其余的时间，他的手机一直是沉默不语。然而，无论是上班还是下班，也无论是白天还是夜晚，他一直盼望着手机能响起来，渐渐地，这种盼望已经变成了一种念想，一种奢望，特别是在他不当班在外面寻找云朵的时候，这种念想与奢望更加渴望与强烈。

这天，阿风正当夜班，手机突然一下响了起来，吓了他一大跳。起初，这个陌生的铃声响起来之后，他认为是同事的手机，所以没有去摸口袋。同事提醒他说："阿风，你的手机响了！"半晌，阿风才反应过来，等他慌忙掏出手机去接的时候，对方却一下给挂掉了。他非常后悔，为什么反应那么迟缓的呢，这个电话会是谁打来的呢？可他又不会摆弄手机，又不想麻烦同事。半晌想起来，只有宝山知道自己的手机号，肯定是宝山打来的。他急忙拨通了宝山的电话，宝山说："他没有打。"这下令阿风很纳闷，真是奇怪了，这会是谁打来的呢？这个世界上除了宝山没有人知道他的号码，也许是别人打错了电话吧？他这么想。整整一夜，阿风都是心不在焉，他一直在等待那个电话再次响起，可惜他的愿望没有实现，就好像有人故意和他逗着玩似的。

年关渐渐近了，厂外面冷不丁响起了鞭炮声，准备回家过年的工人们已经有些蠢蠢欲动。反正阿风不回去，前几天，他已经寄一些钱回去。有两个同事回家过年，阿风就答应替他们的班。放假几天，厂里一天给三天的工资，阿风想多挣些钱，眼看两个女儿明年就要上小学了，以后花钱的地方多了去了。况且寻找云朵这项工程不但浩大，而且十分遥远与艰难。

阿风的手机再次响起是在大年三十这天晚上，当时阿风正值班，放在身边的手机猛然响了起来，他想一准又是哪个人打错了，这时候不会有人给他打电话的，也不可能是宝山，因为今天中午他们刚刚通了电话。所以阿风拿出手机的时候，心情并不显得怎么激动。"阿风吗？阿风吗？"电话那头传来宝山急急地喊叫。没等阿风说话，宝山又说："赶快回家一趟！"阿风感觉有些不好，前些时候，父亲得了轻微脑血栓，因为治疗及时，身体没什么大碍，可是一听宝山的口气，他一下就想到这件事情上去了。阿风问："怎么了？是不是我父亲犯病了？"宝山说："不是不是，是刘大筐回来了。""什么时间？""就在刚刚！"阿风一听，身体立马僵住了，手机险些从手里滑落，半响问道："你嫂子云朵也一起回来了吗？"话一出口，阿风就觉得有些唐突了，若是云朵回来的话，宝山会直接告诉他的，怎么会先提到刘大筐那个狗日的呢！虽然云朵没有消息，刘大筐回来也是件好事情啊，起码说刘大筐能知道云朵的一些情况。阿风认定，云朵离家出走一定与刘大筐有关系，如果不是刘大筐的原因，说给鬼听，鬼都不会相信！阿风还想问问宝山关于刘大筐回来的一些情况，突然手机一下黑屏了，阿风这才想起来，昨天上了个连班，手机忘记充电了。

七

阿风回来没有回村，而是直接去了县医院，宝山在电话里告诉他，刘大筐得了肝病，很不好，估计没有多少日子好活了，能不能撑过去这个正月都不一定！这个消息令阿风的神经一下紧张起来，他不希望刘大筐死，固然在他的心里已记不清诅咒这个猪狗不如的人多少遍了！在没有弄清楚云朵的下落之前，刘大筐绝不能有事。苍天啊，神灵啊，请求您保佑刘大筐吧，让这个坏人多活一些时间吧！哪怕是将我的阳寿拨给他一些也行！在去医院的路上，阿风在心里不停地祷告着。

刘大筐家中没有亲人，支书宝山在医院已经守了四五天了。阿风让宝山回家，他来照顾病人。宝山说："你来得真巧，乡里这几天可能要开会，我一时半会儿不一定能来医院，我回去之后，再安排人来替换你吧。"阿风说："谁都不要，我一个人能看得了，你就回去忙吧！"

刘大筐肚子很大，人却瘦了一圈，大扁脸像是被人坐了一屁股，越发扁了；说话也没了力气，一句话得分好几回才能说完。等宝山出门之后，刘大筐对阿风说："我没有让你来看我，所以我也不领你的情。"阿风说："我不让你领情，我是替宝山的。"刘大筐嘴一撇，说："那行，你必须伺候好我，不然的话，我还让宝山回来！"阿风说："你就放心吧，我一准能照顾好你！"刘大筐眼皮一翻，说："我现在要撒尿。"阿风说："我扶你去厕所。"刘大筐说："我是个病人，我不能动。"阿风说："那怎么办？"刘大筐说："拿尿壶接。"阿风说："行。"然后低下身从床底下找来尿壶，从被窝里伸进了刘大筐的屁股底下。

上午，趁刘大筐打完吊针睡着之后，阿风去了趟超市，用自己的钱，给刘大筐买一些水果、蜂蜜、奶粉之类的东西。俗话讲，人心都是肉长的，不信刘大筐的心是石头做的！来医院这几天，阿风只字未提云朵的事情，他想用真情打动刘大筐，等刘大筐有了感恩之心，让他自己主动说出云朵的下落。刘大筐也许猜到了阿风的心思，故意折腾他。一会儿要喝水，一会儿要尿尿；一会儿说冷要加被子，一会儿说热又要掀被子；一会儿说这儿痒了，让阿风给他挠，一会儿说哪儿酸了，让阿风给他揉，使得阿风团团转。这还不算，三天两头说医院食堂菜没味道，让阿风去外面饭店给他炒菜吃。前几天宝山曾派人来替换阿风，阿风死活不愿意，将来人撵了回去。村里带来的生活费也花光了，阿风就拿自己的钱往里面贴。无论是刘大筐提出啥要求，阿风都是无条件地满足他。而自己，整天是老三样：馒头、咸菜、白开水。其实，阿风身上的钱早就花光了，要不是那天在医院里卖了 300CC 的血，早就撑不下去了。

这天下午，刘大筐和阿凤说："我有些馋了，今晚想吃猪头肉。"阿凤说："我去给你买。"刘大筐说："再给我买一只猪耳朵。"阿凤说："行。"阿凤欲走，刘大筐说："别忙，顺便去商店给我捎一瓶二锅头来。"阿凤说："刘大筐，你要吃啥，我没钱，哪怕我去求爹爹告奶奶我也想办法给你弄来，这个酒是万万不能沾，你的病就是喝酒喝的。假如我给你买酒喝，等于是害了你。再说，你还要不要命了？"刘大筐："我宁愿不要命我也要喝酒。"阿凤说："今天说什么我也不能答应你！等你的病好了，我一定请你好好地喝一场，还给你买好酒喝，行不行？"刘大筐说："你今天要是不给我买酒，我实话告诉你，即便我死了，我都不会将云朵的情况告诉你的！"

这是两个人接触一个月以来第一次提到这个敏感的话题，阿凤一下愣住了，半晌说："我给你买酒。"望着阿凤的背影，刘大筐笑了，笑得很狡猾！

刘大筐喝酒的事情结果还是病床医生知道了，医生黑着脸对阿凤好一通训斥，说："你是他什么人？"阿凤老实说："我是他同村的邻居。"医生说："是亲戚？"刘大筐接过话，说："他是我的表侄！"阿凤说："我是你大爷！"医生烦躁地摆摆手，说："我不管你们是什么关系，也不管谁是表侄，谁是大爷，你既然是来陪护的，你不知道病人不能喝酒吗？"阿凤说："知道。"医生不依不饶，说："你既然知道，为啥要给他买酒喝？"阿凤说："我不给他买，他不愿意。"医生说："你让他喝酒，就等于是拿把刀子往他心口窝上扎，你知道吗？"阿凤无语。医生还不解气，转脸又训刘大筐，说："你要是想多活几天，就不要作了，要是想死你就喝！"说罢，气呼呼地摔门出去了！

这天，同室的病友出院了，中午，阿凤去饭店给刘大筐炒了盘辣子鸡，刘大筐就低声下气地与阿凤说软话，央求阿凤给他买酒喝。阿凤说："你就是喊我一声爹，我也不会给你买的！"刘大筐说："就买一小瓶，二两五的二锅头就行。"阿凤没好气地说："还二锅铲子呢！你就死了这个心吧，你就是说破天说破地，我今天也不会给你买的，这菜你要是不想吃，我替你吃！"刘大筐急忙护住菜盘子，狼吞虎咽地吃起来，连一根骨头都没给阿凤留下。

下午，阿风又给刘大筐刮了胡子，给他洗了脚，剪了指甲，所以，刘大筐恣意得满面红光。看着刘大筐心情好，正好屋里没有人，阿风感到机会来了，给刘大筐点了一支烟，稍时问道："这些天我对你照顾得怎么样？"刘大筐说："不错啊！"阿风就进一步说道："我之所以这么做，我就是想问问你一句话。"刘大筐说："是不是问你家云朵的事情？"阿风点点头。刘大筐将烟屁股丢床底下，向阿风钩钩手指。阿风说："干什么？"刘大筐说："再给我点一支烟。"阿风急忙掏出烟，送到刘大筐的嘴上，又亲自给点燃。刘大筐半躺在病床上，眼睛微微地闭着，就像是一个上等的品烟师，边吸边细细地品着，全然忘记了面前还坐着大活人等待他的回话。阿风有些沉不住气了，说："刘大筐，你给我说实话，当初，我们家的云朵是不是和你一起走的？"刘大筐猛然咳嗽起来。阿风连忙起身给刘大筐捶背。刘大筐喘过一口气，半晌对阿风说道："你问你女人的事情啊，我现在不能给你说。""为啥呢？"阿风有些奇怪。刘大筐说："我一给你说，你还会像过去那样伺候我吗？"阿风说："我会，绝对会！"刘大筐狡黠一笑，说："我刘大筐又不是三岁小孩。你如果想知道云朵如今在哪里，你现在能做的，就是要踏踏实实地在这里伺候好我。你放心，我刘大筐说话算话，在我闭眼之前，一定会将实情告诉你的！"阿风气得牙根痒痒，他现在真想扑上前去，对着面前那张大扁脸咬一口，方能解除他心中的那种恨。看到阿风气得咬牙切齿的样子，刘大筐反倒乐了，说："阿风，在我们村里一帮女人之中，云朵的胸脯还是挺好看的呢！"那一刻，阿风真想将面前这个死不要脸的东西一把撕碎，丢进河里喂鱼，或是丢在乱葬岗让野狗生吞，可是目前还不能，起码说，一天得不到云朵的消息，还不能与刘大筐玩硬的。他来到走廊里，在心里诅咒：老天爷啊，求你让刘大筐这个头顶长疮脚底流脓的恶人、这个大混蛋肚肺肠子还有坏肝一起烂掉吧！

八

事情并没有像阿风预想的那样发展，刘大筐的病情一天天好了起来，能吃能喝的，脸上也红润了，也有肉了，扁脸似乎也圆了许多，也能下床了。那一天中午，他自己竟然在院子里溜了两圈呢！连医生都觉得有些奇怪。

阿风的忍耐一天天地丧失，有时急了会无缘无故对刘大筐大喊大叫。刘大筐狞笑，说："怎么样？没有耐性吧？我知道你心里是怎么想的，你现在恨不能想我立即就死，可是老天爷不让啊！你是应了那句老话，久病床前无孝子啊！"阿风有时真想一把掐死这个刘大筐，或者在他的饭里面下一把老鼠药！阿风不是那种糊涂的人，这么做是要负法律责任的，他的命换刘大筐的命觉得有些不值，再说，要是为这事蹲牢了，还怎么去找云朵呢？还有两个需要人照顾的女儿，还有四个老人等着他养老送终呢！

那天，支书宝山来医院看刘大筐，阿风想让他给刘大筐做做工作，看看能不能问问刘大筐关于云朵的消息。宝山说："你从南方没回来之前，我就问过刘大筐了，这个家伙就是不说，问急了，他就装疯卖傻！"阿风说："这怎么办呢，看起来，他一天不死，就不会说出实情来了！"宝山说："我分析，是不是刘大筐根本就不知道嫂子的下落。"阿风摇摇头，说："他俩是一天走的，走之前他们又碰过面，种种迹象表明，云朵的失踪一定与刘大筐有关系。也许他将云朵骗到一个很远的地方，之后将她卖了，钱被他挥霍了，然后病了，才自己一人回来的，要不，他为啥要说，等他闭眼之前再告诉我呢？"宝山说："是不是刘大筐故意骗你的？"阿风摇着头，说："他骗我有啥意思呢！"半晌，宝山说："刘大筐喜欢喝酒，等他病好了出院，我出面请他一场，看看能不能套出什么话来。"

下傍晚回村之后，第二天一早宝山又心急火燎地赶回了医院，给阿风带来一个不好的消息，说他的父亲脑血栓犯了，被送到了乡医院，正在抢救。阿风一听，撒腿就向外跑，等到他赶到乡医院，父亲已经不行了，连话也说不出来。阿风将耳朵贴在父亲的嘴上，听了半天，也不知父亲说了些什么。阿风一个劲地点着头，他想，父亲准是交代他一定要将云朵找回来的话。

忙完了父亲的后事，阿风又回到了医院。在他回到医院三天之后，刘大筐突然病重，接着就昏迷了。后来阿风回想，此前，刘大筐那种向好的迹象，是不是就是人们常说的回光返照呢！

刘大筐再次醒来是在黄昏，那时候，病房里的灯已经拉亮了。刘大筐目不转睛地看着头直上的电棒。贪婪的样子让人感觉那只电棒就是一瓶二锅头。许久，他的目光才转向床前的阿风。他说："阿风，你能不能最后一次帮我一个忙呢?"声音里带着祈求。阿风说: "你想喝酒对吧?"刘大筐点点下颚。阿风从口袋里摸出一小瓶二锅头。刘大筐的眼睛立马放出光芒,温柔地说道: "谢你了,阿风。"

这是阿风听到刘大筐在人世间说的最为温柔的一句话了。他拧开酒瓶盖子,然后将瓶嘴送到了刘大筐的嘴上。刘大筐狠狠地咕咚了一口,脸上露出了满足的微笑。凭借酒的力量,刘大筐的身体有些活泛了,他说: "阿风,这一次阎王爷真的要我走了……我这一辈子,最对不起的人就是你了,也只有下辈子报答你了!"阿风说: "我要你这辈子就报答我,你告诉我,云朵到底去了哪里?"刘大筐深深地叹一声,说: "阿风,这就是我对不起你的地方,其实我根本不知道云朵的下落,我是骗你的!"阿风头顶像是三九天被人浇了一盆冰水,从头凉到脚。阿风说: "刘大筐,你不要骗我,我的心里快要撑不住了!"刘大筐说: "一个将死的人,说鬼话还有啥意思呢?"阿风说: "我不相信!"刘大筐说: "我要是骗你的话,就让我过不了奈何桥!"阿风说: "我问你,云朵出走的头天傍晚,你们在我家的门口一起说了些什么?"刘大筐顿了顿,攒足了最后一口气,说: "云朵问我哪儿好找工作,我说广州。你信吗?"阿风说: "我信你一次。"

一阵风将窗子"咣当"一声吹开了,阿风猛然发现刘大筐的身上有股气体随风飘出了窗外。阿风想,也许那就是人们常说的魂魄吧……

在面如死灰的刘大筐永久地闭上了眼睛的那一刻,医院突然一下断了电,不一会儿又来了。

(原载《青春》2014 年第 2 期)

国库券 1982

一

　　一九八二年夏天早晨的太阳有些直截了当，晃荡一下便将车间两面的大玻璃窗给擦亮了。杨光第一个进到车间，将地面上洒上水，从里到外用大扫帚扫了一遍，处置完垃圾，上班的钟声刚好敲响。

　　徐爱国肩头挎着帆布包，喘着粗气跑进来，包里面的饭盒子、茶缸子敲得一路叽里咣当响，见着杨光一脸的歉意，说："来晚了，来晚了，杨光，又叫你替我打扫卫生了！"杨光说："早晨我习惯起早，没有事。"徐爱国块头大，生得膀大腰圆，两人站在一起，杨光比人家小一号还要多。徐爱国揽着杨光的肩，说："明天开工资，我请你喝啤酒，再喊上王小毛与金大民。"杨光咧嘴一笑，说："用不着。"

　　师傅刘从俭从那旁过来了，向杨光招着手。杨光老远就招呼道："师傅早。"刘师傅从铝饭盒里拿出一个馒头，里面夹了根油条，送到杨光的面前，说："你师母今早刚蒸的馍，趁热吃，凉了就不香了。"杨光说："师傅，我早上吃过了。"刘从俭说："你嘴上干焦的，啥时吃过了？即便是吃过了，青年人，再吃个馍也撑不着你！"其实，杨光早晨根本没有吃东西，身上只有三毛钱，他留着下班之后买点什么当晚饭。还有五毛钱的菜票和半斤饭票，中午在食堂买一碗米饭，一碗粉条烧肉，今天就对付过去了。明天厂里开工资，就接上了。一个月三十九块钱工资，杨光每一分都是计算好了的，十块钱存着，他想明年买辆永久牌自行车，五块钱买糖果去福利院看望他过去的那些兄弟姊妹，五块钱留着理发、洗澡、买肥皂牙膏等零用，剩下的十九块钱才是他的生活费。不精打细算不行，特别是像他这样一个人单过的家庭。昨晚上就吃了个半饱，见着热馒头与油条，肚子里恨不得能伸出一只手来，没等到他走到僻静处，手里的东西已经被他囫囵吞枣地消灭光了。

"大家伙听着啊！"车间主任杜青山一只手插在裤子口袋里，一只手在空气中舞蹈着，"今天就是月底了，没完成生产任务的，得抓紧啊，到时候完不成的，别怪我扣你们的工资啊！"他扭脸看见杨光嘴上的馍馍渣子，冷着脸说道："年纪轻轻的，就不会早起点儿？到现在还不住嘴！"刘从俭有些气愤，说："杜主任，杨光早就来了，你没看见哪？车间的地这么干净是谁扫的！"杜青山知道师兄刘从俭一贯是护犊子，不和他计较，假装没听见，他心中暗想，刚才权当刘从俭放了个屁，被一阵大风给刮跑了。然后问杨光，说："你这月的任务完成了没有？"杨光说："不但完成了，我还多做了十二顶帽子。"杜青山没话说了，一边向车间办公室走，一边手指胡乱点着向质检员女小吴交代，说："要认真检查质量，这批帽子是出口的，要是哪个质量不合格给退了回来，我告诉你，我不但要扣他们的工资，还要扣他们的加班费！"早晨，杜青山在家与老婆因为琐事争吵了几句，到现在心里还是没有闲地方。所以有些气不顺。

一支烟的工夫，杜青山又从车间办公室出来了，手里多了一样东西，是罐头瓶做的茶杯，有几片茶叶在水面上生动地飘着。杜青山说："大家伙暂时停下手中的活，我有件事要宣布。"车间里的缝纫机立马哑了。杜青山说："我刚刚接到厂办的电话，下个月发工资，每个人都要买一些国库券，这是政治任务。青年工人买五块，老工人买十块钱。多买是爱国，不买是害国。多买是支援社会主义建设，不买是破坏社会主义建设！去年初，国务院出台的《关于平衡财政收支、严格财政管理的决定》指出，最近一个时期，国家财政发生赤字，银行印了不少票子，市场物价上涨，这个问题不解决，势必牵动全局，影响安定团结……这些大道理不需我多讲，大家伙一定要拥护《决定》，做一个有觉悟的工人。去年，全市机关干部都按工资比例已经买了一年了，大家伙已经讨了便宜了，所以说大家伙也不要与我讨价还价。就这个事，干活。"

下班的时候，刘从俭在厂门口等着杨光，告诉他晚上不要做饭了，一个人生火浪费。"你师母昨儿个回乡下娘家剜了不少荠菜，今晚上包荠菜饺子吃。"杨光实在是不想麻烦师傅，再说他也是一大家子的人，师母没有工作，一家人全靠师傅一人的工资，就撒谎道："我今晚有事师傅。"刘从俭明知杨光在推辞，就说："你能有什么事？再有事饭总是要吃的！"杨光只好将谎撒到底，说："是徐爱国他们请我喝啤酒呢！"刘从俭有些半信半疑，说："那好吧，你要是不去吃，我叫你师娘给你留一碗。"杨光说："师傅，你千万别，天热，别放馊了，可惜了呢！"

在下班的路上，杨光在小摊子上掏出身上仅有的三毛钱，买了两个烧饼，回到家，趁热蘸着酱油，喝了一杯冷开水，晚饭就算是打发了。晚上没事情做，也没有电视看，杨光有个半导体，便打开躺在床上听新闻，以消磨时间，听着听着，不知不觉睡着了。不知过了多久，外面传来敲门声，才把他给弄醒了——是师傅的大女儿菊花。

菊花手里端着一饭盒饺子，说是娘让送来的。杨光连声致谢，并拍着肚子，称自己已经吃过了，吃得特饱，撑得肚皮疼！菊花有些腼腆，也不会绕弯子说话，就让杨光再撑着吃些，说可香了，就是盐有点儿大。菊花刚读中学二年级，杨光就问菊花课程紧不紧，菊花说还行。杨光与菊花同岁，菊花比杨光小两个多月，所以菊花平常见了杨光都会喊一声"哥"。菊花今晚没有喊杨光哥，因为门口站着妹妹梅花。有妹妹在门口守着菊花就不好意思在屋里耽搁太久，要是梅花不来的话，菊花一定亲眼看着杨光将那盒荠菜水饺一个都不剩地吃下去。

杨光往门口送菊花的时候，才看见站在门口的梅花。杨光说："梅花妹妹怎么不进去的呢？"梅花比她姐姐更怕见生人，固然杨光与她算是很熟悉的人了。她低头一笑算作回答，然后扭脸头里走了。菊花暗暗与杨光招招手，追梅花去了。杨光在门口愣站了半晌，想师傅的负担真是太重了，家中五个女儿，除了菊花、梅花，下面还有桃花、杏花、梨花，最小的梨花才上小学一年级。杨光心里就想，将来如果工资涨了，一定多攒些钱，贴补师傅一家，也不枉人家平常对他这么照顾。

二

午饭后，厂里开了工资，这一天是青年人最兴奋的日子，还没到下班的时候，好多小青年都偷偷约好了，去饭店撮一顿解解馋。

杨光正在擦拭机子，徐爱国就过来了，说是请他喝啤酒，约了王小毛和金大民。正说话王小毛就过来了。王小毛是修理工，平常比杨光他们收工的要早些。他捡起一团沙团，帮助杨光擦拭缝纫机。杨光不想去喝啤酒，他是想，固然今天是徐爱国请的客，但他也不能老让人家掏钱，早早晚晚他也得做一回东。可是从这个月起，每个月要扣五块钱国库券，生活已经够紧巴的了，若是再瞎吃胡喝的，怕是连馒头也啃不到月底了。不像他们几个有父母的，发了工资，想交家里多些就交多些，回家一天三顿饭也不用愁，特别是徐爱国，他爸爸是他们这个鞋帽厂的副厂长，即便将工资花光了也没问题。杨光对徐爱国说："我今天有点儿头疼。"徐爱国知道杨光心思，就说："杨光，你今天非去不可，啥理由也不行！"杨光还想推辞，说："我真的有点儿头疼！"徐爱国说："你今天要是不给面子，明天你得请我们仨一场才行！"杨光说："行，哪天我请你。"徐爱国说："我也不要你请，你今天必须得去。你经常替我打扫卫生，我请你是应该的。"王小毛说："你要是不去，徐爱国就不请我们了，为了我们能喝上啤酒，你就与你的脑袋商量商量吧！"徐爱国说："你不知道杨光的情况，他是故意推脱的。不过杨光，咱们今晚喝啤酒可不花钱！"杨光有些奇怪，说："给人家头弹？"徐爱国说："真的，汉桥那边不是有个驴肉馆吗？门口贴出一张红纸，说是可以拿国库券换啤酒。"王小毛问："怎么个换法？"徐爱国说："一块钱国库券换两瓶红星啤酒。"杨光说："那不是亏大了？红星啤酒才三毛多一瓶，饭店赚了不少呢！"徐爱国说："管他呢，总比掏现钱合适吧，我们的国库券是三年期的，等到猴年马月才能兑现钱呢！"说话间，制鞋车间的金大民来了，三个人不容分说，拉起杨光就向外走。

正因为国库券可以换啤酒喝，汉桥饭店本来不怎么的，生意突然一下红火起来了，杨光他们等了半天才等到座位。徐爱国拿着一把（一元一张）国库券换来了两箱多啤酒。杨光说："太多了，太多了，喝不了。"徐爱国说："喝不了带回去。"金大民说："爱国，你哪来这么多的国库券？"徐爱国说："这月厂里发我五块，加上我老爸的，我都拿来了。"王小毛也说："真是太多了，每人喝三瓶足够了。"金大民说："咱们可以找饭店的老板商量商量，既然国库券可以用来换啤酒，咱们用啤酒换菜总可以吧？"徐爱国说："你觉得人家老板的脑袋被门挤了？算不过来这个账！"金大民平常喜欢出风头，便自告奋勇地说："我去试试，行就行，不行就拉倒。"不一会儿，金大民就灰头土脸地回来了。徐爱国说："怎么样？碰了一鼻子的灰吧！"金大民骂老板，说："狗日的一根筋，国库券能换啤酒，为啥不能换菜呢？"杨光说："要是来饭店吃饭的顾客都使用国库券，那么饭店还能开下去吗？他得有多少钱往里面贴呢？毕竟是三年时间国库券才能到期。"王小毛善解人意地说道："是这个理。"

最后一道菜是青椒炒肉片，他们几个这时候脸上都是红扑扑的了，都往自己的肚子拍，打着酒嗝齐说："不喝了不喝了，吃肉片吧！"当他们的筷子一齐伸向那盘肉的时候，金大民突然说道："别动！"大家伙一下愣住了，齐刷刷地将筷子停在半空。徐爱国说："大民怎么啦？"金大民伸筷子从盘子里夹出一样东西，说："你们看看，这是什么？"大家伙定睛一看，说："认得，是一只已经牺牲了的苍蝇。"夏天里，菜里有只死苍蝇并不是什么稀奇的事情，不过，在一盘还没有动筷、在当时来讲比较奢侈的肉片里，实在是如鲠在喉。金大民接着喊老板过来。因为喝了许多啤酒，声音的分贝比平常翻了一番。王小毛眼神有些不济，趴在金大民的筷头，说："真是苍蝇呢！找他们，太不像话了！"不多时饭店的老板小跑着过来了。老板很瘦，仿佛是受到了老板娘的虐待，眼睛却十分富态。"怎么了怎么了？"金大民便将苍蝇的尸体挑给瘦老板看，说："你看看，这是什么？"瘦老板眯缝着眼睛，然后接过金大民手中的筷子，迅速将东西放在自己的牙缝里，边咀嚼边说道："不就是葱花嘛，就是有点儿糊了罢了，何必大惊小怪的呢！"几个人一下都傻了。那只葬身油锅苍蝇被瘦老板的牙齿给毁灭了，没有证据，你还找人家讲个什么理呢！金大民说："老板，你讲实话，你刚才吃下的是糊葱花吗？"瘦老板说："当然。"稍时又啧啧道，"其实葱花炒煳了才香呢！"他的舌头不由在嘴里回着味，似乎想将那种香味再一次地传送给在座的人。徐爱国也有些激动，说："老板，天地良心，你刚才吃下去的明明是一只苍蝇，你怎么说是糊葱花呢！"瘦老板理直气壮，说："怎么会呢！"杨光知道遇到了老江湖了，再这么争下去也是枉然，就想息事宁人，对徐爱国他们说："算了吧，吃个哑巴亏吧！"瘦老板不屑一顾地瞥了一眼金大民，没好气地说道："刚才没有给你用啤酒换菜，也不能用这种下三烂的手段哪！"金大民一下跳起来，要去追那个瘦老板讲理！徐爱国怕事情闹大，毕竟大家都是喝了酒，急忙拉着金大民坐下来冷静冷静，劝道："与这种不讲道理的人置气犯不上。"杨光夹起一块肉片，说："来来，吃肉吃肉，别糟蹋了好东西，眼不见为净，就算是只苍蝇，挑出去不就行了嘛，在咱们厂里食堂，菜里有只死苍蝇那还不是常有的事情嘛！"王小毛也夹起一块肉片，说："杨光说得对，眼不见为净，眼不见为净！"

三

又到了发工资的日子，兴高采烈的杨光却被当头浇了一盆水，水不但将他的眼睛、眉毛、鼻梁洒湿了，还被呛了一口，噎得他半晌喘不过气来。工资少了五块钱，装工资的信封里又多了五张一元的国库券。也就是说，工资的总数是对的，只不过减少了五块钱现金，增加了五元钱国库券。起初，他认为，全车间的青年工人都是一样的境遇，一打听，别人这月还是与上个月一个样，只买了五元钱国库券，只有他一人被扣了十块钱，比别人多买了五元钱国库券。杨光猜想，肯定是代发工资的女小吴给弄错了，不然的话，为啥唯独自己被多扣了呢？他就去找女小吴问问情况。女小吴比杨光大两岁，所以杨光喊女小吴吴姐，说："吴姐，我这月怎么比别人多买了五元钱国库券呢？"女小吴说："这事我不好给你解释，你最好去问问杜主任就清楚了。"工厂开工资，虽然是由厂工资科发的，但不是直接发到工人手里，是由各个车间根据每个工人当月生产的情况由车间主任报上去，厂工资科再按照报上去的工资表发下来。上面发多发少女小吴也搞不清楚，工资的信封都是工资科事先装好了封口的。女小吴纯粹是二传手，开工资那天去工资科领回来，然后发给大家。当然，车间杜主任是最清楚的，因为工资表是他做的，至于扣什么钱，比如防洪、卫生、治安等项费用以及现在扣的国库券，杜主任当然最清楚不过的了。

杨光推开车间主任房门的时候，杜青山正在抱着罐头茶杯望着房梁出神，房梁上有一只壁虎趴在那里与杜青山目光对峙。杨光用劲有些大，房门"咣当"一声撞在了墙上，又被弹了回来，险些碰到了杨光自己的脑门。杜青山冷不丁被吓了一跳，说："杨光你今天早上吃几个馒头？使这么大的熊劲干什么！"杨光不好意思一笑。杜青山问："有啥事？"跟主任说话不同于女小吴，口无遮拦，想怎么说就怎么说，杨光本来想说话婉转一点儿的，主任猛地一问，杨光也就没有斟酌的余地。杨光说："主任，我这月的工资有些不对。"杜青山不以为然，说："怎么不对了？"杨光说："这月厂里又多扣了我五块钱。"杜青山说："是不是信封里比上个月多了五元钱国库券？"杨光说："不错。"杜青山说："那不就对了吗！"杨光有些疑惑，说："我问了其他工人，他们这月还是扣了五元钱国库券，为啥唯独我扣了十元钱的呢！"杜青山叼上一支烟，擦着火柴停在了半空，说："你与他们不同。"杨光更加糊涂了，正要问，杜青山用火柴的残火将香烟点燃，说："你是个单身，一人吃饱一家不饿，又没有什么负担，多买五元钱算什么事情呢？况且，将来国库券一兑现，还等于帮你攒了一笔钱呢！"杨光说："主任不要说那个，我就是想问问我为啥与他们不同的呢？"杜青山说："你是在福利院长大的，国家养活了你，培养了你，又给你安排了工作，还又给你分配了房子，可以说国家与社会为了你的成长付出了很多，你理应为国分忧，也是你回报社会、回报国家的一种表现。"杨光说："我多买国库券就代表我爱党爱社会，是吗？"杜青山说："那是当然的了。"杨光说："我若是不想多买呢？"杜青山看一眼杨光，将烟屁股丢在一只豁了边的茶碗里，烟火遇到了茶碗里的水，"刺啦"一下灭了。半晌，杜青山从茶碗里收回目光，愤然道："这么说，你就是不爱国，不爱党……"稍时说道，"不看你年纪轻轻的……要是在过去话，给你扣一顶帽子，那就是对抗《决定》精神。你想想这个后果会是什么吗？"

回到自己的缝纫机旁，杨光还是有点儿想不通，人都是一样的，为啥我就要与别的青年工人不一样呢？为啥我就要多买五元钱的国库券呢！就因为我是孤儿院出身吗？我也不想做孤儿，我也想像徐爱国、王小毛、金大民那样有爹有娘多好！可我的爹娘不要我了，将我抛弃了，你们认为我想当孤儿吗？我恨死了那两个被称为爹娘的男人女人，你们为啥有了我，就是因为你们一时的冲动吗？要是真这样的话，你们完全可以阻止我出生，医院早就有这种办法了，你们为何要生下我呢？既然生了我，你们就得负责任将我养活大，不养我也可以，你们可以在我来到这个世界上第一时间将我给掐死！省得我在这个世上被人家瞧不起，遭到一些人讥讽与白眼了。杨光在孤儿院觉得自己还是幸运和幸福的，比起那些身有残疾的孩子来说。不过，杨光有时也有烦恼，我既然健健康康的，那个所谓的爹娘为啥要丢弃我呢！这是他一直在想而一直想不明白的事情。

师傅刘从捡不知何时站在了杨光的身后，他显然知道厂里这月多扣了杨光的五元钱国库券的事情。他看到杨光从车间主任屋里出来一脸不高兴的样子，就知道事情没有结果。其实，刘从捡心知肚明，杨光在车间里会受到不公正的待遇，多半是因为他的原因。他拍拍杨光的肩膀，杨光才反应过来，装作没事似的，说："师傅，有事情吗？"刘从捡欲言又止，半晌说："没事，你做事吧。"

杜青山开门正往外走，迎头遇见刘从捡，又停住了步。当年在知青点的时候杜青山就有些怵刘从捡，也不知为什么，他仿佛觉得刘从捡这个人身上有许多令人猜不透的地方。不过，他当年将一个上海来的知青的肚子搞大了，多亏了刘从捡多方面托人，才使得他免受处分。这也是他一直在刘从捡面前挺不直腰杆的原因。杜青山问道："师兄找我有事？"刘从捡说："没事我到你这屋干什么？"说罢径直向里面走，杜青山随后将身后的房门带上了，显然他不想让他们的谈话让外面的人听见。车间主任办公室里，只有一把椅子，平常杜青山坐着，桌子对面有一张长板凳，挤挤能坐三个人，那是留给一般工人坐的。本来，厂里分办公桌的时候，给配了三把椅子，杜青山觉得显不出自己的身份，却将桌子对面的那两把椅子换成一条长凳子。刘从捡一屁股坐到长板凳上。杜青山也退回到自己椅子里坐了下来。然后从桌子上的烟盒里抽一支烟丢给刘从捡。刘从捡接住了烟，又将烟丢了回去，没好气地说道："厂里不准吸烟。"杜青山说："在我这里可以吸。"刘从捡说："你主任可以吸，我们工人可不敢！"杜青山刚欲点烟的火柴又不由放了下来。刘从捡说："我来找你就是因为杨光这月国库券的事情。"杜青山说："多大的事情，不就是五块钱吗？他给你说了？"刘从捡说："在你身上，五块钱连一根汗毛也算不上，可在小青年身上就不同了，特别是在杨光的身上。可能就是一件大事情了！"杜青山说："有这么严重？"刘从捡说："咱先不说严重不严重，我就是想来问问你，一个车间，为啥偏偏杨光就比别人多买？"杜青山有些语塞，半响说道："其实，我是替杨光着想的，多购买国库券，又有利息，将来攒起来，结婚就不愁了，何况现在小青年不知道过日子，弄俩钱放在手里也落不住。再说了，厂里给的任务，总得完成啊！"刘从俭说："既然这样说的话，你将全车间工人购买国库券的数额张榜公布一下。这两个月杜青山自己连一分钱也没有买，让他怎么对外公布呢！"杜青山说："算了算了，何必这么兴师动众的呢！"杜青山就坡下驴，说："既然师兄讲话了，下个月，还扣杨光五块钱国库券，不就行了吗？"

四

车间里多扣杨光五元钱国库券的事情，很快，徐爱国、王小毛以及金大民都知道了，还没有到下班的时候，他们都跑过来安慰杨光，让他看开些。徐爱国从工资抽出五块钱，硬要杨光将五块钱国库券兑换给他。虽说徐爱国家庭经济条件好些，就他一个儿子，对于徐爱国的哥们义气，杨光说什么也不愿意。

"都是那个姓杜的搞的鬼，得想个办法整整他！"出了工厂大门，徐爱国首先提出这个建议。王小毛与金大民马上附和，说："对，得给杨光出这口气！"王小毛鬼点子多，马上想到了一个鬼主意，他说："那个姓杜的不是喜欢喝茶吗？整天抱个茶杯，就跟什么大干部似的，咱们就在他的茶杯里做文章。"金大民说："放点红辣椒面在他的茶杯里怎么样？"王小毛说："不妥不妥，辣椒面容易被看出来，再说那也不够刺激！"徐爱国说："我倒是有个主意，咱们弄一只壁虎放到他的茶杯里，非吓死他不可！"王小毛与金大民都拍着手说："太好了，太好了！谁去干呢？"金大民自告奋勇说："我去。"王小毛说："你不是一个车间的，容易暴露目标，还是我去。"徐爱国说："你也不行，你是修理工，没事你到我们的车间乱晃什么？一查就查出来了，还是我下手比较方便。我爸是副厂长，平常杜青山对我还可以，大小事都不敢对我龇牙，我也经常到他的车间办公室去瞎转悠，他不一定怀疑是我干的！"杨光虽然心里也恨那个杜青山，真要是这么整他，又觉得是不是有点儿太过分了！再说，若是被查出来，后果不堪设想！徐爱国说："杨光你放心，干这种事我拿手。在读小学的时候，我就曾经给语文女老师粉笔盒里放过一只壁虎。不过，那是只死壁虎。就这，那个女老师吓得好多天不敢去碰那只粉笔盒。"

　　帽子车间棉布絮粉尘比较大，车间主任的办公室是在车间拐角盖的，当初，厂里为了节省建筑材料，办公室的墙没有垒到顶，离房顶还有一米多的距离。所以，办公室里的空气质量不比车间里的空气质量强多少。固然是在大夏天，杜青山的茶杯盖也是始终盖严实的，这样做的目的就是让带有棉布絮样粉尘不要落到他的茶杯里。上午一上班，杜青山刚泡好了茶，还没有来得及喝一口，就被通知去厂办开会，到了好吃中饭的时候会才散。厂办开会用的是公用白瓷茶杯，一般没有闲人清洗，杯口一圈沾满大大小小茶垢的唇印。习惯喝茶的杜青山看到公用茶杯就有些恶心，不忍下口，所以一上午没有喝茶水，嗓子都有点儿干得起烟了，一进自己的办公室，端起茶杯，迅速拧开盖子，刚想张口，一样东西倏地一下扑上他的面门，然后掉到地上。当他看清楚是一只壁虎的时候，吓得一下甩掉手中的茶杯，蹲在那里一个劲地干呕起来……

　　一件活物从自己的茶杯里跳出来，着实将杜青山吓得不轻，坐在椅子里恍惚了好大一阵子，这才回过神来。猛然想起来那天在房梁上发现的那只壁虎，当时他们还相互对望了一会儿，也许就是那只小东西不小心掉在了茶杯里，不过茶水这么烫，怎么还没有被烫死的呢？况且茶杯盖盖得那么严实，硬憋也憋死了。当时回来的时候，他清楚地记得，费了好大劲才将杯盖子拧开的。再一想不对啊，上午他去开会，刚泡了一杯茶，根本没有动口，也就是说，茶杯盖一直是盖着的，那么，这只壁虎是怎么进去的呢？这么一琢磨，杜青山感觉问题不一般了，肯定是有人趁他出去的时候将那只壁虎放进茶杯的。

　　女小吴没有办公室，有时统计需要填单据，或者一个月一回地发工资什么的，就在杜青山的办公桌上办公。所以，车间办公室从来是不锁门的。一是女小吴早早晚晚进来写写记记，二来办公室里也没有什么值得锁的。一张桌子，一把椅子，还有一张尤其几乎掉光了漆的柜子，再就是那条长板凳了，杜青山根本也没有上心防着什么。他将女小吴喊过来，问问她上午有没有人进到车间办公室里面来。小吴不知道发生了什么事情，正儿八经地想了一会儿，说："没有啊，就是我进来一趟，口渴了，我倒一杯水，很热，没来得及喝我就出去忙了。"说着拿起桌边的搪瓷茶缸，对着嘴咕咚咕咚喝了一气。

这是哪个混蛋东西想害我的呢？别的车间不会有人干这个事情，除非是自己车间的工人，那么会是谁呢？坐在屋子里，吸了好几支香烟，杜青山最后将目标锁在了杨光的身上，因为这月他多扣了他五块钱的国库券，别的人他目前还想不出是谁会平白无故地与他作对。他轻轻地走到了正在做活的杨光身后，对着他的后脑勺瞅了好一阵子。车间里太吵，杨光一心做活，没有注意身后杜青山的眼睛。当他发现身后杜青山站在那里的时候，不由人地打了个愣神，就这么一个愣神，杜青山完全读懂了杨光内心的活动，他可以肯定，这个事情十有八九是杨光这个熊孩子干的。他本想将杨光叫到办公室盘问盘问，又觉得不妥，没有确凿的证据这是一，二来他也怕他的师父刘从俭出面干涉，到头来，黄狼没打到，倒惹了一腔的骚就不值得了！这时，他心中不由生出一种恨来，暗暗骂杨光，说："你这个有娘生的无娘养的东西，等有了机会我再与你算账！"

五

下班之后，徐爱国、杨光、王小毛、金大民在厂门口会合，然后一起回家。王小毛询问整蛊杜青山的结果。徐爱国说："听女小吴说，姓杜那家伙从厂办开会回来，着急想喝水，一拧开茶杯盖，只听'嗖'的一声，一只不明飞行物直接蹿上他的面门，手中的茶杯随即甩了出去，吓得他坐在椅子里老半天没有话，脸色都白了！"金大民说："太过瘾了！"王小毛问杨光："杜主任没有怀疑你吧？"杨光说："我也不知道，下午我正在干活，一回头，猛然发现，杜主任就站在我的身后，眼睛直直地盯着我，吓得我心'噗噗'地直跳。我估计，他可能看出我的脸上有些不自然！"徐爱国说："杨光，你不要害怕，杜青山那个人，就是一只纸老虎。你不打它不倒，你一打，它就倒！"金大民说："毛主席说的是反动派！"王小毛说："杜青山就是反动派！所以说杨光，你不要怕他！"杨光说："我不怕他。"徐爱国说："大不了，他只是怀疑你，没有真凭实据，他怎么不了你！"王小毛与金大民几乎同时说："对！"徐爱国说："这一次，是给杜青山送个信，若是下一次他再给杨光小鞋穿，我们一定以牙还牙，整他个更厉害一点儿的!"几个人搂头抱腰一起大笑起来,笑声都将路旁的柳树叶子震落了下来,撒了他们几个一身。

晚上,杨光正躺在床上听收音机,菊花突然推门进来了,告诉杨光说他爸刚才出门让自行车给撞了。杨光一听,撒腿就向外跑。在路上,杨光才想起来问菊花,说:"师傅被撞哪里了?"菊花说:"肋叉这个地方。"杨光又问:"重不重?"菊花说:"看样子不轻,爸疼得直咬牙,现在娘已经带着他去医院瞧去了。"杨光到了医院,刘从捡刚刚从 X 光室出来,一见杨光,埋怨女儿不该将杨光叫来。杨光问:"师母,医生怎么说?要不要住院?"师娘说:"刚拍了片子,肋骨有三根骨折,医生建议住院治疗。"刘从捡说:"住什么院?拿几片止疼药吃吃就行了。"杨光说:"师傅,医生让住院就住,咱们听医生的。"刘从捡说:"这个我懂,肋叉这个地方,又不能打石膏,打针也没有用,住院瞎花钱,不上那个当,回家躺几天就好了。"师母知道男人的脾气,只好顺从他,说:"让医生开了一些消炎药与止痛药,将男人扶上三轮车,回家了。"杨光在后面推着三轮车,边推边问师傅:"是什么人撞的?"刘从捡说:"和你差不多大。"杨光说:"你怎么放他走了呢?"刘从捡说:"当时没觉得怎么疼,再说人家又不是故意的。"杨光说:"起码让他带你到医院看看也是应该的!"刘从捡说:"我有公费医疗,麻烦人家干什么呢?"菊花瞟一眼父亲,说:"就你是个老好人思想!"刘从捡想起了什么,说:"杨光,等一下到了家里,你提醒我,别忘了给厂里写个请假条。"

师傅被撞,在家休养,杨光早就想买点什么东西去看看师傅。可是这月钱真是太紧了,本来经济就不宽裕,又被多扣了五元钱国库券,连吃饭都得勒紧裤腰带,怎么能有闲钱买东西呢?本想找徐爱国借几块钱应急,哪知这几天徐爱国请了病假,说是重感冒。这天厂休,杨光正在家里睡懒觉,就听邻居大妈在走廊里嚷嚷,说:"用什么券可以换鸡蛋。"杨光急忙爬起来,问邻居大妈是怎么一回事。人家就告诉他,楼下有乡下卖鸡蛋的,用国库券可以换。杨光一听,也不问怎么个换法,找出国库券就向楼下跑。

鸡蛋大一点儿的,也就是一斤称八个的,市场一般卖一毛钱一个,但是用国库券换,就合成一毛五一个,要不人家图的什么呢?况且国库券要三年之后才能到银行兑换,能换就已经不错了。对于杨光来说,既解决了燃眉之急，又将国库券花掉了，可以说是两全其美的事。所以，杨光就换了十块钱鸡蛋。卖鸡蛋的是个中年妇女，看杨光老实，还多给了他一个鸡蛋。杨光拎着鸡蛋欲走，猛然想起了什么，他还想给师傅买几瓶罐头吃，就央求卖鸡蛋的妇女道："大婶，我有急用，不瞒你说，是去看我受伤的师傅的，我这里还有五块钱国库券，你能不能给我兑换成现钱？"卖鸡蛋的妇女说："要换，也只能按照换鸡蛋的换法给你换。"杨光说："随便你给，多少都无所谓。"走出去老远，卖鸡蛋的妇女对杨光说："小伙子，下次有国库券再来找我，换鸡蛋换钱都行！"

六

这天杨光下班回家，在小区大门口，看见一个毛胡脸中年人推着一辆自行车站在那里，车头放着一块纸箱子做的牌子，上面写着：收国库券。杨光很好奇，就过去搭讪。毛胡脸问杨光："你有国库券卖？"杨光摇摇头说："没有。"毛胡脸将脸扭一旁去，心里说："没有国库券，你瞎来掺和什么呢！"杨光问："怎么个收法？"毛胡脸有些不高兴，说："你有没有货，问这么多干什么呢！"杨光说："再过几天厂里就开工资了，我每个月有五块钱的国库券。"毛胡脸不屑一顾地说："就五块钱哪！"杨光说："我是五块钱，我们全厂有好几百工人呢！"这下毛胡脸来了兴趣，说："你是哪个厂的？"杨光说："鞋帽厂。"言谈中，杨光得知面前毛胡脸姓张，就说："看样子你比我大，我就喊你一声张哥吧。你要是愿意的话，今晚我请你喝啤酒。"张哥说："无功不受禄，你是不是也想收国库券？"杨光点点头。张哥说："我正愁没有个伴儿。"杨光将张哥领到附近一个小饭店，要了几瓶啤酒，又点了几个小菜。两人边喝边聊着。张哥说："你想加入你有本吗？"杨光说："啥本？"张哥说："就是本钱哪！"杨光说："没有本钱。"张哥说："没有本钱，你怎么收国库券呢？你将头伸给人家弹，人家也没那闲工夫啊！"杨光说："要多少本钱呢？"张哥说："起码要有三五千块钱吧。"杨光张大嘴巴，说："我的妈啊，那么多啊！"杨光从小没有喊过妈，猛一喊，自己也感觉十分尴尬与生涩。张哥说："本钱多了才能挣大钱！"说着一口将剩下的半瓶啤酒喝干，嘴一抹，出门走了，末了留下一句话，说："小兄弟，等你有了本钱再来找我吧。"

第二天，吃完午饭，杨光就将徐爱国喊道一僻静处，将自己的想法说了出来。徐爱国说："我不明白，你为啥要做这个事情呢？"杨光也不隐瞒，说："你们都有父母支持，我就这点儿工资，几乎攒不下来钱，今后拿什么讨媳妇呢？"徐爱国说："我有一百多块钱，都是我过年的压岁钱，你都拿去。还有，等下班，我再去找找王小毛、金大民他们，让他俩给你再凑点儿。"杨光说："这事我不想让太多人知道，不是不相信小毛和大民，主要是，不想给他们添麻烦。"徐爱国想起了什么，说："你收了这么多国库券，是不是要等到期了才能到银行兑换？"杨光说："哪能等到那时候呢，听张哥说，在我们这里，一元钱国库券可以兑换七毛钱，安徽、河南那地方穷，一元钱五六毛就可以收到，可是到了南方，比如上海、广州，一元钱可以卖到八毛钱，我们将收来的国库券到南方出手，赚取当中的差价。"徐爱国说："别忘了，你还上着班呢！"杨光说："先这么说着，只能是走一步看一步了。还不知能不能凑到本钱呢！"上班钟声响了，杨光说："爱国，等我挣了钱，我一定重重地谢你。"徐爱国说："请我喝一顿啤酒就行了！"

一分钱难倒英雄汉，何况对于一个没有家庭没有亲戚的单身汉杨光来说，更是难上加难！在这个熟悉又陌生的城市里，他只有师傅刘从捡一个依靠，而且他家人口多，上班人少，经济情况又不是多么好，他张不开口，也不敢张口。杨光估计，师傅刘从捡不会答应自己去冒险收什么国库券的。杨光想起在厂里随着一份摇会，就向会头撒了谎，说急等着用钱，提前得了摇会，加上徐爱国的一百多块钱，总共三百多块钱。距离他的计划还差十万八千里，怎么办呢？杨光躺在床上，翻来覆去地找不到困意。月亮从窗口偷偷溜进来，望着杨光一筹莫展的脸庞发呆。此时，杨光显得是那么孤立无助，他想起了将他抛弃的也令他十分愤恨的父母，固然自从懂事起，他很少去想、也不愿意去想他们！想也没有用，既然想丢弃，再想有什么用处啊！他们再有苦衷也不能狠心丢下自己的亲生骨肉啊！他之所以不去想这些，就是怕自己的憎恨更加深入骨髓！杨光久久地看着房顶，猛然间，他想到了一个计划……

第二天一早，杨光在楼梯口堵着了买菜回来的邻居大妈，直言不讳地说："你不是四处找房子给你儿子结婚吗？我将房子让给你，我多了也不问你要，你要是愿意，你给我三千块钱就行。"邻居大妈一时没有反应过来，说："杨光，你没发烧吧？"杨光说："我健康得很，我知道，我这房子只是一个房本，不值那么多钱，可是，你想过没有，你儿子与你住一起，相互照顾也十分方便，你说多好！你若是同意，今天我就同你去房管所办手续。"

杨光拿到了有些烫手的三千块钱，这才想起来，房子没有了，以后叫他去哪里安身呢？他想到了同厂的几个好朋友。徐爱国倒是一个人住一间房子，可是即便是徐爱国答应也不行，他爸是副厂长，要不多久，一切便会露馅。王小毛家里房子少，与他快要结婚的哥哥挤一小间房子。他未来的嫂子有时晚上去串门，王小毛只好上大街上瞎溜，不到三更半夜不敢回家睡觉。金大民家房子也不宽绰，是在屋山旁搭一间趴趴棚住的。现在看起来，只有找金大民想办法了。金大民一听杨光的来意，高兴得头差一点儿撞墙，连说："行行行行！""你得给我保密。"杨光说。金大民说："这没问题。只不过，我的脚臭，不知道你能不能接受。"杨光开玩笑道："权当我睡在粪坑里最多了！"

七

一切安排妥当，杨光却怎么也找不到那个张哥了，后悔当时忘记问他家的地址了。不过，杨光想，张哥既然是收国库券，肯定在居民区转悠。趁星期天，杨光向徐爱国借了辆自行车，从早到晚在这个城市各个角落寻找，接连转了整整两个星期天，也没有寻觅到张哥的身影。一天下班，杨光去到以前住的那座楼碰碰运气。老远地，他就望见了张哥站在楼拐角对着他笑呢！杨光像是遇着了亲人似的，鼻子都有些酸了。"这么巧，张哥？""不是巧，是我专门在这里等你的。"杨光说："你怎么知道我会来这里找你？"张哥说："我不但知道你会来这里找我，还知道你已经把你的房子变成了三千块钱！"杨光有些愕然，马上就明白了，因为他带张哥去过他过去的那个家。张哥说："为了庆祝我们成为一个战壕的战友，今晚我请你喝啤酒。"

白天要上班，杨光只有下班之后利用晚上时间挨家挨户上门去收国库券，没想到，倒是很顺手，一个月不到，三千多块钱全部兑换成了国库券。

利用星期天，杨光又请了两天事假，与张哥一起去了上海卖国库券。没想到事情办得如此顺利，到上海的当天，货就出手了，杨光一算，除掉本钱及开支，净赚了四百多块钱，几乎等于他一年的工资了。

杨光高兴啊，他在火车上就计划开了，一回到家就买一辆自行车，这样的话，上门收国库券也不要跑路了。既节省时间，又能省去不少力气，当然效益肯定会不错。他还与张哥说好了，下车之后，两人一定上饭店好好地吃一顿，上海的东西贵，他们在哪儿，舍不得花钱，顿顿除了阳春面还是阳春面，他们得对得起自己的肚皮。杨光说请客算他的，他要感谢一下张哥，没有张哥的指引和路子，他怎么能一下挣那么多的钱呢！这是他长这么大见到的最多的钱了。

出了出站口，两人还没有转过向来，就被四个男人围住了。领头的问杨光，说："你叫杨光吗？"杨光说："是。"又问张哥道，"你叫张成海吗？"张哥应声："是。"杨光这才知道张哥叫张成海。领头的说："你们犯了投机倒把罪，现在和我们走一趟。"张成海比较镇定，说："你说我们投机倒把，有何证据？"领头的说："你别想抵赖，上海的那几个投机倒把分子已经被抓了起来，你觉得我们是与你闹着玩的？"说罢，两人一个两人一个，架着他们的胳膊，上了等在门口的一辆吉普车上。

这天上午，杜青山突然接到厂办电话，让他去打击投机倒把办公室领人。杜青山没搞明白，问："领谁？"厂办说："杨光。"杜青山半天说不出话来，说："犯的是啥事情？"厂办简单地将杨光的问题叙述了一遍。最后强调："上面说，鉴于杨光是初犯，年纪又轻，没收其非法所得，遣送回厂批评教育，以观后效。"杜青山在去"打投办"的路上心中不由一阵冷笑，这下我倒要看看刘从捡还怎么袒护你那宝贝徒弟。

自从上一次茶杯事件之后，杜青山对自己的茶杯看管更加严实了，真可谓是八小时杯不离手。在车间不用说了，双手时刻抱着。若是去外头或是厂里开会，也将茶杯放在提包内拎着，甚至是上厕所也将茶杯带着装在工作服的口袋里，以免像上一次那样，遭人家暗算。事后，杜青山曾在车间里明察暗访，通过调查了解得知，茶杯被人放了壁虎那天上午，有人看见徐爱国去过车间办公室，后来女小吴也证明此事。杜青山批评女小吴，说："当时我问你，你为何说没看见的呢？"女小吴心里说："徐爱国的父

亲是鞋帽厂的副厂长，又没有真凭实据，我为啥乱怀疑人家呢？即便是徐
爱国搞的恶作剧，与我有什么关系，我为啥要告诉你呢？对有我啥好呢！"
不过，女小吴嘴上却说："当时的确是没有想起来，再说徐爱国与你的关
系还是比较不错的，他决不会做出那种事情的。"杜青山暗想，即使这事是
徐爱国所为，肯定也是受了杨光的怂恿。徐爱国没有理由干出这种缺德的
事情。所以，杜青山在心里已经认定这事一定与杨光有关，这月多扣了杨
光五元钱国库券，他一定是怀恨在心，才拿没有脑子的徐爱国当枪使。不
过，杜青山早就想捏个错找杨光的茬，可是杨光不迟到不早退，任务都是
超额完成，活做得又好，又有他师父刘从捡罩着，所以，杜青山一直没有
机会下手。这次杨光自己犯事，用不着他杜青山劳心费神，便可以让杨光
这个小子得到应有的惩罚！杜青山真是高兴啊，他一口喝光了茶杯里的茶
水，还觉得不过瘾，心中老觉得口渴得慌！

八

怎么处理杨光，厂里让分管帽子车间的徐副厂长拿意见。徐副厂长便
将杜青山喊到厂部去，想听听他的想法。杜青山说："杨光胆大包天，竟
然干出这种败坏厂风的事情，建议厂里一定要严肃处理，绝不能姑息迁就。
最好是将杨光开除厂籍，以儆效尤。"

杜青山前脚刚走，刘从捡随后就进来了，诉说自己当师傅的没有尽到
责任，并要求厂里给自己一个处分。至于杨光，年龄小，况且又是个孤儿，
请求给他个改过自新的机会。徐副厂长说："这事还需报到厂长办公会上
研究，才能决定。"正说着话，徐爱国进门了。刘从捡就知他们父子有话
说，只好借故出去了。

徐副厂长说："儿子，你不好好上班，瞎跑什么？"徐爱国说："我是
替杨光打抱不平来了。"徐副厂长说："你这个东西，今后给我注意点儿，
少跟杨光这种人接触。"徐爱国说："杨光怎么啦？"徐副厂长说："还怎
么啦，他这下出大名了，年纪轻轻不学好。"徐爱国说："不就是买点儿国
库券去上海卖的事情吗？有什么大不了的，一不偷二不抢，你情我愿的事
情，挣一点儿路费与辛苦费，算什么事情呢！"徐副厂长被儿子逗笑了，
说："算什么事？弄不好杨光这次得被开除！"徐爱国说："要开除连同我

一起开除，因为我是杨光的幕后黑手，他买国库券的资金是我提供的！"徐副厂长有些气恼，说："你他妈的给我滚回车间去。"徐爱国说："爸，这是在厂里，不是在家里，你骂我，我有权利回你！还有，你不但骂我，还骂了我妈，我回头让我妈来找你算账！"徐副厂长气得跺着脚，说："你这个狗日的，我就骂你了，你告我去！"徐爱国说："我是狗日的，你是我爸，你就是狗！一条龇牙咧嘴的老公狗。"徐副厂长脱掉脚上的鞋子，欲打徐爱国。徐爱国一溜烟跑出了门，然后站在门口大声喊道："我与你讲，姓徐的，杨光要是被开除了，我就与你断绝父子关系！"

徐副厂长又好气又好笑，点燃一支烟，坐在那里喘粗气。这时，杜青山又出现在门口。徐副厂长问："有事？"杜青山进门，接着递过来一张纸，这是车间对杨光的处理报告。徐副厂长没看上面的内容，眼睛只盯着下面的结果，当他看到"开除"两个字的时候，头都大了，说："老杜啊，你将这个处理意见在全车间工人面前征求一下意见再说吧。"杜青山不明白徐副厂长态度暧昧是啥意思，正要说什么，这时，门口走进来一个女人，向徐问道："打听一下，你们厂里有一个青工叫杨光的吗？"徐副厂长说："你是？"女人说："我是他的母亲。"杜青山说："不对啊，杨光是个孤儿啊！"杜青山觉得面前这个女人有点儿面熟，一时想不起来在哪里见过的。女人望了杜青山一眼，也不由有些意外，说："你、你是？"徐副厂长说："他就是杨光的车间主任，杜青山同志。"女人眼睛死死地盯着杜青山，半晌说道："你还认得我吗？我就是十几年前被你抛弃的怀着五个月身孕的杨玉莲！"杜青山嘴里嗫嚅着，说："你、你不是告诉我，当时已经将孩子流掉了吗？"女人冷笑道："这真是天意，天意啊！没承想，儿子现在会在你手底下干活！"杜青山猛然意识到了什么，说："我去叫杨光，我去叫杨光。"走到门口又折回身，一把抢过徐副厂长面前的那张对杨光的处理报告，只几下便将那张纸撕得身首异处，然后撒向半空……

天空顿时阴了下来，偌大的黑云便将天空包裹得严严实实，马路上的汽车都打开了大灯。正在人们迟疑的当口，一阵狂风过后，接着就下起雨来。大雨如注，转眼之间路面上就积了脚脖深的水。眼看时令都到了寒露了，下这么大的雨的确少见。有人还听到了闷闷的雷声。

这场雨让杨光给赶上了，他本就不打算避雨，所以浑身没一处干地方，正当他跑道一处公交站台时，雨却"咯噔"一下停了。杨光一胡噜脸上的雨水，觉得有点酸味。他将他的发现告诉在那等车的人，大家伙也都发现这个问题。特别是被雨水淋过的人，舔舔嘴唇，确实感觉有点儿酸。有个妇女不信，说："天上若能下酸雨，赶明造醋的该失业了。"说着，用手指蘸着雨水"咂"一口，说："娘嘞，还真是的呢！"

（原载《中国铁路文艺》2014 年第 5 期）

痴 狂 者

一

生活就像作料，不同的生活就用不同的作料调拌。其实，正常人的生活所需的作料基本相同，相差不是很大，即便是有点儿不一样的地方也不能太较真。就如海水一样，你能计算出它今天比昨天少多少立方？就像太阳一样，你分析出它今天比昨天多消耗掉了多少能量？

阳光从粉色的纱幔上照射到床前，再有二十分钟时间，它就会爬上枕边。方园不止一次这样计算过。

方园住的这栋楼是小高层，到顶是 26 层。方家居住的是 19 层。当初买这层楼时候，还费了不少心思。方爸爸说："19 层好，原因是，1 与 9 是阿拉伯数字中最小与最大的两位数字。"方妈妈说："这栋楼没有 18 层，说到底 19 层其实就是 18 层。""18 层是地狱，谁脑子进水了买它？不太吉利。"方爸爸仍坚持自己的观点，说："明明是 19 层嘛，为啥非要说是 18 层的呢！"问女儿意见，方园说："住哪层都行，随便。"

阳光还没有爬上枕头的时候，方园就下床了。她拉开窗户，一股不知什么花香不小心沁入了她的肺腑，顿时她感觉堵在心头那块东西没有了，身体也一下轻松了许多。她在心中计算着躺在床上的这些日子，刚好是 19 天。这是不是与她住的楼层有关呢？要不怎么这么巧合的呢！忽一阵香风飘来，方园不由伸头望一眼楼下的花圃，却没有看见什么盛开的花卉。此时春天才从冬天的被窝里刚刚伸出来一只脚丫子。

床头柜上有妈妈留下的纸条：昨儿个在必胜客买的蛋挞与比萨放在冰箱的保鲜盒里，吃时放在微波炉里转一下，时间是一分钟。热奶是一分半钟。锅里还有蛋炒饭，热一热就可以吃。妈妈希望能在上午收到你吃饭的消息。

方园咧嘴一笑，拿过手机，给妈妈发了一条短信：我想通了，也准备吃饭了，放心吧，我已经长大了。随即收到一条短信：谢天谢地，你终于走出了失恋的阴霾。方园又发去一条：不是失恋，是成长的历程。

方园将床头、墙上的有关吴秀波的剧照、影视资料统统地拿了下来，一把火付之一炬。她已经彻底苏醒了，自己不能活在别人的影子里。只不过，当那些昔日的宝贝的东西冒出一股蓝烟的时候，心中多多少少还是有点儿伤感。

洗漱完毕，方园正准备去冰箱取东西，凯子的短信来了：园园，我在楼下，有事打我手机。

凯子是方园的初中、高中同学，也没有考上大学，与方园一样，都是"混世一族"。凯子家底厚，老爸是国企的老总，年薪一百多万。他工不工作无所谓。家里也没有指望他上班，只要他不惹事就谢天谢地了。方园固然长得很好看，学校里校花还排不上她，可凯子就是喜欢方园，什么事都听方园调遣，无怨无悔。就像前不久，凯子知道方园有了"新欢"后，照样对方园还是那样铁。这回方园近二十天没有出门，凯子就一直等在楼下。每天就发一条短信，连个电话都不打，他怕方园生气。

方园心中一阵感慨，有些感激凯子，你二十天不下楼，人家一直不离不弃守候着，是哥们才这样呢！他给凯子打电话，说："凯子，上来吧。"凯子说："你活啦？"方圆说："活了。"凯子说："想吃什么，我去办。"方圆说："家里啥都有，你带张嘴上来就行了。"

二

方园的爸爸在市人事局当一把手，听说女儿情绪过去了，推掉所有应酬，晚上亲自掌勺做饭在家里给女儿庆祝。本来，晚上方园与凯子约好去量贩式 KTV 唱歌的，也只好在家做乖女儿。方园妈在厨房里对丈夫说：

"我突然间觉得园园长大了。"吃饭的时候,方园的爸爸,还特地开了瓶红酒,一家人有说有笑的,像是什么事情也没有发生。

饭后,爸爸小心翼翼地问女儿,说:"以后是不是会考虑工作的事情。公务员不可能,全额拨款的事业单位还是有把握的,当然就这也需市长亲批。机关不想去,好的国企也行,只要是你喜欢的工作就行。再过两年我就要退二线了,还是早些考虑。"此时方园觉得爸爸的表情很可怜,应了"可怜天下父母心"那句话。方园说:"我不想工作,起码现在不想。"

第二天一早醒来之后,方园突然觉得哪根筋不对,昨天刚刚放下的事情自己又拾掇起来了。她觉得长得像吴秀波的那个糕点师不该那样对她的,谈了两个月,正常发展,为什么突然之间人就消失了,别说理由了,连一个分手的招呼都没有打,太不应该了,也太对不起人了,尤其是对一个深爱他的女孩子。方园又钻起了牛角尖,她认为有必要找到那个糕点师当面问一问,好聚好散,你这么不辞而别,是不是有点儿不道德呢!虽说与那个糕点师只接过两三次吻,在电影院里,还隔着胸罩被摸了一次胸脯,方园觉得这不算吃亏,吃亏的是觉得自己无缘无故被人给甩了,实在是有点儿气不过。

方园决定,她一定要寻找到他,哪怕是他钻老鼠洞里也要将他薅出来!

方园平常喜欢看谍战片,在片子中他认识了那个演员吴秀波。当然人家不认识让这个小地方的小丫头。吴秀波长得阳光潇洒,演戏好,有质感,身上有范儿,骨子里有艺术魅力,方园越看越崇拜。电视剧结束了,再在网上看,一看一整夜。前不久演的知青天哥那部戏,片名叫什么来着,好像是《请你原谅我》吧,方园向来不记片名,也不记内容,只记人,所以他记住了吴秀波这个演员。看了那部《请你原谅我》,方园不懂知青是什么意思,问妈,她妈也说不好。妈是二婚,比爸小六七岁。那个时代她还小。爸没有下过放,很小就当兵去了部队,对于知青这个词,也是一知半解。方园就上网去查,为了自己喜欢的那个吴秀波,她舍得浪费时间。她是"混世一族"嘛!

从前几年的肯德基转到了必胜客,蛋挞与比萨变成了方园最喜欢吃的食品。她几乎每隔两天就要去必胜客吃蛋挞与比萨。这天,她刚要了东西,猛然发现做糕点的师傅太像一个人了——那个电影演员吴秀波。对于自己的发现，她不由大吃一惊，当时就拉那个人出来，告诉他像谁像谁，欢快地大着嗓门，说："像极了，像极了，天底下还有长这么像的两个人。看着没，连眉心的痣都有。"她这一咋呼，周围的人都围拢过来，弄得人家连生意都没法做了。自那天，她就认识了那个长得像吴秀波的糕点师。他的名字叫吴秀坡，与吴秀波只一字之差，而且最后一字连韵母都相同。要不是后来知道吴秀坡的父母亲都双双下岗，方园一定会认定，演员吴秀波与糕点师吴秀坡一准是同胞兄弟。

三

那个叫吴秀坡的糕点师突然间失踪了，失踪了的还有他的手机。什么时候打，不是关机，就是不在服务区。方园认为，他一定还在这个城市里的某一个地方，猫在哪个地方，正乜斜着眼睛冲她乐呢！所以方园在全市的面包房、糕点作坊开始了拉网式的寻找。从谍战片学习来的地下工作经验全部派上了用场，可就是一点儿踪迹也没有发现。那个糕点师吴秀坡就像是人间蒸发了一样。方园将手机里的那个糕点师的照片在车站、码头、商场，以及人流多的地方给人家辨认，试图发现一些蛛丝马迹，结果还是一无所获。有人认出了手机上那个人，说这不是演电影的谁谁谁吗？前不久演知青天哥的那个？方园一喜，不错，你见过长得像他的这个人吗？是一名糕点师，会做很多糕点的，他做的蛋挞又焦又脆又嫩！人家再看看手机上的人，摇摇头。方园一点儿也不灰心与气馁，反正她有的是时间。跑了和尚跑不了庙，他父母还在这个城市，不信他能从此不与自己亲人联系，为了他这个谈两天半的女朋友。

方园没有去过吴秀坡的家，也没有见过他的父母。吴秀坡以多种借口打发了方园的好奇。方园说："丑媳妇总得见公婆。"吴秀坡说："他家连站人的地方都没有。"她只知道他的母亲在风华园卖大包子，他的父亲是那个小区的保安。

早春黄昏有点儿让人迷离与遐想，方园打车到了风华园，就看见大门外不远处一个沧桑的老女人站在那里叫卖，嗓门传出去老远。方园一下就猜到了那个老女人就是吴秀坡的娘，她的嗓音与长相有着吴秀坡的影子。应该说，吴秀坡有他母亲的影子才对。方园不好意思上前，正在想办法时，一个老头踩着一辆三轮车摇摇晃晃地过来了。车上装满一车的破烂。方园就喊住他。老头刹住车，问："家里有破烂卖？哪栋楼的？"方园走至跟前，说："我想请你帮我做一件事可以吗？""啥事？"老头有些警觉。方园用手一指，说："你帮我找那个卖包子的老婆子要一下她的电话号码行吗？"老头心说："离得这么近，你为啥不亲自去的呢？"所以一脸的疑惑。方园马上说："我不会白让你帮忙的，我给你50块钱好不好？"老头一脸的兴奋。"老吴妈妈家中没有电话，也没有手机，只有一部小灵通，我清楚。"方园说："那就麻烦你跑一趟。""你等着。"老头下了三轮车，屁颠地走了。走几步又回来，问："姑娘，真的给我50块钱？"方园眨下眼睛。

不一会儿老头回来了，告诉方园道："今天老吴妈妈没带电话，小灵通在她男人的手中，她不经常使用，所以也记不住号码。"方园掏出钱包，找出一张50元的票子，递给那个老头。老头一撤身，说："我不能要你这么多，况且也没有帮你办成事，如果你真想帮我的话，就给我十块钱吧，够我晚上一碗烩面就行。"方园执意要给。老头千恩万谢地收下了。猛然想起什么，说："哦，对了，老吴妈妈的男人，就在这儿当保安，你知不知道？"方园点点头。老头殷勤地说道："我领你去找他，他就在后门值班。我下午还看见他的呢！"方圆说："不用了。"她怕将事情搞得太复杂了。

方园给凯子打了电话，叫他开车到风华园来一趟。凯子说："这时候到处堵车，你恐怕得等一会儿。"方园这时发现大门两旁有几家服装店，就说："不急，我到服装店转转等你。"

天都上黑影了，小区门口的灯都亮了许久，凯子的车子才到。路愈修愈多，车子越开越多，真给堵死了，差点儿没从别的车子上爬过来。凯子一下车就牢骚满腹。方园手指门口那个卖包子的老婆子，说："那就是他的老娘。"凯子一下没听明白，问："谁的老娘？"方园笑了，说："就是必胜客那个糕点师吴秀坡他的老娘！"凯子"哦"了一声。方园上了汽车说："开车。"凯子说："去哪里？"方圆说："后门。"

后门口站着一个保安，架势一点儿也不像吴秀坡的父亲。方园也吃不准那人究竟是不是她要找的人。她对凯子说："你去问问那个保安是不是姓吴，再问问他是不是有个儿子过去在必胜客做糕点师？若是，问他要个电话号码。"凯子说："没问题。"方园说："千万不要打草惊蛇！"凯子说："谍战片我不比你看得少。"

方园就坐在车里等凯子。

不一会儿凯子就回来了。"怎么样？"凯子说："一切办妥了。"接着将一张纸条交给方园，说："这是那个保安的电话号码。"方园问："你去怎么说的？"凯子说："这点儿事不是小菜一碟吗？我就说，我们工厂要买一千个大包子，叫他留个手机号，就这么简单。那个保安千恩万谢，就差点儿没给我下跪了。"方园说："过几天你必须兑现你的诺言。"凯子有些急，说："你还当真的啊？我不过是顺嘴一说罢了，不是你想要他的电话号码吗？"方园脸上没有商量的余地，说："一个人最重要的是讲诚信，必须办，而且要办好。"凯子说："我要那些包子干啥去？钱不是问题，关键是我怎么吃得下去！不然我就送你家去。"方园说："你送我家干吗啊，你不能让你爸的单位办这件事情吗？别说一千个大包子，哪怕再多一倍，你爸的企业也能消化得了。"凯子一拍脑门，说："我怎么就没有想到呢？"方园说："这就是聪明人与笨人的区别。"凯子一撇嘴，发动了车子。

四

来办电信业务的人挺多，方园等得险些失去耐性的时候，才轮到了她。她将手中的电话号码递过去，说要打一份清单。女营业员问她要身份证。方园从包里找出身份证递过去。女营业员说："要这个号码本人的身份证。"方园说："我不是本人，那怎么办？""没办法，要打清单必须要这个手续，这是规定。"方园说："上哪去找这个身份证呢？连这个小灵通都不知是谁办的，到哪找本人去？还有没有其他的办法？"女营业员说："有，公安局有公务的可以来查。"方园问："开张公安的介绍信可以吗？"女营业员抬头望一眼方园，说了句模棱两可的话："可能可以吧。"

方园的爸爸有个战友在市公安局当副局长，姓高，方园喊他高叔。两家平时来往也比较密切。方园一点没有耽搁，接着就去了公安局。很顺利，高叔刚刚开完会回到办公室，手中的笔记本还没有放下来，方园就进了门。高副局长听完方园的来意，说："你这事真比芝麻粒还小，可是不太好办。"方园就将他一军，说："芝麻粒的事你都办不了，可见大事你就更不能办了！"高副局长就乐了，说："你这个丫头嘴巴真厉害！"

接着摸起电话叫办公室开个介绍信。不一会儿，有人将介绍信送来了，高副局长说："本应该这事由公安部门前去办理最为妥当，我怕事情复杂化，还是你自己去电信局办吧，到时与人家好好说话，不要盛气凌人。"方园说："我会的。"

方园马不停蹄地二番回到电信局，刚才那个女营业员大概已经下班了，换了人，是个男青年。方园将介绍信及号码递进去，说打一份清单。男青年说："你是便衣警察？"方园半晌明白过来，点点头。男青年说："请您出示警官证或者工作证。"方园说："忘了带。"男青年一点儿也不客气，将东西丢过来，回去取。方园真想发一通火，自己底气并不硬，不是公安，心虚，又怕将事情搞僵了不好收场，就拿起东西出来了，坐在等候区待了半晌，这才想起给凯子打电话。凯子鬼点子多，也许他有办法。凯子一听是这么回事，说："你别愁，这事我马上给你搞定。我有个表哥在小市派出所当民警，这我就去借他那身皮去。"

个把小时的工夫，凯子就穿着一身公安制服来了，将方园手中的单子、介绍信之类的东西接过去，直接去了窗口，牛得很，说："事情紧急，连队都没有排。"那身皮还真管用，转眼之间就将电话的清单拿出来了。方园迫不及待地看着清单，只见近两个月清单上并没有多少号码，打进打出的，也就是二十多个电话，大多是本地的座机，只有两三个手机号。方园一一将电话打过去，还都是本地的号，也与那个糕点师吴秀坡没有一点儿瓜葛，这令方园大失所望，以至于车开出去老远，一句话也没有和凯子说。

五

这以后，凭着那张公安局的介绍信，还有凯子表哥那身警服，方园隔三岔五地就往电信局跑，前去查看电话清单。与她的心情相悖，吴家的小灵通很少用，多少天也没有电话进出，几乎要停的样子。这令方园很纳闷。难道说，那个消失的长得像吴秀波的吴秀坡糕点师真的与家中没有一点儿联络吗？方园认定，不可能，即便他出国的话，也要与家联系的。当然凭他的社交能力与经济能力，出国是不可能的，这个概率几乎等于零。

当方园的忍耐力一点一点流失，当她的身上那种叫作意志的磐石被研成粉末的时候，春二月的一天，她发现了吴家的清单上有了一个外地来的电话号码，一查区号是苏州地区的。方园欣喜若狂地拨通了那个外地的电话。接电话的是个女人，问道："找谁？"方园听出那个女人的嗓音有点儿年轻，就说："我不知是叫你大姐，还是称呼您为阿姨。"对方有点莫名其妙，说："什么大姐阿姨的？"方园生怕人家挂了电话，说："对不起，实在是对不起，我想打听一下，你这是哪儿的电话？"对方好像是有点儿警惕，问："什么事情？"方园就说："有个人前些时用这个电话给我打过电话，我没有接到，所以就想问问。"对方好像是明白了什么，说："我这是公用电话。"方园说："麻烦问一下，这是哪儿的公用电话？"对方说："观前街三号电话站。"方园又问："附近是不是有个必胜客？"对方说："什么必胜必败的？"说罢，挂了电话。

方园坚信，苏州观前街三号附近一定有个叫必胜客的糕点房，那个混蛋糕点师一定在那儿。那个长途电话也一定是他打回家的。

一兴奋就有些紧张，以至于给凯子打电话的时候，方园的手还一直在抖。"你在哪儿，凯子？"凯子说："有事情吗？"方园说："你马上开车过来去苏州。"凯子有些诧异，问："去苏州？去散心？"方园说道："我哪有那闲心呢！你不要多问了，抓紧来，越快越好！""我正在买包子呢！""买包子？买啥包子？""不就是你安排的吗？风华园门口的那个老婆子。"方园恍然大悟，说："哎哟，是吗？"凯子说："按你的指示，我订了一千个大包子，那个老婆子两口子忙了两天一夜，眼睛都笑得合缝了，我正给他们点钱呢！"方园有些激动，连说："谢谢谢谢。"凯子说："谢啥呢，都是哥们。"方园说："总之，你尽快，事情紧急。不然的话，我就坐高铁走了，反正高铁也快，三个多小时就到了。"凯子说："你等我，这边安排好了我立马过去，再说开车去还是方便一些。"

车到苏州已经是傍晚了，观前街早已是灯火辉煌。当方园发现那儿真有个必胜客的时候，心却一下坦然了。

没有多少复杂的情节与故事，方园一进门就知道那个长得像吴秀波糕点师在里面，她闻到他身上的甜甜的与烟草混合的味道。

两人一见面，都很平淡。双方都感觉到是约好时间似的。

糕点师说要尽一份地主之谊，给他们端来了蛋挞与比萨，说尝尝他的手艺有进步没有。他们就在桌旁坐了下来，大口大口地吃了起来，好像赶这么远的路专门来品尝这盘糕点的。

出大门的时候，她们才说正题。

她说："我不会赖着你，也不会黏着你，我来这儿找你，就想问你一句话。你为啥不辞而别？"他笑笑，就像谍战片里的特工。她说："你今天必须告诉我这个答案，我长得不比你差，家庭也比你们家强得多，你为啥要离开我？"他的表情有点儿玩世不恭，像那个知青天哥。"是自卑？""有点儿。""是觉得不配？"他点点头。"你逃避的理由就这些？"他说："还有，我不是那个影视演员吴秀波，我是一个糕点师，我的名字叫吴秀坡。"她说："我懂了。"他说："我要回去做事情了。"她说："别忙。我能留下来和你学学手艺吗？专门学做蛋挞与比萨。"他望了她一眼。"出师了就走，决不拖泥带水。"他说："你自己决定。"然后就转身走了。

方园对站得很远的凯子说："你回去吧，我可能要在这个城市待上一段时间。"凯子问："你、你今晚怎么办？要不要订个宾馆。"她说："你别想与我同住一个宾馆，别想占我的便宜。"凯子一笑，说："你把我想得太坏了，我没有那么卑鄙。先前在车上你睡着的时候，我已经跟我爸公司在这儿的办事处联络好了，他们已经给我安排好了住处。"

走两步，方园又不由叮嘱，说："明天回去路上开车小心点儿。"凯子说："你不走，我放心不下，我就在这个城市等你，你一有事就打我的电话。"

望着凯子的背影，方园觉得眼睛里有点儿酸得慌，站在那儿愣了许久。

（原载《青年文学》2012 年第 8 期，原名为《寻找一个像吴秀波的糕点师》）

祭奠蒲公英

引子

我是一个早熟的孩子，不是人们常说的穷人孩子早当家的那种早熟……在苏北东南乡来龙湾，我家的日子一直好过，我的父亲在公社里做事，在最最困难的三年自然灾害的那段时光，我们家都没有断过顿，也没有吃过野菜树皮之类的东西。早先，我父亲的上辈以及上上辈都在县衙门里做事，按乡下说法，家底子厚；即便是在那个生活透支的年月，我们家靠卖祖辈留下来的字画、古董、家私，在镇子里也维持好长一段时间丰衣足食的日子。这些不是本篇所要表达的内容。还说我的早熟，我的早熟，是一种性早熟，七八岁上就懂得了男女之间的事情，做出一些于当时的年龄不相符且不雅的勾当，有的有悖于伦理纲常。我所讲的故事，是关于两个女人，一个是表婶，一个是丽春姨姑。她们虽然已经不食人间烟火，不问世上冷暖，可在夜深人静的时候，她们还会走进我的躯壳，啃噬我不齿的灵魂，使我不得安生……

表婶

好几天前，表婶从上海寄信来，说是最近要回一趟老家。父亲让母亲趁逢集早已将猪肉还有大鲤鱼都准备好了。那些东西都挂在当院的廊檐下，馋得左邻右舍的猫们整天在我们家坐窝，仰望着鱼肉口水连连。我们弟兄几个也是眼巴巴地盼着那个不曾谋面的表婶早一点儿来到，因为我们的肠胃比那些猫们还要饥渴羞赧，并充满向往。

表婶不是地地道道的上海人，她的娘家在我们这儿乡下。晚饭后，父亲与母亲拉呱说："表婶有好些年没有回来了。"母亲扳着手指说："时间是不短了。"我插嘴道："表婶上次什么时候来的？我怎么不知道的？"父亲拍一下我的脑袋，说："那时候你还在你母亲肚子里捂烂眼子呢！"父亲的手很柔软，像绸缎布在我的头顶扫过。母亲说："这回你可以与兰草好好地叙叙旧了！"兰草就是我的表婶。父亲嗫嚅着，却没有接母亲的话。

镇子小，谁家有点儿屁事，不用广播，早已是家喻户晓。表婶要回来的消息，街上早就传遍了。那天我在街上玩陀螺，炸油条的牛二莫名其妙地挡在我的面前，说："三儿，听说你爸的老相好快来了，是吧？"我不知老相好是啥意思，我看见牛二一脸的坏笑，就知他说的一定不是什么好话，我明白他说的老相好肯定是指的我表婶。牛二还说："当初，你爸要是在上海工作不回来的话，你表婶就是你的妈了，就没有你了！""混蛋话，没有母亲哪有我呢！即便是我也不是现在的我了！"我回家问父亲，说："什么叫老相好？"母亲抢过话头，说："谁和你说这些话的？"看见母亲很生气的样子，我只好说："是牛二说的。"母亲更加愤怒起来，说："这个死牛二，三四十岁的人了，还没有点儿正形，在小孩子的面前瞎胡说些什么呢！赶明儿我当面问问他！"父亲说："算了算了，一句闲话，何必当真呢！"

一早霜重，瓦屋上白茫茫一片，鸟困虫懒，就连太阳也被秋深的寒气给逼住了，好久才爬上了门前的石板路。表婶就是在这个时候进的家门。那时候，父亲已经去公社里做事去了，母亲一见表婶，激动得抓住人家的手一个劲地晃悠，立马让我去公社喊父亲回来。有亲戚来，又是大地方来的亲戚，肯定有好吃的东西带来，所以，对于母亲的吩咐我只当是耳旁风，嘴上应承，却没有行动。果不其然，表婶从旅行袋子里掏出来一袋子花花绿绿的水果糖，递在我手中，说："这是三儿吧？都长这么高了！"又问我母亲，"快七岁了吧？"母亲微笑着点点头，然后对我说："糖块给你大哥二哥留点儿，别一人独吞！"我抓了一把糖块塞进口袋里，学着马跑，顺街奔了出去。我想着，大哥、二哥快放早学了，想提前给他们报个喜。同时，我为今天我装病没有上学而兴高采烈，那时候就觉得我比大哥、二哥他们聪明，脑子也比他们好使，固然我的学习成绩不如他们两个。

表婶虽说生长在我们东南乡来龙湾这一带，身体却是城里人匹配的身体，快三十岁的女人，皮肤依然是粉白细嫩。许是去上海久了，满嘴几乎都是蛮味，不像我们东南乡女人说话舌根有点儿硬，她讲话柔软得很，猛一听就像是在唱歌那般好听。"上海的自来水比我们这儿井水就是养人。"母亲一直赞叹着。表婶自顾笑了。表婶的牙齿很白，一笑，嘴里一道白光一闪。母亲告诉我，说："那是天天用漂白粉刷的缘故，你要是每天这么坚持，也会这么白的。"表婶的胸脯比我们街上一般女人要瓷实得多了，像是两座粮食堆在那里，将她外面的那件玫瑰紫的灯芯绒褂子给撑得喘不过气来。母亲与表婶像是久别重逢的亲人，虽然才一天的时间，她们已经像是老朋友那般亲热了。

听父亲说，表婶在上海是开大汽车的司机。这一点我最最佩服表婶，她的形象立马在我的眼前高大起来。我们这个小镇很少有汽车出现，偶尔有汽车路过，大人们的眼睛里恨不能伸出两把抓钩来将这个西洋景给钩住。小孩子们则像跟屁虫似的追赶着汽车奔跑，闻着稀罕的汽油味，比闻猪肉炖粉条还要兴奋。记得，一次随父亲去县城办事，父亲要给我买好吃的，让我在商店门口等他。突然，一辆小汽车开了过来，我是第一次看见这种小汽车，浑身的血液一下子就沸腾了，像是有人推着我，一下跑到汽车的前面，也不知哪来的胆量，伸出双臂拦住了汽车。刺耳的刹车声将我弄傻了，没等我愣过神来，汽车里出来一个男人，一把将我抱上汽车。我被突如其来的事情吓哭了，还尿了一裤子。汽车开出一百多米他们才将我放下来。我坐在地上拼命地放声大哭，这时，气喘吁吁的父亲闻讯赶了过来，气得脸色苍白半晌说不出来话，将愤怒的老拳在我的屁股上操练，疼得我好多天都不能仰脸睡觉。即便这样，我还是不接受教训，一见汽车我还追，只是不敢在前面拦截了。

吃罢晚饭之后，表婶与母亲一直抓着手坐在那里，相互看着对方，有说不尽的话。相反，父亲倒变得话稀，收拾完碗筷，坐在那里吸着烟，半晌问一句不相干的话，说："德福怎么没有一起来？"德福是我表叔。表婶说："他忙。"说罢，又与母亲唠家常去了。一晚上，父亲根本插不上嘴，偶尔见缝插针问上一句。谁谁怎么样了？谁谁还在哪哪上班吗？谁谁结婚了吗？谁谁几个孩子了？长大了我才听说，父亲曾在上海工作过好几年，连户口都上上了，因为家中只有父亲一个男孩，奶奶思念父亲心切，父亲只好辞掉工作回到了镇子上。父亲问的这些人，都是过去与他一起去上海工作的同乡。

由于母亲过分热情，一向比较健谈的父亲相反变得话语清淡起来。他低着头，静静地听两个女人谈话，心情十分好，听到快乐的地方，也随她们一起激动半天。我之所以能安稳地在那里听大人们说话，因为晚上我要与表婶一床通腿儿，多年与我一床共寝的二哥被贬到大哥的小西屋睡去了。下午，当母亲告诉我晚上要与表婶通腿儿之后，不知因为啥，早就开始兴奋不已。吃完饭，早早将脚洗干净了。其实我自己心中明白，是表婶身上那种女人的体香迷住了我，致使我神魂颠倒，不能左右自己的状态。

也许是母亲感觉到了我在那里他们说话不太方便，一直赶我上床睡觉，明天一早好上学。我说："我不困。"母亲就说："不困也得睡，别想再装病逃学。"表婶说："三儿先睡吧，给表婶暖暖被窝！"表婶的声音非常温馨，就像是白砂糖里放了一勺蜜，转眼间就将我给融化了。我猛然想起了，课堂上刚刚学的"好比"造句。我就在心里造了一个：我好比是糖，表婶好比是蜜！

父亲终于撑不住了，连连打着哈欠。母亲催促父亲回屋先睡。父亲就坡下驴，说明天公社要开三级干部大会。父亲回屋顺便也将我撵去睡觉，我计划等表婶一起睡的阴谋没有得逞。

今天反了常，我躺在床上，却一点儿困意也没有。母亲与表婶还在外屋说话，叽叽咕咕不知说些什么。我埋怨母亲，哪那么多的话呢？即便是几箩筐也该说完了啊！眼睛开始迷糊了，我告诫自己，千万不要睡着了。其实当时也不知等表婶是什么目的。

月亮爬上了窗棂，床前像是汪着一汪水，我连同我的床铺在水中央不停地摇晃，摇晃……

不知什么时候，表婶终于上床了。表婶没有点灯，一个人就在床沿上干坐着，又不知过了多久，表婶才脱衣服睡觉。我翘起头来，无意中发现表婶光着的上身……表婶的肌肤是那么细白，奶子又大又圆，比天上的月亮还要圆。突然，我发现从床下有一只手伸了出来，好像在寻找什么，然后落在表婶光滑的胸前，摩挲表婶的奶子。那只手我再熟悉不过了，那是父亲的手，我虽然没看见父亲的身子，但父亲那只经常抚摸我的手，我还是认得的。我想，母亲这时肯定是睡实了，谁叫你与表婶拉呱得那么久的呢？你到底没有表婶聪明啊，你明知表婶与父亲过去相好过，你怎么这么粗心大意的呢！我一直认为父亲在镇子里是一个很儒雅的人，没有想到暗地里也是那么肮脏不堪。我用脚背挑动被子，试图让他们有所收敛，可是他们一点儿也没有觉察，照样是我行我素，更别说发现黑暗中我那一双猫头鹰一样的眼睛了……

突然，我被什么声音给惊醒了，好半天才分辨出来那是表婶的呼噜声，那个响啊，连床都被震得乱晃悠。我猜想，在隔壁屋里的父亲一定能听得到。

表婶的脚一直在我的怀中，是表婶投桃报李主动送来的，还是我不知不觉抱着的，现在已没有哪个清官能断清楚这个案子了。表婶的脚很清瘦，小腿既结实又光滑，我不由地抚摸起来，听到表婶如雷的鼾声，我的胆子渐渐大了起来，手像条蛇顺着表婶的小腿往上游走着。猛地，表婶的呼噜声停了，我的手立马也停止了游动，像只冬眠一冬即将出洞的蛇蜷伏在那里，不敢动弹，连大气也不敢喘，直至表婶的呼噜声再次响起，我才如释重负，我的手也渐渐恢复常态。不知怎的，我的小鸡鸡突然蠢蠢欲动起来……这时，我听到了我家的芦花大公鸡扯着脖子叫了起来。这是我几年来在三更半夜第一次听到这只公鸡这么歇斯底里的喊叫声。

夜里没有睡好，导致早晨上学险些迟到。母亲因为忙着要带妹妹上姥姥家走亲戚，所以也没有在意我的书包。等上完第一节课，我才发现算术课本落在家里了。我向老师请假回家取。小个子的黄老师很爽快就答应了，还笑着叮嘱我走路当心点儿。小个子黄老师是我爸的好朋友，所以对我一直特别优待。

大门虚掩着，我想表婶应该是起来了，现在家里只有表婶一人，想起夜里对表婶的那种举动，脸上不觉有点儿发热，也觉得有点儿恬不知耻。好像还有一种罪恶感。在外屋我找到我的数学课本，却没有发现表婶。我正要离开，猛地听到内屋传来说话声。固然有层布门帘遮挡，声响还是逃了出来。

"这些年来，你有没有想过我?"这是表婶的声音。

"呵呵，呵呵。"这是父亲的声音。这么些年来父亲在乡里锻炼出来了，无论什么事情，都是这个腔调，不但母亲摸不着头脑，连乡里的干部，也弄不清父亲这个"呵呵"里究竟包含哪些内容。

表婶："什么时候到上海去玩玩?"

父亲："呵呵，呵呵!"

表婶："你有些变了。"

父亲："老了。"

表婶："能看得出来，春花对你很好。"

春花是我的母亲。

父亲："呵呵，呵呵。"

半晌，又听父亲问道："德福对你也不错吧?"

表婶叹了一声。

父亲："怎么，他对你不好?"

表婶："没什么好与不好。"

父亲："怎么个意思?"

表婶："结婚几年来，我们还不是真正意义上的夫妻! 也就是说，我们还没有同过房，你相信吗?"

父亲："啊?"

我不懂同房是啥意思，不过我被父亲那声"啊"吓得起了一身鸡皮疙瘩。

突然，我感觉我的肚子有点儿不舒服，这才想起来，早晨起晚了，没来得及去茅房解大便。屎没出来，屁倒是出来了，怪我没能好好地控制住我的肛门，让屁旁若无人地溜了出来。声响虽然不大，却将我自个儿吓了一跳。我转身跑出了家门，慌乱之中，却又将算数课本丢在了家里。

快到学校门口的时候，在一座石桥上，我遇到我的小脚姥姥。我说："姥姥，你怎么来了?"姥姥没有回答我的话，反而问我，说："你今天怎么没去上学的呢?"我也不说正题，我说："我妈与妹妹今天一大早去你家里了呢!"姥姥一听，觉得有些奇怪，迟疑一下，说："我怎么没有遇到的呢?"我知道去姥姥家只有一条路。如果母亲去姥姥家的话，现在早该到了。我们家离姥姥家只有三里多路。母亲一定没去姥姥家，那母亲为啥要撒谎呢？我又想到了父亲，他昨晚不是说，今天公社开什么三级干部大会的吗？怎么现在回家了呢？我还愣在那里瞎胡想，姥姥已经挪着小脚走得很远了。

表婶回上海不久，就出事了，死于车祸。听到这消息之后，父亲欲哭无泪，一整天都没有说话。从上海回来，父亲一下子老了许多。

我也是伤心至极，好长时间上课时思想都不集中，脑子里老是想着表婶的音容笑貌，还有她的胸脯。我知道这样讲对于一个死去的人不礼貌，可我就是做不到。

还有一件事情不得不说，父亲从表婶那儿带回来一盆金边兰草，羸弱得很，也说不上好看。我想父亲大老远地从上海将她捎回来，是对表婶的一种念想吧。父亲对于那盆兰草非常宝贝，经常浇水、施肥、打药，比对我们姊妹几个还上心。忽一日，那只花盆被母亲不小心给打破了，父亲很生气，几天不理母亲。后来，父亲将兰草栽在院子里，小心呵护着，一有空就去伺候它，植物过得比人还滋润。冬去春来，老叶枯黄又换新绿，那株金边兰草，生生死死地在我们家活过了好多年。

丽春姨姑

许多年前，苏北东南乡来龙湾中学里有个顶尖的漂亮女生，那就是丽春姨姑。

放学后，丽春姨姑几乎是长在我们家。她一有时间，经常牵着我的手带我到田野里去逮蚂蚱，捉蝴蝶，捕蜻蜓，说我是在她的手掌心里长大的一点儿也不为过。一次放麦假，我随丽春姨姑回乡下去，白天，她领着我去地里捡麦穗，晚上趁着月亮逮蛐蛐给我玩。乡下的蛐蛐多极了，叫得又响又脆，一晚上都能逮到十几只。我觉得乡下的蛐蛐有点儿傻，没有我们街上的蛐蛐狡猾。不过街上的蛐蛐没有斗志，有一回我将乡下一只红头蛐蛐带回去，让它和大哥二哥的蛐蛐在一起斗，哪知，没撑几个回合，全都败下阵来，它们都不是我那只红头蛐蛐的对手。一个个吓得屁滚尿流，顾头不顾腚地趴在罐子里不敢动弹。

晚上，我就睡在丽春姨姑的房中。在丽春姨姑眼里，我是一个瞎屁不知的小屁孩，所以她换衣服从来不避我。丽春姨姑的身体比脸还要白几分，胸脯十分成熟，像两只生长的葫芦。不过，白天丽春姨姑会用很长一块白布将"葫芦"裹起来，只有晚上，她才将白布取下来，让"葫芦"自由自在地呼吸新鲜空气。我有些纳闷，丽春姨姑为啥白天要将"葫芦"掩藏起来呢？有天，我问她，说："我胸前怎么不长这样的'葫芦'呢?"丽春姨姑脸上立马红了，抢头给我一巴掌，说："你这个小东西，人小鬼大!"从那以后，丽春姨姑再不当我的面换衣服了。有时我与她睡一床，半夜醒来时，突然想偷偷爬到她那头去，摸一下她胸前那只"葫芦"玩玩，也就是臆想一下罢了，最终这个罪恶没有实现。随着年龄的增长，这个罪恶连想都不敢想了，因为我觉得想想都是一种龌龊的事！不过，丽春姨姑娇柔的大腿我是摸过许多回的，当然这是在她睡得像个死人的时候。

期中考试那天早晨，奶奶特地给我煎了个荷包蛋——还是个双黄蛋，目的很明确，是想让我考个好成绩，并允诺，如果考好了，过几天将带我去乡下丽春姨姑家走亲戚。一听说走亲戚，喜出望外的我一口将双黄蛋给吞下了肚，不小心烫着了，好几天，我的嗓管都不能咽东西，连咽唾沫都疼。实践证明，奶奶的双黄蛋并没有将我的脑子补聪明，成绩单显示，只有一门语文勉强及格，其余各科均是绿盘报收，与去年同期相比，还略有下降的趋势。这令在公社做事的父亲很没面子。即便这样，私下里，奶奶还是给我准备走亲戚的衣服。

素来，来龙湾的阳光与镇子上的"街滑子"一样懒散，我还没有爬起来，奶奶娘家的人就到了。来接我们的是奶奶的侄儿立业，我喊表叔。同立业表叔一起来的还有他家的一头黑黝黝的毛驴。立业表叔本来要头天下午来接我们的，因为考虑到我的功课，所以改了时间。奶奶是个小脚老太太，要是走着回娘家的话，十几里的路程，不见太阳开始走，恐怕要走到天瞎黑。奶奶很少出门，所以奶奶回娘家就显得格外隆重。一身新穿戴：上身是老丝光蓝褂子，下面穿的是藏青色的裤子，黑色裹腿布，黑色织贡尼盘花窄脸布鞋。为表现出人前显贵，她还特地在灰白的头发上抹了几滴蓖麻油，纹丝不乱。

奶奶一脸喜气，边走边不时与街坊们打着招呼。我大模大样坐在驴车上，奶奶则跟在驴车一边。所以驴车不能不慢，比蚂蚁搬家快不了多少，急得我直想尿尿。人家问道："薛奶奶，你这是去哪里啊？"奶奶回答，说："走娘家呢！"然后将立业表叔介绍给人家认识，说："这是我娘家的侄儿，叫立业。"立业表叔便收住脚，冲人家点着头，腼腆地笑一笑。"闲溜呢，还是有啥事情呢？"人家又问。一向喜欢显摆的奶奶当然不放过这个表现的机会。奶奶说："今天是我娘家的侄女丽春传喜（订婚）呢！""哎哟，恭喜恭喜。男方是哪儿的？""前后庄，瞎近近，出门没等迈开步就到了。""男方什么成分？""三代贫农。""家庭条件怎么样？""男方的父亲是个干部，当着大队支书呢。""哎哟，你的侄女真是好命，你就跟着享清福吧！"奶奶眉眼挤在一处，爽朗一笑，与她的弟弟我的舅爷爷的笑声同出一辙，连频率都是一样的赫兹。

等上了大路，我问奶奶，说："什么叫传喜呢？"奶奶没好气地指着我的脑门，说："屎尖大的孩子，胡想些什么呢！大人的事情，不许瞎问！"

一路上，奶奶与立业表叔有说不尽的话题，从天气说到田里的庄稼，又说到娘家那个庄上谁家添了个男孩，谁家的儿子结婚了，谁家的闺女出门了，谁家的孩子当兵了，谁家的小子被狗咬了，谁家的房子翻盖了，谁谁得病了，谁谁去世了，谁谁疯了，谁谁被逮了……最后才说到丽春姨姑身上。奶奶问："丽春还在大队医务室干吧？"立业表叔说："只要丽春不反悔这门亲事，大队这个赤脚医生永远是她的。"奶奶又问："现在怎么样了？"立业表叔说："到现在丽春还是不怎么吐口。"奶奶说："今天两家都传喜了，怎么丽春还是遮遮掩掩的呢？"立业表叔说："就是啊！"奶奶说："其实那个平安（后来我知道，那是丽春姨姑的对象）也不错，虽说腿有些残疾，不过人家成分好，又是小队会计，不要出力，且风不打头雨不打脸的，再有他的父亲罩着，你看多好！"立业表叔说："就是啊！"半晌奶奶又问："你父亲、你妈，还有你二娘怎么说？"立业表叔叹一口气，说："丽春听你的话，父亲说，这次就是请你老人家回去给劝劝。"

我的记忆里，丽春姨姑是个美人坯子，皮肤雪白，头发乌黑，时常扎一条独辫子，拖在腰眼上，有时候也扎两条。丽春姨姑念书念到初中毕业，在乡下算是个有文化的人，后来又去县卫校进修两年（自费，是大队出的钱，当然是她未来老公公的功劳），所以是一个名副其实的医生。村里的人换个药，打个针，头疼脑热、伤风感冒之类的小毛病根本不用去公社医院，找她就行。丽春姨姑在全大队女孩子之中相貌出众、文凭最高，心性也高，所以看不起有点儿残疾名叫平安的男人自然是正常的。这些事与我无关，我也不懂得这些烂事。

太阳东南晌的时候，驴车终于进了庄子。舅爷爷一家人早早地在路口迎候，唯独不见丽春姨姑。奶奶问舅爷爷，说："丽春呢？"舅爷爷沉默了半晌，然后说道："她将自己关在屋里，谁喊都不开门。"大舅奶奶说："刚才我趴在房门上和她说，你姑姑就要来了，她不理不睬。后来我听见她小声咳嗽了，我的话她是装作听不见罢了。""女儿是自己生的。"二舅奶奶对大舅奶奶刚才说话明显不满，口气就显得不是那么柔软，虽然有奶奶在场，还是拉下脸来，没好气地说："也许孩子真的没有听见呢，她那么尊重她大姑，她要是听见的话，借她个胆她也不敢不来呀！"一阵小风吹来，奶奶下意识地拢拢头发，说："没事没事，我去看看。"

在院子门口，立业表叔将驴车卸了，黑驴没有了束缚，心情非常愉悦，猛然扯着脖子仰天长嚎了一嗓子，不顾面前那么男男女女，将憋了一上午的黄尿射出来，热气扑出去老远，骚味浓烈且刺鼻辣眼。

奶奶一进堂屋，丽春姨姑房门就打开了，想必是听见了奶奶的声音。丽春姨姑蓬头垢面，连头也没梳，径直走到奶奶的面前，喊了一声姑。然后又走到我的面前，用手摸一下我的脑袋，然后停留在那里。丽春姨姑的手显得那么没有精神，像一碗烂面条敷在我的头顶。我觉得有点儿瘆得慌。二舅奶奶瞅一眼舅爷爷说："丽春，今天你大姑来了，有什么话你与你大姑说吧。"舅爷爷小心翼翼地往烟袋里装着烟叶，然后将烟袋杆咬在豁牙里，擦着火柴，正欲点烟，二舅奶奶说："别吸了，满屋子烟，呛着了大姑。"舅爷爷"呵呵"一笑，不吸不吸。大舅奶奶有些不满，向二舅奶奶瞟去一眼，说："他多年就这么个习惯，不含着烟袋说不出来话！"舅爷爷说："不妨事，不妨事。"有奶奶撑腰，一向不敢管教女儿的舅爷爷开始数落起来，说："我说丽春，这门亲事让你大姑说说，到底怎么样？平安家境好，人也老实，他父亲在我们苏北东南乡算是个有头有脸的，又在村里当着支书，可以说是一人之下万人之上的人。再说了，你如今有这么体面的工作，不是平安父亲的关系，你能不花钱去县里进修两年？即便你有钱，卫校那个大门恐怕你连进也进不去！"舅爷爷瞅一眼奶奶的脸，然后继续说道："不错，平安那孩子腿脚不好，可话说回来，人家如果好腿好胳膊的，人家能同意我们这样的地主成分的家庭吗？你好好地想一想！"舅爷爷终于忍不住还是点燃了烟，将烟全部吸进肚子里，憋住，好久才喷出一个烟雾，"再说了，人家平安干着小队会计，什么样的人找不着呢！"舅爷爷看丽春姨姑面目没有表情，便将皮球踢给了奶奶，"让你大姑说说。"奶奶只好说了。奶奶说："现如今是新社会了，婚姻父母不能包办代替，不过丽春，你也得为你的父母亲想想，聘礼都收了，你不同意传喜那怎么行呢？若是悔亲，将来让你的父母亲在当地怎么立足，在庄亲庄邻面前又怎么能抬得起头？还有，咱们毕竟是受了人家的恩惠的，你父亲说得对，没有平安父亲的帮助，你怎么能在大队当这个赤脚医生呢？即便你觉得再委屈，这门亲事你也得答应。说是为你父母亲，其实也是为你自己。你是个有文化的人，你好好地掂量掂量我的话。"

立业表叔从外面进来，对舅爷爷说："天不早了，平安家已经来人催了两三遍了。"舅爷爷看着奶奶，奶奶看着丽春姨姑。

一直将头埋在胸前的丽春姨姑终于开口说话，吐出两个字："我去。"一屋人都长出了一口气，脸上也都舒展一些。

丽春姨姑缓慢地站起身来，面对大家，嘴角一抽，努力想挤出一个笑容，不曾想，没有成功。

奶奶吩咐道："她二舅妈，你带丽春去梳洗一下。"又交代，"别忘了，搽一点儿胭脂。喜庆的！"二舅妈兴高采烈地答应着。搀着女儿欲走，奶奶忽然又想起了什么，从带来的包袱里拿出两块花布，让二舅妈拿到丽春的房子里去。二舅妈欢喜得直说好看好看，并替女儿连声致谢。奶奶说："自家的亲戚，说什么谢呢！"

前后庄相隔不远，也不需什么交通工具，一家人簇拥着丽春姨姑出了门。没走出去多远，平安带着人就在半道上迎着了。我跑在前面，平安的相貌我第一个看到，中等身材，一脸的苍蝇屎（雀斑）。五官猛一看还不错，细一瞧总觉得哪地方有点儿不太对劲儿，可我又说不上来。最要命的是，他胳肢窝夹着一副拐杖，无形之中人就显得矮了些。平安见我蹿过来，许是早已知道我是谁，慌忙从口袋里掏出一把糖块，塞在我的手里。我接过糖，剥一块放在嘴里，不管不顾他们大人们寒暄，继续向前跑去。

平安家是一片红色海洋，到处都贴满了红纸喜字；不光门上，猪圈上，草垛上，磨盘上，板凳上，箩筐上，就连粪箕、脸盆，所有家什上都有，连花生都染成了红色。反正举目望去，一片红彤彤的世界。院子当中摆放着一个在我们镇子上也非常稀罕的留声机，没等大人们进门，它就唱了起来："公社是棵常青藤……"这支歌我也会唱，就随口旁若无人地跟着大声唱了起来："社员都是藤上的瓜，瓜儿离不开藤，藤儿离不开瓜……"

院外鞭炮声响了起来，我丢下留声机和"常青藤"，急忙向大门口跑去，然后奋不顾身冲进硝烟里捡拾炮仗。奶奶怕散炮炸着我，让大舅奶奶看着我，大舅奶奶非常尽心尽责，一把抓着我的胳膊不放。这时，有人将一把散炮放在我的手心里，我不看也知道那人是平安，因为我听见了拐杖的捣地的声音。他说话很和蔼，说："小心点儿，别炸着手了。"说着递过来一盒火柴。我感激地望了他一眼，我忽然觉得，平安脸上的苍蝇屎并不是那么难看。

许多陌生的小伙伴眼馋地盯着我手中的炮仗，那一刻，我觉得我真的了不起。我骄傲得像只羽毛艳丽、第一天登上墙头学会打鸣的小公鸡。

我舍不得炮仗就这样不经意地从我的手中溜走，我半天放一个，像条趴在桌子底下等待主人施舍骨头的狗，嗅嗅火药味道之后，然后再放一个，再嗅。当一把散炮化成一股股浓烟烟飞缥缈时，当时不知怎的，心里竟有一种酸酸的感觉。大舅奶奶一脸不高兴，显然是因为我的原因影响了她的正事。我知道大舅奶奶的愁肠，她离婚不离家（一夫不能多妻，新中国成立后政府让离的，与舅爷爷另立门户单过），多少年来的确是够苦的了。虽然丽春姨姑是二舅奶奶生的，她心中多多少少认为丽春姨姑今天传喜，作为大妈，她应该有她应有的位置。这一件奶奶曾经忽略的事情，让大舅奶奶记恨了许多年。

等到我的散炮变成一摊烟灰，丽春姨姑与平安传喜的各种仪式也结束了。院子里的酒席已经摆上了，一共三桌，都是好吃的。那天中午，在灿烂的阳光下，吃得我天昏地黑，饭菜都漫到了脖颈，撑得连路都走不动了！

本来傍晚奶奶准备带着我回去的，立业表叔的驴车都已经套上了，舅爷爷硬是留着我们住一晚，他想趁机让奶奶再劝劝丽春姨姑，以防她心活了。奶奶只好留了下来。我高兴之余，和奶奶提出一个要求，我要和丽春姨姑通腿儿。奶奶一脸严肃的表情，说："不行，你都多大了啊！"

那夜，奶奶在丽春姨姑的房间里说了多半宿的话，我都睡醒一觉了，奶奶还没有回来。

第二天一早，一家人都忙着早饭，好准备送我们回去，却不见丽春姨姑出来。依奶奶的意思，昨夜说话晚了，让丽春姨姑多睡一会儿吧。舅爷爷不高兴，非让二舅奶奶进屋去喊。多半天，就听见二舅奶奶没人腔的"嗷唠"一声惊叫，满屋子的人都感觉到了不祥的预兆，急慌忙涌到了丽春姨姑的房门口……丽春姨姑早已是浑身冰凉，初步估计她是被她药箱里的一种英文名为"Diazepam Tablets"的东西给安眠了。

丽春姨姑白褂白裤白袜穿戴整齐地躺在床上，静静地好像是睡着了一般；脸如白纸，两腮却红润得很，我知道她之前一定在脸上搽了胭脂，因为我进屋时闻到了脂粉的味道。

结尾

每年清明节，在给我的先人送纸钱的时候，我会单独分出两份金银纸箔，写上表婶与丽春姨姑的名字，然后在纸箔的周围画上圆圈，在向西的方向留个口，传说，这样，在天国的人就能收到钱了。一次，我又去上坟，猛然发现，在去年两处焚烧纸箔的圆圈里，分别长出两株蒲公英来，我只好另辟地方。来年清明，焚烧纸箔的地方又出现两株蒲公英，比以往的那两株更加茁壮威猛。我想将它拔去，不小心被披针形呈羽状的叶子给扎了一下，酸痛至心。我故意在那两株蒲公英的近旁点燃了纸箔，我想烧死它们，以报被刺之仇。

黄昏的山风异常猛烈，熊熊的火光里，我看见了表婶与丽春姨姑，她们相互挽着胳臂，对我微笑着。她们还是那么年轻与美丽，只是目光里多了一些妩媚。我的阴谋没有得逞，纸箔变成灰烬之后，那两株蒲公英依然毫发无损地立在那里。这时，来了一阵风，我看见蒲公英身上白色的羽毛连同纸箔的残灰一起被吹上了天，四散逃离。

（原载《中国铁路文艺》2013 年第 10 期）

矿工家属王春妮

一

大早上，王春妮急急慌慌从超市里跑出来，她第一想法就是去张继德家找他老婆侯桂花告状，控诉她男人是怎么将女人的屁股当皮球捏的。

当时天阴得厉害，乌云滚滚，压在了头顶，雷声也渐渐逼近，不时有闪电将半空照得贼光白亮的。

到了侯桂花家的大门口，雨终于下下来了。雨很大，是倾盆的那种，从门口到院子，再到房子的廊檐底下，没几步路，王春妮浑身的衣服都被雨水淋湿透了。夏天穿得单薄，衣服粘在身上，曲线就出来了，特别是胸脯的那地方，不但是胸罩透了，连里面暗红色的奶晕都看得一清二楚。

侯桂花与王春妮两人的娘家住在一个村子，当年，王春妮嫁到这个村子，还是侯桂花说的媒。所以两人在村里相处得很融洽，来往也比较频繁。

"大雨天的，你还在外面浪什么呢！"侯桂花递过来一条干毛巾。

王春妮擦擦头发，又擦擦脸，然后将湿漉漉的毛巾伸进褂子里胡乱地擦了一把。

两人坐在廊檐底下看着雨。

侯桂花说："你喝水不？"

王春妮说："不渴。"

侯桂花说："你不渴我渴。"说着找来水瓢，从水缸里舀了半瓢水，咕咚咕咚地喝了下去。

"今天俺是有事来的。"王春妮终于开口说话。

"啥事，你说。"

"俺说出来，不许你护短！"

侯桂花看着王春妮一脸的怒气，说："好家伙，什么事情？俺家是谁得罪你啦？还让俺不护短！"

"你男人不是人！"

"俺男人不是人，你怎么知道的？你跟他脱裤子试过啦！"

"你别开玩笑，俺给你说正经的！"

"俺也没说不正经的话啊！到底是怎回事？"

"刚才俺去超市打电话给俺男人，你家张继德就在俺的屁股上摸来捏去的！还说了一些下流的话。"

侯桂花嘴咧到裤腰，说："你嫁了个煤矿工人，不得了了，也懂得拽文了，俺们乡下人都叫腚，什么屁股不屁股的！能得你站着尿尿都能尿出三米地去！"

王春妮说："俺怎么也是个矿工家属吧，他怎么这样对俺的呢！"

侯桂花笑道："哎哟喂，你不就是个矿工家属嘛，你要是干部家属，你不得站在乡政府大楼上广播啊！"

"他这么不尊重人就不行！"

"张继德可能是与你开玩笑的，你还真的生气了？"

王春妮站起身来，说："俺和他开不起这个玩笑！"

"呦呦呦呦，你还来劲了。你想怎么着？"侯桂花也有些来气了，脸也板起来了。

"你得让张继德给俺赔礼道歉，下保证，不然的话……"

"不然怎么样？"

"不然俺就去乡政府告他！"

侯桂花讥笑道："你去啊你去啊，最好去县公安局，乡政府又没有权力逮人！"

雨小了些，王春妮一头钻进雨地里，气哼哼地跑走了。

二

王春妮还真的来劲了，回到家里，连猪也没喂，几只鸡跟在她身后要食吃，她踢了它们一脚，进屋去了，然后换了一身干净的衣服，拿了把雨伞，直奔乡政府去了。

雨时下时不下，撑开伞它不下，收了伞它又开始滴答，连龟孙雨也调戏人！一路上，王春妮肚里气得鼓鼓的。

小张洼子离乡政府四五里地，由于走得急，王春妮走得一身的汗。胸前背后的衣服都贴身上了。进了大门，王春妮一下懵了，这种事该找谁呢？得问问清楚再说，别摸错了门，让人家笑话。

王春妮念过几年小学，门边牌子上的字她还是能认得的，她直接进到政府办公室里，一个中年男人见到她，立即站起身来，问她找谁？王春妮说："俺也不知道这事该找谁。"中年男人斜着眼睛问道："你有什么事情？"王春妮说："俺来反映情况的。"中年男人问："什么情况？"王春妮说："俺得见到管事的人，俺才说。"中年男人笑了，说："你对我还隐瞒，我认得你，你家是小张洼子的，对吧？你是个矿工家属，你的对象在煤矿下井，你的名字叫王春妮。"王春妮一下惊住了，说："哎哟，你怎么知道这么详细的？"中年男人说："几年前，我去你家搞人口调查，你家的资料如今还在我的铁皮柜子里锁着呢！"王春妮忽然想起来了，说："哎哟，对了对了，你是李秘书吧！"李秘书说："对头。"继而问道："你到底是来反映谁的？"王春妮说："俺们村的副主任张继德。"李秘书说："你说的是那个眼睛有点斜的、满脸络腮胡子的家里开个小超市的张继德？"王春妮说："不是他，是鬼啊！""他怎么啦？"王春妮心说：俺还是得找到正主再说，别弄得黄狼没打倒反而惹一腔骚那就不值了！王春妮说："李秘书，你看这事归谁处理，俺不想麻烦你了，你们都很忙的。"李秘书心中明白了，人家这是不相信他呢！李秘书说："乡里纪检委员和司法助理都去县里开会去了，司法办只剩下王干事一人，不然你先去与王干事反映一下行不行？"王春妮说："行。"李秘书说："司法办就在隔壁，左边第三个门就是。"说罢，走到门口喊道："王干事，王干事。"不一会儿，一个剪着短发，说青年不是青年、说中年不是中年的女人走了过来。李秘书给她们双方介绍了一遍，然后王干事就带着王春妮去了她的办公室。

王干事坐在办公桌前，王春妮就坐在桌对面的椅子上。王干事翻开笔记本，看了面前王春妮一眼，说："等一下我还要下村处理一件事，为了节省时间，我问你答，不清楚的地方，我就问细一点儿。"

"你是哪个村的？"

"小张洼子村。"

"你叫什么名字？"

"王春妮。"

"我们还是一家子呢。"

王春妮心里有些激动，不觉腰杆子硬了起来。

"你对象干什么的？"

"在伊安煤矿下井。"

"在伊安煤矿？"

"不错，伊安煤矿。"

"你要反映什么事情？"

"反映俺们村副主任张继德道德败坏。"

"怎么个败坏法，你详细说一下。"

"今天早上，俺去超市给俺男人打电话。电话一通，张继德就跑到俺身后在俺的屁股上又捏又摸的。"

"到底是捏，还是摸？"

"先捏后摸。"

"哪个地方？"

王春妮将身子背过去，指了指自己的屁股。

"左边还是右边？"

王春妮想了想，最后确定是左边。

王干事来到王春妮的身后，伸出食指在女人的屁股上点着，说："是这地方吗？"

王春妮说："就在这一片。"

王干事说："你不能说得那么笼统，是哪里就是哪里。"

"还要说得那么细吗？"

"那当然了，你不说那么细，到时就会有出入，有出入就是不准确，不准确就会导致处理不当。"

王春妮心中暗想，反正都是女人。只好又将自己的屁股让王干事的手指进一步确定了位置。

"你当时有没有反抗？"

"俺正在打电话，没办法反抗。好不容易打通了，俺既怕电话断线，又怕浪费钱，还怕俺男人听见什么，所以俺只有干吃哑巴亏。"

"你的电话大概通了多长时间？"

王春妮想了想，说："大约好几分钟。"

"到底是多少分钟，你说具体一点。"

"可能是四分钟，也可能是五分钟，要不是那个张继德捣乱，通话时间可能会长一些。"

"为什么？"

"大半年没见了，怎么也得说点儿私房话吧。"

"今年春节你对象没回来吗？"

"他是掘进班副班长，春节让别人回来了。"

"你们两口子在电话里都说些什么话？"

"都是家长里短。"

"怎么个家长里短？具体一点儿。"

"这与案子有关系吗？"

"肯定有关系。"

"必须得说吗？"

"必须得说。有必要的话，我们还要到电信局去调通话记录呢！"

"俺说家里几个母鸡已经开始下蛋了，一天一个，还说家里头那头猪已经长有三百多斤了，到中秋节就可以磅了。"

王干事插话，说："拣重要的部分说。"

"什么是重要的部分？你们夫妻分开那么久了，难道没有那种话？"

"俺明白你的意思，这些话也得说吗？"

"得说，而且一点儿也不能落掉。"

王春妮心里想，反正都是女人，说就说，说出来也不丢人！"哦，俺说俺想她了。"他说:"俺也想你了。"俺说:"你想俺为何不回家?"他说:"活忙,请不下来假。"俺说:"你别骗俺,你是不是在工人村又找了女人了?"他说:"你别胡诌八侃!"俺问:"你怎么想俺的?"他说:"怎么想的?半夜里睡不着呗!"俺说:"你睡不着,第二天怎么下井?"他说:"实在不行,俺就想办法打飞机。"

王干事又插话,说:"啥叫打飞机?"

王春妮脸一红,说:"就是将那个东西撸出来……然后就不想了!"

"你继续说。"

"没啥说的了。"

"那你要是想他了怎么办?"

"这个……也要说吗?"

"我们全乡像你这样的矿工家属有好多,我正在搞一项调查,有些材料必须得弄翔实了。"

"俺男人过去给俺买了个东西。"

"什么东西?"

王春妮脸上漫上一片红晕,用手比画着,说:"就是那个东西!"

王干事还是没有明白。

"就是女人想男人了,然后……就是那个东西。"

王干事说:"我知道了,女人抚慰器。这有什么不好意思说的呢!"

"俺不知道那个东西还有名?"

"你怎么没有随你男人农转非呢?"

"俺家那口子,下井工龄不够,还差两年,八年才可以,还必须取得是八级工。"

"你有盼头了。"

"有盼头了,再熬两年,两年过后俺也是城市户口了!也不要在家喂这喂那受罪了,也不要受煎熬分离那种痛苦了!更不要受张继德这种道德败坏的人欺负了!"

"哦,只顾了说话,将正事给忘了。你刚才反映的那种情况很普遍,很多矿工的女人都受过别人,特别是村干部的欺负。你要求怎么处理那个副主任张继德呢?"

　　王春妮一下给问住了。怎么处理，她还真的没有认真想过。她本来就是想找侯桂花出口气，让她有空骂骂她男人一顿的，哪知侯桂花不服软。要说其他的，她一时还想不出来。她之所以来乡政府告状，都是那个侯桂花一句话逼的。一个庄上住着，自己和侯桂花娘家又在一起，关系还不错，再说自己还是人家给说的媒，如果因为这件事情影响了张继德的前程，那俺真是成了罪人了！再说，村里面男男女女在一起，打情骂俏，捏捏摸摸都是正常不过的事情，假如因为此事撕破脸，还真的不值得了！

　　"乡里会怎么处理张继德呢？"王春妮有些担心。

　　王干事说："目前还不好说，我要给乡分管与主要领导汇报，轻了检讨认错赔礼道歉，重了，停职检查，记过，直至撤销职务！"

　　"啊！那么重啊？"

　　"怎么就重了？你不希望严肃处理利用权势欺负你的那个人吗？"

　　王桂香说："希望是希望，教训他一下就行了，不需要那么严厉的。"

　　王干事说："我做司法工作已经三四个年头了，还是头一回碰到你这样的人！你既然来给我们反映这个情况，我们就得按章处理，至于怎么处理，也不是你说了算，也不是我个人说了算，国有国法，家有家规，得按照纪律法规来处理。否则的话，我们的干群关系怎么保持呢？我有些不明白，刚刚你还是义愤填膺的，怎么一转脸又变卦了呢！你前怕狼后怕虎的，将来还得受人欺负！"

三

　　雨过天晴，路边的排水沟里已经存了不少的水。王春妮心想，这场雨来得太及时了，过不几天，前些时点下的玉米，恐怕就要出苗了。不过，从乡政府出来，她的心情非但没有轻松，反倒加重了。再有两年的时间，她可能就要离开这个地方农转非了，如果因为这个事情得罪人，实在有点儿得不偿失。不就是捏捏屁股嘛？有多大的事情呢？张继德占着是村里副主任，又开了个超市，腰里有两个钱，又会甜言蜜语，又善于施展小恩小惠手段，可以说，这个村子里哪个生过孩子的女人没叫他摸过？让他睡过的也有好几个？那又怎么样呢？即便那样，也没有人到上面告过他。再说又不是什么光彩的事情，真要是弄得满城风雨的，她自己能落个什么好呢！

刚才真是有点儿过于冲动了，好在张继德调戏她的那些话没有告诉那个王干事，若是全说了出去，那就更加难堪了！

老远地，王春妮就望见了自家院子里有人影晃动，心想别是自己的男人回来了吧？一想又不可能，早晨才打的电话，即便他放下电话就往家赶，也不可能那么快。

进院子一瞧，原来是侯桂花。再一看，鸡已撒过粮食了，她正在帮着喂猪呢。

"回来啦？"侯桂花像是什么事情也没发生似的。

王春妮有点儿不好意思，说："怎么让你……嗨！"

侯桂花说："俺多远就听见你家鸡飞狗跳的，死猪直嚎，俺就过来了。这只猪有三四百斤了吧，正赶上添膘呢，可不能缺了工夫。"

王春妮将吃光了的猪食盆端出了猪圈，说："谢你了，桂花姐。"

侯桂花说："谢什么呢？过去我没给你干过啊？你还记得不，你去矿上探亲，一走十来天，不是俺帮的你吗？那时候，你怎不说个'谢'字了？这说明咱姊妹现在有点儿生分了！"

王春妮"嘿嘿"一笑，说："谢谢谢谢，现在说也不晚吧！"

侯桂花叹口气，说："再过两年，你就去矿里享福了，到时恐怕俺想帮你也帮不上了！"说着，从院子里的窗台上拿过来自己带来的一件短袖褂子，将外面的塑料纸撕开，将衣服在手中抖了抖，说："这是俺亲戚送俺的，是丝绸料子的，夏天穿着可凉快了，可惜俺撑不起来，你奶子是奶子，腚是腚的，你穿了肯定合适！"

王春妮连连倒退，说："这哪行呢，人家送给你的，俺怎么能要呢！"

侯桂花说："俺不是没有那个穿福嘛！你快穿上试试。"说着硬是解开王春妮胸前的扣子，将她外面的衣服扒掉，然后套上那件新褂子。

"哎哟，真是太合身了，就好像专门给你定做的一样！"

王春妮急忙将褂子脱下来，叠好，又重新装进塑料袋子里，还给侯桂花，说："这么贵重的衣服俺不能要！"

"你是不是嫌孬？"

"不是嫌孬。"

"你是不是看不起姐？"

"也不是。"

"要不就是因为张继德那个龟孙子，你生俺的气了!"

"没、没有。"

"既然这也不是那也不是，你就不要客气了!"

王春妮只好接过了那件褂子，心里面却是有点儿过意不去。上午那件事情，的确做得不漂亮，已经三十几岁的人了，怎么还是那么莽撞的呢，还是那么沉不住气的呢?

"桂花姐，上午的事情，对不住了!"

侯桂花说："你可不能这么说，对不住这句话应该俺说才对。俺知道张继德不好，经常在外面拈花惹草，可俺怎么办呢? 俺总不能与他离婚吧? 既然不能，俺还得维护他，不然让俺怎么办呢? 如果那个不要脸的欺负了你，俺在这里给你赔不是了!"

这下王春妮反倒觉得是自己哪儿做错了什么，想起先前去乡里和那个王干事说的那些话，心里感到十分愧疚。

"桂花姐，先前俺也是气糊涂了，去乡里王干事那儿说了一些不该说的话，你不要放在心上，等明天有空，俺再去乡里一趟，给他们解释解释清楚。"

侯桂花说："你可不能这么说，你这么说，俺心里就更加难过了。"她看王春妮的脸上舒展了，便开了句玩笑，说："春妮妹妹，你要是还觉得不解恨，哪天等你男人回来，让他也摸摸俺的腚，哪怕是脱了裤子让他摸也行，只要你不再记恨这件事!"

王春妮说："桂花姐，狗咬人一口，人还能咬狗一口吗? 俺知道俺这个比喻不恰当，这说明俺的心情。你不要再说什么了! 过去的事情就让它过去了吧! 明天一早俺再去乡里找一下那个王干事，就说你家张继德与俺闹着玩的!"

四

天空瓦蓝，太阳扎眼，一早起来，老天爷就没给好脸色看，热得人心里面噗噗地发慌。小张洼子村原来通乡里的路两旁都是树，粗的七八岁的孩子揽不过来，细的也有碗口粗，枝繁叶茂，树梢都长得能接耳说话了，阴凉得很，所以走在下面特别是夏秋天，一点儿也不觉得热。几年前，乡里说是要拓宽道路，将两边的树都刨了，留下密密麻麻大坑小洞，四季转换多少个了，至今道路还是没有修，问谁谁都说不清楚。

昨天下着雨凉快，心里又急又气，王春妮从小张洼子去乡里一点儿也没觉得累。今天顶着毒太阳，走起路来就显得腿慢，等她到了乡政府大院，直累得气喘吁吁两腿酸软。

王春妮直接去了司法办，见门关着，推了半天没有推动。王春妮心想那个王干事可能去厕所或者临时出去办什么事情了，就站在走廊里等。走廊里有穿堂风，很凉快，不一会儿身上的衣服就不沾身了。

打那旁来了个人，一手拎着一只水瓶，因为是从亮处过来的，没有看清走廊上站着的王春妮，王春妮在暗处，也没瞅清来人，到了近前，那人才发现面前的女人。

"又来啦？"

王春妮一看，原来是李秘书，心说：猛一听就觉得我天天来似的。

"李秘书你打水去啦？我给你拎一只吧。"王春妮伸手欲去接男人手中的水瓶。

李秘书躲闪着，说："不用不用，两水瓶水有多重呢！"进到自己办公室，又转过身来，和王春妮说道："你到屋里来坐坐吧。"

王春妮也就不客气，直接进到李秘书的办公室。一回生二回熟嘛，况且他们见面已经不是第二回了！

李秘书指着不太干净、有的地方已经漏了肉（木头）的布沙发，说："坐下说话吧，我给你倒杯水喝。"

王春妮说："不渴不渴，别麻烦了。"

李秘书相信王春妮的话，所以也没有去找一次性纸杯，将水瓶盖取出来，给自己已经放了茶叶的玻璃杯子里倒满了水。

其实，王春妮还真有点儿口渴，早晨烧菜稀饭喝，盐没有把握住，一下放多了，再加上走了这么一段路，又淌了一身的汗。她希望那个李秘书能再客气客气，然而李秘书没有这么做。王春妮也不好开口要，因为刚才说了不渴，怎么好出尔反尔呢！

李秘书说："你坐王春妮。"

王春妮就坐下了。一早上忙得脚手不得闲，这会儿真想找个板凳歇歇脚。她心中不由想道，再坚持两年，等到了矿上，也不要种地，也不要养猪了，一心伺候男人，就不要这么辛苦了！

李秘书将茶杯盖掀开，一股清香直扑王春妮的面门。王春妮又胡想开了，你看人家干部活得多滋润，坐在办公室里，风不打头雨不打脸的，还有香喷喷的茶伺候着，多幸福啊！

"王春妮，你今天是来？"李秘书抿了一口茶。

王春妮说："王干事今天怎么没有看到呢？"

李秘书说："我糊涂了，王干事今天不来了。"

"她下村了吗？"王春妮心中有点儿失落。

李秘书说："她请假了，请的是探亲假，大概要十多天才能上班呢。"

王春妮说："探亲假怎么这么长的时间呢？"

李秘书说："分居两地的夫妻都是这么长的时间。"

王春妮忽然问道："她对象不在此地。"

李秘书又抿了一口茶，说："与你一样，她的对象也在矿上，不过他不是下井的，是在地面上工作，听说还是个小头头呢。"

王春妮心说："怪不得昨天那个王干事问得这么清楚的嘛！"

"哎！"李秘书突然拍着手，"我想起来了，你对象在那个伊安矿，是吧？"

王春妮点点头。

李秘书说："王干事的老公也在伊安矿。"

王春妮有些惊喜，说："哎哟，怎么这么巧的呢！"

"你的事情昨天还没有处理完？"半晌李秘书问道。

王春妮叹口气，说："昨天是我有点儿过于认真了！"

李秘书说："到底是怎么一回事情呢？你给我说一说。"

王春妮便将事情的经过讲了一遍。

"你现在想怎么着呢？"李秘书拎起水瓶将茶杯里续满水。

王春妮说："都是庄亲庄邻的，他女人与俺是一个村的，俺的媒又是他女人说的。俺与他女人又好得一个头，你说说，俺能怎么样呢？"

李秘书听得有点儿稀里糊涂，问："你打算这个事情就这么算了，是不是这个意思？"

王春妮点点头。

李秘书说："既然你想既往不咎，你还来这儿找王干事干什么呢?"

王春妮说："俺想请王干事将昨天的记录给撕了，俺不打算追究了。"

李秘书笑了，说："你这个王春妮还真有意思，那行，等王干事探亲回来，我让她将你昨天反映的事情不做处理了，不就行了嘛!"

王春妮喜出望外，说："就是这个意思，就是这个意思!"

李秘书站起身来，意思是送客。

王春妮也不好赖在沙发上了，站了几站却没有站起来，不好意思一笑，说："俺的脚给坐麻了!"

到了门口，王春妮又回头叮嘱李秘书一句，说："请你可别忘了给那个王干事说清楚，就说俺反映的那件事情，一笔勾销了!"

李秘书说："忘不了忘不了，你放心吧，谁没事找事呢!"

来到院子里，王春妮实在是渴得不行，突然发现院子里有一个自来水龙头，她将脑袋勾过来，将水龙头拧开，咕咚咕咚灌了好几口，最后一口还被水给呛住了，眼泪都被呛了出来。

五

刚到家里坐下，侯桂花就脚赶脚来了，就好像掐准时间一样。侯桂花不但人来了，还带来了一箱牛奶，一盒八宝粥，还有两条香烟。

王春妮一看侯桂花手里提着东西，死活不让她进门。一个在院子外，一个院子内，一个往里推，一个往外推，两个人就好像与院门有仇似的，将院门弄得吱扭吱扭响。

侯桂花说："好妹妹，你让俺进去吧!"

王春妮说："好姐姐，俺不能让你进!"

侯桂花说："你不让俺进，俺就在你家门口坐着!"

王春妮说："你想坐你就坐，俺不管你的闲事!"

到底是王春妮力气小，被侯桂花一下推倒，一屁股坐在了地上。侯桂花趁机溜了进来。

王春妮说："你进来，俺也不会再要你的东西了，一点儿破事值得你这样嘛! 昨天送衣服，今天又送东西!"

侯桂花说："俺送你什么了? 昨天那件褂头是俺不能穿才送给你的，

不然的话，俺才舍不得呢，让你打扮漂亮了，一村里的女人就显你了！俺才不是那么蠢呢！"说着，将手中的东西拿在王春妮眼前晃，"这箱奶还有这盒八宝粥，都快要过期了，求求你替俺消灭了它，不然的话俺得拎回家喂俺家那头老母猪了！"

王春妮说："这两样东西就如你所说快过了，俺给你钱行吧？"

侯桂花说："你不是抡巴掌往俺脸上扇嘛！东西都快过期了，俺还收你的钱，你觉着俺钻钱眼里去了，是不是？"

王春妮指着那两条香烟："这个就更不能要了！"

侯桂花说："那个东西又不是给你的，是给俺兄弟吸的，一笔写不出两个张字，你男人和俺男人是不是兄弟，当哥的，给兄弟两条烟抽，算什么大事呢！再说了，赶明你成了城里人了，俺去你那里溜溜，你还不让俺进门了，是不是？"

为闺女的时候，王春妮的嘴就说不过侯桂花，这几年侯桂花在超市里锻炼的，王春妮愈发不是人家的对手了！

王春妮说："那俺就替俺男人谢谢你了！"

侯桂花说："俺还没有好好地谢你呢！张继德让你受了委屈，还害你去乡里跑了一趟又一趟。"

王春妮说："今天白跑了，事情没有办成，那个王干事去煤矿探亲去了。听乡政府的李秘书说，她男人也在伊安煤矿，不过人家是个头头，不用下井的。"

侯桂花说："怎么那么巧的呢？王干事什么时候能够回来呢？"

王春妮说："据说要十几天吧。"

王春妮一听侯桂花那个口气，心中不由有些内疚，就好像王干事去煤矿探亲是她的错一样。

侯桂花叹口气，半晌说道："春妮妹妹，俺就不瞒你了。俺们村里到年底竞选村主任，你知道张继德已经当了两届副主任了，如果今年选不上就得下来了。再说现在老主任年龄过了，所以说这是个机会，不过，如果你将这件事宣传出去，俺恐怕他这次竞选就没有指望了。昨晚俺问张继德，他说真是和你闹着玩的！"

王春妮说："俺今天去乡里和李秘书也是这么说的。"

侯桂花说："你昨天是和王干事汇报的，听你说她记录了好几张纸呢，万一她和乡里主要领导反映了此事，那不就糟糕了嘛！"

王春妮说："俺已经和李秘书交代又交代了，让他等那个王干事一回来，就将那个记录给撕了。"

侯桂花说："你说得倒轻巧，李秘书万一忘记了呢？"

"那怎么办呢？"王春妮没有了主意。

侯桂花说："俺突然想起来了，你刚才不是说那个王干事去伊安煤矿探亲去了吗？为了确保事情不节外生枝，明天辛苦你去伊安矿一趟，一是与俺兄弟团聚团聚，你们也快好大半年没有见面了吧？你不想那个事吗？二来去找找那个王干事说明情况，就说你反映的那件事有出入，纯属闹笑话的。"

"明天就去？"王春妮有些迟疑，"是不是有点儿太突然了！"

侯桂花认为王春妮是怕家里没人照顾，就说："你放心去就是，家里鸡呀，猪呀，地里面庄稼呀，一切俺都会给你照顾得绝对周周到到！"

王春妮说："俺起码得给俺男人打个电话说一声吧？"

"给他个惊喜岂不是更好嘛！"侯桂花狡猾地眨着眼睛。

王春妮一想明天就能见到心爱的男人，心中立马心潮澎湃起来，说："那行，明天一早俺就动身。"

侯桂花说："你结婚三四年了，至今也没有怀上，这次去，一定要抓住机会。"说着从口袋里掏出来一个纸包，继而说道："这是俺上午跑了五十多里地到孟家沟找到一位老中医给你弄的草药，在同房前半小时熬好喝下去，据说挺灵验的。"

王春妮有点儿感激涕零，说："桂花姐，你让俺说什么好呢！"

侯桂花说："你啥也不要说，要是这次真能怀上孩子，就让孩子认俺做干娘吧！"

王春妮说："哎哟，那不是有点儿高攀了嘛！"

六

去伊安煤矿，得从县里坐车，一车坐到市区，再从市区转车，大概五六十里路的样子，就到了。王春妮一夜激动的，几乎是上眼皮没有找到下眼皮，哪还睡得着呢!

乘公共汽车得到乡政府所在地，天还没有亮透，王春妮就到了乡里了。等了好半天，汽车才晃悠晃悠开了过来。王春妮就和司机开玩笑，说："师傅，汽车都跑这么远了，咋还没醒困呢?"司机认为这个女人是说自己的，就说："昨晚上修车修到了多半夜，到现在眼睛还没有睁开呢!"王春妮知道司机没听明白她的话，一肚子喜悦，也不想解释什么，抿着嘴，无缘无故地笑了。

司机还有点儿犯困，看跟前坐的这个青年妇女一脸和善，便与她搭讪。

"你这么早进城干什么去的?"

"俺是想赶早班车去市里的。"

"去市里干什么?"

"去玩呗。"

"一看你就像个做什么生意的?"

"哪儿像个做生意的?"

"伶牙俐齿又能说会道，不是生意人是什么?"

"师傅，你今天真的看走眼了，俺真的是去市里玩的。"

"别哄我了，你去玩的，怎么就你自己?"

"难道自己一人不能玩吗?"

"能玩不错，不是有点寂寞嘛!"

"俺不是去市里的，俺是路过。"

"路过? 你到底去哪里?"

"俺是去伊安煤矿的。"

"我知道，伊安煤矿在市区大西北。你去煤矿探亲?"

"你咋晓得的?"

"幸福都在脸上写着呢!"

女人笑。

"你男人在煤矿下井?"

"是。"

"下几年了?"

"六年了。再有两年，俺就能农转非了!"

"哎哟，不错不错！"

下了公交，就有去市里的大巴。大巴比普通车贵一半，王春妮节省惯了，本不想坐，一高兴就上去了。她想能尽快一点儿见到自己的男人。

到了市区，再转车去伊安，又坐了一个多小时，到了煤矿，天已经到中午了。到工人宿舍一打听，男人今天上的是白班。虽然有点儿小失落，王春妮突然又高兴起来了，虽然这会儿见不到男人，晚上不就能见着了吗？若是上夜班的话，白天你总不能一见面就关紧门做那个事情吧？而且晚上又不能在一起，这一夜比在家里要难熬得多了！

这会儿干什么去呢？他不想回男人的宿舍去，那些没上班的家伙一见到女人，眼睛里都不会拐弯了，不一会儿就会将你的衣服给挖烂了！

王春妮到矿上超市里买了一个面包吃了，感觉有点儿噎得慌，本想将带来的鱼皮口袋里侯桂花送的牛奶或者八宝粥拿出一瓶喝了，觉着拆纸箱怪费事的，其实她是想等男人下班后一起喝才有意思。她这次来，本来只准备带那两条香烟给男人吸的，一想那箱牛奶和那盒八宝粥放在家里别放坏了，天气这么热，所以都带来了。

超市门口有一排大柳树，下面摆了许多石凳，供人走累了休息。正值中午，一般人都回家吃饭去了，板凳几乎都空着，王春妮就捡了个漏。

夜里没休息好，又坐了大半天的汽车，王春妮坐在石凳上，不一会儿就迷糊着了……

王春妮感觉口渴得要命，就起身去超市里买一瓶矿泉水喝，一问价钱，要三块钱一瓶。王春妮感觉太贵了，就那一点点水就是三块钱，也太不值了！就没有舍得，忍忍吧。王春妮刚转身，突然看见乡司法办的王干事也在超市里买东西，刚刚结完账，正拎着东西向外走呢。王干事只顾低着头走路，没有看见她。王春妮就迎上前去，喊道："王干事，王干事。"王干事一抬头，发现面前的王春妮，愣了一下，半晌才想起来，说："怎么是你啊？你什么时候来的？"王春妮说："俺刚刚到。""你怎么一个人的？"王春妮说："俺男人上的是白班。"王干事："也就说你现在没地方去，对吧？"王春妮点点头。王干事说："这样吧，我就住在前面的招待所里，你和我到那儿歇歇吧。"王春妮说："那多不好意思呢？"王干事说："没事没事。"王春妮说："方便吗？"王干事说："我那口子中午在单位不回来。"

到了招待所，王干事放下手中东西，让王春妮坐到沙发上，然后接一杯矿泉水端给她。王春妮真是渴坏了，一口就喝干了。

王干事说："你也是来探亲的吧？"

王春妮说："也算是吧。"

王干事说："怎么叫也算是呢？"

王春妮说："其实，俺是专门来找你的。"

王干事指着自己的鼻子，说："找我？专门跑这么远来找我？"

"也顺便看看俺的那一口子。"王春妮也学王干事称呼男人那种口吻。

王干事说："是因为几天前你给我反映的那件事情吗？"

王春妮说："你猜对了。"

王干事还是有点儿摸不着头脑，说："怎么了？是不是什么地方没有说清楚？那也不需要这样啊，过几天我就回去了，你何必专门跑这一趟呢！"

王春妮说："也不是专门，是顺便。"

"你还要反映什么情况呢？"

"不是反映，而是请您将那天记的东西给作废了。"

王干事有些奇怪，说："为什么？"

"那天我去张继德超市打公用电话，张继德确实是招了俺的屁股，不过那是和俺闹着玩的，平常俺们经常这么闹！"

王干事说："你的意思是想算了，是不是？"

王春妮说："不拉倒还能怎样，本来就是闹着玩的嘛！"

"那你为什么还去乡里给我们反映呢？"

王春妮早就考虑好了用语，说："都是因为张继德一句话。"

"什么话？"

"当时俺假装生气说：'你再摸俺的屁股，俺就去乡里告你。'他说：'你要不去你就是个婊子养的。'俺不想当婊子养的，所以才弄出来这么一出。"

王干事说："你们真会闹，拿国家机关当儿戏！"

王春妮说："对不住了，王干事。"

王干事还是不放心，说："王春妮，不会是张继德背后对你威胁什么的吧？"

王春妮说："俺两家关系可好了，俺与他老婆是一个村的。俺的那一口子，还是张继德老婆给说的，他怎么会威胁俺呢！"

王干事说："本来想回去之后，将这件事情给我们乡纪检委员汇报一下的，这倒省心了。"

"对不住了，王干事，给你添麻烦了！"王春妮看到身边的鱼皮口袋，心中萌发想感谢感谢人家，就说道："来时有点儿匆忙，随便给你捎了一点东西。不值钱的。"说着从鱼皮口袋里往外掏东西。

王干事脸色立马变了，说："王春妮，你这是干什么！"

王春妮说："没什么值钱的东西。一箱奶、一盒八宝粥，还有两条子烟，也不是什么好烟！"

王干事说："你看见了，这些东西我都在超市买了，至于香烟，我们家那口子根本不会吸烟。所以说你抓紧拎回去。"

王春妮是真心的，因为这些东西也是人家侯桂花送她的，只要能将事情办好了，她根本也不在乎这些东西。

王干事严肃地说："你要是不将东西拿走，我回去就和上级领导如实汇报你和张继德的事情！"

王春妮有些胆怯了，只好装上东西，拎着鱼皮口袋走了。招待所出门的台阶有点儿高，一下绊着了她的腿，将她绊了个趔趄，手中的鱼皮口袋被摔出去老远……

王春妮一下吓醒了，树上的知了叫声一阵高过一阵，且不知道停歇。

想起刚才的梦，王春妮突然有个想法，趁这会儿空闲，还不如现在就去找找那个王干事说清楚这件事，以防夜长梦多。至于王干事住在哪里，王春妮不用愁，凡是来矿里探亲的家属，都被安排在矿里招待所里住，到那一问，准能打听出来。她抬头看了看响晴的天空，日头已经歪了，她想，即便是王干事喜欢睡响晌午觉，这时候也该醒了。

招待所的路她熟，王春妮拎着手中的鱼皮口袋顺着超市门口这条路走了下去。走到前边有座小木桥，顺桥往右一拐就是招待所了。

想到晚上就能见到日盼夜想的男人了，王春妮两腿都是劲，走起路来，像是踏着风火轮似的。

（原载《阳光》2013 年第 11 期）

葬 花 吟

一

剧团演员周桃的父亲两天前得了急症过世了，电话是周桃的姐姐周杏天刚明的时候打到团长陈一武家的。当时陈团长就觉得有些奇怪，人都死了两天了，为什么现在这个时候才想起来报丧的呢！

剧团五楼平台上，四四方方一块地方，大约有二十几个平方，四面都没有遮挡，站在那儿，城市的街道房屋一览无遗。

每天清晨，訾小小会拿着胡琴到那儿练功。其实这地方，起先是周桃发现的，她经常独自一人来这儿吊嗓子。后来訾小小来了，这儿就变成他们两人的天下。等周桃的嗓子练热了，訾小小的手指也活动开了，然后她唱，訾小小给她伴奏，二人相得益彰。

今儿一早，訾小小先到了平台，周桃还没有来，訾小小便在那里活动活动腿脚。太阳初升，红光满面，噌噌地往上生长。这时候，訾小小猛然发现，头当顶还有半个月亮挂在了那里。太阳与月亮同时出现，他还是头一回见，也许过去曾经见过，他没有在意。不过，月亮在太阳强大攻势下，它的光芒已经变得微不足道了。

周桃来了，说自己起晚了。继而说道，夜里没睡好，五更头眯瞪了一会儿，还做了个噩梦。訾小小本来想问问她做了什么梦，见她已经到一旁开嗓子去了，只好作罢。

刚刚练了一阵琴，周桃就过来练唱，没唱几句，訾小小的琴弦"啪"的一下断了，而且是里外弦一齐断的。周桃无意说道："大清早的，真不吉利！"訾小小也有些纳闷，这种事情过去几乎没有过。怎么会一下断了两根呢？他急忙从琴盒里找出弦，正待要换，团长陈一武慌慌张张地上了平台，对周桃说："你爸爸病重住院了，你赶快回老家看一下吧。"周桃半天没有反应过来，半晌说："半月前，我在家时我爸的身体还是好好的，怎么会一下生病了呢？而且是病得这么重！"陈一武说："人吃五谷杂粮，生个毛病不是正常现象吗？你快准备准备回去一趟吧。"周桃急慌忙走了。陈团长看了訾小小一眼，说："你不然陪着周桃一起回去吧，你们是老乡，路上相互有个照应。"走两步又回头说，"等一下你到团部去一趟，我有话与你说。"

訾小小到宿舍简单收拾收拾，等他到了团部，团长陈一武已经站在门口等他。陈团长说："让你护送周桃回去，一个是觉得你们一起回去方便，二一个，有个任务要事先布置给你，无论发生什么情况，后天一定将周桃给我带回来，因为后天晚上，县革委会要来审查《红灯记》，你懂吗？县里来审查节目的时间早就定下来的，周桃演的是主角铁梅。"訾小小心想：我刚才猜得没错，周桃的父亲一定病得不轻，否则的话，剧团不会在这个节骨眼上放她回家的。临走，陈一武又交给訾小小一个封了口的信封，叮嘱他："等下了汽车后再打开看。要是不遵守约定，回来团里一定会处分你！"訾小小心说：我提前打开，你怎么会知道呢？不过訾小小被团长陈一武的神神叨叨给弄迷糊了，到底周桃家发生了什么呢？这么神神秘秘的，弄得陈团长怎么像是三国演义里面能掐会算的诸葛亮似的！

到了楼下，訾小小遇着他的情敌芈小米。芈小米现在是周桃名正言顺的男朋友，而訾小小只不过是周桃的普通同事而已，要是说有点儿什么的话，也只能说明訾小小是一厢情愿的单相思。芈小米问訾小小是不是护送周桃回老家去的。訾小小说："是的又怎么样？"芈小米说："让我去护送行不行？"訾小小故意说："这是政治任务，陈团长亲自安排给我的，你想去，你去找陈团长说去。"看芈小米垂头丧气的样子，訾小小心中有一种说不出来的痛快。

当初报考县剧团，訾小小是与周桃一起来的，又是一个地方出来的，他们的关系一直不错。訾小小满以为他与周桃会有一个圆满的将来，可是，那个芈小米占着自己是干部子女，长着一张好脸盘子，又演主演李玉和，与周桃台上台下"眉来眼去"的，中间插了一杠子。这以后，訾小小感觉周桃与自己的关系，日渐疏远。即便是訾小小天天给周桃吊嗓子，也只能算是工作关系而已。今天见芈小米那个熊样子，訾小小真有点儿像是报了一箭之仇似的那般舒畅。

因为早上来不及吃早饭，訾小小在门口的小饭店买了几根油条，然后骑着自行车带着周桃向汽车站驶去。九点钟有一班汽车到訾小小住的那个小镇。这班车他与周桃经常坐，所以熟悉。一路上包括到了汽车站，周桃几乎没说一句话，訾小小让她吃油条，她说她不饿。

訾小小住的那个小镇，叫来龙湾，离县城四十多里路，车走到一半路的时候，訾小小真想打开陈团长留给他的那封信看一看，瞧瞧里面到底写的是什么秘密，以满足自己的好奇心。但是訾小小始终没有这么干，不是怕回去受批评，而是作为受人之托的一种责任，促使他不能做出背信弃义的事情，好在路途并不长。

汽车进了镇子，外头的高音喇叭放着京剧《红灯记》李铁梅的唱段，訾小小听见周桃情不自禁地跟着音乐哼唱着，感觉此时此刻她的心情还是不错的。他背着身打开陈团长留的那个信封，抽出信纸，上面有一行字：周桃的父亲已经去世，你现在告诉周桃，说她的父亲已经病危，让她有个慢慢接受的过程。看完信，訾小小对当过中学校长的陈团长有点儿搞不懂了，这种事情你完全可以提前告诉我嘛，何必费那么多的周折弄得如此神秘的呢？莫名其妙！

二

周桃的爸爸叫周铜山，个子挺高，长得帅气，在来龙湾街上，这是个十分风流倜傥的男人。他在镇供销社当业务员，人很精明，会挣钱，在镇子上，周家第一个盖起了五间砖瓦房。周桃的姐姐周杏，也在供销社上班。姊妹俩长得如花似玉，在街上女孩子之中算是十分出众的。

当初，周桃去报考剧团，考的是箫，周桃的箫吹得十分委婉动听。街上人讲，吹箫晦气，能招来鬼！那个鬼就是訾小小。每当周桃吹箫，唯一的听众就是訾小小。由于二人都喜欢音乐，接触就多一些。所以他们才会结伴去县剧团应试。剧团的考官说周桃的箫吹得没的说，只是剧团没有吹箫这个行当。导演看她长得非常漂亮，身材又是那么好看，十足的演员这块料。但是演员不能单凭看身材长相，主要还得看看你的嗓子怎么样？当然如果嗓子好，再加上长相、身体条件都好，那就是一个好演员的苗子了。所以就叫她随便唱一首歌试试。周桃平常不怎么唱歌，也不知道唱什么歌好，想了半天就唱了一段电影《红珊瑚》的插曲："一树红花照碧海，一团火焰出水来，珊瑚树红春常在，风波浪里把花开。云来遮，雾来盖，云里雾里放光彩，风吹来浪打来，风吹浪打花常开。"就是这一首《珊瑚颂》决定了她的命运。

按照陈团长的指示，一下汽车，訾小小便将周桃父亲已经病危的消息告诉了周桃，当时周桃思想一下就崩溃了，一句话没说出来便昏倒在了地上。訾小小哪见过这种阵势，手忙脚乱地将周桃的双腿盘起来，然后去掐她的人中，好半天周桃才缓过气来。好在是到了镇上，都是熟人，许多人见状，急忙围上来，扶的扶，架的架，将周桃弄到家，看到自家大门上贴上了白纸，周桃又一下昏死过去，大家又是一阵手忙脚乱。

别说訾小小与周桃没有想到一向健健康康的、三榔头搋不倒的周铜山会一下没了，就连来龙湾街上的人也没有料到。据周桃妈妈讲，男人几天前患了感冒，拿了几副中药，没承想药没吃完，人就走了。令周桃没有想到的是，她的父亲已经埋下地了。县城离镇里那么近的距离，为啥不让亲生女儿见父亲最后一面呢？为什么？为什么！周桃问她的母亲，母亲不言语，老泪纵横。周桃又去问他的姐姐周杏，周杏也是涕泗滂沱说不出来话。站在一旁的訾小小察言观色，发现在周家问事的、帮忙的，包括左邻右舍他们说话都有些闪烁其词，眉宇之间似乎躲藏着什么。訾小小作为局外人，也不便多问，他的职责，就是寸步不离地跟着周桃，不让她有一丝一毫的闪失，等到了后天，将她平平安安地带回团里去就算完成任务了。

从进门，周桃就半跪在父亲的遗像前，一句话不说，一个劲地流眼泪。她的泪腺似乎十分通畅且储藏量非常巨大，一天一夜的时间，泪水还是那么旺盛，总也流不完。二天一早，等到亲戚们都来了，周桃突然开口说话了，她说："我要见见我的父亲！"连訾小小都被这句话给弄糊涂了。大家面面相觑，默不作声，似乎没有听明白似的。"我要破坟看我父亲最后一眼！"周桃放大了声音。全屋子的人都应该听见了，这句话是那么响亮与真切。訾小小听到了周家窗户上的玻璃被周桃的声音震得沙沙作响。

俗话讲，人死了入土为安，哪有再破坟的道理呢？没这个道理，当然大家都不予应承。亲戚朋友都来劝周桃打消这个荒唐的想法。就连訾小小也不赞成这么做。然而，周桃却一意孤行，针扎不进，水泼不进。她让訾小小找把锹，陪着她到她父亲的坟前去。这时訾小小发现，这个只有二十二岁的女孩子，眼睛里泪水已经干了，喷出来的是一团火焰，烤得全屋子的人都在哆嗦。正当訾小小在考虑执不执行周桃命令的时候，见她猛地一下站起身来，歇斯底里喊道："你们不答应，你们就等着后悔吧！"说罢一个人"咚咚咚咚"地跑了出去。她的姐姐周杏和母亲还有几个女人一起上前，想去阻止她的行动，然而都被她用胳膊摔得趔趔趄趄的。原来女人发狂的时候，力气是那么不可思议。众人无奈地在周桃后面跟着，不知怎么对付眼前这个有点儿发疯的女孩。周桃手中并没有拿什么工具，也没有向她父亲的坟地走，跟着的人逐渐放下心来，也都停下脚步。只有訾小小跟在周桃的身后，她走到哪里，他跟到哪里，寸步不离。

周桃不知为何去了公社。进了公社的大门，訾小小才觉得事情有点儿不对劲，因为明显听见周桃嘴里喊着："我要报案，我要报案。"这句出人意料的话！这时，从一个门里出来一个穿着蓝色制服的中年男人，一旁有人介绍，这是公社的徐司法。徐司法拦在了周桃的面前，问道："你有什么事情？"周桃说："我要报案。"徐司法将周桃领到一间屋子，自己先坐下，而后招呼周桃坐。看见訾小小，又问："你是干什么的？"没等訾小小回答，周桃说："他是我的同事，领导安排他陪我回来的。"徐司法打开本子，拧开笔帽，然后问道："什么情况，你具体说说。"周桃说："我父亲死得蹊跷，只不过是得了感冒，感冒会死人吗？更叫人不可思议的是，不明不白就埋下地了……我请求司法机关，开棺验尸，查明死因！"徐司法说："你说的是供销社周铜山吧？"周桃说："不错。"徐司法说："你是他什么人？"周桃说："我是他女儿，叫周桃。"

三

汇报演出如期进行，看到周桃有点恍惚的样子，团长陈一武亲自问她能不能上台，周桃半晌说行。有的演员已经知道周桃的父亲突然去世的消息，曾给陈团长建议汇报演出让 B 角上，考虑饰演李铁梅的 B 角是个老演员，固然舞台经验丰富，做派也纯熟，但唱腔与扮相不如周桃出彩。再说，那个老演员毕竟是年龄偏大，再扮小姑娘有点儿力不从心，在舞台上到底不如周桃那么青春靓丽。所以团长陈一武最后还是决定让周桃上，不过心里有点儿打鼓。

开戏前，团长陈一武专门到乐队那儿叮嘱一番，让拉头把弦的訾小小和打鼓老一定要打起精神来，该包的一定要给包住，特别是轮到李铁梅的戏，千万千万不能掉以轻心。

固然周桃也是拿出十二分的精神，欲将丧父之痛丢在脑后，可是她毕竟是舞台经验不足，还是没能逃出悲伤的情绪，有的地方竟然忘了台词，好在旁边有人提醒，才不至于将那么多的演员晾在台上。不过到了铁梅与奶奶诉说血泪史那场戏，周桃悲伤的情绪与戏中的情感合二为一，那段唱腔唱得比原来还要铿锵有力、字正腔圆，直唱得泪流满面，台下不时响起了长时间的掌声。

戏散之后，芈小米连妆也没顾上卸，捷足先登到食堂打了饭菜，让没吃晚饭的周桃填充一下肠胃。哪知，周桃一点儿也不领情，硬生生将滚热的饭菜给冷凉了，一口也未动。

周桃很久没有摸过箫了，特别是她喜欢那首早已搁置许久的《葬花吟》那支曲子。箫声将訾小小从被窝拽起来，又将他指引到了五楼平台。

今夜月光似水，将周桃的身体幻化成一幅剪影，使得那首本就伤悲的曲子更加凄凄惨惨。

周桃的箫黄色穗子上有一个夜光坠儿，是一只晶莹剔透的老鼠。周桃属鼠，夜光鼠坠儿是她二十岁生日的那天，父亲送给她的念想。

月亮遁入了舒缓的云层，那只夜光鼠坠儿随着乐曲的起伏，亮闪闪地晃动着。

訾小小站在不远处，静静地听着，他猛然想起了一本书上在评说《葬花吟》这首词释解的四句诗："伤心一首葬花词，似谶成真自不如。安得返魂香一缕，起卿沉痼续红丝？"固然黛玉葬花与周桃丧父的故事大相径庭，但其悲哀的心情都是一样的。周桃是在借《葬花吟》这支箫曲倾诉自己的悲伤罢了。

萧声突然之间断了，余音将訾小小的目光拉向雕塑般的周桃。訾小小不由想到，周桃极目远眺着西方，也许是她现在想她的父亲一定走得并不远，她想最后能否看父亲一眼，哪怕是一帘朦胧的背影。

秋夜孤寂，凉风裹着落寞在击打着周桃那已经有些站立不稳的身体。訾小小缓慢地一点一点靠近周桃，生怕自己的脚步声会吵醒她的心境。到了近前，他将自己的上衣脱下来披在她瘦削的肩上。

其实那天清晨醒之前的梦是真实的。周桃似乎在说给訾小小听，又好像是自言自语，说："我梦见父亲满脸是血，他的嘴里，鼻子里，还有眼睛里都在往外冒血。他看见我，就拼命地要来抓我，他的手上也沾满了鲜血，嘴里一直不停地给我说着什么，只看到他嘴唇在动，可是我一句也听不清。现在我回忆起来，当时父亲好像是说，让我给他报仇之类的话。其实他不托梦给我，我也清楚明白他一定是冤死的，要不然，好好的一个人，怎么说没就没了呢！家里竟然没通知我一声，就将尸体下了地。真如母亲所说，怕吓着我，怕我接受不了，怕影响我的工作那么简单吗？这里面一定有鬼！你说我讲的对吗？"訾小小也不清楚，只好附和她，说："你分析有道理。"

也许是站累了，周桃慢慢地将身体弯曲下来，滑坐在地面上，说："我父亲死得不明不白，令我想不通的是，是什么人与他有这么大仇恨呢？是朋友，还是自己的亲人？"訾小小说："你不要胡思乱想了，你不是已经报案了吗？我想，要不了几天，司法机关就会破案的！"她惨然一笑，说："我希望尽快有结果，可我又怕有结果！"訾小小问道："那是为什么？"她没有直接回答，却深深地叹了一声。

一阵楼梯响，脚步声由远及近，芈小米气喘吁吁地跑了过来，斜着眼瞅了訾小小一眼，然后问周桃，说："你没事吧？"那意思是，有没有人欺负她。芈小米鼻子有些不通气，可能是感冒了，说话呜哝呜哝的。他将周桃扶起来，继而又说："我到处找你找不到，你又不在宿舍里，急死我了，我都到后面河边来来回回找了好几趟了！"

訾小小转身欲走，芈小米对他说道："你别忙走。"说着将周桃身上的衣服拿下来，远远地丢在地上，然后将自己的外套脱下来，二番给周桃披上，声音平缓柔和，说："平台上面凉，我们回去吧？"

四

第二天一早，周桃去与团长陈一武请假，要赶回老家公社去。陈团长说："真是巧了，本来县里审查完了，剧团准备马上公演的，考虑到你家里的特殊情况，我们几个领导商议了一下，想推迟几天再公演。不过，刚才接到上级通知，说是省里文艺工作视察组要到地区检查，调我们剧团到地区汇报演出一场《红灯记》，所以你还不能走。我想，你是个有觉悟的演员，要服从大局。不过，你家里的事情，我准备亲自去帮你料理一下，有什么情况，我自会打电话给你的。希望你专心致志地去地区演出，放下包袱，并调整好自己的心态，俗话讲，救戏如救火，圆满地完成这次政治任务。"

花开两朵，各表一枝。

剧团由业务副团长边艳芳带队去地区汇报演出，团长陈一武则去了来龙湾那个小镇替代周桃处理后事。

剧团走后，团长陈一武随后坐车到了来龙湾，首先去了周桃家，见周家大门紧锁，一打听，才晓得昨天傍晚周家母女已经被县公安局的人给带走了。陈一武一惊，问道："发生了什么事情？"邻居们说："你去公社问问吧。具体的，我们也说不清楚。"陈团长一刻也没有停留，直奔公社，找到了负责处理这个案子的徐司法，亮明自己的身份，希望能了解一下事情的来龙去脉。徐司法说："既然你是死者女儿单位的领导，我们不应该对你保什么密，不过，案子还没有彻底结案，希望你听了之后，暂时不要声张，尤其对死者的女儿周桃，该瞒得瞒，以免发生不该发生的事情。"团长陈一武说："放心吧，这点常识我还是有的。"

下面是徐司法的陈述：

"死者周铜山在来龙湾供销社一直是业务员，人很活溜，熟人多，业务也做得不错，表现也很好，十年多来，几乎每年在单位都是先进积极分子。你是知道的，周铜山有两个女儿，二女儿在你们团，大女儿也在供销社工作，叫周杏。据周杏讲，她不是周铜山两口子亲生的，当年周铜山结婚好几年没有孩子，所以抱养了她，虽然后来他们生了周桃，对于她这个养女视同亲生一样疼爱。周杏说，她很崇拜自己的养父，他有本事，人又是一表人才，她觉得养父是天底下最好的父亲，所以对于养父很依赖。因为工作原因，周铜山经常出差去外地，周杏在供销社是会计，工作就是月底忙几天，平时清闲得很，就与养父一起到外地玩耍，父女俩就住在一个房间，日子久了，两人就发生了不该发生的那种事情。当时周杏只有十七岁……我说这话你明白吧？"陈团长似乎意识到了什么，就点了点头。徐司法继续说，"周铜山平常攒了不少钱，许诺周杏，等你将来找了婆家，我的钱都留给你。周杏今年已经二十五岁了，也就是说，他们父女保持这种乱伦关系已经整整八个年头了。女儿大了总要考虑找对象，这期间，周杏曾经谈过几个男朋友，都因为周铜山说这不好那不好，这理由那理由给否了。前段时间，周杏又谈了一个男朋友，小伙子在县城机械厂办公室工作，男孩子长得非常英俊，两人偷偷相处一段时间，感情很好。后来让周铜山知道了，他死活不同意，并警告女儿，你要是不听我的话，你一毛钱得不到不说，我还将我们的事情告诉你那个男朋友。周杏感到非常绝望，又深深爱着那个男孩子，所以就做出了谋害养父的事情来……"

人不要逼急了，若是逼急了的话，什么事情都会做出来的。周杏感到无路可走了，但又不死心，特别是关乎自己的终身大事。她觉得不解决养父，她这辈子都不会有好日子过。机会终于来了，前些时，周铜山患感冒一直不好，打针吃药也不见效，后来就找到本街一个老中医开了几副中药调调。周杏不知通过什么关系，搞到一些砒霜，趁给养父熬药的时候偷偷地放了进去……

徐司法还提到一件事情，几天前，当警察打开周铜山棺材的时候，只见周铜山的七窍还有血迹，就怀疑是中药的问题，一化验，果不其然就是的，接着便将那个老中医控制起来。不过，周杏意识到瞒是瞒不住了，所以，当警察询问她的时候，她什么都说了。后来，警察又问周杏她母亲知不知道这件事？周杏说是自己一人所为，与母亲无关。哪知警察问她母亲的时候，她坦白什么都知道，包括父女俩乱伦，以及后来在中药里放毒药的事情。母女俩讲的不一样，所以，两人都被县公安局的人带走了。

团长陈一武知道剧团今晚装台没有演出，演员们都住在地区招待所里，按理讲，他明天，完全可以有时间赶到地区，但是见到周桃怎么讲呢？要是将实情说出来，周桃还能安心演出吗？再说要是瞒的话，怎么瞒，弄不好就说漏了嘴。为了能完成这次调演的任务，陈团长决定不去地区了，给周桃去个电话，先稳住她，将演出任务完成再说。

为了保证明晚演出有旺盛的精力，剧团就没让周桃参加装台。心中有事，又是大白天的，周桃躺在床上怎么也睡不着，一心等着陈团长的电话。就在这个时候，电话打进来了。团长陈一武说："县公安局已经将你父亲喝过的药渣拿去化验过了，初步断定，你父亲是因病正常死亡。"周桃有点儿半信半疑，说："怎么可能呢？"团长陈一武说："这种事情我能瞒你吗？你安心演好戏，这里有我盯着哪，要是有啥新情况，我会及时打电话告诉你的。"

团长陈一武挂了电话，心中有点儿乱糟糟的，谎是撒圆乎了，过两天周桃回来了，怎么给她交代呢！再有，她家发生这种龌龊的事情，她思想上能接受得了吗？

五

花开两朵，各表一枝。表罢那一枝，再说这一枝。

剧团当晚在地区演出非常成功。这令一直把攥着心的副团长边艳芳一块石头落了地。虽然她是分管业务的老团长，不过，她平常很少一人带团出发演出，何况，因为主角周桃家中发生变故，她担心周桃在台上会出现状况。今晚台下不是一般观众，既有省里懂业务的文艺工作视察小组同志，还有懂行的地区京剧团的同行，再说地区的有关领导也来看戏，你说边艳芳心里紧不紧张？比她当年第一次登台还要紧张十倍。好在一切顺利，不知什么原因，周桃今晚在舞台上，无论是唱腔还是表演，都做到了极致。所以戏一结束，边艳芳回到了招待所第一件事就是给团长陈一武去了电话，将演出成功的消息汇报了一遍。因为他们事先约好的，团长陈一武一直在剧团等她的消息呢！

边艳芳晚上一般不喝茶叶，怕失眠，现在心中这么兴奋，估计今晚的觉是困难了，干脆泡了一杯茶，以毒攻毒。茶刚泡好，还没来得及喝，就听见有人敲门。边艳芳认为是哪个演员来找她拉呱的，演员们都是夜猫子，不熬到三更半夜不睡，就大着嗓门喊道："谁呀？进来。"推门进来的是陌生的面孔，一男一女，男的年长，女的年轻。男的说："边团长，还认得我吧？"边艳芳认认真真地看了一会儿，想起什么来，说："认得认得，地区京剧团的渠团长。"渠团长说："这么晚来，打扰您不好意思。"边艳芳说："难得难得，因为这次来得突然，时间又紧，所以没能到您那儿看望您，请多多包涵。"渠团长将同来的女人介绍给边艳芳，说："这是我们京剧团的业务副团长，演青衣的。"

宾主握手落座之后，边艳芳要去泡茶，渠团长说："不麻烦了，说完事就走。"边艳芳心中纳闷，三更半夜的，有什么要紧的事情呢？渠团长说："由于时间关系，我就开门见山吧。我们今晚看了你们团的演出，感觉你们演出的效果还是非常令人振奋的，特别是饰演李铁梅的那个女演员。"说着望一眼身边的那个"青衣"，"好像名字叫周桃吧？""青衣"点点头。边艳芳心里一惊，半晌"哦"了一声。渠团长说："这个周桃演得十分棒，不论是唱功还是做派，都是很不错的。"边艳芳替周桃谦虚道："还年轻，有的地方还不到火候，请您多提宝贵意见。"渠团长说："我们今天不是来提意见的，是来挖墙脚的！"边艳芳一下没明白渠团长的意思。渠团长继续说道："我们看中你们剧团那个周桃演员了，我想，请你们支援一下我们地区京剧团，我们想与你们商议一下，能不能将周桃让给我们。这个演员待在你们县剧团实在是有点儿可惜了！"边艳芳明白，人家这是看不起自己这个小小的县剧团呢！县剧团原是演地方戏的，现在唱京剧，那是逼上梁山！心中有点儿气不忿儿：你既然看不起我们小剧团，又何必来求我们呢？再说，大家都是同行，有你这样挖人家墙角的吗？边艳芳心中有气，表面上还是客客气气，说："渠团长，这个事我可做不了主。就是我们陈一武团长今天在这儿，怕是也不能当这个家，我们还有上级领导呢！"渠团长说："那是当然，我这是提前给您打个招呼，如果要调动演员的话，我们自会请地区文化局有关领导协调此事的。"边艳芳没好气地说道："即便是上级领导发话了，还得征求一下周桃本人的意见呢！她愿不愿意，现在还是两可之间的事情！"

送走了客人，边艳芳一肚子不快，茶水凉了，她也没有心情喝了，顺手将一杯茶倒了，一个人坐在那里生闷气。

正在这时候，一个女演员突然推门进来了，说："边团长，大事不好了。"边艳芳问："怎么啦？"来人说："周桃不见了！"这个女演员与周桃住一个房间，边艳芳安排她密切注意周桃的动向。边艳芳一惊，说："有多长时间了？"女演员说："散戏回来之后，周桃说在院子里转转，透透气。我就站在窗口看着她，哪知我突然想上厕所办大事，等我出来，她就不见了，我在院子里找了好几圈都没有找到人。"边艳芳说："怎么那么巧的呢，你偏偏在那个时候去上厕所！"女演员有些不悦，心说：上厕所还分什么时候啊！不过她知道边团长平常强势得很，没敢回嘴。边艳芳说："你问问訾小小看见了没有？"女演员回答，说："訾小小在房间里看小说呢。""芈小米呢？""我问过了，卸完妆芈小米到他的姑姑家去了，今夜不回招待所住。再说周桃现在这个时候也不会与他走亲戚的，没这个心情不说，更何况是三更半夜的！"边艳芳想了想，问道："先前你有没有发现周桃情绪有不稳定的因素？"女演员回答："一点儿也没有，吃夜宵的时候，我还见她破天荒地吃了一个大油饼呢。"边艳芳心想，估计不会出什么事情。到了地区，城市比较繁华，周桃心中郁闷，出去散散心，看看城市夜景也不是没有可能。不过，还是谨慎点儿好，她让这个女演员到各个房间去通知一下，除了年纪大的、身体不好的，其余演职员全部出动找人，每个街道，每条道路，特别是水沟、河道、公园等地方都不要放过！不见周桃本人绝不收兵！

到了深夜一两点钟，出去找人的演职员都陆续回来了，他们说每一条街道，每一条道路都来来回回搜了好几遍了，根本没有周桃的踪影。这下团长边艳芳害怕了，急忙给团长陈一武家挂长途。团长陈一武听罢许久没说话，半晌埋怨道："我让你千万要看紧周桃的，怎么会出这种事情的呢？"边艳芳说："我想这样吗？我已经是十分小心了，哪知就是一冒眼的工夫。"这时，站在身旁的訾小小趴在边艳芳的耳边出主意，说："要不然报警吧，警察人多地熟，又有经验。"边艳芳觉得有道理，就复述了一遍訾小小的想法。团长陈一武沉默了一会儿，说："千万不要惊动警察，那样的话，事情就大了，闹出去政治影响也不好。""怎么办呢？"边艳芳长出一口气。团长陈一武说："现在也只有等到天明再说了，如果到那时还没有周桃的消息，那时候再考虑报警吧！"

早饭后，周桃回来了，陪她一起回来的，还有芈小米。大家都明白了，昨夜周桃一定是与芈小米在一起。

訾小小眼睛瞪着芈小米，说："芈小米，你真不是个东西！"

"人能平安回来就好。"一夜没合眼的副团长边艳芳长出一口气。本来准备今天放演员们一天假的，让大家出去转一转玩一玩，看看这儿比较有名的动物园，想起昨夜发生的事情，再加上地区京剧团想挖墙脚，边艳芳临时决定，现在就装车打道回府，以免在节外生枝。

六

剧团一回到县里，周桃没等见团长陈一武的面，下车就直奔了县公安局。办案的是个年轻的警察，也没有工作经验，偏偏另一个老警察临时出去办事。年轻的警察一听说是死者的女儿，脑子里连个弯也不会拐，一点儿也没有隐瞒，直接将案件前后发生的经过照实讲了，年轻的警察正在滔滔不绝讲述，突然见一口鲜血从面前女孩子的嘴里喷涌而出，随即双眼一闭，身子就软了下去。要不怎么说那个警察没有经验呢，既然人吐血昏倒了，第一时间赶快驮着伤者往医院送啊，他当时就麻爪子了，傻站在那里，不知如何是好，半天才想起来跑出去喊人找车。

团长陈一武和芈小米、訾小小听到这个消息，急忙赶往医院。此时周桃已经挂上了盐水，人还是昏迷不醒。

团长陈一武本来想好了一整套如何隐瞒周家真相的计划，还没有实施就流产了。周桃醒来之后，一双眼睛直直地盯着天花板，一句话也不说，也不搭理任何人，就好像房间里只有她一个人。大家也不好劝，也不知怎么劝，既然事情已经公开了，也只有任其发展了。现在最重要的是，不要出任何事情。当然是指周桃的安全问题。怕她一时想不开寻短见，所以，团长陈一武与副团长边艳芳商量之后，决定将剧团的女同志编成几个班，一天二十四小时轮流守在医院里，包括周桃上厕所都得有人跟着，一点儿也不能疏忽大意。

周家发生这种事情迅速在全县蔓延开来，因为当事人死的死，被捕的被捕，现在还能寻着线索的只有在剧团当演员的周桃了。所以，剧团成了故事的中心，每天早上，都有好事的人到剧团大门口围观，打听消息。周桃虽然在剧团里面走红时间不长，认得她的人也还不是太多，有的观众一下还不能与真人对上号，但许多人都知道演李铁梅女演员就是杀死父亲的那个女人的妹妹，名字叫周桃。好奇心一直是人的本性，固然一些群众对于案子并不是十分清楚，可是，人们有很高的悟性，编故事的能力不比一般作家差，三传两传，再加上联想，故事就变得十分经典了。版本也不下好几个，最让周桃不能接受的一个版本，那就是禽兽不如的父亲既然与大女儿乱伦，当演员的小女儿周桃能幸免得了吗？接着传出周桃没有进剧团之前就已经流产多次的传闻。兔子不吃窝边草，既然吃了，还在乎多吃一口吗？虽然团长陈一武多次在会上讲，对于周桃大家要多点爱心和关心，不要以讹传讹，造成周桃再次受到伤害，可是你不传能保证社会上的人不传吗？有段时间，剧团连大门都不敢开了。最最不能容忍的是，前两天，地区京剧团派人来调周桃的档案，本来周桃对于调她去"地京"工作的事情并不知情，正常的话她不一定能答应此事。因为你在县剧团演主演，到了地区你不一定能当上主演，后来觉得家中出了此事，如果能换换环境无疑也是一件好事。哪知，"地京"管人事的人听说了周桃家中发生了这种事情，一时拿不定主意，最后啥手续没办就回去了，说是向有关领导汇报汇报再做决定。后来就没有消息了，再后来就偃旗息鼓了。本来社会上对于剧团演员特别是女演员的作风问题就有说辞，现在发生这种事，即便是周桃浑身是嘴也讲不清了。

芈小米对于周桃家中发生的事很同情，当听到社会上那些传言，思想慢慢开始动摇起来。当初他与周桃谈恋爱的时候，家中父母根本不愿意，因为周家在农村，又是一般老百姓的家庭，而芈小米的父亲是县里一个大局的局长，母亲又是个中学教师，所以说有点儿门不当户不对，因为儿子喜欢，又是那么坚持，家中也只好勉强答应了。现在周家出了这种丢人的事情，今后全家人怎么有脸出门呢！所以芈小米的父母旧事重提，说什么也不能同意这门亲事！而芈小米也打起了退堂鼓，即便她相信周桃是清白的，他也不想全县的人一辈子指着他的脊梁骨当谈资。芈小米退缩了，退得干干净净。许多天也没有去医院看望周桃一次。

这天一早，訾小小正在宿舍电炉子上熬鸡汤，准备给周桃送去补身体，有个女演员带话来，说是周桃要他现在过去一趟。訾小小急忙将还没有熬好的鸡汤，装在保温瓶里，骑着自行车急忙往医院赶。

周桃今天特地梳了头，脸上已经不是那么惨白，人也显得有精神了。

訾小小将鸡汤倒在碗里，一勺一勺喂着周桃喝下去。

周桃说："小小，这段时间多亏了你的照顾。"

訾小小说："我们是同事加老乡，这是我应该做的。"

周桃惨然一笑，说："真的要好好地谢谢你！不过……"

訾小小说："哎呀，你现在什么都不要想，抓紧将身体养好再说。"

周桃望一眼窗外面阴沉的天空，不由说道："天气可能要温雪了。"

訾小小说："好长时间没有雪雨了，上天听我父亲来电话说，田里的麦子都干得趴在地上不起来了。"

周桃叹一声。

訾小小说："周桃，事情已经过去了，人死不能复生，再想就没意思了！再说，想多了，对你的身体没有点儿好处。我知道事情不摊在自己身上，谁都会说这种话。可是劝人的不都是这么劝的吗？有时我真这么想，你的苦，你的痛，你受的伤，我要是能替替你就好了，哪怕是让我少活十年八年我都愿意！"

周桃苦笑。

訾小小说："你一定要想开点儿，你放心，只要你乐意，这辈子我都会保护你的，像保护大熊猫一样保护你！"

周桃眼睛含着泪水，想笑，没有笑出声来。

訾小小想起了什么，下午我给你将《红灯记》的剧本拿来，时间久了怕你忘记了，你有空熟悉熟悉台词，听陈团长他们说，春节前就要公演了。

周桃看见訾小小收拾东西要走，说道："你下午来，想着将我宿舍里那支箫给我捎来。我想吹一吹。"

雪终于下下来了，鹅毛大雪，很大，飘了一夜。

翌日晴，太阳嘻嘻哈哈地挂在了天空。街上熟人见面，都不免说一句，瑞雪兆丰年啊！

大清早，訾小小买了油条豆汁，踏着雪去医院给周桃送饭。前几天，剧团见周桃的身体日渐恢复，思想也开朗了许多，就将负责看护的女演员们撤了，一切生活与看护都由自告奋勇的訾小小负责。

在路上，訾小小还在想，等吃完了早饭，他准备带着周桃在医院的院子里堆雪人。小时候，遇到下雪天，他与周桃经常一起堆雪人，他负责铲雪，周桃则给雪人装鼻子安眼睛，一玩一整天，手都冻红了。这时候，訾小小就拉着周桃的手伸进自己的棉袄里面暖。想起往事，訾小小心中不由升起一丝暖意。

病房里没有周桃，可能去厕所了，訾小小心想。等了半天，还不见人回来。訾小小就想，可能周桃到院子里看雪去了，就起身到院子里寻找。转了两圈也没见人影，一个不祥的预感在訾小小的心中旋转，他急慌忙又跑回病房，然而还是扑了个空。他去问护士见没见周桃，护士都说没看见。訾小小说："昨晚上病人一直在病房里吗？"护士说："我们刚接班，昨晚的事情，你得去问值夜班的护士。"訾小小急了，二番回到病房，才发现周桃的那支箫也不见了，便四处翻找，他想周桃如果真要是出走的话，一定会给他留句话什么的。果不其然，在床头柜里，訾小小发现了一个信封，里面有一张纸，还有周桃箫上那只夜光鼠坠儿。訾小小展开纸，上面就一行字：小小，我走了，不要找我。感激你照顾我这么多天。只是没有机会报答你了！

周桃彻底失踪了，任何人也不知道她去了哪里。

七

訾小小一直没有成家，每当夜深人静的时候，他便会从枕头底下拿出周桃留下的那只夜光鼠坠儿，放在掌心里把玩。虽然多少年过去了，那只鼠坠儿的夜光依然是闪闪发亮。奇怪的是，每每赏玩那个小东西，他就会闻到一种草药的味道，淡淡的，夹杂着浅浅的香气。訾小小每每会抱着这件周桃留给他的这件遗物进入梦乡。

这天夜半，訾小小猛然听到了阵阵箫声，吹的是周桃常吹的那首令人悲怆的《葬花吟》，那箫声悲悲切切，低回哀怨，令人心生怜惜。

是周桃回来了，是周桃回来了！訾小小慌忙夺门而出，连鞋子也没顾上穿。到了门外，那箫声却断了。訾小小有些奇怪，难道是自己的错觉？疑疑惑惑回到床上，刚刚躺倒，隐隐约约又听到了那凄凄惨惨的箫声。他二番跑到了门外寻觅。这次他听得真切，那箫声原来来自剧团五楼的平台方向，他不顾一切循着箫声追了过去……

（原载《东海》1993 年第 3 期）

十六字令

一

东南乡来龙湾多少年来出了两个文化人，一个是錾子王许广才，另一个则是中心小学校长高大山。二人都写一手好字，还都是习的颜派颜真卿的字。许广才专攻颜体隶书，那字笔力写得雄强圆厚，庄严雄浑。高大山则不然，喜好颜真卿的行书，用笔气势充沛，巧妙自然，并有篆籀气息，不失魏晋的准绳。许广才是高大山的恩师，教过高大山几年私塾。虽是师生关系，写的均是颜体，而他们交流却不多。后来，因为生计，许广才不写字了，改刻碑石，给死去的人"树碑立传"，这一点，让学生高大山很是不屑。当然就更加看不起曾经给自己授业的先生。但是，许广才却因给死去的人刻碑石，声名鹊起，整个东南乡，乃至苏北大片的地方，家中只要有人故去，都拿能得到錾子王亲手刻的一块石碑引以为荣。所以许广才收入也就相当丰厚，到他劳力消失殆尽、握不住錾刀的时候，许家在当地已经有非常殷实的家底了。据说他的子孙，很多年后在内蒙古开了一个金矿，都是当年錾子王积攒下来的钱财。

许广才前几年喝酒喝死了，东南乡一时洛阳纸贵，传说，錾子王的石碑经常被盗，大概是偷去收藏。好多人家就夜夜派人守候祖坟，哪能守得住呢？失窃的队伍还是不断壮大。有的人家，便将祖上的石碑搬回家看着。与其让人拿去当宝贝，倒不如自己存着。顾不得先人埋怨，这也是没有办法的办法。

来龙湾只剩下一个文化人，高大山。

这日上午，高大山没有课，正在办公室里挥毫疾书，公社主任宋卫国进门了。宋主任是高大山的小舅子，深知姐夫的习惯，他写字的时候，任何人不得打搅，所以就站在姐夫的身后观看。等到一幅字完成了，这才说了声好字！高大山也认为今天这幅字写得得心应手，再有人当面夸奖，心情也就格外好，掐着腰，一边品着茶，一边欣赏自己的作品。宋卫国说，毛主席的诗就是恢宏气派，说着摇头晃脑地念了起来。高大山忽然想起什么来，说："卫国，你不是说要一幅字送给一个什么朋友的吗？你知道，我的字一般不轻易示人的，我已经答应你好长时间了，你既然喜欢这幅字，你就拿走吧。"宋卫国喜不自胜，连说："谢谢姐夫，谢谢姐夫。"当时，宋卫国就说了朋友的名字，高大山提笔落了款，又找出图章盖上了，轻轻地吹了吹，小心翼翼地折叠好，装在一个自己糊的早已准备好的信封里，然后交给宋卫国。

宋卫国提起水瓶，给姐夫的茶杯里续上水，高大山这才想起来问，说："卫国，你来找我是不是有什么事？"宋卫国说："本是路过，顺道看看你，不过，这会儿突然想起一件事情来。"高大山抿一口茶水，问道："啥事情？与我有关吗？"宋卫国说："前几天县文教局来个电话，让我们公社成立文化站，其目的是，丰富当地群众文化生活，让我们选个文化站长，这两天我正为此发愁，今天一看到你，我突然觉得姐夫你很合适。"高大山说："我当好好的校长，改的哪门子的行呢！"宋卫国说："姐夫，文化站长得有文化人来当，在我们公社，你算是个名副其实的文化人，无论从能力和实力来讲，这个职位非你莫属。"高大山点燃一支烟，说："那我也不想干，再说，最近上头马上要农转非一批老师，我是校长，无论从职务、工作年限，还是从表现，我都得排第一位，我要是走了，这个时机就失去了，多少年我就期盼着转正，我不能错过这个机会。"宋卫国说："姐夫，文化站长也是国家正式编制的干部，当然是人先到位后才能入编。估计时间不会太久。"高大山说："我何必舍近求远呢？"宋卫国说："姐夫，我是这么考虑的，这次中心小学农转非名额不会太多，你肯定是排在第一位不错，不过，你想过我姐了吗？一个学校那么多等着转正的老师，都眼巴巴地盼着能鲤鱼跳龙门，你一家总不能一下解决两个吧？你是一校之长，即便你是县文教局戴帽下来的，让你自己决定，你也不好给我姐使劲吧？所以说，你要是离开中心小学，我姐转正绝对是没有问题，而你在文化站，转为国家干部，也是迟早晚的事情，这不是一举两得的事情吗？姐夫，你不妨考虑一下。"高大山在心里连连"哎"了几声，从长远看，小舅子的话不无道理，不由点了点头。

二

文化站没有办公地点，公社将大门口门东的围墙推倒，现盖了三间瓦房，青砖红瓦，石灰墙，水泥地。县文教局，专门送来了一副乒乓球台子，作为祝贺。那时，全国庄则栋热还没有散去，全民皆乒乓，谁要是没摸过球拍，用现在一句时髦的话来说，你太"out"了！

一时间，文化站成了公社的娱乐中心，一天到晚，乒乓声不绝于耳。即便是在夜里，文化站也是灯火通明，当然大多数都是公社的各部门干部在那儿操练，一般老百姓围不上文化站的大门。其实老百姓白天要下地干农活，晚上都困得找不着铺沿，也没那个闲情逸致，也不去凑那个热闹。只有那些不知趣的小学生或是中学生晚上才会到文化站门口探头探脑。那些孩子大多是高大山过去的学生，高站长就怂恿他们上台练一把。那些公社的干部当然不想让那些学生们练习，高大山就出了一个主意，谁输了谁下，往往那些公社的干部不是那些学生们的对手，没几个回合就败下阵来，倒让那些孩子们占了上风。

既然是文化站，就得有点儿文化气息，单是乒乓球，那就不是文化站了，那就成了体育中心了。所以高大山又订了几份报纸杂志，来文化站的人渐渐多了起来，特别是街上那些喝过几天墨水的人，没有事，就会到文化站来看看报纸，翻翻杂志什么的。虽然不是多么忙，高大山一天到晚还真是离不开，若是去县里开会或者进城办什么事情，他还得专门请人代他看一下门才行，他办完事或是开罢会，就得马不停蹄地往回赶。

宋卫国每天下队都得路过文化站门口，但他很少进去，还是文化站正式开门那天去过一回，一是工作比较忙，二一个，他不喜欢运动，对打乒乓球也不感兴趣，特别是看到那些初学者，拾球功夫比打球的时间都长，看了都觉得眼烦。再说，一个公社的主任，整天光着膀子在那儿乒乒乓乓的，群众影响也不好。

这天，宋卫国下队回来，还没到吃饭时，听见前头文化站里杀声连天，就信步走了过来。众人见宋主任来了，打球的急忙放下拍子，看热闹的也都慌忙让开一条路。有的人就讨好地说："宋主任打一盘吧。"宋卫国摆摆手，说："你们打你们的，我不会。"众人看到宋主任找站长高大山说话去了，这才又重新拉开了架势。

高大山正在整理报纸杂志，看到小舅子来了，就说道："今天怎么有闲空的？"宋卫国说："今天回来得早。"说着从口袋里摸出一包带锡纸的香烟，递到高大山的手里。高大山说："乖乖隆的咚，大前门牌子的！哪里搞来的？"那时候带锡纸的大前门香烟属于紧俏商品，别说没钱，即便是有钱也没地方买去。宋卫国说："前几天去县里开会，县办的一个同志硬塞到我的口袋里的。我说：'我又不会吸，给我也是浪费。'他说：'你留着招待人。'"高大山没舍得吸，将烟装好，掏出平常吸的烟抽出一支点燃。宋卫国说："姐夫，我看你平常怪忙的。"高大山说："忙是忙，可是一天忙到晚，不知忙的什么。这不，我都好久没写字了，弄不好，连怎么握笔都不知道了！"宋卫国说："等有合适的人，再给你配一个人来，给你打打下手，免得你整天脚手不失闲。"当时高大山只当是说闲话，没几天，宋卫国真的给领了一个人来，还是个女人。

三

每天早晨，高大山去文化站特别早，公社上班的钟声还没响，他就到了站里。在小学习惯了，可以这么讲，每天在小学他都是第一个到学校的，第一件事，就是抱着把大扫帚，将学校里里外外打扫干净，一年三百六十五天，无论是好天还是孬天，他都是如此。

高大山正在打扫门口卫生，宋卫国突然带着一个年轻女人过来了。那女人很年轻，也很恬静，留着当时比较时髦的短发，肤色健康，眼睛特别明亮，能照出对方的影子。高大山不知小舅子大清早的领个女人干什么，没等他问，宋卫国就说："姐夫，我说给你找个人帮忙，现在我给你带来了。"高大山半晌没有反应过来，说："帮忙？帮什么忙？"宋卫国说：

"你忘啦？前几天，我不是说给你找个人，打打下手的吗？平常你一个人忙不过来，有个人替换你，你出去开会或者干什么，就可以从从容容的了。"高大山方才明白过来，说："对对对，我一忙就给忘记了。"那个女人自报家门，说："我姓何，高站长，你就喊我小何好了。"说罢，一把夺过扫帚，刷刷刷刷地扫了起来。高大山一看小何扫地那架势，就知道她是个勤快的人。

放下扫帚，小何又拎着水桶去公社打来一桶井水，将乒乓球案子上的灰尘擦干净，然后又将三间屋的玻璃里里外外擦得剔透锃亮。不到半天的工夫，高大山就感觉这个小何挺不错的，不由问道："你叫何什么？"小何说："我叫何小麦，生我的时候，正是麦口，图方便，我父亲就给我取了个这个名字。"高大山说："这个名字好，顺口。"何小麦不好意思一笑。他不知道有文化的高站长这个顺口二字的含义。"你会写字吗？"稍时，高大山不由问道。何小麦不好意思一笑，说："我只念到初小就不念了，只会写自己的名字。不过我崇拜有文化的人。听宋主任说，你文化高，有机会，我得多多向你学习。"高大山说："相互学习，相互学习，不过，文化站得有文化，你没事的时候，多看看书，不认识的字我教你。"何小麦说："谢谢高站长了！"

何小麦到文化站之后，高大山的确清闲多了，大部分工作都被何小麦做了，有时县文教局召开会议，高大山也让何小麦替他去，他则留在家看门。平常忙惯了的高大山就感觉有点儿闲得无聊，文化站人多又吵，有时高大山就躲在家中写字，写累了，才到文化站转一趟，权当是歇歇膀子。看到小何忙里忙外的样子，高大山反倒是插不上手了，有人来借书或者乒乓球坏了找她，也都不找高大山了，何站长长，何站长短的，都去找何小麦去了。俨然何小麦成了文化站的当家人。高大山也不在意，心想，自己是正儿八经的文化站长，何小麦只不过是临时工而已，喊她是站长她就是站长了吗？高大山不去计较这些，自己倒是感觉对何小麦有点儿歉意，什么事情都让不是站长的站长干了，心里面总有点儿过意不去。

一日，高大山到城里办事情，遇到别的公社文化站长，人家就问他，说："老高，怎么好长时间不见你的面了呢？你不会是调走了吧？"高大山说："我还没有转正呢，真要是想调动的话，我也得转正了才好往别的地方调啊！"那位站长说："这一批转正的人刚刚批下来，你怎么没报的呢？"

高大山傻眼了，问："什么时候的事情？"人家说："上个月。"高大山说："不可能吧，我是一站之长，要是有转正的名额，我会不知道吗？"那位站长说："我能骗你吗？这一批每个公社都解决一个，你们公社报的是个女的，姓何，叫什么何什么来着？"高大山说："何小麦。"人家说："对对对，就是那个何什么小麦的。转正手续批下来那天，我们还在文教局大门口一起合影留念呢！不信你回去问问那个何什么小麦的！"就这，高大山还是不相信，事情也不办了，转身去了县文教局。一打听，那个文化站长说的确实是真的，他当即就找到管人事的部门，问为啥这次转正的不是自己而是一个临时工，问是怎么回事情？人事部门告诉他，说："你们公社没有报你，当然没有你的名字了，我们是按照公社报上来的名字办理的，这个不赖我们，你要有什么意见，去找你们公社的头头说去。"

高大山心肺都要气炸了，急急忙忙往回赶，他要找小舅子宋卫国问问清楚，这到底是怎么一回事情。他是公社主任，这个事情他不会不知道，因为，上报转正的干部名单，没有一把手签字那是上报不上去的！

四

虽然宋卫国是自己的小舅子，可是他的办公室，高大山还真的未进去过。高大山敲了半天房门，也没有敲开。宋卫国的秘书从旁边屋里过来，说："高站长，你找宋主任哪？"高大山一肚子气，从鼻孔里"哼"了一声。秘书知道高大山与宋主任是亲戚关系，就又说道："县里来人了，宋主任现在正在会议室里接待呢！"高大山说："我到会议室去找他。"秘书一把将高大山拦住了，说："高站长，你不能去。"高大山说："我怎么不能去？我找他有急事情！"秘书见高大山一脸怒气，忙说道："高站长，天大的事，你老人家也不能去。"高大山说："不就是县里来个人吗？我去了又能怎么的！"秘书说："高站长，你知道县里领导今天干什么来的吗？"高大山说："我管他干什么来的呢！"秘书说："高站长，宋主任马上就要高升了！""升哪去了？"秘书压低声音，说："提到县里当副主任了，就是过去的副县长。"高大山一时无语，一肚子气立马消了大半。小舅子马上当县官了，这种事情不能去搅和。高大山说："那我回头再来。"说罢，去文化站等着去了。

　　何小麦这几天请假回老家去了，要是她在的话，高大山肯定会当面问问她。平常他对何小麦还是比较照顾的。因为是小舅子介绍来的，所以什么事情也没有防着。没有想到，这个女人这么歹毒，将自己转正的名额给顶了，自己反倒装作没事人一样，你说说，天底下哪有这样不讲究的人呢！即便是公社安排的，让你冒名顶替，你也不能这么做啊！人总得懂得感恩吧，你不感恩也就算了，起码你总得讲一点情分吧？就算你连一点儿情分也不讲，起码你做事得摸摸你自己的良心吧！不可能你的良心被狗给叼走了吧！

　　天黑下来了，高大山觉得县里的干部这会儿也该走了，便二番来找宋卫国。宋卫国的房门虚掩着，高大山敲也没敲，就"咣当"一声推开了房门。宋卫国正趴在办公桌上写着什么，一见高大山，宋卫国不免一愣，说："姐夫，你怎么来了？"高大山往办公桌前面椅子上一坐，说："你说我怎么来了？"宋卫国见姐夫一脸怒气冲冲的样子，似乎意识到什么，急忙起身将房门关上了，又泡了一杯茶送到高大山的面前。高大山说："听说你要提拔了？"宋卫国一笑，说："你听谁瞎说的？"高大山不能将那个秘书卖出来，就说："你提拔不提拔不关我什么事，我也不想沾你什么光。今天我是来问你一件事情，咱先抛开亲戚这层关系，你是公社主任，我是小老百姓，咱们也不要藏着掖着，有什么就讲什么！"宋卫国说："是转正的事情？"高大山说："不错，你给我说说清楚，这到底是怎么一回事，其他公社的文化站长这次都转了，就落我一个人，后来我才知道，我的名额被那个何小麦给顶替了，你是公社一把手，你今天一定要给我个说法，不然的话，不光我们亲戚没得做，而且，我还要写信到上级反映这件事。县里不解决，我就往省里反映，省里再不解决，我就向中央反映，向毛主席反映！"宋卫国说："姐夫，你今天不来找我，过几天我也会去找你，当面给你赔罪。"高大山说："我不要你陪什么罪，我就关心我的转正，前几天，你姐还问起这件事情。我说，全县几十个文化站，又不是我一个人，迟早晚的事情。等了这么多年，没想到这个指标却被人家给顶替了，更没想到的是，被自己的亲戚给害了，我就想不明白了，你这么做，无论从公还是从私，你能对得起谁呢！你姐姐还不知道，要是晓得这件事，她能原谅你吗？"宋卫国说："姐夫，这件事，的确是我做错了，我也是没有办法才这么做的。我知道你与姐姐知道这件事情肯定会生气的，但总比你们看到我被开除公职强啊！"高大山一愣，说："开除公职？为什么？"宋卫国说："姐夫，我是有苦衷的……我与何小麦相好已经好几年了，还生了一个孩子。她一心想当国家干部，我要是不答应她，她就要到上面去告我。一告我，不光我的公社主任没了，弄不好，我还有可能吃上官司。所以，我才做出对不起你和姐姐的事情。"高大山半晌叹一声道："唉，你是个公社主任，你说你怎么能做出这种事情来的呢？家中弟妹那么贤惠的一个人，还给你生了两个儿子，你这么做能对得起谁呢？"宋卫国说："姐夫，我知道我如今是谁也对不起了，只求你能原谅我。"高大山说："不原谅你又能怎么样呢？只是不知什么时候才能等到下一次机遇。"宋卫国说："马上我就要到县里上班去了，权力要比现在要大得多，我会尽快想办法给你解决转正的事情的。"高大山又叹一口气，说："我这儿好说，就怕你姐姐知道会来找你的麻烦。"宋卫国说："姐夫，好事两头瞒，你就想办法替我瞒一瞒吧！"

茶都已经凉了，高大山早就说得口干舌燥，端起茶杯一饮而尽。站起身欲走，想起什么又说道："你马上要去县里做官了，千万要将自己的屁股擦干净。那个何小麦你不能再与她有来往了，常在河边走，没有不湿鞋的！当断不断，反受其乱！"宋卫国将房门打开，轻声说道："我已经将她调到县里去了，也离开文化口了。"

出了公社大门，高大山猛然想起来，自己与老婆一直没有孩子，要是能将小舅子与何小麦生的那个孩子要过来收养，也算是补偿一下自己的损失。再一想不妥，即便何小麦同意也不合适，孩子在这里，女人总会找个借口过来探视，日子久了，势必会露出马脚，要是因此影响到小舅子宋卫国的前程，那可就不值了！

五

虽然高大山感觉小舅子做事有点儿荒唐，但事情已经出了，再怎么着也改变不了事实。自己的转正事情，虽然没有赶上这一班船，他相信迟早晚会解决的。何况马上，小舅子就要升迁了，成为县干部了，要解决一个转正指标的话，这还不是探囊取物的事情嘛！俗话讲，一人当官，鸡犬升天。比起小舅子的前程来讲，即便是一辈子不转正又有何妨，况且，老婆已经是国家人员了，吃着"计划"，拿着俸禄，自己一个人，早转与晚转有什么关系！即便是将来有了孩子，户口随母亲走，也妨碍不了什么。

吃晚饭的时候，老婆倒是问起来，说你干文化站长已经不短时间了，怎么到今天还没有说法的呢？高大山没有讲实话，他怕老婆知道真相之后，一时把握不住自己，将事情闹大了，影响了小舅子的发展，那就得不偿失了！固然那是她的亲弟弟。不过，在女人心里，转正是人生一辈子的大事，要是知道自己的弟弟将姐夫的事情给搅黄了，女人不一定能够包住火。所以，高大山知道老婆的脾气，只好将事情搪塞了过去，便将宋卫国马上要提拔到县里当官的事情诉说了一遍。老婆一听，也是激动不已，半响说："这下你的转正问题不是问题了。"高大山说："全县几十个公社，几十个文化站长，又不是我一人，就我一人解决了，别人会怎么讲，要是追到根子上，还不会影响到卫国的前途吗？反正早晚得解决这个事，你就别操这个心了。"老婆说："如果你不去文化站的话，你早就解决了。"高大山说："你又说糊涂话了，我要是不去文化站工作，你能顺顺当当地转为国家干部吗？我转了，你就转不了；转了你，我就不好转，一家总不能一下转俩。何况指标就那几个，谁不想转？"

这天，高大山接到上级一份通知，内容大概是，为了促进群众学习毛主席语录的高潮，全国特举办一次毛主席语录、诗词书法比赛，从基层，一级一级选拔评比，直至国家，并要求，不为名，不为利，比出成绩来，比出干劲来，比出友谊来。

来龙湾没有几个书法爱好者，篆子王许广才去世后，只剩下高大山一个人执掌天下。听说许广才的小儿子在偷偷练书法，不过，他没有继承他父亲的衣钵，而是习王羲之和王献之的碑帖。据说，他曾与"二王"在临沂的后人有所接触，所以对"二王"的书法感兴趣。当高大山找到师傅许广才的小儿子的时候，他矢口否认自己练什么书法，说那不当吃不当喝的，练那个干什么呢？要说是自己平常没事的时候胡乱涂鸦，那只不过是消遣，消磨时光而已。高大山暗自笑了，他知道此人心性高傲，如今不想出头露面，可能想"不鸣则已，一鸣惊人"罢了。

高大山只有自己支持自己工作了，在家酝酿了几天之后，就写了一幅自己经常给朋友写的一幅毛主席诗词《十六字令》送了上去。

几月之后，连高大山自己也没有想到，他的那幅书法竟然在全国拔了头筹，而且那幅字被国家博物馆永久收藏。他有幸去北京参加了颁奖仪式，领了一个红壳烫着金字的大奖状。虽然没有奖金（通知上早已有规定），但政治待遇是非常高的，举办单位，带着他登上天安门，还参观了毛主席等中央领导人办公的地方——中南海，这在当时是不得了的事情啊！别说是他一个普普通通的乡一级的文化站长，就是县里一把手，能到中南海，能登上天安门的有几人呢？这份光荣那是一般人享受不起的。

从北京回来之后，这天中午，县长（虽然称革委会主任，但人们还是习惯称呼为县长）在县招待所里摆宴，专门给高大山接风洗尘。县长也姓高，将高大山安排在自己身边坐了下来。那天，作为分管文化的副县长宋卫国也在座，则坐在了最下手，与高县长隔桌相望，用现在的说法，他坐的是副主陪的位置。高县长端着酒杯，将高大山给全县带来的荣誉做了一番称赞与表扬，并称之为功臣。一抬头看见了副县长宋卫国，说："宋县长，你们来龙湾培养了一个全国闻名的大书法家，不得了啊！"宋卫国事先没有给一把手介绍高大山是自己的姐夫，所以说话就有些嗯嗯啊啊的。席间，高县长就问高大山有什么困难，或者有什么要求，县里一定给你全部解决。高大山说："我没有什么困难，也没有什么要求，我一切很好。"高县长想起什么来，问对面宋卫国道："对了，老高在文化站工作是正式的吗？"宋卫国瞟高大山一眼，正不知如何回答，高大山接过话，说："是正式的国家干部。"高县长"哦"了一声，突然想起什么来，说："老高，吃完饭，你随我到我家去一趟，我家里还有你的一幅字呢，也写的是毛主席的《十六字令》，我已经记不起来是什么时候请你写的了。"

饭后，高大山就随高县长去了他的家里。宋卫国因为下午有个座谈会要参加，就没有同去。

一进门，沙发之中的茶几上有一张照片，一下涌进了高大山的眼帘，那是高县长与老婆的照片。高大山一看那个女的，非常熟悉，想了半天终于让他想起来了，那女的不是何小麦吗？她怎么会是高县长女人的呢？又一想，可能人长得相像罢了，当他从保姆手里接过茶杯的时候，就指着照片顺口问了一句，说："高县长，这是你的老婆吗？"高县长说："老高，你真会说笑话，不是我老婆能在一起照相吗？"高大山说："他是不是姓何？叫何小麦？"高大山说："一点儿也不错。哦，对了，她还在你们来龙湾文化站干过一段时间呢？她现在在我们县革委会办公室工作。哎，我忘记这茬了，应该让小麦过来给你敬两杯酒才是，毕竟你们同过事。"高大山心想，这就奇怪了，何小麦既然是高县长的老婆，小舅子怎么会敢与县长的老婆有染呢？而且是有了孩子！再说，何小麦也没有机会也不可能与宋卫国在一起几年时间哪！高大山恍然大悟，现在看起来，是宋卫国为了巴结高县长，好往上爬，将自己转正的名额让给了何小麦，在自己的面前，编了一个弥天大谎而已！

高县长从内室将装裱好的书轴拿出来，让保姆扯着一头，徐徐展开那幅字，止不住气宇轩昂地念道：山，快马加鞭未下鞍。惊回首，离天三尺三。毛主席的诗词就是大气磅礴，离天三尺三！写得既直白，又是那么深奥！

高大山看着那幅字，猛然想起来了，就是小舅子动员自己调到文化站工作那天写的，而且还是当场问的名字提的款，没想到，竟成了小舅子往上爬的敲门砖！

高县长说："老高，你给看看，是不是你的真迹？"

高大山一把扯过那幅字，只几下便扯了个稀巴烂。而后对一脸惊愕的高县长说道："不知是哪个没有道义的家伙模仿我写的，等有机会，我重新给你正儿八经地写一幅吧。还写这个内容。"

（原载《雨花》2014 年第 7 期）

工 作 服

一

明天是马美丽与一个叫张光辉的男人的见面日。

几年里，年轻漂亮的一心想找个城市人的马美丽已经和许许多多男青年有过相亲的经历。连她自个儿也记不清和多少个男人有过蜻蜓点水式的接触。不过，她连一个有印象的都没有。也难怪，只是匆匆地囫囵吞枣地瞅几眼，还不好意思正眼瞅，怎么可能有印象呢！一直充当媒婆的表姐对马美丽说："我实在是黔驴技穷了，如果这个再不成功的话，你就死了这个心吧，老老实实找个农村人嫁了吧。"马美丽也觉得自己青春耽误不起了，心高命不强，拉倒吧！原来那种不找个城里人誓不罢休的豪言壮志已经被残酷的现实碰得头破血流，再这样继续下去，难道说真要等到容颜枯黄没人要的时候才肯罢手吗？一个女人，无论她姿色怎么好，也撑不住日月的腐蚀，罢罢罢，这是最后一个了，假如与张光辉这个男人还是没有缘分的话，也只好认命了，否则的话，还能怎样呢？过了今年就二十二岁了呢！街上与她差不多大的女人，孩子都已经能独自去供销社打酱油了呢！

来龙湾这个地方，比起其他公社，也算是个大地方了，无论是吃的穿的住的，在全县也是数一数二的。当然比不了县城，县城那是多么来劲啊，有开阔笔直的柏油马路，有亮亮堂堂的百货公司，还有令乡下人十分向往的一拉就放光明的电灯。来龙湾除了公社有电灯，像什么供销社、文化站、兽医站、水利站、邮电所等社办单位也都通电。平头百姓只有生产队长赵德旺家从供销社私扯了一根电线，一般家庭还都点的是煤油灯，一早起来，鼻窟窿里都叫煤油灰熏得黑乎乎的。再说，城里人整天吃的是大米洋面，到月就有工资领，不像乡下人全指望在土坷垃地里找生活。

马美丽向往城市的理由是，她讨厌农村，讨厌干农活，更讨厌农村人满嘴狗屎牙还有像狗一样臭烘烘的舌头。所以，马美丽一天都不想在这个脸朝黄土背朝天的农村生活，说什么也不想在农村说婆家，哪怕是在城里找个瞎子哑巴瘸子憨子，她都不在乎。说是这么说，凭自己的长相，她能真的这么做吗？就因为自己长得与常人不同，用有文化的人来说，那叫十分出众。街上人要是比喻哪个哪个女孩子长得好看，就拿马美丽当参照物，她长得好，她有马美丽长得俊吗？提到这个事，一些人就为马美丽惋惜，哎呀，马美丽真是投错了胎，怎么看都应该是城里人，可能当时阎王爷是打盹了还是怎么的，总而言之，让谁说，马美丽都不该托生在来龙湾这个鬼地方。马美丽也觉得自己长得非常美丽，真要是嫁个乡下人，她的确是心有不甘。不是有句话这么说吗？要胜利，就要斗争。她要和现实做斗争。与她自己的命运做斗争！

来龙湾离县城并不远，也不通汽车，去县城干什么事情，全指望两条腿。与以往一样，马美丽去县城相亲从不走着去，她的交通工具是生产队长赵德旺的自行车。赵德旺家中有辆崭新的永久牌自行车，是托人在县城找票买的，刚买来那阵子，一条街上都到赵德旺家看稀奇。别说没有闲钱，即便腰里有两个，也舍不得不说，到哪里找票呢？用赵德旺自己的话说，他是提前步入了共产主义。所以，赵德旺的永久自行车在街上算是一宝，一般人，吃紧当忙的时候想借骑骑，几乎是没有门，你还没有张口，就将你拒了个十万八千里。不过，唯独马美丽借车他从不说不，屁颠颠地将车子搬出来，找块抹布仔细擦干净，然后将前后胎打足气，又将车链子点上机油，这才交到马美丽手中。让她放心地骑，多会儿还回来都行。

为什么赵德旺对马美丽这么优待呢？这里面还有个因由。赵德旺在街上是个出了名的浪荡不羁的男人。他手中权力虽然不大，却掌管全街五百多口人的身家性命，很多女人巴结他，主动投怀送抱，这也是很自然的事情。赵德旺很早就对长得好看的马美丽十分垂涎，不过，赵德旺心中有数，对于这样既年轻又漂亮的女人，你不能操之过急，俗话说，心急吃不了热豆腐，你得稳得住劲，只有顺其自然，才能水到渠成。哪知事情出现变化，没等赵德旺将鱼饵下到窝子里，半路上杀出个程咬金，他的独生儿子赵小马喜欢上了马美丽。赵德旺心中那个苦啊，却有口说不出。但是，儿子傻乎乎不说，又长得那个怂样子，当爹的也是清楚明白，你怎么能配得了人家马美丽呢？真是应了癞蛤蟆想吃天鹅肉那句话！没想到赵小马还来劲了，非马美丽不娶。宁愿一辈子打光棍！你打光棍，那不是让你爹断子绝孙吗？赵德旺心说："你觉得你老子是皇帝你是储君啊！马美丽就是再怎么着，也不会看上你啊！"不过，事在人为，既然儿子撂下这句狠话，赵德旺还真有点儿吃不住劲，要是这个家伙真的一根筋的话，那赵家不是真的要成为绝户头了嘛！

赵德旺要为自己不当绝户头而努力奋斗！

晚上，马美丽来到赵德旺家，说："队长，明天你的车子还得借我用一下。"

赵德旺边向外搬车子边问："去城里相亲？"他知道马美丽好面子。

马美丽老实回答："嗯哪。"

赵德旺蹲下身，用指头捏捏前后两个轮胎，说："小马上午刚刚骑过，气噔噔的。"接着又进屋去找来油葫芦，用草棒蘸着油，在车链子上像是点眼药水似的点了几滴。队长娘子递过来抹布，赵德旺说："儿子骑去县城，一回来我就擦过了。"然而还是将抹布接过来，胡乱地擦几下，对马美丽说，"骑走吧。"

队长娘子对后院喊："小马，美丽来了，天瞎黑你去送送吧！"

直杠杠的赵小马闻声跑出来，二话不说，直杠杠的目光对着马美丽溜一眼，扛起车子就走。

队长娘子说："这孩子，又不是下雨天，你扛着车子干吗呢，有力没处使了吗？"

赵德旺倒是十分欣赏儿子的举动，心想：儿子就这么个优点，有一身蛮力，不让他发发，别憋坏了。就说："有劲不使也是浪费，你将车子送到美丽屋里再回来。"

马美丽明知队长两口子是想让他们的儿子与自己多多接触，彼此联络联络感情。她心里话，即便是我成了老姑娘，也不会委屈自己与这个愣头愣脑的东西在一起的。有劲你就扛吧，反正又累不着我！不过，马美丽心里一直想不明白，这个赵小马长得到底像谁呢？队长赵德旺两口子精得像猴子，生出来的孩子却一点儿也不随他们！

赵小马一口气将自行车扛到马美丽的院子里，放下车子扭头就走。

马美丽客气道："小马，你不喝口水再走？"

赵小马头也不回地说道："晚上喝了一肚子稀饭，憋死我了，我得赶紧回家尿尿去！"

马美丽和赵小马出门之后，队长娘子好一通抱怨男人，说："平常你拿车子比你亲爹还亲，怎么马美丽一来借，你就忙跟孝子贤孙似的！"赵德旺说："你懂个屁，还不是为你那个宝贝憨儿子嘛！"队长娘子说："我就不明白了，你明知马美丽借车子是去县城相对象的，你不阻拦就罢了，你还借车子支持她去，你这不是更加让我们的儿子没有指望了吗？"赵德旺说："你就是个女人！你不借车子，人家马美丽就不进城相对象了吗？但是，这些年来，马美丽相成功了吗？""没有。""为什么呢？""城里人再不怎么样，谁也不想找个乡下人当媳妇。你就让她往南墙上撞，等她碰得头破血流了，她就老实了，到那时，咱们不用吹灰之力，便能将她生擒了，你信不信？你就等着当老婆婆吧！你知道这叫什么吗？这叫欲擒故纵，你懂吗？三国演义中诸葛亮七擒孟获的故事，你听讲过吧？就是说，你要想捉住她，就得要先放了她，使她放松警惕，那样的话，你再想捉她，不就容易多了嘛！"队长娘子虽然没弄清楚男人的鬼点子，她不得不佩服，在研究女人方面，男人称得上是个老谋深算的高手。

二

心中有事，马美丽一夜几乎没睡。她在想，明天见这个男青年长得啥模样，表姐也没有说，她也不好细问。表姐只是说，这个青年个子不高。不高是多高？不高就是矮，矮到什么程度呢？马美丽自己给自己圆场，人矮脑子聪明。其实，她心中清楚，人家要是长得像瓦岗寨里面罗成似的，还会找我们乡下人吗？男人丑点儿没什么，矮点儿也没什么，只要没疤没麻就行。其实，有疤有麻又算什么事情呢？只要人没残疾就行。通过与这么多男人见面，马美丽择偶的标准一再降低，现在对男人的要求几乎是没什么要求了，只要是男人就行。当然，这个男人必须是城市户口，否则免谈！

小鸡没叫，母亲就起来了，烧好了洗脸水，又用白菜做了一碗咸汤，坐在屋当门等着女儿醒来。

马美丽起来，梳洗完毕，泡了半张煎饼在咸汤里，几口扒完，然后推着车子出了门。母亲跟出来，说："美丽啊，要不然娘和你一起去吧？"马美丽笑着说："你去干什么呢？又不是你去找对象？"话一出口，马美丽就觉得这话说得有点儿混账。娘是个寡妇，这话硬是噎得人翻白眼呢。做鬼的爹要是听见的话，非气炸肺不可！急忙改口道："你放心吧，娘，我心中有数。再说，队长车子也撑不住咱们娘儿两个！"母亲有些哽咽，随口嘱咐道："心不要太高，差不多就行了。"马美丽说："娘，你在家存住气，这次闺女一定给你领一个相貌堂堂的英俊的小伙子来！"

到了县百货公司门口，天才算大亮。马美丽觉得来得有些早，她与表姐约的时间是百货公司开门。那时候，大家都没有手表，说几点也没有用，白天都用太阳来计算时间。比如说上午，就是太阳东南晌的时候；比如说中午，太阳在天空正中间位置；比如说下午，太阳偏离中线；再比如下傍晚，就是太阳落山那个时辰。现在离开门还有很长一段时间，表姐的家离这儿不远，马美丽想去表姐家站一站，又觉得大早晨的，啰啰唆唆的，别再耽误了见面的时间。不过，马美丽有经验，男女见面相亲，来早了不好，来晚了也不好，两人一前一后到了那是最佳时间。当然，应该男同志先到一会儿，女同志再露面，那是再好不过的了。要是女同志及早巴早地在那儿傻等，就显得有点儿难为情。马美丽眼睛向百货公司门口瞅瞅，没有发现目标。相亲的人，一般都会穿得衣帽整齐的，有新不穿旧，谁有粉不往自个脸上搽呢！

现在去哪儿呢？又不能走远。马美丽忽然心生一计，就走到马路对面一家小商店门口屋檐底下等着，表姐来了，或者那个男人来了，她一眼就能看得到，而且腿一抬就能来到他们的面前，这样的话，双方都不显得尴尬。

百货公司的大门终于开了，马美丽疲倦的眼睛立马精神起来，目光来来回回地在公司门口扫来扫去，捕捉她要找的猎物。因为表姐是介绍人，所以每次她都会早到一会儿，今天不知是怎么啦，开门老半天了，也没见她的踪影。眼看着太阳都上了房顶，不但表姐没有出现，竟然连那个叫张光辉的男人也没有露面。马美丽不知怎么办才好，要是去找表姐吧，又怕那个男人来了找不到人生气走了，要知道自己的条件是高攀人家，若是第一印象不好，那希望就更加渺茫了。

身旁不知啥时候站着一个男人，瞅了瞅她，说："这位女同志，你是在等人吧？"马美丽见此人一身工人打扮，洗得泛白的工作服显得既干净又利索，心中不由犯嘀咕，这人不会是那个人吧！男人又说："你是不是在等你的表姐？"马美丽点点头。"你表姐姓黄，对不对？"马美丽这回已经确认面前这个男人就是她今天要见面的那个男人了。男人自我介绍，说："我叫张光辉，在县机械厂仓库工作，当保管员。我家两口人，我和我娘相依为命。"马美丽心说："都是同病相怜。"男人"哦"了一声，说："对了，你表姐临时有事来不了了，让我与你说一声。"这时候，马美丽才正儿八经看了张光辉一眼。这一次，也许是她最后一次与城市青年相亲了，所以胆子比过去大了一些。这一看，才发现张光辉五官端正，是个十分耐看的男人，两颊生长几个青春痘，显得朝气蓬勃。就是个子有点儿矮小，其实，过去马美丽选男人唯一的标准就是高大魁梧，哪怕是丑点儿也没关系。为了说服自己，马美丽只好这样想，人大呆，狗大愣，个子大了有什么好，还浪费布票。每人一年都是一丈六，个子小，还赚便宜了呢！

没有介绍人，怎么将相亲进行下去呢？

张光辉说："你表姐说，让我们到百货公司转一转，你看好不好？"

马美丽羞答答地点点头。

两人就肩并肩向对面百货公司走去。这时，马美丽忽然想，不是说好了在百货公司门口见面的吗？他怎么也在马路对面等的呢？这个张光辉，表面看着怪老实的，其实还有点儿狡猾呢！

百货公司没什么好转的，各个柜台都遛了一遍，两人就出来了。按照以往的惯例，第一次见面这就接近尾声了。相互告个别，说几句客气话就各自回去了。等几天听介绍人回话就行了。

张光辉说："你现在要是没别的事，去我家认认门，好不好？"

马美丽心中一阵欣喜，稍时又故作矜持，半晌说道："我们才刚刚见一面，去你家合适吗？"

张光辉说："这有什么呢？认识就是缘分，要不是你表姐介绍，恐怕我们走对面都认不得呢！去吧，我妈正好今天不在家。"

三

张光辉住在南关，离城中心有点远，要走好长一段路，他今天没有骑车子来的原因，是因为自己的车子太破了，除铃铛不响，没有不响的地方，所以不好意思骑出来。张光辉也没有瞒马美丽，没走多远，就和马美丽讲了实话。马美丽觉得张光辉怪实诚的，心里挺满意。又走了一会儿，张光辉说："你走累了吧，我骑车带着你吧？我骑车的技术还是不错的，上次在全县自行车比赛中，我还拿了第二名呢！"马美丽就将车子交给张光辉手中，别看张光辉个子不高，一偏腿就上了车子。马美丽还没有反应过来，车子已经溜了出去。马美丽急忙紧走几步，跳上后面的二等座。

马美丽从表姐口中知道张光辉的县机械厂是国营大企业，不由问道："今天厂里休息吗？"

张光辉说："我特地请了一天事假。"

马美丽有点儿不好意思："我要知道的话，选个星期天就好了，那样的话就不耽误你工作了。"

张光辉说："没有事，我调个休。"

两人闷不吭声骑了一段路，马美丽本不好意思问还是问了，说："你们家就你们娘儿两个？"

张光辉稍一迟钝，说："我上面还有个姐姐，已经结婚了，我母亲今天就是去我姐姐家了。"

"你父亲也不在了？"

"我父亲去世比较早，当时我还不怎么记事。"

"我也是，不过你的命比我要好，我父亲不在的时候，我还没有出世。"

张光辉哀叹一声，说："没想到我们是同病相怜啊！"

马美丽不由自主地倚在了男人的后背上，两人一下拉近了距离。

张光辉家住的是自建房，三间瓦房，外带一个小锅屋，独门独院，倒也干干净净。

　　过去马美丽相对象，见面之后就各奔东西，然后回家等消息，若是彼此有好感的话，再继续处处看。其实，人家一见马美丽都说不错，一听说是农村户口，一般再约见二次的不是太多。户口多么重要啊！男的还好些，女的若是农村户口的话，将来孩子永远都是农村户口，因为孩子的户口是随母亲的。

　　两人坐在院子里说话，坐了半天，张光辉才想起来给马美丽倒杯白开水。也许是激动的原因，也许是早晨母亲做的菜汤盐放多了，看到了水，马美丽才觉得自己已经渴得不行。她想装得女人一点儿，端起茶杯抿一小口，哪知开水很烫，烫着了嘴唇，慌忙将茶杯放下了。这一切，张光辉看在眼里，从水缸里舀来一瓢水，将茶缸放进去冰着。马美丽心中一阵欢喜，心想：这个男人心真细啊！不错不错，将来准是个好丈夫！

　　"你身上这身工作服穿得真好看。"马美丽啧着嘴。

　　"是吗？"张光辉原地转了一圈。又说："都洗得泛白了！"

　　马美丽又说："工人穿上这身工作服就是好看。"

　　张光辉说："你想穿吗？"

　　马美丽说："我又不是工人！"又说，"一个农民穿着工作服不怕人家撇嘴嘛！"

　　张光辉笑道："人家撇不撇嘴，你装作看不见，不就行了吗？"

　　马美丽点点头。

　　张光辉说："我是保管员，工作服就归我管，我现在就去厂里给你拿一套来。"

　　马美丽说："不了不了，以后再说吧。"意思是说，我们还不知能不能成呢？哪能接受你的东西呢！

　　张光辉认为马美丽是客气，就说："厂子离我们家不远，骑着车子来回也就是一顿饭工夫。"

　　马美丽想劝没有劝住，张光辉已经推着车子出门了。

四

　　口渴得要命，一摸臿子里的茶杯，还有点儿烫手。马美丽等不及了，端起臿子里面的水，咕咚咕咚喝了一气，由于喝得急，水都将衣服的前襟给洒湿了。

不一会儿，张光辉就回来了，手里报纸里裹着一身崭新的蓝汪汪的工作服。

张光辉说："我经常发工作服，大小尺寸我估计差不多，不然你穿上试试，看看合不合身？"

马美丽怎么好意思当着男人的面试衣服呢？就说："不试不试了，合不合适就是它了！"

张光辉打量一下太阳，说："天不早了。"接着洗手做饭，边淘米边招呼马美丽自己四处看看。马美丽说："你会做饭？"张光辉说："只要是有空，家里的饭一般都是我做。"马美丽心里又是一阵感慨。

说着拉着，两荤两素四个菜已经上了桌子。

马美丽长这么大，还是第一次在陌生的家庭留饭，心情显得十分激动。本来她不准备来的，毕竟才刚刚见过面，还不知情况如何呢，怎么好意思跟男方回家呢？再说，从安全考虑，也不该第一次见面就随随便便与人走了，画龙画虎难画人，知人知面不知心，你知道这个男人的品行怎么样呢？万一出了什么事情，岂不后悔一辈子呢！他看到张光辉面相很善良，说话也很实诚，不知怎么的就进了人家的门，的的确确是有点儿唐突。要是成了还好说，若是不成的话，传到来龙湾街上，还不让人乱嚼舌头根子好几个月啊！一边吃饭，马美丽还不住地后悔，告诉自己，吃过饭，一刻也不要停留，抓紧回家是上策。

吃罢饭，马美丽要去刷碗，张光辉说什么也不让。他说："你是客人，哪能让你动手呢？你我将来真要是能成了的话，家里洗衣服做饭我全包了。你就等着享福吧！再说了，你长得这么漂亮，我怎么能舍得让你干活呢！"一句话说得马美丽心中热乎乎的。看样子，面前这个男人没有嫌弃自己是个乡下人。哎呀，老天哪，说不定这次真的有希望了呢！本来心里计划吃罢饭就走的，现在屁股粘在板凳上，怎么也起不来了。静听着张光辉讲他们厂里工作，还有一些有趣的事情。

一直等到张光辉又要去做晚饭，马美丽这才发觉太阳已经落山了，哎呀，老天哪，时间怎么过得这么快的呢，再不走就要摸黑走路了！张光辉说："要是嫌天晚，你今晚就住在这里吧。"他看到马美丽睁大了眼睛，不由解释道："我没有其他意思，我是想让我母亲见见你。她老人家在我姐姐家吃过饭就回来了。"马美丽当时思想上真的有点儿动摇，她能看出来面前这个男人对她好像很有好感。她呢，更谈不上有什么意见，张光辉人老实又勤快，在国营厂子上班，这个条件让她去哪里找呢？打着灯笼也难寻呢！哎呀，老天哪，要是老太太满意的话，哪怕是今晚就在这儿住下了，哪怕是生米做成了熟饭，又算得了什么呢！不过冷静一想，马美丽对自己说："马美丽啊，马美丽，你可不能让兴奋冲昏了头脑啊，就算是张光辉家答应这门亲事，谁能保证以后没有变化呢？还是按过去给自己立下规定吧，一天不到民政部门领证，就决不能与男人上床！"

马美丽说走就走，推着车子早已到了院外。张光辉追出来，忽然想起来什么，又急忙回去，推出自己的自行车，说："美丽，你等等，我送送你。"

两人没有骑车，就这么推着车子走。等张光辉将马美丽送出了城，天已经完全黑了下来。

张光辉说："你一人走夜路我不放心，还是将你送到家，我再回来吧。"

马美丽有些激动，她确实不太敢走夜路。固然她的胆子还是可以的。其实，她的真实想法就是看看张光辉对她是不是真心的。

两人边骑着车子边说着话，时间过得飞快，没觉得累，已经看到了来龙湾街上的灯光了。

在街北的小桥上，两人下了车子。

马美丽说："你自己回去要小心一点儿。"

张光辉说："我是个大男人，怕什么呢！"

马美丽说："你先走，等你走了我再走。"

张光辉说："美丽……"

马美丽说："你有事？"

张光辉说："你是我这辈子见到长得最俊最俊的姑娘……有件事不知你能不能答应我？"

马美丽似乎明白张光辉要做什么，故意问道："什么事？"

张光辉嗓音有点儿发颤，说："我能亲你一下吗？"

马美丽一笑，将眼皮耷下来。

张光辉伸出舌头舔一下女人的腮，转身骑上车子，一溜烟骑跑了，就好像做了什么见不得人的事情似的。

"嗨，马美丽，你等我的回话！"张光辉的喊声在旷野上空回荡……

五

马美丽没有回家，而是直接去到队长赵德旺家里还自行车。

赵德旺一瞧马美丽春风得意的样子，心里不由一阵冷笑。哪次马美丽去县城相亲回来不都是眉目舒展的呢？等着吧，不出几天，准又是三伏天中午的瓜秧子，蔫得抬不起头来了！

"咋样？"赵德旺顺手接过自行车，扎好，轻描淡写地问道。

马美丽说："刚刚见了一面，还不知道呢？"

"你觉得人怎么样？"赵德旺点燃香烟吸着。

马美丽说："怎么样不怎么样，还不都是人家说了算！谁叫俺们是农村人呢！"

赵德旺往地上吐一口痰，说："农村人咋啦？城市人又不比我们多长个什么！我真的有点儿想不通，你为什么非要找个熊城里人呢！"

今晚马美丽心情特别好，没有受到赵德旺的情绪感染，相反一脸的兴高采烈，边向外走边说道："队长，谢谢你借我自行车！"

赵德旺在马美丽翘起来的屁股上捏了一下。

马美丽也不生气，毕竟欠了赵德旺的人情，让他占点儿便宜，也算是互不相欠了。

赵德旺送马美丽出门。

街上各家的灯光映着路，脚下不黑。天上星光闪烁，夜空泛着白。

赵德旺说："马美丽，你准备一条道走到黑？"

马美丽知道队长赵德旺是说她的婚姻大事，随口说道："谁想这样呢！"

赵德旺见马美丽话里有些松动，就说："我们家小马，人高马大的，俗话说身大力不亏，农村人干活不就图个身体结实嘛。我正想着，要是有机会，我准备送他去部队锻炼锻炼呢。"

马美丽心里话，就你儿子那个憨熊样，又是一身的暗肉，哪够参军的条件呢!

赵德旺继续说道:"你要是嫁给我儿子,保你进门就当家,还有手表、缝纫机、自行车、收音机,三转一响,我样样都给你准备齐。然后我再给你们盖三间青砖到顶的大瓦房,不是夸口,咱们这条街上,有哪个敢吹这个牛!"

马美丽说:"天不早了,从城里回来我还没进家门呢!"说着,人已经走出几步开外。

赵德旺还不死心,说:"马美丽,我的话,你要认真考虑考虑啊!"

六

没事的时候,刺啦一天,刺啦又是一天,日子过得比翻日历都快,有事情就不一样了,时间就显得很漫长,连太阳都与你摽着劲儿,往它屁股上抽上一鞭子,它挪不了半步。此时此刻,马美丽就是嫌太阳跑慢了这种心情。那个张光辉,明明说就这几天给回话的,已经过去五六天了,还是一点儿消息也没有。捎句话就这么难吗?表姐也是的,张光辉忽略了,你也健忘了吗?行还是不行,你总得给句话啊!这不是挺好的一个人,活活地让尿给憋死了嘛!她没有料到,张光辉会拖这么久不给她答复,你想想,又约她去他家,又在那留饭,又送一套工作服给自己,要是不愿意的话,他能这么做吗?谁没事自己找锅炝子蹲呢!

马美丽摸着那身叠得整齐散发出布香的工作服,连问自己几句为什么,怎么想,都觉得没理由的。忽然想起来,是不是张光辉这几天生病了呢?人吃五谷杂粮,有个病有个秧的,也是正常的。这么一想,马美丽就有点儿坐不住了,她想去张光辉家里看一看。转念一想,又觉得不妥,一个大姑娘怎么拉下脸来,亲自登门找人家问这种事呢?要是传了出去,还不得让人戳破脊梁啊!突然想起来,是不是张光辉的母亲不同意这门亲事呢?尤其是老年人,考虑事情比较多,自己的儿子虽说不是怎么优秀,找个农村户口的媳妇总归是不怎么体面的。想来想去,可能是这个原因占多数,即便是这样,你张光辉也得给句痛快话啊,你张不开口,你可以和表姐说一声也行啊!再说表姐也不像话,你明知这种事情拖得人上不着天下不着地的,你再怎么着,也得给句明白话啊!哪怕是托人捎句话来也行啊!马美丽在心中将表姐好一通抱怨!

躺在床上想一夜,马美丽决定去表姐家问一问,哪怕是坏消息,也要弄个清楚明白。

队长赵德旺家正在进砖瓦石料,他站在屋门口指挥人怎么摆放,一眼看见了马美丽,拍拍手上的灰土,说:"美丽来啦?"没等马美丽张口,问道:"借车子去城里?"

马美丽没接赵德旺的话,说:"你们家真要造新屋?"

赵德旺说:"那可不是?俗话讲,筑巢引凤嘛!没有巢,凤怎么能来抱窝呢!"说着一夹眼皮,压低嗓门,说句实在的话,这个房子就是给你这只凤凰准备的!

马美丽冷笑。燕雀焉知鸿鹄之志!

赵德旺点燃一支烟,说道:"美丽啊,听人劝吃饱饭,你别不到黄河不死心,心高命不强呢!再说了,城里有什么好的?一月就那三十斤计划,能填饱肚皮吗?还有,一家家都住得那么扁窄,跟鸽子笼似的,哪有我们乡下住得这么宽敞!冬天住堂屋,夏日睡北屋,想住哪里住哪里!再说了,就算你找个城里工人,你能进门就当家吗?在人眼皮底下过日子,那种白眼你能受得了吗?我劝你啊……"

马美丽今天心里有点烦,说:"别那么多废话了!车子再借我用一下。"

"还去相亲哪!"赵德旺将手中的烟头弹出去。

马美丽没好气地说:"你借不借?不借拉倒!"转身欲走。

赵德旺说:"姑奶奶,你别急行不行,我这就给你推去。"

马美丽撇一下嘴。

赵德旺将车子送到马美丽手中,说:"美丽,你记着,我们赵家的大门永远向你敞开着!"

马美丽"喊"了一声,上了车子。

回到家,母亲见女儿骑着队长的车子,问道:"你又要进城?"马美丽说:"我去表姐家问问情况,怎么到现在还没有消息的呢!"母亲说:"你别去了,我刚刚听说,你表姐上天去给你舅舅上坟,回来嘴就歪了,可能是招坏风扫了,连走路都走不稳当了,我正说着哪天去城里看看她呢!"马美丽半天叹一声。母亲说："昨晚你出去了，队长娘子来了。"马美丽说："她来干什么？"母亲说："还不是来给她儿子提亲的。我看哪，你也别挑了，认命吧！其实队长儿子小马也不错，你进门就能当家。女人嘛，一辈子能找个好人家不就行了嘛！"

七

掰罢了秋玉米，赵家的新房子也起来了，喝起工酒那天，队长赵德旺将大队干部还有公社干部都请了来，那天晚上在自家摆了两桌酒席。吃饭前，赵德旺专门来请马美丽去他家看看新房子。马美丽没好气地说："你家起新屋，与我有啥关系呢？"赵德旺说："关系大了。这房子就是给你盖的，怎么会没有关系呢！"马美丽说："你别剃头挑子一头热，我答应要给你们赵家当媳妇了吗？"赵德旺说："你虽然没有亲口答应，可我们早就拿你当我们老赵家的人了！虽然说我们家的小马配不上你，不过，在来龙湾街上，除了我们家，还有比我们家的条件更适合你的吗？你要是能说出一家来，我啥话不说，立马转脸走人！再说了，我已经与公社干武装的胖部长说好了，今年就让小马到部队当兵去，以后你过门就是军属了，你说说，多好的事情呢！"马美丽有些松口了，说："你容我好好地考虑考虑再说。"赵德旺说："有什么考虑的，你只要点个头就这么简单，明天我就给你下聘礼！"半晌马美丽说："要我答应，你得先得答应我一个条件。"赵德旺说："你说。"马美丽说："你必须给我买个城市户口。"赵德旺沉思一下说："行。"马美丽说："咱们先将丑话说在头里，到时候，你一天户口不落实，我就不嫁。"赵德旺本来也就是顺嘴那么一说，现在也只有硬着头皮答应了。现在买个城市户口要不少钱呢！他弄不明白，一个种地的农民非要个城市户口干啥用呢！

临出门的时候，赵德旺占便宜占惯了，习惯地在马美丽的屁股上拍了一下，算是再见的意思。马美丽一脸严肃，直呼其名，说："赵德旺，你是不是人呢？你想不等你儿子结婚就给他糊顶绿帽子戴！"赵德旺连连说道："不不不不，我的手贱，我的手贱！"

清早，马美丽刚起来，就听见圈里两头猪像是被人捅了一刀似的拼命地嚎叫，母亲说："老祖宗，我这就去给你割草吃。"虽然老人说话并不怎么柔软，那两头猪似乎听懂主人的话，立马不叫唤了。马美丽一把夺过母亲手中的镰刀和粪箕，说："我去吧。"母亲说："你好多天没出门了，去外头透透气也好。"马美丽往外走，母亲在后面自言自语道："得弄点儿玉米追追了。"说的是猪，"年底差不多能磅了，好给你留作嫁妆钱。"这是指女儿说的。

闷热的秋末，阳光依然仗着夏天的势，作最后垂死挣扎，固然它自知没有几天好蹦跶了。

马美丽踩着自己的影子，在街面上慢慢地移动着脚步。几天不见天日，极目远眺，她仿佛觉得一切都比原先新鲜了许多，当然也生疏了许多。

地里的玉米秸还没有砍，没精打采地竖在那里。马美丽傻站着，一时间想不起来去哪里割猪草了。忽听得身后有脚步声，扭脸一看，是她正不想见的那个冤家赵小马。马美丽就想，一定是这东西在后面盯梢的，否则的话，怎这么巧，我前脚刚到，他后脚也顶到了呢！

马美丽说："你干啥来了？"

赵小马倒也实诚，说："我妈说你下地割猪草了，要我来帮帮你割。"

马美丽心想，不使白不使，便将镰刀和粪箕丢到了赵小马的面前。

赵小马非常高兴，将头上的草帽摘下来，戴在马美丽的头上，然后拾起地上的镰刀、粪箕，对马美丽说："我带你去个地方，那地方青草可好了，又多又嫩！"

马美丽在后面紧跟着赵小马，赵小马个大腿长，还没敢抄开大步，马美丽就已经气喘吁吁了。

赵小马领着马美丽在玉米地里七拐八拐，便看见一处田埂上，生长着好大一片茂盛嫩绿的青草。别看赵小马身体笨拙，可割起草来，却是麻利得很，不多会儿，就割满了一粪箕。马美丽见赵小马一头是汗，解开脖子上的毛巾，让他擦擦汗。赵小马说："不用，你的毛巾那么干净，我一擦就擦脏了。"说着，掀起自己的褂襟，只几下就将脸上头上的汗擦干净了。

有秫秸挡着阳光，两人就坐在阴凉处歇着。

马美丽猛然想到，将来真要与面前这个男人成为两口子吗？论身体，论力气，论家庭，赵小马也还算是不错的男人。可是马美丽总觉得心有不甘，总认为自己本应该能找一个条件更好一点儿的。比如，像张光辉这样的男人。一想起张光辉，她心中不由生出一种怨恨来。本来嘛，说好了几天之后就给回话的，到现在鼓不敲锣不响的，算的是什么事情呢！哎呀，天哪，白白让那个家伙在脸上亲了一口，想起来真是令人恶心！

马美丽从脖子上拽下毛巾，胡乱地在腮上一遍一遍擦着。赵小马说："美丽，你那地方让什么虫子给爬了吗？"赵美丽没好气地说："是一只蝎子！"赵小马立马紧张地站了起来，在马美丽的脸上寻找，说："哪里哪里，让我弄死它！"马美丽说："我骗你的！"赵小马"嘿嘿"一笑，像先前一样，目光直直地望着远处。其实他什么也没看着，他是在放松心情，第一次这么近听到马美丽的喘息声，他已经幸福得什么都顾不上看了。

"小马，你说实话，你喜欢我什么？"马美丽突然这么问。

赵小马"嗯"了半天，说："我也不知道，就是喜欢！"

马美丽说："如果有人欺负我，你能保护我吗？"

赵小马握紧拳头，说："我就揍死他！"

"要是你爹他欺负我呢？"

赵小马被问住了，半晌说："如果我爹欺负你，我一样揍死他！"

"我再问你一句话，我说的话你能听吗？"

"听！"

"如果我做错了什么事，你也听吗？"

"也听！"

八

赵家的声势不容马美丽等闲视之，其实赵家包括队长赵德旺到今天为止没有一个人非要马美丽嫁给赵小马，起码说没有聘请媒人上门正式提亲。不过一条街上，都知道赵家盖新房是给赵小马娶媳妇的，聘礼都已经准备好了，这个媳妇就是马美丽。而马美丽似乎也觉察到了这个事实。固然自己还没有准备好一切，包括思想上的。

马美丽的心病只有马美丽自己清楚，她要在赵家下聘礼之前到城里找张光辉问一句话，问："为什么说话不算话。我又没有非要嫁给你，更没有死缠着你什么，你为什么连句人话都没有呢？难道说你也像我的表姐那样，被坏风扫了吗？不能说话了吗？"

太阳平西的时候，马美丽又来到赵家借自行车。她怕早去城里见不着张光辉的面。工厂下班怎么也得下傍晚吧。队长赵德旺觉得很奇怪，这个时候借车干什么呢？假如进城相对象的话，也不能在晚上这个时候啊！赵德旺没有问马美丽借车子的原因，二话没说，就进屋将自行车搬了出来。这下轮到马美丽奇怪了，赵德旺怎么没有问问借车子干什么的呢？准备了一肚子话白白浪费了。马美丽肚子里藏不住话，她终于对赵德旺说："我表姐身子不好，我去看看她。"赵德旺说："我听说了，让坏风扫了是吧？"马美丽说："嗯哪。"赵德旺关心地说一句："要去早上去啊，这么晚了，回来怕是要摸黑路了呢。"马美丽说："不怕，我胆子大。"赵德旺说："等晚饭后，我让小马沿大路去迎迎你。"马美丽连连摆手，说："不用不用，你知道我多会回来呢！"

马美丽本打算回家将那套工作服捎着还给张光辉的，既然没有做成亲，还要人家的东西干什么呢！看着它只能是生气。不过，马美丽实在舍不得那身一直散发出扑鼻布香的工作服，她觉得如果穿上那身工作服，一般人一定分不出她是工人还是农民。再说不还这套衣服也有理，你张光辉占了我的便宜，我就拿你这身工作服抵，权当是赔偿我的精神损失费！想到这儿，马美丽不由抬起膀子，用袖口擦一下曾经被那个负心汉亲过的那块地方。

张光辉的工厂马美丽不知道，更不知道县机械厂在什么地方，所以马美丽只有去张光辉的家里找他。

轻车熟路，马美丽很容易就找到了张光辉的家。她没敢贸然进去，她就在巷口头等着张光辉。她怕见着张光辉的母亲不知说什么好。

那时候，天空还亮得很，不过时间不长，似乎有穿着工作服的工人下班回来了，巷子里不时响起自行车的铃声，穿工作服的男女说说笑笑消失在巷子的尽头。

马美丽很羡慕这些穿着工作服上下班的工人，她暗想，自己哪一天能混到像他们这样就好了！

眼看着黄昏将自己的影子吞噬了，马美丽还是没有见到张光辉的人影。也许张光辉早已经下班回家了呢！马美丽决定去张光辉家去看一看，反正张光辉的母亲又没有见过自己。

张光辉家的院门上了锁，从门缝向里瞧，堂屋也是铁将军把门。难道说张光辉今天厂里加班吗？不对啊，即便他加班，他的母亲也应该在家啊，难道说她母亲又去他姐姐家了吗？马美丽后悔当时粗心没有打听张光辉到底在哪个机械厂上班，厂名叫什么，那样的话，也好去他的工厂找他呀。

蹀躇了半晌，马美丽只有悻悻而归。

这时，街上的灯光亮了，而马美丽的心里却如死灰一般。

出了城骑不太远，马美丽正有一下没一下蹬着车子，突然一个大汉出现在马路中间，正想心事的她被吓了一跳。哎呀，天哪，原来是赵小马。马美丽揣着明白装糊涂，面对满头大汗的赵小马发问道："你来做什么？"赵小马拉着褂襟擦着面门上的汗，公事公办地说道："是赵队长派我来接你的。"接着，朝着马美丽"嘿嘿"一笑，"赵队长怕你在路上遇到坏人！"

赵小马接过车把，将自己的身子搬上自行车，然后叉开双腿，等着马美丽上车之后，猛地一用力，车子带着风声像条极小的草鱼一样射了出去。马美丽看着赵小马宽阔的后背，不由将身子靠在了上面。这时候，一种委屈从心里蔓延到她的全身，不由人地眼睛便开始兴风作浪起来，连她自己也弄不明白到底是怎么一回事情……

九

冬季征兵开始了，这次走的是工程兵，而且很远，听说在兰州。虽说苦是苦些，不比在家干农活轻松多少，但农村青年没别的奔头，想鲤鱼跳龙门，这是唯一一条出路。只要是能验上兵，媒婆的鞋底连你家的门槛都能磨平了。所以一个公社只有十几个名额，报名的青年就有四五百人，可谓是竞争激烈。

赵小马是平脚板，面试就被刷了下来。队长找到带兵的，说："我已经与胖部长打过招呼了。"接着向带兵的耳语一番，又往他的怀里塞了两条带锡纸的"大前门"，赵小马便过五关斩六将，一路高歌猛进，成了一名光荣的中国人民解放军。

从内部已经打听到赵小马验上兵的消息，所以赵家早就做好了一切准备。这之中包括让媒人去马美丽家上门提亲。马美丽很爽快地就答应了下来。不过，马美丽有个要求，她说："城市户口可以以后考虑，但是现在必须给她找个城里工作，哪怕是临时工也行。"队长赵德旺说："这事早就摆上了议事日程，只要是马美丽同意，马上就可以去上班。"不过，队长赵德旺也提出来一个要求，那就是在儿子当兵走之前，能将两人传喜的事给办了。不然的话，他心里不踏实。因为马美丽长得那么好看，心又是那么活络，他生怕夜长梦多。只要男女是传了喜，在农村来讲，就等于是结了婚。队长赵德旺恨不能现在就让儿子将媳妇领进门，可惜部队上不允许。马美丽想，传就传呗，反正自己又不想怎么样了！

队长赵德旺的老表在县建管局当个小头目，一顿饭就解决了问题，将马美丽安排在一个建筑工地当考勤员兼记工员。没有多少事做，本身就是个闲缺。工资不少拿，跟建筑大工一样的待遇，一天一块钱，等于一个正儿八经的工人的工资。赵小马走之后没几天，马美丽就去上班了。

上班第一天，因为要熟悉人，马美丽就找来工人的花名册，她想将名单看一遍，自己的文化不高，别念错人家的名字，那样的话，就让人笑掉大牙了。

突然，一个熟悉的名字进入她的眼帘——张光辉，她不由"哦"了一声，此张光辉非彼张光辉，重名重姓，不奇怪。也就没有往心里去。不过，她还是对于这个叫张光辉的人产生了浓厚的兴趣，如果方便，我倒要看看，这个张光辉长得什么样。这当然也是她脑子里一闪念的想法。

一个工地一百来号人，要是一一熟悉过来，没有十天八天是不可以的。因为刚去上班，工作虽然不多，但比较生疏，难免有点儿手忙脚乱，特别是快要下班那时候，她要按照各个小组报上来的人名单及干多少活记录下来，好月底一起结账。像大工，超额完成的，还要有奖励。一天下来，竟将要找张光辉的事情给丢到脑后去了。等到晚上下班之后才想起来这件事情。后来几天，每天上班前马美丽都想找一下那个张光辉，一忙起来就又忘了。马美丽忙什么呢？工地的工头是个非常小气的小老头子，他花钱雇个吃闲饭的，总觉有点儿亏得慌，所以什么事情都让马美丽做。比如，去上级送个报表，到某某单位拿个什么单据，或者临时缺个什么材料，都打发马美丽跑腿，有时甚至食堂缺个盐，打个酱油买个醋什么的，都抓马美丽的官差。好在马美丽喜欢跑里跑外的这种差事，端人家的碗，服人家管，所以她每天都是兴高采烈的。

这一天，正好有点空闲，猛然想起张光辉这个事情，就想去看一看。一打听，张光辉是个小工，专管和泥搬砖这种没有技术的力气活。恰巧他这几天没有来上班，说是请了病假。

这事情就又放下了。之后，马美丽也就没有再想起这件事，更没有闲工夫过问有关张光辉的一切。

从西伯利亚吹过来一股寒流，接连刮了几天的大风，纷纷扬扬下了一场大雪。每年到这个时候，工地也应该停工了，等到来年春天的时候，天气暖和了，工地才能重新开工。这几天，是马美丽最最忙的时候，她要一一给每个工人结算，发一年的工钱，让他们好回家过年。

在账本上，马美丽又一次看到了张光辉的名字，心想，我一直想见见这个张光辉的，竟然拖得这么久，她不由人地抬头望一眼站在他面前的男人，不由人地"呀"了一声，说："哎呀，天哪！"面前的男人仿佛被这一声"哎呀"吓着了，也不由"哎呀"了一声……

十

马美丽始终没有舍得穿张光辉送给她的那身工作服，第一天来建筑工地上班那天，她本来想穿出来的，在家一试，整整大了一圈，就脱了下来。当时想，那个张光辉的眼睛并不是像他自己夸得那样准确。这几天，天气突然变冷，马美丽就将那身工作服套在棉袄的外面，又遮寒又挡风，没有想到，穿工作服第一天，就遇见了送衣服的人，难免生出许多感慨来。

张光辉推着马美丽的自行车，两人走在非常坚硬的马路上，不知走了多远，两人都没有说一句话。张光辉还是一身工作服，不过除了膝盖上还有肩膀上那几块补丁能看出布纹来，其余的地方，已经看不出任何颜色了。人又黑又瘦，也没有往日有精神，可能是寒冷的原因，不时缩着脖子，鼻子里像是装了一台老掉牙鼓风机，呜呜哝哝地呼哧着。马美丽有一肚子话想问张光辉，可是看到张光辉穷困潦倒、窝窝囊囊的样子，一时却不知从何说起。

"我对不起你。"张光辉先开的口。

"你怎么对不起我的？"马美丽冷笑，比冰还要冷。

"我不该失信于你。"

"你岂止是失信，你还是个大骗子！"马美丽没好意思将张光辉亲她的事情说出来。

又走了一段路，张光辉才又说道："我是有苦衷的！"

马美丽心说：你有什么苦衷？可是她现在没有时间说这个事情，她想知道，张光辉在机械厂干得好好的，怎么会到建筑工地当小工呢？所以就问道："你因为什么原因辞的职？"

张光辉苦笑，说："哪里是辞职，是被工厂开除的！"

"开除？他们为啥要开除你？你犯了什么错误了！"

张光辉停住步，长叹一声，说："都是因为你身上穿的这身工作服。"

马美丽有些诧异，像看妖怪似的看一眼自己，还是不明白。

两人继续往前走。

张光辉说："那天，就是我们见面的那天，我去厂里给你拿工作服，我本来想，等到厂里发工作服的时候我不领就抵了，所以也没有多考虑，哪知被门卫汇报给厂里领导，厂里认为我这是偷盗，正好赶上厂里整风，所以就拿我当典型……"

在寒冷的季节里，马美丽的心里一下子被冻住了……"你、你、你当时为什么不去找我要回工作服还给厂里呢？"

张光辉无可奈何地笑道："错误已经犯下了，再还回去也没有作用了！再说，我送你的东西，怎么有脸要回来呢！"

马美丽万万没有想到，因为身上这套工作服，让张光辉受了这么大的委屈，想想，真是难过死了，可现在说什么话也弥补不了了！

半晌马美丽说："是我害了你，而不是你害了我！"

张光辉说："事情已至此，什么话都不要说了。"

马美丽有些呜咽，说："唉，真的没有想到会闹成这样！"

张光辉说："我快到家了。"

马美丽说："你搬家了？"

张光辉说："出了这种事情，没脸再住在原先那里，只好暂时搬到我姐家挤一挤。"

马美丽多么希望张光辉能招呼她到他家里喝一杯茶暖暖身子啊，她觉得心里冷得很，有些彻骨。然而，张光辉一点没有邀请她的意思，她也不好硬觍着脸去啊！

<h2 style="text-align:center">十一</h2>

这个冬天异常寒冷，马美丽在这个寒冷的冬天里尤其感到无所适从。这期间，她去找过张光辉几次，张光辉都用各种各样的借口避而不见，特别是听说马美丽已经与本街的一个当兵的换过喜帖了这件事情。这样的话，更加使得马美丽欠了张光辉一种感情债，这种债压得她喘不过气来。通过一个漫长的冬天考虑，马美丽决定要偿还张光辉这个债，否则的话，她这辈子心里都不会得到安生。她想等到春暖花开工地上开工的时候，当面给张光辉讲讲她的想法。哪知，等工地开工那天，张光辉却没有来上工，据说他又找到了一份工资又高又轻巧的活。马美丽知道张光辉是故意躲她的。这样更加使得马美丽加快了实施自己计划的步伐。

这天下班，马美丽没有回家，直接去了队长赵德旺的家。

队长两口子正在吃晚饭，看到马美丽来，就留未来的儿媳妇在那儿吃饭。马美丽说："我说几句话就走。"队长赵德旺看到马美丽今天的表情有些不对劲儿，也不知道哪头逢集，只好低头听着。马美丽说："我想与赵小马散伙。"队长赵德旺好像是没有听清楚，在他愣怔的当口，马美丽又重复了一遍刚才说的话。队长赵德旺没生气反倒笑了，他估计儿子和马美丽可能是因为什么闹掰了，所以他认为马美丽说的是气话，就说："是小马什么事惹你了？还是我们两口子哪儿对不住你了？"马美丽说："什么都不是，你也别瞎猜了，是我变心了！明天我就将彩礼退回来。"说罢，一转脸就走了。将天天骑着上班的赵家那辆自行车也撂在了门口。赵德旺这才感到事态要比他想象的要严重得多。

第二天，队长赵德旺就进了城，他要找他老表打听一下，凭他的直觉，马美丽变心肯定是与什么男人勾搭上了。可是打听来打听去，什么情况也没有打听出来。队长赵德旺有点儿失望，同时感到问题有点儿棘手，有一点是肯定的，如果没有别人插一杠子，又没有发生什么事情，马美丽怎么会无缘无故地提出来退婚的呢！

队长赵德旺也顾不上村里的事情了，每天偷偷地在建筑工地门口转悠，他不相信，马美丽没有一点儿蛛丝马迹露出来。

张光辉又找了一个工地干小工，马美丽不几天就打听出来了，就离马美丽的工地不太远。因为干的都是同行，马美丽很容易就查问到了。隔三岔五，只要食堂里做好菜，马美丽就省下来，将菜装在一只大瓷缸里，然后给张光辉送去补充营养。固然张光辉十二分地不情愿。马美丽知道，张光辉为了攒钱，舍不得吃好的，甚至连香烟都戒了。

马美丽与张光辉的一举一动怎么能逃得过队长赵德旺的眼睛呢？不过，他没将那个黑瘦的张光辉放在眼里，心想：就这么个穷光蛋，你马美丽爱他什么呢？你要是找也找个像样一点的，像张光辉这样的，怎么能与自己的儿子相比呢！太不是价钱了！

队长赵德旺虽然没有想到怎么对付张光辉的办法，不过他也没有将这件事情放在心上，他觉得那个张光辉不值得他下死把。可是后来事情发展有了很大的变化，不容得他不认真对待了。当马美丽知道队长赵德旺跟踪自己，而且知道一切之后，她就想激一激赵德旺，使他抓紧死了这份心。

一天，马美丽突然告诉队长赵德旺，说自己已经与张光辉分不开了，而且他们已经住在了一起。果然赵德旺坐不住了，他不得不对张光辉下狠手了！他还是通过他老表的关系，将一直蒙在鼓里的张光辉逮捕了，罪名是破坏军婚。这个罪是个不大不小的罪。

马美丽知道是自己又一次害了张光辉，不过，她有信心，自己又没有与赵小马拿结婚证，只换过喜帖，算不上结婚，怎么是破坏军婚呢！再说现在自己是自由身，想和谁好就和谁好，不犯法的。那张光辉就更不算犯法了，即便真的是与张光辉有了那种事。不过，要想让张光辉早一点出来，只要赵小马能主动说退婚，这事就好办多了。

那天晚上，马美丽就给赵小马写了一封信，信很短：小马，我不想和你好了，我又爱上另一个男孩子，他的名字叫张光辉。过去因为我，他被工厂开除了。我欠他的，我这辈子一定要还这个人情。你要是能答应我的话，你就来信告诉我说："不爱我了。"我知道，我这么做对你不公平。但是，你曾经说过，不论我做错什么事，你都会听我的。你是个男人，我相信你不会说话不算话的，对不对……

（原载《阳光》2014 年第 2 期）

仇 家

引子

十六年前，也就是一九九八年，那年秋天在来龙湾发生了一起命案，黄联营的养子黄小虫，将同住在本庄的同学郭小虎残忍地杀死在放学的路上。作案的工具是一把斧头。作案地点严格说是在玉米地里。当时那片玉米还没有掰。那块地是郭小虎家的，所以事情发生之后，那块玉米一直没有收，玉米和玉米秸都烂在那儿。一直荒到第二年春天。

黄小虫和郭小虎住在一个村上，虽然都在来龙湾中学读书，却没有多少接触。两人不在一个班级，上学放学也都不一起走。老师回忆，在学校里也没发现他们有什么矛盾。两家也没有什么深仇大恨，郭小虎的父亲郭老八在村里还是个治保主任，对一起光屁股长大的黄联营平常还是有些关照的，所以，别说全村的群众想不明白，就连来办案的市县两级警方也都弄不清楚，黄小虫为什么要杀郭小虎？总得有点儿什么事情或是理由吧？不然的话，那他的杀人动机是什么呢？走路上踩死一条蚯蚓，还得前思思后想想，何况是一条人命呢！若是黄小虫不死的话，他们一定会弄个水落石出，将案件做成教育片，以警示后人。可惜这个机会黄小虫没给警方留，当他结束郭小虎的生命之后，便将沾满脑浆的斧头对准自己的脑门，以至于现场周围两三米之内玉米叶上白花花一片。当然也省去警方许多的人力物力，不必劳民伤财费脑筋去破案了，因为杀人者与被杀者都已经拍拍屁股走人了，调查了解也只不过是走走程序罢了。办案的人替黄小虫惋惜，要是他杀人后去投案自首的话，也许能保住一条命，因为黄小虫当时还不足十六周岁。郭黄两家都是一个儿子，这下都成了绝户头。事情并没有结束，郭老八的女人周抗美三天后在家中自缢身亡，那天郭家一天出两口棺材，村里人私下里议论，郭老八今后一定不会饶过黄联营。可是，多少年过去了，一切太太平平。越是这样，人们越是担心，凭郭老八那种秉性，他会咽下这口气吗？何况是两条人命的仇恨呢！再说他们弟兄八个呢，即便是老八怂了，他那几个如狼似虎的兄弟轻易能让黄联营过安稳吗？不过，也有人估计，现在郭老八大小是个村干部，不便玩阴的，单等他不当治保主任了，到那时就不好说了。

一

院长江天亮叼着烟卷趴在三楼窗口往下面看，一堆老人围成一团疙瘩在那儿下棋。江天亮也是个棋迷，往日这个时候，他也会挤在人堆里观战，指点江山。今天他心中有事，没有闲情逸致，已经吸了几支烟了，到现在还没有想出一个两全其美的办法来。

昨日下晚，分管民政的陈乡长将他叫到乡里，通知他敬老院里要安插两个人。江天亮说："陈乡长，院里有的是空床位，你打个电话就行了，何必让你劳心费力地等我呢！"陈乡长说："这两个人不是一般人。"江天亮说："哪个村的？"陈乡长说："就是你们村的郭老八和黄联营。"江天亮说："我的妈呀！"陈乡长好开玩笑，说："两个都是老头，你怎么连公母都不分，喊起妈来了呢！"玩笑并没有使得江天亮轻松起来，相反一脸的沉重。他说："陈乡长，这事有点儿麻烦。你想想，十几年前那起旧案，至今历历在目，我就怕两个仇家一起来敬老院，会不会惹出什么麻烦？"陈乡长说："我也是担这个心，所以将你找来，你思想上要有个准备，这两个老头怎么安排，包括生活起居等，你要做到心中有数，千万不要出什么事情。我们乡的敬老院是全省的先进单位，你一定要提高警惕，严防死守，特别是郭老八那个人，虽然当了多年的村干部，你别指望他的觉悟有多么高，郭黄两家的仇恨到今日一直没有爆发，所以，你绝不可以掉以轻心，不论怎样，一定将可能发生的矛盾消灭在萌芽之中。如果发生什么事情，上级将我们敬老院这面先进的旗帜给拔了，你小心着，不单你的院长当不成，就连我这个副乡长很可能都要受到牵连。"江天亮面有难色地说："能不能做做工作让他们两个人先进来一个？"陈乡长说："亏你还是个乡民政办的副主任，他们两个人都够条件，你凭什么理由不让人家进？我再告诉你一个实情，本来是黄联营一个人提出申请，不知为什么，一直不愿进敬老院的郭老八突然也提出来要进，我就觉得事情不一般，所以才将你找来。"江天亮不由倒吸一口凉气……

陈乡长从桌柜里倒腾出一提溜茶叶，递给江天亮，说："你最近干得不错，犒劳犒劳你。"江天亮说："放多久了，我怎么瞧着外包装都磨得没有皮了！"陈乡长说："人家都是下级给上级送礼，你倒好，要饭的还嫌饭馊，你就知足吧你！"

下棋人堆里一阵骚动，江天亮就明白，这一局分出胜负了。刚想探头问问谁输谁赢，人群中一个人影一闪，江天亮马上想到了一个计策，高声喊道："刘大牙，刘大牙，你上来一趟。"刘大牙是个胖墩墩的老头，仰着脖子骂道："你个狗日的，两天不揍你，是不是皮痒痒了！"江天亮笑道："表叔，你上来上来，我有正事情找你！"

不一会儿，刘大牙推门进来了，骂骂咧咧道："你狗日的找我干什么？"江天亮搬张凳子给刘大牙，又急忙抽支烟递过去，亲手给点燃。刘大牙说："你大小也是个院长，整天没个正形，你叫我外号，你就别怨我骂你！"江天亮说："你那大号实在是不好听，什么刘合（活）作，还不如叫刘大牙顺口。"刘大牙说："过去我两颗光荣的门牙还在，谁喊就喊了，现在两颗牙齿都入土多少年了，你天天大牙长大牙短的，也不符实！"江天亮说："表叔不开玩笑了，咱们开门见山吧。"刘大牙说："我就喜欢打开天窗说亮话。"江天亮说："有个政治任务要交给你。"刘大牙哈哈一笑，说："我的好表侄嘞，你表叔一辈子没有文化，所以一辈子与政治不沾边，你别说大话吓我！"江天亮说："表叔，郭老八和黄联营马上要进敬老院，他们两家的仇恨你是知道的，长话短说，我想等他们来了，为了避开矛盾，我想将他俩分开住，郭老八安排在一楼，你陪着黄联营住在四层，吃饭你俩也不要去食堂吃，我安排人给你送到房间去。另外，黄联营不论去哪儿你就跟着。"刘大牙问："他要是去茅房呢？"江天亮说："那你也得跟着。

嫌臭你就守在门口也行。"刘大牙说："凭什么啊！我为什么要干这个？"江天亮说："我们不是亲戚吗？等你死了，我让火葬场烧锅炉的，给你烧透点儿！"刘大牙说："你妈×！"江天亮说："表叔你全当帮帮我的忙。"刘大牙说："我为什么要帮你呢？你能给我什么好处？"江天亮说："你想要什么好处？"烟屁股烧着了刘大牙的嘴，他吐了半天才吐掉。刘大牙说："你每月给我买条烟。"江天亮说："行。"刘大牙看江天亮答应这么爽快，知道条件提得低了，又补充道："再给我添两瓶酒可管。"江天亮说："管是管，你知道我们敬老院平常是不准饮酒的，你得保证不能出事。"刘大牙说："一天喝一小口酒，能出什么熊事？"江天亮说："不光你不能出事，你还得保证黄联营不出事才行！"刘大牙说："那当然了！我明白你的意思，要保证黄联营和郭老八都不出事对不对？你放心，别看郭老八人高马大的，我毕竟是练过几天拳脚的，不是吹，在我面前他还不是个！"

二

敬老院什么都有，所以黄联营什么都没带，只带几件换身衣服，还有那只从不离身的半导体收音机，用只布袋提着，一路屁颠颠地就来了。黄联营不知一同进敬老院的还有他的仇家郭老八，也真是冤家路窄，在门口两人不期而遇。郭老八从鼻子里"哼"了一声，黄联营想哼没有哼出来，相反步子迟疑了一下，让郭老八占了上风，砍着膀子大摇大摆进了敬老院的大铁门。黄联营心中有点儿后悔，要知道郭老八进敬老院他就不来了，他不是怕他，他是不想看见这个仇家，固然事情已经过去好多年了，陈年的谷子已经变成了粪便，又变成了泥土，记忆也模糊得没有了边际，好似几百年前的事情了，一般人怕是天天吃脑白金估计也都想不起来了，可在黄联营的内心，犹如昨日发生的事情，新鲜得可以一掐仿佛能冒出汁水来，他想那个郭老八一定也是这种心境。冤有头债有主，可是冤债都已两清，但是两家的冤仇算是结下了。固然这么多年风平浪静，可在黄联营心中，时刻等着暴风骤雨到来，这一天早晚得来，所以这么多年来，他的心中一直没有平息过。

当天郭老八就找江天亮的麻烦，问为什么让他住一楼，江天亮说："老主任一楼多好啊，不用费劲上楼，还接地气儿！"郭老八说："我不想住一层，我也要住四楼，我喜欢站得高，看得远。"江天亮说："那行，你与黄联营掉个个，我通知他搬到一楼来。"郭老八说："他为什么要搬，我就想与他住在一层，最好是一个房间。"江天亮说："这不行。""为啥？"郭老八眼睛逼视着对方。江天亮也不示弱，说："我说老主任，你就别挑理了，既然你到了敬老院，你就要服从这儿的管理。"一句话将郭老八噎得直翻白眼，郭老八只好抹抹嘴走了。

刘大牙帮助黄联营铺好床铺，又去茶炉打来开水，给黄联营倒了一杯水凉着，然后介绍敬老院生活起居一些情况，最后郑重告诉他，说："从现在起，你去任何地方必须由我来陪着，哪怕是去茅房解手。"黄联营惨然一笑，说："这是院里专门安排你的？"刘大牙点头说："是。"又说，"你要是不按我说的办，出了任何事，我都不负责。"黄联营说："我知道你们的意思，你们怕郭老八对我不利，对不对？"刘大牙点燃一支烟，说："对。"黄联营说："老刘，谢谢你的关心。"刘大牙说："你别谢我，要谢你谢江天亮，我是按照他的吩咐做的。当然我也不是白做。所以你心里不要有什么过意不去的。"黄联营像是自言自语，说："我不怕他，更不怕他对我下手，如果他想了断我就陪他。"刘大牙说："问题没有你想得那么严重，也许什么事情都不会发生。那句话怎么说的嘞？"他拍着自己的脑门想了半晌，"对了，叫防患于未然。"黄联营说："天要刮风，天要下雨，你不能不让它刮，不让它下！如今他郭老八是孤身一人，我也是一人吃饱一家不饿，大不了一命抵一命，没什么可怕的！"刘大牙又接上一支烟，说："老黄，吃午饭还得一会儿时间，我知道你们两家有仇，两个活蹦乱跳的孩子一瞬间都没了，到底是因为啥呢？"黄联营苦笑，半天叹一声，说："过去的事情了，不说也罢。"刘大牙还来劲了，说："我说黄联营，你是我的保护对象，你有义务和我说实话，不然的话，我怎么保卫你呢？"黄联营望一眼窗外，像是说给窗外的人听，伤疤再揭只能是疼痛。

三

一大早，江天亮刚刚来到敬老院，还没有停稳车子，就听一个老头喊他，说："江院长，你快去看看，老张头又屙不出来了！"这时，江天亮就听见男茅房传来杀猪般的嚎叫。老张头是个老便秘，经常犯病，敬老院没有男护工，遇到这种情况，只有江天亮亲自上。等到江天亮赶到男茅房，老张头的脸已经憋得虚紫烂青的了，见到江天亮，老张头像是见到了救星，也不叫唤了，也不闹腾了，哎哟哎哟地小声地哼着。江天亮将袖子撸到膀弯，然后伸掌在老张头的肛门处轻轻地摩挲着，一边摩挲着一边安慰道："张大爷，你别急，慢慢来，不要用力太猛，对，对，匀溜使劲。"老张头苦瓜脸能拧出水来，说："不行，还是不行。"江天亮说："药吃了没有？"老张头说："吃了。"江天亮说："我给你买的香蕉呢？"老张头说："也吃了。"江天亮说："现在你再用力试试。"老张头龇牙咧嘴半天，还是没有拉出来。江天亮说："我只好给你动手术了。"说着伸出两根指头，一点一点将粪便从老张头的肛门里向外抠，郁结的粪便终于通畅了，虽然江天亮有思想准备，还是被粪便喷了一手。老张头说："日他祖奶奶，憋死我了！"说着，感激地望一眼江天亮，说："江院长，又让你遭罪了！"江天亮说："我与你说多少遍了，你们来到敬老院，你们就跟我们父母一样，在儿女面前，你们还客气什么呢！"老张头提好裤子，由于蹲时间久了，腿有些发麻，站了几站，没有站立起来。江天亮正在水管子冲手，说："张大爷，你慢些儿，下茅凳小心一点儿。"老张头叹一口气，说："活这么大有什么意思呢！"江天亮说："好死不如赖活着，哪人没有老的时候呢！再说没有你们，我们不都下岗了嘛！"江天亮搀扶着老张头出茅房，老张头猛然想起了什么，四下里瞅瞅，江天亮拉到一旁，小声说道："有件事情给你汇报。"江天亮说："郭老八有动静？"老张头说："我昨晚上发现郭老八身上藏着一把刀，一尺来长，那把刀很神奇，一按什么地方弹出来了，又一按什么地方，又缩回去了，明晃晃的，亮得照人眼。我问郭老八闲着没事带刀子在身上干什么？他说，留着削水果。我说，削水果能要这么大的刀？他没有回答我，只是阴阴地笑着。我就觉得他的神情有点儿不一样，他也不避讳，睡觉时，就把那刀掖在枕头底下。"江天亮说："张大爷，谢谢你很高的警惕性，反正你多多留意郭老八，有什么动静及时告诉我。"

这时，敬老院已经开早饭了，以往江天亮这时一准出现在食堂里，今天因为给老张头下手抠粪便，江天亮就有意没过去，他怕一些爱干净的老年人忌讳。

江天亮回到办公室，点燃一支烟，下意识地闻了闻手，固然洗手时打了几遍香肥皂，心理作用，还是觉得手上有点儿异味。他边吸着烟边在想，这个郭老八带刀干什么呢？是故意向他的仇家黄联营示威，还是防身用的呢？不论怎么样，这件事都不能小看，下一步要加大保护黄联营的力度。郭老八的目标不是黄联营吗？只要黄联营没有事，敬老院就万事大吉，否则的话，天下就不会太平。想到此，他转身出了办公室，准备上四楼找刘大牙叮嘱几句。

在楼梯口，正好碰见了正要下楼的刘大牙。江天亮说："表叔你想干什么去？"刘大牙说："我去茅房解手。"因为四楼过去没有人住，所以厕所的门始终是封着的。江天亮后悔自己疏忽了，又说："三楼不是有厕所吗？"刘大牙说："三楼茅房是马桶，我坐上面屙不出来！"江天亮问道："黄联营在房间吗？"刘大牙说："你放心吧，我已经从外头将房门锁死了，我也和他讲过了，我不回来，让他哪儿也别去。"江天亮想起什么来，说："表叔，有件事得和你说。"刘大牙说："你等我回来再说行不行，我急着去大便。"江天亮一把拉着刘大牙的胳膊，说："你今天即便是拉一裤子，也得听我把话讲完。"刘大牙说："我还没见到有这样蛮不讲理的领导呢！"江天亮便将郭老八藏刀的事情叙述了一遍，然后让刘大牙千万千万提高警惕，一级战备，一定寸步不离黄联营！刘大牙说："我的表侄嘞，你将心放在肚子里吧，别说郭老八有刀，就是有枪，我也不惧怕他，你抓紧松手，再晚我真怕是要屙裤子里了！"其实，江天亮一半是故意的，看见刘大牙夹着腿往楼下跑，喜得腰都笑弯了。

回到办公室，江天亮觉得郭老八的动向，必须向乡领导说一下，所以饭没有顾上吃，摸起电话，将事情简单地向陈乡长汇报一遍。刚刚放下电话，只见刘大牙慌慌张张地跑过来，说："大事不好了！"江天亮一惊。刘大牙说："黄联营不见了！"江天亮一听，大惊失色，言道："你不说他被你反锁在房间里的吗？"刘大牙说："我忘记了，他手中有钥匙，可以从里面开开的！"江天亮说："你找了没有？"刘大牙说："楼上楼下，连各个茅房我都找了个遍，就是不见他的人影。"江天亮说："问门卫了吗？"刘大牙说："门卫和我一起去的茅房，就那一眨眼的工夫！"江天亮没好气地说："你一眨眼能有那么长时间哪，你当是放屁哪！"看着刘大牙还愣在那里，说："熊表叔哎，你还戳在这里干什么呢？再四处找找啊！"忽然又想起了什么，追出门来，说："表叔，郭老八在不在？"刘大牙说："我刚才望过了，郭老八正在院子里看人下象棋呢！"江天亮心中一块石头落了地，深呼一口气，说："还好，还好。"

四

敬老院依山而建，山太小，是个小山包，以至于本地人连名字都不稀罕给它取一个，因为山在村子的北面，人们就称它北山。

北山有树，一直长不起来，后来，村里将公墓建在那儿，然后一年年种树，这几年才茂密起来。承包土地那会儿，有人将这片山林包了下来，栽了许多果树，一到夏秋，山上红红绿绿一片，香气喷出好几里路远。

公墓就掩映在果树的最深处。

黄联营步子凌乱走到一座坟茔前，趴在墓碑上写着"爱妻周抗美之墓"的坟旁。黄联营每每看到这一行字，都会从内心发出一声长叹。假如不是唯成分论，墓穴里躺着的这个女人理应是他的爱妻。假如是他的爱妻，她就不会死，而害死她的人就在眼前，就是他自己。

他与她同年同月同日生，他生在寅时，她出生在卯时，前后相差不到两个小时。也许是几乎同时来到这个世界上缘由，两人从小就心心相印，一起割草，一起上学、放学，出生在地主家庭的他和出生在富农门内的她，这对臭鱼烂虾却在爱的蜜水中渐渐长大成人。正当他们憧憬着美好未来的时候，一天，郭大队长大踏步走进了周家，对本瞧不顺眼的周抗美父亲说："我们家老八看上你家丫头了，本来我是绝不同意这门亲事的，一个贫农又是干部家庭的孩子怎么能与富农家庭结亲呢？可是我那个小老儿用死威胁我，不成功则成仁，我不能因为我们门不当户不对丢了我家小老儿的性命，所以说，我只有躬身下娶你们家女儿了。这样吧，你们家什么也不要准备了，我们老郭家一头沉，全包了，到日子你就将女儿送过去就行了。"

什么叫晴天霹雳，对于当时正处于热恋中的一对狗崽子，听到这个消息之后真真切切地体会到了，那声霹雳是从天外传来的，在他们的天灵盖上炸开了，他们一下子懵了，又一下傻了，清醒之后，两人曾想到了远走高飞。他们的阴谋被双方家长识破了，男方家说："你们私奔了，我们家就完了，不扒祖坟，也得退层皮！"女方家说："你俩真要高飞了，我和你妈也不过了，一条绳拴两个扣，腿一伸你永远就见不到了！"经过慎重考虑，两个年轻人只能做出一个让他们一辈子都后悔的决定，一切任命，他们不能为了自己所谓的幸福害了两家人。

临出嫁的头一天的晚上，女人和男人在北山的小山洞里度过了最后一夜。女人将自己最宝贵的东西交给了他心爱的男人。最后女人问男人，说："我嫁人了，你还爱我吗？"男人说："到死都爱！"女人说："错，从现在起，你爱的人死了，真的死了，如果你真的爱我的话，就答应以后和我形同路人吧！如果有来世的话，我们下辈子再做夫妻！"

"抗美，抗美……"泪水随即涌上黄联营的眼眶，"你活着的时候，我每日每夜都在想念着你，我也能感应到，你每日每夜也在思念着我，我们虽然不能够在一起，但是早早晚晚我们还能见一面。你知道吧，每一次看到你，哪怕是背影，我都会兴奋好一阵子，然后是漫长的等待，这种等待虽然凄苦，但充满希望，我心里仍旧是痛苦地快乐着。是我斩断了我们的念想，斩断了我的希望，我就是那个刽子手！杀掉你的儿子小虎，是我这一生中最大的罪恶，连我也不能饶恕我自己。假如我不收养小虫，假如我在小虫面前不诉说我们的过去，或者说假如我不将一切的怨恨记在你们的儿子身上，给小虫灌输我对郭家的仇恨，小虫怎么会对你的儿子举起斧头呢？我知道他是在报我的养育之恩哪！俗话说，冤有头债有主，我为什么不让小虫去杀戮夺取我心爱女人的郭老八那个恶人呢！是我想错了，我觉得，杀死郭老八，完全消除不了我的仇恨，我清楚知道郭老八疼儿子胜过自己，我更加清楚地知道，杀死他唯一的儿子，他的精神崩溃是如何一败涂地。人死了，精神不死，算不得死，只有精神死了人那才是真正死了。我错就错在这里，殊不知你的儿子没了，会给你带来那样沉重的打击。我原想，你与一个没有感情的男人生的孩子一定不会挂在心上的，即便是有一种母爱，也是轻描淡写的，没承想你为此舍掉了你的生命，我这才幡然醒悟，我的罪孽是那样的深重，是无法原谅的。哪怕是你原谅了我，我都不能饶恕我自己！我始终想不明白，郭老八早该来取我的性命，可不知为什么他一直没有实施他的杀人计划呢？这是我多年的心病！我早已设计好了，别说他杀我如杀小鸡那般容易，即便是我能逃脱，我也不会这么做。他如果使斧头，我就抬起头颅；他如果使刀，我就仰起脖子。你放心，我绝不当孬种！我早该死，你死那时，我就该死。但我不能自己死，我要等着郭老八来杀死我，否则的话，仇人解不了恨，我也死不瞑目……现在我一时三刻等着郭老八来杀我，我听说郭老八已经起了杀心，准备了一把弹簧刀，请你看在我们曾经好过，你托梦给郭老八，让他下手狠些，越早越好，早一日结果我，那样的话，我们就早一点儿能够见面了。你说过等到来世我们就可以在一起了。所以我希望郭老八能早一点儿动手，以免影响我们计划，我还希望我们能同年同月同日生。"

天空阴霾，秋叶瑟瑟，黄联营蜷缩在那里，产生了一种幻觉，似梦非梦，似醒非醒，他觉得抗美就站在不远处对着他笑。她的眉目还是那么传情，她腮上那对浅浅的酒窝依然那么迷人，她那一头乌黑茂密的头发自从结婚后剪去，如今又留了起来，还像过去那样扎成一条大辫子，垂在了丰腴的背上……猛然，黄联营的面前，周抗美突然摇身一变，变成了一个面目狰狞的女人，对黄联营吼道："你是个千古的罪人，你借别人的手杀了自己的儿子，罪不可赦！小虎是你的亲生骨肉啊，你怎么能下得去手的呢……"

唰啦啦，雨说来就来了，风赶着枯黄的树叶奔跑，像猫追老鼠。

黄联营踉跄地下了山，边走边回想起梦中事情，不由激灵地打了一个寒战。

五

回到敬老院，黄联营浑身都湿透了。刘大牙一见黄联营平安回来了，连连拍了自己胸口几下，不顾黄联营忙着换衣服，急不可耐地问道："你孤身一人去哪儿了？让我惊出一身冷汗，到现在我的衣服还没有干呢！"黄联营说："我待不惯这里，觉得有些闷，就去北山转了转。"刘大牙不依不饶，说："你现在进了敬老院就不能像过去那样当自由兵了。我上天就与你讲过了，你别说出门，就是上茅房，你都得和我打个报告，你懂吗？我是为你好，你明白不明白？你现在是我们敬老院一只大熊猫，要重点保护，你懂吗？"黄联营说："对不起，下次再出门，我一定和你打个招呼。"刘大牙说："你晓得不晓得，你随便出去，连门卫老李都差点儿受害了，被江天亮熊得连头都抬不起来。如果你要是出什么事情，我都得受到牵连，你懂吗?"

这几天,黄联营反复在想着周抗美托梦事情,就觉得是自己做了个梦。他清楚地记得,女人说那个被自己养子杀死的小虎是自己的亲骨肉,那怎么可能呢,一点儿谱也不靠,小虎是仇人郭老八与周抗美所生,怎么会是自己的儿子呢?自己与周抗美——哎呀,还能是几十年前那夜在北山……就那么一次可能吗?如果小虎是自己的骨肉,为什么周抗美一直瞒着自己呢?再说,那个小虎长得也不像自己啊!他在脑海中努力回忆小虎生前的样子,因为时间久了,几乎是一点儿也记不起来了,即便是回想起来一些片段,也是支离破碎的,模糊不清的,他的印象,小虎的轮廓还是随郭老八的,因为黄联营连自己也想不起来长什么样子了!为什么周抗美要这么说呢?难道说,是她有什么难言之隐吗?再说了,如果郭老八知道小虎不是他亲生的,他能这么轻易地放过自己吗?还有那个让他含在嘴里怕化了的女人!

最后黄联营决定,约郭老八一起去到周抗美的坟前,将一切事情弄清楚,这辈子,就是这件事情了,不搞个明明白白,死了也不会安心的。要是郭老八想杀自己,正好给他提供这个机会。

这天上午,黄联营托食堂买菜的大师傅在集上捎来一荷叶猪头肉,一包花生米,还有一瓶洋河大曲,因为黄联营发现好酒的刘大牙喝的都是这个酒。中午吃饭的时候,黄联营便将东西拿出来了,对刘大牙说道:"上次的事情,让你担惊受怕的不说,还差一点儿受了批评,今天我准备这些东西,就是想谢谢你!"刘大牙说:"我中午不能喝啊,我有任务!"黄联营说:"我知道你对我不放心,你沉住气喝你的,我绝对哪儿都不去,包括茅房,你看行不行?"其实,刘大牙嗓眼里的酒虫早就馋了,自己给自己找台阶,说:"这猪头肉放到晚上,也不好吃了,我就少喝一点点吧。不过,老黄你得提醒我一声,我就喝二两,多一点都不喝。我说话算话!"说着,早已摸过酒盅,打开酒瓶满上,吱溜一口,然后捏一块猪头肉填进口里,呜哝着说道:"这猪头肉是王五家的还是马六家的?"黄联营说:"是食堂的师傅帮着买的,我也不清楚。"刘大牙说:"这就对了,有什么事情,让其他人帮你办,不要私自行动。"刘大牙本来就是话多,一沾酒别人就不用说了,他一人包场了。说着拉着,一瓶酒已经去了大半。刘大牙虽说见酒比见他爹亲，可是酒量太孬，没等黄联营提醒，早已趴在床边呼呼地睡着了，呼噜都将窗户上的玻璃震得沙沙响。

午饭后，老人们都已经午睡，院子里十分安静。小铁门没有上锁，门卫的老头坐在小房子里磕头打盹，黄联营本来准备好一套谎话也没有用得上，就轻手轻脚溜了出去。临出门的时候，黄联营下意识回首望一眼院子，他想看看他的仇人郭老八走了没有。上午在上茅房的时候，他亲手给他塞了一张纸条，按照郭老八平时的秉性，他应该不会失约，更不会装孬种！再者，如果今天出去回不来了，也是想与人生最后一站作一下告别。

六

温雪的天气，鸟尽风息，四处一片死寂，黄联营觉得这是影视剧当中经常出现的场景。他走走停停，不时向前后左右观察一下，再向前走。他的警觉不是怕死，生死对他来讲已经没有什么意义了。不过，他现在还不想突然被人从背后砍上一刀或是没有反应过来就一命呜呼了，他有许多的话想问，想说，等他问完了，说完了，那就没有什么遗憾了。

老远地，他就看见了女人的坟前站着一个身材魁梧的人，抱着膀子强势地站在那里。不用说，那就是他的仇家郭老八。

他气势汹汹，说："黄联营，你送死来了？"

黄联营说："我一直等着这一天到来。"

"好吧。"他从腰间掏出那把刀，一按保险，刀便弹了出来。他没有对准目标，而是将刀插在了他脚前地上。刀尖在接触到泥土那一瞬间，像是碰到坚硬的东西，有火花一闪。郭老八说："是你自己解决，还是我来帮你？"

"我有话要说，等我说完了，你才能动手。我不会自己了断，我要让你亲手杀了我，一来，你解了恨，二来，看到你成为杀人犯，这也是我所期望的。"

"有屁快放。"

"抗美托梦给我，说小虎是我的亲骨肉，你与我说实话，到底是不是？"

男人冷笑，说："你鬼话，小虎怎么会是你的骨肉，你的脑子是不是让驴踢了！继而道，我倒要问一声你这个王八蛋，如果说小虎是你的儿子，你为何让你的养子杀了他。"

"我没让他杀，我真的没有让小虫做这个事！你不信，我可以对天起誓！"

"如果我告诉你，小虎就是你的儿子，你能怎么样？你能让我的儿子活过来吗？你这个猪狗不如的东西！"

他声泪俱下跪爬到了坟前，说："抗美，抗美，你告诉我，他说的话是真的吗？"

他声嘶力竭地喊道："黄联营，你枉让抗美爱过你一回，你不配，你真的不配！我真替抗美为你不值！我与抗美结婚一个多月，她就告诉我实情，她说她和你在北山有过那种事情。起初我不信，我以为她是故意不想和我过日子。小虎三岁的时候，我一次生病住院，无意之中查出我不能生育，才知道抗美当初的话是真的。我原谅了抗美，也把小虎当作自己亲生的儿子，并约定到死都不说出这个秘密。后来抗美跪着求我，让我不要报复你，我答应了。可万万没有想到，你怂恿你的养子，砍死了我的小虎，也让抗美含恨死去。你是个十恶不赦的罪人，你本该被碎尸万段下油锅……你知道我为什么没有杀你吗？我杀了你，那是便宜了你。我就想有一天将真相亲口告诉你，让你精神癫狂，让你备受凌辱，让你的心一点一点死去，就这样也解不了我心头之恨……"

"我的儿子啊，我的儿子啊！我的小虎啊，我的小虎儿子啊……"黄联营歇斯底里在坟前呼天喊地号啕大哭起来。猛然，他发现面前那把明晃晃的刀，旋即拔了出来，举刀刺向自己的前胸。

郭老八奋力夺下刀，然后拼尽全力将刀扔到了远处的树丛中，痛苦地说道："我在抗美临咽气前发过誓，我不会报复杀你，我也不会让你痛痛快快地死在我的面前。你的命换不回来小虎和抗美两条人命，你死了太便宜你了，我要你好好地活着，让痛苦一点一点折磨你，直至后悔的泪水淹死你……不过，即便是死，我也会死在你的前头，我不能容忍再让你去打扰抗美，她永远永远也不会原谅你的，所以你不要抱任何幻想！"

风起，结伴而来的还有飘飘洒洒的雪花，渐大，点亮了暗沉的天空。

再不走，晚饭就耽误了。郭老八望一眼悲痛欲绝的黄联营，独自向山下走去。

（原载《青春》2015 年第 7 期）

两个陌生女人的一个上午

　　方圆心理咨询中心坐落在闹市区的一条后街上，闹中有静，交通也十分便利。咨询中心的大门是两扇玻璃门，门里面上半部悬挂着淡绿色的绸布，在这个散漫的夏日上午，显得是那么的清新和悦目；门的下半段则没有遮挡，玻璃擦得十分明亮，好似镜子，过往的爱美的年轻女孩子，时常在玻璃门前搔首弄姿。两扇门的门腰地方，贴有两块小红纸片，左边写的是推字，右边写的是拉字，一般人都懂得那是为了进出人的方便，以免内外人走过碰着了。里面一定也写了，不过左右推拉两个字肯定倒过来的。

　　胖她出现在咨询中心门口时，一眼就看到右扇门门的下方站着两条匀称的修长的细腿，胖她心里不由想象，里面要出来的一准是个女人，一般男人的腿不会这么细，也不会有这么好看。胖她不免对自己的两条大象腿生出一丝烦恼来。不过，她的身体只能是配自己两条男人似的粗壮的腿，否则的话，若是门内那两条细腿配自己偌大的肉身，也不好看，走路也不稳当。

　　都是那两条匀称的白腿分散了自己的神，其实，胖她眼睛看到了左扇门上那个推字，因为注意力集中在了右边，手不由自主地去推右边那扇门。里面的瘦她冷不防被门撞了一下，首当其冲的当然是鼻子遭了罪，酸不溜溜地疼，瘦她用手捂着鼻子，"哎哟哎哟"揉着，胖她方知是自己的过错，连连赔不是，一个劲地说："对不起，对不起。"人家已经道歉了，瘦她也只好说："没事没事。"胖她将身体磨到一旁去，让瘦她出去。由于瘦她手捂着脸，所以胖她没有看清楚出去的那个女人的面部，从背影看，瘦她身材很好，该凸的凸，该凹的凹。胖她无意中看清了那个女人胳弯上挎着一只墨绿色的包。胖她猜想，那包一定很值钱。从穿着打扮来看，胖她分析，这一定是个有钱的女人。大凡这种女人，不会挎那种廉价的没有品味的包的。所以胖她猜想那只那么精致的包，一定是名牌货。什么牌子的，胖她不懂得包，不过胖她知道香港名贵的包，一只要一两万的还算是一般的。胖她想，即便自己有钱，她也不会花钱买这种死贵的包，不就是装个东西吗？有钱的女人里面除了装一些随时补妆的化妆盒、屏幕很大的手机、高档湿巾、香气扑鼻的卫生巾，还有大把大把的钞票，以及各种各样银行卡、超市的购物卡。自己包里最多装上几张卫生纸，一只瘪瘪的没有容颜的钱包，装着自家矿泉水的廉价口杯，还有公交卡、钥匙什么的，足天了！再说一只包一两万块钱，差不多够自己小半年的工资了，怎么舍得呢！

"不好意思，实在是不好意思！"胖她的道歉一直追着瘦她窄窄的背影，直至人家消失在人流里。

接待胖她的是一个抹着大红口红的女孩子，胖她不喜欢这种口红，太艳了，像吃死人似的！不过，自己已经好久没有抹过口红了，她没有那个闲时间，两个孩子一个上二年级，一个刚刚上幼儿园中班，还要上班买菜做饭洗衣服，每天都是忙得焦头烂额，有时连自己的头发都顾不上梳，哪还有那种闲情逸致打扮自己呢！

"你也是来找方圆医生咨询的？"大红口红的女孩子问。胖她点点头说："是。""有约吗？"胖她说："没有。"继而问："还要约吗？"大红口红女孩子说："那当然要啦！不过你即便是有约也不行了，刚刚方医生来电话说，在半道上，她的汽车被撞了，正在等待交警处理，然后还要到4S店修车，所以，上午不一定来了。"胖她关心自己下次什么时候来，随口问道："方医生人没有事吧？"大红口红女孩子说："人好好的。"稍时说道，"前面已经走了一个人了，就是刚才与你碰面的那个女同志。她是有约的。"胖她还想问什么的，先前出去的那个瘦她推门进来了，问大红口红的女孩子道："下午方医生能来吗？"大红口红的女孩子说："说不准，中午前你再来个电话吧。"瘦她说："您先替我约下午第一个吧。"大红口红女孩子说："好的。"瘦她转脸的时候，下意识望一眼胖她，微微一笑，笑里的成分是对于刚才对方一个劲地赔罪有点儿不忍心。接着人家笑，胖她更加有点儿过意不去，忙说："鼻子不痛了吧？"瘦她说："不痛了。"胖她说："真是不好意思。"瘦她说："你再自责，我该和你说一声对不起了！"两人不由相视一笑。胖她说："今天我是好不容易请假来的，可惜白跑了一趟。"瘦她问："你也是来咨询的？"胖她半开玩笑地说道："这儿又不看妇科病！"这句没有敌意的幽默使得二人一下亲近起来。瘦她说："你要是不忙的话，出门不远就是家咖啡馆，我请你喝咖啡等着，说不定方医生一会儿来了呢！"胖她想到家中一堆脏衣服，本想趁这时候回家洗洗衣服的，想起刚才自己不当心的过失，又不好意思回绝，就说："我请你吧！"瘦她说："别客气，是我先提出来的，还是我来吧，下次你再破费吧。"胖她只好就坡下驴，说："那好吧。"说罢，快走几步，打开了玻璃门，让瘦她先出去。无意之中，胖她看到了淡绿色的挂帘上有一块粉红色的唇印，不由望一眼瘦她的嘴，见她的确抹的是粉红色的口红，就知道是瘦她先前碰上去的，暗想，刚才那女人的鼻子真是碰得不轻呢！

咖啡馆刚刚开门不久，胖她是从地面上湿漉漉的拖把印子看出来的。除了服务员，厅堂里面空荡荡的，只有轻音乐不紧不慢地在房间里面流淌着。胖她对于音乐不在行，能听出来是一首钢琴曲，自己感觉已经很不错了，要能说出来什么曲名，胖她想，那就不是她了！即便是听过的，她也记不住，整天脑子里全是老公孩子柴米油盐酱醋茶，没有闲地方装这种高雅的东西。

"请问几位？"扎着一根麻花独辫子的姑娘笑脸相迎。瘦她说："两位。"胖她心里不悦，明明看清楚是两个人，还问几位，不是多此一举吗？瘦她领着胖她走到靠近里面的一张台子旁坐了下来。独辫子说："请问两位喝什么咖啡？"瘦她翻着台子上放在那里的账单，问道："有没有蓝山咖啡？"独辫子眼睛一亮，说："一瞧您，就知道您是喝咖啡的行家，您真是有口福，昨儿个才上的货。"瘦她又问："正品吗？"独辫子说："你放心，绝对正品，百分之百纯牙买加蓝山咖啡，假一赔十！来两杯？"瘦她矜持地点点头。独辫子刚欲转身，胖她说："慢。"然后对瘦她说，"我实在喝不惯那种苦水子，姑娘，有什么茶吗？"独辫子随即报出一串茶叶的名字。胖她想了想，说："来杯菊花茶吧，这几天有点儿上火了。"独辫子说："一杯蓝山咖啡，一杯菊花茶。"瘦她说："咖啡里伴侣和糖都不放，我喜欢喝纯的。"独辫子答应一声走了。瘦她对胖她说："其实，你应该尝一杯蓝山咖啡，蓝山咖啡是世界上最优越的品牌。蓝山山脉位于牙买加岛的东部，因该山在加勒比海的环绕下，每当天气晴朗的日子，太阳直射在蔚蓝的海面上，山峰上反射出海水璀璨的蓝色光芒，故而得名。蓝山最高峰海拔2256米，是加勒比地区的最高峰，也是著名的旅游胜地。这里地处咖啡带，拥有肥沃的火山土壤，空气清新，没有污染，气候湿润，终年多雾多雨，这样的气候造就了享誉世界的牙买加蓝山咖啡。此种咖啡拥有所有好咖啡的特点，不仅口味浓郁香醇，而且由于咖啡的甘、酸、苦三味搭配完美，所以完全不具苦味，仅有适度而完美的酸味。"胖她说："我很少喝咖啡，也不懂得它好在什么地方，我就知道它很苦，还有淡淡的涩麻，不要钱我都不愿意喝那玩意儿！"瘦她一直微笑着。

胖她猛然发现瘦她眼窝有些发黑，想起刚才的过失，连忙问道："我看你的眼窝有些不对劲儿，是不是刚才门碰的？"瘦她说："没有的事，我长期睡眠不好，所以眼窝一直是乌的。"胖她说："你既然休息不好，那就更不该喝咖啡了，听说咖啡是提神的东西，你越喝就越精神，哪还能睡好觉呢！"瘦她苦笑，长叹一声。

咖啡和茶来了，她们各自啜着。

这时候胖她才想起来认真地观察一下对方，因为刚才匆忙，还没有好好地看看面前这个女人。见她皮肤是纯白的那种白，脸部纯净，脖颈细长，没有修剪过的两道弯眉十分耐看，丹凤眼，高鼻梁，冰清玉洁，活活的一个大美人。凡是这样的女人，要不有体面的工作，风不打头雨不打脸，要不有幸福家庭，有个有权或是有钱的老公爱着，吃喝不愁，衣食无忧，平时打扮得花枝招展，膀弯里拎只名贵的包，遛商场，逛超市，去豪华电影院看外国大片，这样的女人会有什么心理疾病呢？不过，这很难说，自己不是一样吗？一男一女两个孩子，可谓是儿女双全。虽然日子平淡，老公是疼自己的，也是爱自己的，为什么也有许多烦恼呢？不是说，家家都有一本难念的经吗？

"你今天来找方医生是来咨询什么事情的呢？"胖她问道，且小心翼翼。

瘦她"唉"了一声，欲言又止。

胖她说："虽然我们素昧平生，可我们同是女人，没有什么不能说的。你要是不好意思说，我先说。我今天来方圆心理咨询中心也是下了很大决心的，不能讳疾忌医，就当你是方医生，那样的话，便感觉没有什么说不出口的了。"

瘦她咂摸咂摸嘴，好像是回味口中咖啡香味。

胖她向站在吧台旁独辫子喊一声，独辫子以为要添水，拎着水壶就急忙过来了。胖她说："壶就放这儿吧，我们自己来。麻烦你将空调打开，可能是喝茶的缘故，身上有点儿冒汗了。"独辫子说："空调一直开着的，我再帮您打低一点儿吧。"

胖她抖抖衣服的下摆，让凉风在肌肤上盘旋，稍时开始讲述："我和我的老公是大学同学，不过不在一个班。他家在农村，我们是在快毕业的时候才谈的恋爱。后来知道，他是被他同班一个女同学甩了之后才找的我。他现在在一家外企当主管，我在一家银行工作，我俩感情也很好。婚后我们贷款买了一套房子，两室两厅两卫。有两个孩子，一男一女，日子虽然清苦点儿，多一些咸淡，也还算得上衣食无忧，就是忙一点儿，累一点儿，也算是个幸福的家庭吧。可是我也有烦心事，这种烦心事你还无法说出口。对领导不能说，对爹娘不能说，对同事不能说，对亲戚朋友也不能说，你说我憋屈不憋屈？"

瘦她一笑，说："指着自己的脑门，你当我是方医生。"

胖她张了半天嘴，"哎呀"了一声，实在是难以启齿！

瘦她用鼓励的眼神望着对面的女人，说："就当是喝了一杯咖啡吧！"

不知从哪儿飘来两片红云，落在胖她的腮上，随即生出些勇气，胖她对瘦她说："你虽然长得年轻，我觉得你比我年长些，不论大小，我不管了，我就称你姐了，在自己的姐姐面前，我就无所顾忌了，只要你别笑话我就成！"

"我老公人很好，待我也关爱，也知道顾家，平日里也帮我带孩子、做家务，只一样不好……他是个性欲极强的人，其实说他是头野兽也不过分！每天晚上，不论你多么累，也不论你想不想那事，他都要缠着你操练，一次还不行，有时一夜起码得两三回，你说什么人受得了？我也不清楚他哪来那么大的性劲，有时我胡想八想，我觉得他这样是不是一种病。我一天忙工作忙孩子，累得找不着枕头就睡着了，我哪有精神和他做那个事情？所以为这个事我们经常吵架。我让他去医院看看去，他就是不去，说句实在的话，因为这，我精神都要崩溃了，所以我才来找方医生咨询咨询，看看有什么办法没有。有时急起来，我甚至都想到过离婚，我宁愿一个人养孩子，我都不愿意受这个罪！"

"你们结婚几年来一直这样吗？"瘦她问。

"一直这样，"胖她啜一口茶，说："一年三百六十五天，天天都是这样。""我的姐哎，你想想，那地方就算是铁打的、钢造的，也受不了啊？更何况是块肉呢！"

"你真幸福啊！"半晌，瘦她无不羡慕地说道，眼睛里满是激动的泪光。

胖她被惊得张大了嘴巴，说："什么？这、这怎么是幸福呢，我的姐啊！"

瘦她的手机响了起来。瘦她看一眼屏幕，说："是我老公打来的。"

胖她说："我要去一下洗手间。"其实她不是想躲避什么，确实是生理上的需要。等到胖她从洗手间回来，发现瘦她已经恢复了常态，正襟危坐地迎着自己的目光。瘦她说："刚才我老公问我在什么地方，要不要中午一起吃饭。我告诉他，我刚刚认识一个小妹，我们中午在一起。"然后话锋一转，对胖她说道，"我叫你小妹，你不会嫌弃吧？"胖她说："有你这样漂亮的姐，我还害怕我高攀不上呢！"瘦她自顾一笑，转身招手让独辫子过来。独辫子问："有什么吩咐？"瘦她问道："你这儿有简餐吗？"独辫子说："有的。"随手递过来一张菜单。瘦她看了一会儿，说："给我来一份石锅鸡饭吧。"然后将菜单递给胖她，"你看看，你喜欢吃什么？"胖她说："我什么都行，和你一样吧。"瘦她对独辫子说道："两份石锅鸡饭。另外，再来两份牛排，要八成熟的。"独辫子答应一声走了。胖她说："饭钱我来掏，你已经请我喝茶了。"瘦她说："这算什么呢？过两天等你有空，我准备正儿八经地请你到大酒店吃顿饭呢，到时候你可要赏脸啊！"胖她说："那行啊，不过今天我觉得我们还是 AA 制为好，现在不都时兴这个吗？我和我老公，结婚前，每每出去吃饭都是这么做的，一直到登记结婚那天才废除这种平等的条约！"瘦她"哈哈"一笑。胖她想起什么来，说："姐，刚才我将我的心病和你讲了，你还没有说说你的事情呢？"瘦她脸上闪过一种不自然的表情，恰在这时，饭上来了，瘦她说："咱们先吃饭吧。"

饭毕，胖她又重提先前的话题。看到瘦她有些吞吞吐吐的样子，就说道："同是女人，有什么不好意思的呢？你不能比我的事情还难吐口吧？"瘦她长叹一声过后，又低头不语了。胖她只好换了一个思路，说："姐，你刚才说我幸福是什么意思呢？"瘦她说："我心里话从来没有对外人讲过，包括我的父母亲。"胖她说："到底是什么事情呢？你与我说说，也许我能帮你化解化解。"瘦她苦笑地摇摇头。胖她说："是你老公对你不好？"瘦她说："要是他对我不好，我倒没有压力了。""那是怎么一回事呢？"

瘦她望一眼窗外，有只鸟儿在窗台上呢喃。等到眼睛酸了，鸟儿也飞走了，她这才淡淡地说道："他是个生意人，事业做得风生水起……我们结婚多少年了一直没有孩子。"胖她心说："这个事情啊，这有什么不好意思说的呢！"接着问道，"是谁的原因？去医院查了没有？"瘦她说："他不愿意去查，我只好自己去了医院。结果，我一切正常，估计是他的身体出了问题。""只要感情好，你们可以抱养一个啊！"胖她不以为然地说。瘦她"唉"了一声，说："我也是这么想的，不知为什么，他就是不同意抱养。"胖她有些奇怪，说："他的理由是？"瘦她摇头，说："我也不清楚。"

"他对你好吗？"

"好。"

"他对你体贴吗？"

"也体贴。"

"他在外面没有什么女人吧？就是小三！"

"没有。"

"你怎么知道？"

"我曾经跟踪过，也找过私家侦探调查过。"

"有些事情你不一定能够掌握。"

"我觉得，我能。"

"他平常下班是不是不经常回来？"

"不，他不吸烟，不喝酒，晚上几乎很少在外面应酬。"

"这就奇了怪了！你们夫妻感情怎么样？"

"你指的是哪方面？"

"你们每周在一起几次？"

"我们很少做那种事。"

"怪不得嘛。我可以说，你老公肯定有问题。"

"他天生是个性冷淡的人。"

"性冷淡？"

"就是很少想那个事。"

"还有这样的男人？"

"要不怎么说你幸福呢！"

"我要是你，我才是真正的幸福呢！"

"你是身在福中不知福啊！"

"你准备一辈子就这样过下去？"

"不这样还能怎么样？"

"你没有想过离开他？"

"他对我真的非常好。"

"他这么做是自私，他之所以对你好，就是怕你哪一天离开他！"

"你说错了，他很多次提出来，让我去找我的幸福。还不止一次地暗示我，给我自由，无论是做什么事情，他都不会怪罪我的。"

瘦她的手机又一次响了起来。胖她说："我去一趟洗手间。"

胖她回来之后瘦她告诉她，电话是咨询中心打来的，说："是方圆医生回来了，问我下午还去不去咨询。"胖他问："你怎么说的？"瘦她说："我给你说了我的事情之后，现在我觉得我心里敞亮多了。你呢？你还要去咨询吗？"胖她傻傻一笑，说："你都释然了，我还有什么问题呢！"继而问道，"你准备一辈子就这样过下去？"瘦她苦笑，说："不这样还能怎么样？"胖她说："你有没有想过换一种活法？"瘦她认真地说道："他对我真的非常好。"胖她说："你被他蒙蔽了，他这么做是自私的，他欺负你善良。他之所以对你好，就是怕你哪一天离开他！"瘦她说："你所说的换一种活法是怎么个活法？我总不能随便找一个男人上床吧！"

胖她陪着瘦她叹了口气。

出了咖啡馆，瘦她说："今天收获不小，认了你这个妹妹。"胖她说：

"有缘千里来相会，无缘对面不相识。"瘦她说："妹，你下午若是没事的话，不如陪我逛逛街吧？"胖她说："行啊，我已经记不起来，上次逛过街是什么时候了！"

午后的大街上有些热浪滚滚，正好她们走到了女人街的入口，一股凉气扑面而来，胖她不由打了个喷嚏。瘦她说："听说最近这儿新到了不少新款女装，我们下去逛逛去。"在下台阶的时候，胖她在瘦她耳旁说："姐，我突然想，咱们不如换老公过一月怎么样？既各得其所又相得益彰。"来人过往有些嘈杂，瘦她没有听清楚，说："你说什么？"胖她便将声音放大了些，重复一遍刚才说的话。瘦她愣怔了一下，眼睛忽闪一下，一团红晕随即漫上她的脸颊……

（原载《中国铁路文艺》2015 年第 1 期）

水 鬼

一

我们家下放的那个镇子的街北头有条人工河，是从几十里开外的大运河水引过来的。那条河名叫三八河。为什么叫三八河，小时候，我曾经问过土生土长的我的同学黄二丫，遭到她一通抢白，说："它叫什么名字与我有啥关系？"后来问一些街上的老人，其中不乏当过大小队干部的，也有经常抛头露面见过大世面的人，谁都说不清楚。这个问题，在我心中一直悬疑着。小猫小狗起个名字还都讲个顺嘴上口呢，更何况是一条河呢！

很多年后，远在千里之外省城上班的我，有时候突然会冒出来很多年前的疑问，那河为什么起名叫三八河呢？难道说是三八年那年开挖的？显然那条河没有那么老相。要不那条河全是妇女挖的，所以称三八河？也不现实，那时候，妇女还没有完全提升为半边天的地位，再说，开挖一条近百里路的河，光靠妇女的力量是不行的。那为什么起这个名字呢？要不是三八河贯通送水那天适逢"三八"妇女节，为了纪念这个重大意义而起的？查阅有关史料，也牛头不对马嘴。最后只有一个解释，要么是当时当权者的突发奇想？要么是给这条河命名的人是个女人！按照我的想法叫什么都比叫"三八"好听，香港人骂女人最毒的话，就是"你这个三八"！所以我一直不明白，为什么给这条河起这么个难听死了的名字。不过，在后来的"文革"中，曾经将三八河改为向阳河，不过没有叫响，一般老百姓，还是习惯称呼原来的名字。

三八河河面不是很宽，最宽的地方就在我们镇子附近，河面有四五十米。不过，在我们那时候的眼里，俨然是一条波浪宽的大河流了，像我们一般大的男孩子连倒猛子加狗刨能游个来回趟就算不错了，只有大队长的闺女黄二丫厉害，人那是正儿八经游泳，无论蛙泳、蝶泳、仰泳、潜泳什么样式都会，且游得有模有样。她还有个让我们一帮男孩子竖大拇指的绝活——踩水，抱着膀子从南岸踩到岸北，来来回回七八趟不兴喘粗气的。夏天的时候，我们一帮调皮捣蛋的男孩子，最喜欢看黄二丫踩水，二丫乳房比一般女孩子要瓷实得多，身子在水中晃动的时候，那块白肉忽闪忽闪，令人眼花缭乱，看得我们的眼睛都有些直了。

黄二丫家庭出身好，长得也十分好看，父亲又是个大队干部，所以在我们一帮男孩子面前，黄二丫仿佛是一座高山，不是我们这些没有地位的穷孩子可以攀登的。在上小学那几年，我经常在三更天会想到黄二丫，一想就睡不着，浑身发生莫名其妙的燥热，很久不得解脱。再大一些，半生半熟偷翻了父亲枕边的《红楼梦》，朦朦胧胧懂得男女之间的那些事，运气好的时候，会梦见与黄二丫同床共枕，五次三番在一起云雨，醒来，心中与裆中一样冰凉，好几天心情都过不去，所以我对黄二丫的人及身体，十分地眷恋与梦寐。那时候我就发誓，我要好好奋斗，不找到黄二丫这样漂亮的女人誓不罢休！也多次梦想着，自己能一举成名，或者突然一下又红又专出人头地了，那样的话，也许黄二丫能屈尊下嫁给我这样的人。不过，我知道，这是不可能的事情。因为打小，黄二丫心里早就有了目标，她的白马王子是大队书记的儿子高小升，两家门当户对不说，高小升在全校男生之中，可以说是出类拔萃，不但学习成绩好，长得也是眉清目秀，肩宽背壮，被称为庙里的旗杆，独此一根。有时我就恨老天爷，你怎么这样不公的呢？像黄二丫、高小升这样的人，家庭条件那么优越，已经令人嫉妒了，为什么还要给他们匹配一张俊美的身材与脸庞呢？老天爷，难道说你的眼睛被蒙住了吗？

和我一样觊觎黄二丫身体的还有石小石那个坏东西。我觉得石小石有点儿自不量力，应了癞蛤蟆想吃天鹅肉那句话。虽然我们同是下放户，可我们家过去是手工业者出身，属于贫下中农之列，即便是有点什么风浪，也是属于内部矛盾。我这样的，幻想幻想还有点儿靠谱，你一个大资本家的子女，属敌我矛盾，性质就不一样了，况且人又长得那么寒碜，纯属那种歪瓜裂枣型的捣蛋孩子，一个不起眼的没有长全乎的小蚂蚱跟着瞎蹦跶什么呢！

不过，高小升也并非十全十美，有一样不如我们，他不会凫水。常在河边转悠的，不会水，在当时一群玩伴中，也算是个缺点。固然我们所谓的游泳只是那种不太正规的狗刨式，而高小升连那个也不会，纯属一只旱鸭子，他生就怕水，即便是大夏天，也只能是站在河边拎着裤管蹚蹚水罢了。黄二丫不以为然，手揽着高小升，拍着自己高高的胸脯说："你不会水不怕，有我保护你，你若是落水了，我来救你！"

二

许多年后，我们那一批同学中，就数石小石混得不错，他从一个乡农技员，竟然混到了副县长的位置，这是我们许多同学没有料到的。于是我就想，后来女承父业当了多年的大队干部后提拔为乡妇联主任的黄二丫，不知有没有后悔过当初的选择？谁能有前后眼呢！由于政策落实，我的家又迁回县城居住，每次探亲几乎都在城里面溜达，对于原来那个给我留下许多美好回忆的镇子以及那条还算有点风光的三八河，却很少光顾过，有关黄二丫与高小升的消息也就知之甚少。我只听说，一直当民办教师的高小升后来当了中学校长，夫妻两个人也算是混得有点儿出息的那种。

在石小石当副县长之前，每隔几年，为了显摆自己，石小石总会组织我们那一批同学聚会。我有时来，有时抽不开身，或者出差在外地，所以我参加聚会的次数不是很多，偶尔参加一次，也没遇上黄二丫与高小升，据召集人石小石说，他们两人很少参加同学聚会。我问为什么，石小石也不忌讳，大大咧咧地说道："可能是觉得混得不如我们呗！"我无言以对。上周，石小石提前给我联系，说是自己有可能调到政协当副主席，括号正处。政协无职无权，恐怕以后相聚就不太方便了，趁现在还有点儿权力，全体同学再聚一聚。还特别告诉我这次一定要参加，说是有人托付他交给我一件东西，要当面给我。我问是谁？什么东西？他故弄玄虚，等你来了就知道了。又强调，这一次你一定得来，凡是活着的同学都通知了，估计这次肯定人到得比以往要齐全。我没好意思问，"凡是活着的"是什么意思？难道说，我们那批同学里有人"先走一步了"？那批同学之中，年龄最大的石小石不过才五十多一点嘛！末了我问："这次高小升两口子来不来？"没等石小石回答，我又建议，说："这次不然将同学聚会放在我们下放的街上吧，董蛮子不是开了家酒店吗？董蛮子也是我们班的同学。我听说他的酒店开得蛮大的，那样的话，高小升两口子就没有理由不参加了。"石小石吞吞吐吐地说："也行吧。"半晌又说："等你来了，再说吧。"

　　我如期赴约，当然是石小石开他的公车去车站接的我。我要先回家看看老人，石小石说："酒店我都给你订好了，已经有一部分同学先到了，等同学聚会结束，你再回家看望二老吧。反正你这次时间宽裕。"我只好客随主便了。我猛然发现，坐的车子不是上一次那一辆，就问石小石，说："上次我记得你开的是别克，现在怎么换成奥迪了。"石小石得意洋洋地说道："这不是提了半级了嘛，虽说是副主席，按正县配的车辆。""你已经调动了？""调令已经下了，工作还没有交接。"我有些感慨，说："你们这些当官的，真是水涨船高啊！"石小石说："干部就这样，只要你级别提拔了，马上什么都变了，除了工资之外，你的办公室、车辆使用、福利待遇等都随着变化，要不怎么说，官越做大，油水越足呢！"我想起正事，问石小石，说："原来不说是在乡下聚会的吗？怎么又安排在县城了呢？"石小石说："在镇子上好是好，不过……"我迫不及待地问："这次黄二丫两人来吗？"石小石眼睛望着正前方，半天没言语。我急忙问："怎么了？""他们俩出了点儿事。"说着，石小石从皮包里拿出一只鼓囊囊的大号信封，说："这是黄二丫留给你的信，你回头看一看就知道了。"

　　我上大学那会儿，虽然明知道黄二丫与高小升已经不可能分开了，可我还是抱一丝幻想，总觉得自己比起当代课教师的高小升要高出一截，求爱信左一封右一封地向黄二丫发起猛烈攻击。对于我的死缠烂打，黄二丫连半个字也没有给我回，这令我好长时间都咽不下这口气。

　　黄二丫给我留了这封信是什么意思呢？信里面都写了些什么呢？我正欲打开那只大信封，石小石按住我的手，让我暂时别看，说："马上就到宾馆了，见到一些老同学，久别重逢，应该是很高兴的事情，别因此影响了情绪。"他这样一说，使得我心里的疑团更加沉重了。

晚宴的主角当然是石小石，从祝酒词到行酒令以及人来过往的是是非非几乎是他一人包圆了，包括谁谁发财了，谁谁提拔了，谁谁买了汽车，谁谁的儿子考上了名牌大学了，谁谁的闺女出国了，谁谁的孩子找了个老外的对象等，引来阵阵的掌声和唏嘘声。同学们的的确确到得很齐，该来的都来了，只差黄二丫与高小升，这使我更加产生了许多的疑问，为什么连一个人都没有提到黄二丫与高小升呢？就好像他俩不是我们同学或是根本不认识似的。

聚会终于结束了，我留着半分醉回到了住处，本来石小石要来与我同住的，因为他喝了不少酒，虽然没有醉倒，但走路已经是墙走人不走的状态了，我让董蛮子将他带到他的房间，因为董蛮子说他们俩走得比较近乎。

我冲了一杯咖啡，喝下去之后，我这才打开黄二丫留给我的那封信。我要精神抖擞地看一看这个过去令我神魂颠倒的女人究竟给我写了什么？

信封里装有一只小信封，还有一只大信封。我觉得奇怪，先拆开那只大信封，里面是一沓装得整整齐齐的信件，定睛一看，全部是我过去写给黄二丫的情书。我数一数，竟有三十八封之多，这令我十分不解，我猜不透这个女人为什么将这些情书保存下来，又为什么还给了我？

我又打开另外那一只小信封，里面有几页信纸，信开头的第一句话便将我的酒意晃醒大半——我是在监狱里给你写的这封信……

我不由"哎哟"一声，五脏六腑好像被石头撞击那种感觉。

　　连我自己也不知道为什么会给你写这封信，是出于对你的信任呢，还是因为你是个作家呢？也许二者兼有吧。不过，我的真实思想是，你曾经喜欢过我，固然我从没有喜欢过你，请原谅，不是你不好，而是我的心里只有高小升，没有你的位置，所以你写来那么多情书我从来没有给你回过，枉费了你一片痴心，现在将这些书信完璧归赵。凭着你写给我的那三十八封书信，我想你会有兴趣了解我这个坏女人的内心世界的。我甚至固执地认为，你不但会认认真真地看完我所写的内容，还有可能分析一下我这个为爱可以不惜一切的悲惨的人生。

你或许是憎恨，或许是嘲笑，或许是咬牙切齿，或许是兴高采烈，不论是哪一种情绪，我都无所谓，因为我的心已经死了，至于别人怎么看我，我不会知道，也不想知道，我就是想将我的事情说出来。听完我的故事会有多少人斥责我，同情我，辱骂我，我都听不见了。十五年的牢狱是漫长的，不过时间对于我来讲已经没有任何意义了，我不期望那种没有价值、没有希望的等待，这样只会让一个有罪的人更加觉得生不如死……

现在该说一说我和高小升的故事了。

我一直都是这么认为，高小升是我的，是我自己独有的私有财产，他是我心中至高无上的宝贝，任何人都不能替代，当然，我也希望他像我爱他一样爱我。我们曾经立下誓言，如果有一方变心，包括精神上的出轨，那就是我们俩的结束，我指的是生命。

在我的眼里，他是那么聪明优秀，无人可比。我曾经拿他与你们一帮同学相比较，不怕你们耻笑，我觉得他身上的聪明才智，你们一辈子都不可能达到，固然你们后来都混得人模狗样，可我始终还是这么认为。

他当民办教师，他是遵循我的意见。我们就想平平淡淡地过日子，我不想他出人头地，也不希望他大富大贵，更不希望他能高人一等，那样的话，也许我们的爱情会变质，会不牢固。所以当他有了想去参军的想法，我不得不打破我们当初立下的不入洞房决不同房的誓言。在他验上兵，准备换军装的时候，我告诉带兵的，拍着装有枕头的肚皮，我说我是高小升的老婆，虽然我们没有办手续，可是我已经怀了他的骨肉。其实我没有，固然之前我霸王硬上弓贡献出我的贞操，但是老天爷却没有帮我，我的身上照样该来的来，该没有的没有，没办法我只有托医院熟人给我开了个假证明。那时候，有老婆的男人是不能参军的，何况老婆又怀了身孕，所以高小升的参军梦就这样流产了。

以后的事情，你可能有所耳闻。那时我已经是村干部了，管全村的妇女工作。我记得非常清楚，你们几人听说恢复了高考，激动得比娶媳妇还高兴，然后你与石小石两人撺掇我们家高小升复习功课，又偷偷为他报了名。我当时也非常矛盾，让他去考吧，考不上还好说，万一考上了怎么办？虽说高小升比你们几个单纯，不是那种狡猾的男人（我声明，我的确没有贬低你们的意思），可是读大学毕竟要好几年哪，谁能保证他不是第二个陈世美呢！他如果变心了，我找谁算账去？当他兴高采烈拿着大学录取通知书放在我面前的时候，我心中一下凉了半截，我不敢正视他的眼睛，将目光躲到一边去，眼泪一下涌出了眼眶。高小升误认我是为他高兴的，紧紧抱住我的身体，说："媳妇媳妇，我说我行，你现在相信了吧！"我听见了男人的怦怦心跳，还有因为激动微微颤颤的脉动。我一把推开他，说："你不能去上学，你走了，我怎么办？"他愣住了，半晌问我："什么你怎么办？"他心里不会拐弯，我只好实话实说。他说："你如果不放心，我发誓！"我冷笑，说："发誓管屁用？大学里那么多的女人，即便你没那个心，谁能保证那些女人不会勾搭你呢！"他说："你如果担心我以后会变心，现在我们就登记结婚可以吗？"我大喊："结婚有什么用？结婚你就能不变心了吗？"高小升第一次在我面前大声说："那你说我该怎么办？"我斩钉截铁地说："这学咱们不能上！"他一下傻眼了，憋了半天，啥也不说，气呼呼地跑走了。

我们第一次有了这么大的矛盾，他好几天没有和我见面，玩起了失踪。我深深知道，假如这次不用点儿狠招，恐怕真的会失去我心爱的男人了！我想到绝食，可是我感觉这种方法不一定能摧毁老实巴交的高小升的意志，只有上吊或者喝药才有可能让高小升刻骨铭心，转变思想。不过上吊把握不准，一旦失手，前功尽弃不说，再后悔也来不及了。命都没有了，何谈什么爱情呢！最后我选择了喝农药，只要掌握好剂量，总不会出什么意外。

在医院抢救室内，看到我身上插满各种各样的管子，偷偷趴在窗外的高小升终于控制不住自己，一头冲了进来，伏在我的身上失声痛哭起来……

我胜利了，当然，这种胜利是以高小升牺牲前途为代价的。

后来，每当听到你们大学毕业后分配在哪哪工作，或提拔或晋升，高小升总会躲在无人的地方，望着远处，长吁短叹，这便是我内心最不安的地方。有时我在想，假如当初高小升读了大学，结果会怎么样呢？

我等于欠了高小升一个天大的人情，这个人情是永远偿还不了的。我在内心发誓，我要好好地疼爱他，关心照顾他一辈子，直到生命结束。

有一件事我不得不说，我们结婚以来，一直没有孩子，当时认为是我的原因，闷头喝了一百多副的中药，结果肚子还是没有动静。老中医建议让高小升去大医院查一查，好不容易说服他去了医院，检查结果是，问题出在他的身上，按照医生的术语，叫作精子休眠状态，土话说就是死精。接着，我的药罐子倒手给了他，他也想争回男人的尊严，踏踏实实狠命吃药。那一段时间，我们街上，一天到晚风里飘的都是草药味道。可是终究没有感动上天。这使他很伤心，不比那次没有上大学打击小。我就劝他，算了吧，这是命，就如你没有参成军、没有上大学一样。也许这样比喻有点儿混蛋，没有参军、没有上大学，那纯属人为，而不能生育，则是天生的。对于我的这种说话，他当时没有反驳我，我想他的内心深处一定是暴风骤雨，造成高家断子绝孙这个责任是哪个男人都不愿意承受的。他一头扑进我的怀里，像个孩子似的号啕大哭起来……

后来，我被提拔到乡妇联当主任，而高小升也被调到中学做了校长。从事业角度对于高小升来讲，也算是一种慰藉吧。不是有句名言吗，上帝给你关上一扇门，同时也给你打开了一扇窗户，就那么一扇小小的窗户我们就知足了，它照射进来明媚的阳光让我们的生活从此风平浪静，别的还祈求什么呢！

人的希望总是好的，但生活偏偏不让你心满意足。这不，就在高小升当校长不长时间，发生了一件不光彩的事情。

学校里有个女老师，是教语文的，别人说长得怎么怎么好看，后来我一看，并不是人们传说的那样美若天仙，就是年轻一点儿、风骚一点儿罢了。不知这个语文老师下的什么套，轻而易举地便将我们家的高小升给俘获了。偏偏这个语文老师是有背景的，她是我们乡长的亲侄女。沾着乡长关系这个语文老师还真的讹上了，给高小升指出两条路：一条是阳关大道，回家离婚，与她结婚；另一条是独木桥，被革职查办在家等着吃官司。高小升是那种光腚惹马蜂，能惹不能撑的家伙，躲在家里不敢出门。没有办法，我只好亲自出马，去学校找那个语文老师谈判，她避而不见，说是与我说不上话。我一时半会儿还想不出更好的办法。这天晚上，我只好硬着头皮去求乡长。乡长批评高小升没有师德，我心中不服气，一个巴掌拍不响，你侄女不也是个老师吗？为什么责任全推到我男人身上呢？说句实在话，我并不是向着我男人，他没有那个熊胆去玩女人，再说，女人不撅腚，男人敢上吗？肯定是那个语文老师勾引的。现在说什么都晚了，我白挨乡长一顿批评，最后他一拍屁股要走人，说他不好过问这事情。我急了，我说："乡长，你别啊，你只要能摆平这件事情，你想干什么，我都答应你。"我心里话，认倒霉呗，拿钱上！乡长起身将办公室的门关上，我心中一阵窃喜，静等下文。乡长说："你真的什么都答应？"我有些吃不住劲，肉落砧板，这时候我还有什么条件可讲呢！乡长说："你想平息这件事情，好办，只要你答应我一件事情。"我说："乡长，别说是一件，即便是十件！"乡长打断我，说："你先别夸海口，就一件，只要你答应和我那个……高小升不但继续当他的校长，我侄女也不会再找他的麻烦。"你能想象出我的脸当时会是什么颜色，只觉得浑身的血直往脑门涌，让我想一百次，我也想不到我平时尊重的乡长会提出这么个没有一点儿人味的条件。乡长说："你别怪我乘人之危，要知道我那个侄女还是个黄花大闺女呢！以后让她怎么做人呢？"

为了高小升的前程我没有其他的选择，我答应了他。当乡长褪掉裤子爬上我身上的时候，我附带提出一个要求，出了这个事情，高小升在学校恐怕也待不住了，我希望能将他调到乡教育办工作。乡长想也没想就爽快答应了。接着我又提出第二个要求，今天我与你这种事情，只此一次。乡长说："行，就一次。"

那一天，是我人生中最最屈辱的一天，也是我一生中最最难忘的一天。

只身走在无人的大街上，固然天很黑，我还是觉得满大街有无数双眼睛在盯着我看，就好像身上没穿一件衣服似的。禁不住想，我是世界上最脏最脏的女人！那一夜，我一直蹲在三八河里，虽然天气已经立过了秋，嘴唇也已经冻得发紫，我还是不想回家去。直到高小升寻到河边，他误认为我想投河自尽，跺着脚高喊："媳妇媳妇，你上来吧，别冻坏了，都是我不好，都是我立场不坚定，请你原谅我，我今后再也不做对不起你的事情了！"我就这样一身湿漉漉地扑进他的怀里，哭喊着说道："高小升，你的人情债我算是还清你了！"

乡政府虽然不直接管中学，特别是人事问题，可乡长毕竟是乡长，半个月之后，什么事情都搞定了。高小升被调到了乡教育办当主任，而那个语文老师竟然坐了高小升原来的位子。我都怀疑，是不是他们叔侄俩早就设计好的阴谋！

虽然经历了这件事情，毕竟没有造成什么影响和后果，估计是乡长保密工作做得好。那个语文老师从中得到了实惠，也不想将风波扩大，再说，这种丑事闹出来，对于一个没结婚的女人来讲，她能占多少便宜呢！

我和高小升在一个院子里办公，上下班一起来去，生活又回到原先那样平静。

这期间，乡长曾经多次找我"谈工作"，让我给他"放松放松"一下筋骨，我断然拒绝。乡长骂我过河拆桥。我说："我没去上级告你，算便宜你了。"乡长皮笑肉不笑地瞅着我的胸，说："高小升没有生育能力，你要是愿意，不出三月，我保证让你怀个大胖小子。"我说："你别逼我，你如果一而再、再而三地不知廉耻，我就和石小石汇报，他是我的同班同学。"乡长像泄了气的皮球，说："石县长是你的同学？你怎么不早说的呢！我与石县长的交情还是很好的。"我说："既然你们关系不错，你可以和他说说你是怎么照顾我的！"乡长讪笑，用手点着我，说："我老早就知道你厉害，没想到你这么厉害！"从那，乡长再没有找我的麻烦，见着我，比过去客气多了。这件事我一直没有和石小石讲。

有一天，董蛮子突然来找我，说他的女儿银凤在教育办工作了好几年，一直没机会转正，现在高小升当主任了，让我和高小升说说，适当照顾照顾。我说："你和高小升是同学，为什么你不亲自和他说呢？"董蛮子说："初三第二学期，曾经和高小升打了一架。现在有些不好意思张口。"我说："为什么事情？"董蛮子说："我也想不起来了。"我说："我怎么不知道？过去多少年了啊，孩子都工作了，你们还记着仇哪！"董蛮子说："实在是惭愧！"我猛然想起了石小石，就说："石小石当县长呢，你怎么不去找他帮帮忙呢？"董蛮子说："县官不如现管，再说，石小石不分管文教，所以也不好插手。"

回家我就将董蛮子找我的事情说了一遍，最后我问高小升，说："你上中学的时候因为什么事和董蛮子打架？"高小升一时也想不起来了，回忆半天，突然说："还不都是因为你！"我说："有我什么事？"高小升不言语了，我怎么问他就是不说，逼急了，就说："事情都过去那么多年了，不提了！"

刚刚应付完全县春季计划生育大检查，县妇联突然通知我去市委党校学习三个月，这是许多人盼望的好事情。一般干部通过这种有着象征意义的培训，大多数回来都会提拔一下。所以私下有人议论，这次学习完之后，肯定要高升了。我嘴上说："怎么可能呢？去充充电而已。"其实我内心也希望学习完之后，能改变一下工作环境，当然，谁不想借此机会升迁一下呢？

三个月的紧张学习很快过去，那天上午，我们全体学员正在会议室举行结业典礼，作为学员代表，刚刚发完言坐回位子上，有人告诉我，说是外面有人找。我出来一看，原来是高小升年迈的父亲。我有些诧异，七八十岁的老人了，大老远地来市里找我，肯定是家里发生了什么事情，而且事情还不能小了。公公毕竟是当过多年的村干部，表面上装出没事人似的，将我拉到一个僻静处，慢条斯理地问我还有多长时间学习才能结束？我问是不是家中出了什么事情？公公长叹一口气，说："二丫，我说出来你可别生气。"我此刻已经沉不住气了，说："到底发生了什么，你别说半句留半句的，急死人了！"公公老眼里闪着泪光，说："小升的老毛病又犯了！"我一时没有反应过来，心想：高小升没什么毛病啊！公公说："这回比上次还要缠手。"我说："小升得的什么病？"公公一跺脚，说："要是得什么病还说什么呢！是小升又干坏事了！"我说："到底怎么啦？"公公说："是那个孽种又与别的女人胡搞了！"我大吃一惊，问："是谁？"公公说："就是董蛮子的闺女董银凤。"我的脑子一下蒙了。公公说："这次不比上次中学那个女老师，人家银凤告的是强奸，所以小升已经被派出所带走了。"是真是假我也顾不得想了，连结业证也没顾上回去领，就和公公急忙坐长途汽车赶回来了。

派出所的指导员是我中学同学，虽然不同班，平时在一个院子办公，关系还挺好。一进派出所，指导员就与我说了实话，他说："这次的事情真的有些麻烦，董蛮子亲自带女儿来报的案，而且高小升也承认了一切。我劝你，抓紧去找石县长，让他出面找董蛮子做做工作，听说他们的关系一直不错，只要董家不告，同意私了，这边我就放人。"我说："我想见见高小升。"指导员让人将高小升带到他的办公室，然后关上门出去了。

高小升一脸胡子老长，我猜他起码有一个多星期没有刮了。他眼窝深陷，目光暗淡，眼神游移，见到我，迟钝的表情没有一点儿惊喜与羞耻，坐在我的面前，眼睛老是盯着白墙上的奖状看，好像他是上级来检查工作似的。

我说："高小升，你看着我。"他半晌转过脸来，不认识似的瞧我一眼，然后将注意力转移到了窗外。我说："高小升，你与我说实话，到底是怎么一回事？兔子还不吃窝边草呢，你倒好！"他说："事情是我干的，我认罪，我伏法，我愿意承担一切后果！"我歇斯底里地喊叫："你是个大混蛋!"高小升平静地点点头,说:"我是混蛋,我的确混蛋。"稍时又说,"二丫,我辜负了你,我对不起你……我们离婚吧!""你觉得离婚就能清除我心中的耻辱吗?"他惨然一笑,说:"要不让我去死,只要我死了,我就不再会丢你的人了也许!""你他妈的真是个二百五!"我原先想,他见着我一定会泪流满面向我哭诉,或者一脸无辜与悔恨,然而,面前的他却令我十分厌恶,他那种破罐子破摔和不在乎的表情使得我的眼睛里一个劲地往外冒火,我欲哭无泪,即便是有泪,也可能被怒火给烤干了!

我有点儿气急败坏地想,像高小升这样的人,还真的不如死了好!我突然冒出这样的念头,我不去找石小石丢那个人了,让法律审判他吧,让他死在牢里才好呢!

然而,我没有忠于我的思想,后来还是厚着脸皮去找了石小石,顺便将我们家半辈子的积蓄装在了一只信封里托他转交给董蛮子……

银凤不再去教育办上班。后来听说去了城里工作,是石小石帮助安插的。

高小升被暂停了工作,落了个党内严重警告处分。也许因为他的原因,我的提拔事情一直没有消息,我曾经多次去找过乡领导,明确表示我真的想换一下环境,哪怕是平调也行。党委书记很有礼貌地安慰我一番,让我再耐心等一等。

我无颜见江东父老。这一天,我突然想到了死。不过,我死我得带着高小升,让他一人留在世上苟且偷生活受罪,我也不放心。

晚饭时,高小升照例喝了不少酒。刚刚找到喝酒乐趣的他,似乎与酒结拜成了把兄弟,每顿必喝,每喝必倒,整日里红光满面,似醉非醉,似醒非醒,似笑非笑,似说非说,一个人活在自己的世界里。

　　街上已经很少有人走动的时候，高小升的酒意好像已经褪去。我对他说："好久没有去到三八河洗澡了，你可不可以陪我下河一趟呢？"他说："我虽说是只旱鸭子，但是，只要你想让我去，我一定去。"我说："三八河里有水鬼，你敢去吗？"他嘴角下意识抽一下，说："怎么不敢。"略顿又说，"我是个人鬼，还怕它水鬼不成？"我回屋去换了身衣服，然后头里走了。

　　风清月朗，四处飘来淡淡的庄稼成熟的馨香，这是个令人留恋的夜晚。我还没有下河，高小升就来了，他说："你今天穿得真漂亮！"他却没有问我今晚游泳为啥没穿游泳衣。我没回答他的话，我觉得今天我们说话比起以往已经够多的了。

　　我下到水边，回头看一眼他，我说："这么多年来，你还没有陪我下过一次水呢！"他的香烟叼在唇边，正准备点火，听我这么一说，将香烟收起来，苦笑说道："今天我舍命陪君子。"我一听"舍命"二字，心里不由一惊，难道他看出了什么？我假装宽他的心，说："有我这个游泳高手在，你还怕什么呢？"他"嘿嘿"一笑，说："我不怕。"稍时又说，"你会保护我的，对不对？"

　　我送给他一只手，他接住了，然后身子随着我的脚步慢慢地向河中心移动着——水漫到小腿了，水漫道到大腿了，然后漫到了腰眼，漫到了胸脯。他是那么的镇定，丝毫没有一丁点儿迟疑与惊吓，好像他从未怕过水，是一个游泳的老手那样坦然自若。这时，我反而有点儿沉不住气了，河水已经触到了我的唇，我的身子不由自主地漂浮起来，我只要轻轻地用手一带，河水就会漫到他的嘴唇，淹没他的头顶。

　　月光照射着水面，他那一张好看的脸仍旧是那么沉着与冷静，没有一点儿紧张或者害怕的感觉。事后想，假如他吓得嘴唇发乌，浑身颤抖，也许我会动了恻隐之心，可他似乎明白我要做什么，一副死猪不怕开水烫的样子，使得我更加愤怒。我心说：高小升你别怪我心狠，是你的随心所欲害了你，当然也害了我。我忽然想说点什么，因为再不说，就没有机会说了。

　　我说："你原来不怕水啊？"

　　他说："原来的确是怕，现在不怕了。"

　　我说："为什么？"

　　他说："与你在一起，什么都不怕。"

　　我说："你知道天堂在哪里吗？"

　　他说："你在哪里，哪里就是天堂！"

　　我说："你想不想过天堂的日子？"

　　他说："这辈子都是你当家做主，这次还是你决定吧！"

　　我说："我这么做是为了你好。"

　　他说："我懂的。"

　　我说："我们一起走，彼此都没有什么牵挂。"

　　他说："你讲得在理。"

　　我说："好吧，你先走一步，我随后就来。"

　　他挤出一个笑容。

　　我的目光与他的目光对接，他微微一笑，这一笑里，包涵了许多的内容。这是他在这个世界上留给我的最后一个回忆。

　　我的手不由用了些力。水便冲进他的嘴巴。他似乎想将这条河里水吸干，故意将嘴巴张得很大很大，我听见河水流进他肚子里汩汩的声音，他的肚皮逐渐膨胀起来，他的眼睛睁得好大好大，眼皮上的血管像一条一条蚯蚓在那里游动。他的手抠了一下我的掌心，我明白他的意思，他在向我告别，他真的要走了。我便松开他的手，眼看着他偌大的身体像只乌龟缓缓地沉入水底。我为他送行，也随之潜到下面，因为我发现他的眼睛是睁着的，他的眼球是红色的，晶莹剔透。我用手合上他的双眼。

再次回到上面，我打算最后看一眼这个世上的风景。

桥上有个人影在晃动，歇斯底里地唱道：

"在街上，在桥上，在田野中，唱着那无人问津的歌谣，如果有一天，我悄然离去，请把我埋在春天里……"

趁高小升没有走远，我得撵他去。刚刚分别一会儿，恍若隔了半个世纪。

我想再次沉入水底，可是我的身体却不听我使唤，又浮上了水面，五次三番，依然如此。我就奇怪了，人想死还那么费难吗？我就想采取高小升的办法，像狮子一样张开大口，恨不能一口将整条河里的水都喝到我的肚子里，然而我被湍急的河水呛了一口，酸得我泪水恣肆。我睁开双眼，发现我不知什么时候躺在我自己的床上。

高小升不知去了哪里，自从上次董银凤那事发生以后，他每天什么时候睡的，又什么时候起的，全然不在我的视线里，我也懒得管他。

去上班的路上，一个邻居风风火火地跑到我的面前，说："二丫，你快去看看吧，你家高小升掉河里淹死了。"我心里"扑通"一声，忽然想起了早晨那个梦。不过，我也分辨不清，那个梦是梦吗？

安葬了高小升的第二天，县公安局刑警便找到我，让我配合调查。我便将几天前那个梦境向他们诉说了一遍。他们不信，训斥我，说："现实是现实，梦是梦，不要混为一谈，更何况是人命关天的事情呢？"

我想随高小升到天堂溜一圈，才分别几天，我真的有些想念他了。固然他一次又一次地伤害了我。我告诉负责这个案子的刑警，说："我撒了谎，梦是我编的。其实，高小升是我拉下水的。"最后怕他们不相信，我又补充，"高小升不会水，我们街上的人都知道。"

我有幸坐上了响着警笛的警车，我与坐在我身旁的警察谈笑风生，就好像什么事情都没有发生一样。我觉得过不了多久，我就会见到我所思念的人了，所以心情非常好。

车子到了三八河的桥上时，我与警察商量，能否停一下，我想最后看一看这条小河，也许我这辈子再也不能到这个地方来了。司机善解人意，主动刹住了车。当我将头伸出窗外，我却看见了乡长那张似笑非笑的脸，他弓着身，在向我这个杀人犯招手致意呢。我咳出一口痰，憋足气，向他吐了过去。汽车开动了，我从后视镜子里，看见乡长一边擦着身上的痰液，嘴角不停地骂着什么。我知道他一定在骂我这个坏女人不得好死，或者更恶毒的话。其实，我心里早已经骂过他了，乘人之危玩弄女人，让他烂×……

三

我与石小石约好，第二天去监狱看望一下黄二丫。石小石告诉我，在黄二丫的案子判了之后，他就去了，可是黄二丫谁也不见，所以没有探望成。这回跟着你这位大作家一起去，也许黄二丫能赏个脸呢！我想起信中的内容，问石小石，说："你说黄二丫怎么这么傻的呢？她主动承认是自己将高小升拉下水的，你说可能吗？"石小石说："据说当时检察院根本没有起诉她犯罪，她非说这样，而且有证据是她亲手害死了自己男人。"我有好些好奇，问："什么证据？"石小石说："在她想害死高小升之前，她男人是有预感的，死前曾留下一首诗。""什么诗？""就是曹植那首《七步诗》。不过他改动了一句。"接着石小石念道："煮豆燃豆萁，豆在釜中泣。本是同林鸟，相煎何太急。"我自语："黄二丫讲的那个所谓的梦是真是假呢？"石小石问："什么梦？"我连忙搪塞，说："等有时间我再单独告诉你吧。"

黄二丫没有给我们面子，还是不愿意见任何人。我与狱警说："你告诉她，我是×××。"狱警回来说："不行，她说除非是高小升来了，她才会答应见面。"

回来的路上，我心中还是有点儿愤愤然，这个黄二丫真的不讲情面，我们好心好意来看她，她竟然不领这个情！石小石说："你别生气。"然后一手握方向盘，一手指着自己的脑袋，"我觉得黄二丫这里出了问题，所以有件事情我一直没敢与她讲实话。"我问："什么事情？"石小石欲言又止。我说："我们之间还有什么话不能讲的呢？"石小石说："其实高小升死得有点儿冤。""怎么回事？"石小石说："当初董银凤告他强奸，其实是董银凤设的计？董银凤一直想转正，却一直没能如愿。后来高小升当了教育办的头，为了能让高小升就范，能死心塌地地帮助她，一天趁高小升喝醉酒在办公室睡觉，她将自己衣服撕烂，造成被强奸的假象。高小升虽然不清楚自己做没做那种事，想想之前与中学老师那件事，人掉进屎坑里，不是屎也是屎了。糊里糊涂的，就承认了。"我问石小石，说："你是怎么知道的？"石小石说："当初这件事是我出面摆平的。后来，高小升死了之后，董银凤良心发现，与我讲了实情，可我不敢和黄二丫讲实话，我怕她去找董银凤算账。我是这么想的，黄二丫如果知道了真相，她能放过董银凤吗？董银凤的无知害死了高小升，我们不能再做出无知的事情，让董银凤也受到伤害。其实，董银凤已经被自己伤害了，一是良心上的折磨，二个原因，一个被人强奸过的女孩，有谁要她呢？所以到现在她也没有找到对象。"我不由哀叹，假如黄二丫知道事实的真相，不论高小升是自己投河的，还是被他心爱的女人拉下水的，这都是一件令人触目惊心的事情。但愿这个秘密永远是个秘密！

（原载《雨花》2015年第6期）

雷鸣电闪

一

五月的风，长大了，成熟了，跌跌撞撞，醉倒在一片散发出馨香新麦的怀抱里。村头村尾的人们一脸的喜气洋洋，瞄着麦田，掐着手指，计算着收割的日子，他们不再像往常在麦口那样忙着磨镰碾场，现如今都是机械化了，机子一来，粮食是粮食，草是草，只等着挣着口袋在地头装新麦了。

大清早，村里就传来丁振业的老婆孙丁香的骂声："你不得好死啊，你欺负我们家穷！缺大德啊，人在做，天在看，赶明你家生孩子都没有屁眼子啊！老天爷啊，你打个雷吧，劈死那个头顶生疮、脚底淌浓的坏种吧……"

孙丁香日日无正事，她每天必须做的工作就是骂大街，见什么骂什么，从家畜到牲口，从飘落在头顶的一片草叶到路边一根狗屎橛子，她都要骂上半天，直骂得天昏地暗，日月无光，嘴角冒白沫。其实，一个村里都知道孙丁香为什么骂，骂的什么，也都承认孙丁香的的确确有点儿冤，比窦娥还要冤！村主任贾大麦早就发狠要往孙丁香嘴上抹大粪，光说不练，一直没有兑现，因为孙丁香那张骂人嘴太厉害了！事情牵扯到他，谁都能抹，就他贾大麦没资格抹！

去年麦收过后，孙丁香家的麦茬不知被谁点燃了，村里就下通知，罚孙丁香家五百块钱。孙丁香不服，因为她确实没有烧自家的麦茬儿。

孙丁香在村委会的门口堵着了贾大麦。孙丁香双手掐腰，说："姓贾的你别走。"贾大麦说:"烧麦茬那件事已经重打锣鼓另开张了,你说说,你南北找也找了,祖宗十八代你也骂了几十板车,你还想怎样?"孙丁香说:"我到死都不服!""你不服,你可以去上面告我啊!"孙丁香说:"我们家上头不是没有人撑腰嘛!"贾大麦说:"振业家里,大早上的,你吃的什么蒜的呢?"孙丁香说:"你女人不吃蒜吗,难道说她不是中国人?"看贾大麦撇嘴,又说,"我吃蒜怎么啦?你当干部的嘴大,你管天管地,还能管百姓屙屎放屁不成?"话一出口,孙丁香觉得自己将自己给侮辱了,继而说道:"大蒜祛毒败火,还治坏心眼!"贾大麦说:"你离我远点儿,我实在是受不了你满嘴的蒜臭味!"孙丁香说:"你受不了,你去死啊,北边有黄河,南边有树林,投河上吊你随便,用你们公家过去计划生育的口号话说,上吊给你绳,喝药不夺瓶!"贾大麦说:"你别净扯闲篇儿,咱们说正事,你天天说你家的麦茬不是你烧的,会是走大路烧的?"孙丁香说:"我没烧就是没烧,你无凭无据罚我就是不行,不然你去调查。"贾大麦说:"事实明摆在那里,还调查个屁!"孙丁香说:"听人说,有人看见那天晚上一个穿得破破烂烂、一脸脏兮兮的讨饭老头坐在俺家的地头烧麦穗吃。"贾大麦说:"你得告诉我是谁说的?我去找他对质。"孙丁香的脑袋一下短路了,怎么也想不起来是谁和她说过这么一句话,她拼老命地回忆,然而就是回忆不起来。孙丁香也觉得奇怪,难道说是自己得了失忆症,或者是自己的臆想?孙丁香眼睛憋得通红,说:"反正我们家没人点火!"贾大麦狞笑,说:"我说振业家里,你别强词夺理了,你若能说出来谁告诉你的,看见要饭的老头在你的地头烧麦穗吃的,要不你将那个烧麦穗的老头带到我的面前也行,我就不罚你的款,否则的话,这个罚款,你必须得交!"

当时,孙丁香也是这样,一屁股坐到地上,放声大哭起来,说:"这是哪个狗娘养的报复使的坏啊!坑坏我们的啊!"因为孙丁香的大闺女过去与贾大麦的儿子搞对象,结果没有谈成,为此两家结下了冤仇。孙丁香话中有话,贾大麦能听不明白吗?贾大麦说:"振业家里,不管是谁报复也好,谁使坏也罢,反正你家的麦田着火,你们家就得负责,你不光污染了环境,还影响了我们村以及我们乡得先进。"

烧麦茬事件的第二天,贾大麦就上门要罚款,孙丁香脾气也烈,拍着胸脯,说:"要钱没有,老娘有命,你拿去!"当过治保主任的贾大麦不怕这个，回村里找几个民兵，不容分说，将孙丁香家圈里还没有长成的一头白猪给逮走了。

从那，孙丁香就走上了上访的道路，一有空，像只无头苍蝇，不管是乡里、县里，还是市里，她也是如走平路一般。他们说，市县信访局的门口都被孙丁香踏得不长草了！有一次，她竟能摸到市长家里，弄得陈乡长受到了上级的严肃批评。这天，陈乡长将孙丁香请到了乡政府，说："孙丁香，你是我的姑奶奶行了吧，你能不能别去上访了，你那头猪值多少钱，我陪给你行不行？"孙丁香眼睛一翻，说："我的猪是贾大麦逮走的，要赔也是他赔！你陈乡长赔给我算是怎么回事呢？他姓贾的，不光要陪我的猪，我还要让他给我写检讨，贴在村委会的大门口才行。"贾大麦虽然只是个小小的村主任，可是他的亲弟弟贾大树跟着县长当秘书，陈乡长不敢惹贾主任不高兴，所以，孙丁香的事情就这么一直拖着，没有结果。

事情没有眉目，孙丁香的骂声就一直没有停止："你不得好死啊，你欺负我们家穷缺大德啊，人在做，天在看，赶明你家生孩子都没有屁眼子啊！老天爷啊，你打个雷吧，劈死那个头顶生疮、脚底淌浓的坏种吧……"

二

太阳平西，丁振业从自家的麦田里踩着自己的影子不紧不慢地往家走，自打麦子灌浆，丁振业没少往麦田跑。若是哪一天不到麦田闻一闻麦子的气息，就觉得这一天浑身没点儿精神。

他们两口子唯一的希望就是儿子秋收，秋收就在几里之外的煤矿上下井。想到这里，丁振业不由抬头望着远处高高的井架。儿子一个月有两千多块钱的收入，他的钱一分都不能动，留着将来盖新房给他结婚用。眼看着儿子秋收已经二十二三了，也该找对象了。不过，农村说媳妇，没有房子那是万万不行的，不但要建座二层小楼，还要给女方一笔彩礼，单这个彩礼钱就让丁振业惆怅了。过去彩礼钱是万里挑一（一万零一块），现在又涨了，要四万一带手机。不过，听说最近又变了，十万两听一响（一响即汽车）。前有车，后有辙，农村都是这样，他们家怎么能例外呢？现如今盖一栋二层小楼，没有十几万怕是不行，现在家中的存款离这个目标还远着呢，别说是十万两听一响那种遥不可及的吓死人的彩礼钱了！村里的媒婆知道丁家的实底，所以也没有急着上门提亲。丁振业也想随儿子去矿里下井，多挣些钱，尽快将房子盖起来。煤矿是三班倒，家里有个神经兮兮的老婆，让他寸步难行。

穿过后院的菜地，丁振业顺手拔了几棵嫩菠菜，他想中午和老婆下碗鸡蛋面条吃。他一辈子就喜爱吃面条，天天吃顿顿吃总也吃不够。猛然想起来家中没有鸡蛋了，就准备停一下去村里超市买一些。到了前院，刚在自来水龙头洗着手，猛然看着有人进了自家院子。没等他反应过来，就听见来人喊道："丁叔，快快快快，来接鸡蛋。"丁振业一瞧来人，认得，是任文化的司机小梁，一手拎着一筐满满的鸡蛋，脸红得像已经劈开双腿准备泛蛋的鸡。"这是任总让我送来的。"小梁见丁振业没有伸手接，便将篮子放在了地上。丁振业这才发现，门口不知啥时停着一辆黑色轿车。不用说，那是任文化的坐骑。

任文化进到院子里，言道："我说老同学，你是刚从地里回来吗？"丁振业搬一个矮凳给任文化，说："你怎么知道我刚从地里回来？"任文化说："我在车上就看见你在河岸上走着呢！"又问道："嫂子没在家？"丁振业说："可能又去外头骂大街了，刚才我在地里都听见了她那大嗓门。"任文化指着篮子里的鸡蛋，说："刚刚从我家鸡场路过，顺便给你捎些来，新鲜着呢。"丁振业说："我早晨刚刚在超市买了，也挺新鲜的。所以谢谢你了，你留着自己吃吧。"任文化说："我说你真的假的？"丁振业说："我从不说假话。"任文化说："我好心好意送来了，总不能让我再提走吧！"丁振业提起两篮鸡蛋欲送回车上。任文化说："你即便真的买了，留着以后吃呗，何必呢？"司机小梁看见老板使眼色，上前来劝，说："丁叔，你就留下来吃吧，这是任总一片真心！"任文化尴尬地一摊双手说："就是嘛！"丁振业哀叹一声，说："文化，我知道你是真心，可是我平白无故总不能老吃你的东西啊！"任文化说："你和我还客气什么呢？我们还是不是老同学了？俗话讲，一辈同学三辈亲，打碎骨头还连着筋呢！"丁振业无奈一笑。任文化说："振业，那天在乡里开会，乡里罗书记见着我，专门提到你呢！"见丁振业一脸疑惑，又道："你不认识乡里的罗书记？"丁振业调侃道："我认识他，他不认识我。"任文化说："怎么不认识你的呢？他告诉我，那天你拿着锹在庄东大路上往洼坑里填土，正好罗书记的汽车经过那里，对你好一番赞扬，他夸你多少年义务修路不简单，还说你这种精神值得我们大家好好学习呢!"丁振业被任文化说得有些不好意思,说:"这有什么好学习的呢?那条路我也天天走,修平整了,我自己走在上面也不硌脚不是?"任文化说:"我说,你那是过河捋胡子牵须(谦虚)呢。哪天我与村里吴书记建议建议,在全村树你个典型。"丁振业说:"文化,你饶了我吧,我什么都不怕,最怕树典型。"任文化说道:"我是认真的!"丁振业向任文化挥挥手,说:"你别在这里大侃皮了,赶快忙你的正事去吧。"任文化说:"今天没事,我就是来找你拉拉呱的。我一不吃你的,二不喝你的,你撵我干什么呢!"丁振业说:"我现在混得不如意,越拉越伤心!"文化说:"当初你要是信我的话,不但村主任干上了,你儿子的婚事也解决了。你想想,一村之长的儿子要找个媳妇,那不是媒婆涌破门嘛!"丁振业叹一口气,说:"人家贾大麦有他弟弟撑腰,况且选举前他给每家每户送了一袋白面,咱们送什么,恐怕连一个馒头都送不起!"任文化说:"当时我怎么说的,我支持你,别说是一口袋白面,就是一户送个农用车,我也能替你送得起!""你有钱是你的,我怎么能拿你的钱胡乱抛撒呢?再说,竞选村主任,靠送东西也不光彩,那种不要脸皮的事情,我丁振业做不出来。况且,村干部要带头致富,我自己连温饱都险些解决不了,我还怎么带头致富呢?所以说,不当也罢,我没有那个资格!"任文化说:"三年很快过去,下一届你一定要争取干上村主任。我告诉你,即便你不贪不占不捞,一届干下来,准保你脱掉一穷二白的帽子!我与你讲,好处多了去了!"任文化扳起手指,说:"你比如,信用社贷款,谁不贷,他们得优先贷给你。再比如,买个种子化肥农药什么的,那些商家赊账都会往你家送,因为什么,因为你是一村之长啊,怕谁也不会怕你啊!再说你家秋收娶媳妇的事,我告诉你,只要你当上了村主任,我和你说,女孩子不要彩礼甚至倒贴恐怕都愿意!"丁振业苦笑,说:"你就吹吧!"任文化说:"我一点儿也不是吹,现实情况就是这样,不信走着瞧!"

丁振业说:"我给你倒杯水喝吧?"任文化说:"你别赶我,我也不渴。你有事忙你的,我今天就赖在这里不走了!晚上还想在你家蹭一顿饭呢!"

正说着话,孙丁香挎着篮子从外面进来了。孙丁香说:"大兄弟来啦?"任文化急忙站起身,说:"嫂子出去了?"孙丁香说:"我又去骂贾大麦那个龟孙了!"任文化说:"嫂子,过去的事就过去了,别再生气了,假如气出个好歹来，害得自己受罪不说，还得花钱看病！"孙丁香说："我不能和他拉倒，我一天不骂他，就一天睡不着觉。"丁振业给任文化使眼色，意思是别提病字，免得孙丁香犯病。

孙丁香拿过来丁振业拔的菠菜，蹲在地上拣，说："文化兄弟，你一定帮帮我们，你说这是哪个缺心少肺的头顶生疮、脚底流脓的坏种害我们？让我们蒙冤受屈不说，还逮走我们家一头大白猪。文化兄弟，我那头大白猪，再有个把月就能磅了，少说也能卖个七八百块钱，让那个狗日的贾大麦领人给逮走了。文化兄弟，你给我评评理，那个贾大麦，他凭什么逮俺的大白猪？他说俺家的麦茬是俺们家烧的，他有什么凭据？你说，也真是怪了，一个村里，谁家麦茬都没事，唯独俺家的麦茬被人给烧了。后来，的确是有人告诉我，麦茬着火的那天傍晚，有人看见一个穿得破破烂烂的一脸脏兮兮的要饭的老头蹲在俺家的地头烧麦穗吃，可是我怎么也想不起来是谁和我说的了，我这脑子自从那天起就坏了，什么事都记不起来了，就像是属老鼠的，搁爪就忘。偏偏那个贾大麦让我交出看见那晚要饭烧麦穗的老头，可我的脑子就是回忆不起来，秃子头上虱子明摆着，那个贾大麦就是给我们家下的套，就是因为我的闺女没有答应他家二儿子的婚事。他那个二儿，好吃懒做还不学好，我闺女要是说给他，不是受苦受罪一辈子吗？所以贾大麦就打击报复，有时我就怀疑，说不定，俺家的麦茬就是那个贾大麦给点燃的！人在做，天在看，干坏事会遭老天爷报应的，不是不报，是时候不到，时候一到，准会遭报！"丁振业说："别说了，越说越多，生那个气干什么呢！"孙丁香说："一头大白猪啊，就快好磅了呢，你不疼得慌啊！"丁振业说："疼得慌有啥用，算了算了，陈乡长要陪你，你又不要，怨得了谁呢？"孙丁香白一眼男人，说："陈乡长陪我算哪门子事？又不是陈乡长逮走俺家的大白猪的！"任文化劝说："嫂子让我说，你就别认这个死理了，你天天这么骂，别的没有什么，咱们振业哥后年还要参加村主任竞选呢，影响不好。"孙丁香说："像贾大麦这样的主任不当也罢！"

任文化忽然想到了什么，说："振业哥，有个好消息，今年听说上头严了。"丁振业问："什么严了？"任文化说："我听说今年上面加大了力度，说是如果再发现烧麦茬的，除了对烧的那家罚款之外，还对村干部进行惩处，就地免职。村里吴书记去县党校学习了，也就是说，只要是我们村里今年有一家烧麦茬的，贾大麦就得下台！"丁振业看到妻子孙丁香眼睛里有一道寒光一闪，心中不由一哆嗦，然后轻描淡写地说："这算什么好消息，这种损人不利己的事情，谁没事找这个锅腔子蹲呢！"

阳光一天天舒展，麦子一眨眼就到了各家各户的院子里，新麦毫不吝啬地将周身香气全部散发出来，尤其是到了晚上，那香气就像是一条蛔虫，猛地一下钻进你的肚子里，就那样赖着不走了。

村里组织了两辆皮卡小货车，上面安装了一只大喇叭，村主任亲自挂帅检查，白天一般出来少，晚上两辆皮卡车隔十几分钟就出来一趟，围着全村巡逻，主要是查看烧麦茬的事情。

下傍晚做了一锅新麦稀饭，丁振业就没有委屈肚皮，一连喝了两大碗，到了晚上肚子还有些胀得慌。突然想起一件事情想找任文化说说，就借故出去走走。妻子孙丁香说："你要出去？"丁振业就随便应一声，随口问道："你不去广场看跳舞？"孙丁香说："下午装麦子腰闪了一下，不出去了。"

丁振业一到任文化家，哪知扑了空，他老婆说："男人饭碗一推就出门了，到哪去没有说。"丁振业没有手机，觉得没有什么要紧的事情，任文化老婆要给男人打电话，丁振业没让。

在广场上看了几眼跳舞的人群，丁振业就回了家。院门没有上锁，堂屋门也没有上锁，妻子孙丁香却不在家。妻子丢三落四地经常这样大敞门就出去，丁振业也没在意，反正家中也没有什么值钱的东西让人偷。

身上今天干活有点儿出汗了，丁振业就想烧点热水擦擦澡，等他灌了一壶水放在煤气灶上，却怎么也找不到打火机了。他想，这个东西不会挪地方，家里又没有人会吸烟，打火机怎么会不翼而飞了呢？因为家中煤气灶的打火开关坏了，没有打火机，烧不了水。丁振业就找出一块硬币，准备去村里超市买只打火机。人都到了门口，觉得事情有些不对劲儿，老婆明明说不出门的，为何现在没了人影了呢？还有那只打火机，做饭的时候还看见在灶台上的，怎么就找不着了呢？丁振业的脑海里突然有一种不祥的预感。

天空阴霾，高远的天际有几颗星星偷觑着雾气昭昭、光秃秃的田野。藏匿在暗处新麦的馨香依然在夜风中奔跑。

没有看见妻子的身影，丁振业不由长舒了一口气。他沿路信步向路尽头走去，猛然发现，不远处一个身影一闪，那个身影丁振业很熟悉，虽然有雾气的遮挡，他还能认出来，怎么是他呢，黑更半夜的，他来这儿干什么，况且他家又没有麦地，丁振业不由喊出声来："文化，文化，是你吗？"黑影没有回答，三蹦两跳就不见了踪影……

黑影消失的地方，一股烟雾升腾起来，随着"噼噼啪啪啪啪"的响声，丁振业闻到了燃烧的呛鼻的麦草的味道。正当他一愣神的工夫，远处传来宣传车的警报声。不好！丁振业知道有人烧麦茬了，很有可能就是刚才那个黑影干的。这是块是非之地，别引火烧身，所以他没有多耽搁，撒腿就向家中跑去。

三

妻子孙丁香正在院子里闲坐。丁振业问她去哪儿了？孙丁香直言不讳地说道："我去找贾大麦那个混蛋了！"丁振业说："你安稳日子不过，三更半夜的又去找人家干什么呢？"孙丁香有些兴奋，说："我想起来了，我想起来了！"丁振业说："你想起来什么？"孙丁香说："去年在俺家地头烧麦穗吃的那个老头就是贾大麦那个混蛋装扮的！"丁振业说："你别说胡话了！"孙丁香说："我现在清楚得很，虽然贾大麦下巴上贴了小胡子，还是被我识破了，那眉毛，那眼神……"丁振业不耐烦地挥着手，说："好了好了，你别再胡说八道了！我问你一件事，灶台上的打火机你见了吗？"孙丁香说："刚才我烧水还用的呢！哦，对了，你快去看看，水烧热了没有？"

夜里下了一场小雨，村里一些准备种豆子点玉米的人家高兴坏了。

第二天上午，村委会门前的宣传栏里贴出一张告示，内容大概是，昨夜突然电闪雷鸣、大雨倾盆，闪电将村主任家的麦茬给点燃了，许多本村村民也证实，的确是听到了打雷，也目睹了闪电，关于村主任贾大麦家麦茬被烧一事，纯属于天火，村委会已经写好了材料，准备将情况如实上报给上级有关部门。

周围看告示的人，相互问，说："你昨夜听到打雷了吗？"被问的人老实回答，说："没有啊！"这时，贾大麦从村委会出来，被问者立即又改口，说："可能那会儿我睡死了吧。不过，我看见了闪电，那闪电好亮啊！将整个天空照得如同白昼一般……"

（原载《青春》2016 年第 6 期）

刀王王二小

王二小姓王。

其实王二小不姓王。王二小是他的父亲王老大从外乡抱来的。

王老大两口子不是不能生，完婚的当年便生了个白胖儿子，取名王小大，后来，王小大长到三岁多的时候，不幸出天花夭折了。王老大觉得自己年轻，便与老婆施展出全身的解数，床上的功夫做得如鱼得水，只可惜浪费了精神，到头来并未能鼓捣出一男半女来。几年之后，王老大心灰意冷，突然有一天从外面抱来一个比猫大不了多少的男孩，起名二小。满条街都知道王二小是抱来的，到底王二小是哪儿的人？是大闺女生的，还是小媳妇养的，爹叫什么，娘叫什么？这一切就无人知晓了。街上曾有多嘴的人说，王二小是王老大在外头与哪个风流女人有的，说得有鼻子有眼的，不咸不淡传了好几年，后来就没人传了，不当吃不当穿的，管那么多闲事干什么呢！直到王老大两口子平安死去，这件事也没有节外生枝，事情也就了了。

王二小曾经有过辉煌的童年，上小学的时候，被学校视为神童。他虽没像古书上说的那样有目观十行的才子能耐，但读书倒是过目不忘。可偏偏他不正干，三天两头逃学，调皮捣蛋的他却在期中、期末考试中门门功课都是满分。不说别人不相信了，连他的班主任都怀疑他是不是作弊或是抄其他同学试卷的。

王二小绝顶聪明，若是花在正道上，也许后来他就成不了一代刀王了。

他调皮却调出个楞来，一天，趁人不注意的时候，他偷将女厕所墙上的砖捣掉一块，单眼吊线往里面看他不该看的东西，被校长抓了个正着，在家长与全体师生的强烈要求下，校方不得不忍痛作出开除他学籍的决定。

王二小没学上，王老大也不想叫儿子上，便想着让儿子学一门手艺将来好养家糊口。学啥好呢？王老大就花了五升小麦叫算命瞎子给算一算。算命先生问了王小二的生辰八字，白眼球转过来转过去，最后对王老大说道："你的儿子命中缺金。金与铁是同类，孩子想必吃这一行饭才能顺溜。俗话讲，一铁二木三瓦匠，这铁匠也是手艺中的第一位。"王老大听从了算命先生的话，准备叫儿子学打铁。岂不知算命瞎子的一句荒唐话，却决定了王二小一生的命运。

雄赳赳、气昂昂，跨过鸭绿江那年，王二小一十二岁，托人进铁木业社和当时已经小有名气的邱铁匠那儿学手艺。当时王二小个子矮，拉风箱脚底垫两块砖还够不着风箱杆，由于身体单薄，大锤自然是抱不动。邱铁匠看着直摇头，死活不收这个徒弟。王老大为儿子舍得，用车子推了十担麦子送到邱铁匠的府上，又在本街最阔的也最风光的聚盛楼大酒店请一桌，邱铁匠才算勉强同意，让王二小先跟着干杂活。三个月之后，才让他拉风箱打边锤。

前面讲了，王二小绝顶聪明，跟着邱铁匠，一偷二看三捣摸，一天真正大锤没抢，风箱把也没抱热手，就使小锤叮叮当当做师傅了。邱铁匠有个痰喘病，一累气就上不来，看着王二小活溜又能干，也就见好就收，将毕生经验和绝活传授给了这个小徒弟，及早巴早让了位。

王二小得了邱师傅的真传，又有聪明才智，所以说铁匠活比他师傅的手艺更加炉火纯青，渐渐地就出了名。没出三年，王二小三个字就烙上了菜刀和镰刀。周围四省八县，方圆几百里地，不知王二小大名的不多。哪家不用菜刀呢？特别是农村，又有谁不使镰呢？所以王二小的刀与他的名气一块水涨船高了。有人比喻事情办得怎么样了，就会说"王二小的刀，又快又好"！当地描写王二小的刀具是这么说的，菜刀，不重且压手，剁骨不缺口，三年不用磨，削铁如削肉。夸奖王二小的镰刀就更加神了，百亩麦田不磨镰，哈腰工夫就割完，放在鞋底蹭三下，再来十亩也不怕！外地人问，王二小的刀能比得上张小泉的刀吗？当地人一脸的问号：张小泉是谁？咱们只晓得刀王王二小王师傅，大人孩子也都晓得刀王王二小王师傅！不信，你到街上随便拉一个人问问！

王二小的刀具价廉物美，菜刀一块钱一把，镰刀五角钱一张，本地外地一个价。这是王二小同铁木业社主任定下的口头协议，不然，王二小就不干。所以，那个时候投机倒把不怎么泛滥。不过，当时的一元钱可不像现在的一元钱不当钱用。现在的一元钱买只烤红薯还不一定够，那时一元钱可值钱了，一元钱可以买三斤白米、四只猪蹄、五个鸡蛋、十块臭豆腐、半包哈德门香烟，外加六根红头长杆洋火。这样的话，你就可以算出王二小的刀当时也是非常值钱的了！

王二小有名气却没有官运，其实他有了机遇，也不知道去抓。用他自己的话说，大老粗一个，当的鸟熊官呢！当官天天得劳神费脑筋，哪有干铁匠这么舒服呢！叮叮当当的，那么悦耳，那么动听，一天不听就想得慌，两天不听就憋得慌，三天听不见铁碰铁，不如让他去跳大运河算了。所以，铁木业社的主任动员他干车间副主任，他说啥也不答应。主任认为，王二小是嫌副主任的副字不好听（因为正主任需是党员才行），就说道，不然破破例，让你干正职总行了吧！王二小将眼睛一瞪，你若能替我掌钳子我就干！大伙都骂王二小傻。王二小就说，傻就傻，我就是不干，你能怎么着我！

傻也有傻的好处，王二小没有当这个车间主任，"文化大革命"的时候就没有人捏到他的过错。当官的挂牌游街，雁别翅"坐飞机"，他乐得回家关起门来与老婆过性福生活……

王二小的老婆王刘氏是个地地道道的乡下人，长的却不是农村女人相，又白又水灵，发乌黑，脸粉嫩，鼻眼眉毛又长得是个地方，不搽胭脂不抹粉，便叫人看了一眼还想看下一眼。你说摊上这样的女人，王二小能闲得住吗！街上人见了王刘氏，不论男女，也不论老少，没有不咂嘴的。"啧啧啧，你瞧瞧王二小的女人哪！啧啧啧，你瞧瞧王二小的女人哪！啧啧啧，这个狗日的王二小咋就这么好的命呢！"有时王二小下班回家，那些人就故意当他的面"啧啧啧"，说："你狗日的咋就这么好命的呢！"王二小非但不恼，心里头还像是三伏天吃了块红沙瓤大西瓜那般滋润，嘴一咧，说："你们背后不是骂我傻吗？有我这样傻的吗？"

当然，王二小也有烦恼的事情，他有三个儿子(他一直想生个闺女却未能如愿，为此他感觉很遗憾)，孩子肩挨肩。老大随他，黑乎乎的，一笑两眼就没了。老三像他妈妈，细皮嫩肉的，跟大闺女似的，说话也是细声细语的。唯独老二长得四不像，连性格脾气也不像他们两口子。开始王二小不在意，后来街上有人传言，说他家的老二是别人的孩子。王二小不信，心说，我天天夜晚都搂着老婆睡，有那个狗日的能偷偷摸摸地插一条腿呢？有人取笑，说："你王二小一整天都在铁木业社打铁，难道说大白天想你女人好事的那些男人，还找不见你老婆啊！"一句话提醒王二小，心说：对啊，怪不得老二没有一处随他的呢。所以有段时间，王二小就吃睡不香，一见二儿子就眼红，有错无错就想骂他，专拣恶毒的话骂："你妈个臭××！"几遍骂过，老婆就不悦了，说："你平白无故地骂你儿子干什么呢？还骂得那么难听！"王二小说："我骂他碍你什么事？"老婆说："我是他妈，你骂他妈臭××，不是骂我的吗？"王二小无语。老婆也明知男人心中听信了外面的传言，又觉得自己冤枉，就偷偷回屋里哭，哭得十分伤心。这时，王二小就想，怪不得说女人是水做的嘛，一点儿也不假，都哭成泪人了，再哭，运河大桥就怕给冲垮了呢。不一会儿，王二小就被女人的哭声给哭软了，为了哄女人不哭，便骂自己是个畜生，不是人。见女人还哭，就抡起巴掌扇自个儿的脸，并保证从今往后再不骂老二这句脏话了。时隔不久，王二小又骂老二那句脏话了，女人就又哭，他就又骂自己又扇自个儿的脸，就这样，王二小两口子一天天打发日子，吵闹之中又多了几分温馨，倒也过得有滋有味。

这天，铁木业社革委会牛主任找王二小谈心，单刀直入让王二小当铁匠炉的小组长（相当过去的车间主任）。王二小一听，当面一口就回绝了，说："牛主任，我只能管我自己，别人我管不了，也不想管。明白告诉你，早头叫我当车间主任我都没答应。"牛主任心平气和地说道："小组长就是车间主任，级别一个样，就是叫法不同罢了。"王二小说："我晓得。"牛主任说："你既然晓得就得服从组织上的决定。"王二小说："我打铁凭苦力吃饭，再讲了，我王二小也不是个当官的料。"牛主任说："你如果不愿意当这个小组长也行，你得答应组织上一件事。"王二小问："啥事？"牛主任说："你们铁匠车间六个炉出的刀具都要打上你王二小的印。""为啥？"牛主任说："这不是明摆的嘛，产品上只要烙上你的大名，货就好卖。再说你的刀又不够卖的，而且别人打出的东西又卖不出去。所以……你看行不行？""不行！"王二小斩钉截铁地说。牛主任吧嗒吧嗒半天嘴，刚欲说什么，王二小就说："牛主任，你别再说了，我说不行就不行！"牛主任猛然想出来一个折中的办法，说："王师傅能不能这样，他们几个在铁匠炉干活的时候，你去给指点指点，产品出来之后，你觉得质量能检验合格，再烙上你的印，你看这样可以吧？""也不行！"王二小寸土不让。牛主任面带微笑，说："王师傅，都是你同门的师兄师弟，你再考虑考虑。"王二小说："不用考虑。"说罢，起身欲走。牛主任说："王师傅且慢，你总得给我这个主任一点面子啊！"王二小说："你叫我给你面子，你怎么没考虑考虑我的面子呢！你拿那些烂桃冒充我的好瓜，要不了多久，我的牌子就倒了，谁来负这个责任？"牛主任心里虽说有些窝火，但说话的态度还是比较和蔼，说："王师傅，这一点你放心，出了啥问题，有组织出面解决。"王二小说话也没过脑子，随口说道："组织……"牛主任说："好好好好，你王二小出了名就六亲不认了，告诉你，别说你只是个打铁的，看着没有，前些时那些走资派哪个不比你有能耐？怎么样？到头来哪一个不都是老老实实俯首帖耳了呢！告诉你吧，别以为铁木业社离了你王二小，地球就不转了，我实话告诉你，离了你地球不但照样转，而且转得更快。你信不信……从现在起，你就回家抱孙子吧。"

俗话讲，名气多大，脾气就有多大。王二小又不是能咽得下气的那种人，说回家就回家了，刨坷垃头吃也饿不死人！说罢气呼呼地走了。连他那心爱的小铁锤都没回去拿。

本来，革委会牛主任是想吓唬吓唬王二小的，哪知弄假成真了，双方都没面子，事情就僵持在那里了。

王二小心中有数，牛主任不会真让他回家的。铁木业社绝大部分收入全靠他王二小支撑呢！他要是走了，那铁木业社就等于塌了半个天。王二小倒落个逍遥自在，整天在大街上闲逛。日子久了，铁木业社的头头们尤其是牛主任坐不住了，因为王二小的货卖完了，四处来要王二小产品的订单压了一大摞。牛主任本想亲自登门向王二小赔不是的，请他出山，又怕请不动，就将那个如今还靠边站的老主任搬出来，专门办了一桌好饭菜，请王二小吃喝，又说了许多好话，王二小这才答应再次出山。

事情虽说过去了，但牛主任这口气怎么也咽不下去。他天天都在心中琢磨，怎么才能让王二小将绝活现出来，若是让他这么左右下去，铁木业社就发展不了。猛然有一天，牛主任便想出一条计策来。这天下班之前，牛主任又找王二小谈心。

王二小最怕牛主任找他谈心，拖了好长时间，末了还是硬着头皮来了。一见面，牛主任仍然是单刀直入。

"王师傅，你老是铁木业社的元老了，也对铁木业社做出了巨大的贡献，算得上是劳动模范。组织上经过再三研究，准备发展发展你。"

王二小说："发展我什么？"

牛主任"嘿嘿"一笑，说："你对党可有感情？"

王二小被弄糊涂了，不知道牛主任的葫芦里卖的什么药，说："对党？"

牛主任说道："我想，你对党应该是有无产阶级感情的。虽然你的出身是富裕中农，可是你是王家抱养的。我们考虑了，有钱人家的孩子会送人吗？只有穷苦人家的孩子才会送给富人家养活。所以，你的血液里仍旧是流淌着穷苦百姓的血。所以……长话短说，你想不想入党？"

王二小实话实说："我没有想过。"

牛主任说："你现在想想，也不晚。"稍时又启发道："中国共产党是先锋模范组织，带领全国人民推倒了我们头上的三座大山，打败了国民党反动派，建立了新中国……如今的幸福生活，一切的一切，都是党给我们创造的。这样先进的模范的组织，难道你不想参加吗？王师傅！"

王二小小心翼翼地问道："入党不会做官吧？"

牛主任说："那是两回事情。党是党，官是官，扯不到一块去。"

王二小长出一口气："那我参加！"

牛主任说："抽空你写一份入党申请书，交给我就行了。"

王二小说："牛主任，你不是难为我吗？你叫我现在不吃不喝不睡打一百把菜刀、一百张镰刀，我保证给你完成。若是让我写材料，那等于是要我的命，我小学三年级就被学校开除了，认识的字没有半篮子，也都差不多还给老师了。再说我的手都硬了，现在连自己的名字怕是都写不周全呢！"

牛主任说："那好吧，入党申请书我替你写，明天这个时候，你到我这儿来签个名就行了。"

王二小挺高兴地走了。

不久，王二小光荣地加入了中国共产党。不过，虽然王二小入党没费半点儿吹灰之力，从入党之后，王二小的确比过去有了很大的改变。与人说话，特别是在革委会的领导面前，增加了不少柔软性。再有，社里的政治学习和党员活动他都积极参加，还自掏腰包去商店买了一斤茉莉香片供大家在会上饮用。另外，像社里打扫卫生啦、张贴宣传标语等一些公共差事，不论多么脏累他都是主动上前。在交党费这件事上，更是积极得不得了，每月一领到工资，生怕落后，总是第一个去交，要是交晚了，心里面就不舒服。后来他怕自己有时疏忽或是遗忘了，与党小组长商量，党费能不能一次交一年的。党小组组长说："王师傅，你这种精神不错，可是没有这种先例，除非你光荣了，一次性交够了算完。"王二小说："你这不是咒我吗！如果我不是党员的话，我非给你两铁锤不可！"

王二小政治上有了进步，早早晚晚便受到社里的表扬，他的照片和他的事迹还被张贴在铁木业社门口的大字报报栏里。后来，王二小就成为社里的先进人物，再后来又成了县总社的先进模范。在全县铁木业社行业中，一提到王二小，那真可以说是鸭子下河呱呱叫！

就在王二小政治与业务双丰收的时候，这天上午，牛主任亲自到铁匠炉跟前将正在忙活的王二小拉到他的办公室谈心。王二小忙得连防火的皮围裙都没来得及脱下。

谈心是从友好的气氛中开始的。

"王师傅，这段时间我瞧你的脸色不错，整日红润润的。"

"托共产党的福呗！"

"工作上还舒心吧？"

"舒心！"

"家里一切还都好吧？"

"都好都好。"

牛主任从烟盒里掏出两支烟，给王二小送去一支，还亲自帮助点上火。

王二小心说：大上午的，这个牛主任找我干什么呢？说有事吧，他竟与我说家长里短的，说没事吧，他又不让你走。就说牛主任："如果没别的事的话，我还得回铁匠炉去。一大堆活还在等着我呢！"

牛主任说："事情不大，不过也不算小。"

王二小有些心急，说："到底啥事情？你抓紧说，我真的很忙！"

牛主任不慌不忙用自己的茶缸倒了半缸子白开水送到王二小手中，说："再忙也不急这一会儿。"稍时又说道："王师傅，你猜猜我今天找你来做什么吗？"

王二小没好气地说道："我又不是你肚子里的蛔虫，我怎么能猜得到呢！"

牛主任笑了笑，说："王师傅，我得恭喜你啊！"

王二小一头雾水，傻愣着双眼，说道："恭喜我什么？"

牛主任吐出一口烟雾，说："我不与你兜圈子了，今天找你来，就是征求你一下意见。"

王二小诧异地望着面前的牛主任，说道："啥意见？我啥时候说有意见了？"

牛主任知道王二小领会错了，也不想解释，就说道："……县总社领导很关心你的进步，我们领导班子经过多次研究，根据你的业务能力以及你在工人中的表现，决定让你担任铁木业社革委会副主任兼铁匠炉车间主任。"

王二小说："牛主任，我早与你讲清楚了，我不是那块料，你们千万别拿我当盘菜！我王二小求求你了！"

牛主任耐心地说道："王师傅，你如今是个党员了，党员最大的党性原则就是一切要服从命令，听从指挥！"

"哎呀呀！"王二小仿佛一下明白了什么，"原来你让我入党是打个套，让我往里钻的呀！不行，要是这样的话……"

牛主任面孔一下严肃起来，说："王师傅，你知道你说的这句话的严重性吗？若在前几年，就凭你这句话，判你个三年五载的完全有可能！你要清楚这一点，这是组织上对你的信任与重用。很多人想当还当不上呢！你怎么不明白这是组织上对你的器重和关怀呢！"

王二小连连摆着手，说："我不要你们器重，更不需你们什么关怀，我还回去老老实实打我的铁，过我平静的日子。"

一句话将牛主任的全盘计划给打乱了，对于面前这个软硬不吃的王二小，他实在是没一点辙了！

"王师傅，你即便不想当官，能不能将你的技术给他们传授传授呢？"牛主任无可奈何地望着王二小的脸。

王二小哈哈笑了，说："好嘛，狐狸终于露出了尾巴，我就知道你牛主任一直存心不良，变着法子想让我将技术交出来，我老实对你讲，你就死了这个心吧。一，你别想拿别人的刀来冒充我的刀；二，我的手艺到死我也不会传的！"

牛主任禁不住问道："那你真准备将你的技术带到棺材里面去？"

王二小脖子一拧，说："牛主任，你说得不错，我王二小不是一般人，我是不会改变主意的！"说罢，站起身来，拍拍屁股走了。

牛主任站在窗户前，望着王二小远去的背影，无奈地叹一口气："王二小啊王二小，你真不是个东西！"

从这以后，王二小的确过了几天平静的日子。哪知好景不长，这天晚上，王二小喝了半斤小酒，上床之后，又与老婆办完了男女之间那件事情，困意也没有了，趁着热乎劲儿，夫妻俩相拥一起，有一句无一句地聊着闲嗑。

女人说："二小，有件事情已经放在我心里好久了。咱们今晚商量商量。"

王二小说："你知道我是从来不问家事的，每月工资一分不少交给你，什么事你就自己做主吧，别和我商量！"

女人说："这个事不与你商量不行！"

王二小就问："什么事情？"

女人说："三个孩子渐渐长大了，你想没想过，让他们学点什么？"

王二小说："自己混，我当初也不是这么混出来的吗！"

女人嘴一撇，说："你当初还不是你爹花十担麦子又请邱铁匠一桌饭，邱铁匠才收你为徒弟的？"

王二小说："是这回事不错。可我是凭我的聪明才智学出来的。我师傅为什么没有我出名，你想想就知道了。"

女人不想和男人抬杠："你聪明也罢，你愚笨也罢，我管你做什么？我是说，他们弟兄仁之中，你考没考虑让一个和你学手艺，将来接你的班。"

王二小"勾嘎"一声笑了："你当是选国家主席啊，还接什么班！"

女人没好气地说："俗话说，手艺传男不传女，咱们家三个都是光头和尚，你总不能一个不传吧？你说说，是老大还是老三跟你学？"女人知道男人不喜欢老二，所以就没提他。

王二小故意装糊涂，说："学什么？"

女人说："你装什么熊，跟你学打铁啊！"

王二小说："学打铁有什么出息？让他们好好念书，将来考大学！"

女人说："你说得跟吹灯草灰似的，要是考不上呢？"

王二小说："还是那句话，自己混！"

女人不高兴了："你这是啥话？在铁木业社你不传手艺也就罢了，难道连你自己亲生的儿子也不传哪！"

王二小说道："若是一个孩子还好说，他们弟兄三个，这不是明摆着让他们起纷争嘛！"稍时又说道："传哪一个都得说我偏向，所以一个都不传，什么矛盾也就没有了！"

女人赌气地说道："你想让你的手艺绝种啊！"

王二小"嘿嘿"一笑："在这个世界上，王二小的刀就是王二小的刀。只有绝种，你的名声才不会被后人遗忘，你懂不懂这个道理？"

女人咬牙切齿，说："怪不得有人骂你！"

王二小问："骂我什么？"

女人说："骂你不是个东西！"

王二小狡辩，说："不是个东西才是我王二小，如若是东西的话，就不是我王二小了！"

女人刺溜一下钻进了被窝，将凉屁股转给了男人，再不理他。

第二日，王刘氏仍然不理王二小，令其搭床铺单睡。她知道男人离开她睡不着觉。她盘算着，过不了三夜，男人就会束手就擒，乖乖地答应她的要求。

哪知，王刘氏打错了算盘，五六天过去了，男人非但没来求她，相反天天晚上向外跑，后来竟然夜不归宿了。

这日晚，王刘氏早早睡下了，见男人又鬼鬼祟祟地出去了，便急忙穿衣尾随其后，三拐两拐，眼瞅着男人拐进了卖豆腐的张寡妇院子里去了。当时她真的气得牙根痒痒，心说：王二小啊王二小，你不传儿子手艺就不传，没想到，你五六十的人了还玩女人，我今天和你没完。本想一头闯进去的，后一想，拿贼拿赃，捉奸捉双，等到了火候再进去逮个现行不迟。

王刘氏在张寡妇的院子门口稍稍打了个愣神，估摸时间差不多了，猛地一下推开了院门，走到张寡妇的门口，然后用足力气，一脚跺开了房门。进门之后，两眼搜寻了半天也没见自己男人的影子，就盘问坐在灯下做针线活的张寡妇："你将王二小藏到哪儿去了？"张寡妇正气不打一处来，说："三更半夜的，你发什么神经，谁藏你的男人了？"王刘氏也不示弱，说："就是你勾引我的男人呢！"张寡妇说："谁勾引你男人了？我告诉你，诬告可是要犯法的！"王刘氏并不理会张寡妇，自顾在张家床底下、橱柜里四处乱翻一通，结果一无所获。情知理亏，伸着头被张寡妇骂了个狗血喷头。

王刘氏一肚子气进了家门，见男人王二小不知啥时候早已蒙着头躺在床上正呼呼睡大觉呢！王刘氏自知被男人给耍了，本想将男人拽起来好好地闹一架的，转念一下想，还是息事宁人吧。若是与男人闹得太离谱了，那时再想收场，怕是不好收了。再说，二十多年的夫妻了，她也知道男人是个犟种，传手艺这件事也只有以后慢慢再说了。

王刘氏将自己搭的床铺拆了，又将枕头放在男人的枕头一旁，刚轻手轻脚躺下，就听男人在被窝里"扑哧"一声笑了，还放了个挺响的屁。

"你个狗东西！"王刘氏骂道。

王二小将头伸出来，说："谁家的狗能放这么响的屁？你来闻闻，到底是人屁，还是狗屁？"

接下来，两口子在被窝里砍头抓心地折腾了好一阵子，然后搂得结实地睡着了。

（原载《佛山文艺》1999 年第 4 期）